Ullstein

ÜBER DAS BUCH:

»Spanischer Frühling« zeigt Spanien um 1833; ein Land, das sich noch kaum vom Krieg gegen Napoleon erholt hat und in dem doch schon wieder Unruhen ausbrechen. Auf dem Thron sitzt eine Infantin, deren Stellung und Leben von ihrem eigenen Onkel bedroht werden. Die Bevölkerung ist gespalten: Spanier sind bereit, gegen Spanier zu kämpfen.
Und mitten in diese drohenden Bürgerkriegswirren geraten Charlotte Starr, ihr Cousin Clive und dessen Frau Lucy. Sind die drei jungen Menschen vorerst auch der Meinung, aus dem feuchten, kalten England direkt ins Paradies gekommen zu sein, sehen sie sich doch bald gezwungen, ihre Lage realistischer einzuschätzen – wenn auch aus verschiedenen Gründen. Clive, weil er sich leichtsinnig auf politische Ränkespiele eingelassen hat; Charlotte, weil sie sich ausgerechnet in den Marquès de Merenda verliebt hat, für den eine Ehe mit ihr nicht in Frage kommt, und Lucy, weil sie erkennen muß, daß ihr Mann nicht sie, sondern nur ihr Geld liebt.

DIE AUTORIN:

Constance Heaven stammt aus Offenbach am Main, wo heute noch ihre Familie in einem alten Bauernhaus lebt. Als Kind wurde sie »mit Don Quichotte, Homer, Archäologie und den Drei Musketieren gefüttert« und interessierte sich sehr früh für Geschichte. Mit achtzehn gewann sie zwei Lyrikpreise und einen Preis für die beste Kurzgeschichte, heiratete nach Abschluß ihrer Studien einen Regisseur, veröffentlichte zahlreiche historische Romane und Kinderbücher und hat sich seither mit den Bestsellern »Das Haus der Kuragin«, »Das Erbe der Astrow« (in neun Sprachen übersetzt), »Kaiser, König, Edelmann«, »Stürmischer Walzer«, »Die Feuer von Glenlochy«, »Königin mit Liebhaber«, »Wilde Augen«, »Zerbrechliches Glück« und »Ein Schloß im Süden« einen Platz in der vordersten Reihe erfolgreicher Romanautorinnen gesichert.

CONSTANCE HEAVEN

# Spanischer Frühling

Roman

Ullstein

Ullstein Buch
Nr. 23962
im Verlag Ullstein GmbH,
Frankfurt/M – Berlin

Ungekürzte Ausgabe

Umschlaggestaltung:
Hansbernd Lindemann
Illustration:
Leslie Pellegrino/Agentur Thomas Schlück

Taschenbuchausgabe mit freundlicher
Genehmigung der Paul Zsolnay Verlagsgesellsch. m.b.H., Wien

Originaltitel: »Castle of Doves«
Berechtigte Übersetzung aus dem Englischen
von Edith Haider
Printed in Germany 1996
Druck und Verarbeitung:
Ebner Ulm
ISBN 3 548 23962 5

Mai 1996
Gedruckt auf alterungsbeständigem
Papier mit chlorfrei
gebleichtem Zellstoff

Die Deutsche Bibliothek – CIP-Einheitsaufnahme

**Heaven, Constance:**
Spanischer Frühling : Roman / Constance Heaven. [Berecht. Übers.
aus dem Engl. von Edith Haider]. – Ungekürzte Ausg. –
Frankfurt/M ; Berlin : Ullstein, 1996
(Ullstein-Buch ; Nr. 23962)
ISBN 3-548-23962-5
NE: GT

Für

Sidney Charles,

jemand, der Spanien auch liebt

Oh, herrliches Spanien! gerühmtes, märchenhaftes Land!

*Childe Harolds Pilgerfahrt*

BYRON

ERSTER TEIL

# Das erträumte Land

# 1

Es war an einem trüben, windigen Novembermorgen, als Charlotte das spanische Porträt zum erstenmal sah, und sie hatte keine Ahnung, wen es darstellte und warum es in einem Geheimfach im Schreibtisch ihres Vaters aufbewahrt worden war. Major Harry Starr war vor drei Monaten gestorben, aber es war, als wäre es erst gestern gewesen. Charlotte war an diesem Morgen früh aufgewacht, wie so oft in vergangenen Tagen, als sie auf sein Klopfen an ihrer Tür gewartet hatte. Stunde für Stunde schlaflos zu liegen und über eine ungewisse Zukunft nachzugrübeln, war mehr, als sie ertragen konnte; so stand sie auf, tauchte das Gesicht in eiskaltes Wasser und zog ihr Reitkleid an. Sie stahl sich so leise wie möglich aus dem Zimmer, sorgsam darauf bedacht, ihre Mutter nicht zu wecken. Sie hörte Peg in der Küche vor sich hinmurmeln, während sie das Feuer schürte und den Kessel aufsetzte. Seit Charlotte denken konnte, war Peg bei ihnen gewesen, und sie würde sie sicher mit Belehrungen verfolgen wie: „Zieh' dich warm an, Liebes, und geh' ja nicht hinaus, sonst holst du dir den Tod wie dein armer lieber Papa." So schlich Charlotte den Gang entlang, öffnete vorsichtig die Vordertür und trat hinaus.

Der Wind fiel sie an, kalt und rauh, mit einer Spur von Graupeln; aber sie genoß das. In letzter Zeit drohte das Haus sie manchmal zu ersticken.

Sie holte Whitefoot aus den Regimentsstallungen, wo sie ihn unterbringen durfte. Lieutenant Jack Hardy war bereits da und sattelte sein Pferd. Sein unverzügliches Angebot, sie zu begleiten, ärgerte sie. Eine lange Zeit hindurch waren sie und ihr Vater immer am Morgen zusammen ausgeritten. Die Stunden, die sie mit ihm verbracht hatte, waren ihr teuer gewesen, und nun, da er nicht mehr lebte, verlangte es sie nach keiner anderen Gesellschaft. Aber Jack war ein treuer Freund, und so zuckte sie nur die Achseln und sagte nichts. Sie wußte, daß er ihr folgte, als sie den langen Saumpfad einschlug, der zum Bergrücken oberhalb von Shorncliffe hinaufführte.

Sie hatte ihn bereits vergessen, als sie die Hügelkuppe erreicht hatte und Whitefoot anhielt, plötzlich von Erinnerungen bedrängt, die ihr die Kehle zuschnürten. Von diesem Punkt aus konnte sie das ganze Camp überblicken, die Militärbaracken, die Unterkünfte für die Ehepaare, die weite Fläche des Paradeplatzes, der nun verlassen dalag und auf dem nur einige Blätter vom Wind herumgewirbelt wurden. Sie erinnerte sich an das letzte Mal, als sie hier gestanden war. War das wirklich erst vor drei Monaten gewesen? Was für ein großartiges Schauspiel hatte sich ihr geboten: die langen Reihen von Männern in den auffallenden grün-schwarzen Uniformen, die Rifle Brigade, „die wie die Teufel kämpfenden Fünfundneunziger, die Ersten auf dem Feld und die Letzten, die zurückkehrten", auf die ihr Vater mit Recht stolz gewesen war. Er war an jenem Tag neben dem hakennasigen Duke of Wellington gestanden, unter dessen Kommando sie gefochten, gescherzt, geliebt und den Tod gefunden hatten, auf der spanischen Halbinsel und bei Waterloo, wo sie mitgeholfen hatten, Napoleon in die Knie zu zwingen. Und nun war ihr Vater gestorben, so plötzlich, so herzzerreißend, daß sie es immer noch nicht recht fassen konnte, trotz des schwarzen Bandes an ihrem Ärmel und der Leere in ihrem Inneren.

Erst als er zu ihr sprach, erinnerte sie sich wieder an Jack Hardy. Er war an ihre Seite herangeritten, hartnäckig wie ein junger Hund, der niemals weiß, wann er unerwünscht ist. Sie zwang ihre Gedanken zurück in die Gegenwart und wandte sich seinem offenherzigen, aufrichtigen Gesicht zu.

„Verzeih! Hast du etwas gesagt?"

Armer Jack. Sie wußte, daß sie grausam zu ihm war, aber sie konnte nicht anders. Er errötete und wandte den Blick ab.

„Ich habe dich in letzter Zeit so selten gesehen, Charlie. Ich habe noch keine Gelegenheit gehabt — wirst du — bitte, sei mir nicht böse — aber wirst du mir versprechen, ernsthaft darüber nachzudenken, ob du mich heiraten willst?«

„Oh Jack, fang bitte nicht schon wieder damit an. Ich habe einmal nein gesagt, und ich habe es auch wirklich so gemeint."

Ungeduldig strebte sie weg von ihm, und er folgte ihr, die Hand an ihren Zügeln und sprach eindringlich auf sie ein.

„Aber jetzt ist es anders. Du mußt das einsehen, Charlotte. Daß dein Vater tot ist, verändert alles. Ich kann den Gedanken nicht ertragen, daß du von hier wegziehst und ich dich niemals wiedersehen soll. Es macht mich ganz verrückt. Deine Mutter würde sich übrigens über unsere Verbindung freuen — sie hat es mir gesagt."

Das traf sie an ihrem wunden Punkt, viel zu tief vielleicht.

„Es wäre mir lieber, du würdest nicht mit meiner Mutter über mich sprechen", sagte sie eisig, und mit einem jähen Ruck riß sie sich los und sprengte davon, Whitefoot rasch vorantreibend. Sie brauchte ihm nicht einmal die Sporen zu geben; in schnellem Trab ritten sie den Hang hinunter.

„Charlotte — warte doch, bitte — ich wollte doch nicht —"

Aber sie hatte Jack schon weit hinter sich gelassen und zog die Zügel erst vor dem kleinen Haus an, das, etwas abseits von den anderen, ihrem Vater als aktivem Brigademajor gehört hatte. Sie war aus dem Sattel, ehe er absteigen und ihr herunterhelfen konnte, wobei er sie immer in die Arme zu nehmen pflegte, eine Gewohnheit, die sie gegen ihren Willen ertragen mußte.

Er wandte sich ihr zu: „Wirst du morgen wieder ausreiten?"

„Nein, ich glaube nicht. Ich habe viel zu viel zu tun."

„Aber du reist doch sicher noch nicht ab?"

„Es sind jetzt fast drei Monate. Das Haus wird für Vaters Nachfolger benötigt werden. Bringst du mir bitte Whitefoot in den Stall zurück?"

„Aber ja, natürlich." Er nahm die Zügel. „Charlotte, wann seh ich dich wieder?"

„Ich weiß es nicht, Wahrscheinlich schon bald. Ich muß jetzt hineingehen. Es ist spät, und Mama wird auf mich warten."

Sie drehte sich um und lief die Stufen hinauf, ohne zu warten und ihm nachzublicken, wie er ungetröstet davontrabte. Im Eßzimmer brannte wegen des Gegenwindes ein nur armseliges Feuer, und ihre Mutter, noch im Morgenrock, saß so nahe wie nur möglich am Kamin, eine Tasse Tee auf dem kleinen Tisch neben sich.

„Mach um Himmels willen die Tür zu", sagte sie verdrießlich, als Charlotte hereinkam. „Es ist bitter kalt hier bei diesem elenden Wind. Warum du zu dieser Stunde im November ausreiten mußt, kann ich nicht begreifen."

Das Mädchen nahm den Hut ab und legte ihn zusammen mit den Handschuhen hin.

„Papa hat es immer getan", sagte sie kurz.

„Nun, dieses Leben ist jetzt vorbei, und je früher du dich daran gewöhnst, desto besser. Wir werden sicher nicht in der Lage sein, Pferde zu halten, so, wie die Dinge jetzt liegen." Sie nippte von ihrem Tee. „Mit wem hast du draußen gesprochen?"

„Jack Hardy."

„Tatsächlich? Er ist hartnäckig, das muß man ihm lassen." Sie schaute zu ihrer Tochter auf. „Wann wirst du ihn heiraten?"

„Niemals, und ich wäre sehr froh, Mama, wenn du ihn nicht in dem Glauben bestärktest, ich könnte meine Meinung ändern."

„Es wäre töricht von dir, Charlotte, wenn du es nicht tätest. Jack Hardy hat glänzende Aussichten. Sein Vater hat Geld, und er ist der einzige Sohn. Er würde schon morgen den Offiziersrock ausziehen, wenn du ihn darum bätest. Du würdest nicht zu einem Leben bei der Armee verurteilt sein wie ich. Du bist zweiundzwanzig, meine Liebe. Die meisten Mädchen deines Alters sind schon verheiratet und haben ihren eigenen Hausstand." Sie schob ihre Tasse unwillig zurück. »Du solltest nach Peg läuten und frischen Tee verlangen."

„Der hier genügt mir." Charlotte goß sich eine Tasse aus der abgekühlten Kanne ein und begann, ein Stück Brot mit Butter zu bestreichen; ihr Appetit war jedoch geschwunden, weil der alte Familienzwist wieder aufflammte. „Du hoffst, mich loszuwerden, Mama, nicht wahr?"

„Was für ein Unsinn! Natürlich will ich dich nicht loswerden. Du wirst es mir zwar nicht glauben, aber ich habe wirklich nur dein Bestes im Sinn. Jetzt, da dein Vater tot ist — und was war das auch für ein verrückter Gedanke, bei seiner schwachen Gesundheit, die Rekruten im strömenden Regen selbst in die Manöver zu führen — kein Wunder, daß er eine Lungenentzündung bekam — keinen einzigen Gedanken hat er dabei an mich oder an dich verschwendet — nur das Regiment war es, woran er Tag und Nacht dachte . . ." Sie hielt inne, um Atem zu holen, und Charlotte sagte nichts, weil ihre Mutter in gewissem Sinne recht hatte. Nach einer kleinen Pause fuhr diese fort: „Es war schwer genug, mit seinem Gehalt auszukommen; aber jetzt, nachdem er gestorben ist, mit fünfundvierzig und nicht einmal im Einsatz, wird die Pension winzig sein. Der einzige Lichtblick ist das kleine Landhaus bei Breakstone Park, das dein Onkel Nicholas uns so ungern angeboten hat — von Almosen leben, mein Gott, wie soll man das nur aushalten! Das ist doch, wie lebendig begraben zu sein."

Charlotte sah zu ihrer Mutter auf. Zwei Jahre jünger als ihr Gatte, war Caroline Starr noch immer eine sehr hübsche Frau. Der samtene Morgenrock mit seiner breiten Satinschärpe konnte die schlanke Figur nicht verbergen, und das Haar, dicht und glänzend, war noch von jenem satten Kastanienbraun, das ihre Tochter geerbt hatte. Sie wird wieder heiraten, dachte Charlotte in plötzlicher Panik, und was wird dann aus mir? Einen Augenblick lang blieb ihr das Brot in der Kehle stecken. Dann schluckte sie mühsam und reckte den Kopf stolz empor.

„Ich bin nicht hilflos, Mama. Ich könnte irgendwo eine Stellung annehmen. Ich könnte mich selbst erhalten."

„Was für eine Stellung, um Himmels willen? Sei nicht kindisch, Charlotte. Was könntest du schon tun? Gouvernante, Gesellschafterin bei irgendeiner reichen alten Frau? Es gibt viel zu viele heutzutage, die eine Beschäftigung dieser Art suchen. Ist es das, was du vom Leben erwartest? Das ist nicht mehr als Sklaverei. Jede Art von Heirat ist besser als das, glaub mir, meine Liebe." Sie seufzte. „Ich muß gehen und mich anziehen. Es gibt noch tausend Dinge zu tun." Sie ging auf die Tür zu und wandte sich dann noch einmal um. „Da wäre noch etwas, das ich dich bitten möchte, für mich zu tun, Charlotte. Das Arbeitszimmer deines Vaters, seine Bücher, alle Sachen, die er in diesem kleinen Raum gehortet hat. Sie müßten durchgesehen werden, bevor wir von hier weggehen. Könntest du das für mich erledigen?"

Es lag ein Anflug von Flehen in ihrer Stimme, und zum ersten Mal überlegte Charlotte, ob ihre Mutter wohl etwas wie Trauer um den Mann empfand, den sie mit achtzehn geheiratet hatte — den gutaussehenden Harry Starr, den stattlichen Soldaten, der nach zwei Jahren Eheglück in einen Krieg geworfen worden war, der ihn sechs lange Jahre festhielt und aus dem er schließlich krank und mit einem lahmen Bein zurückkehrte, nur mehr dafür tauglich, auf einem Stabsposten zu verkümmern, während seine Kameraden immer noch in Feldzügen avancierten, in denen er nicht mehr befehlen konnte.

„Schon gut, Mama", sagte sie ruhig, „ich werde es noch heute vormittag tun, sobald ich mich umgezogen habe."

„Du bist ein Schatz." Ihre Mutter ging hinaus und schloß die Tür hinter sich.

Der Tee war jetzt kalt und der Toast zäh wie Leder. Charlotte schob ihren Teller zur Seite, läutete nach Peg, die abräumen sollte, und ging die Stiegen hinauf in ihr Zimmer.

Sie legte ihr Reitkostüm ab und zog ihr neues Kleid aus schwerem schwarzen Bombasin an, das sie so sehr haßte. Ihre Mutter mit dem hauchdünnen Witwenschleier brachte es zuwege, sogar in tiefer Trauer reizend auszusehen, aber auf Charlotte war die Wirkung bedrückend, und sie lehnte sich dagegen auf. Ihr Vater hatte Farben und Fröhlichkeit geliebt. Warum in solch trübsinnigem Schwarz um ihn trauern? Aber sie konnte sich nur zu gut die entrüsteten Gesichter der Bekannten aus der Armee vorstellen, hätte sie es gewagt, die Regeln der Konvention zu ignorieren. Die Menschen hier neigten ohnehin dazu, sie scheel anzusehen, was nicht wunderlich war, da nichts in Charlottes Erziehung dem Herkömmlichen entsprach.

Ihr Haar war so vom Wind zerzaust, daß sie die Haarnadeln herausnahm, es bürstete und zurückband. Es war dicht und von Natur aus gelockt. Ihre Mutter pflegte zu sagen, daß es ihr einziges wirkliches Schönheitsattribut sei, und nörgelte, weil sie nicht genug daraus machte. Sie hatte darauf bestanden, daß Charlotte es mit Blumen und Bändern aufsteckte, als sie im vergangenen Winter zum Regimentsball gingen, aber ehe der Abend vorüber war, hing es wieder wirr auf ihre Schultern nieder. Charlotte machte sich nicht oft Gedanken über ihr Aussehen, aber an diesem Morgen blickte sie prüfend in den Spiegel. Vielleicht sollte sie sich jetzt, angesichts einer so ungewissen Zukunft, endlich klar über sich selbst werden. Ihr Teint ging gerade an, stellte sie gelassen fest, die Augen waren groß und grün, mit langen dunklen Wimpern, die Nase kurz und gerade, das Kinn sehr energisch und der Mund allzu groß, kein Schmollmündchen, wie es die anderen Mädchen besaßen. Jack fand sie wohl attraktiv, vermutete sie. Es war jetzt ein Jahr her, daß er um sie angehalten hatte, und sie hatte sich zusammen mit ihrem Vater darüber lustig gemacht. Und da war auch noch Clive, ihr Cousin in Breakstone Park, aber ihr Herz scheute vor diesem Gedanken zurück. Sie wollte sich nicht daran erinnern, weil es zu schmerzlich war. Unmutig wandte sie sich von ihrem Spiegelbild ab. Es lag auf der Hand, daß ihrAussehen ihr nicht weiterhelfen würde. Besser daher, solch aussichtslose Erwägungen zu vergessen und mit der Arbeit zu beginnen, die ihre Mutter ihr aufgetragen hatte.

Das Arbeitszimmer ihres Vaters war winzig klein, und sie hatte es in diesen vergangenen Wochen gemieden. Es war zu sehr von glücklichen Erinnerungen erfüllt. Es gab darin einen kleinen Schreibtisch, einige Bücherregale, einen großen ledernen Lehnstuhl und den Schemel, den sie früher immer nahe an den Vater herangerückt hatte. Sie war acht Jahre gewesen, ehe sie ihn wirklich kennengelernt hatte. Noch vor ihrer Geburt hatte er sich mit dem Regiment eingeschifft, und er kehrte heim als ein Fremder, den sie beinahe fürchtete, ein rauher Krieger, mühsam hinkend, mit einem von Narben zerfurchten Gesicht. Erst nachdem ihre Mutter eine Fehlgeburt gehabt und er erfahren hatte, daß er niemals den erhofften Sohn haben würde, kam sie, Charlotte, ihm näher. Sie nahm die Stelle des Knaben ein, der sein Nachfolger im Regiment hätte werden sollen, und sehr zum Mißvergnügen ihrer Mutter gewöhnte er sich daran, sie mitzunehmen, wohin es nur möglich war, so daß sie praktisch mit der Rifle Brigade aufwuchs, als Liebling der Offiziere und der Mannschaft, als Kameradin der jungen Rekruten. Er lehrte sie reiten und ließ ihr ein Gewand in den Farben seiner Uniform — Grün und Schwarz — anfertigen. Sie kannte die Geschichte der Brigade auswendig, wußte über ihre Anfänge Bescheid, über ihre Ausdauer, was Disziplin und Initiative betraf, ihre Tapferkeit, ihre Handstreiche, die lange Reihe von Siegen und ihre Niederlagen. Charlotte hatte keinen geordneten Unterricht genossen, aber sie schnappte ein paar Brokken Latein von ihm auf, sprach etwas Französisch, erfuhr eine Menge aus der Geschichte, und — vor allem — er lehrte sie Spanisch.

Er war mit einer großen Liebe und einem leidenschaftlichen Interesse für die spanische Halbinsel nach Hause gekommen, einer Zuneigung, die er beibehielt und in magischer Weise auf sie übertrug, so daß Spanien ein Märchenland für sie wurde, der Schauplatz ihrer phantasievollen kindlichen Träume.

Sie entsann sich lebhaft des Tages, an dem es begonnen hatte. Die Mutter schickte sie damals mit dem Kaffee zu ihm, und sie stellte das Tablett nieder und kletterte auf seine Knie, um in das Buch zu blicken, das er gerade las. Es gab darin Bilder eines großen, hageren Mannes auf einem klapperdürren Pferd, der gegen Windmühlen kämpfte und in Abenteuer verwickelt wurde, über die sie lachen mußte. Sie fragte, was die Worte bedeuteten, und ihr Vater begann, ein paar Zeilen aus *Don Quichotte* zu übersetzen, wovon sie wie gefangen war. Sie begriff rasch und faßte Spanisch erstaunlich schnell auf. Es wurde ihrer beider Geheimsprache, mit der sie manchmal die Mutter zu ärgern pflegten, wenn sie über irgendeinen Scherz kicherten, den jene nicht verstand.

„Du solltest das Kind lieber zum Kochen und Nähen anhalten und ihm beibringen, sich ordentlich zu kleiden, anstatt die ganze Zeit in dieser Barbarensprache zu schwätzen", sagte die Mutter mehr als einmal gereizt. „Sie ist nicht einer deiner jungen Rekruten."

„Du lieber Gott, Caroline", pflegte er zu antworten. „Charlie ist kein Dummkopf. Sie hat schließlich Verstand. Warum, um Himmels willen, sollte sie ihn nicht gebrauchen?"

Ihre Mutter hatte die Achseln gezuckt. „Das ist alles schön und gut, aber damit bekommt man keinen ordentlichen Ehemann", hatte sie in scharfem Ton geantwortet.

Das war vielleicht richtig, aber Charlotte würde niemals die Stunden bereuen, die sie mit ihrem Vater verbracht hatte.

Sie fand jene abgenutzte Ausgabe von *Don Quichotte* noch auf dem Regal zwischen den anderen Büchern und legte sie für sich beiseite, ehe sie sich dem Schreibtisch zuwandte. Harry Starr war ein Methodiker gewesen und hatte seine Papiere wohlgeordnet zurückgelassen, übersichtlich registrierte Regimentsunterlagen, bezahlte und quittierte Rechnungen, fein säuberlich gebündelt. Charlotte untersuchte gewissenhaft jede Schublade außer einer, die zu ihrem Erstaunen versperrt war. Sie fand die Schlüssel ihres Vaters, doch dann zögerte sie. Obgleich er schon einige Wochen tot war, fühlte sie ein gewisses Widerstreben, die verschlossene Lade zu öffnen. Es war, als öffnete sie einen persönlichen Brief. Sie würde in etwas eindringen, das er vor ihrer Mutter geheimhalten wollte, ebenso wie vor ihr und vielleicht auch vor sich selbst.

Aber es mußte getan werden. Sie überwand ihre Scheu und drehte den Schlüssel um. Drinnen lag ein Gegenstand, eingewickelt in ein schon vergilbtes und mit bräunlichen Flecken bedecktes Taschentuch. Sie fragte sich, ob das Blut war, dann entfaltete sie es zögernd und enthüllte ein Porträt, ungefähr zehn mal zehn

Zentimeter groß, in einen zarten Goldrahmen gefaßt und vermutlich auf Elfenbein gemalt. Es war ein düsterer Tag, und Charlottes Hände zitterten ein wenig, als sie das Bildnis zum Fenster trug, um es näher zu betrachten. Sie hatte eigentlich das Bild einer Frau erwartet, vielleicht eine heimliche Liebesgeschichte. Aber sie irrte sich. Es war das Gesicht eines Mannes, das ihr entgegenblickte, jung, dunkelhaarig, mit einem dünnen Schnurrbart, ein eindrucksvolles Antlitz, das Antlitz eines Spaniers — sie war sich dessen gewiß, obgleich es keinerlei Hinweise darauf gab, keinen Brief, keine Erklärung, warum es hier in einem blutbefleckten Taschentuch eingewickelt lag und so geheimnisvoll unter Verschluß gehalten wurde. War es jemand, den ihr Vater gut gekannt hatte? Soviel sie wußte, kämpften die Spanier hauptsächlich in Guerillaverbänden und fochten nicht an der Seite der Engländer. Waren sie Freunde gewesen? War er tot? Sie war fasziniert von diesem Gesicht, gebannt von den Augen, die geradewegs in die ihren zu blicken schienen. Ihr Vater hatte über fast alles mit ihr gesprochen, darüber jedoch nicht, weshalb nur? Wäre es zu schmerzlich für ihn gewesen?

Nach dem Mittagessen sagte ihre Mutter: „Eigentlich wollte ich es dir schon heute früh erzählen. Ich habe einen Brief aus Breakstone Park erhalten."

„Du meinst wohl, von Onkel Nicholas? Ist es wegen des Hauses?"

„Nein, nicht von Nicholas, von Clive."

Es ärgerte sie, daß sie noch immer nicht seinen Namen hören konnte, ohne daß ihr Herz heftig zu klopfen begann. Sie würgte mühsam ein Stück kaltes Fleisch hinunter, ehe sie wie beiläufig hinwarf: „Was will denn Clive von uns?"

„Er hat offenbar nächste Woche in der Nähe zu tun und würde sich freuen, uns besuchen zu dürfen."

„Aber wozu denn nur in aller Welt?"

„Das hat er nicht geschrieben." Die Mutter sah sie mißbilligend an. „Ich war im übrigen immer der Meinung, daß du in dieser Angelegenheit deine Trümpfe recht unklug aus der Hand gegeben hast, Charlotte. In jenem Sommer, den wir in Breakstone verbrachten, war Clive mehr als nur ein bißchen in dich verliebt."

„Sei nicht albern, Mama. Das war er natürlich nicht. Er hat sich nur zu dieser Zeit sehr gelangweilt. Er wollte sich wahrscheinlich irgendwie amüsieren, und zufällig war gerade ich zur Stelle." So sehr sie es auch versuchte, sie vermochte es nicht, eine gewisse Bitterkeit in ihrer Stimme zu unterdrücken.

Immer noch brannte ihr das Herz, wenn sie an jenen letzten Tag in dem Sommerhaus dachte, von dem man weit über den See blicken konnte. Clive hatte den Arm um sie gelegt, sie eng an sich gezogen und ihr unbekümmert das Herz gebrochen.

Sie hörte noch seine heitere, betörende Stimme: „Ich besitze doch keinen einzigen Penny, Charlie. Was zum Teufel sollte ich auch tun? Die Armee, die Kirche, das interessiert mich alles nicht. Das einzige, was ich kann — und das nur so recht und schlecht —, ist malen, und ich bezweifle sehr, daß es mir Reichtümer einbringen wird. Was also bleibt einem armen jüngeren Sohn übrig als eine Geldheirat." Er scherzt, hatte sie in ihrer Einfalt gedacht, das kann nicht sein Ernst sein. Aber er meinte es tatsächlich so. Es war ihm todernst damit.

„Er hat es sich anscheinend recht gut gerichtet", fuhr ihre Mutter sinnend fort. „Lucy Weaver ist eine reiche Erbin und ein guter Fang für jeden Mann, wenn auch ihr Vater nur ein Geschäftsmann war."

„Wird Clive seine Frau mitbringen?" fragte Charlotte gepreßt.

„Er erwähnte sie jedenfalls nicht."

„Gott sei Dank dafür."

Sie war bisher nie mit Lucy zusammengetroffen und hatte auch jetzt nicht den Wunsch, sie in diesem schäbigen kleinen Haus empfangen zu müssen.

Sie hatte angenommen, daß sie die Sache mit Clive überwunden hätte, aber während der Woche vor seinem Eintreffen stellte sie fest, daß sie wie auf glühenden Kohlen saß. Sie versuchte, sich — so oft es nur ging — mit den unzähligen Aufgaben zu beschäftigen, die erledigt werden mußten, um all das zusammenzupacken, was sich in den vielen in ein und demselben Haus zugebrachten Jahren angesammelt hatte, wobei sie zu entscheiden hatte, was mitzunehmen war und was verkauft oder weggegeben werden sollte. Unaufhörlich kamen Besucher. Einige davon waren aufrichtig mitfühlend, andere jedoch, die sich sehr höflich gaben, schätzten mit scharfem Blick den Besitz ab und überlegten wohl, welcher Vorteil sich für sie herausschlagen ließ. Und in der Zwischenzeit, wenn Charlotte spazierenging oder nachts schlaflos lag, gelang es ihr nicht, Clive aus ihren Gedanken zu verbannen.

Die Familie hatte früher jedes Jahr einige Wochen in Breakstone verbracht. Sir Nicholas Starr war der ältere Bruder ihres Vaters, und er fühlte sich zu einer alljährlichen Einladung verpflichtet. In jenen Tagen nahm Clive — vier Jahre älter als sie — kaum Notiz von seiner kleinen Cousine. Er behandelte sie mit herablassender Geringschätzung, was ihn jedoch nicht daran hinderte, sie — sobald niemand zusah — an den Haaren zu ziehen oder sie heimlich zu kneifen, bis sein Vater ihm befahl, gefälligst mit diesen verdammten Dummheiten aufzuhören und die kleine Cousine anständig zu behandeln.

Dann kam der Sommer, als sie achtzehn war und er zweiundzwanzig. Er war von der Universität beurlaubt, um sich daheim nach einem Reitunfall von einer bösen Knieverletzung zu erholen, die ihn von seinen üblichen Zerstreuungen fernhielt. In diesem Jahr war im Truppenlager die Cholera ausgebrochen. Charlottes Vater bestand darauf, daß seine Frau und seine Tochter einige Wochen in Breakstone verbrachten; und zum ersten Mal in ihrem Leben vergaß Charlotte, daß sie sich immer sehnlichst gewünscht hatte, ein Knabe zu sein. Sie verliebte sich, ganz unvernünftig und sehr schmerzlich, in den hübschen, charmanten und leichtsinnigen Cousin Clive.

Wie hätte sie, die sie unter jungen Soldaten wie eine Schwester in einer Familie von Brüdern aufgewachsen war, die so wenig Erfahrung in der Liebe besaß, bis zu jenem verhängnisvollen Tag auch wissen sollen, daß ihm dies alles überhaupt nichts bedeutete. Wie viele Stunden saß sie doch bei ihm, als er ans Bett gefesselt war, wie oft waren sie — langsam dahinschlendernd — spazierengegangen, gemächlich ausgeritten, als er wieder zu Pferd sitzen konnte! Wie lustig war es auf dem Sommerfest, bei ihren Picknicks gewesen! Als er sie mit Erdbeeren fütterte, die er aus dem Küchengarten für sie erbeutet hatte, wie hatten sie da gelacht, und wie wunderbar war es an den langen, warmen Sommerabenden gewesen, als sie zusammen tanzten! Ach, welch zauberhafte Stunden hatten sie miteinander verbracht, Stunden, die wie ein Traum vergingen und sie verwundet und verwirrt zurückließen. Im vergangenen Winter hatte sie dann von seiner Verlobung gehört und war wegen schwerer Schneefälle verhindert gewesen, an seiner Hochzeit teilzunehmen. Sie vermutete, daß ihr Vater erraten hatte, was geschehen war, aber er war klug genug gewesen, nichts zu erwähnen, und Jacks stotternd vorgebrachter Heiratsantrag hatte ihr, obwohl sie ihn ablehnte, schließlich dabei geholfen, ihr erschüttertes Selbstvertrauen wiederherzustellen.

Sie sagte sich, daß das alles nun lange vorüber sei und sie nicht mehr das unwissende Kind wäre, das man so leicht betören konnte; doch kaum sah sie den Wagen vorfahren und hörte Clive sprechen, während Peg ihn in den Salon führte, mußte sie sich mühsam aufraffen, um hinunterzugehen. Sie hatte sich eine Stunde lang zurechtgemacht, was sie nur sehr selten tat. Sie hatte ihr Haar gebürstet, bis es glänzte, hatte eine schmale, cremefarbene Spitzenrüsche um den Ausschnitt des verhaßten schwarzen Kleides geheftet und die Goldkette mit dem Medaillon — das letzte Geburtstagsgeschenk ihres Vaters — umgelegt. Nun bot sie all ihren Mut auf und stieg die Treppe hinab. Und es war seltsam; als sie die Tür öffnete und Clive mit dem Rücken zum Feuer stehen sah, sein Gesicht vom Kerzenlicht erhellt, fiel es ihr wie Schuppen von den Augen, und sie begann, ihn so zu sehen, wie er wirklich war.

Verschwunden war der Jüngling, der während jenes langen Sommers ihr Herz so leicht erobert hatte, der junge Mann, dem sie zuschaute, wie er in dem mit Farbe bekleckten Hemd und der Kniehose an seiner Staffelei stand, mit dem sie um die Wette lief, die ersten Pflaumen im Obstgarten ergatterte, der sie fast ertränkte, als der Kahn im See kenterte, und der sie schließlich behutsam küßte, als er sie aus dem mit Schlingpflanzen überwucherten Wasser zog. Sie hätte sich ihm ohne Zögern geschenkt, wenn er es von ihr gefordert hätte. Nun war sie dankbar dafür, daß ihr diese letzte Demütigung erspart geblieben war.

Oh, er sah zweifellos immer noch gut aus, das Haar dicht und glänzend, der modische blaue Mantel und die rehbraune Hose von tadellosem Schnitt. Der Reichtum seiner Frau hatte ihn in einen Weltmann verwandelt, aber auch blasiert, selbstzufrieden und dünkelhaft gemacht, und gewiß auch durch und durch egoistisch. Möglicherweise waren alle diese Eigenschaften auch schon damals vorhanden gewesen, und sie hatte sie in ihrer Verblendung bloß nicht bemerkt.

Clive streckte ihr beide Hände entgegen. „Charlotte, meine liebe, liebe Cousine. Wie lange ist es her, und wie hübsch du geworden bist!“

Er zog sie an sich und küßte sie auf beide Wangen, und einen Augenblick lang schien sie dem alten Zauber zu erliegen; aber es währte nicht lange. Sie wich zurück, spürte eine Unaufrichtigkeit, eine Heuchelei, die sie früher nicht empfunden hatte.

„Ich freue mich, dich zu sehen, Clive", sagte sie leichthin. „Die Ehe scheint dir gutzutun. Ich finde, du bist dicker geworden, siehst nicht mehr so mager und verhungert aus. Warum hast du deine Frau nicht mitgebracht? Mama und ich haben schon so viel von ihr gehört."

Sie hatte den Eindruck, daß er sich über ihren ironischen Ton ärgerte. Er sagte kurz: „Lucy geht es nicht gut. Das ist auch einer der Gründe, weshalb ich euch heute besuche."

„Wirklich? Können wir dir irgendwie behilflich sein?"

Ehe sie dazukam weiterzusprechen, schaltete sich ihre Mutter ein, indem sie rasch bemerkte: „Wir müssen hier wirklich nicht wie Wachsfiguren herumstehen. Wir sind schließlich keine Fremden, wir sind eine Familie. Setz dich, Clive, mach es dir, bitte, bequem. Charlotte, meine Liebe, würdest du Peg bitten, den Tee zu bringen?"

Als Charlotte mit der besten silbernen Teekanne und dem feinsten Porzellan, das sie besaßen, zurückkam, mit den dünngeschnittenen Sandwiches, der Kongreßtorte und Pegs köstlichem Madeirakuchen, hatten Clive und ihre Mutter bereits links und rechts vom Kamin Platz genommen, und Charlotte begann daher, den Tee einzugießen, und überließ es Peg, die Tassen weiterzureichen.

Sie tranken den Tee, probierten das Backwerk und plauderten über alltägliche Dinge, zum Beispiel, wie sehr Clive die Saison in London genossen hatte, über die zunehmenden Gichtanfälle seines Vaters und darüber, daß seinem älteren Bruder vor kurzem wieder eine Tochter geboren worden war. Erst als die letzte Tasse geleert war und der Tisch weggeschoben wurde, kam Clive auf den eigentlichen Zweck seines Besuches zu sprechen.

„Hast du eigentlich deine Spanischstudien weiterbetrieben, Charlie? Ich habe nie vergessen können, wie du Vaters Bibliothek durchstöbert hast, um einschlägige Bücher zu ergattern."

Sie war erstaunt über die Frage. „Ja, das habe ich, sooft es möglich war." Damals hatte er über sie gelacht. „Warum stopfst du dein Gehirn mit einer Sprache voll, die du nie im Leben anwenden wirst?“ hatte er sie geneckt. „Stell dir vor“, sprach sie nun weiter, „vor einiger Zeit brachte Vater einen Mann mit nach Hause, der fließend Spanisch sprach, und wir verbrachten einige Abende damit, unsere Konversationskenntnisse aufzufrischen.“

„Das ist ja wunderbar“, sagte Clive. „Wenn du dich einmal für etwas interessierst, verbeißt du dich darin wie ein Hund in einen Knochen. Was mich angeht“, er zuckte lächelnd die Achseln, „ein Dutzend Worte, und ich komme nicht mehr voran. Wie schade, daß nicht alle Welt statt dieser zungenbrechenden Sprachen Englisch redet. Meinst du nicht auch, Tante Caroline?“ und er bezog ihre Mutter in seinen amüsierten Blick ein. „Das Fazit von alledem ist jedoch ganz einfach. Ich bin der Überbringer einer Einladung, Charlotte, und zwar von Lucy, und auch von mir selbst. Hättest du Lust, uns im kommenden Jahr nach Spanien zu begleiten, natürlich auf unsere Kosten? Du wärst unser Gast.“

„Nicht möglich!“ Sie starrte ihn mit offenem Mund an, unfähig, ihren Ohren zu trauen. Wie konnte er nur so ohne jegliches Verständnis, so ohne Einfühlungsvermögen sein, oder hatte ihm das, was einst zwischen ihnen gewesen war, so wenig bedeutet, daß er es bereits vergessen hatte?

Ihre Mutter warf ihr einen kurzen Blick zu und sagte dann ruhig: „Ich fürchte, du hast uns überrumpelt, mein lieber Clive. Das kommt völlig unerwartet. Darf ich fragen, weshalb ihr nach Spanien fahrt und für wie lange?“

Er lächelte. „Das sieht mir wieder einmal ähnlich. Auch Vater beklagte sich darüber, daß ich immer über's Ziel schieße. Die Sache ist nämlich die: Lucy fühlt sich seit dem Sommer überhaupt nicht wohl; sie hat sich anscheinend auf dem Rennplatz verkühlt. Das Wetter war wie gewöhnlich grauenhaft, und sie bekam einen lästigen Husten, den sie nun nicht los wird. Der Doktor hat eine gewisse Anfälligkeit festgestellt und ihr ein wärmeres Klima empfohlen, und das so rasch wie möglich.“

„Da wäre aber Italien sicher besser geeignet als Spanien“, gab ihre Mutter zu bedenken.

„Zufällig haben wir unsere Flitterwochen in Rom und Florenz verbracht und waren ziemlich enttäuscht davon. Es gibt viel zu viele Auswanderer dort und auch zu viele englische Touristen. Wenn ich schon längere Zeit im Ausland verbringen muß, ziehe ich ein wilderes, unerforschteres Land vor. Ich nehme zur Zeit meine Malerei sehr ernst, und Spanien wird sicher herrliche Gelegenheiten für interessante Motive bieten."

„Was hält denn eigentlich deine Frau davon?" fragte Charlotte.

„Lucy ist es gleichgültig, wohin sie fährt, wenn es dort nur warm ist und die Sonne scheint. Wir hatten das Glück, den spanischen Botschafter in London zu treffen, und er war uns eine große Hilfe. Er hat uns bereits ein Landhaus in Sevilla, in einem der besten Viertel der Stadt, empfohlen. Eigentlich war es ja Lucy, die vorgeschlagen hat, daß ich zu euch kommen sollte. Sie sagte, sie hätte gerne eine Gefährtin, wenn ich ausrücke, um — wie sie es nennt — meinem Malfimmel zu frönen. Und natürlich wären deine Spanischkenntnisse für uns beide von unschätzbarem Wert. Wir nehmen Lucys Mädchen und meinen Kammerdiener mit, und wir beabsichtigen, ein Jahr oder möglicherweise auch länger zu bleiben." Seine Augen strahlten sie an. „Nun, was meinst du dazu, Charlie?"

„Das ist sehr lieb von dir", sagte Charlotte vorsichtig, „aber ich fürchte, daß ich ablehnen muß. Es wird kaum möglich sein, Mama so kurz nach dem Verlust von Vater allein zu lassen. Du mußt das verstehen."

„Mein liebes Kind", warf ihre Mutter so rasch ein, daß Charlotte befremdet war. Hegte sie schon bestimmte Absichten, über die sie noch nicht gesprochen hatte? „Du brauchst auf mich keine Rücksicht zu nehmen, wenn du gerne mitfährst, und es wäre doch sicher eine wunderbare Gelegenheit für dich, etwas von der Welt zu sehen."

Man diskutierte eine Zeitlang darüber, Clive voll Eifer und von ihrer Mutter offensichtlich unterstützt. Charlotte konnte sich nur mit Mühe gegen die beiden behaupten — voll von Zweifel über das Vorhaben und doch gleichzeitig sehr von dem Gedanken verlockt, das Land, das ihres Vaters Träume erfüllt hatte, nun vielleicht doch ein wenig kennenzulernen.

Schließlich meinte Clive: „Ich weigere mich entschieden, ein ‚Nein' als Antwort anzuerkennen. Aber ich sehe ein, daß ich dich mit dieser Einladung überrascht habe und du Zeit zur Überlegung brauchst. Ich halte mich nur ein paar Meilen von hier bei Freunden auf. Denk' inzwischen darüber nach, und, wenn ich darf, werde ich in ein paar Tagen noch einmal vorbeikommen."

„Das ist wirklich sehr freundlich von dir, Clive", sagte ihre

Mutter, „und ich bin sicher, daß Charlotte, wenn sie erst reiflich über die Angelegenheit nachgedacht hat, an deinem Vorschlag Gefallen finden wird."

„Ich hoffe sehr, daß sie mit uns kommt, wobei ich sowohl für Lucy als auch für mich spreche, Tante Caroline", erwiderte Clive leichthin, wobei er ihre Hand ergriff, sie mit einem Kuß auf die Wange bedachte und ihr mit unwiderstehlichem Charme für den Tee dankte.

Charlotte geleitete ihn zur Tür, und ehe er ging, nahm er ihre beiden Hände in die seinen und flüsterte ihr in dem engen Gang des Flures zu: „So komm doch mit uns, Charlie. Ich habe dich nie vor etwas zurückschrecken sehen. Erinnere dich, was du in Breakstone immer gesagt hast — gehen wir auf Abenteuer! — Nun, das könnte jetzt unser allerschönstes Abenteuer werden."

Was er da sagte, war wahr; aber damals war er noch ein Jüngling gewesen; heute war er ein Ehemann, der die Verantwortung für eine kränkliche Frau zu tragen hatte, und die Zeit der Abenteuer war vorbei. Wie würde sie sich fühlen — in so vertrauter Nähe mit ihm, wie würde er reagieren? Es war wirklich zu gefährlich. Sie entzog ihm die Hände und schüttelte den Kopf.

„Es gibt da viel zu viele Probleme. Lucy könnte ja eine spontane Abneigung gegen mich fassen."

„Nein, das wird sie ganz gewiß nicht. Sie wird dich gern haben. Lucy denkt und handelt wie ich, und sie ist sehr einsam. Sie braucht eine Freundin." Einen Augenblick lang schien er aufrichtig zu sein, was Charlotte überraschte.

„Ich verspreche dir, daß ich darüber nachdenken werde. Ich kann nicht mehr tun als das."

„Das ist auch alles, worum ich dich bitten will. Auf Wiedersehen, mein Schatz, oder sollte ich sagen, *Adios, mi amor?*"

Seine unmögliche Aussprache brachte sie zum Lachen. „Wo hast du denn das gelernt?"

„Das tut nichts zur Sache, aber du siehst daraus, wie sehr du gebraucht wirst", gab er zurück, und sie lachten beide, als sie voneinander schieden.

„Ist er weggefahren?" fragte ihre Mutter, als sie ins Wohnzimmer zurückkam.

„Ja, und mit einem recht stattlichen Wagen. Glaubst du, daß er ihm gehört?"

„Warum nicht? Es heißt, daß seine Frau reich genug ist, um ihm ein halbes Dutzend solcher Wagen zu kaufen. Das wäre übrigens eine glänzende Chance für dich, Charlotte."

Charlotte starrte ihre Mutter an: „Aber ich werde nicht mitfahren. Du hast ja gehört, was ich zu Clive gesagt habe."

„Ja, natürlich. Aber du hast das doch nicht so gemeint."

„Du kannst mir glauben, es war mir ernst. Jedes Wort habe ich so gemeint."

„Nun mach dich doch nicht zum Narren in dieser Sache", rief ihre Mutter ein wenig ärgerlich. „Zu Beginn ablehnen, das ist ja recht klug. Weiß Gott, wir wollen doch nicht wie die Bettler dastehen und sofort jede Gelegenheit, die sich bietet, beim Schopf packen; aber in ein oder zwei Tagen — wenn er wiederkommt —, da kannst du ruhig zusagen. Gib ihm das Gefühl, daß du ihm einen Gefallen tust. Ich hätte nie gedacht, daß sich all die viele Zeit, die Harry damit zugebracht hat, dir Spanisch beizubringen, noch als so nützlich erweisen würde. Das zeigt wieder einmal, wie seltsam das Leben spielt. Meinst du nicht auch?"

„Du willst also wirklich, daß ich mit ihm fahre, nicht wahr?" fragte Charlotte zögernd.

„Wenn es zu deinem Besten ist, dann gewiß", fuhr ihre Mutter entschieden fort. „Erst vor wenigen Tagen hast du davon gesprochen, daß du dir eine Beschäftigung suchen möchtest. Das hier wäre hundertmal besser als jede Stellung, die du bekommen könntest, und auch viel passender. Mit deinen Verwandten in vorzüglichstem Luxus zu reisen . . ."

„Und andauernd nach Lucys Pfeife tanzen müssen, allen ihren Launen und Grillen ausgesetzt. Hast du auch daran gedacht? Sie hat das Geld, sie wird auch den Ton angeben. Ich werde für meinen Luxus ganz schön bezahlen müssen, da kannst du sicher sein."

„Und was ist nicht in Ordnung dabei? Jeder Arbeitgeber würde den letzten Blutstropfen von dir fordern, meinst du nicht auch? Schließlich ist Clive dein Cousin, und er ist auf deiner Seite. Er mag dich, ich habe es bemerkt."

„Und angenommen, er mag mich zu sehr?"

Ihre Mutter schaute sie prüfend an. „Was willst du damit sagen?"

„Ach, ich weiß nicht recht." Sie wollte es nicht erklären. Ihre

Mutter hatte nie genau erfahren, was zwischen ihr und Clive in jenem Sommer vorgegangen war.

„Auf alle Fälle bist du kein Kind mehr, Charlotte", fuhr ihre Mutter fort. „Du würdest sicher mit einer solchen Situation fertigwerden, falls sie sich ergäbe, aber ich bin ganz gewiß, es wird nicht der Fall sein. Schließlich und endlich bist du kaum eine *femme fatale,* mein Kind, und Clive ist ein Gentleman und dein Cousin."

„Ich weiß — ich weiß — aber trotzdem — es beunruhigt mich ein wenig."

„Um Himmels willen, hör bloß auf, die Zimperliche mit den schwachen Nerven zu spielen. Solche Allüren und so ein Getue passen nicht zu dir, Charlotte. Gott weiß, daß ich dich nicht in diese Sache hineindrängen will; aber ich bitte dich inständig, wenigstens ernsthaft darüber nachzudenken. Was hat dein Vater immer gesagt — irgend etwas von einer Woge im menschlichen Leben, die — wenn man sich ihr zur Zeit der Flut überläßt — einen zum Glück emporträgt. Nun, diesmal scheint die Woge ausnahmsweise in unsere Richtung heranzurollen, und so sollten wir sie auch nützen."

Es war so ungewohnt, ihre Mutter Shakespeare zitieren zu hören, daß Charlotte lächeln mußte, aber die beiden nächsten Tage und Nächte brachte sie in äußerster Unentschlossenheit zu, ehe sie durch puren Zufall den wahren Grund erfuhr, warum ihre Mutter so in sie drang.

Sie war den ganzen Vormittag außer Haus gewesen, um ein Bündel Kleider für die hilfsbedürftigen Armen zur Mission zu bringen, und als sie zurückkam, sah sie ein fremdes Pferd, das vor dem Tor angepflockt war. Das konnte gewiß nicht Clive sein! Sie erwartete ihn nicht vor Ende der Woche. Sie öffnete rasch die Tür zum Salon und sah ihre Mutter — errötend und seltsam schuldbewußt — mit einem großen, schwerfälligen Mann zusammenstehen, der es zuwege brachte, den Anschein von Streitbarkeit mit einer gewissen Befangenheit zu verbinden. Charlotte kannte ihn flüchtig. Es war Alfred Armstrong, Colonel im Ruhestand, der jetzt irgendeinen Posten in der Londoner City bekleidete. Er hatte sie im vergangenen Jahr gelegentlich besucht, und ihr Vater war ihm mit jener leichten Geringschätzung begegnet, die er für alle Zivilisten empfand.

„Verzeihung", sagte sie, „ich wußte nicht, daß wir Besuch haben."

„Colonel Armstrong verläßt uns gerade, meine Liebe. Sie erinnern sich gewiß noch an meine Tochter, Alfred, nicht wahr?"

„Aber natürlich. Meine Verehrung, Miss Starr."

Er verbeugte sich höflich vor ihr, ehe er mit ihrer Mutter das Zimmer verließ. Als ihre Mutter zurückkam, sagte Charlotte schroff: „Nun, und wann wirst du ihn heiraten?"

„Ich bitte dich, Charlie! Das ist ja unerhört!"

„Vermutlich ist es das, da Papa ja kaum begraben ist; aber wir wollen doch nicht heucheln. Wir können ebensogut ehrlich miteinander sein. Hat er dir einen Antrag gemacht? War das der Anlaß seines Besuches?"

„Wenn du es unbedingt wissen willst: er hat es getan, und was ist dabei nicht in Ordnung?" verteidigte sich ihre Mutter. „Die Hochzeit könnte ohnehin bestenfalls in einem Jahr stattfinden, weil es sonst nicht schicklich wäre; und er erwartet sich auch nichts anderes von mir."

„Also deshalb warst du so erfreut, als Clive mir angeboten hat, mich nach Spanien mitzunehmen", gab Charlotte in müdem Ton zurück. „Du willst mich loswerden, damit sozusagen die Luft rein ist."

„Das ist nicht wahr! Die Einladung kam einfach so gelegen; sie schien genau das Richtige für dich zu sein."

„Und Colonel Armstrong, der es sich in den Kopf gesetzt hat, eine hübsche Witwe zu heiraten, möchte nicht durch eine erwachsene Stieftochter gestört werden. Ich habe schon verstanden."

„Aber nein, das ist ganz und gar nicht so. Du glaubst, daß ich das Andenken deines Vaters schmähe. Das bringt dich so sehr aus der Fassung, nicht wahr? Aber es ist nicht so. Ich bin ihm treu gewesen, als er noch lebte; aber jetzt ist er tot und hat mich fast mittellos zurückgelassen. Ich muß auch an mich denken. Ich bin keine Frau, die allein zu leben vermag. Ich kann nicht mein Leben mit guten Werken ausfüllen wie Nicholas' Frau, indem ich Lady Gutherz im Dorf von Breakstone spiele. Jetzt habe ich eine Chance, die vielleicht nie wiederkehren wird. Warum also sollte ich sie nicht nützen?"

„Ja, wirklich, warum auch nicht?"

Von ihrem Standpunkt aus hatte die Mutter völlig recht; nur

der Gedanke, den plumpen, schwerfälligen Colonel Armstrong an des Vaters Platz zu sehen, erfüllte Charlotte mit tiefem Groll. Sie wußte, daß das ein Gefühl war, das sie beim besten Willen nie würde unterdrücken können. So mußte sie fliehen, und es gab nur einen Ausweg, soferne sie ihre diesbezüglichen Bedenken zu zerstreuen vermochte.

„Also gut", sagte sie, „wenn Clive kommt, werde ich ihm sagen, daß ich meine Meinung geändert habe."

„Oh mein Schatz, du wirst es nicht bereuen, da bin ich ganz gewiß. Es wird ein wunderschönes Erlebnis sein, und in einem Jahr kann so mancherlei geschehen."

„Ja, so mancherlei", stimmte sie zu. „Wir werden einige unserer Pläne ändern müssen, nicht wahr? Wirst du jetzt in das Landhaus in Breakstone ziehen?"

„Für einige Zeit, ja", sagte ihre Mutter, „aber nicht für lang, gottlob, nicht für lang."

Charlotte hatte in dieser Nacht einen seltsamen Traum. Ehe sie zu Bett ging, nahm sie das Porträt aus der Lade ihrer Kommode, wo sie es verborgen hielt. Das Kerzenlicht beleuchtete es und verlieh den Zügen Leben und Wärme. Wen immer das Bild auch darstellte, dieser unbekannte Spanier mußte so alt wie ihr Vater oder vielleicht sogar älter sein. Sie starrte lange Zeit auf das Porträt; dann hüllte sie es wieder ein und legte es sorgfältig weg. Sie dachte, daß ihre Mutter recht gehabt hatte. Eine unsichtbare Woge schien sie nach Spanien zu tragen, und nun, da sie sich zu der Reise entschlossen hatte und nicht mehr zurückkonnte, empfand sie eine zunehmende freudige Erregung.

Erstaunlicherweise schlief sie schnell ein, und in der verworrenen Art, in der Träume ablaufen, befand sie sich an einem Ort, der zum Teil wie Breakstone Park aussah, zum Teil aber einer unwegsamen, verwunschenen Gegend glich, in der kahle Felszüge und ferne Gebirge aufragten. Sie lief immerzu, und Clive rannte hinter ihr her. Er holte sie ein und nahm sie bei den Schultern, sie lachten und waren glücklich. Er drehte sie zu sich um, und da sah sie gar nicht Clives Gesicht, sondern das jenes Mannes auf dem Porträt, und er lebte und war so wirklich, daß sie sein Herz klopfen fühlte, seine langen Wimpern und die Schweißtropfen sah, die auf seinem Gesicht standen. Sie zitterte, und gleichzeitig sehnte sie sich nach seinem Kuß mit solch leidenschaftlichem Verlangen, wie sie es nie zuvor in ihrem Leben empfunden hatte. Er beugte den Kopf; aber ehe seine Lippen die ihren berührten, wachte sie auf und konnte lange nicht mehr einschlafen.

## 2

Zu ihrer großen Überraschung entdeckte Charlotte, daß sie Lucy mochte. Sie hatte das nicht erwartet. Sie war tatsächlich überzeugt gewesen, daß sie Clives Frau unausstehlich finden würde, aber notgedrungen das Beste aus der Situation machen müßte. Wie könnte es auch anders sein, hatte sie gedacht. Lucy war die Tochter von Leuten, die sich aus kleinen Verhältnissen emporgearbeitet hatten, war reich, verzogen, sicher auch ein wenig vulgär. Dann, als Charlotte sie kennenlernte, war sie vollkommen entwaffnet. Lucy entsprach überhaupt nicht ihrer Vorstellung. Vor allem war sie erst zwanzig und sehr schmächtig und klein, hatte eine Fülle goldblonden Haares und tiefblaue Augen, und sie besaß einen bezaubernden kindlichen Charme, dem man sich nicht entziehen konnte. Sie erinnerte Charlotte an ein junges Kätzchen, das ihr Vater ihr einst gebracht hatte, ein zartes, verschrecktes Geschöpf, das er vor einer Meute wilder Hunde gerettet hatte. Das Tierchen hatte in ihr einen starken Beschützerinstinkt erweckt, und während seines kurzen Lebens hatte sie es leidenschaftlich geliebt. Es war entschieden verwirrend festzustellen, daß Lucy durch ihre fragile Erscheinung in ihr dasselbe Verlangen zu beschützen wachrief.

Onkel Nicholas hatte Charlotte und ihre Mutter eingeladen, die Weihnachtsfeiertage in Breakstone Park zu verbringen, wo Clive und seine Frau sich bis zur Abreise nach Spanien aufhielten.

„Eine wunderbare Gelegenheit für euch zwei Mädchen, einander kennenzulernen“, hatte ihr Cousin vergnügt gemeint, als er Anfang Dezember zu ihnen herüberritt, um die Einladung seines Vaters zu überbringen. Und er trug, weil alles nach seinem Wunsch gegangen war, eine so blasierte Selbstgefälligkeit zur Schau, daß Charlotte ihn am liebsten ins Gesicht geschlagen hätte.

Es bedurfte fast übermenschlicher Kräfte, alles rechtzeitig für die Übersiedlung vorzubereiten, alle Verfügungen zu treffen und die vielen Dinge mit dem Wagen in das Dorf befördern zu lassen, wo Charlottes Mutter leben sollte. Es schmerzte sie, daß sie Whitefoot verlassen und letztlich verkaufen mußte; und dann hieß es auch von Jack schweren Herzens Abschied zu nehmen.

„Ein Jahr ist nicht allzu lang“, hatte sie tröstend gesagt, „es geht schnell vorbei, und dann komme ich wieder heim.“

„Ein Jahr kann eine Ewigkeit dauern“, hatte Jack mit düsterer Miene geantwortet. „Und du wirst nie wieder hierher zurückkommen. Du wirst wahrscheinlich irgendeinen reichen spanischen Grande heiraten, und ich werde dich nie wiedersehen.“

„Das halte ich nicht für sehr wahrscheinlich“, lächelte sie ihm zu. „Papa pflegte zu sagen, daß dort alle arm wie die Kirchenmäuse sind und aufgeblasen wie die Pfaue, mit Ahnenreihen, die bis auf El Cid zurückgehen. Wir haben so schöne Tage mitsammen erlebt, Jack, verdirb doch jetzt nicht alles.“

Sie hatte ihm erlaubt, sie in die Arme zu nehmen und ihr einen Abschiedskuß zu geben, und sie hatte sich gefragt, wie es kam, daß seine Umarmung — so gutmütig und überaus hochherzig, wie er war — nichts in ihr erweckte als den etwas ungeduldigen Wunsch, es möge so schnell wie möglich vorbei sein.

Seit vielen Jahren pflegte sich die Jagdgesellschaft zu Weihnachten in Breakstone Park zu treffen, und da Onkel Nicholas durch seine Gicht verhindert war, als Gastgeber zu fungieren, nahmen Clive und sein ältester Bruder die Stelle ein. Eigentlich hätte Charlotte nicht mit ihnen ausreiten dürfen, da sie noch in Trauer war, aber es war ihre Mutter, die sie dazu drängte.

Sie sagte: „Ich habe mir leider nie viel daraus gemacht, im Morgengrauen bei eiskaltem Wetter aufzustehen und dann zu Tode zu erschrecken,wenn ich mir beim Überspringen dieser gräßlichen Zäune fast das Genick gebrochen hätte. Aber du bist wie Harry, kühn wie ein Löwe. So geh' mit ihnen, meine Liebe, und Weidmannsheil!“

„Reitet Lucy nicht?“ fragte sie Clive an jenem Morgen, als sie die Auffahrt hinuntertrabten.

Er schüttelte den Kopf. „Bei Gott, nein, da ist sie verdammt ängstlich. Ich habe einmal versucht, sie zu überreden, aber sie hat gesagt, von Pferden bekomme sie Husten. Ein sonderbare Einbildung ist das.“

War es wirklich eine Einbildung? Charlotte war nicht so sicher.

Einer der Rekruten ihres Vaters brauchte nur einen Stall zu betreten, um sofort einen würgenden, erstickenden Hustenanfall zu bekommen — etwas, das der Doktor Asthma genannt hatte. Sie fand es bedauerlich, daß Lucy ihren Gatten bei einer seiner liebsten Vergnügungen nicht begleiten konnte. Dann aber dachte sie nicht mehr daran; sie genoß verzückt den klaren Morgen, das Brausen des Windes, als sie über die Felder ritten, und den Geruch gepflügter Erde.

Als sie das Haus betrat, wurde gerade der Tee im Salon serviert, und Lucy, in einem saphirblauen Samtkleid bereits für den Abend zurechtgemacht, saß am Feuer. Sie lächelte Charlotte zu.

„Hast du einen schönen Tag gehabt?"

„Ja, es war wirklich wundervoll!"

„Hat es Clive auch Spaß gemacht?"

„Ich glaube, er hat es auch sehr genossen."

„Wie ich dich doch beneide, Charlotte! Ich wäre so gern mit ihm heute draußen gewesen."

Sie blickte wehmütig hinüber zu ihrem Gatten, der mit den anderen Männern Brandy trank. Charlotte spürte Zorn in sich aufsteigen. Hätte er nicht kommen und seine Frau begrüßen können, ihr zeigen, daß sie ihm etwas bedeutete? Es war so unsagbar roh von ihm, da er doch wußte, daß sie krank gewesen war. Sie nahm eine Tasse Tee und ließ sich neben Lucy nieder.

„Was für ein entzückendes Kleid du trägst! Es paßt genau zur Farbe deiner Augen."

„Gefällt es dir wirklich? Es ist ganz neu. Clive kennt es noch gar nicht."

„Es wird ihm bestimmt gefallen. Ich kann dir nicht sagen, wie froh ich sein werde, wenn ich aus diesen schwarzen Sachen herauskomme."

„Vielleicht läßt sich das machen, wenn wir in Spanien sind. Clive sagt, daß es sehr heiß sein wird und wir leichtere Kleider brauchen werden."

Sie begann, Charlotte zu erzählen, was sie schon alles eingekauft hatte. Erst nach einer Stunde, als es Zeit war, sich für den Abend umzuziehen, kam Clive herangeschlendert.

„Hallo, Lucy, altes Mädchen, was macht der Husten?"

„Danke, es geht mir schon besser."

„Ich muß jetzt hinaufgehen und mich umziehen. Und was ist mit dir, mein Schatz?“

„Ich bin bereits umgezogen, Clive.“

„Ach ja, tatsächlich!“ Seine Augen glitten gleichgültig über sie hin. „Also, dann gehe ich jetzt. Es wird nicht lange dauern.“

Charlotte sah die Enttäuschung in Lucys Miene. Sie erhob sich, unangenehm berührt. Sie kannten einander erst einige Tage, und doch hatte sie schon bemerkt, daß Lucy ihren Mann anbetete, während Clive leider allzu offen zeigte, daß die Liebe nur eine kleine Rolle bei seiner Heirat gespielt hatte. Das waren wenig erfreuliche Aussichten für die kommenden gemeinsamen Monate, aber sie konnte jetzt nicht mehr zurück. Im Grunde wollte sie auch nicht mehr. Je mehr Zeit verstrich, desto mehr begann sie sich auf das neue Leben zu freuen, das sich ihr in Spanien eröffnen würde.

Der Aufbruch aus England sollte Anfang Februar erfolgen, so daß Charlotte noch dabei sein konnte, wenn sich ihre Mutter mit Pegs Hilfe in ihrem neuen Heim häuslich einrichtete. Sie hatte auch noch Gelegenheit, ein paar nützliche Anschaffungen für ihre Garderobe zu machen und einen Besuch von Colonel Armstrong zu erdulden, der sich berufen fühlte, sie in väterlich-wohlmeinender Art vor den Gefahren zu warnen, denen sie in solch einem unzivilisierten Land ausgesetzt sein würde. Seine Palette reichte von der Gefahr, sich mit Malaria und Typhus zu infizieren, bis zu den herumstreunenden Banditen, denen sie in die Hände fallen könnte.

Als er gegangen war, sagte ihre Mutter etwas betreten: „Du weißt, er meint es gut, Charlie . . .“

„Ja, das gebe ich zu, aber es kommt mir doch ein bißchen lächerlich vor, wenn ich bedenke, daß er den Krieg auf einem bequemen Stabsposten in England verbracht hat, während Papa von Lissabon bis zu den Pyrenäen im Einsatz war.“

„Ja, mein Schatz, da hast du eigentlich recht“, gab ihre Mutter zurück, und dann lachten sie beide, und dieses eine Mal waren sie ausnahmsweise einig.

„Was ich noch sagen will, Charlotte: Harry hat, weiß Gott, recht wenig hinterlassen. Aber ich möchte nicht, daß du bei jeder Kleinigkeit von Clive und seiner Frau abhängig bist. Ich habe da etwas Geld für dich. Leider sind es nur fünfzehn Pfund, aber es könnte dir vielleicht helfen.“

Charlotte nahm zögernd die Börse entgegen. „Colonel Armstrong hat doch nichts damit zu tun, nicht wahr?"

„Gewiß nicht. Glaubst du, ich würde von ihm Geld annehmen, wenn wir auch inoffiziell verlobt sind?"

Vielleicht würde sie es tun. Charlotte war zwar nicht sicher, aber sie sagte: „Ich danke dir, Mama. Ich bin dir wirklich sehr verbunden, besonders weil ich weiß, daß du es im kommenden Jahr nicht sehr leicht haben wirst."

Und dann ließ sich überraschenderweise Onkel Nicholas, der — wie Clive sagte — so knauserig wie jeder gefinkelte Geldverleiher war, dazu hinreißen, seiner Nichte zwanzig Guineas zu spendieren. So kaufte sie in einem Moment der Unvernunft einige Meter feinster zartgrüner Organzaseide. Es war gerade noch Zeit, ein Abendkleid daraus machen zu lassen, ehe sie die Koffer packen mußte.

Die *Peninsular und Oriental Navigation Company* lief von Southampton dreimal im Monat aus, und die Reise nach Cadiz dauerte gewöhnlich nicht länger als sechs Tage, vorausgesetzt, daß das Wetter günstig war. Es war ein bitterkalter, stürmisch-nasser Tag, als die drei jungen Leute an Bord gingen, und sie waren erleichtert, als sie feststellten, daß die Iberia ein wohl ausgestattetes Schiff mit einer englischen Crew war. Clive und Lucy verfügten über eine große, bequeme Kabine, während Charlotte nur eine winzigkleine ihr eigen nannte, und Clives Diener Matthew war bei einem Mann der Crew untergekommen.

Lucy, erschöpft durch die Reise von Breakstone Park nach Southampton, ging an diesem Abend früh zu Bett, und Charlotte speiste allein mit ihrem Cousin im Salon zu Abend. Sie blickte interessiert um sich. Um diese Jahreszeit gab es noch nicht sehr viele Passagiere, und diese wenigen waren dem Anschein nach hauptsächlich Geschäftsmänner mittleren Alters, denn das Schiff sollte auch Corunna und Lissabon anlaufen, bevor die Reise nach Cadiz weiterging. Die Männer verbeugten sich und lächelten ihr zu, als sie mit Clive eintrat, als seien sie froh, ein hübsches junges Gesicht unter den wenigen, ziemlich verblüht aussehenden Damen, die ihre Männer begleiteten, zu erblicken. Aber zwei Männer, die an einem separaten Tisch saßen, fielen ganz aus der Reihe, stellte

Charlotte fest. Der eine war groß, hager und dunkelhaarig, mit einem scharfgeschnittenen Profil, der andere etwas kleiner und untersetzt, mit strohblondem Haar und jener rötlichen Gesichtsfarbe, wie sie den Blonden zu eigen ist. Der Blonde erhob sich etwas von seinem Stuhl und lächelte ihr freundlich und gewinnend zu, während sie und Clive nach Beendigung der Mahlzeit hinausgingen.

„Glaubst du, daß das Spanier sind?" flüsterte sie ihrem Cousin zu, als sie einige Minuten zusammen in der Lounge saßen, bevor sie zu Bett gingen.

„Der Dunkelhaarige jedenfalls — einer dieser schrecklich eingebildeten Hidalgos, die sich feiner dünken als der schäbige Rest der Menschheit. Ich bin ihm vor dem Abendessen oben an Deck begegnet, habe gegrüßt und wurde von diesem hochnäsigen Kerl von oben bis unten gemessen, als sei ich der Dreck unter seinen Füßen."

Charlotte lächelte. Clive war immer schon sehr von sich eingenommen gewesen. Dann sagte sie: „‚Jeder Zoll ein König', das hat Papa immer über die Spanier gesagt. Er hat ihren Stolz eigentlich sehr bewundert. Sogar der ärmste Bauer, der dem kargen Gebirgsboden seinen Lebensunterhalt abringen muß, ist eine Persönlichkeit und betrachtet sich jedem anderen gegenüber als ebenbürtig, sei er ein Lord oder ein Bürger."

Clive grinste: „Dann wird es Zeit, daß wir ihnen zeigen, wer der Herr ist, nicht wahr, Charlie?"

Charlotte war sich dessen nicht so sicher. Aber für jemanden, der niemals weiter als bis Breakstone gekommen war, bis auf eine unvergeßliche Reise nach London, war jeder dieser Tage ein Abenteuer, und sie hatte vor, jede Minute davon auszukosten. Es machte ihr nicht einmal etwas aus, daß sie sich Lucys annehmen mußte. Die Zofe, die sie hätte begleiten sollen, war unglücklicherweise im letzten Augenblick krank geworden, so daß keine Zeit mehr geblieben war, einen Ersatz für sie zu finden.

Clive hatte nur die Achseln gezuckt und sich um die völlige Ratlosigkeit seiner Frau nicht weiter gekümmert. „Um Himmels willen, reg dich nicht auf, mein Schatz. Wir können dort Dienstboten genug bekommen", hatte er ungeduldig gesagt.

„Aber sie werden nicht wie meine Deb sein", jammerte sie, „und ich kann doch nicht Spanisch."

„Ach, du wirst bald einige Brocken aufgeschnappt haben, und bis dahin wird Charlotte für dich den Dolmetsch machen."

So hatte Charlotte — ohne daß etwas dergleichen direkt ausgesprochen worden war — einen Großteil der Arbeit des Einpackens übernommen.Und nun kümmerte sie sich um Lucys Bedürfnisse und umgab sie überhaupt mit einer Fürsorge, die vielleicht eher einer kränklichen jüngeren Schwester gegenüber angemessen gewesen wäre. Aber dennoch fand sie während dieser ersten Tage Zeit, an Deck herumzuspazieren, warm verpackt wegen des scharfen Windes; sie konnte sich sogar bisweilen an einem geschützten Platz für ein oder zwei Stunden mit einem Buch niederlassen. Als sie eines Morgens dort saß und zum dritten Mal die Abenteuer von Jane Austens Heldin Emma mit Vergnügen las, einer Romanfigur, mit der Charlotte sich hinsichtlich des widerspenstigen Temperaments seelenverwandt fühlte, sah sie einmal auf und erblickte jenen dunkelhaarigen Mann, den sie zum Spaß für sich Don Juan nannte. Er stand mit dem Rücken zur Reling und trug den breitrandigen spanischen Hut so tief ins Gesicht, daß sie seine Augen nicht sehen konnte. Aber sie war irritiert, als sie gewahr wurde, daß er sie schon seit einiger Zeit beobachtet haben mußte. Sie blickte ein wenig herausfordernd zurück, und kurz darauf verbeugte er sich höflich, murmelte etwas Unverständliches und ging weiter.

Sie war von dieser Begegnung sonderbar beeindruckt, aber es ergab sich keine Gelegenheit, die Bekanntschaft fortzusetzen. An diesem Abend, als die Iberia in den berüchtigten Golf von Biscaya einfuhr, geriet das Schiff in einen Sturm. Nach dem ersten Schrekken stellte Charlotte mit großer Erleichterung fest, daß sie das starke Schlingern ertragen und sich — nur durch ein leichtes Schwindelgefühl beeinträchtigt — auf den Beinen halten konnte. Es war Lucy, die am meisten darunter litt, und Charlotte, voll Mitgefühl, tat, was sie konnte, um ihr zu helfen. Clive erwies sich als äußerst unnütz. Er haßte jede Art von Krankheit und zeigte im allgemeinen wenig Anteilnahme für einen Patienten; selbst vor Gesundheit strotzend, verachtete er die Schwäche anderer. Schließlich verwies ihn Charlotte aus seiner und Lucys Kabine, befahl ihm kurzweg, in die ihre zu übersiedeln, während sie an seiner Stelle bei Lucy einzog. Ein freundlicher Matrose war ihr dabei behilflich, es Lucy den Umständen entsprechend so erträglich wie möglich zu machen, und nach drei sehr elenden Tagen und Nächten beruhigte sich das Schiff ein wenig, und Charlotte konnte die Kranke letztlich dazu bringen, ein paar Löffel voll dünner heißer Suppe mit einem Stück Zwieback zu sich zu nehmen.

Sie verließ Lucy erst, als jene schlief, und flüchtete aufatmend auf das Deck. Es hatte während des Tages heftig geregnet, und obschon der Wind nachgelassen hatte, war alles von Wasser überflutet und gefährlich schlüpfrig. Sie stand an der Reling und atmete in tiefen Zügen die klare, salzige Luft ein, als Clive zu ihr heraufkam. Sie hatte ihn in den letzten Tagen kaum gesehen und nahm an, daß er die meiste Zeit mit jenen männlichen Passagieren, die sich noch auf den Beinen halten konnte, Karten gespielt hatte.

„Wie geht es Lucy?" fragte er.

„Ein bißchen besser. Ich konnte sie dazu bringen, etwas Suppe zu essen. Ich hoffe, daß sie eine Zeitlang schlafen wird."

„Gott sei Dank."

„Du hättest bei ihr sitzen sollen, Clive. Es hat sie sehr erwischt."

„Du kennst mich", sagte er etwas beschämt. „Ich bin in solchen Situationen nicht zu gebrauchen. Sie ist bei dir besser aufgehoben. Ich bin dir wirklich sehr dankbar, Charlie. Ohne dich hätte es für uns traurig ausgesehen."

„Ich habe nur getan, was jeder andere auch tun würde."

„Nein, nicht jeder, nicht unter diesen Umständen."

„Was in aller Welt meinst du damit?"

Er lehnte an der Reling und blickte über das graue Meer.

„Ich bin ein Narr gewesen, nicht wahr, Charlotte? Ich habe das Beste, was sich mir jemals geboten hat, verschmäht, weil ich nicht den Mut hatte, gegen meinen Vater aufzutreten und zu versuchen, etwas aus meinem Leben zu machen."

Sie war viel zu müde, um sich mit ihm auseinanderzusetzen. „Ich habe nicht die leiseste Ahnung, wovon du sprichst."

„Oh doch, du weißt es genau. Spiel doch nicht die Gleichgültige."

Er wandte sich ihr zu, legte ihr die Hände auf die Schultern und drehte sie so, daß sie ihm ins Gesicht blicken mußte. „Sag, Charlie, hast du mich gehaßt, weil ich so gehandelt habe? Sag es mir ehrlich, ich will es wirklich wissen."

Ärger stieg auf in ihr. Wie konnte er es wagen, über das, was geschehen war, zu sprechen, nachdem es nun vorbei war und sie beschlossen hatte, es ein für allemal zu vergessen? Sie schüttelte ihn ab.

„Du scheinst zu vergessen, daß Lucy deine Frau ist, Clive. Sie ist ein so liebes und reizendes Mädchen, und zufällig liebt sie dich. Ist das nicht genug?"

„Sie liebt mich?" wiederholte er mißmutig. „Ich glaube nicht, daß sie weiß, was Liebe ist."

„Das verstehe ich nicht."

„Nun, heute vielleicht nicht, aber eines Tages wirst du es verstehen."

Charlotte war nicht so unwissend über die physischen Belange der Liebe, wie Clive dachte. Sie war in der Gesellschaft heißblütiger junger Männer aufgewachsen, und ihre Mutter war viel freimütiger als manch andere Frauen gewesen. Sie sagte ruhig: „Sie ist jung und zart. Du solltest sanft mit ihr umgehen."

„Halt mir keine Predigten, du verstehst nichts davon."

„Aber ich bin kein Kind mehr, Clive."

„Lucy zu heiraten, war die schlechteste Idee, die ich je hatte."

„Wie kannst du das sagen, wenn du ihr doch all das verdankst, was du dir immer sehnlichst gewünscht hast — den Reichtum, um tun zu können, was dir beliebt, die Freiheit, deine eigenen Wege zu gehen, und eine Liebe, die nichts verlangt. Du solltest in die Knie sinken und Gott danken, und nicht über ein Schicksal klagen, das du dir selbst gewählt hast."

Ruckartig wandte er sich ihr zu. Sie sah, wie seine Augen glitzerten, hörte ein Lachen in seiner Stimme. „Du bist so schön, wenn du zornig bist, Charlie. Das war schon immer so. Erinnerst du dich? Sei doch kein Spielverderber. Wir könnten doch noch immer unseren Spaß miteinander haben, oder nicht?"

Er dachte, er könne mit ihr nach Belieben verfahren, sie nehmen und fallenlassen, ganz wie es ihm gefiel, und das empörte sie so, daß sie kaum sprechen konnte.

„Hast du mich deshalb mitgenommen? Ich habe gute Lust, in Cadiz auf dem Schiff zu bleiben und geradewegs nach England zurückzufahren."

„Oh nein, das wirst du nicht." Er nahm sie um die Taille. „Du würdest doch Lucy nicht verlassen, nicht wahr?"

„Es wäre besser für uns beide, wenn ich es täte." Sie riß sich los von ihm und drehte ihm den Rücken zu, rannte über das Deck zur Luke, die zu den Schlafkabinen hinabführte. Aber sie übersah, daß der Boden schlüpfrig war und das Schiff — immer noch dem Wind ausgesetzt — hin und her schaukelte. Sie verlor den Boden unter den Füßen, das Messinggeländer entglitt ihren tastenden Fingern, sie stürzte die Stufen hinunter und schlug mit dem Kopf so schwer gegen den Eckpfosten am Treppenende, daß sie das Bewußtsein verlor.

Benommen tauchte sie aus der Dunkelheit der Ohnmacht auf, ohne jegliche Erinnerung an das, was geschehen war, und ein Gesicht schwamm aus dem Schleier, der sie zu umgeben schien, auf sie zu. Es waren die Augen des Mannes auf dem spanischen Porträt, die in die ihren blickten, und sie empfand etwas wie Schmerz, Verwunderung und Entsetzen.

Dann schloß sie die Augen wieder, trieb in grauem Nebel, und als sie sie wieder öffnete, war das Gesicht verschwunden und sie dachte, sie hätte geträumt.

„Wo bin ich?" murmelte sie, noch immer wie betäubt.

„Haben Sie keine Angst", sagte jemand auf Englisch mit einem leichten Akzent. „Sie sind gestürzt und haben sich den Kopf angeschlagen. Sie werden sich bald besser fühlen."

Etwas Kühles, Feuchtes wurde gegen ihren schmerzenden Kopf gepreßt. Sie versuchte sich aufzusetzen und wurde sanft zurückgedrückt.

„Bewegen Sie sich nicht. Bleiben Sie lieber noch eine Weile liegen."

Willenlos tat sie, wie ihr geheißen wurde, während die Erinnerung wiederzukehren begann. Sie hatte mit Clive gesprochen, dann war sie von ihm weggelaufen, ausgerutscht und gefallen. Jemand mußte sie aufgehoben, ihr den nassen Umhang abgenommen, den Kragen ihres hochgeschlossenen Kleides geöffnet und sie in eine Kabine getragen haben — aber wer?

Sie setzte sich mit jähem Ruck auf und blickte wie in Panik um sich. Eine Kerze brannte auf der Kommode. In ihrem flackernden Licht sah sie zwei Männer. Sie kniff die Augen zusammen, um sie erkennen zu können. Es waren Don Juan und sein Gefährte.

„Ich kann hier nicht bleiben", sagte sie. „Ich muß zurückgehen — zu Lucy."

„Noch nicht." Der Dunkelhaarige trat an die Seite des Bettes. „Sie haben einen Schock erlitten, Señorita, und sich ziemlich arg angeschlagen. Es ist kein Arzt an Bord, aber ich glaube nicht, daß es etwas Ernstes ist. Sie können sich hier etwas erholen, bis Sie sich wieder besser fühlen."

„Nein, nein, das kann ich nicht, — das ist unmöglich."

„Das ist überhaupt nicht unmöglich." Kräftige Hände zogen die Decke dicht um sie. „Sie müssen es warm haben und stilliegen. Das ist meine Kabine, aber ich werde sie nicht benützen." Er wandte sich seinem Gefährten zu und sagte etwas auf Spanisch, so schnell, daß sie — benommen wie sie war — nicht folgen konnte. Der Blonde nickte. Er trat auf sie zu.

„Machen Sie sich keine Sorgen, Miss Starr. Sie sollten wirklich besser eine Weile ausruhen. Ich werde darauf sehen, daß sich jemand um Ihre Freundin kümmert."

Er lächelte begütigend, und sie lächelte schwach zurück. „Vielen Dank."

Sie blickte von einem der Männer zum anderen. Müdigkeit, verbunden mit dem Schock, den der Sturz ausgelöst hatte, riefen ein Gefühl der Schwäche und Willenlosigkeit in ihr hervor. Es schien einfacher nachzugeben als zu widersprechen.

„Und wo werden Sie schlafen?" murmelte sie.

„Kümmern Sie sich nicht um mich, Señorita. Bleiben Sie hier, solange sie wollen."

Er lächelte ihr zu, und beide Männer gingen hinaus. Sie legte sich zurück, fühlte, wie der Schmerz ein wenig nachließ, und wunderte sich über den Zufall, der zu einer so ungewöhnlichen Art der Bekanntschaft geführt hatte. Aber sie war noch immer sehr mitgenommen, und die vielen Nächte, in denen sie Lucys wegen den Schlaf hatte unterbrechen müssen, forderten ihren Zoll. Sie schlummerte ein.

Es war noch sehr früh, als sie erwachte. Der Schmerz in ihrem Kopf war einem dumpfen Dröhnen gewichen. Vorsichtig betastete sie die verletzte Stelle. Sie fühlte eine eigroße Beule, die gegen Berührung sehr empfindlich war, aber die Haut war anscheinend unverletzt. Als sie die Decke zurückschlug, gewahrte sie erst, daß diese in einer Vielfalt dunkeltöniger Farben gewebt war, eine Art Reisedecke, die ein Spanier am Sattelzeug seines Pferdes mitzuführen pflegt.

Sie hob die Beine über den Bettrand und stand auf. Zuerst fühlte sie sich schwindelig, aber nach kurzer Zeit war die Benommenheit vorbei, und sie blickte sich um. Die Kabine war einfach und schlicht; ihr Bewohner schien ein Mensch zu sein, der mit leichtem Gepäck zu reisen pflegte, ganz im Gegensatz zu Clive, der seinen Reichtum gern in einer Unzahl von Toiletteartikeln und einer Fülle von Kleidern ausdrückte. Neugierig sah sie sich die Bücher an, die neben dem Bett lagen: ein Fachbuch über den Weinbau in französischer Sprache und ein Band spanischer Gedichte, die sie nicht kannte. Sie nahm den Gedichtband zur Hand und schlug ihn aufs Geratewohl auf. Ihr Blick fiel auf eine angezeichnete Stelle, und sie übersetzte mühsam:

Ich irre einsam, ohne Sinn,
ein stetig Sterbender, dahin,
obgleich ich doch am Leben bin . . .

Rasch legte sie das Buch zurück. Es war ihr, als wäre sie in die geheimsten Gedanken eines anderen eingedrungen.

Dann ging sie unruhig in der Kabine herum und schnitt ihrem Spiegelbild Grimassen; sie sah blaß aus, mit Schatten unter den Augen, das Haar wirr herabhängend. Er mußte sie ja für eine Vogelscheuche gehalten haben, und sie erinnerte sich dankbar seiner sanften Hände, die ihre Schmerzen gelindert und sie fürsorglich in die Decke gehüllt hatten. Ein kleines silbernes Medaillon, wie Frauen es im allgemeinen tragen, lag auf der Kommode und erregte ihre Aufmerksamkeit. Sie nahm es zur Hand und — schuldbewußt der neugierigen Regung folgend — öffnete es. Im Inneren befand sich das Bild eines sehr jungen Mädchens, ein klares und liebreizendes Antlitz, unschuldig und offen. Vielleicht war es seine Frau — seine Schwester — seine Braut? Mit dem Gefühl, daß sie es nicht hätte berühren dürfen, klappte sie das Medaillon zu und legte es auf die Kommode zurück. Dann ergriff sie ihren warmen Umhang, nahm ihn um die Schultern und stahl sich aus der Kabine.

Das Meer hatte sich während des Morgens sichtlich beruhigt, und die Sonne brach unter den Wolken hervor. Ihre Wärme erinnerte daran, daß der nördliche Winter hinter ihnen lag und sie sich dem Süden näherten. Lucy ging es besser, aber sie fühlte sich noch zu schwach, um aufzustehen, so daß Charlotte, nachdem sie gebadet und sich umgezogen hatte, allein auf Deck ging. Der Matrose, der sich ihrer angenommen hatte, begrüßte sie heiter.

„Freu' mich, Miss, daß sie wieder auf'm Damm sind, und die andere Dame auch. Sie wird bald wieder munter sein wie'n Fisch. Brauchen nur n'bißchen Sonne, damit sie wieder Farbe kriegen."

Er holte ihr einen Stuhl und stellte ihn sorgsam an eine windgeschützte Stelle, so daß sie die Wärme der Sonne genießen konnte. Gerade hatte sie es sich bequem gemacht, als sie ihre beiden Bekannten aus der vergangenen Nacht sah, die im Begriff waren, das Deck entlangzuschlendern. Der Dunkelhaarige verbeugte sich und ging weiter, während der andere, ohne Hut, das helle Haar vom Wind zerzaust, auf sie zukam.

„Guten Morgen, Miss Starr, wie geht es Ihnen? Ich hoffe, daß Ihr Kopf wieder in Ordnung ist."

„Nein, noch nicht so ganz. Es tut noch immer weh, wenn ich hingreife, aber das ist auch alles. Ich bin Ihnen wirklich sehr dankbar und habe ein schlechtes Gewissen, weil ich Ihren Freund in der Nacht aus seiner Kabine vertrieben habe."

„Ach, machen Sie sich darüber keine Sorgen. Bequemlichkeit bedeutet ihm nichts. Er hat in meiner Kabine übernachtet." Er sah sich um, fand noch einen herumstehenden Stuhl und zog ihn an ihre Seite. „Darf ich mich zu Ihnen setzen?"

„Aber bitte, gern. Sie kennen offenbar meinen Namen, aber ich kenne weder den Ihren noch den Ihres Freundes", sagte sie zögernd.

„Donnerwetter, nein, tatsächlich nicht. Das ist wirklich eine Nachlässigkeit von uns. Aber die letzte Nacht war eine Art Ausnahmezustand, nicht wahr? Doch ich sollte mich wohl lieber vorstellen — gestatten, Guy Macalister zu Ihren Diensten."

„Und Ihr Freund?"

„Um ihn beim vollen Titel zu nennen: Marquese Lorenzo de Merenda y Almedana. Aber er zieht es vor, ganz einfach Don Lorenzo genannt zu werden."

„Er war in der vergangenen Nacht so freundlich zu mir, daß ich ihm eigentlich noch persönlich danken sollte. Aber er scheint ziemlich unnahbar zu sein, nicht wahr?"

Guy Macalister lächelte. „Er mag vielleicht diesen Eindruck machen, aber er ist nicht wirklich so, wissen Sie. Etwas reserviert vielleicht, kein Plappermaul wie ich, aber er hält die Augen offen.

Er war es, der darauf bestanden hat, sie in seine Kabine zu bringen, als wir Sie am Fuß der Treppe liegend fanden, und er war es auch, der veranlaßte, daß man sich um Ihre Freundin kümmerte, während Sie sich erholten."

Seine Bemühungen um sie überraschten Charlotte. „Kennen Sie ihn schon lange?"

„Wir haben uns eine Zeitlang ab und zu gesehen, waren aber bis jetzt nicht sehr vertraut. Ich hoffe, die nächsten paar Jahre mit ihm zusammenarbeiten zu können."

„Arbeiten?"

„Vielleicht sollte ich das lieber erklären. Mein Vater ist Teilhaber bei einem Sherry-Produzenten in Jerez. Ich bin in Spanien geboren und mit Weinen sozusagen aufgewachsen. In den vergangenen Jahren war ich in England und Frankreich, um die letzte Entwicklung auf dem Gebiet des Weinbaues zu studieren und zu lernen, wie man die hunderterlei Krankheiten, welche die Weinstöcke befallen, bekämpfen könnte. Als ich aus Paris zurückkam, traf ich in London mit Don Lorenzo zusammen. Er hatte dort bei der Botschaft einige Geschäfte für die Regierung zu erledigen, und wir beschlossen, gemeinsam nach Spanien zurückzureisen."

„Ist Don Lorenzo auch im Weingeschäft tätig?"

„Du großer Gott, nein. Er ist ein Grande, verstehen Sie, und die meisten von ihnen sind zu stolz, um ihre Hände mit solchen Geschäften schmutzig zu machen. Sie würden lieber auf ihren paar Hektar Land verhungern, obwohl ich zugeben muß, daß Lorenzo nicht wie die anderen ist, die ich getroffen habe. Soweit ich das beurteilen kann, tut er sein möglichstes, um den Familienbesitz zu erhalten. Die Weingärten der Merendas wurden vor Jahren während des Krieges gegen Napoleon zerstört und konnten bisher nicht völlig wiederhergestellt werden. Er hat mich beauftragt, das für ihn zu erledigen."

„Sind Sie ein Experte auf diesem Gebiet?"

„Man sagt es jedenfalls." Er verzog ein wenig das Gesicht. „Es ist sicher die größte Herausforderung, der ich bisher gegenüberstand, und ich hoffe nur, daß ich ihr gewachsen sein werde."

Charlotte stellte fest, daß er trotz seines jünglingshaften Aussehens älter war, als sie gedacht hatte. Er war den Dreißig sicher näher als den Zwanzig.

Und so begann sie, diese etwas ungewöhnliche Freundschaft,

die sich in der Enge des kleinen Schiffes, das wenig Gelegenheit für Geselligkeit bot, rasch entwickelte. Charlotte war eine gute Zuhörerin, und Guy Macalister war auf seinem Gebiet sehr beredsam. So erfuhr sie, wie die Qualität des Weines von der Traube und vom Boden abhängt, wie die Weine mit äußerster Sorgfalt gezüchtet werden müssen und unaufhörlicher Sorgfalt bedürfen, und daß zur Zeit der Weinlese im September alle davon Betroffenen mit Leib und Seele darin aufgehen, das bestmögliche Produkt aus der Jahresarbeit zu erzielen. Aber über Don Lorenzo hörte sie nicht viel mehr, als daß er irgendwo nördlich von Sevilla, in den Ausläufern der Sierra, beheimatet war. Sie bat Guy, mit ihr Spanisch zu sprechen, das er fließend beherrschte, und bereitwillig tat er es, wobei er gewissenhaft ihre Aussprache korrigierte, so daß sie es in kurzer Zeit erstaunlich leicht fand, ihn zu verstehen und ihm zu antworten.

Sie hatte Lucy einiges von jener Nacht erzählt, so daß diese, als sie sich ihr an Deck anschloß und sie die beiden Herren sich verbeugen und mit Charlotte einige Worte wechseln sah, sich sehr beeindruckt von Don Lorenzos interessantem südländischem Aussehen zeigte.

„Weißt du, an wen er mich erinnert?" sagte sie sehr ernsthaft.

„Sicher an einen dieser romantischen Zigeunerhelden in jenen schrecklichen Romanen aus der Leihbibliothek", gab Charlotte neckend zurück. Lucy hielt von diesen Büchern einen ganzen Vorrat in ihrem Koffer verborgen.

„Aber nein", antwortete diese überlegen. „Er ist doch der Korsar."

„Wer ist er?"

„Aber Charlotte! Tu doch nicht so! Du mußt dich erinnern:

> Ein Mann voll Rätsel, tief in Einsamkeit —
> man sah ihn lächeln, hört ihn seufzen kaum . . ."

„Also wirklich, Lucy, wo hast du denn Byron gelesen?"

„Natürlich in Miss Pinkneys Höherer Schule für junge Damen." Sie kicherte.

„Es war streng verboten, und ich wäre von der Schule gewiesen worden, hätte man es herausgefunden. Wir hatten nur einen einzigen Band, und jeden Abend las ihn eine andere unter der Dekke. Eines Nachts wäre das Haus beinahe in Flammen aufgegangen, als so ein dummes Mädchen die Kerze im Bett fallenließ."

Charlotte sah Don Lorenzos Blick auf sie gerichtet und hoffte sehr, daß er nicht gehört hatte, was sie eben über ihn gesagt hatten.

„Du hast eine Eroberung gemacht", fuhr Lucy ausgelassen fort.

„Rede doch keinen Unsinn. Ich habe nur ein paar Worte mit ihm gewechselt, und es war, als hätte ich mit dem lieben Gott persönlich geredet. Ich hatte das Gefühl, ich müßte einen Knicks machen."

„Oh, ich habe nicht den Korsaren gemeint. Es ist sein Freund, Mr. Macalister. Siehst du nicht, daß er mir finstere Blicke zuwirft, weil ich ihn daran hindere, sein übliches Tête-à-Tête mit dir zu genießen?"

„Lucy, wenn du nicht sofort aufhörst, werde ich aufstehen und weggehen."

„Gut, ich werde nichts mehr sagen, aber ich habe Augen im Kopf, und auch Clive hat es bemerkt. Er ist ziemlich eifersüchtig."

„Was ist Clive?"

„Hast du nicht bemerkt, wie verstimmt er jedesmal ist, wenn die beiden sich uns nähern oder dich anlächeln?"

„Das ist doch absoluter Unsinn, und du weißt es!"

„Ist das wirklich so ein Unsinn?"

Lucy schmollte ein wenig und setzte eine undurchdringliche Miene auf, so daß sich Charlotte zum ersten Mal fragte, ob ihre Freundin wohl erraten hatte, wie nahe Clive und sie einst zueinander gestanden waren, und sich dadurch verletzt fühlte. Sie hoffte, daß es nicht so wäre, obgleich sie früher vielleicht Genugtuung darüber empfunden hätte. Jetzt aber war das anders; sie war einfach nicht mehr so verblendet. Sie sah Clive nun, wie er war, charmant, verantwortungslos und äußerst egoistisch. Und dennoch — bisweilen erinnerte eine bestimmte Bewegung seines Kopfes, die Berührung seiner Hand an Geschehnisse, die sie lieber vergessen hätte. Sie hatte beschlossen, auch das Gespräch zu vergessen, das sie an jenem Abend mit ihm gehabt hatte, bevor sie die Treppe hinuntergestürzt war. Inzwischen hatte sie Lucy zu lieb gewonnen, als daß sie sie hätte verlassen wollen, und es wäre auch viel zu peinlich gewesen, eine plötzliche Rückkehr nach England zu erklären. Auch war sie ziemlich sicher, daß Clive — unbeständig wie er war — bald anderen, geeigneteren Reizen erliegen würde.

Die heftigen Stürme hatten die Reise verzögert, und das Schiff blieb plötzlich einen Tag lang vor Lissabon vor Anker, ehe es nach Cadiz weiterfuhr. Aber Charlotte machte das nichts aus. Sie genoß all die neuen Eindrücke in vollen Zügen, das Meer, die Sonne, sogar die kalten Abende, an denen sie in ihrem warmen Umhang an Deck ging und entzückt war von der Spiegelung des Mondlichts, das die dunkle, seidigglänzende Fläche des Wassers kräuselte. Manchmal sah sie auch Don Lorenzo, wie er langsam auf und ab wanderte, vermied es aber, mit ihm zusammenzutreffen.

Am letzten Morgen vor der Ankunft brach gerade erst die Sonne durch den dichten Dunst, der über dem Wasser lag, und die Stadt, an einem Isthmus gelegen, erhob sich weiß und traumhaft aus dem Meer, von dem sie an drei Seiten umgeben war.

Charlotte glaubte, sie sei die erste an Deck, als die tiefe Stimme mit dem leichten fremdländischen Akzent sie überraschte.

„Sie sind sehr früh auf, Señorita. Findet der erste Blick auf mein Land Ihren Beifall?"

Sie wandte sich um und erblickte Don Lorenzo an ihrer Seite. Er lehnte an der Reling und genoß die Aussicht.

„Wenn sich der Nebel lichtet, können Sie sogar den Schnee auf der Sierra sehen."

„Es ist wunderschön", flüsterte sie und dachte daran, daß sich dieses Bild einst auch ihrem Vater geboten hatte, nur waren die Umstände anders gewesen, da Krieg und Tod ihn bedrohten.

„Vor dreitausend Jahren kamen die Phönizier hierher, und für sie war das das Ende der bis dahin entdeckten Welt, die bereichert wurde mit Zinn und Bernstein, die aus dem Dunstkreis des geheimnisvollen dunklen Nordens auftauchten. Die Griechen waren hier, und nach ihnen kamen die Römer. Sie nannten das Land ‚Gades' und exportierten Wein, Gold, Silber, Weizen und Tänzerinnen."

„Tänzerinnen?" rief Charlotte aus. „Ist das Ihr Ernst?"

„Ja, wirklich, ich spaße nicht. Die *puellae Gaditanae* waren die Hauptattraktionen bei den römischen Festen, mit *testarum crepitus,* oder so ähnlich sagt Juvenal. Verstehen Sie, was das heißt?"

Sie kräuselte die Stirn. „Ich bin nicht sicher — schnalzen oder klappern — stimmt das?"

„Sie können ja ein wenig Latein. Meine Gratulation, Señorita."

„Weshalb sollte ich es nicht können? Glauben Sie, daß alle Frauen dumm sind?"

„Habe ich das gesagt? Falls ich das getan haben sollte, dann bitte ich um Verzeihung."

Sie ärgerte sich so sehr über seinen spöttischen Ton, daß sie einen Augenblick lang sprachlos war. Dann sagte sie kühl: „Gibt es noch Tänzerinnen?"

„Aber natürlich, und sogar mit Kastagnetten. Die meisten unserer ausländischen Besucher finden sie faszinierend."

„Wir sind eigentlich keine Besucher, Don Lorenzo. Mein Cousin ist Künstler, und er beabsichtigt, mindestens ein Jahr hier zu verbringen, vielleicht auch länger, wenn es die Gesundheit seiner Frau erforderlich macht."

„Ich bin nicht so sicher, daß solch ein Aufenthalt ratsam wäre."

„Was meinen Sie damit?"

„Es gibt ziemlich viele Unruhen im Land, seit der König gestorben ist und eine Infantin als Königin und deren Mutter als Regentin zurückgelassen hat. Ich glaube, daß Fremde, und besonders die Engländer, zur Zeit nicht allzu beliebt sind."

„Aber warum denn nicht? Wir haben nichts mit der spanischen Politik zu schaffen."

„Es ist nicht immer leicht, sich aus solchen Dingen herauszuhalten, und die Briten genießen den Ruf, sich überall ziemlich unklug einzumischen."

„Mögen Sie uns so wenig? Auf alle Fälle waren es die Briten, die Ihr Land von Napoleon befreit haben", sagte sie ungnädig.

„Nicht gänzlich im Alleingang", antwortete er trocken. „Mein Vater starb in diesem Krieg."

„Das tut mir leid —"

„Und wenn ich mich recht erinnere, waren es die Briten, die einst unsere Armada zerstörten und Cadiz dem Erdboden gleichmachten."

„Aber das liegt Hunderte Jahre zurück."

„Ja, ja, ich weiß."

Er richtete sich auf und wandte ihr das Gesicht zu, und zum ersten Mal nahm sie ihn als Menschen wahr. Die Sonne verlieh seinem glänzenden schwarzen Haar, das vom Wind zerwühlt war, einen rötlichen Schimmer. Zu ihrer Überraschung waren seine Augen von tiefem Blau, was vielleicht auf einen fernen nördlichen

Vorfahren zurückzuführen war. Er hatte seinen englischen Tweedanzug mit einem spanischen Reitanzug vertauscht. Er trug nun eine kurze Jacke über einem weißen Hemd, schwarze Kniehosen und Stiefel und hatte eine breite, scharlachrote Schärpe eng um die schlanken Hüften gelegt. Er war Lucys Korsar, wie er leibte und lebte, aber sein Lächeln strahlte eine Wärme und einen Zauber aus, die Charlotte vorher nicht bemerkt hatte.

Er sagte: „Ich hörte Sie mit Guy reden. Sie sprechen bemerkenswert gut Spanisch für eine Engländerin. Darf ich fragen, wo Sie das gelernt haben?"

„Von meinem Vater."

„Aha. Hat er vielleicht dieses Land bereist?"

„Nein, nicht direkt. Er war Soldat, ein Captain der Rifle Brigade. Er kämpfte einige Jahre in Spanien, und er lernte dieses Land zu lieben."

Plötzlich bemerkte sie, daß sein Gesichtsausdruck sich straffte. Dann entspannte er sich wieder und lächelte. „Und Sie haben diese Liebe von ihm geerbt?"

„Ja, ich glaube, daß es so ist. Er starb im vergangenen Jahr, und da mein Cousin beschlossen hatte, mit seiner Frau hierher zu fahren, und mich bat, ihn zu begleiten, konnte ich nicht widerstehen und benützte die Gelegenheit, das Land zu sehen, das Vater so sehr geliebt hat."

„Und ist die Gesundheit seiner Frau der einzige Grund, der Ihren Cousin hierher gebracht hat?"

„Gewiß", antwortete sie, über die Frage erstaunt. „Dies, und der Wunsch, etwas von der Welt zu sehen."

„Ich verstehe. Ich hoffe, daß weder Sie noch Ihre Freunde enttäuscht sind. Und nun bitte ich Sie, mich zu entschuldigen, ich muß noch einiges erledigen. Ich glaube, wir werden bald anlegen. Adios, Señorita." Er nahm ihre Hand und hielt sie einen Augenblick fest. *„Vaya usted con Dios."* Dann beugte er den Kopf, und sein Mund berührte ihre Fingerspitzen, ehe er rasch davonging.

„Gehen Sie mit Gott"; Charlotte war erstaunt, diese Worte aus dem Mund eines Mannes zu hören, der ihr so kühl und unnahbar erschienen war. Sie überlegte, warum er wohl nach dem Grund für Clives Reise nach Spanien gefragt und dann das Thema fallengelassen hatte. Ihrem Cousin lag es nicht, sich mit etwas anderem als mit seinen eigenen Vergnügungen zu befassen.

## 3

Sie kamen spät abends in Sevilla an, nachdem sie den ganzen langen Tag den Fluß von Cadiz aus heraufgefahren waren. Als sie an Land gingen und sich in das Gewühl und Getriebe des belebten Hafens mengten, sah Charlotte, daß einige Männer mit Pferden gekommen waren, um Don Lorenzo und Guy Macalister abzuholen. Die beiden drängten sich rasch durch Passanten und am Kai aufgestapelte Waren hindurch, stiegen auf die Pferde und ritten davon, und nur Guy wandte sich um und winkte ihnen freundlich zu. Er hatte versprochen, sie zu besuchen, wann immer ihn Geschäfte nach Sevilla führen sollten; und Charlotte freute sich darauf, ihn wiederzusehen.

An der Flußmündung stiegen sie in einen Dampfer. Als sie beim Frühstück saßen und sich an frischgebackenem Brot, Obst und Kaffee gütlich taten, brach wie ein Wunder die Sonne warm und golden hervor, und sie stellten mit Entzücken fest, daß sie den Nebel und den Frost des englischen Februars endgültig hinter sich gelassen hatten.

Charlotte konnte nicht stillsitzen. Sie wollte alles sehen. So lief sie von einer Seite des Bootes zur anderen und beobachtete die Bauern, die sich an den vielen Stationen herein- und hinausdrängten. Sie trugen Lattenkisten voll Hühner und riesige Körbe, und ihre Kinder führten Ziegen und einmal sogar ein Äffchen an der Leine. Der Quadalquivir war ein breiter Fluß, der tief in das Herz von Spanien eindrang und den in alten Zeiten die Griechen, später die Römer, die Vandalen und schließlich die Araber hinaufgefahren sein mußten. Charlotte blickte über die flache Graslandschaft zu den fernen blauen Gipfeln der Sierra, auf denen noch Schnee lag. Dort irgendwo mußte wohl die Heimat von Don Lorenzo sein. Was für ein seltsamer junger Mann er doch gewesen war; so freundlich, als sie sich verletzt hatte, und doch wieder so verschlossen.

Es war dunkel, als sie in Sevilla ankamen, und der Wagen mußte einen beschwerlichen Weg durch die engen, gewundenen Straßen nehmen. Die Casa de Fuente ragte mit blanken weißen Wänden, aus denen nur winzige Gitterfenster und ein schwarzes, mit Nägeln beschlagenes Tor ausgespart waren, vor ihnen auf. Aber müde wie sie waren, hatten sie an diesem Abend kaum Zeit, einen Eindruck von ihrer neuen Behausung zu gewinnen; noch dazu mußte erst das Gepäck ausgeladen werden, und die Dienstboten sprachen in einem Charlotte schwer verständlichen Spanisch so schnell, daß diese es außerordentlich schwierig fand, es den anderen zu übersetzen.

Lucy war zu müde, um noch viel zu tun, und Clive schien nur störend im Weg zu stehen, so daß der größte Teil der bei ihrer Ankunft erforderlichen Arbeit Charlotte zufiel. Sie brachte Lucy zu Bett und versorgte sie noch mit einem Tablett mit Tee, den sie aus England mitgebracht hatten. Nach einer hastigen Mahlzeit, die sie zusammen mit Clive an einem rasch angefachten Feuer einnahm, dessen duftendes Holz lustig prasselte, war sie nur allzu froh, sich in ihren eigenen kleinen Schlafraum mit den weißgetünchten Wänden, den dunklen Möbeln und einem schmalen Bett, über dem ein Kruzifix hing, zurückziehen zu können.

Sie kleidete sich rasch aus und fröstelte, da die Nacht nun, nach des Tages Hitze, bitter kalt war. Der mit Steinen belegte Fußboden fühlte sich eisig an unter den nackten Füßen, und sie war froh, unter das süßlich nach Thymian und Lavendel duftende Laken schlüpfen zu können.

Sie wachte früh auf, in einer Flut von Licht. Die Sonne, die durch Fenster ohne Vorhänge hereinstrahlte, war so einladend, daß Charlotte — vor Erregung bebend — es nicht länger im Bett aushielt. Sie wusch sich in kaltem Wasser, schob das verhaßte schwarze Reisekleid zur Seite und wählte ein altes, gestreiftes Baumwollkleid, das sie schon immer gern getragen hatte. Es war noch nicht sieben Uhr, als sie die Stiege hinunterlief. Juanita, das Hausmädchen, war schon in der Küche beschäftigt. Sie war dunkelhäutig wie eine Zigeunerin und hatte ein rotes Tuch um den Kopf gewunden. Sie rief ein fröhliches *„Buenos días, Señorita"*. Der warme Duft frischen Brotes wehte vom Ofen her, wo Rosa, die Köchin, flache Weizenkuchen auf einem eisernen Backblech zubereitete. Sie war groß und plump und nickte Charlotte zu, als diese an ihr vorbeiging. Charlotte trat durch die Gartentür hinaus und stand in einem schmalen Patio.

Das Haus war in maurischem Stil gebaut, und alle Türen und

Fenster öffneten sich in den Garten. Der Springbrunnen, nach dem das Haus benannt war, sprudelte aus einem runden, steinernen Becken hervor. Hier standen in großen Töpfen ein Zitronenbaum, eine Myrthe und andere Sträucher, die bereits reichen Blätterschmuck trugen. Ein Hibiskus, eine Bougainvillea und seltsame, Charlotte nicht bekannte exotische Pflanzen rankten sich die Mauer empor. Ihre schon halbgeöffneten Knospen hingen tief in die Fensteröffnungen. Charlotte hätte sich keinen größeren Gegensatz zu dem kümmerlichen, dunklen Streifen Erde vor ihrem kleinen Haus in England denken können. Von reiner Freude überwältigt, streckte sie die Arme der Sonne entgegen und tanzte um das Brunnenbecken herum, bis sie — völlig außer Atem — mit Clive zusammenstieß, der gerade aus der Küchentür trat. Er fing sie auf, umfaßte sie und gab ihr einen stürmischen Kuß.

„Freust du dich endlich, daß du mitgekommen bist?"

„Oh ja, sehr! Ich hätte mir nie träumen lassen, daß es so schön sein wird."

„Schöner als das alte England mit seinem Waschküchennebel, nicht wahr?"

Er brach einen Myrthenzweig ab, zerrieb die Blätter mit den Fingern und hielt sie ihr unter die Nase. „Riecht auch verflixt gut."

Sie schnupperte daran und lachte ihn an.

„Ihr beide scheint es ja sehr lustig miteinander zu haben", rief eine Stimme von oben. Charlotte blickte schuldbewußt auf und sah Lucy, die noch im Morgenrock war und von einem der oberen Fenster auf sie herabschaute.

„Ich habe gedacht, du schläfst noch", sagte Clive mit unbeschwerter Stimme. „Komm herunter, mein Schatz, wir wollen hier draußen frühstücken."

Als Lucy sich zu ihnen gesellt hatte, nahmen sie an einem Tisch Platz, der mit köstlichem warmem Brot, frischgepflückten Orangen, gekochten Eiern und Kannen voll schäumender heißer Schokolade reich gedeckt war.

Charlotte genoß diese ersten Wochen, während denen sie sich in ihrem neuen Heim einrichteten. Anfangs überließ sie die zu treffenden Entscheidungen noch ihrem Cousin oder Lucy. Aber

Clive war bald unterwegs, um sich mit den englischen Bewohnern der Stadt bekanntzumachen und ihnen die Empfehlungsbriefe vorzulegen, die er aus England mitgebracht hatte; und Lucy, die den Dienstboten gegenüber sehr zurückhaltend war, weil sie deren Sprache nicht verstand, war nur allzu froh, wenn sie — in der Sonne liegend — lesen und dahindösen konnte, während Charlotte die Arbeit für sie übernahm. So entschied diese, welcher Raum Clives Atelier und welcher ihr gemeinsames Wohnzimmer werden sollte. Sie verstaute die mitgebrachten Bücher und andere Habseligkeiten und fand Vergnügen daran, das kleine Haus heimelig und gemütlich zu machen. Außer Juanita und Rosa war noch Jaime da, ein kleiner, gnomenhaft gewachsener Mann, dessen eigentliches Aufgabengebiet in rätselhaftem Dunkel blieb. Er kümmerte sich um den Garten und wahrte zu Clives Diener einen vorsichtigen Abstand. Matthew war sein ganzes Leben lang in Breakstone beschäftigt gewesen.

Charlotte entdeckte sehr bald, daß die von Rosa zubereiteten spanischen Speisen, die sie und Clive gerne aßen, Lucys verwöhntem Appetit nicht zusagten, und nach einigen Tagen entschied sie, einen Teil der Einkäufe selbst auf dem Markt zu erledigen. Die Dienstboten, vor allem Rosa, neigten dazu, jegliche Kritik empfindlich und sichtlich gekränkt aufzunehmen. Charlotte mußte all ihr Taktgefühl aufbieten, bis das Personal — beeindruckt von einer *Inglesa,* die tatsächlich ihre Sprache sprechen konnte — sich darin überbot, leckere Gerichte eigens zum Wohl der Kranken zuzubereiten, wobei man für diese eine Art mitleidigen Spottes zur Schau trug.

„Die Señora Lucia ist ein armes hübsches Ding, keine Frau für einen so schönen, starken Mann", vertraute Juanita ihren Busenfreundinnen auf dem Markt an. Sie zeigte große Bewunderung für Clives athletischen Körper und sein helles, nordisches Aussehen. „Er hätte die Señorita Carlotta heiraten sollen. Sie hat das Herz eines Löwen."

Eines Morgens — der Aufenthalt in Sevilla hatte schon ungefähr vierzehn Tage gedauert — kam Clive zu Mittag nach Hause und brachte einen gewissen Geoffry Robinson, den englischen Vizekonsul der Stadt, mit. Er war ein schlichter, vernünftiger kleiner Mann von angenehmer Wesensart.

Juanita brachte Wein und Backwerk, und Clive sagte fröhlich:

„Mr. Robinson wird mir einen Tip geben, wer uns Wagen und Pferde zur Verfügung stellen würde. Wir könnten dann Ausfahrten in die Umgebung unternehmen. Das würde dir doch Freude machen, nicht wahr, Lucy?

„Meine Frau kann Ihnen dabei helfen. Sie ist eine ausgezeichnete Organisatorin, wenn es darum geht, Picknicks zu veranstalten", sagte Mr. Robinson. „Sie wollte Ihnen ein wenig Zeit zum Eingewöhnen lassen, bevor sie Ihnen einen Besuch abstattete. Falls Sie aber ihren Rat in Anspruch nehmen wollen, würde sie sich sehr darüber freuen."

„Natürlich wollen wir das", rief Lucy aus. „Wir brennen darauf, alles kennenzulernen. Mein Mann ist Künstler, Mr. Robinson, so daß ihn die Landschaft natürlich sehr interessieren würde."

„Das habe ich angenommen." Mr. Robinson schwieg einen Augenblick, ehe er fortfuhr: „Ich würde Ihnen jedoch raten, sich ein bißchen zu erkundigen, bevor Sie sich zu weit in die Sierra wagen. Es hat Zwischenfälle gegeben."

„Was für Zwischenfälle?" fragte Charlotte, die sich lebhaft daran erinnerte, was Don Lorenzo ihr an jenem Morgen auf dem Schiff gesagt hatte.

„Vielleicht sollte ich es lieber ein wenig erklären. Sie müssen wissen, daß nach König Ferdinands Tod seine Tochter, die Infantin Isobel, Thronfolgerin wurde, und deren Mutter, Maria Cristina, als Regentin eingesetzt wurde. Aber der König hatte einen jüngeren Bruder, Don Carlos, und es gibt gewisse Elemente im Land, die es begrüßen würden, wenn er statt der kindlichen Königin auf dem Thron säße."

„Sicher können diese internen Streitigkeiten uns in keiner Weise tangieren," sagte Clive ein wenig ungeduldig.

„Nicht direkt, natürlich, aber diese Angelegenheit hat tiefere Wurzeln, als Ihnen vielleicht bewußt ist. Während Ferdinand noch lebte, regierte er mit eiserner Hand, und einige der führenden Minister, die liberale Ansichten hatten, versuchten damals, sich gegen den König zu stellen, was verhängnisvolle Auswirkungen hatte. Eine Gruppe von Liberalen, von einem Engländer angeführt, landete hier in der Nähe, um diese Sache zu unterstützen. Nun mögen zwar die Spanier über ihre Herrscher murren, aber das hindert sie nicht daran, große Abneigung jeder fremden Einmischung gegenüber zu empfinden. Alle Beteiligten wurden damals gefangengenommen und, leider muß ich das sagen, samt und sonders hingerichtet. Wir protestierten natürlich dagegen, konnten aber absolut nichts tun. Um nun für ihre kleine Tochter eine möglichst große Anhängerschaft zu gewinnen, zeigt sich Maria Cristina einer liberaleren Regierungsform gegenüber aufgeschlossen, während jene Elemente, die auf Don Carlos Seite stehen, fanatische Katholiken und Konservative sind. Sie wollen den ehemaligen Despotismus wieder aufleben lassen und sogar die Inquisitation wieder einführen. Einige dieser sogenannten Carlisten haben sich mit dem widerlichsten Abschaum der Gesellschaft verbündet, und in ein oder zwei Fällen wurden Ausländer von Banditen entführt und für Lösegeld festgehalten."

„Sie wollen uns glauben machen, daß wir mitten in ein Melodrama hineingeraten sind", sagte Clive trocken.

„In Spanien gerät alles leicht aus den Fugen", fuhr Mr. Robinson fort, und dann lächelte er Charlotte und Lucy zu. „Haben Sie keine Angst, meine Damen. Hier unten in Andalusien ist die Gefahr sehr gering. Aber Sie sollten an meine Worte denken, wenn Sie beabsichtigen, weitere Ausflüge zu unternehmen."

Obgleich er in heiterem Tonfall sprach, sann Charlotte darüber nach, ob sein Rat ernst zu nehmen sei. „Sind Sie zufällig mit dem Marqués Lorenzo de Merenda bekannt?" fragte sie.

Mr. Robinson sah sie überrascht an: „Warum fragen Sie das, Miss Starr? Natürlich bin ich ihm schon begegnet. Aber ich kann nicht sagen, daß ich ihn gut kenne. Er ist nicht oft in Sevilla und nimmt an dem gesellschaftlichen Leben der Stadt nur selten teil. Er lebt in seinem Castillo de Palomas, das ungefähr zehn Kilometer nördlich von hier am Rande der Sierra liegt."

Taubenschloß, dachte Charlotte, was für ein reizender Name und irgendwie seltsam, wenn man sich an das dunkle, scharfgeschnittene Gesicht seines Besitzers erinnert.

„Ist er verheiratet?" fragte Lucy und lächelte Charlotte verschmitzt zu.

„Nein. Soviel ich gehört habe, hat er eine ziemlich schwere Zeit hinter sich. Sein Vater starb im Napoleonischen Krieg, und er war mit vierzehn Jahren Oberhaupt der Familie mit zwei jüngeren Geschwistern und einer Großmutter, die er alle aus den Einkünften der größtenteils verheerten Ländereien zu erhalten hatte. Es kann für ihn nicht leicht gewesen sein." Er erhob sich und stellte sein Glas nieder. „Jetzt muß ich aber wirklich gehen."

„Werden Sie nicht mit uns zu Mittag essen?" fragte Lucy.

„Vielen Dank, nein. Meine Frau erwartet mich. Aber ich hoffe, daß wir uns bald wiedersehen. Meine Tochter wird während des Sommers zu uns kommen. Sie wird ebenfalls entzückt sein, Sie kennenzulernen.

Clive ging mit ihm zur Tür, und Lucy sah Charlotte schelmisch an. „Das also wäre unser edler Korsar. Glaubst du, daß Mr. Robinson eine Einladung für uns zum Castillo de Palomas einfädeln könnte?"

„Lucy, wovon redest du denn da?"

„Er scheint unerhört faszinierend zu sein. Und für dich wäre das eine glänzende Gelegenheit, diesen netten Mr. Macalister wiederzusehen, nicht wahr?"

Dann kam Clive zurück und zeigte sich sehr geneigt, Mr. Robinsons feierliche Warnung in den Wind zu schlagen. „Er glaubt wahrscheinlich, daß es seine Pflicht als Konsul ist, uns abzuschrekken", sagte er leichthin. „Ich finde nicht, daß wir uns über Gebühr Sorgen machen müssen. Ich weiß schon, was ich zu tun habe. Ich habe in England einige Kontakte geknüpft."

„Was für Kontakte?" fragte Charlotte.

„Ich habe verschiedene Männer kennengelernt. Spanier in der Botschaft in London und auch woanders. Übrigens waren einige von ihnen sehr für diesen Don Carlos. Anscheinend kann die Regentin manchmal eine ganz schöne Furie sein."

„Du scheinst ja eine Menge davon zu wissen."

Er zuckte die Achseln. „Ich habe nur da und dort etwas aufgeschnappt. Aber das ist ja nicht unsere Sache, nicht wahr?"

„Nein, ich glaube nicht."

Sie dachte noch ein oder zwei Tage an dieses Gespräch und vergaß es dann wieder, abgelenkt durch all das Neue um sie herum, bis etwas geschah, das Mr. Robinsons Warnung Nachdruck verlieh.

Margaret Robinson, eine höchst respektable Dame mittleren Alters, erschien an einem der nächsten Tage pünktlich zum Tee und drückte ihr Entsetzen und ihre Mißbilligung darüber aus, daß Charlotte so gern allein durch die Straßen von Sevilla zu streifen pflegte.

„Die Spanier sind im allgemeinen eher gutmütig, aber *äußerst* unberechenbar", sagte sie. „Glauben Sie mir, ich habe meine diesbezüglichen Erfahrungen. Sie können sich nicht vorstellen, was einem da so alles unterkommt. Sie sollten besser Juanita oder Ihren Diener mitnehmen."

Charlotte lächelte, stimmte zu und hielt sich im übrigen nicht weiter daran. Sie liebte das bunte Treiben auf dem Markt, wo an zahlreichen Verkaufsständen Unmengen von Obst und Gemüse feilgeboten wurde, war angetan von den gackernden Hühnern, den blökenden Lämmern, welche die Bauern aus dem Hochland mitbrachten, von den bepackten Eseln mit ihrem mit vielfarbigen Troddeln behängten Zaumzeug.

Eines Morgens, nachdem sie ihre Einkäufe erledigt hatte und ihr Korb bereits wohlgefüllt war, wollte sie für einige Minuten die Kathedrale aufsuchen. Sie erblickte vor sich die Giralda, den riesigen Turm, der einst ein Minarett gewesen war und eine Glockenstube beherbergte. Rosafarben leuchtete das reich verzierte Mauerwerk in der Sonne. Hier war Geschichte gemacht worden. Spanien und England waren eine Verbindung eingegangen: König Pedros Tochter Constance hatte John of Gaunt, Shakespeares altehrwürdigen Lancaster, geheiratet. Der Rubin des Black Prince in der englischen Krone stammte von dem ungläubigen König Abu Said von Granada.

Charlotte liebte die kühle Dämmerung in der gewaltigen gotischen Kathedrale. Kerzen flackerten in den Seitenkapellen, und ihr Licht strahlte im Gold an den gekrönten Jungfrauen und an den bestickten Gewändern der zahllosen Heiligenfiguren auf; es war jenes Gold der Azteken, das Cortés aus dem eroberten Mexiko mitgebracht hatte. Die Luft war noch vom Weihrauchduft der Frühmessen erfüllt. Charlotte stand einen Augenblick still. Da und dort knieten schwarzverschleierte Frauen und ließen die Perlen ihrer Rosenkränze durch die Finger gleiten. Sie sprach ein kurzes Gebet für Lucy und für Clive und gedachte auch jenes dunkelhaarigen Mannes, der in so seltsamer Weise mit dem Porträt verknüpft schien, das sie in ihrem Koffer verborgen hielt.

Dann trat sie aus dem großen Portal und war von der strahlenden Sonnenhelle so geblendet, daß sie die Lider einen Moment schließen mußte. Als sie die Augen wieder öffnete, sah sie einen jungen Burschen die Straße herunter auf die Kathedrale zulaufen.

Eine kreischende Menschenmenge folgte ihm. Als er näher kam, konnte sie ihn erkennen. Es war Tomás, der Neffe von Jaime, ein großer, unbeholfen dahintorkelnder Mensch. Er half gelegentlich seinem Onkel im Garten, und Charlotte hatte einige Male den Eindruck gehabt, daß er nicht ganz richtig im Kopf sei.

Er stolperte, als er die Stufen erreichte, und stürzte, mühsam nach Luft ringend, beinahe zu ihren Füßen nieder. Schreie und Flüche der Menge verfolgten ihn, und jemand warf einen Stein, der ihn an der Wange traf. Er schrie auf und tastete nach der Wunde, aus der ihm Blut in den Mund floß. Zornig und empört über die unvorstellbare Rohheit jener Leute stellte sich Charlotte schützend vor ihn.

„Aufhören!" rief sie seinen Peinigern auf Spanisch zu. „Aufhören! Was macht ihr denn da? Er ist verletzt."

Sie antworteten mit einem Gebrüll, dem Charlotte das Wort *pérfido* entnahm — aber sicher konnte dieser arme Idiot kein Verräter sein. Sie beugte sich über den Burschen und flüsterte eindringlich:

„Lauf — rasch — in die Kathedrale. Dort bist du sicher." Aber er duckte sich nur noch mehr, zu sehr erschreckt, als daß er sich bewegen hätte können.

Charlotte blickte verzweifelt um sich. Jeden Augenblick konnte sie beiseitegestoßen werden, und was mochte dann geschehen? Man würde ihn vielleicht umbringen. Der kühnste unter den Angreifern begann sich vorzudrängen, als Pferdegetrappel hörbar wurde. Zwei Männer sprengten die Straße herunter. Sie bahnten sich rücksichtslos ihren Weg durch den Mob und stiegen dann ab. Starke Hände ergriffen Charlotte um die Taille und schoben sie zur Seite. An ihre Stelle trat — groß und mächtig — der Marqués de Merenda. Er schleuderte dem Pöbel vernichtende Worte entgegen, die keinen Zweifel an seinem Zorn und seiner Verachtung aufkommen ließen. Die Leute hatten offensichtlich einen gewissen Respekt vor ihm, denn kurz darauf löste sich die Menge murrend und grollend auf. „Bist du verletzt?" Tomás schüttelte stumm den Kopf. „Dann geh heim zu deiner Mutter und lauf nicht in der Stadt herum! Rede vor allem keinen Unsinn!"

„Aber es ist wahr, was ich gesagt habe", stammelte der Bursche. „Es ist wahr, Señor, jedes Wort ist wahr. Überall wird davon gesprochen."

Die Hand an seiner Schulter packte fester zu. „Was wird überall gesprochen und von wem?"

„Männer, viele Männer, in der *posada* und in den Cafés — sie sagen, daß die Carlisten kommen werden, und wenn sie Sevilla einnehmen, müssen wir uns ihnen anschließen, und dann wird sich für uns alles ändern — wir werden reich sein."

Don Lorenzo runzelte die Stirn. „Hör mir gut zu. Das ist alles nicht wahr. Das sind gemeine Lügen. Wenn die Carlisten kommen, wird es Krieg geben, verstehst du mich? In den Straßen von Sevilla wird Blut fließen. Drum halt den Mund und kümmere dich nicht um Leute, die sich mit Sachen wichtigmachen, die sie nicht verstehen. Geh jetzt und gib das deiner Mutter." Er griff in die Tasche und warf dem Burschen eine Münze zu. „Geh, geh jetzt schnell nach Hause."

*„Gracias, Señor, gracias."*

Die Münze fest umklammernd, lief er davon. Sein ausdrucksloses Gesicht war plötzlich von einem Lächeln erhellt; seine Angst war vergessen.

Lorenzo sah ihm nach, ehe er sich Charlotte zuwandte.

„Man hat Ihnen doch nichts getan?"

Sie schüttelte den Kopf. „Nein, aber ich weiß nicht, was geschehen wäre, wenn Sie nicht gekommen wären."

„Habe ich Sie nicht darauf aufmerksam gemacht, daß es Schwierigkeiten geben könnte? Die Tatsache, daß Sie Engländerin sind, wird Sie nicht auf die Dauer schützen."

„Ich mußte einfach etwas unternehmen", sagte sie aufgebracht. „Diese Leute haben begonnen ihn zu steinigen. Es hätte gefährlich werden können."

„Vielleicht. Aber das ist nicht Ihre Sache, und wir Spanier lieben es nicht, wenn sich Ausländer in unsere Angelegenheiten mischen. Gehen Sie immer allein zum Markt? Warum nehmen Sie nicht einen Ihrer Bediensteten mit?"

„Jaime hat im Garten zu tun, und Juanita muß auch ihre Arbeit machen. Auf alle Fälle bin ich gern allein unterwegs; es macht mir Spaß." Trotzig reckte sie das Kinn empor. „Ich habe keine Angst."

„Das habe ich gesehen", gab er sarkastisch zurück. „Aber ein wenig Vorsicht gebietet der gesunde Menschenverstand."

Sie war verstört darüber, daß die gutmütigen, heiteren Leute, die ihr täglich auf dem Markt begegneten, so grausam sein konnten. „Warum nur? Warum haben diese Menschen den armen Jungen so brutal behandelt?"

„Angst", antwortete er. „Menschen, die Angst haben, brauchen einen Sündenbock. Sie wenden sich gegen die Hilflosen, die sich nicht wehren können."

„Aber es stimmt doch nicht, daß die Carlisten nach Sevilla kommen, nicht wahr?"

„Wir wollen es hoffen."

„Und wenn es doch so wäre, was würden Sie tun?" fragte sie neugierig.

„Diese Frage möchte ich lieber nicht beantworten. Ich sage nur, daß ich jede Art von Krieg ablehne. Ich habe andere und wichtigere Dinge zu tun."

Er winkte seinen Gefährten heran. Dieser hatte inzwischen die Zügel der Pferde einem zerlumpten Bengel übergeben, der wie viele andere seinesgleichen in den Gassen herumlungerte und nun die Früchte auflas, die aus Charlottes Korb gekollert waren, als sie ihn in ihrer Erregung auf den Stufen der Kathedrale fallengelassen hatte.

„Darf ich Ihnen meinen Bruder vorstellen? Roberto, du wirst die Señorita Carlotta zur Casa de Fuente begleiten."

„Sie wissen, wo wir wohnen?"

„Sicher. Die meisten Dinge dringen bis zu mir durch. Ich werde die Pferde mitnehmen. Nach dieser dummen Sache muß ich den *Alcalde* aufsuchen. Wir treffen uns dann dort, Roberto. Seien Sie in Zukunft vorsichtiger, Señorita. Sie kommen vielleicht nicht immer so glimpflich davon."

Er verbeugte sich, schwang sich in den Sattel, nahm das zweite Pferd beim Zaum und trabte die Straße hinunter.

Sie war über seinen gelassenen Befehlston verärgert und warf dem jungen Mann, der auf sie wartete, einen eisigen Blick zu. Er war beträchtlich jünger als sein Bruder, etwa Anfang zwanzig, schätzte sie. Obgleich keine so bezwingende Erscheinung wie sein Bruder, verfügte er über einen offenen und freundlichen Blick, lustige Augen und ein entwaffnendes Lächeln.

„Ich bin sehr gut imstande, allein nach Hause zu gehen", sagte sie und setzte ein eisiges Gesicht auf. „Bitte, bemühen Sie sich nicht."

„Dessen bin ich gewiß", gab er zurück. „Aber wenn Lorenzo pfeift, dann tanzen wir alle."

„Aber ich nicht."

„Das kommt schon noch, Señorita, glauben Sie mir."

Plötzlich lachten sie beide. „Geben Sie mir ihren Korb", bat er und nahm ihn ihr ab.

In recht gutem Einvernehmen kamen sie in der Casa de Fuente an, wo Clive und Lucy im Garten saßen. Charlotte stellte den jungen Mann vor, und als sie den Vorfall vor der Kathedrale nur beiläufig erwähnte, warf sie Roberto einen warnenden Blick zu, den dieser sofort verstand. Von Clive mißtrauisch in Augenschein genommen, beugte er sich über Lucys Hand. Sein Englisch war nicht so fließend wie das seines Bruders, aber er hatte eine gewinnende Art, und mit Charlottes Hilfe kamen sie bald bestens zurecht.

Sogar Clive taute nach kurzer Zeit auf und erwähnte, daß er auf der Suche nach guten Reitpferden sei. Roberto ging sofort darauf ein.

„Wenn das so ist, dann müssen Sie uns unbedingt im Castillo besuchen. Wir haben eine Menge Pferde — echte Andalusier — und sie gehören zu den besten, die man in Spanien findet. Lorenzo wird Sie beraten. Er versteht sehr viel von Pferdezucht."

„Wir haben gehört, daß sich der Marqués nicht viel aus Gästen macht", warf Lucy ein, während sie unter ihren langen Wimpern mit gespielter Schüchternheit zu dem jungen Mann aufblickte.

Es war unterhaltsam zu beobachten, dachte Charlotte, wie Lucys natürlicher Charme ihn entzückte. In dem weißen Musselinkleid, mit blauen Bändern im Haar, sah Clives Frau bezaubernd aus, und Roberto konnte den Blick nicht von ihr wenden.

„Machen Sie sich darüber keine Sorgen", versicherte er ernsthaft. „Lorenzo ist nicht immer anwesend, und ich werde meine Großmutter bitten, Ihnen eine Einladung zu schicken. Meine Schwester Teresa wird sich freuen, Sie und Ihre Cousine kennenzulernen."

Er sprach mit so offensichtlichem Eifer, sein Vorschlag enthielt so viel Nachdruck, daß Charlotte sich fragte, ob Don Lorenzos strenges Regiment bei den beiden jüngeren Geschwistern wohl auf Widerstand stoßen mochte und diese jede Gelegenheit benützten, dagegen zu rebellieren.

Bald darauf entschuldigte sich Roberto. „Ich muß nun gehen. Lorenzo wird auf mich warten."

„Und er liebt es nicht, wenn man ihn warten läßt“, murmelte Charlotte. „Ist es nicht so?“

„Leider ist es tatsächlich so“, sagte der junge Mann mit einem bedauernden Lächeln. „Aber Sie werden zu uns kommen, nicht wahr?“ fuhr er fort, als sie ihn zur Tür brachte.

„Wenn mein Cousin einverstanden ist, kommen wir gern“, versicherte Charlotte.

„Sie und Señora Lucia.“

„Ja, natürlich, wir beide.“

Sie lächelte ihm zu, als er ihr die Hand drückte. Dann eilte er die Straße hinunter.

„Ich wette, daß wir den jungen Mann zum letzten Mal gesehen haben“, sagte Clive, als Charlotte wieder zu ihnen in den Garten zurückkam. „Robinson hat mir gesagt, daß der Marqués de Merenda seine Familie fest im Griff hat und eine besondere Abneigung gegen die Briten hegt. Jedenfalls habe ich keine Lust, wie ein Bittsteller bei einem dieser spanischen Granden mit ihren feinen Manieren und ihrem empfindlichen Stolz aufzukreuzen. Ich möchte niemandem verpflichtet sein.“

„Mr. Robinson ist nicht allwissend“, stellte Lucy ungewöhnlich beherzt fest. „Mir gefällt Don Roberto. Ich finde ihn recht charmant, und falls wir eine Einladung erhalten sollten, werden Charlotte und ich ganz gewiß zusagen, wenn nötig, auch ohne dich.“

„Schau, schau, du hast ja plötzlich so viel zu sagen, mein Schatz.“

„Und warum nicht? Sicher darf ich mich doch auch einmal ein bißchen amüsieren.“

Es war das allererste Mal, dachte Charlotte, daß Lucy aufbegehrte. Die unverhohlene Bewunderung des jungen Mannes hatte ihr sichtlich gutgetan, und Clive wußte nicht, was er davon halten sollte.

An diesem Abend nahm Charlotte das spanische Porträt aus ihrem Koffer, wo es seit ihrer Ankunft in Sevilla verborgen lag. Sie betrachtete es und fragte sich, weshalb sie jemals geglaubt hatte, daß es eine Ähnlichkeit mit Don Lorenzo aufweise. Und doch! Sie wendete es im Licht der Kerzen hin und her und fand, daß etwas Unerklärbares aus ihm sprach und an den Marqués erinnerte, etwas, das einen Augenblick lang auftauchte und dann wieder verschwand, so daß sie nicht wußte, ob es nun wirklich war oder nur in ihrer Phantasie existierte.

Als sie das befleckte Tuch ausbreitete, um das Bildnis wieder einzuhüllen, bemerkte sie, daß in einer Ecke eine Stickerei angebracht war. Liebevoll hatte jemand mit winzigen Stichen den Buchstaben „L" und eine Art Wappen eingestickt. Sie trat näher zum Licht und sah, daß es einen Vogel im Flug darstellte. Es war eine Taube, das Emblem des Friedens, der Vogel, der Noah nach der Sintflut den Ölzweig gebracht hatte. Paloma — eine Taube — Charlotte holte tief Atem. Konnte das möglich sein? Eine Verbindung zwischen ihrem Vater und Don Lorenzo? Nein, zu dieser Zeit mußte er noch ein Knabe gewesen sein. Wer aber war es dann? Vielleicht sein Vater? Und Lorenzo haßte die Briten. — Aus unerklärlichen Gründen empfand sie plötzlich Angst. Sie hatte das Gefühl, an etwas Gefährliches gerührt zu haben, fürchtete, daß die Vergangenheit ihre Schatten auf die Gegenwart werfen könnte. Schließlich hüllte sie das Porträt ein und legte es wieder in ihren Koffer unter die schwarzen Kleider, die sie nun nicht länger tragen mochte. Sie wollte nicht wissen, wessen Blut das weiße Linnen benetzt hatte und warum es vergossen worden war. Lieber sollte das Porträt hier verborgen bleiben und für immer vergessen sein.

## 4

Einige Wochen später — inzwischen war es Mitte März geworden — ritt ein magerer Mann mit braungebranntem Gesicht zur Casa de Fuente herauf. Er überbrachte einen Brief für die Señora Lucia Starr und gab Juanita zu verstehen, daß er auf Antwort warten werde.

Gemeinsam, und ziemlich aufgeregt, studierten Lucy und Charlotte die Nachricht. Auf dickem, weißem, mit einem Wappen geschmückten Papier und in steifem, förmlichem Englisch gab sich die Marquésa de Merenda die Ehre, die drei Herrschaften zum Lunch im Castillo de Palomas einzuladen.

Lucy blickte auf, und ihre Augen sprühten. „Clive hat immer wieder gesagt, daß nichts aus der Einladung werden würde. Aber ich war sicher, daß Roberto nicht darauf vergessen würde. Dieser Brief scheint von seiner Großmutter zu kommen. Ich werde sofort antworten und für uns drei zusagen."

„Und angenommen, Clive weigert sich mitzukommen?"

„Dann werden eben nur wir beide gehen und ihn entschuldigen. Matthew kann uns mit dem Wagen hinbringen."

So wurde der Brief geschrieben und dem Boten ausgehändigt. Clive erfuhr von ihrer Entscheidung erst, als er am Abend heimkam. Wie zu erwarten war, brach er in Zorn aus. Er liebe es nicht, wenn sein Weibervolk Entscheidungen treffe, ohne ihn vorher zu fragen, meinte er wütend.

„Geht hin, wenn ihr unbedingt wollt", fuhr er die beiden Mädchen an. „Aber ich lasse mich lieber hängen, als daß ich nach der Pfeife irgendeiner hochnäsigen Marquésa herumtanze."

„Aber reg dich doch nicht gleich so auf, Clive, nur weil wir dich ein einziges Mal nicht gefragt haben", sagte Charlotte begütigend, als spräche sie zu einem störrischen Kind. „Und wenn du ‚hochnäsig' sagst, so muß ich dich darauf aufmerksam machen, daß — wie ich von Mr. Robinson weiß — die Merendas bereits zu den Granden gehörten, als unsere Vorfahren noch kleine Kaufleute waren."

„Ach, zum Teufel, Charlie! Rede kein dummes Zeug!"

„Es ist die Wahrheit, und ich schäme mich dessen nicht, auch wenn du es tust", fuhr Charlotte unbeirrt fort und tauschte ein Lächeln mit Lucy.

Clive verharrte weiterhin in Abwehrstellung und sagte, er habe nicht die Absicht, vor irgendeinem hohen und mächtigen Spanier unterwürfig zu kriechen. Doch dann, an dem bewußten Tag, stieg er, tadellos gekleidet, die Stufen hinab, übernahm von Matthew die Zügel, und zu Lucys großer Erleichterung und Charlottes heimlicher Belustigung fuhren sie los.

Es war überhaupt nicht hübsch; es war atemberaubend, von einer wilden und elementaren Schönheit, die allen Angriffen der Zivilisation widerstanden hatte. Zum Teil ein maurisches Schloß, zum Teil ein langgestrecktes, niedriges weißes Haus, schien sich das Gebäude in alle Richtungen zu erstrecken. Auf dem sorgsam gepflegten Rasen vor der breiten, mit Säulen eingefaßten Auffahrt flatterten Tauben und zogen ihre für den Betrachter verwirrenden Kreise.

Bedienstete eilten herbei, um die Pferde zu übernehmen, als Clive den Wagen zum Stehen gebracht hatte und vom Kutschbock sprang. Ein älterer Mann kam die Stufen herab, begrüßte die

Gäste mit Würde und geleitete sie in eine kühle, dämmrige Halle. Eine Treppe mit einer vergoldeten Eisenbalustrade führte zu höhergelegenen Geschossen. Aus einer großen Schale mit Orangenblüten drang ein betörender Duft. Die drei folgten dem Mann, der sie empfangen hatte, gingen über den mit Steinplatten belegten Boden durch eine im Hintergrund befindliche Tür und gelangten schließlich in einen großen, sonnendurchfluteten Raum, von dessen weißen Wänden kostbare alte Möbel sich dunkel glänzend abhoben.

Eine ältere Dame, in rauschende schwarze Seide gekleidet, eine Mantilla aus feiner Spitze im weißen Haar, erhob sich, um sie zu begrüßen. Doña Gracia, Marquése de Merenda, war hoch in den Sechzigern, aber noch schlank und aufrecht. Ihr feingeschnittenes Gesicht zeigte die Spuren früherer Schönheit.

„Willkommen im Castillo", sagte sie in langsamem, sorgsam gesetztem Englisch.

Clive, der vorgehabt hatte, sich lässig zu geben, war gegen seinen Willen beeindruckt. Er beugte sich über die feingliedrige Hand, die sich ihm darbot, und stellte dann seine Frau und seine Cousine vor.

Die dunklen Augen der Marquésa wanderten von einem ihrer Gäste zum anderen und blieben schließlich an Charlotte hängen, so daß diese für einen Augenblick den Eindruck gewann, die alte Dame blickte mit starkem Interesse bis tief in ihr Herz. Dann verschwand dieses Gefühl plötzlich wieder, und sie dachte, es sei nur eine Einbildung gewesen. Doña Gracia lächelte. Sie winkte das Mädchen heran, das dicht bei ihrem Stuhl stand.

„Meine Enkelin Teresa."

Dann traten sie durch die geöffneten Flügeltüren hinaus auf den Patio, wo Tische und Stühle aufgestellt worden waren. Blühende Pflanzen rankten sich an Säulen empor, umrahmten Fensterbögen und quollen aus riesigen Bottichen, und überall hörte man den glucksenden Laut von Wasser, das kühl in steinerne Bekken floß. Diener brachten Wein herbei, blaßgoldenen Sherry, der in kostbaren dünnen Gläsern serviert wurde, die süße Manzanilla und das eisgekühlte Fruchtgetränk, Agraz genannt, das aus zerstampften unreifen Trauben, Zucker und Wasser hergestellt wurde und das Lucy erst kürzlich kennen- und liebengelernt hatte. Mit den Dienern kam auch Roberto herbei und gab den Gästen willkommen heißend die Hand. Sehr zu Clives Mißvergnügen nahm er sofort an Lucys Seite Platz.

Die Marquésa hatte einen Blick mit ihm gewechselt, als er hereinkam. Nun sagte sie entschuldigen: „Bitte, verzeihen Sie, daß mein älterer Enkelsohn abwesend ist. Lorenzo wird, hoffe ich, etwas später kommen."

Der Majordomus kam und flüsterte der Marquésa etwas zu, worauf sie aufstand.

„Nun gut, Marco, wenn das Essen fertig ist, wollen wir nicht auf Don Lorenzo warten."

Die Männer hatten sich gleichzeitig mit ihr erhoben, und sie bot Clive den Arm. „Wollen wir beide die Gesellschaft anführen, Señor Starr?"

Roberto geleitete Lucy, und Teresa gesellte sich an Charlottes Seite.

„Applaus für Großmutter", flüsterte sie. „Lorenzo wird sich ärgern."

„Müssen Sie immer auf Ihren Bruder warten?" fragte Charlotte.

„Immer, wenn er daheim ist", antwortete Teresa. „Aber heute nicht." Und ausgelassen tat sie einen kleinen Sprung.

Wenn Lorenzo pfeift, dann tanzen wir alle, hat Roberto gesagt, dachte Charlotte. Mr. Robinson hatte offenbar recht, und das Taubenschloß wurde von einer eisernen Hand regiert. Das erschien ihr so unzeitgemäß und lächerlich, daß sie den ganz unangebrachten Wunsch zu kichern verspürte. Als sie das kühle Speisezimmer erreicht hatten, das sorgsam gegen das grelle Sonnenlicht abgedunkelt worden war, war ihre Neugierde, diesen Haustyrannen inmitten seiner Familie residieren zu sehen, zu schwindelnder Höhe angewachsen.

Lorenzo war aus verschiedenen Gründen zu spät zum Essen gekommen. Vor allem hatte er seiner Großmutter heftig widersprochen, als diese, Robertos Anregung folgend, vorschlug, die Engländer ins Castillo einzuladen.

„Du öffnest einer Sache Tür und Tor, die sich noch als eine sehr unliebsame Freundschaft herausstellen kann", hatte er gesagt. „Diese Leute passen nicht zu uns."

„Und welche Art von Leuten passen zu uns?" parierte Roberto sarkastisch.

„Erstens: Sie sind Engländer . . ."

„Ach, du mit deinen Vorurteilen! Wir müssen doch nicht für immer und ewig mit ihnen zusammensein. Weil ich sie zufällig mag, hast du beschlossen, daß sie keine passenden Freunde für uns sind. Ich bin kein Knabe mehr, Lorenzo, und es wird Zeit, daß du das zur Kenntnis nimmst." Und der junge Mann war aus dem Zimmer gestürmt.

„Diesmal hat dein Bruder recht", sagte seine Großmutter, als die Tür hinter Roberto ins Schloß gefallen war. „Wenn du wie ein Einsiedler leben willst, dann ist das deine Sache, Lorenzo. Aber du kannst nicht erwarten, daß Roberto und Teresa dasselbe tun. Sie sind jung, sie wollen Leute kennenlernen, sich unterhalten. Ich weiß, wie sehr du dich Manuelas wegen gegrämt hast, aber das liegt jetzt Jahre zurück. Du mußt das endlich überwinden. Und was die andere Sache betrifft — was in der Vergangenheit geschehen ist, ist aus und vorbei. Wie oft muß ich dir das noch sagen? Wenn ich es vergessen kann, wirst auch du es können."

„Und angenommen, ich kann es nicht? Jedesmal, wenn ich Teresa ansehe, fällt es mir wieder ein."

„Und du bist dann absichtlich ungerecht gegen sie, und sie lehnt sich gegen dich auf. Falls es zu Schwierigkeiten kommt, mußt du dir selbst die Schuld zuschreiben, Lorenzo."

„Nun gut", sagte er schließlich. „Mach, was du für richtig hältst. Ich hoffe nur, wir werden es nicht bedauern müssen."

Und so wurde die Einladung abgeschickt. Lorenzo dachte die ganze Zeit über diese Episode nach, während er die Lammfelljakke auszog, die seine Arbeitskleidung war, sich die Hände wusch, das Hemd wechselte und mit dem Kamm durch das dichte dunkle Haar fuhr. Er hätte es vorgezogen, Brot, Käse und Oliven mit den Schafhirten zu essen, statt einige Stunden mit banaler Konversation zu vergeuden und dann noch seine edlen Pferde einem geschniegelten jungen Mann vorzuführen.

*Gazpacho,* eine köstliche Suppe aus Zwiebeln, Gurken und Tomaten, die würzig nach Kräutern duftete, wurde gerade serviert, als Don Lorenzo in das Speisezimmer trat und den Wind der Berge, den Geruch nach Abenteuer mitzubringen schien. Jeder, so fand Charlotte, mußte ihn sofort zur Kenntnis nehmen. Er küßte seiner Großmutter die Hand, entschuldigte sich für sein Zuspätkommen, verbeugte sich höflich vor seinen Gästen und nahm seinen Platz am oberen Ende der Tafel ein, Charlotte an seiner rechten, Clive an seiner linken Seite.

Die Verschiedenheit der beiden Männer war so groß, daß Charlotte fast erschrak. Clive, den sie so lange Zeit bewundert hatte und der mit höchster Eleganz gekleidet war, schien zusammenzuschrumpfen, irgendwie kleiner zu werden neben Don Lorenzo, der, noch in Kniehosen und Stiefeln, ein rotes Seitentuch um den Kragen des blendend weißen Hemdes gebunden hatte und als einziges Zugeständnis an die Konvention eine kurze, fein bestickte schwarze Jacke trug. Charlotte wußte nicht, was sie nach ihrem letzten Zusammentreffen mit ihm erwartet hatte, vielleicht ein grimmiges Ungeheuer. Statt dessen aber sah sie einen überaus attraktiven Mann vor sich, der mit Charme und äußerster Höflichkeit zu plaudern verstand.

„Verzeihen Sie, daß ich in meiner Arbeitskleidung zum Essen komme", sagte er. „Aber ich bin seit Anbruch des Morgens mit den Hirten draußen gewesen. Sie fangen jetzt an, die Herden auf die höher gelegenen Weiden zu treiben."

„Wird das immer im Frühling gemacht?" fragte Charlotte.

„Für gewöhnlich im März, sobald das Lammen vorbei ist und bevor die Sommerhitze hereinbricht. Der Auftrieb ist ziemlich langwierig, da die Gelegenheit auch dazu benützt wird, die Schafe zu zählen und mit dem Brandzeichen zu versehen."

„Aber ist das nicht gefährlich? Mr. Robinson erzählte uns, daß es in den oberen Regionen der Sierra Wölfe und Luchse und auch Wildschweine gibt."

Lorenzo lächelte. „Die Hirten haben ja ihre Hunde, die die Herde bewachen, und die Wölfe ziehen sich während der großen Hitze in die Berge zurück. Nur im Winter, wenn sie hungrig sind, kommen sie herab."

„Kann man zur Sierra hinaufreiten?" fragte Charlotte eifrig. „Ich würde so gern das Land dort oben kennenlernen."

„Ja, natürlich ist das möglich, wenn man die richtigen Pferde hat. Aber es ist sehr beschwerlich und einer jungen Dame wie Sie überhaupt nicht zu empfehlen."

„Weshalb nicht? Roberto hat mir erzählt, daß Ihre Schwester manchmal mit ihm solche Ausritte unternimmt."

„Das ist etwas anderes. Teresa ist dafür geboren." Sie spürte eine Zurückhaltung in seinem Ton, die sie für Geringschätzung hielt, und sie war aufs heftigste erzürnt. Er hatte sich bereits Clive zugewandt. „Wie ich höre, haben Sie Schwierigkeiten, geeignete Pferde zu bekommen."

„Ja, so ist es. Es wurden mir zwar welche angeboten, aber diese Biester würde ich nicht einmal mit einer Feuerzange anfassen."

Lorenzo hob die Brauen. „Das ist ein Ausdruck, den ich noch nie gehört habe."

„Das bedeutet, daß ich nicht die Absicht habe, mein gutes Geld an solche Gäule zu verschwenden. Daheim in England züchtet mein Vater nur Vollblutpferde."

„Man braucht kein Rassepferd, um in die Berge zu reiten", sagte Lorenzo trocken. „Üblicherweise verkaufe ich meine Pferde nicht, aber ich würde Ihnen gern einen Gefallen tun. Ich habe erst kürzlich einige sehr passende Tiere von der Koppel in die Stallungen bringen lassen. Wir könnten sie uns später ansehen."

„Darf ich mitkommen?" fragte Charlotte.

„Ja, wenn es Ihnen Spaß macht, Señorita. Es ist nicht weit vom Haus entfernt."

Nachdem der Lunch beendet war und die Gesellschaft im Patio den Kaffee eingenommen hatte, stand Lorenzo auf. Die Unterhaltung war zwangsläufig ein wenig schleppend und auch etwas gespreizt verlaufen, da Lorenzo der einzige in der Familie war, der Englisch wirklich fließend beherrschte. Charlotte fühlte eine Ungeduld in seinem Verhalten, als ob er froh wäre, die ganze Angelegenheit bald hinter sich zu bringen.

„Sollen wir nun gehen und uns die Pferde ansehen?" fragte er Clive.

„Einverstanden." Der junge Mann erhob sich lässig und sah Lucy an. „Willst du mitkommen, mein Schatz?"

„Nein, Clive, vielen Dank. Du weißt, welche Angst ich vor Pferden habe. Ich werde mich hier viel wohler fühlen. Charlotte wird mitkommen, nicht wahr?"

„Ja, sehr gern."

„Dann werde ich bei Doña Lucia bleiben", sagte Roberto heiter. „Ich kann ihr inzwischen den ‚Nonnengarten' zeigen, während Großmutter ihre Siesta hält."

Clive sah mißbilligend drein, sagte aber nichts, und Teresa, die fast die ganze Zeit über verdrossen und schweigsam dagesessen war, sprang nun eifrig auf und hakte sich bei Charlotte ein.

Gemeinsam brachen sie auf. Die beiden Männer gingen voran; Charlotte und Teresa folgten.

„Was hat Robert mit dem ‚Nonnengarten' gemeint?" fragte Charlotte, als sie den Patio überquerten.

„Das ist der älteste Teil des Hauses mit einem von einer Mauer umgebenen Garten. Roberto wird es ein Vergnügen sein, ihn der Frau Ihres Cousins zeigen zu können und ihr die Legende zu erzählen. Ich glaube, er ist ein bißchen in sie ‚verschossen'", sagte Teresa schalkhaft.

„Wo haben Sie Englisch gelernt?" fragte Charlotte ziemlich erstaunt, da Teresa während des Lunch und auch später kaum Interesse an der Unterhaltung gezeigt hatte.

„In der Klosterschule. Es hat dort einige Mädchen aus England gegeben. Das liegt nun zwei Jahre zurück, und manchmal glaube ich, daß es dort lustiger war als hier." Sie seufzte. „Ich habe geglaubt, es müßte wunderbar sein, wieder nach Hause zu kommen. Großmutter hatte mir versprochen, daß ich eine Saison in Madrid haben würde. Sie hatte die Absicht, mich bei Hof einzuführen, und da hätte es Bälle und Gesellschaften und andere herrliche Unterhaltungen gegeben. Aber dann starb der König, und ein Jahr lang herrschte allgemeine Trauer. Deshalb sind wir hierher gekommen. Ich kann Ihnen gar nicht sagen, wie langweilig es hier ist. Lorenzo ist so streng. Er interessiert sich auch mehr für seine Schafe und Pferde und Weingärten als für irgendeine Art von Vergnügen. Wir bekommen kaum jemanden zu sehen."

„Aber jetzt ist doch die Trauerzeit vorüber. Jetzt wird es anders werden. Sie werden sicher zurück nach Madrid gehen."

„Nein, das werden wir leider nicht", fuhr Teresa mit düsterer Miene fort. „Das Haus ist fest verschlossen. Jetzt, da Don Carlos aus dem Exil zurückgekehrt ist und den Thron für sich beansprucht, hat jeder Angst vor einem Krieg. Niemand weiß genau, was geschehen wird, und Lorenzo sagt, es sei besser für uns, wenn wir hier bleiben." Gereizt stieß sie einen auf dem Weg liegenden Stein weg.

Mittlerweile hatte die Gruppe das Stallgelände erreicht. Im Gegensatz zu den Plätzen, die Charlotte in Sevilla oder anderwo besichtigt hatte, war dieser hier sauber, ordentlich und außergewöhnlich gut instandgehalten. Don Lorenzo hatte offenbar sein Stallpersonal gut im Griff. Die Reitknechte hatten mehrere Pferde herausgeführt. Die Tiere — mit stolz gebogenen Nacken und langen wallenden Mähnen — waren ungemein schön und kräftiger als die englische Vollblutrasse. Während die Männer die Pferde besichtigten und verschiedene Einzelheiten besprachen, führte Teresa Charlotte durch die Ställe, in denen die neugierigen Tiere über die niedrigen Türen der Boxen blickten. Charlotte, die wehmütig an ihren geliebten Whitefoot dachte, war von den Pferden begeistert. Besonders von einem, einer kastanienbraunen Stute, die den stolzen, schmalen Kopf emporreckte und Charlotte erlaubte, die weiche Nase zu liebkosen, gnädig wie eine Prinzessin, die einem demütigen Bewunderer ihre Huld erweist.

„Das ist Zelda", sagte Teresa beiläufig. „Lorenzo ist auf ihr vor vier Jahren bei der *Fiesta de Toros* in Madrid geritten."

*„Fiesta de Toros* — ist das ein Stierkampf?" fragte Charlotte ungläubig. „Ihr Bruder hat an einem Stierkampf teilgenommen?"

„Oh *Dios,* nicht die *Corrida,* nicht diese Art von Stierkampf. Er verabscheut so etwas. Unterhaltung für das gemeine Volk nennt er es. Die *Fiesta de Toros* ist etwas ganz anderes. Dabei wird mit dem Stier vom Rücken des Pferdes aus gekämpft, so wie es vor Hunderten von Jahren üblich war. Es gibt eine eigene Gesellschaft, die diese Sportart heute noch pflegt, und Lorenzo ist eines ihrer einflußreichsten Mitglieder. Diese Kampfmethode wird nur mehr zu ganz besonderen Anlässen angewandt, und so ein Anlaß war das große Fest in Madrid, als König Ferdinands Tochter geboren wurde und er die vornehmen Familien versammelte, die dem Kind den Treueeid zu leisten hatten. Wir Mädchen erhielten von der Klosterschule die Erlaubnis, an diesem Ereignis teilzunehmen. Alle meine Freundinnen waren ganz hingerissen von Lorenzo. Er reitet wirklich sehr gut", sagte sie ein wenig widerstrebend. „Ich muß ihm das zubilligen."

„Haben Sie Ihren Bruder nicht gern?"

„Manchmal schon." Teresa blickte zur Seite. „Nur glaube ich nicht, daß er mich gern hat."

„Das kann ich mir nicht vorstellen."

„Und doch ist es so. Wenn Sie sich für den Stierkampf interessieren, wird Roberto Ihnen alles darüber erzählen. Die Männer üben manchmal hier oben. Es geht dabei eher würdevoll und gemessen zu, überhaupt nicht so wie bei der *Corrida.* Es ist äußerst spannend. Roberto hat mich einmal mitgenommen — Lorenzo wäre wütend gewesen, hätte er es gewußt — es war im vergangenen Jahr in Madrid, und Don Vicente kämpfte gerade. Er ist ein berühmter Matador. Ich sah, wie er den Stier getötet hat." Ihre Augen leuchteten vor Heldenverehrung, und Charlotte lächelte. Teresa mochte achtzehn sein, aber sie benahm sich fast wie ein Schulmädchen. Charlotte wurde durch sie an jenes Jahr erinnert, in dem sie selbst so schrecklich in Clive verliebt gewesen war, und sie fühlte eine spontane Sympathie für das junge Mädchen aufkeimen.

„Jede von uns Mädchen hat Don Vicente Blumen und Bänder zugeworfen. Ich verehrte ihm meinen Schal", fuhr Teresa verträumt fort, „und er trug ihn dann um seinen Arm gewunden. Nachher habe ich ihn kennengelernt. Roberto nahm mich zu einer Gesellschaft mit, und er war dort. Er sieht unglaublich gut aus und ist so tapfer. Wir tanzten nur ein einziges Mal mitsammen, aber es war himmlisch, und alle Mädchen haben mich beneidet."

„Haben Sie ihn seither wieder getroffen?"

„Vielleicht ein oder zweimal." Teresa blickte Charlotte argwöhnisch an, als sei ihr plötzlich bewußt geworden, daß sie zu einer völlig Fremden etwas zu offen gewesen war. „Er kommt gelegentlich nach Sevilla, und wir haben einige Freunde in der Stadt, die ich besuchen darf. Jedenfalls ist er jetzt gerade dort. In ein paar Wochen ist Ostern, und nach den Prozessionen in der Karwoche finden die *Feria* und der Stierkampf statt."

„Werden Sie an diesen Festlichkeiten teilnehmen?"

„Ich glaube nicht. Lorenzo findet das nicht passend für ein wohlerzogenes spanisches Mädchen."

„Was sagte denn Ihre Großmutter dazu?"

„Sie ist immer einer Meinung mit meinem Bruder. Er ist das Oberhaupt der Familie, seit mein Vater gestorben ist. Ich war damals nicht einmal noch auf der Welt."

„Und Ihre Mutter?"

„Ich habe sie nie gekannt. Sie ist gestorben, als ich noch ein Baby war."

Es mußte für dieses junge Mädchen nicht leicht gewesen sein, mit zwei älteren Brüdern aufzuwachsen, nur von ihrer Großmutter beschützt. Charlotte hätte gerne etwas Mitfühlendes gesagt, aber jetzt sattelten die Reitknechte zwei der vorgeführten Pferde und Lorenzo kam den beiden Mädchen entgegen.

„Wir machen einen kleinen Proberitt. Señor Starr möchte gern das Tempo der Pferde feststellen. Vielleicht könntest du die Señorita zum Haus zurückbringen, Teresa."

„Ja, natürlich, Lorenzo", sagte sie ein wenig gekünstelt. „Und viel Spaß beim Reiten!"

Die Mädchen sahen zu, wie sich die beiden Männer in den Sattel schwangen und aus dem Hof trabten.

„Er reitet gar nicht so übel, Ihr Cousin", sagte Teresa in kritischem Ton.

„Er gilt als ausgezeichneter Reiter." Charlotte ergriff sofort Clives Partei. „In England, im Haus seines Vaters, sind wir oft ausgeritten und zusammen auf der Jagd gewesen."

„Ist er verliebt in Sie?"

Charlotte war starr vor Erstaunen. „Nein, natürlich nicht. Wie kommen Sie nur darauf?"

Teresa zuckte die Achseln. „Ich weiß nicht. Er scheint sich nicht sehr viel aus seiner Frau zu machen, obwohl sie so hübsch ist."

Charlotte war betroffen, daß dieses junge Mädchen in so kurzer Zeit anscheinend die Situation erfaßt hatte. Aber bevor sie etwas entgegnen konnte, versetzte Teresa sie erneut in Erstaunen.

„Sollen wir es den Männern nachmachen? Wollen wir auch einen kleinen Proberitt machen und das Tempo der Pferde feststellen?" sagte sie, indem sie, boshaft lächelnd, Ihres Bruders Worte nachahmte.

Charlotte sah auf ihren geblümten Baumwollrock hinab. „Aber das geht doch nicht — in diesen Kleidern?"

Teresa setzte sich unbekümmert über diesen Einwand hinweg. „Warum nicht? Ich bin schon öfter in solcher Kleidung auf einem Pferd gesessen. Wir werden ja nicht weit reiten. Nur so ein bißchen zum Spaß. Würden Sie gerne Zelda nehmen?"

„Ja, das möchte ich sehr gern."

„Nun gut, was hält uns dann noch? Es kann losgehen!"

Charlotte fand es seltsam, daß dieses junge Mädchen die gleiche waghalsige Art hatte wie sie selbst. Sie konnte der Verlockung kaum widerstehen, versuchte aber dennoch zu protestieren: „Glauben Sie wirklich, daß wir es tun sollen? Wird ihr Bruder nicht verärgert sein?"

„Er wird es ja erst nachher erfahren."

Und Teresa hatte schon einen der Stallburschen gerufen und

ihm in herrischem Ton befohlen, die Pferde bereitzumachen. Er wendete wortreich ein, daß der Marqués ihm das Fell über die Ohren ziehen würde, sobald er von dieser Sache erfahre. Aber das Mädchen fegte seinen Widerstand mit einer Handbewegung hinweg, und schließlich tat er, wie ihm geheißen wurde. Er führte die Pferde aus dem Stall und sattelte sie. Dann war er den Damen beim Aufsteigen behilflich, und unter den bewundernden Blikken des gesamten Stallpersonals ritten diese bald darauf aus dem Stallgelände und einen Weg hinab, der quer durch den Park führte. Sie kamen durch einen Stechpalmenhain, der seine reiche Blätterpracht entfaltete, und waren bald darauf draußen im freien Feld, auf einem weiten, grasbewachsenen Terrain. Es war das erste Mal seit ihrer Abreise aus England, daß Charlotte wieder auf einem Pferd saß, und der elastische Schritt der Stute versetzte sie in Entzücken.

Einige Minuten lang trabten sie Seite an Seite, dann hielt Teresa plötzlich ihr Pferd an. „Sie können hier um dieses Feld reiten und dann umkehren", schlug sie vor. „Sie finden sich gewiß zurecht. Ich reite nämlich jetzt einen anderen Weg entlang. Wir treffen einander dann später wieder."

Teresa galoppierte davon, eine Seitenallee hinab, und ließ ihre Gefährtin verblüfft zurück. Charlotte fragte sich, ob das Mädchen einen listig ausgeheckten Plan verfolge, in dem sie selbst eine Nebenrolle spielte. Sie hatte plötzlich den Verdacht, daß Teresa sich mit jemandem verabredet hatte, dem der Zugang zum Castillo untersagt war, und daß sie nun die günstige Gelegenheit für das Stelldichein benützte. Einen Augenblick überlegte sie, ob sie Teresa folgen sollte, aber schließlich war dies nicht ihre Angelegenheit. So gewann die Freude, allein und frei zu sein, die Oberhand. Zelda hatte ein raschere Gangart eingeschlagen, und — von Abenteuerlust erfüllt — ließ Charlotte das Pferd gewähren. Bald jagten sie in schnellem Tempo dahin, der Wind zauste Charlottes Haar und ließ ihren dünnen Baumwollrock flattern. Weiter und weiter ging es den Hügel hinauf; ihr Herz war von ausgelassener Freude erfüllt, und so achtete sie nicht auf die Rufe hinter ihr und hörte auch nicht das Klappern der Hufe, die ihr folgten.

Zelda setzte über ein Holzgatter, und sie jagten weiter, bis sie auf der Anhöhe von Don Lorenzo eingeholt wurden. Er beugte sich zu Zelda herüber und ergriff die Zügel. Charlotte war voller

Zorn bei dem Gedanken, Lorenzo könne annehmen, sie hatte die Herrschaft über das Pferd verloren. Deshalb wehrte sie ihn mit wilden Gebärden ab. Er aber ließ ihre Zügel nicht los und brachte so allmählich beide Pferde zum Stehen. Außer Atem blickten sie einander an.

„Was zum Teufel, machen Sie denn?" rief er wütend.

„Und warum, zum Teufel, haben Sie mich angehalten?" gab sie, gleichfalls wütend zurück. „Zelda ist nicht durchgegangen. Ich hatte sie unter Kontrolle. Ich hätte sie jederzeit zum Stehen bringen können."

„*Madre de Dios,* selbstverständlich hätten Sie das können", gab er mit widerwilliger Bewunderung zu. „Aber es geht nicht darum. Schauen Sie doch!"

Er zeigte nach vorne, und da sah sie, was er gemeint hatte. Sie war über das Tor einer umzäunten Koppel gesprungen, und an der gegenüberliegenden Seite stand ein Bulle, schwarz und gewaltig, wie Charlotte in England noch keinen solchen gesehen hatte. Obwohl er sich in einiger Entfernung von ihnen befand, konnte sie seinen drohenden Blick, den gesenkten Kopf mit den großen Hörner, den wütend hin und herschlagenden Schwanz sehen.

„Er kann jeden Augenblick zum Angriff übergehen", sagte Lorenzo gelassen. „Vorsicht ist hier besser angebracht als blinder Heldenmut. Immer mit der Ruhe!"

Langsam wendeten sie die Pferde. Lorenzo blickte sich kurz um und rief: „Los jetzt, reiten Sie, so schnell sie können!"

Sie sprengten über das Holzgatter hinweg und hetzten den Hang hinunter. Hinter sich hörten sie den Stier über die Wiese rasen und schließlich gegen den festen Zaun krachen, so daß Charlotte ein Schauer über den Rücken lief.

Lorenzo warf ihr einen Blick zu. „Begreifen Sie jetzt, wie unvorsichtig Sie gewesen sind? Haben Sie jemals einen so gewaltigen Bullen angreifen gesehen?"

„Nein, noch nie."

„Diese verrückte Eskapade war wohl Teresas Idee, nehme ich an?"

„Seien Sie ihr bitte nicht böse", sagte Charlotte rasch. „Glauben Sie mir, sie hat mich nicht erst lange überreden müssen."

Er runzelte die Stirn. „Wie dem auch sei. Es war nicht recht von ihr, so etwas vorzuschlagen. Da hätte alles mögliche geschehen können. Sie hätten tot sein können. Meine Schwester handelt immer, ohne zu denken. Eines Tages wird es mit ihr noch ernstliche Schwierigkeiten geben. Wo ist sie denn übrigens?"

„Ich glaube, sie ist einen anderen Weg geritten. Leider habe ich Zelda die Zügel schießen lassen und nicht weiter auf Teresa geachtet." Sie blickte zu ihm auf. „Glauben Sie nicht, daß Sie etwas zu streng mit ihr sind?"

„Und glauben Sie nicht, daß Sie uns etwas besser kennen müßten, um das beurteilen zu können?" gab er trocken zurück.

„Es tut mir leid. Das war wirklich ungehörig von mir."

Sie war bei seiner Zurechtweisung errötet, und plötzlich bereute er seine Worte. Diese junge Engländerin mit ihrem starken Unabhängigkeitsbestreben, ihrer ein wenig anmaßenden Art, entsprach einem Frauentypus, den er im Grunde verabscheute, sagte er sich. Frauen sollten so sein, wie Manuela gewesen war: schön, sanft, liebevoll und ergeben, oder nicht? Wider seinen Willen kam ihm der Gedanke, daß er vielleicht nach einiger Zeit einer solchen großen Sanftmut überdrüssig hätte werden können und einer spröden Art von Frau, deren Wesen auch Überraschungen barg, den Vorzug gegeben hätte. Sofort verwarf er — ärgerlich mit sich selbst — diesen verräterischen Gedanken. Die Erinnerung an Manuela schmerzte noch immer. Verdammt, was ist nur mit mir geschehen, dachte er nervös, daß mir jetzt plötzlich solche Dinge in den Sinn kommen?

Charlotte blickte auf das ernste Profil und sagte entschuldigend: „Ich hoffe, Sie sind mir nicht böse, daß ich Zelda genommen habe. Teresa hat mir erzählt, daß Sie dieses Pferd auf der *Fiesta de Toros* geritten haben."

„Ja, das ist richtig. Für diese Veranstaltungen muß ein Pferd ganz besonders zugeritten werden. Aber das liegt nun schon einige Jahre zurück. Inzwischen bin ich für Zelda ein wenig zu schwer geworden."

„Ich habe gar nicht gewußt, daß ein Stierkampf zu Pferd möglich ist", sagte sie verwundert. „Ist das nicht gefährlich?"

„Nicht gefährlicher als jede andere Sportart auch. Es ist die ursprüngliche, die alte Form des Stierkampfes und stammt aus der Zeit, in der die Habsburger in Spanien regierten. Erst mit der Regierung des Bourbonen Philipp vor über hundert Jahren fand diese Methode ein Ende. Am spanischen Hof machten sich nun französische Höflinge breit, die diese Kampfart als barbarisch verurteilten und einer gemäßigteren, müheloseren Methode den Vorzug gaben. So verlor der Stierkampf seinen edlen Ursprung. Da aber kein Spanier auf seinen Stierkampf verzichten will, ist dieser allmählich zu einem vulgären Gemetzel herabgesunken, in dem der Matador nicht um die Ehre sondern um Geld kämpft."

„Und Sie lehnen das ab?"

„Ich lehne es weder ab, noch stimme ich dem zu. Ich halte es nur für höchst bedauerlich, daß ein Kampf, der einst größte Geschicklichkeit erfordert hat, zu einem Sport herabgesunken ist, der an die grausamsten Instinkte der Massen appelliert."

„Mein Vater hat mir erzählt, daß alle spanischen Buben davon träumen, Stierkämpfer zu werden."

„Nicht alle", gab Lorenzo zur Antwort. „Ich glaube nicht, daß ich je davon geträumt habe." Er wandte sich ihr plötzlich mit einem gewinnenden Lächeln zu. „Und damit ist die erste Lektion beendet. Sie müssen mir verzeihen, wenn ich Sie mit meinen persönlichen Vorurteilen gelangweilt habe. Ich habe nämlich gehört, daß alle Engländerinnen, die nach Spanien kommen, unbedingt eine *Corrida* sehen wollen."

„Da sind Sie falsch unterrichtet. Die Engländer sind große Tierfreunde. Ich habe kein Verlangen danach zuzusehen, wie ein Stier abgeschlachtet oder ein Pferd gequält wird."

„Oder ein stattlicher Matador von scharfen Hörnern aufgespießt wird. Auch das kommt nämlich vor, wie Sie wissen", sagte er sarkastisch. „Und dennoch gehen Sie auf die Fuchsjagd, glaube ich, und sehen zu, wie diese armen Tiere von den Hunden in Stücke gerissen werden."

„Das ist etwas anderes", gab sie errötend zurück.

„Wirklich? Ein Stier hat doch wenigstens die Chance, sich zu wehren und sogar manchmal zu gewinnen. Es tut mir leid, daß Sie diese Einstellung haben, denn ich wollte Ihnen und Ihren Verwandten vorschlagen, sich einen Stierkampf zu Pferd anzusehen. Die *Rejoneadores,* die diese Kunst noch ausüben, werden bald hier zusammenkommen. Es wird schon lang davon geredet, daß die Regentin irgendwann im Jahr eine Fiesta zu Ehren ihrer Tochter Isobel veranstalten wird. Hätten Sie Lust mitzukommen, wenn wir versprechen, den Stier nicht zu töten?"

Sie fühlte, daß er sich insgeheim über sie lustig machte, aber sie sagte trotzdem: „Ich bin überzeugt, daß Clive sehr daran interessiert ist."

„Und Sie?"

„Natürlich werden auch Lucy und ich gerne mitkommen."

Mittlerweile hatten sie das Stallgelände erreicht, wo Clive bereits mit zorniger Miene auf sie wartete. Er half Charlotte aus dem Sattel und blickte mit strengem Mißbilligen auf das wirre Haar und das zerknitterte Kleid.

„Was zum Teufel hast du dir dabei gedacht?" fuhr er auf sie los. „Eines der Pferde zu nehmen und wie eine Verrückte loszureiten! Wirklich, Charlotte, du hättest schon an mich und meine Stellung denken können."

„Es tut mir leid, so viel Unannehmlichkeiten verursacht zu haben . . ."

„Überhaupt keine Unannehmlichkeiten", unterbrach Lorenzo sie rasch, während er vom Pferd stieg und die Zügel einem der bereitstehenden Stallburschen zuwarf. „Da es *mein* Pferd ist und die Señorita eine ganz ausgezeichnete Reiterin ist", setzte er, an Clive gewendet, mit Nachdruck fort, „glaube ich kaum, daß Ihre Vorwürfe gerecht sind. Ich war nur um ihre Sicherheit in der Stierkoppel besorgt. Gottlob ist ihr kein Leid zugefügt worden. Nun zum Geschäft, Señor. Hat das Pferd, mit dem sie geritten sind, Ihre Zustimmung gefunden?"

Ärgerlich über die versteckte Zurechtweisung, sagte Clive kurz: „Für meine Zwecke ist es gut genug. Vielleicht können Sie das Tier mit einem Ihrer Knechte zur Casa de Fuente schicken und mich den Preis wissen lassen."

„Und wie steht es mit dem Pferd für Ihre Cousine?" Lorenzo lächelte Charlotte flüchtig zu. „Ich glaube, Sie waren mit der Stute zufrieden, oder nicht?"

„Nein, danke", sagte Clive rasch. „Ich brauche nur das eine Pferd."

Das war reine Bosheit — Charlotte erfaßte dies sofort. Er war verärgert, weil sie abtrünnig geworden war: Lorenzo und sie waren in sichtlich gutem Einvernehmen zurückgekommen. Es war kleinlicher, dummer Groll. Sie wünschte sich sehnlich, sagen zu können, daß sie selbst die Stute kaufen werde; aber sie wußte, daß es unmöglich war. Sie hatte niemals ihre völlige Abhängigkeit von Clive so schmerzlich gespürt.

Sie sah das Erstaunen in Lorenzos Gesicht, und sie schämte sich für ihren Cousin. Für einen Augenblick herrschte betretenes Schweigen. Dann kam plötzlich Teresa erhitzt, aufgeregt, ein wenig atemlos, glitt aus dem Sattel und wandte sich an Charlotte.

„Oh, da sind Sie ja. Ich habe Sie verpaßt. Überall habe ich nach Ihnen gesucht. Wie bin ich froh, daß Sie gut zurückgefunden haben."

„Was anscheinend nicht dir zu verdanken ist", sagte ihr Bruder gelassen. „Was hast du ausgeheckt, Teresa? Hast du dich mit jemandem getroffen?"

„Nein, natürlich nicht", antwortete sie ganz unschuldig. „Warum sollte ich?"

„Ja, warum wohl?" Er warf ihr einen durchdringenden Blick zu, ehe er sich an die anderen wandte. „Wir sollten lieber ins Haus zurückkehren. Doña Gracia wird sich fragen, was aus uns geworden ist."

Die beiden Männer gingen voran, und Teresa legte die Hand auf Charlottes Arm.

„Vielen Dank, daß Sie Lorenzo nichts gesagt haben", flüsterte sie.

„Ich konnte ihm nichts sagen, da ich nichts weiß. Haben Sie sich mit jemandem getroffen, Teresa?"

Sie errötete leicht. „Ja, das habe ich. Ich wußte zufällig, daß er da sein würde, und ich hatte ihm versprochen zu kommen, falls ich mich für ein paar Minuten freimachen könnte."

„Glauben Sie, daß Sie mit jemandem zusammentreffen sollten, der Ihrer Großmutter nicht erwünscht ist?"

„Es geht nicht so sehr um meine Großmutter sondern um Lorenzo", sagte sie schnell. „Aber es ist schon in Ordnung, wirklich. Ich tue nichts Unrechtes."

Vielleicht handelte es sich nur um eine kindliche Schwärmerei, um einen romantischen Hang zur Heimlichtuerei, aber Charlotte störte es doch ein wenig, daß sie — wenn auch unschuldig — in die Angelegenheit verwickelt worden war. Aber andererseits glaubte sie nicht, daß sie, eine Fremde, das Recht hätte, sich einzumischen.

Doña Gracia erwartete die vier jungen Leute mit köstlicher heißer Schokolade und kleinen Mandelkuchen. Ungefähr eine Stunde später fuhren die Gäste nach Hause, und Lucy plauderte die ganze Zeit über davon, wie Roberto ihr den Garten gezeigt hatte, von dessen hohen Turm man durch gitterartig durchbrochenes Mauerwerk geradewegs die Sierra überblicken und weit über die Weingärten der Merenda hinwegsehen konnte, wo dieser nette Mr. Macalister sicher bereits an der Arbeit war.

„Wenn es uns interessiert", fuhr Lucy strahlend fort, „wird uns Roberto mit Vergnügen durch die Bodega führen, wo der Sherry hergestellt wird."

„Um Himmels willen, Lucy, wer auf Gottes weiter Erde möchte schon in Weingärten herumstiefeln und Macalisters langatmige Geschichten über das einzige Thema anhören, von dem er etwas versteht — nämlich Traubensaft zu vergären?" fragte Clive gereizt.

„Nun, ich bin sicher, daß es zum Beispiel Charlotte Spaß machen würde. Guy Macalister ist auf dem Schiff so reizend zu uns gewesen und hat uns eine Menge über seine Arbeit erzählt, und es war außerordentlich spannend, nicht wahr, Charlie? Sei nicht so ein Brummbär, Clive. Was ist denn los mit dir?"

„Gar nichts. Ich habe Kopfschmerzen, das ist alles."

Immer noch nagte es an ihm, wie merklich kühl Lorenzo ihn behandelt hatte, und er versuchte, seine eigene Handlungsweise zu rechtfertigen. Verdammt, er war doch nicht verpflichtet, seine Cousine mit edlen Vollblutpferden zu versorgen, nicht wahr? Er zog sich in vergrämtes Schweigen zurück.

Es war noch sehr früh, als am darauffolgenden Morgen die Pferde eintrafen. Jacopo und einer der Stallburschen kamen heraufgeritten und führten Zelda und jenen Hengst am Zaum, den Clive für sich ausgewählt hatte. Alle Dienstboten waren vor das Haus gelaufen und verfolgten die Vorgänge mit lebhaftem Interesse. Sie pflegten immer großen Anteil an den Angelegenheiten ihrer Dienstgeber zu nehmen. Juanita und Rosa brachen in laute Bewunderungsrufe über die schön gepflegten Tiere aus und wurden von Jaime und dem großen, tölpelhaften Tomás unterstützt.

Clive fragte: „Warum zum Teufel hat er zwei Pferde gebracht?"

*„Por la Señorita"*, sagte Jacopo und übergab Charlotte Zeldas Zügel.

*„Por migo? Porque?"* rief diese erstaunt aus.

Er antwortete mit einem spanischen Redestrom, bis Clive unwirsch einwarf: „Was, zum Teufel, sagt der Kerl?"

„Er sagt, daß sich der Marqués de Merenda gestattet, mir für die Dauer unseres Aufenthaltes in Sevilla Zelda zur Verfügung zu stellen, da sie und ich anscheinend eine Zuneigung zueinander gefaßt hätten, und er hoffe, daß ich diese Leihgabe annehmen und mich nicht verletzt fühlen werde."

„Verdammte Frechheit!" rief Clive aus. „Was zum Kuckuck glaubt er denn? Bildet er sich ein, ich könne mir nicht leisten, ein Pferd für dich zu kaufen, wenn ich es wollte? Eine Leihgabe, tatsächlich! Als ob wir bettelarme Schlucker wären! Ich werde das Pferd sofort zurückschicken lassen."

„Nein", sagte Charlotte entschlossen. „Das wirst du nicht tun. Es ist nicht für dich bestimmt. Es ist eine Leihgabe für mich, und ich werde sie annehmen. Ich werde sofort ein paar Zeilen schreiben. Es hat keinen Zweck, darüber zu diskutieren", fuhr sie fort, als sie Clive die Stirn runzeln sah. „Mein Entschluß ist gefaßt. Tomás wird sich um das Pferd kümmern. Nicht wahr, Tomás?" und sie lächelte dem Burschen zu, der schüchtern herbeigekommen war und die Hand ausstreckte, um den glänzenden Nacken des Tieres zu tätscheln.

*„Si, Señorita, si, si"*, versicherte er eifrig und strahlte Charlotte an.

Sie ging sofort ins Haus, um einen kurzen Brief zu schreiben, wobei außer Frage stand, ob sie annehmen sollte oder nicht. Sie empfand deutlich, daß es eine Kränkung für Lorenzo wäre, seine edle Geste zurückzuweisen. Ein eigenes Pferd würde ihr jene Freiheit und Unabhängigkeit geben, die sie sich wünschte, und Lorenzo mußte das irgendwie gefühlt haben. Rasch hatte sie die Note verfaßt und brachte Jacopo den Brief. Dann ging sie mit Tomás zu den Stallungen, um sich persönlich darum zu kümmern, daß es ihrer wundervollen Stute an nichts fehle.

## 5

Der erste konkrete Hinweis, daß die Gesundheit seiner Frau nicht der einzige Grund für Clives Aufenthalt in Spanien war, tauchte ungefähr eine Woche später auf, und sogar da war Charlotte noch geneigt, diesen Gedanken von sich zu weisen. Clive hatte nie auch nur das geringste Interesse an Politik gezeigt oder an irgend etwas anderem als seinem Vergnügen und seiner Bequemlichkeit. Sie konnte sich nicht vorstellen, daß er auch nur einen Finger rühren würde, um irgendeiner Sache zu dienen, und das machte die Angelegenheit noch rätselhafter. Sogar seine Malerei nahm ihn nicht wirklich gefangen. Er war ein Amateur mit einem Blick für Farben und mit einer gewissen schöpferischen Fähigkeit, das, was er sah, auf die Leinwand zu übertragen. Aber er arbeitete sprunghaft, ganz nach Laune, und er hörte sofort auf, sobald etwas Interessanteres seine Phantasie beschäftigte. Es mußte daher eine andere Erklärung für jenen sonderbaren Vorfall geben, den Charlotte an diesem Morgen beobachtet hatte.

Sie hatte es sich zur Gewohnheit gemacht, jeden Tag auszureiten, wobei sie sehr früh, noch bevor Lucy oder Clive aufgewacht waren, das Haus verließ. Sie fand die Morgenstunde köstlich; es war kühl, und es war unglaublich schön. Zu dieser Zeit war sie allein, und es stand ihr frei, ihr Pferd zu lenken, wohin sie wollte. Sie liebte es, die geduldigen kleinen Esel zu beobachten, wie sie mit ihren vollbepackten Körben auf den Markt getrottet kamen; bisweilen hielt sie am Brunnen an, wo die Frauen Wasser schöpften und in althergebrachter Art miteinander schwatzten. Durch die offenen Türen drang der starke, heimelige Duft nach frischem Brot, und die Kinder winkten ihr immer zu, wenn sie vorbeitrabte.

Mr. Robinson hatte sie gewarnt, auf keinen Fall allein durch die Vorstadt am jenseitigen Ufer des Guadalquivirs zu reiten. Triana war als Heimstätte von Dieben und Zigeunern berüchtigt, als Unterschlupf von Anarchisten, Mördern und anderem Gelichter jeglicher Art, die jedermann zu überfallen pflegten, sobald sie seiner ansichtig wurden. Charlotte hatte sich angewöhnt, fast alle Warnungen Mr. Robinsons in den Wind zu schlagen. Er war eingefleischter Brite und von engstirnigem Mißtrauen allem Fremden gegenüber erfüllt. Natürlich sah es in diesem Viertel recht ärmlich aus, stellte sie fest: Die Häuser waren dem Verfall preisgegeben, und halbnackte Kinder spielten im Straßenschmutz; aber die goldene Sonne Andalusiens verlieh dieser Armseligkeit einen gewissen Charme. Außerdem fand sie es hier weit weniger verwahrlost, als es in gewissen Gegenden Londons war, von denen sie während eines kurzen Aufenthaltes in der Hauptstadt einen flüchtigen Eindruck gewonnnen hatte. Niemand belästigte sie hier; sie wurde nur neugierig angestarrt, während sie durch die schmalen, gewundenen Straßen und dann ins Hügelland hinanritt.

Ihr Vater hatte ihr ein wenig aus der römischen Geschichte erzählt und dazu die Reste seiner aus Eton erworbenen humanistischen Bildung mühsam hervorgekramt, und hier fand sie nun die Ruinen einer ehemals schönen römischen Stadt mit einem großen Theater vor. Sie blickte um sich, betrachtete die verwitterten Bänke aus Granit, auf denen einst Tausende von Menschen gesessen und in die weite Arena herabgeblickt hatten, wo Gladiatoren ihre blutigen Kämpfe auf Leben und Tod ausgetragen und wo wilde Tiere ihre bedauernswerten Opfer, die sich nur mit einem Speer zur Wehr setzen konnten, in Stücke gerissen hatten.

Buschwerk hatte sich den Weg durch den Stein gebahnt. Fenchel, Thymian und Salbei erfüllten die Luft mit ihrem würzigen Duft, Blumen blühten auf dem Rasen und sprossen unvermutet aus grauen Felsenritzen. Charlotte lenkte Zelda fürsorglich in den Schatten eines Baumes und stieg dann die verfallenen Stufen hinauf, bis sie über das riesige Oval der Arena mit den breiten Flügeltoren blicken konnte. Sie setzte sich nieder, den Rücken an den sonnendurchwärmten Stein gelehnt, und zog eine Schnitte von Rosas köstlichem Nußbrot und ein Stück cremigen Käse aus der Tasche. Sie aß langsam, während über ihr die Vögel sangen, und einmal glaubte sie sogar, einen Adler mit weitgespannten Flügeln herniederschweben, wieder aufsteigen und zu den weißen Gipfeln der Sierra hin entschwinden zu sehen.

Sie war in der zunehmenden Hitze eingedämmert, als eine leichte Brise den Klang dunkler Stimmen zu ihr heraufwehte. Sie blickte um sich und nahm kurz darauf zwei Gestalten wahr, die am Eingang einer der dunklen, zellenähnlichen Höhlen standen, die einst als Ankleideräume für die Schauspieler jener antiken Dramen gedient haben mochten. Verblüfft erkannte sie, daß einer der beiden Männer Clive war. Der andere war groß und trug grobe Kleidung, wie sie im Gebirge üblich war; sein breitrandiger Hut war bis zu den Augen herabgezogen. Was nur, in aller Welt, konnte ihren sonst eher trägen Cousin zu so früher Stunde aus dem Bett gelockt haben, und warum sprach er so eindringlich mit einem Fremden, der — ungeachtet seines zigeunerhaften Aussehens — der englischen Sprache mächtig sein mußte?

Charlotte zog sich ein wenig zurück, um nicht gesehen zu werden, und einen Augenblick später sah sie, wie Clive die Unterredung abbrach und, von einer Sitzbank zur anderen springend, die Arena hinaufeilte und schließlich im Unterholz verschwand, wo er zweifellos sein Pferd zurückgelassen hatte. Sein Gefährte wartete noch einige Minuten. Er hatte sich eine Zigarre angezündet und blies den blauen Rauch in die warme Luft; dann tauchte er plötzlich lautlos in dem gähnenden Schlund der Höhle unter und war nicht mehr zu sehen.

Von großer Neugierde getrieben, kletterte Charlotte die zerklüfteten Steinstufen hinab, bis sie den unteren Rand der Arena erreicht hatte. Aber da war nichts mehr zu sehen, außer dem moosbewachsenen Boden und einer Eidechse, die bewegungslos dasaß und sie mit wie Edelsteine glänzenden Augen ansah. Sie erhob eine Hand, und das Tierchen huschte davon. Dann starrte sie in die dunkle Höhlenmündung, und es schien ihr, als verliere diese sich in unendliche Finsternis, so daß Charlotte annahm, es müsse sich hier um einen Durchgang handeln, der die beiden Seiten der Arena miteinander verband. Drinnen war die Luft schal und abgestanden. Eine Fledermaus flatterte jäh auf, und Charlotte sprang entsetzt zur Seite; dann vernahm sie ein leises Zischen auf dem Boden. Eine Schlange glitt über die staubbedeckte Erde auf sie zu. Das Reptil reckte seinen flachen, häßlichen Kopf empor, und das Mädchen wich mit einem unterdrückten Aufschrei zurück. Plötzlich legten sich zwei Arme um ihre Taille und zogen sie hinaus in die Sonne. Eine Stimme sagte: „Diese Schlangen sehen zwar recht gefährlich aus, sind aber durchaus harmlos." Und als sie sich rasch umwandte, schaute sie in das Gesicht Don Lorenzos. Ihre Überraschung war so groß, daß sie ihn nur sprachlos anstarren konnte.

„Wo, in aller Welt, kommen Sie denn her?" rief sie aus, als sie sich gefaßt hatte.

„Sicher bin ich nicht vom Himmel gefallen", lachte er sie an. „Ich sah, daß Zelda oben angepflockt war; daher wußte ich, daß Sie hier irgendwo sein mußten. Sie sollten vorsichtiger sein. Diese holprigen Stufen können heimtückisch sein. Sie könnten sich leicht den Knöchel verstauchen."

Aber es ging ihr immer noch nicht aus dem Kopf, was sie kurz zuvor gesehen hatte. „Es war ein Mann da", sagte sie nachdenklich.

„Ja, allerdings."

„So haben Sie ihn also auch gesehen. Wissen Sie, wer es war?"

„Zufällig ist er mir bekannt. Sein Name ist José Roméro. Er ist — leider muß ich es sagen — ein bekannter Bandit."

„Ein Bandit?"

„Ja, und er ist außerdem ein überzeugter Anhänger von Don Carlos."

„Vom Bruder des verstorbenen Königs? Der, der den Thron an sich reißen möchte?"

„Ja, so ist es."

Sie runzelte die Stirn. „Was hat denn dieser José Roméro hier zu tun?"

„Das frage ich mich auch. Aber diese Höhlen sind tief und stellen somit ein sehr geeignetes Versteck für einen Mann dar, der ungesehen kommen und gehen will."

„Wie zum Beispiel ein Spion. — Wollten Sie das sagen?"

„Möglicherweise."

„Aber warum?"

Er zuckte die Achseln, und sein Blick blieb auf ihrem Gesicht haften. „Soweit wir wissen, befindet sich Don Carlos zur Zeit irgendwo im Norden, wo er eine Armee aufstellt und seine Chance abwartet. Wahrscheinlich brennt er darauf zu erfahren, welche Unterstützung er aus Andalusien zu erwarten hat." Plötzlich lächelte er. „Aber das alles wird Sie kaum interessieren, Señorita. Was machen *Sie* denn eigentlich hier an diesem wunderschönen Morgen, wenn ich fragen darf?"

„Ich bin auf Entdeckungsreisen. Italica war einst eine große Stadt und der Geburtsort von Trajan und Hadrian. Ich wollte den Ort mit eigenen Augen sehen. Ist es nicht sonderbar, daß zwei römische Herrscher im Grunde Spanier waren?"

„Nicht sonderbarer als die Tatsache, daß es spanische Prinzessinnen gibt, die Königinnen von England wurden", antwortete er trocken.

„Das ist wohl richtig. Darf ich auch fragen, was Sie heute Morgen hierher zu den Ruinen geführt hat?" fragte sie. „Sie liegen kaum auf Ihrem Weg zum Castillo."

„Ja, das stimmt. Aber dennoch komme ich öfter hierher. Es ist ein geeigneter Ort, wenn man allein sein möchte, weit weg von den Problemen des Alltags. Vielleicht liegt es an dem Alter dieser Stätte, daß sie so viel Frieden ausströmt. Sie läßt uns erkennen, wie nichtig unsere Sorgen aus der Sicht der Jahrhunderte sind." Er lächelte. „Aber ich nehme nicht an, daß solche Gedanken auch Sie bewegen könnten. Sollen wir gehen? Die Pferde beginnen unruhig zu werden."

Er reichte ihr die Hand, um ihr die steilen Stufen hinaufzuhelfen. Er hatte sein Pferd in Zeldas Nähe angepflockt, und nun ritten sie einen Teil des Weges zusammen zurück. Charlotte ergriff die Gelegenheit, ihm nochmals dafür zu danken, daß er ihr die schöne Stute zur Verfügung gestellt hatte. „Aber das ist doch nicht der Rede wert", sagte er. „Ich bin froh, wenn Sie das Tier in Bewegung halten, und wenn es Ihnen ein wenig Freude bereitet, dann um so besser."

Er erschien ihr irgendwie anders an diesem Morgen, entspannter und heiter, so daß sie es wagte, ihn um etwas zu bitten, worüber sie und Lucy bereits gesprochen hatten.

„Ihre Schwester hat mir erzählt, daß sie nach Ostern gerne die *Feria* in Sevilla miterleben würde. Wenn Sie selbst nicht dabei sein sollten, würden Sie ihr erlauben, ein paar Tage bei uns zu verbringen?"

Er runzelte die Stirn. „Teresa hätte nach so kurzer Bekanntschaft etwas Derartiges nicht verlangen dürfen."

„Aber sie hat doch nichts verlangt. Sie hat die Sache nur gesprächsweise erwähnt."

„Und sie hat Ihnen vermutlich auch erzählt, was für ein Unmensch ich bin, der ihr jedes harmlose Vergnügen mißgönnt."

„Nein, wirklich nicht. Das dürfen Sie nicht glauben."

„Ich glaube es nicht, ich weiß es", sagte er mit grimmigem Lächeln. „Ich habe meine Gründe für mein Verhalten, wie Sie wissen."

Sie spürte die Abweisung. „Es tut mir leid. Ich hätte Sie nicht fragen sollen. Es war dumm von mir."

„Nein, nicht dumm. Ich glaube, Sie besitzen eine natürliche Herzensgüte, und Teresa hat an dieselbe appelliert. Ist es nicht so?"

Sie blickte vor sich hin: „Vielleicht. Ich habe eine große Ähnlichkeit zwischen Teresa und mir festgestellt. Ich bin in ihrem Alter genauso gewesen wie sie jetzt."

„Und Sie sind jetzt sehr alt und weise."

„Sie machen sich lustig über mich. Ich verstehe jedenfalls, was in ihr vorgeht", sagte sie ernsthaft. „Je strikter Sie ihr etwas verbieten, desto eher wird sie es haben wollen. Ist es nicht auch Ihnen so ergangen, als sie jung waren?"

„Ich war vierzehn, als mein Vater starb", sagte er. „Und ich bin seither gezwungen gewesen, seine Stelle einzunehmen. Teresa hat ein sehr wetterwendisches Gemüt. Sie hingegen — wenn ich das aussprechen darf —, Sie wissen anscheinend sehr genau, was Sie wollen. In dieser Sache kann ich jedoch weder Ja noch Nein sagen. Da müssen Sie sich an Doña Gracia wenden."

„Nun gut. Lucy wird sofort an sie schreiben."

„Das wird nicht nötig sein. Ich glaube, ich habe Ihnen bereits gesagt, daß die *Rejoneadores* in etwa einer Woche zu uns herüberkommen werden, um für den Stierkampf zu trainieren. Falls Sie und Ihre Verwandten gerne den Tag im Castillo verbringen möchten, könnten Sie die Marquésa bei dieser Gelegenheit fragen."

„Vielen Dank. Das wäre wunderbar. Wir werden sicher kommen."

Sie ritten zusammen weiter und trennten sich an der Pontonbrücke. Charlotte sah ihn gegen das Hügelland zureiten und sann über ihn nach, als sie langsam den Heimweg einschlug. Sie war noch nie in der Gesellschaft eines Mannes gewesen, dessen Anwesenheit sie so aus dem Gleichgewicht gebracht hatte. Er war ihr in keiner Weise nahegetreten, ja er schien sogar zumeist eine gewisse Reserve auszudrücken, und doch war etwas da, eine kaum merkbare Übereinstimmung, eine Anziehung, die jeden Nerv ihres Körpers erbeben ließ.

Als Charlotte Sybilla erstmals zu Gesicht bekam, fühlte sie sofort eine instinktive Abneigung gegen sie. Sie versuchte, sich diese Empfindung auszureden, aber es mißlang ihr völlig. Mr. Robinson hatte ihnen erzählt, daß die Ankunft seiner Tochter in Kürze bevorstünde, und als Charlotte nun an die Casa de Fuente zurückkam, war das Mädchen dort. Sie saß auf dem breiten Steinsims des Brunnens, und ein weiter Musselinrock umspielte ihre Beine;

glänzendes schwarzes Haar fiel in Locken auf den weißen Nacken herab, und ihre Hand plätscherte im Wasser, während sie unter langen, seidigen Wimpern herausfordernd zu Clive aufschaute. Es war nicht so sehr ihre Schönheit, die Charlottes ersten Eindruck bestimmte; es war ihr Selbstbewußtsein, die Selbstverständlichkeit, mit der sie annahm, die Welt müsse ihr zu Füßen liegen, ein Gefühl der Macht, das von verliebten Eltern und einer verzärtelten Kindheit herrühren mochte. Sie wußte genau, was sie wollte, und sie war bereit, über Leichen zu gehen, um ihren Willen durchzusetzen. Sie hatte den Winter bei einer Tante in Paris verlebt und sollte nun den Sommer mit ihren verblendeten Eltern in der langweiligen und spießbürgerlichen Gesellschaft von Sevilla — wie sie es nannte — zubringen. Schon bei dieser ersten Begegnung, als Charlotte erhitzt und durstig von ihrem langen Ritt den Patio betrat, hatte sie einige von Sybillas Charakterzügen durchschaut. Clive wandte sich an sie:

„Ah, da bist du ja endlich. Wir haben uns schon Gedanken gemacht, wo in aller Welt du nur stecken könntest. Darf ich Ihnen meine Cousine Charlotte vorstellen, Miss Robinson?"

„Sehr erfreut." Sybilla hielt ihr lässig die Hand entgegen. „Ich habe schon eine Menge von Papa über Sie gehört."

„Auch Sie sind uns bereits aus Erzählungen bekannt", sagte Charlotte verbindlich. „Haben Sie eine gute Reise gehabt?"

„Schrecklich ermüdend. Es war mir ein Greuel, Paris gerade jetzt verlassen zu müssen, wenn die Saison in vollem Gange ist. Aber Papa bestand darauf, und so bin ich nun da, um meine Sünden abzubüßen." Sie zog ein hübsches Schmollmündchen, und Clive sprach sofort darauf an.

„Wir werden alles Erdenkliche tun, um Ihnen den Sommer so angenehm wie möglich zu machen", sagte er galant.

Lucy blickte zu Charlotte hinüber. „Du kommst spät zurück. Wo bist du gewesen?"

„Ich war in den Bergen. Ich wollte das römische Amphitheater besichtigen."

„Meine Cousine hat eine Schwäche für Geschichte", sagte Clive in nachsichtigem Ton.

„Das finde ich sonderbar. Ich bin nämlich nie über die alten Briten hinausgekommen", gab Sybilla mit einem girrenden Lachen zurück.

„Ich bin der Ansicht, daß die historischen Umstände dem Ort, an dem man lebt, und den Leuten, die man trifft, zusätzliches Kolorit verleihen", sagte Charlotte. „Übrigens, warst *du* das, den ich dort oben gesehen habe, Clive?"

„Ich? Mein liebes Kind, ich teile keineswegs deine Vorliebe für verstaubte Ruinen."

„Dann muß ich mich wohl geirrt haben. Aber ich bin dort auch mit Don Lorenzo zusammengetroffen."

Sie sah sofort das rasch aufflackernde Interesse in Clives Augen, bevor er beiläufig hinwarf: „Wirklich? Was hat *er* dort gemacht?"

„Ich habe keine Ahnung. Vielleicht hat er dort jemanden getroffen. Er hat uns eingeladen, ins Castillo zu kommen, wenn die *Rejoneadores* für die *Fiesta de Toros* proben."

Sybilla drehte sich ruckartig um. Aus ihrer Stimme war Überraschung mit einem Anflug von Eifersucht zu hören. „Da können Sie sich aber etwas darauf einbilden. Soviel ich weiß, hat nicht einmal Papa je einen Fuß in das Taubenschloß gesetzt."

„Das verdanken wir Charlotte", sagte Clive. „Unser spanischer Grande hat einen Narren an meiner Cousine gefressen."

„Clive, was für eine vulgäre Ausdrucksweise!" rief Lucy aus.

„Aber es ist doch wahr, mein Schatz. Du hast das damals nicht gesehen. Er riskierte seine kostbare Haut, um sie vor dem Stier zu retten, und er hat ihr eines seiner besten Pferde geliehen. Brauchst du noch weitere Beweise? Falls Sie Wert darauf legen sollten, uns zu begleiten, Miss Robinson, so bin ich sicher, daß man Sie in Charlottes Gesellschaft dort gerne sehen würde." Mit diesen beiläufig hingeworfenen boshaften Worten hatte Clive eine unangenehme Atmosphäre geschaffen. Sybilla war offensichtlich darüber gekränkt, daß die Familie, der gegenüber sie zweifellos als Gönnerin aufzutreten gedachte, bereits mit dem Castillo verkehrte, von dessen Besitzern sie selbst immer vollkommen ignoriert worden war. Charlotte beschlich ein unbehagliches Gefühl.

„Sie dürfen dem nicht allzu viel Beachtung schenken, was Clive so daherredet. Er hänselt mich gern", sagte sie leichthin und stand auf. „Entschuldigen Sie mich, aber ich muß mich umziehen." Sie war froh, entkommen zu können.

In den folgenden Wochen begegneten die Starrs Sybilla recht häufig. Sie tauchte in dem nüchternen, farblosen englischen Kreis, der sich um das Konsulat geschart hatte, wie ein strahlender Komet auf, und launisch hatte sie Clive zu ihrem ständigen Begleiter erwählt. Sie war stets sehr liebenswürdig und zuvorkommend Lucy gegenüber, aber Charlotte ließ sich nicht täuschen. Ihr starker Beschützerinstinkt war wachgerufen worden. Sybilla war darauf aus, Clive zu erobern, und es sah aus, als würde ihr dies gelingen. Dieser äußerst träge junge Mann stand plötzlich um sechs Uhr auf, um mit ihr auszureiten. Im Stall, wo sie Zelda selbst sattelte, hörte Charlotte, wie er ständig herumnörgelte, Tomás habe das Pferd nicht wunschgemäß gestriegelt. Das bisher so ruhige Leben war plötzlich von Einladungen zu Picknicks, Wagenfahrten und Kartenpartien am Abend erfüllt, und Lucy, die sich früher manchmal bei solchen Anlässen entschuldigen ließ, hatte nun beschlossen, ihren Gatten überallhin zu begleiten.

Charlotte sah die Schatten auf dem hübschen Gesicht, denn Clive scherzte und plauderte nur allzu oft mit Sybilla und ließ seine Frau alleine sitzen. Aber sie war sorgsam bemüht, dem keine zu große Bedeutung zuzumessen. Es hatte nichts zu sagen, beruhigte sie sich selbst; Sybilla wollte sich nur amüsieren, ohne sich Gedanken zu machen, ob jemand dadurch gekränkt wurde, und wenn sich Clive dabei die Finger verbrannte, dann war es schließlich seine Schuld. Es wäre ihr nie in den Sinn gekommen, daß die Sache zu etwas Ernsterem führen könne.

Es war fast vierzehn Tage später, als man sich zum Castillo de Palomas hinaufbegab. Matthew fuhr Lucy im Wagen, während Charlotte und Clive sich entschlossen hatten zu reiten. Am Vorabend hatte es einen kurzen Wortwechsel gegeben, als Clive bei Tisch beiläufig erwähnte, daß er Sybilla eingeladen habe mitzukommen.

„Das hättest du nicht tun sollen", sagte Lucy mit einem kurzen ärgerlichen Stirnrunzeln. „Die Merendas sind doch schließlich keine alte Freunde von uns."

„Ach was, zum Teufel", gab Clive ungeduldig zurück. „Schließlich sind sie auch keine Fürsten, nicht wahr? Wir werden sagen, sie sei unser Gast und wir hätten nicht ohne sie kommen können."

„Ich hätte nicht geglaubt, daß sie irgendwohin gehen würde, ohne eingeladen zu sein", bemerkte Charlotte.

„Was befürchtest du denn?" fragte Clive ein wenig ätzend. „Daß sie dich ausstechen könnte?"

Charlotte errötete, und Lucy sagte ungehalten: „Das ist gemein von dir, so etwas zu sagen."

„Mein Gott, was für ein Getue! Kann man nicht einmal mehr einen Spaß machen?"

Es war ein wunderbarer Morgen, als sie sehr früh aufbrachen. Es war warm, wie an einem englischen Sommertag, und die ganze Landschaft stand im Blumenschmuck. Sybilla sah in ihrem enganliegenden rotschwarzen Reitkleid außerordentlich hübsch aus. Sie und Clive ritten voran, während Charlotte froh war, allein sein und langsam neben dem Wagen dahintraben zu können, wobei sie hin und wieder ein paar Worte mit Lucy wechselte.

Als sie ankamen, war bereits eine Anzahl von Gästen im Salon und draußen auf dem Patio versammelt, tadellos gekleidete ältere Herren mit ihren Frauen, die in raschelnde schwarze Seide gehüllt waren und Spitzenmantillas trugen, während ihre Töchter — züchtig in weißen Musselinkleidern — die dunklen Augen neugierig auf den gutaussehenden Engländer mit seinen drei Damen richteten.

Charlotte sah, wie Doña Gracias Augen einen Moment lang irritiert aufblitzten, als Clive Sybilla mit herausfordernder Miene vorstellte; die alte Dame blieb jedoch unerschütterlich höflich. Teresa, die in der Nähe ihrer Großmutter stand, grinste Charlotte vielsagend an und gestikulierte beziehungsvoll. Es war leicht zu erkennen, daß die Marquésa nicht übermäßig erfreut war, und Charlotte fragte sich, was wohl der Grund dafür sein mochte.

Dann wurde Kaffee, Sherry, die köstlich duftende Manzanilla und eisgekühlte Fruchtgetränke serviert, und anschließend gingen alle durch den Garten zu der improvisierten Stierkampfarena hinüber, einem weiten Platz, der aus dem abfallenden Boden ausgehoben, sorgfältig planiert und mit einem Sicherheitsraum umgeben worden war.

Die Männer — unter ihnen Lorenzo und Roberto — waren bereits anwesend. Die Stallburschen hielten die Pferde am Zaum; es waren durchwegs schöne und feurige Tiere, denen man Seidenbänder in bunten, leuchtenden Farben in Mähne und Schweif geflochten hatte. Ungeduldig warfen die Pferde die Köpfe hoch, als witterten sie den Stier und warteten begierig auf den bevorstehenden Wettkampf. Charlotte betrachtete sie voll Bewunderung, als plötzlich jemand ihren Namen rief. Sie wandte sich um und sah Guy Macalister, der mit ausgestreckten Händen auf sie zueilte, um sie zu begrüßen.

„Miss Starr — Charlotte — ich darf Sie doch so nenen? Wie schön, Sie hier zu sehen. Wie geht es Ihnen denn? Sind Sie in Sevilla gut untergebracht, und genießen Sie Ihren Aufenthalt?"

„Ja, natürlich." Sie ergriff seine Hand mit aufrichtiger Freude. „Und Sie? Wie kommen Sie mit Ihrer Arbeit an den Weinbergen voran?"

„Es hat sich gut angelassen, wird sich aber wohl sehr lange hinziehen. Wir sind so sehr beschäftigt, daß ich nicht einmal noch Zeit gefunden habe, Sie zu besuchen. Das ist heute im Grunde mein erster freier Tag seit meiner Ankunft." Er nahm freundschaftlich ihren Arm, und sie begaben sich zu den für die Zuschauer aufgestellten Sesselreihen.

„Nimmt Don Lorenzo Sie so sehr in Anspruch?"

„Nein, das ist es nicht. Aber die Weingärten sind einfach zu lange vernachlässigt worden; daher gibt es eine Menge Rückstände aufzuholen. Ich hoffe, es ist Ihnen bewußt, welche Ehre Ihnen zuteil wird, daß Sie heute hier dabei sein dürfen," fuhr er in heiterem Ton fort. „Ich weiß, daß Don Lorenzo im allgemeinen nur Verwandte und nahe Freunde der Teilnehmer als Zuschauer zu diesen Wettkampfübungen einlädt."

„Haben Sie schon einmal eine Fiesta miterlebt?"

„Nur ein einziges Mal — es war vor ein paar Jahren in Madrid. Da gab es eine Veranstaltung zu Ehren der kleinen Infantin, der jetztigen Königin Isobel. Es war wirklich ein herrliches Fest. Alle Reiter trugen Kostüme des sechzehnten Jahrhunderts aus Samt und Seide, mit goldbestickten Umhängen und Federhüten."

Es kam ihr in den Sinn, wie prachtvoll Don Lorenzo in solcher Kleidung aussehen mochte. Jetzt trugen alle Teilnehmer die andalusische Tracht: schwarze Kniehosen, weiße Hemden, scharlachrote Schärpen und kurze schwarze Jacken.

Charlotte blickte sich um, während sie ihren Platz einnahm. Es war ein großartiger, wenn auch eher düsterer Anblick, all dieses Schwarz und Weiß mit einem Hauch von Scharlachrot. Sie bemerkte, daß die Marquésa auf einem Lehnstuhl in der Mitte der Zuschauer saß und sich Lucy an die Seite genommen hatte, eine

Geste, die Charlotte für besonders liebenswürdig hielt. Teresa, die sich unter den jungen Mädchen befand, winkte ihr fröhlich zu. Clive und Sybilla saßen ein wenig abseits, plauderten und lachten und steckten die Köpfe zusammen, und unerklärlicherweise durchlief Charlotte eine Ahnung bevorstehender Gefahr.

Nun trabten die Reiter in den Ring, und eine kleine Musikkapelle — Bedienstete der Familie, wie Charlotte annahm — begann, einen forschen Militärmarsch zu schmettern. Die acht jungen Männer auf ihren wohltrainierten Pferden bewegten sich bestens gruppiert in der Arena und boten mit außerordentlicher Geschicklichkeit und Präzision eine eindrucksvolle Vorführung, die alle schwierigen Figuren der Pferdedressur wie Piaffe, Courvette und Pirouette umfaßte. Charlotte hatte noch nie eine Reitkunst erlebt, die soviel Anmut und Brillanz entfaltete, und sie war über alle Maßen beeindruckt.

„Jeder von ihnen blickt auf eine Ahnenreihe von mindestens dreihundert Jahren zurück", flüsterte ihr Guy ins Ohr. „Das ist eine der Wettkampfbedingungen. Nur dem blauesten des blauen Geblüts ist die Teilnahme an der *Fiesta de Toros* gestattet. Gleich werden sie den Stier hereintreiben: dann bekommen Sie wirklich etwas zu sehen. Wissen Sie, wie sie ihn nennen? *Torbellino,* also Wirbelwind."

Das Tor am oberen Teil der Arena war geöffnet worden, und der Stier kam hereingestürmt, blieb dann stehen und drehte den drohend gesenkten Kopf langsam hin und her. Er sah gewaltig aus mit seinem ungemein mächtigen Nacken, seinem sehnigen Hinterteil und dem zornig hin und herschlagenden Schwanz. Es war jener Stier, mit dem Charlotte selbst kürzlich zusammengetroffen war, und für einen Augenblick stockte ihr der Atem.

Wenn sie später an dieses Ereignis zurückdachte, fühlte sie sich außerstande, das, was sich da vor ihren Augen abgespielt hatte, in Worte zu kleiden. Es war, als wohnte sie einem phantastischen Ballett bei, einem Todestanz, der eine ungeheure, atemberaubende Spannung vermittelte, so daß keiner der Zuschauer sich zu bewegen wagte oder ein Wort zu sprechen imstande war. Sie saßen alle wie gebannt vornüber gelehnt, und ihre Augen waren auf das Schauspiel geheftet, das sich ihnen bot. Immer wieder stürmte der Stier an, und genau dann, wenn man erwartete, seine scharfen Hörner würden sich in das Pferd bohren, glitt dieses mit unglaublicher Gewandtheit zur Seite, und der Reiter beugte sich hinab, um seine Lanze in das dicke Fell zu stoßen.

Während sie die Vorgänge beobachtete, flüsterte Guy ihr zu: „Die Lanze, die sie verwenden, heißt *Rejon*. Heute wollen sie den Stier nicht töten, daher stechen sie nur in die Haut ein. Je mehr Lanzenspitzen sie einzustechen vermögen, desto größer ist die Ehre. Schauen Sie sich doch Don Lorenzo an! Sein Pferd ist bei weitem das geschickteste. Sehen Sie, wie weit er sich aus dem Sattel beugt und dann im nächsten Augenblick davongleitet. Es ist kaum zu fassen, aber Unfälle kommen sehr selten vor."

Weiter und immer weiter ging es, bis der Stier wie ein Stachelschwein mit Spießen übersät war. Es war kein Laut zu hören, nur das Stampfen der Pferdehufe und das wütende Schnauben des aufgereizten Torbellino. Dann war es plötzlich zu Ende. Lorenzo hatte Einhalt geboten. Mit einer letzten bravourösen Wendung strömten die Reiter aus dem Ring, hinter sich den Stier, der ihnen zuerst nachstürmte, dann aber verblüfft stehenblieb, vor Wut schnaubend, als wolle er wie der Drachen in der Legende Feuer und Rauch speien.

Charlotte lehnte sich zurück. Sie fühlte sich völlig erschöpft und spürte, wie der Schweiß ihre Stirn bedeckte und unter der dünnen Bluse ihren Rücken hinablief. „Und was geschieht jetzt?" flüsterte sie.

„Sie werden den Stier auf die Weide zurücktreiben, die Spieße herausziehen und seinen Rücken verarzten. Er wird am Leben bleiben, um ein anderes Mal wieder zu kämpfen. Hat es Ihnen gefallen?"

Sie war sich nicht sicher. Es war zu gewaltig, zu erschreckend gewesen, und doch ging etwas Faszinierendes von diesem Kampf aus: Gewandtheit, Anmut und Intellekt des Menschen hatten sich mit der rohen Kraft des Stieres gemessen.

„Es ist großartig, aber ich finde es unchristlich", sagte sie nachdenklich.

„Da haben Sie recht. Ich nehme an, daß diese Kämpfe auf die Naturvölker zurückgehen. Es ist, als würde man Menschengeist den Elementen entgegensetzen, nicht wahr?" Dann fuhr er plötzlich auf. „Großer Gott, was zum Teufel macht denn diese junge Frau dort?

Sybilla, verstimmt wegen des kühlen Empfanges, den man ihr

hatte zuteil werden lassen, und nicht gewöhnt, von ihrer Umgebung ignoriert zu werden, war offenbar entschlossen, die Aufmerksamkeit auf sich zu lenken. Sie mußte einen der jungen Männer veranlaßt haben, ihr ein Pferd zu leihen. Sie war über den Zaun gesprungen und ritt nun langsam quer durch den Ring, als wolle sie den ermatteten Stier, der sich auf die andere Seite des Platzes zurückgezogen hatte, herausfordern. Sie nahm ihren Hut und schwenkte ihn zu Clive hinüber, und in diesem Augenblick griff der Bulle an. Sybilla stieß einen Schrei aus und riß ihr Pferd zur Seite. Die Zuschauer sprangen auf, Clive lief auf die Arena zu, wurde aber von Lorenzo zurückgeschoben. Der sprang auf sein Pferd und galoppierte in der Ring, wo er die Aufmerksamkeit des Stieres auf sich zu lenken begann und Sybilla zurief, sie möge sich rasch davonmachen.

Sybilla raste auf den Zaun zu, und es gelang ihr darüberzusetzen. Lorenzo aber, der sich bemühte, den Stier abzulenken, konnte seine Geschicklichkeit nicht wie üblich entfalten. Der Bulle stieß zu und bohrte eines seiner Hörner in das Pferd, welches strauchelte, fiel und seinen Reiter aus dem Sattel warf. Im nächsten Moment hätte das wütende Tier auch ihn durchbohren können, wenn Lorenzo sich nicht aufgerichtet hätte und zur Seite gesprungen wäre, so daß der Stier blind vor Wut hinter ihm vorbeiraste. Nun kamen auch die anderen Männer in die Arena geströmt; Stallburschen und Bedienstete drängten auf den Stier zu, schrien auf ihn ein und trieben ihn langsam zum oberen Tor zurück.

Einen Augenblick lang stand Lorenzo wie erstarrt da und blickte auf sein Pferd hinab, das einige aussichtslose Versuche machte, auf die Beine zu kommen. Charlotte konnte es nicht länger ertragen. Es drängte sie, zu ihm hinzulaufen, obgleich sie wußte, daß dort nichts mehr zu helfen war. Von Guy auf den Fersen gefolgt, eilte sie über den Rasen hin und erreichte Lorenzo, der niedergekniet war. Zärtlich streichelte er den Kopf des verletzten Pferdes und redete beruhigend auf das Tier ein.

Ohne aufzublicken, sagte er. „Bitten Sie jemand, mir ein Gewehr zu bringen.“

„Ich werde gehen“, sagte Guy.

Charlotte kniete auf der anderen Seite des Tieres nieder. Sie verstand nur zu gut, was er fühlte, wußte aber auch, daß es im

Augenblick keinen Trost für ihn gab. Ein geliebtes Tier zu verlieren, war wie der Abschied von einem teuren Freund.

Sie streckte die Hand aus, um den Kopf des Pferdes zu streicheln, und ihre Finger berührten die Lorenzos. Er blickte auf, ihre Augen trafen sich und in eigenartiger Weise schien etwas zwischen ihnen zu knistern und aufzuglimmen. Für einen Augenblick schloß sich seine Hand krampfhaft über der ihren; dann kehrte Guy mit Jacopo zurück, der das Gewehr seines Herrn brachte.

„Soll ich es tun, Señor?" fragte er.

„Nein. Gib mir das Gewehr und laßt mich bitte allein — ihr alle."

Guy legte den Arm um Charlotte und führte sie weg. Sie spürte, daß Tränen in ihren Augen standen, und heftig kämpfte sie dagegen an. Als sie das Tor erreicht hatten, hörte sie einen Schuß, und wenige Minuten später ging Lorenzo rasch an ihnen vorbei. Sybilla hielt ihn auf und legte die Hand auf seinen Arm.

„Es tut mir leid", sagte sie. „Das habe ich wirklich nicht gewollt — es war dumm von mir."

Charlotte hatte das Gefühl, daß er außerstande war zu sprechen.

Er warf dem Mädchen einen vernichtenden Blick zu, schob ihre Hand von seinem Arm und ging weiter.

„Muß er sich so aufführen?" rief Sybilla verblüfft und ärgerlich aus. „Ich habe doch gesagt, daß es mir leid tut."

„Verzeihen Sie mir, wenn ich es ausspreche, Miss Robinson", sagte Guy sarkastisch, „aber Sie können kaum erwarten, daß er glücklich über diesen Vorfall ist. Es war immerhin ein wertvolles Tier, das jahrelang dressiert werden mußte, und zufällig weiß ich, daß Don Lorenzo sehr an seinen Pferden hängt."

„Niemand hat Sie um Ihre Meinung gefragt, Macalister", mischte sich Clive in scharfem Ton ein.

„Das mag schon sein, aber ich sage sie trotzdem. Beim nächsten Mal wird die Dame vielleicht etwas mehr nachdenken, bevor sie sich öffentlich produziert und andere dabei in Gefahr bringt."

Er ging mit Charlotte davon, und Sybilla sah ihm nach. Ihr Gesicht war rot vor Ärger über die Zurechtweisung.

„Wie kann er es nur wagen, so mit mir zu sprechen!" brach es aus ihr hervor. „Wie kann er nur? Was glaubt er denn, wer er ist?"

„Er ist einer dieser ungehobelten Schotten, die es für besonders gescheit halten, ihre Meinung kundzutun. Nehmen Sie ihn überhaupt nicht zur Kenntnis."

Clive legte ihr den Arm tröstend um die Schultern, aber sie stieß ihn weg.

„Ich bin nicht hergekommen, um mich beleidigen zu lassen. Ich bin nur gekommen, weil Sie mich darum gebeten haben. Ich möchte jetzt gehen."

„Ich sage ja, Sybilla, daß es verdammt unfair ist", sagte Clive und folgte ihr. „Aber Sie können doch jetzt nicht weggehen. Was würde man denn von mir denken?"

„Diese gräßlichen Snobs können denken, was sie wollen!" preßte das Mädchen zornig hervor, ließ sich aber überreden zu bleiben.

Als die beiden außer Hörweite waren, drückte Charlotte Guys Arm. „Ich weiß nicht, ob Sie es hätten sagen sollen, aber ich freue mich sehr, daß Sie es getan haben."

„Es ist eine verhängnisvolle Angewohnheit von mir, zuerst zu sprechen und dann erst zu denken", gab Guy ein wenig kläglich zu. „Allerdings bereue ich es nicht, mir das von der Seele geredet zu haben. Eine unausstehliche junge Person."

„Kennen Sie Miss Robinson gut?"

„Ich habe sie vergangenes Jahr ein oder zweimal getroffen, als ich für ein paar Wochen nach Spanien zurückkam. Sie hat für beträchtliche Aufregung gesorgt. Ich war überrascht, sie heute Nachmittag hier zu sehen. Roberto führte sich damals ihretwegen ziemlich lächerlich auf, und die Marquésa hat für Skandale absolut nichts übrig."

„Was war denn das für ein Skandal, oder sollte ich das besser nicht fragen?"

„Sie werden es früher oder später ja doch erfahren. Roberto hatte einen heftigen Streit mit einem jungen Stierkämpfer, der sich auch für Sybilla interessierte. Sie können sich vorstellen, was geschah: Zwei feurige Spanier, die drohten, einander die Schädel einzuschlagen, bis dann Lorenzo eingriff. Und hinterher wurde die Sache vertuscht."

Charlotte wünschte, Clive hätte nicht darauf bestanden, Sybilla mitzunehmen. Sie hätte Guy gerne noch weiter ausgefragt, aber mittlerweile waren sie bei den langen Tischen angekommen, wo

Dienstboten inzwischen einen Lunch im Freien vorbereitet hatten und wo man untereinander plauderte. Alle waren entzückt festzustellen, daß Charlotte spanisch sprach und ein wohlfundiertes Interesse an Pferden zeigte. So wurde sie bald in den Kreis der jungen Reiter miteinbezogen, und bald kam auch Lorenzo, um sich ihnen anzuschließen.

„Nun, Doña Carlotta", fragte er neckend, „was halten Sie jetzt von unserem Stierkampf?"

„Ich weiß nicht recht", gab sie ernsthaft zurück. „Es war eine faszinierende Vorführung großartiger Reitkunst. Aber was ist, wenn der Stier getötet wird? Ich weiß nicht, wie ich dann darüber denken würde."

„In der *Fiesta de Toros* wird er im allgemeinen nicht öffentlich getötet, nur wenn einer der Reiter beim Einstecken der Spieße kläglich versagt hat. Dann muß er dem Stier allein und zu Fuß entgegentreten und ihn mit einem Streich töten."

„Du lieber Himmel, warum denn nur?"

„Um seine Ehre wiederherzustellen."

„Und wenn der Stier ihn tötet?"

„Um so schlimmer für ihn."

„Das kann ich nicht glauben. Das ist ja barbarisch. Aber sie machen doch sicher nur Spaß?"

„Keineswegs. Einem Spanier bedeutet seine Ehre viel. Für sie würde er alles opfern — sogar sein Leben."

Es wurde ihr klar, daß er wirklich nicht scherzte, sondern es vollkommen ernst meinte.

„Ist Ihnen jemals so etwas passiert?" fragte sie neugierig.

„Einmal — während meiner ersten Fiesta, als ich viel jünger war. Ich war nie im Leben so entsetzt wie damals."

„Haben Sie gesiegt?"

„Mehr durch Zufall als durch Schiedsspruch, sonst wäre ich nicht hier. Der König hat mich nachher ausgezeichnet, und ich hatte das Gefühl, ein Betrüger zu sein." Er schwieg einen Augenblick und sagte dann ruhig: „Ist diese Sybilla Robinson eine spezielle Freundin von Ihnen?"

„Nein, eigentlich nicht", gab sie mit einem unbehaglichen Gefühl zurück. „Wir haben kürzlich ihre Bekanntschaft gemacht, und weil sie den Tag mit uns verbringen sollte, dachten wir, Sie würden nichts dagegen haben, wenn sie uns begleitete."

„Ich verstehe."

„Es tut mir schrecklich leid, daß das passiert ist."

Ganz unerwartet streckte er die Hand aus und berührte die silberne Verschnürung auf ihrem dunkelgrünen Reitkleid. „Heute spielen Sie wohl den kleinen Soldaten?"

„Sie erkennen es?" fragte sie voll Erstaunen.

„Gewiß. Die Rifle Brigade, nicht wahr?"

„Ja. Mein Vater hat mir das Kleid passend zu seiner Uniform machen lassen."

„Sie haben Ihren Vater sicher sehr geliebt?"

„Ja, ich habe ihn sehr geliebt. Ich habe ihn furchtbar vermißt, als er starb."

„Ich verstehe. Auch mein Vater starb viel zu früh."

Sie war versucht, ihm von dem Porträt zu erzählen, das sie im Schreibtisch ihres Vaters gefunden hatte, aber etwas hielt sie zurück. Falls es da irgendeine Art von tragischer Verbindung gab, sollte dadurch kein Schatten auf ihre beginnende Freundschaft fallen. Während sie zögerte, kam jemand herbei, der Lorenzo sprechen wollte; er entschuldigte sich, und nun war die Gelegenheit vorbei.

Die Starrs verabschiedeten sich am frühen Abend, und später dann, als sie daheim waren und Charlotte gerade Lucys Haar bürstete, was sie bisweilen tat, ehe Clive zu Bett ging, blickte das jüngere Mädchen zu ihr auf.

„Magst du Sybilla, Charlotte?"

„Nicht besonders", gab sie offen zu.

„Ich finde sie unausstehlich, und Clive beginnt sich in sie zu verlieben."

„Aber nein, Lucy. Sie ist nur eines von diesen auffallenden Geschöpfen, die immer die Aufmerksamkeit auf sich lenken. Aber das hält nicht lange an, und außerdem bin ich sicher, daß es nichts zu bedeuten hat."

„Wenn ich das nur glauben könnte. Ich habe mich heute so geschämt, besonders weil die Marquésa gerade zugestimmt hatte, daß Teresa während der *Feria* ein paar Tage bei uns sein dürfe."

Charlotte strich Lucys seidiges Blondhaar zurück und band es mit einer Schleife fest. „Ich bin überzeugt, daß *du* dich nicht zu schämen brauchst, und Clive wird sicher über seine dumme Verliebtheit bald hinwegkommen." Sie küßte Lucy leicht auf die Wange. „Gute Nacht, Herzchen. Schlaf gut."

Allein in ihrem Zimmer, sann sie darüber nach, wie seltsam es doch war, daß ihre Befürchtungen, es könnte wegen der alten Gefühle zwischen Clive und ihr zu Schwierigkeiten kommen, nun völlig verschwunden waren. Dafür hatte er nun einen neuen Anreiz gefunden, und ungeachtet dessen, was sie gerade zu Lucy gesagt hatte, war sie doch beunruhigt. Sie seufzte, zog sich aus und schlüpfte unter das kühle Laken. Bald darauf träumte sie von Pferden, Stieren und einem Mann, dessen Leid sie für einen kostbaren, verwirrenden Augenblick geteilt hatte.

Unruhig warf sie sich hin und her und erwachte schließlich. Im Zimmer war es sehr warm, und sie glaubte, ersticken zu müssen. So stand sie auf und öffnete das Fenster. Draußen überflutete das Licht des Mondes die stille Straße. In ihrem dünnen Baumwollnachthemd lehnte sie am Fenster und atmete die kühle, würzige Luft ein. Sie fühlte mit einer bangen Gewißheit, daß dieser schwierige, rätselhafte Spanier eine magische Anziehungskraft besaß, der sie sich kaum entziehen konnte. Sie erinnerte sich an den Blick auf Lorenzos Gesicht, als er sich über das sterbende Pferd gebeugt hatte. Er war keineswegs gefühllos, was immer andere auch über ihn sagen mochten; seine Empfindungen waren vielleicht umso tiefer, weil er sie nicht so leicht preisgab. Plötzlich fröstelte sie; sie glaubte, ihre Mutter zu hören, wie diese mit dem ihr eigenen kühlen und praktischen Verstand sie eine Närrin schalt. Man verliebte sich nicht in einen Mann, wie er es war, außer vielleicht in Romanen aus der Leihbibliothek. Nein wirklich! Byrons Korsar! Der Gedanke allein war lächerlich. Schweiß stand ihr auf der Stirn. Sie warf das volle Haar zurück, tauchte das Gesicht in kaltes Wasser, rieb es mit dem Handtuch ab und ging wieder zu Bett, wo sie traumlos bis zum Morgen schlief.

## 6

Die berühmten Prozessionen der Karwoche begannen im April, aber Charlotte bekam nicht viel davon zu sehen. Lucy erkrankte am Sonntag vor Ostern, kurz nachdem sie gemeinsam den Kindern zugesehen hatten, die mit Palmkreuzen in den Händen aus der Kirche gelaufen waren. Am selben Abend rang Lucy nach Luft. Ihr Haar war von Schweiß durchnäßt, und ihr schmächtiger

Körper wurde so von Krämpfen geschüttelt, daß Charlotte erschrak. Lucy hatte sich so wohl gefühlt, seit sie in Spanien waren, so daß dieser Rückschlag völlig unerwartet kam.

„Es wird schon wieder vorübergehen", meinte Clive ungeduldig und mißgestimmt darüber, daß er seine abendliche Verabredung absagen mußte. „Ich hab das schon so oft erlebt. Es sieht ärger aus, als es ist."

Charlotte kühlte Lucys Stirn mit Wasser und sagte: „Wir sollten doch einen Arzt rufen."

„Ich zweifle daran, daß diese spanischen Kurpfuscher zu mehr zu gebrauchen sind als zum Blutabzapfen. Sybilla hat mir erzählt, daß da vor kurzem ein französischer Medikus bei einer schwindsüchtigen Frau Erfolge erzielt haben soll. Ich werde herausfinden, ob er so gnädig ist, zu uns zu kommen."

Clives rohe Gleichgültigkeit erzürnte Charlotte; aber als der Franzose eintraf, ein dürrer, überheblicher Mensch, zuckte er nur die Achseln und bestätigte, was Clive gesagt hatte.

„Es ist Asthma", meinte er. „Unangenehm, aber kaum tödlich. Sie braucht Ruhe, einen kühlen Raum und ganz leichte Kost. Ich werde ihr ein Beruhigungsmittel verschreiben; das wird helfen." Er blickte Charlotte an und runzelte ein wenig die Stirn. „Hat sich die Lady vielleicht aufgeregt oder hat sie Sorgen? Aus Erfahrung weiß ich, daß seelische Belastungen oft einen dieser Anfälle hervorrufen können."

Lucy hatte kaum etwas geäußert, aber Charlotte fragte sich, wie sehr sie sich wohl darüber grämte, daß ihr Mann in zunehmendem Maße von einer Leidenschaft für Sybilla erfaßt wurde.

Die Woche verging langsam. Clive war den größten Teil des Tages mit anderen englischen Besuchern unterwegs, die alle darauf brannten, die Festlichkeiten zu sehen. Die Dienerschaft erhoffte sich gleichfalls einen freien Tag. Juanita und Rosa standen bereits in der Morgendämmerung auf, um das Essen für den Tag vorzubereiten, und sogar Jaime und Tomás verschwanden, so daß sich Charlotte Sorgen machte, ob die Pferde auch ordentlich gefüttert und mit Wasser versehen worden waren. Und es war Matthew, der phlegmatische Matthew, der — unbeeindruckt von all diesen fremdartigen Vorgängen — sie schließlich beruhigen konnte.

Sie saß mit Lucy in einem schattigen Zimmer, dessen Fensterläden zum Schutz gegen die starke Sonne zugezogen waren, als die

Prozessionen vorüberzogen. Inmitten eines Meeres von flackernden Kerzen wurde die Statue der Jungfrau, *Nuestra Señora de la Esperanza,* mit den kostbaren juwelenbesetzten Gewändern und der Krone aus purem Gold getragen.

„Sie ist die Schutzpatronin der Stierkämpfer", sagte Mr. Robinson, der vorbeigekommen war, um sich nach Lucy zu erkundigen, und zu einem kleinen Schwatz blieb. „Sie haben sich ihr geweiht. Sie beten vor jeder *Corrida* in ihrem Heiligtum und legen manchmal Gaben an ihrem Altar nieder."

Eines Tages erhaschte Charlotte von einem der obenliegenden Fenster einen Blick auf die *Penitentes* mit den purpurroten und weißen Kapuzen, die in ihrer Mitte ein großes hochaufgerichtetes Kreuz trugen. Berittene Wachen mußten für sie den Weg freimachen. Die Frauen fielen in die Knie, als die Statue der Jungfrau vorbeigetragen wurde, die Männer bekreuzigten sich und sangen das *Ave Maria Purissima,* während aus der Menge immer wieder schrille Stimmen ertönten, die die *Saeta* laut hinausschrien, daß es wie ein Pfeil in die Herzen drang: der Gesang der Liebe zu Ehren der Mutter Gottes. Als Charlotte dieses Lied zum ersten Mal hörte, erschauerte sie. Es war wohl zutiefst katholisch, wies aber auch heidnische Elemente auf, war ursprünglich und wild, in seltsamer Weise dem Todestanz im Stierkampf vergleichbar; es verkörperte einen Teil jenes Spaniens, das weit in eine ferne Zeit zurückreichte und das in England längst vergessen war.

Bis zum Ende der Woche hatte sich Lucy erholt. Es war ein heftiger Anfall gewesen. Aber als er vorüber war, fühlte sie sich bald wieder wohlauf und war voll des Bedauerns darüber, daß ihre Krankheit Charlotte daran gehindert hatte, eines der größten Ereignisse des Jahres mitzuerleben. Aber jetzt, da die Orgie der religiösen Hingabe vorbei war, rüstete Sevilla zum Vergnügen. Überall waren riesige bunte Plakate angebracht, die den Stierkampf ankündigten. Mitten in der Woche traf Roberto mit Teresa ein, die sich schon in freudiger Erregung befand. Er selbst beabsichtigte, bei Freunden in der Stadt unterzukommen; aber er ließ seine Schwester in der Obhut der Starrs zurück.

„Wird Ihr Bruder auch kommen?" fragte ihn Lucy mit geheuchelter Unschuld.

„Gott, nein! Lorenzo macht sich nichts aus Unterhaltungen. Er ist in die Weingärten geritten. Dort gibt es jetzt überall Schwierigkeiten. Er und Guy werden wohl ihre Köpfe zusammenstecken und beratschlagen."

„Was für Schwierigkeiten?" fragte Charlotte.

„Ein Aufruhr unter den Arbeitern! Anscheinend haben die Carlisten den Grundstein zu einer Revolte gegen unsere kleine Königin gelegt, und es gab da etwas wie einen regelrechten Kampf gegen jene, die sich Cristinos nennen. Sie brauchen aber keine Angst zu haben. Lorenzo wird bald alles wieder in Ordnung bringen."

Es waren Gerüchte über Zusammenstöße zwischen den gegnerischen Parteien im Norden laut geworden, aber in Andalusien hatte niemand Besorgnis darüber gezeigt.

„Heißt das, daß der Bürgerkrieg näherrückt?"

Roberto zuckte die Achseln. „Das ist möglich. Es wird vielleicht eine Zeit kommen, in der wir gezwungen sein werden, Partei zu ergreifen. Aber bis dahin wollen wir nicht daran denken und uns des Lebens freuen."

In den nächsten Tagen arbeitete in Sevilla und Umgebung tatsächlich kein Mensch, und es schien sich überhaupt niemand Sorgen darüber zu machen, was die Zukunft bringen mochte. Die jungen Männer — ihre Herzallerliebsten hinter sich im Sattel — kamen auf ihren prächtigen Pferden in die Stadt geritten, und in den Straßen wurde vom Morgengrauen bis zum Abenddämmern und wieder bis zum frühen Morgen getanzt. Am Tag vor der *Corrida* kamen die Matadors die Straße, in der die Casa de Fuente lag, herabgeritten, und Charlotte bekam zum ersten Mal Don Vicente zu Gesicht. Er war eine außerordentlich stattliche Erscheinung und sah mit seinem dunkelschimmernden Teint so gut aus, daß jedes arglose Mädchen von ihm angezogen sein mußte. Er hielt beim Fenster der Casa an und streckte Teresa mit liebenswürdiger Keckheit die Hand entgegen. Ihre Augen leuchteten auf wie Sterne, als sie die dargebotene Hand ergriff, und ehe jemand etwas einzuwenden vermochte oder sie hindern konnte, war sie schon mühelos auf das Pferd geklettert und hatte hinter dem Reiter Platz genommen. Ihre Musselinröcke flatterten im Wind, als er die Straße entlanggaloppierte, und die Menge schrie und jubelte ihm zu, während sich Vicente, einem berühmten Schauspieler vergleichbar, der den Beifall seines Publikums huldvoll entgegennimmt, nach allen Seiten verbeugte und grüßend winkte.

An jenem Tag war es auch, daß Clive, von der allgemeinen Fröhlichkeit ergriffen, sein Pferd satteln ließ und die Absicht hegte, Lucy hinter sich im Sattel mitzunehmen. Aber Sybilla war vor sie hingetreten und hatte mit geheuchelter Besorgnis gesagt: „Sei nur ja vorsichtig, Liebes. Du weißt, wie dir die Hitze und der Staub schaden. Du willst doch nicht wieder einen Anfall bekommen, nicht wahr?"

So gab Lucy, die sich ihrer Anfälligkeit nur allzu bewußt war, das Vorhaben auf und ließ die stärkere Persönlichkeit des anderen Mädchens über sich triumphieren.

„Warum hast du auf sie gehört?" flüsterte Charlotte ärgerlich. „Du hättest mit ihm reiten sollen."

„Du weißt, wie empfindlich ich auf Pferde reagiere, und wenn ich erneut zu husten beginne, wird Clive wieder ungehalten sein."

„Warum sollte er ungehalten sein? Er hätte hier bei dir bleiben müssen."

„Laß ihn gehen", sagte Lucy mit einer durch bittere Erfahrung erworbenen Reife. „Wenn ich ihn nicht zu halten versuche, kehrt er vielleicht zu mir zurück."

Teresas wegen waren die Mädchen etwas in Sorge. Sie kehrte jedoch am späten Nachmittag mit Roberto und Clive zurück, mit vor Erregung glühenden Wangen, von all den Stunden des Tanzens, des Glückes und der Liebe in einen Taumel versetzt.

Charlotte konnte sich später nicht entsinnen, wer als erster das Café Diablo im berüchtigten Triana-Viertel erwähnt hatte. Aber plötzlich hieß es, daß sie alle an diesem Abend dorthin gehen sollten.

„Sie werden die beste Tanzvorführung von ganz Andalusien sehen", sagte Roberto enthusiastisch. „La Gabriella ist herrlich, und sie ist nur an diesem einen Abend aus Granada da." Er blickte ein wenig zweifelnd in die Runde. „Es ist ein kleines Lokal und — wie soll ich es nur sagen — vielleicht für englische Ladies nicht ganz das richtige."

„Oh, gehen wir doch hin", rief Teresa aus. „Ich habe so etwas noch nie gesehen. Vicente hat mir heute nachmittag darüber erzählt." Sie blickte Charlotte und Lucy flehend an. „Wenn wir alle zusammen hingehen, kann doch sicher nichts passieren."

„Lorenzo wird wütend sein", murmelte Roberto.

„Zum Teufel mit Lorenzo! Er ist nicht der liebe Gott. Dieses einzige Mal tun wir einfach, was wir wollen, und denken nicht an ihn."

„Nun gut, aber auf deine Verantwortung", sagte ihr Bruder lachend.

„So ist es recht", bekräftigte Clive. „Und wir werden Sybilla mitnehmen und uns einen festlichen Ausgang gönnen."

Als sie am späten Abend aufbrachen, waren die Straßen bereits von fröhlich singenden Menschen erfüllt.

Das Café Diablo war ein obskurer Ort. Die jungen Leute traten ein und gingen eine steinerne Treppenflucht hinunter, bis sie in eine Art Halbgeschoß gelangten, eine große steinerne Höhle, die von Kerzenlicht erhellt war. An die rauchgeschwärzten getünchten Wände hatte irgendein künstlerisch begabter Kunde schemenhafte Figuren gemalt: einen riesigen Stier, der von umherhüpfenden Teufeln umgeben war, und einen Stierkämpfer mit erhobenem Degen.

„Wir hätten nicht herkommen sollen", flüsterte Lucy und blickte bestürzt um sich.

Charlotte war eigentlich der gleichen Ansicht, aber gleichzeitig wurde sie von einer unerklärlichen Spannung erfüllt. Das war das echte Spanien, dachte sie, und sie alle waren Fremde, Außenseiter, die den Einheimischen im Grunde gar nicht willkommen waren.

Sie saßen an einem Ecktisch, und Roberto, der sich in der Rolle des großen Gastgebers gefiel, bestellte Manzanilla. Eine kleine Gruppe Männer, unrasiert und dunkelhäutig wie Zigeuner, saßen unterhalb eines kleinen Podiums und klimperten auf ihren Gitarren eine schwermütige Melodie. Gerade trat ein Mädchen hinter dem roten Vorhang hervor, der im Hintergrund der Bühne angebracht war, und begann zu tanzen. Ihre Bewegungen — anfangs noch langsam — wurden schneller und schneller, und die Kastagnetten klapperten dazu. Dann folgte ein rascher, lebhafter Tanz, den Roberto einen *Alegrío* nannte, und anschließend trat ein Mädchen mit einem langen roten Schal auf. Sie ahmte Szenen aus dem Stierkampf nach, wie zum Beispiel die *Veronica* oder den *Afarolado,* in denen der Matador seine Capa in eindrucksvollem Wirbel um den Kopf schwingt.

„Das ist noch gar nichts", flüsterte Roberto. „Ihr müßt warten, bis Gabriella kommt."

Einer der Mäner hatte zu singen begonnen. Er verfügte über eine kräftige Stimme, melancholisch, aber tief zu Gemüt gehend. Da wurde plötzlich die Tür aufgerissen und Vicente stürmte mit einer Schar seiner Anhänger herein. Er blickte arrogant um sich, ehe er auf ihren Tisch zusteuerte. Charlotte hatte zwar den Eindruck, daß Roberto verärgert war; dennoch nickte er — wenn auch unwillig —, als der berühmte Mann sich herabließ und bei ihnen Platz nahm. Vicente setzte sich zwischen Sybilla und Teresa, und das junge Mädchen errötete vor Stolz und Entzücken, als seine Hand ihren nackten Arm berührte und schließlich ihre Finger umschloß. Charlotte sah Sybillas Augen einen Moment lang aufblitzen, ehe sie sich langsam Clive zuwandte und ihm etwas offenbar Vertrauliches ins Ohr flüsterte, worüber sie beide hellauf lachten.

Der Gesang war verstummt, und es herrschte gespannte Erwartung. Jeder schien den Atem anzuhalten. Da wurde der Vorhang zur Seite gezogen, und eine Frau stand da, wunderbar schlank, das nachtschwarze Haar nur mit einer einzigen weißen Rose geschmückt, in einem flammenfarbenen Kleid, das die reizenden Formen ihres Leibes hervorhob und in reichen Volants um ihre Füße spielte.

Die Männer, die bisher an ihren Tischen gelümmelt waren, begannen Haltung anzunehmen und sich gerade aufzusetzen. Sekundenlang stand die Tänzerin in völliger Stille bewegungslos da; dann begann sie in einer fast herablassenden Art zu tanzen, während die Gitarren einsetzten und sie begleiteten. Was nun folgte, hatte Charlotte noch nie gesehen, und sogar Clive, der nur allzu gerne spottete, saß wie gebannt da. Gabriella besaß Kraft, Vitalität, Leidenschaft, vielleicht sogar Genie, gab sich zuerst langsam und gefühlvoll, um dann plötzlich in ekstatische Bewegung zu verfallen und die Kastagnetten mit hochgeworfenen Armen in einem unbarmherzigen Rhythmus zu schlagen. Charlotte dachte daran, daß es wohl das hier war, wovon Lorenzo auf dem Schiff gesprochen hatte: Die Galeeren mit ihren langen Rudern, die Mädchen, die an die Höfe von Rom und in den Osten verbracht worden waren. So mußten sie wohl bei den Festlichkeiten Neros und bei den Banketten des Herodes getanzt haben. Als Gabriella ihre Darbietung beendet hatte, brach stürmischer Beifall los, und während sich Charlotte in ihren Sessel zurücklehnte, sah sie, wie jemand hereinkam und an der Tür stehenblieb. Zu ihrer Überraschung war es Lorenzo.

Der Rhythmus der Musik, die Macht des Tanzes waren weit in ihr Inneres gedrungen und hatten Tiefen aufgewühlt, von deren Vorhandensein sie bisher nichts geahnt hatte; und nun starrte sie auf das dunkle Profil, das ihr so vertraut geworden war. Er hatte sie offenbar nicht bemerkt und stand vollkommen unbeweglich da, die Augen auf Gabriella geheftet. Diese verbeugte sich nicht, schien den Applaus überhaupt nicht zur Kenntnis zu nehmen, sondern wandte sich nach kurzem Zögern um und zog sich hinter den Vorhang zurück. Fast augenblicklich folgte ihr Lorenzo, indem er sich den Weg zwischen den Tischreihen hindurch bahnte und in einem versteckten Eingang neben dem Podium verschwand.

Zum ersten Mal in ihrem Leben empfand Charlotte Eifersucht. Es war zwar absurd, und sie schämte sich sehr, konnte sich jedoch eines solchen Gefühles nicht erwehren. Weshalb war er hier? War diese tanzende Zigeunerin seine Geliebte? Sein faszinierend dunkler Typus, der soviel verborgene Kraft ausströmte, und ihre lebenssprühende Persönlichkeit hatten vieles gemeinsam, dachte sie traurig. Niemand an ihrem Tisch schien Lorenzos Eintreten bemerkt zu haben, und so erwähnte Charlotte nichts davon.

Es war ungefähr fünfzehn Minuten später, und sie waren gerade im Begriff aufzubrechen, als Lorenzo plötzlich unerwartet wieder auftauchte. Diesmal erblickte er die kleine Gesellschaft und kam auf ihren Tisch zu.

Er erhob seine Stimme nicht, aber eine seiner Hände grub sich schmerzhaft in seines Bruders Schulter. „Roberto, du solltest doch so vernünftig sein und deine Schwester nicht an einen solchen Ort führen."

Clive reagierte ärgerlich. „Doña Teresa ist in meiner Obhut, und außerdem in Begleitung meiner Frau und meiner Cousine. Das ist doch sicher ein hinlänglicher Schutz."

„Sie können es mit den Mitgliedern ihrer Familie halten, wie Sie wollen, aber ich erlaube meiner Schwester nicht, das Café Diablo zu besuchen oder mit Leuten zu verkehren, mit denen ich niemals einverstanden sein könnte."

„Meinen Sie mich?" Vicente war aufgesprungen.

„Wenn Sie sich betroffen fühlen", sagte Lorenzo verächtlich. „Teresa, du kommst sofort mit mir."

Die beiden sprachen zwar sehr rasch Spanisch, aber der Sinn ihrer Worte war leicht erkennbar.

„Nein, das werde ich nicht", entgegnete Teresa heftig.

„Streite nicht mit mir, Teresa."

„Warum mußt du alles verderben?" rief sie leidenschaftlich aus. „Ich war so glücklich, und jetzt ist alles vorbei. Du beleidigst meine Freunde, du demütigst mich vor ihnen."

„Rede nicht so töricht, mein Kind."

Er ergriff ihr Handgelenk, aber sie riß sich los. „Ich bin kein Kind mehr. Da irrst du dich."

„Komm, Teresa", sagte Lorenzo sanfter. „Es ist am besten so, du weißt es doch selbst. Roberto wird dir alles bringen, was du noch in der Casa de Fuente zurückgelassen hast."

„Aber das kannst du doch nicht tun, Lorenzo", versuchte Roberto einzugreifen. Sein Bruder schnitt ihm jedoch das Wort ab.

„Ich erwarte dich morgen im Castillo." Er ließ seinen Blick über die Anwesenden gleiten und verbeugte sich leicht vor Charlotte und Lucy. „Gute Nacht."

Er legte den Arm um Teresa, und ohne sich noch einmal umzublicken, geleitete er sie aus dem Café.

„Oh Gott", seufzte Lucy. „Ich hab's gewußt, wir hätten nicht herkommen sollen."

„Unsinn", sagte Clive. „Wozu dieses anmaßende Getue! Was, um Himmels willen, hätte dem Mädchen schon passieren können?"

Es war der Ausdruck auf Don Vicentes Gesicht, der Charlotte erschreckte. Das war mehr als nur verletzter Stolz. Das ging tiefer und hatte etwas mit verborgenem Haß zu tun. Sie hatte das Gefühl, daß auch dem Verhalten Lorenzos mehr zugrunde lag, als sich bei oberflächlicher Betrachtung erkennen ließ, und sie fragte sich, ob vielleicht Vicente damals die Ursache des Skandals gewesen war, in den Roberto und Sybilla verwickelt waren. Eines schien ihr jedoch gewiß. Lorenzo hatte sich einen Todfeind geschaffen, der nicht zögern würde, sich zu rächen, sobald sich die Gelegenheit dazu ergab.

Der unangenehme Vorfall hatte den jungen Leuten das Vergnügen an dem Abend genommen, und sie schwiegen, als sie heimfuhren. Am nächsten Morgen kam Roberto, um Teresas Koffer zu holen, den Charlotte für ihn hergerichtet hatte. Er schien immer noch unter den Auswirkungen der Auseinandersetzung mit seinem Bruder zu leiden. „Es tut mir leid wegen des gestrigen

Abends“, sagte er. „Ich hätte diesen Vorschlag nicht machen dürfen. Aber ich hätte mir doch niemals träumen lassen, daß Lorenzo kommen würde.“

„Machen Sie sich bitte keine Vorwürfe“, entgegnete Lucy rasch. „Es war ein herrlicher Abend. Um nichts in der Welt hätte ich die Tanzvorführung missen mögen.“

„Gabriella ist wunderbar, nicht wahr? Sie ist wirklich berühmt, müssen Sie wissen. Sie hat sich eine Ehre daraus gemacht, an einen solchen Ort zu kommen. Aber sie war immer schon sehr eigenwillig. Sie tanzt nur für ihr Volk, sagt sie, nicht für die ausländischen Gäste.“ Er hielt inne und fuhr dann ein wenig betreten fort: „Zürnen Sie bitte Lorenzo nicht allzu sehr. Er sorgt sich eben um Teresa. Sie ist schon ein rechter Dickkopf. Einmal ist sie aus der Klosterschule ausgerissen, und er mußte sich dann bei der Mutter Oberin für sie einsetzen, damit man sie nicht von der Schule verwies. Er hat auch schon eine Menge Heiratsangebote für sie bekommen, aber sie hat alle Anträge ausgeschlagen.“

„Hat er jemals versucht, sie gegen ihren Willen zu einer Heirat zu zwingen?“ fragte Charlotte.

„Oh nein“, sagte Roberto entsetzt. „Lorenzo ist doch kein Tyrann.“

„Wirklich nicht? Da bin ich nicht so sicher. Ich fürchte, er ist zu streng mit ihr. Ich kann ihre Gefühle gut verstehen. Er ist es, der eine Rebellin aus ihr macht.“

„Versuchen Sie einmal, ihm das zu sagen“, sagte Roberto bekümmert. „Er hat es nicht leicht gehabt. Er mußte die Rolle des Vaters und des älteren Bruders spielen, seit ich denken kann. Arme Teresa! Ich hatte ihr versprochen, sie zur *Corrida* mitzunehmen. Jetzt wird sie aber leider doch nicht dabei sein können, wenn Vicente in seiner unvergleichlichen Art den Stier zur Strecke bringt.“

Charlotte war eigentlich der Meinung, daß das auch sein Gutes hatte. Falls Teresa wirklich in Vicente verliebt war, dann war es wohl am besten, wenn sie so rasch wie möglich darüber hinwegkäme. Diesem protzigen jungen Mann war nicht über den Weg zu trauen, dessen war Charlotte gewiß.

„Ich schätze, wir werden von den Merendas und ihrem Schloß nicht mehr viel zu sehen bekommen“, sagte Clive dann später, als die Starrs auf dem Patio ihren Lunch einnahmen. „Und ich könnte nicht einmal sagen, daß es mir leid tut.“

„Nun, ich schon“, meinte Lucy. „Ich habe die Marquésa gern. Ich hoffe nur, daß sie nicht zu schlecht von uns denkt. Schließlich hat sie Teresa unserer Obhut anvertraut, und es war in höchstem Maße bestürzend zu sehen, wie Lorenzo unseren Ausflug ins Café Diablo aufgenommen hat.“

„Was geschehen ist, ist geschehen, mein Schatz. Das ist nun nicht mehr zu ändern“, entgegnete Clive. „Bist du ganz sicher, daß es nicht eher Roberto als seine Großmutter ist, um den es dir leid tut? Wie schade, daß er uns heute nachmittag nicht zur *Corrida* begleiten kann.“

Lucy warf ihm einen raschen Blick zu. „Ich weiß überhaupt nicht, wovon du sprichst, und eigentlich möchte ich gar nicht so gerne hingehen, nachdem wir diese wundervollen Reiter im Castillo gesehen haben.“

„Mach, was du willst, aber die *Corrida* ist das wahre Spanien, wie du weißt. Da gibt es keine aufgeputzten Aristokraten zu sehen, die mit ihren edlen Pferden protzen. Und Sybilla wird es sehr sonderbar von dir finden, weil doch bereits alles arrangiert ist und wir ausgezeichnete Plätze haben.“

Das war eine Herausforderung, über die Lucy nicht einfach hinweggehen konnte, wenn auch keines der beiden Mädchen besondere Lust an diesem Unternehmen zeigte.

Charlotte sah der *Corrida* mit gemischten Gefühlen entgegen. Einerseits reizte es sie sehr, mehr über dieses faszinierende Land zu erfahren, das ihre Phantasie so sehr beschäftigte. Aber andererseits schreckte sie davor zurück, einer Darbietung beizuwohnen, die sie für ein wildes und grausames Spektakel hielt. Als jedoch Matthew mit dem Wagen am Tor vorfuhr, standen sie und Lucy trotz aller Zweifel schon in festlicher Kleidung bereit.

Auch Sybilla fand sich in der Arena ein und sah in einem leuchtendroten Kleid, ein Sträußchen bernsteinfarbener Rosen an der Brust, hinreißend aus. Charlotte fragte sich, ob es wohl Clive gewesen war, der ihr diese Blumen gesandt hatte.

Zuerst war es ein packender Anblick: die riesige sandige Fläche der Arena, unübersehbare Reihen von Zuschauern in farbenprächtigen schönen Kleidern, angefangen von der Gattin des Präsidenten, die über einem rosafarbenen Kleid eine weiße Spitzenmantilla trug, bis zu den Bauern, den Männern, Frauen und Kindern, die sich plaudernd und lachend auf den billigeren Plätzen drängten, während Knaben mit Tabletts voll Getränken und Süßigkeiten sich ihren Weg zwischen den Sitzreihen bahnten.

Der Einzug war ein wunderbares, farbenprächtiges Schauspiel. Er wurde von den *Alguacils* angeführt; gefolgt von den Polizeioffizieren in ihren alten Uniformen; die Picadors in ihren leuchtenden Seidengewändern und ihren mit Bändern geschmückten Hüten, auf Pferden, deren Flanken man mit wattierten Decken geschützt hatte. Anschließend zogen die Matadors mit ihren Gehilfen ein, Don Vicente an ihrer Spitze, alle in glitzernden goldbestickten Kostümen, die magentafarbenen Capas gefaltet über den Arm gelegt.

Als der Einzug unter den Jubelrufen der Menge beendet war, gab der Präsident ein Zeichen und ließ dann einen Schlüssel in die Arena hinabfallen. Das große Tor wurde aufgeschlossen, und der Stier kam hereingestürmt. Er war nicht so groß wie Torbellino, aber ebenso majestätisch, ebenso stolz und herausfordernd, wie er dastand und um sich blickte und den riesigen Kopf mit den mächtigen Hörnern langsam von einer Seite zur anderen wandte.

Die erste Darbietung begann mit dem Reizen des Stieres durch die Picadors, die seinen wütenden Anstürmen standhalten mußten. Die Pferde, zumeist alt und ungeübt, besaßen keineswegs die Geschicklichkeit jener, die Charlotte im Castillo gesehen hatte, und sie schloß die Augen, um nicht das Blut sehen zu müssen, um nicht die Angst und den Schmerz der Tiere mitzuerleben, wenn der Stier zum Angriff überging.

Erst in jenem Augenblick, als Vicente allein in der Arena stand, achtete sie auf Sybilla. Es war der Augenblick, den jeder voll Ungeduld erwartet hatte. Vollkommene Stille herrschte in der Arena. Alle hielten den Atem an und waren von einer fast unerträglichen Spannung erfüllt. Es war jener großartige Moment, in dem ein einzelner Mann, den Degen in der Hand, nur unter Einsatz von Können und Geschicklichkeit, dem bis zum Wahnsinn gequälten Stier allein gegenübertrat. Sybilla saß nach vorn gebeugt, hatte die Lippen leicht geöffnet, und jeder Muskel ihres gestrafften Körpers drückte eine leidenschaftliche Erwartung aus. Als der tödliche Kampf zu Ende war, als der Degen mit haarscharfer, ans Wunderbare grenzenden Genauigkeit sein Ziel getroffen hatte und der Stier in die Knie brach und langsam zu Boden sank, sprangen die Zuschauer auf, schrien, jubelten und grölten, und

Sybilla war mit ihnen aufgesprungen. Sie ergriff das Rosensträußchen an ihrer Brust und warf es Vicente zu, der es auffing und einen Kuß darauf drückte. Vielleicht war das nur eine Laune, dem Augenblick entsprungen, und bedeutete nichts, aber Charlotte war über den Ausdruck auf Clives Gesicht beunruhigt. Es war ein Ausdruck tiefster Qual und ungestillter Leidenschaft. Und diese Erkenntnis machte ihr Angst. Auch Lucy hatte es bemerkt. Sie war sehr blaß geworden.

„Ich kann hier nicht mehr bleiben, Charlie", flüsterte sie. „Ich kann nicht, ich halte es nicht mehr aus."

Sie zitterte, und Charlotte legte den Arm um sie.

„Eigentlich möchte ich auch nicht länger bleiben. Sollen wir gehen?"

Der tote Stier wurde gerade aus der Arena gezogen, als sie sich ihren Weg aus der Loge und durch die Menge hindurch bahnten und sich zum Ausgang drängten. Dann eilten sie die Stufen hinab und betraten die Straße. Lucy lehnte sich gegen eine Wand, rang nach Luft und preßte ihr Taschentuch an den Mund.

„Es wird gleich wieder besser sein", keuchte sie. „Es war nur so heiß da drinnen. Da hab ich mich plötzlich so schwach gefühlt. Wird Clive sehr verärgert sein?"

„Es spielt keine Rolle, wenn er es ist. Du bleibst jetzt hier, und ich werde Matthew und den Wagen suchen."

„Wir können ja auch zu Fuß gehen, falls er sich den Kampf noch länger ansehen will."

Aber Matthew, zutiefst britisch, konnte einem Sport nichts abgewinnen, der darin bestand, „eine hilflose Kreatur abzuschlachten, die niemandem etwas zuleide getan hatte", wie er es nannte. Sie fand ihn an den Wagen gelehnt, einen spanischen Cigarillo rauchend, was eine der wenigen fremdländischen Gepflogenheiten war, die seinem Geschmack entsprachen.

Es war einige Wochen später, als Guy die Bewohner der Casa de Fuente sehr früh am Morgen besuchte. Die Starrs tranken gerade ihre Schokolade im Garten. Dankbar nahm Macalister die ihm dargebotene Tasse entgegen, und mit einem Blick auf Charlotte fragte er, ob sie daran interessiert wären, in die Merenda-Weingärten zu fahren und sich anzusehen, wie der Sherry hergestellt wurde.

„Natürlich sind wir keine so berühmte Firma wie zum Beispiel Gonzalez oder Domeq, aber wir haben unsere eigene Bodega und erzeugen einen besonders köstlichen Wein, den ich mit Don Lorenzos Hilfe in den nächsten fünf Jahren noch zu verbessern hoffe."

„Roberto erzählte uns, daß es Unruhen in den Weingärten gegeben habe."

„Also haben Sie auch schon davon gehört." Guy zuckte die Achseln. „Sie müssen ja mittlerweile erkannt haben, wie die Spanier sind. Es wurde über Politik gestritten. Plötzlich spitzte sich die Debatte zu, Messer blitzten, und sie brüllten sich die Seele aus dem Leib. Nachdem es eine Menge Krach und ein paar blutige Köpfe gegeben hatte, war alles wieder vorbei. Und nach einer Runde Manzanilla hatte Lorenzo sie alle wieder so weit, daß sie ihm aus der Hand fraßen."

„Manzanilla, und nicht Sherry?" fragte Charlotte.

Guy lächelte. „Tatsächlich nicht. Die spanischen Bauern trinken keinen Sherry. Er ist nur für den Export ins Ausland bestimmt."

Der Besuch wurde vereinbart und sollte gegen Ende der Woche stattfinden, aber als der bewußte Tag kam, zog Lucy plötzlich zurück und meinte, die lange Fahrt in der Hitze sei zu viel für sie. „Außerdem will er dich sehen, Charlie, und nicht mich."

„Aber Lucy, das ist doch Unsinn."

„Wirklich? Da bin ich nicht so sicher."

Clive hatte für die Weinberge nie ein besonderes Interesse gehegt, so daß Charlotte schließlich allein auf Zelda losritt und es entschieden ablehnte, Tomás mitzunehmen.

Sie hatte immer schon ihre Unabhängigkeit verteidigt, und sie war im Grunde nicht traurig, der Casa de Fuente für einen Tag entfliehen zu können. Lucy sprach nie darüber, daß Clive sie vernachlässigte, aber Charlotte wußte, daß sie zutiefst getroffen war. Im Bekanntenkreis begann man, die Stirn zu runzeln und Bemerkungen darüber zu machen, daß Lucys Mann Sybilla nachlief, und es erreichten sie auch Gerüchte von einer Auseinandersetzung, die er mit Vicente gehabt haben sollte. Clive tat diesbezügliche Fragen jedoch mit einem Achselzucken ab. „Der Kerl war unverschämt. Ich mußte ihm die schon lange verdiente Lektion erteilen."

Dem attraktiven Stierkämpfer hatte seine zunehmende Popularität auch aus anderen Städten Einladungen gebracht. Er hatte sich im Triana-Viertel eine Wohnung gemietet und wurde von ziemlich gewöhnlichen Leuten umschmeichelt und hofiert, Leuten, die in Lokalitäten, wie zum Beispiel das Café Diablo es war, verkehrten. Das alles war beunruhigend, aber im Augenblick hatte Charlotte beschlossen, nicht daran zu denken.

Bald ritt Charlotte in freies Land hinaus, wo sie auch schon die Weingärten erblickte, die in langen grünen Terrassen die Hügel aufwärts angelegt waren. Dort gab es kleine Steinhütten, die für die Arbeiter vorgesehen waren, und ein großes weißes Haus mit einem flachen Dach, das Don Evaristo, dem *Câpataz* oder Aufseher der Weingärten gehörte, bei dem Guy so lange wohnte, bis sein eigenes Haus fertiggestellt war.

Guy kam ihr entgegen, um sie zu begrüßen. Er führte sie in einen kühlen, schattigen Raum, wo sie auch Don Evaristo antraf, einen zuverlässig aussehenden Mann mit fröhlichen Augen, dessen dunkles Haar sich auf der Stirn kräuselte, was an die schwarzen Stiere erinnerte, die auf dem Hang weideten. Eine rundliche Frau in mittleren Jahren, seine Gattin, lief geschäftig hin und her und tischte Kaffee und *Alpisteras* auf, die so lecker und knusprig waren, daß Charlotte nicht widerstehen konnte und nach dem Rezept fragte. Geschmeichelt durch Charlottes Interesse und entzückt darüber, eine Engländerin vor sich zu haben, die Spanisch sprach, gab Doña Catalina wortreiche Erklärungen ab, wie man das feinste weiße Mehl mit Zucker und vier nestfrischen Eiern zu einem weichen Teig verarbeitete, ihn dünn wie Papier ausrollte, in schmale Stücke schnitt und dann in heißem Fett buk, bis sich die Teigstücke wie Locken einrollten, worauf man sie aus der Pfanne nahm und mit Zucker bestäubte.

„Sie müssen etwas davon für sich und Ihre Freundin mitnehmen", sagte sie, vor Stolz strahlend.

Danach, als sie mit Guy den Gartenweg zur Bodega hinunterging, kam ihnen ein kleines Mädchen entgegengerannt, das Blumen in den Händen hielt. Mit einem schüchternen Lächeln streckte sie Charlotte den Strauß entgegen. Das Kind mochte ungefähr elf Jahre alt sein und hatte langes schwarzes Haar, das ihm in glatten Strähnen bis zur Taille herabfiel, und ein schmales braunes Gesicht mit erstaunlich großen dunkelblauen Augen.

Charlotte nahm die Blumen und fragte das Kind nach seinem Namen. Die Kleine schüttelte aber nur den Kopf und lief rasch den Weg hinauf, wo sie im Haus verschwand. Ihr Rüschenkleidchen aus weißem Musselin und die Satinbänder, die ihr schwarzes Haar bändigten, waren nicht gerade eine Tracht, die ein Bauernkind im allgemeinen zu tragen pflegte.

Charlotte fragte: „Ist das Don Evaristos Tochter?"

„Sie haben keine Kinder. Paquita ist ein Adoptivkind, glaube ich."

Einen Moment lang kamen ihr das Gesicht des Kindes und die verborgene Anmut des schmalen Körpers seltsam bekannt vor, doch als sie die Bodega betrat, wurde ihre Aufmerksamkeit von anderen Dingen in Anspruch genommen.

Drinnen war es wie in einer Kathedrale, fand sie, genauso kühl und geräumig, mit hochaufragenden Gewölben, die ihre dunklen Schatten in den Raum warfen; und überall war der durchdringende Geruch des Weines wie Weihrauchduft zu spüren. An jeder Seite der Wand waren riesige Fässer in vier Reihen übereinander aufgestapelt.

„Sobald der Wein fertig ist", erklärte Guy, „wird er von der untersten Reihe abgezapft, die dann mit dem Wein der darüberliegenden Reihe aufgefüllt wird und so weiter, bis zur obersten Reihe hinauf, die den neuen Wein enthält. Das nennt man ‚Ausbildung des Weines', und dieser Prozeß kann sich über zehn Jahre erstrecken."

„Das ist ja wie eine Hochschule für den Wein", meinte Charlotte.

„Das ist allerdings eine sehr treffende Bezeichnung dafür", lachte Guy. „Wir haben vor, einen Wein herzustellen, der eine besondere Geschmacksqualität aufweist und die Marke ‚Merenda' tragen soll."

Er fuhr fort, ihr voll Enthusiasmus über seine Arbeit zu erzählen, und sie hörte mit Interesse zu, bis sie sah, daß das Kind ihnen gefolgt war und nun am Ende des Gewölbes vollkommen unbeweglich, mit gefalteten Händen und einem gespannten Ausdruck auf dem schmalen Gesichtchen dastand.

„Was beobachtet sie denn?" fragte Charlotte interessiert.

Guy legte lächelnd eine Hand auf ihren Arm. „Pst, es sind die Mäuse. Sie sind die besonderen Lieblinge des *Câpataz.* Bleiben

Sie ganz ruhig stehen, und Sie werden sehen, wie sie herauskommen."

In einem Winkel versteckt stand ein Glas mit Sherry vollgefüllt, und eine winzige Leiter war dagegengelehnt. Nach kurzer Zeit erschien eine Maus, blickte ängstlich um sich, huschte dann die Leiter hinauf, tauchte das Näschen in den Wein, nahm einen Schluck, kletterte wieder herab und taumelte zu seinem Loch zurück, während eine andere ihren Platz einnahm. Die drei Beobachter sahen fasziniert zu, bis Paquita plötzlich in ein entzücktes Lachen ausbrach, worauf die Mäuse augenblicklich verschwanden.

Lorenzo war am anderen Ende der Bodega hereingekommen, und das Kind stürmte ihm entgegen. Er hob es hoch, warf es ein wenig in die Luft und fing es wieder in den Armen auf. Paquita kreischte vor Vergnügen und preßte ihre Wange an sein Gesicht. Er stellte sie auf den Boden zurück, und sie begann in seinen Taschen zu kramen. Da zog er lachend ein Paket heraus und drückte es ihr in die Hand.

„Da, du kleine Räuberin, und jetzt fort mit dir."

Das Kind kicherte und hüpfte davon.

An diesem Augenblick begriff Charlotte, an wen das Mädchen sie kurz zuvor erinnert hatte. Die ungewöhnlich blauen Augen des Kindes glichen denen Don Lorenzos. War sie tatsächlich seine Tochter, ein uneheliches Kind, das hier, abseits vom Castillo, vom *Câpataz* aufgezogen wurde? Sie hatte keine Zeit zu überlegen, was sie von solch einer überraschenden Enthüllung halten sollte und ob ihre Annahme auch wirklich zutreffen mochte, denn Lorenzo war ihnen inzwischen nachgekommen. Er ergriff Charlottes Hand und drückte seine Freude über ihren Besuch aus, so als hätte das letzte unangenehme Zusammentreffen im Café Diablo nie stattgefunden.

Guy sagte: „Wir warten auf Don Evaristo. Er holt etwas von unserem Sherry aus dem Faß, um ihn Miss Charlotte probieren zu lassen."

„Ausgezeichnet. Wie ist denn übrigens der Wein ausgefallen?"

Guy zuckte die Achseln. „Zum Teil ausgezeichnet, zum Teil weniger gut. Sie müssen nämlich wissen", fuhr er, an Charlotte gewendet, fort, „der Wein ist etwas Lebendiges, und er ist so kapriziös wie eine schöne Frau. Es ist dabei durchaus möglich, daß die Kelterung von ein und derselben Traube einmal ein Faß Fino ergibt, dann wieder einen Amontillado, und beim dritten Mal — als wäre es reine Bosheit — erhalten wir einen Wein, der so sauer wie Essig ist."

Lorenzo lachte. „Das ist ein sehr treffender Vergleich. Sie werden sich wundern, warum ich mich mit einem Produkt abmühe, das so launisch und unverläßlich ist. In Wahrheit bin ich sehr eigensinnig und hasse es, eine Niederlage einzustecken. Vor mehr als dreißig Jahren hat mein Großvater einen wirklich erlesenen Wein kultiviert; dann kam Napoleon, und es kam der Krieg. Die Weingüter wurden verwüstet. Nachdem mein Vater getötet worden war, rieten mir meine Vormünder, die Weingärten zu verkaufen. Ich weigerte mich jedoch. ‚Ich werde neu pflanzen', sagte ich großartig. Aber Geld war damals knapp, und es dauerte viele Jahre, ehe ich das mir selbst gegebene Versprechen erfüllen konnte. Erst an meinem einundzwanzigsten Geburtstag begannen wir, die Weingärten neu anzulegen. Und jetzt, zehn Jahre danach, sind wir mit Guys Hilfe im Begriff, einen Wein zu bauen, auf den wir mit Recht stolz sein dürfen. Ist es nicht so?"

„Mit Gottes Hilfe, würde ich sagen", entgegnete Guy trocken. „Man muß dabei auch Wind und Wetter in Betracht ziehen."

Dann gesellte sich Don Evaristo zu ihnen und begrüßte Lorenzo ehrerbietig. Er hatte eine *Venencia* mitgebracht, einen langen hölzernen Stab, an dessen einem Ende ein metallener Becher befestigt war. Er holte damit aus der Dunkelheit des Fasses den Wein und goß den goldfarbenen Strahl so geschickt in ein bereitgehaltenes Glas, daß nicht ein Tropfen danebenfloß. Feierlich überreichte er das Glas Charlotte. Sie nahm es entgegen und nippte daran. Für ihren Gaumen, der an derartige Getränke nicht gewöhnt war, schmeckte der Wein sehr erlesen und gut. Lorenzo nahm das Glas aus ihrer Hand und trank gleichfalls; dann gab er es an Guy weiter. Es glich einer gewichtigen Zeremonie, wie sie alle drei dastanden und den Wein kosteten, während Don Evaristo wie ein alter Bacchus vor Freude und Stolz strahlte. „Er hat ein ganz ordentliches Bouquet", sagte Lorenzo. „Ich glaube, in nicht allzu langer Zeit werden wir erreicht haben, was wir uns vorgenommen haben."

Sie gingen zusammen zum Haus zurück, wo Doña Catalina sie mit einem späten Lunch erwartete. Charlotte hatte bereits festgestellt, daß die Mahlzeiten in spanischen Haushalten im Gegensatz zu den strengen englischen Gepflogenheiten nicht unbedingt zu bestimmten Zeiten stattfinden mußten. Hier konnte man den Lunch zur Teestunde einnehmen und um Mitternacht zu Abend essen. Später saß Charlotte dann im Garten unter einem mächtigen Nußbaum, während Lorenzo mit Guy und Don Evaristo über Geschäfte sprach. Alsbald gesellte sich auch Doña Catalina zu ihr und hatte das Kind bei sich. Paquita saß eine Weile gehorsam bei ihnen und mühte sich mit einer abgegriffenen Stickarbeit ab. Dann aber kam plötzlich ein riesiger Hund den Weg herabgelaufen, und da hielt es die Kleine nicht länger aus. Sie ließ die Nadel fallen und machte sich davon, um mit dem Tier im Sonnenschein herumzutollen.

Doña Catalina seufzte. „Sie ist ein rechter Wildfang. Ich weiß nicht, was passieren wird, wenn sie erst in die Klosterschule geht. Das wird sein, als würde man einen Vogel in einen Käfig sperren."

„Muß sie denn wirklich in diese Schule gehen?"

„Ja, in einem Jahr. Don Lorenzo will es so."

Und das ist natürlich endgültig, dachte Charlotte aufgebracht. Wagte es denn niemand, ihm zu sagen, daß auch er unrecht haben könnte? Sie sagte: „Mr. Macalister hat mir gesagt, daß Paquita ein Adoptivkind ist. Haben Sie sie schon von klein auf in Ihrer Obhut?"

„Nein, erst seit sie fünf Jahre alt war."

„Ist sie eine Waise?"

„Eigentlich nicht. Aber ihre leibliche Mutter konnte ihr kein ordentliches Zuhause bieten. Sie besucht sie aber gelegentlich."

Charlotte hätte gern mehr gefragt, aber sie spürte etwas in Doña Catalinas Verhalten, aus dem sie zu erkennen glaubte, daß weitere Fragen nicht erwünscht seien. Auf alle Fälle wurde es nun allmählich spät. Sie stand auf.

„Es ist ein wunderschöner Tag gewesen, aber ich glaube, ich sollte jetzt gehen."

Die Männer hatten sich gleichfalls erhoben, und Lorenzo kam rasch über den Patio geschritten und gesellte sich zu den beiden Frauen.

„Guy hat mir gesagt, daß Sie ganz allein hergeritten sind. Ich muß jetzt auch zum Castillo zurück. Wenn Sie schon aufbrechen wollen, würde es mich freuen, Sie zu begleiten."

„Das ist wirklich nicht nötig", sagte sie kühl. „Ich habe ohne Schwierigkeiten hergefunden, und ich fürchte mich auch nicht, allein zurückzureiten."

„Das sollten Sie aber", sagte er schroff. „Es wundert mich ohnedies, daß Ihnen Ihr Cousin diesen Ausflug gestattet hat. Sie sind eine junge Frau, allein und schutzlos, und es könnte Ihnen allerlei zustoßen."

„Ich glaube kaum, daß ich auf dem kurzen Weg zwischen Sevilla und hier von Banditen entführt oder gar ermordet werde", sagte sie leichthin.

„Solche Dinge sind schon vorgekommen, obschon sie leicht hätten vermieden werden können", antwortete er so kühl, daß sie sich töricht vorkam.

Wie es in Spanien üblich war, versammelte sich der gesamte Haushalt, um Lebewohl zu sagen, wobei Guy Charlotte drängte, bald wiederzukommen und auch Lucy mitzubringen. Don Evaristo lächelte zustimmend, als seine Frau ihr schüchtern die Schachtel mit den süßen Kuchen überreichte, und die kleine Paquita hielt den Hund am Halsband fest und blickte zu Don Lorenzo auf, der ihren Kopf tätschelte und ihr etwas zuflüsterte, worüber sie sich vor Lachen kaum zu fassen wußte. Schließlich ritten Charlotte und Lorenzo Seite an Seite durch die Abendkühle.

Anfangs sprachen sie nicht viel. Sie unterhielten sich über die Weingärten, über Charlottes Interesse am Weinbau und darüber, was sich Lorenzo davon für die Zukunft versprach. Dann schwiegen sie eine Weile, bis Charlotte endlich all ihren Mut zusammennahm und eine Frage zu stellen wagte.

„Wie geht es Teresa?"

„Ganz gut, wie ich hoffe. Ich bin momentan bei ihr nicht gut angeschrieben."

„Was wohl nicht weiter verwunderlich ist."

Er warf ihr einen raschen Blick zu. „Sie glauben natürlich, daß ich zu streng war."

„Letzten Endes sind wir doch nur dorthin gegangen, um Gabriella tanzen zu sehen. Wir konnten wirklich nichts Anstößiges darin erblicken."

„Darum ist es auch nicht gegangen. Gabriella ist eine erstklassige Künstlerin, und es steht sicher dafür, sich ihre Vorführungen anzusehen. Ich wollte auch keine Kritik an Ihnen und Doña Lucia üben, aber ich konnte nicht zugeben, daß meine Schwester auf familiärem Fuß mit einem Mann wie Don Vicente steht."

„Weil er nur ein Stierkämpfer und kein Grande ist wie Sie?"

„Halten Sie mich wirklich für so kleinlich? Es gibt da andere Gründe, und Roberto kennt sie nur zu gut. Er hätte diesem Vicente nicht erlauben dürfen, sich an Ihren Tisch zu setzen."

„Das hätte sehr merkwürdig, ja ausgesprochen unhöflich ausgesehen, wenn er es ihm verweigert hätte."

„Das mag schon sein." Er wandte sich ihr zu und lächelte, was so selten der Fall war. „Vielleicht habe ich wirklich etwas unbesonnen gehandelt. Aber an jenem Tag hatte sich schon so viel Unerfreuliches ereignet, und dann kam auch noch das dazu."

„Meinen Sie die Unruhen im Weingarten?"

„Ja, und noch so allerlei." Er sah sie fragend an. „Wieso wissen Sie denn das?"

„Guy hat es mir erzählt."

Sie hätte ihn gerne gefragt, welche unerfreulichen Dinge sich an jenem Tag noch zugetragen hatten, aber sie wagte es nicht. Nach einer Weile sagte er: „Da ist noch etwas. Meine Großmutter wirft mir ständig vor, daß ich meine gesellschaftlichen Pflichten vernachlässige. Nun, in zwei Wochen ist Teresas Geburtstag, und Doña Gracia plant einen Sommerball für sie. Ich hoffe, daß Sie und Ihre Verwandten uns die Ehre geben werden, daran teilzunehmen."

„Möchten Sie wirklich, daß wir kommen, nachdem wir uns so schlecht benommen haben?" fragte sie ein wenig boshaft.

„Das hat gesessen", gab er zurück. „Ich glaube, wir sollten jetzt endlich einen Waffenstillstand schließen. Wäre das möglich?"

„Ich würde sehr gern zu Teresas Ball kommen", gab sie offen zu, „und auch Lucy wird sich über die Einladung freuen."

„Sehr gut. Die schriftliche Einladung folgt in Kürze nach."

Trotz ihres Protestes begleitete er sie bis zum Tor der Casa de Fuente, lehnte es aber ab, noch mit hineinzukommen. Sie sah ihm nach, wie er davonritt, ehe sie Zelda in den Stall führte und sie absattelte. Tomás kam herbei und begann, das Tier zu striegeln, und Charlotte tätschelte die Stute und sah zu, wie sich diese ihr Futter schmecken ließ. Als Charlotte dann ins Haus trat, fand sie dort Lucy allein vor. Die junge Frau sah auf, als Charlotte hereinkam.

„Na, da bist du ja endlich. Hast du einen schönen Tag gehabt?"

„Es war herrlich und auch sehr interessant. Du mußt das nächste Mal mitkommen, Lucy. Eigentlich hatte ich nicht die Absicht, so spät zurückzusein."

„Ist Guy mit dir gekommen? Mir war, als hätte ich draußen Stimmen gehört."

„Das war nicht Guy, sondern Don Lorenzo höchstpersönlich", sagte Charlotte heiter. „Stell dir das vor! Alles ist vergessen und vergeben. Wir sollen übrigens zu Teresas Geburtstagsparty eingeladen werden, die in zwei Wochen stattfindet."

„Du lieber Himmel! Das muß an dir liegen, Charlie. Ich habe geglaubt, daß Clive und ich von nun an nicht mehr gesellschaftsfähig seien."

„Offenbar ist das doch nicht der Fall. Es war Don Vicente, gegen den er etwas einzuwenden hatte, und ich kann es ihm nicht einmal verdenken. Der junge Mann ist ja wirklich sehr von sich eingenommen."

Sie wurde von Juanita unterbrochen, die mit einer brennenden Lampe hereinkam und fragte, wann die Damen zu Abend zu essen wünschten.

„In ungefähr einer halben Stunde", sagte Lucy. „Wir werden nicht auf Señor Starr warten."

*„Bueno!"* Juanita warf einen mitleidigen Blick auf Lucy, bevor sie aus dem Raum eilte.

„Wo ist denn eigentlich Clive?" fragte Charlotte.

„Ich weiß es nicht. Er hat es mir nicht gesagt." Lucy faltete die Stickarbeit zusammen, die sie die ganze Zeit über in ihrem Schoß hatte ruhen lassen.

Im Licht der Lampe konnte Charlotte erkennen, wie blaß Lucy aussah. „Stimmt etwas nicht?" fragte sie.

„Was sollte denn nicht in Ordnung sein?" Lucy stand auf und legte die Handarbeit in ihre Nähkassette, bevor sie ans Fenster trat.

„Habt ihr euch gestritten?"

„Eigentlich nicht." Sie stand da und starrte in den dämmrigen Garten hinaus.

„Ich glaube, in meinem tiefsten Inneren habe ich immer geahnt, daß nicht ich es war, auf die es Clive abgesehen hatte, sondern nur das Geld meines Vaters. Aber anfangs war alles so wunderschön, daß ich mich gerne selbst belog. Clive sah so gut aus. Ich konnte nicht anders, ich mußte ihn einfach lieben — und alle Mädchen beneideten mich um ihn."

„Was ist denn heute abend vorgefallen?"

„Wir hatten einen Disput; es ging um eine ganz dumme Sache. Ich habe ihm vorgehalten, daß die Leute — und sogar die Dienstboten — bereits über ihn und Sybilla redeten und daß sein Verhalten mir, seiner Frau, gegenüber unfair sei. Und dann — dann hat er die Beherrschung verloren. Oh, Charlotte, er hat so schreckliche, so gemeine Dinge gesagt. Ich sei ihm nie eine richtige Frau gewesen, und man könne keinem Mann zumuten, mit einer Frau zu leben, die so oft krank sei, und ich sei nur dazu gut, ihn mit den nötigen Geldmitteln zu versorgen, damit er seiner Wege gehen und tun könne, was ihm beliebt."

Sie zitterte jetzt, und Tränen flossen ihre Wangen herab, was sie hilflos geschehen ließ. Charlotte legte ihr voll Mitleid den Arm um die Taille und zog sie neben sich auf das Sofa.

„Er hat nicht die Hälfte von dem, was er gesagt hat, auch wirklich so gemeint. Ich kenne Clive — er sagt die dümmsten Dinge, weil es ihm gerade so in den Sinn kommt."

„Aber er hat es so gemeint, Charlie, er hat es ganz bestimmt so gemeint. Es war schrecklich. Du weißt, ich habe das, was sich da zwischen Sybilla und ihm angebahnt hat, seit dem Tag des Stierkampfes kommen sehen. Ach du lieber Gott, wie konnte er nur so rücksichtslos sein?"

Charlotte hielt sie fest an sich gedrückt, bis der heftige Weinkrampf vorbei war, und sie fragte sich, ob es zwischen Clive und Sybilla nicht zum Bruch gekommen war, und er, erbärmlich wie er war, an seiner schuldlosen Frau sein Mütchen gekühlt hatte. Allmählich lernte sie ihren Cousin nur allzu gut kennen.

Lucy versuchte sich zusammenzunehmen. Sie richtete sich auf und trocknete energisch ihre Tränen.

„Es tut mir leid. Ich wollte nicht so töricht sein; Juanita kann jeden Augenblick hereinkommen. Sie darf mich nicht so sehen. Sogar die Dienstboten verachten mich bereits. Sie halten mich für eine dumme Gans, die nicht einmal imstande ist, mit ihrem eigenen Mann fertigzuwerden."

„Nein, das ist nicht wahr. Sie haben dich alle sehr gern."

„Ich brauche ihr Mitleid nicht." Lucy zerknüllte das tränennasse Taschentuch mit nervösen Fingern; dann sah sie Charlotte zaghaft an. „Du weißt, daß ich einmal geglaubt habe, Clive sei in dich verliebt."

„Einmal, vor vielen Jahren, bevor er dich getroffen hat, habe ich das auch geglaubt."

„Hat er dich sehr unglücklich gemacht?"

„Eine Zeitlang schon. Aber das ist jetzt lange vorbei."

„Er hat von dir immer als von seiner wunderbaren Cousine gesprochen, die alle jene Fähigkeiten besitzen würde, die mir fehlten. Ich glaube, ich war im Begriff dich zu hassen."

„So ist es mir mit dir auch ergangen", sagte Charlotte mit Bedauern. „Wenn Mama nicht beschlossen hätte, Colonel Armstrong zu heiraten, wäre ich niemals mit nach Spanien gefahren."

Sie starrten einander einen Augenblick verblüfft an und begannen dann plötzlich zu lachen.

„Eigentlich ist es komisch, daß wir uns beide geirrt haben", sagte Charlotte fröhlich.

„Und wie schön, daß du letzten Endes doch mit nach Spanien gekommen bist und daß wir einander trotz allem mögen", stimmte Lucy zu. Dann aber erstarb ihr Lächeln. „Das Schlimmste in meinen Streitigkeiten mit Clive ist, daß ich wahrscheinlich ein Baby bekomme."

Das kam gänzlich unerwartet, und Charlotte sagte rasch: „Bist du ganz sicher?"

„Nein, noch nicht, und ich hoffe aus tiefstem Herzen, daß ich mich irre. Es bereitet mir große Sorgen." Sie ergriff plötzlich die Hand ihrer Freundin. „Du wirst mich nicht verlassen, nicht wahr, Charlotte? Ich glaube, ich würde sterben, wenn ich das alles hier alleine durchstehen müßte."

„Natürlich werde ich dich nicht verlassen. Wie kannst du nur so etwas denken! Aber jetzt muß ich hinaufgehen und mich umziehen", sagte Charlotte munter. „Und du kommst mit, um dir das Gesicht zu waschen. Dann werden wir zu Abend essen und Clive vergessen. Morgen wird er ganz anders sein, dessen bin ich vollkommen sicher."

Zum Teil hatte sie recht. Clive, der wieder einmal den Eroberer gespielt hatte und sich in bezug auf Frauen unverwundbar vorgekommen war, war nun ein Opfer der betörenden Schönheit und der aufreizenden, raffinierten Verführungskünste Sybillas geworden. Und das machte ihn nun beinahe verrückt. Schon seit der *Corrida* waren ihm die Augen aufgegangen, und er hatte festgestellt, daß er bei diesem Mädchen nur ein Mann unter vielen war. Sybilla brachte es fertig, heute in seinen Armen dahinzuschmelzen, um ihm morgen die kalte Schulter zu zeigen und anderen Männern zuzulächeln. Sie ging sogar so weit, ihm höhnisch seine Unfähigkeit im Vergleich zu Vicentes männlichem Auftreten vorzuwerfen, und das hatte er an seiner Frau ausgelassen.

Als er an jenem Abend sehr spät heimkam, war Charlotte noch auf und las, die Lampe dicht neben sich. Sie fragte ihn, ob er noch etwas essen wolle, und er schüttelte den Kopf. „Wo ist Lucy?"

„Sie ist zu Bett gegangen." Charlotte klappte ihr Buch zu. „Du hast ihr großen Kummer zugefügt."

„Was hat sie dir erzählt?"

„Genug. Du solltest dich schämen, sie so herzlos zu behandeln."

„Jetzt fang nicht auch *du* noch an", sagte er. Aber er besaß wenigstens soviel Anstand, beschämt dreinzuschauen. „Du verstehst das nicht, Charlotte. Das hat nichts mit dir zu tun."

„Ich weiß, aber ich kann die Augen nicht vor der Wahrheit verschließen. Was ist los mit dir, Clive?"

„Um Himmels willen, laß mich doch zufrieden", rief er heftig.

„Nun gut, wenn du es so willst."

„Ja, ich will es so. Ich glaube, ich werde jetzt lieber hinaufgehen."

Als er ins Schlafzimmer trat, blieb er zuerst etwas unsicher bei der Tür stehen, dann ging er auf das Bett zu. Lucy schlief noch nicht, aber sie drehte den Kopf von ihm weg.

„Tut mir leid, altes Mädchen", murmelte er.

„Wirklich, Clive? Tut es dir wirklich leid?"

„Ach, zum Teufel! Was erwartest du denn, daß ich sagen soll?" Er ließ sich neben dem Bett auf die Knie nieder. „Es war abscheulich, wie ich mich aufgeführt habe, aber du mußt doch verstehen, wie das manchmal im Leben ist."

„Ich verstehe schon", sagte sie gequält. „Ich verstehe es nur zu gut. Liebst du sie, Clive?"

„Ich weiß nicht", preßte er mit belegter Stimme hervor. „Ich weiß es wirklich nicht. Jedenfalls nicht so, wie ich dich liebe."

„Ich wollte, ich könnte es glauben."
„Es ist wahr, Lucy."
Sie schwieg einen Augenblick, streckte dann die Hand aus und berührte seine Wange. Er ergriff ihre Finger und küßte sie. Sie wußte, daß diese Geste nichts ändern würde, begriff betrübt, daß dies kein Eingeständnis seiner Liebe war. Es bedeutete nur, daß er sich unbehaglich fühlte, weil er sich so schlecht benommen hatte. Aber sie wollte sich gerne selbst belügen und ihm Glauben schenken. „Es ist spät", flüsterte sie. „Du solltest lieber zu Bett gehen."

## 7

Der Ballsaal im Castillo war in einem vollkommen anderen Stil ausgestattet als der übrige Teil des Hauses. Er war von Lorenzos Großvater neu adaptiert worden, der viele Jahre in Paris verbracht hatte und mit Anregungen aus Versailles und Fontainebleau heimgekehrt war. Die Wände waren mit einer weiß-gold gestreiften Satintapete versehen, die Möbel waren zierlich und vergoldet, und Lampen aus Goldbronze und Kristall erhellten den Raum. Er stellte den glänzenden Rahmen für Teresas Ballnacht dar, und das Mädchen selbst, das in seinem Seidenmusselinkleid zwischen Doña Gracia und Lorenzo stand und ihre Gäste begrüßte, schien der strahlende Mittelpunkt des Festes zu sein, wie Charlotte feststellte.
Clive zeigte sich von seiner besten Seite, und Charlotte war froh, daß Lucy wieder etwas glücklicher aussah. Sie selbst war entschlossen, sich zu unterhalten, und sie wußte, daß sie an diesem Abend besonders hübsch aussah. Das grüne, mit goldenen Sternen besäte Organzakleid, das sie Onkel Nicholas Großzügigkeit verdankte, betonte vorteilhaft die rotgoldene Nuance ihres Haares, das ausnahmsweise tadellos zu seidigen Locken frisiert war, in denen goldgelbe Rosen aus dem Garten der Casa de Fuente steckten. Die andalusische Sonne hatte ihrem blassen Gesicht einen pfirsichfarbenen Schimmer verliehen, und die grünen Augen sprühten unter den langen dunklen Wimpern in freudiger Erregung.
Der Ball begann wie jeder andere. Charlotte tanzte zuerst mit Guy, dann mit Clive, mit Roberto, sowie mit den jungen Män-

nern, die sie beim Stierkampf getroffen hatte, und schließlich auch mit Lorenzo. Inzwischen hatte sich die Atmosphäre allmählich verändert. Die Gitarren des kleinen Orchesters begannen die Szene zu beherrschen, als wollten diese spanischen Aristokraten, nachdem sie ihren formellen Tribut der Höflichkeit den europäischen Gästen gegenüber abgestattet hatten, nun ihrem temperamentvollen Naturell die Zügel schießen lassen.

Lorenzo unterschied sich gänzlich von den anderen Tänzern. Er verfiel nicht in das übliche nichtssagende Geschwätz, und Charlotte gab sich ganz der Wonne eines langsamen, trägen Walzers hin, bei dem ihre Körper mühelos zu verschmelzen schienen. Wenn sie in Breakstone Park in den Armen eines Mannes getanzt hatte, war ihr das beinahe anstößig erschienen; jetzt aber wünschte sie sehnlichst, daß dieser Walzer nie enden möge. Gleichzeitig kam ihr schmerzlich zu Bewußtsein, wie verstiegen solche Gedanken waren. Doch dann brachte sie Lorenzos Stimme jäh in die Wirklichkeit zurück.

„Es gibt da etwas, was ich Sie gerne fragen möchte", sagte er, während er sie mit Geschick und Grazie durch die tanzenden Paare lenkte. „Haben Sie während der vergangenen Wochen in Sevilla irgend etwas von José Roméro gehört oder gesehen?"

„Meinen Sie jenen Mann, den wir damals am Morgen bei den Ruinen von Italica gesehen haben? Wie kommen Sie darauf?"

„Es ist mir das Gerücht zugetragen worden, daß er sich bei einigen der britischen Bewohner hier bei uns und in Granada lieb Kind zu machen versuche. Ich dachte, es wäre möglich, daß Ihr Cousin etwas davon erwähnt hat."

„Clive interessiert sich überhaupt nicht für Politik." Aber war das auch wirklich wahr? Sie fühlte, wie sie von Unruhe erfaßt wurde.

„Sind Sie da auch völlig sicher?" fuhr er fort. „Es gibt Hinweise, daß einige von den Briten Don Carlos unterstützen könnten, denn er hatte ja seinerzeit in England Zuflucht gesucht, als er von seinem Bruder ins Exil geschickt worden war. Und wenn diese Hinweise auf Wahrheit beruhen, könnte das ernstliche Unannehmlichkeiten für uns alle bedeuten."

„Das ist ein Thema, über das von den Leuten, mit denen ich zusammenzutreffen pflege, nicht gesprochen wird", sagte sie zögernd und dachte gleichzeitig daran, wie viele Stunden Clive außer Haus verbrachte. Sie hatte angenommen, daß er mit Sybilla zusammen war, aber war das auch tatsächlich der Fall? Keineswegs jedoch konnte er sich auf etwas so Gefährliches eingelassen haben.

„Und Sie wollen wohl andeuten, daß diese Angelegenheit kaum ein geeignetes Gesprächsthema für einen Ball darstellt", meinte Lorenzo mit einem gequälten Lächeln. „Ich muß mich dafür entschuldigen, daß ich überhaupt davon angefangen habe. Übrigens, Teresa schaut heute so glücklich aus. Finden Sie nicht auch?"

„Ja, sehr glücklich. Hat sie Ihnen schon vergeben?"

„Jedenfalls vorübergehend. Ich bin nicht sicher, wie lange ihre Stimmung anhalten wird."

Er hielt sie nun fester um die Taille, und als die Musik rascher wurde, wirbelte er sie bis zu den schwindelerregenden und hinreißenden letzten Takten im Kreis herum. Dann standen sie außer Atem da und lachten.

Es war Mitternacht geworden, und sie hatten inzwischen zu Abend gegessen, als die Überraschung kam. Bedienstete waren in den Saal geeilt, um die Stühle und Sofas neu zu gruppieren, und die Gäste hatten ihre Plätze eingenommen. Guy, der mit Charlotte getanzt hatte, stand dicht neben ihr.

Ein erwartungsvolles Stimmengewirr war zu vernehmen. Drei farbenprächtig herausgeputzte Männer — Zigeuner, wie Charlotte annahm — schlenderten herein. Es waren echte *Gitanos,* über die man in Zeitungen und Ankündigungen lesen konnte. In einer beinahe lässigen Art stellten sie sich auf, und einer von ihnen schlug einen Akkord auf seiner Gitarre an. Dann herrschte eine lange Stille, in der die allgemeine Spannung ihren Höhepunkt erreichte, bis plötzlich zu Charlottes größter Überraschung Gabriella im Türrahmen erschien und langsam auf die Mitte des Saales zuschritt. Und nun folgte eine Wiederholung jener Vorstellung, die sie damals im Café Diablo gesehen hatte, eine Darbietung, die in diesem glänzenden Rahmen noch hinreißender, noch meisterlicher wirkte. Es war, als böte die Tänzerin angesichts dieser Aristokraten, von denen keiner ihrer Kunst nahekam und deren Gunst sie im Grunde verachtete, in herablassender Weise all ihr Können und all ihren Stolz auf. Sie beendete ihr Programm, wie sie es damals getan hatte, abrupt und dramatisch, unter dem stürmischen Beifall des Publikums. Aber dann geschah etwas völlig Unerwartetes. Charlotte befand sich nahe genug, um sehen zu können, wie sich die großen dunklen Augen der Künstlerin weiteten, wie ein kaum merkbares Lächeln allmählich die schön geschnittenen Lippen kräuselte. Sie begann neuerlich — mit aufreizenden, sinnlichen Bewegungen — zu tanzen und kam auf Lorenzo zu, der an eine der schlanken Säulen gelehnt dastand. Sie streckte ihm die Hand entgegen, er aber schüttelte lächelnd den Kopf. Wieder winkte sie ihn heran. Alle Augen waren auf ihn gerichtet, und ein Gemurmel erhob sich im Raum. So von den Anwesenden gedrängt, der Aufforderung nachzukommen, ergriff er schließlich fast gegen seinen Willen die ausgestreckte Hand.

Die Gitarren schlugen einen Rhythmus an, der den immer wiederkehrenden Schlägen eines Hammers glich und der schließlich von den Geigen des Orchesters übernommen wurde. Und dann begannen Gabriella und Lorenzo zu tanzen. Ob sie sich dabei an einen bestimmten Schritt hielten oder einfach nur ihrer Eingebung folgten, konnte Charlotte nicht erkennen; sie wußte nur, daß sie ihre Augen von dem tanzenden Paar nicht abwenden konnte. Es war ein Tanz, der alle Phasen des Liebesspiels, wie das Werben, die Verfolgung, den Widerstand und schließlich die Hingabe zum Ausdruck brachte, wobei Lorenzo sich Gabriellas Führung in so vollkommener Übereinstimmung überließ, daß Charlotte das Gefühl hatte, es nicht länger ertragen zu können. Und dennoch war sie so gefesselt, daß sie sich nicht von der Stelle zu bewegen vermochte. Obwohl nur von kurzer Dauer, schien die Darbietung für sie eine Ewigkeit zu währen. Zum Schluß brachen die jungen Männer in *Olé*-Rufe aus, klatschten und stampften mit den Füßen. Lachend spornten sie das Paar zum Weitertanzen an, doch Lorenzo wandte ein, daß er dergleichen seit Jahren nicht mehr getan habe, während Gabriella, im Grunde der Mittelpunkt des Geschehens, sich schweigend abseits hielt. Sogar Doña Gracia lächelte, und Teresa schlang die Arme um den Hals ihres Bruders und gab ihm einen Kuß.

In dieser warmen Maiennacht waren die Türen zur Terrasse hin weit geöffnet, und Charlotte, deren Wangen glühten, schlüpfte hinaus, um der Hitze und der überfüllten Atmosphäre des Saales zu entfliehen.

Sie ging rasch dahin, ohne auf den Weg zu achten, und begrüßte dankbar die Kühle der würzigen Nachtluft, die aus den Bergen herüberwehte. Da und dort schimmerten in bunten Glaskugeln goldene, grüne und rote Lichter. Wie lächerlich, wegen eines Tanzes so in Panik zu geraten, dachte sie. Was war nur los mit ihr? Was immer auch geschah, sie durfte es sich nicht gestatten, sich in einen Mann, wie Lorenzo es war, zu verlieben. Aber dieser Tanz war von solcher Leidenschaft, von so heftiger gegenseitiger Anziehung erfüllt gewesen, daß der Gedanke daran sie zutiefst bedrückte. War es nur die Sehnsucht nach einer verlorenen Liebe gewesen oder waren die beiden immer noch von Verlangen nach einander beherrscht? Sie konnte diese Vorstellung nicht ertragen; gleichzeitig schämte sie sich ihrer heftigen Gefühle. Sie schritt immer rascher dahin, als wollte sie sich selbst entfliehen, bis sie plötzlich vor einem Tor aus edlem Schmiedeeisengeflecht anlangte, das ihr den Weg versperrte.

Allmählich begann die heftige Erregung, die sie hierher getrieben hatte, wieder zu verebben. Charlotte holte tief Atem, stieß das Tor auf und befand sich in einem umzäunten Garten. Das Mondlicht übergoß die Rosen mit seinem blassen Schimmer und verlieh den kannelierten Säulen, den schlanken, mit Blumen überwucherten Steinbögen und dem runden Wasserbecken, aus dem eine Fontäne silbrig emporstieg, einen geisterhaften Glanz. Charlotte wurde an die Gärten der Alhambra erinnert, die sie in Granada besichtigt hatte, nur waren diese leider sehr vernachlässigt gewesen, während hier die Miniatur eines maurischen Gartens geschaffen worden war, dessen liebliche Anmut anscheinend sorgsam gehegt wurde. Sie ließ sich auf dem breiten Brunnenrand nieder, spürte, wie die kühlen Wassertropfen ihre Wangen benetzten und fand in der friedlichen Stille, die sie umgab, langsam ihre Ruhe wieder.

Sie hätte nicht sagen können, wie lange sie so dagesessen hatte; doch plötzlich bemerkte sie, daß sie nicht allein war. Das schwache Aroma einer Zigarre wehte zu ihr hinüber, und sie vernahm das Geräusch von Schritten. Am liebsten wäre sie weggelaufen, wenn ihr dazu Zeit geblieben wäre. Aber Lorenzo war schon durch einen der Steinbögen getreten und blieb — offenbar überrascht, sie hier anzutreffen — stehen.

„So haben Sie also mein Versteck entdeckt?"

„Ihr Versteck?"

„Ich nenne es gerne so. Um diese Zeit wagen sich nicht viele Leute hierher. Es gibt hier nämlich einen Geist."

„Meinen Sie das im Ernst?"

„Mir ist vollkommen ernst zumute. Ich habe das Gespenst zwar niemals selbst gesehen, aber manchmal habe ich seine Anwesenheit gespürt, und einmal war mir sogar, als hätte ich es lachen gehört."

Dann fragte Don Lorenzo: „Stört sie meine Zigarre?"

„Nein, keineswegs. Ich mag den Geruch sogar recht gern. Mein Vater hat so etwas bisweilen geraucht. Ist das hier übrigens der sogenannte ‚Nonnengarten'?"

„Ja, das ist er. Hat Roberto Ihnen nicht davon erzählt?"

„Nein, noch nicht."

„Wahrscheinlich ist die ganze Geschichte gar nicht wahr, doch hat sich immerhin eine ganz hübsche Legende um diesen Ort gerankt."

„Darf ich sie erfahren?"

„Wenn Sie wollen."

Er warf die Zigarre in das Wasserbecken und sah zu, wie sie davontrieb. Dann setzte er sich neben Charlotte auf die steinerne Einfassung des Brunnens.

„Vor ungefähr vierhundert Jahren lebte ein König namens Pedro. Er war kein schlechter König, wie es Herrscher sonst im allgemeinen sind, aber er war von einer unglückseligen Leidenschaft für schöne Frauen beherrscht. Ein junges Mädchen, dessen seltene Schönheit sein Interesse erregt hatte, wies ihn zurück. Von Zorn über ihren Widerstand erfüllt, verfolgte er sie sogar bis hinter die Klostermauern, und in einem verzweifelten Versuch, ihrem Schicksal zu entfliehen, goß das Mädchen kochendes Öl über ihr Gesicht und zerstörte jenen Liebreiz, der seine Begierde entfacht hatte. Von Reue erfüllt, ließ Pedro sie gesundpflegen und für sie diesen Garten anlegen, in dem einst ein maurischer Palast stand. Hier, so sagt die Legende, hat sie dann gelebt und den Mann zu lieben begonnen, der die Schuld an ihrem Unglück trug. Sie starb, als sie ein Kind von ihm erwartete."

„Das ist ja eine traurige Geschichte", murmelte Charlotte. „Aber vielleicht hat sie doch für kurze Zeit das Glück gefunden."

„Ja, mehr können wir wohl alle nicht erhoffen. Vielleicht war es auch am besten so. Pedro war wegen seiner Untreue berüchtigt.

Ich denke gern daran, daß es hier vollkommene Ruhe und Frieden gibt."

„Ich habe es auch gleich so empfunden. Wie ist der Garten übrigens in Ihren Besitz gelangt?"

„Pedro wurde von seinem Halbbruder ermordet, aber noch vorher hatte er diesen Besitz auf meine Vorfahren übertragen, die ihm in einem seiner vielen Kriege treu gedient hatten, und so gehört er seither uns."

„Es ist ein wunderschönes Fleckchen Erde."

„Ja, das finde ich auch. Und sogar in der ärgsten Sommerhitze kann man hier Schatten und Kühle genießen."

Sie ließ die Hand ins Wasser gleiten, bevor sie zögernd sagte: „Ich war überrascht, Gabriella hier zu sehen."

„Ich kenne sie schon seit vielen Jahren. Für gewöhnlich tanzt sie nicht in Privathäusern, aber meine Großmutter hat ihr mancherlei Gutes getan, und sie stattet sozusagen eine Schuld ab." Er lachte plötzlich. „Ich bin ganz unvermutet in ihre Darbietung mit einbezogen worden."

„Sie haben ausgezeichnet getanzt."

„Sie schmeicheln mir. Ich bin vollkommen aus der Übung. Es gab allerdings eine Zeit, in der ich mir, wie viele junge Männer, eine ganze Menge auf meine Tanzkunst einbildete. Aber das ist lange her. Gabriella weiß das. Sie hat etwas für schlechte Scherze über. Es hat ihr Spaß gemacht, mich in Verlegenheit zu bringen."

Mit ihm in diesem wunderbaren Garten allein zu sitzen, war ein zu gefährliches Vergnügen. Charlotte sagte daher: „Ich muß nun wieder zurückgehen. Lucy wird sich schon fragen, wo ich solange bin."

So erhob sie sich ein wenig zu hastig und wäre beinahe ausgeglitten, hätte Lorenzo sie nicht in seinen Armen aufgefangen und sie gestützt.

„Seien Sie vorsichtig. Sie wollen doch nicht im Brunnen bei den Fischen landen."

Und plötzlich, einer Eingebung folgend, für die er selbst keine Erklärung fand, zog er sie an sich und küßte sie. Regungslos verharrte sie in seinen Armen, als hätte sie Angst, ihre Gefühle preiszugeben, und doch fühlte er den sanften Druck des Einverständnisses, mit dem ihre Lippen den seinen begegneten. Als er sie freigab, sah sie, wie er lächelte und wie seine Augen im Licht des Mondes leuchteten.

„Ich warte“, sagte er. „Werden Sie mich jetzt nicht ins Gesicht schlagen?“

„Warum sollte ich das tun?“

„Ist das nicht die übliche Handlung, wenn die Tugend eines Mädchens verletzt wird?“ neckte er sie.

„Ich fühle mich nicht im mindesten verletzt, schon gar nicht hier in diesem Garten der Freude.“

„Und wenn ich sie noch einmal küßte?“ Seine Stimme war plötzlich rauh, und Charlotte erbebte.

„Ich weiß nicht . . .“

„Sie fordern mich heraus, es zu versuchen.“

„Nein, bitte . . .“

Er hatte ihre Hand ergriffen und Charlotte so heftig an sich gerissen, daß ihr keine Zeit zum Widerstand blieb. Sein Kuß, hart und fordernd und mit nichts vergleichbar, was sie je erfahren hatte, überwältigte sie beinahe, als plötzlich Stimmen und Gelächter zu vernehmen waren, und Lorenzo sie, die nun atemlos und verwirrt dastand, freigab.

„Wer war das?“ fragte er und stand ganz still, als die Geräusche näherkamen. „Das war doch Teresas Stimme.“

Rasch ging er auf das Tor zu und öffnete es. Charlotte folgte ihm und sah zwei eng umschlungene Gestalten, sah Teresas weißes Kleid und erkannte, daß die dunkle Gestalt, die sich hastig von dem Mädchen löste, Don Vicente war.

Lorenzo sagte eisig: „Ich kann mich nicht erinnern, diesen Herrn für heute Abend eingeladen zu haben.“

„Er ist aufgrund *meiner* Einladung hier“, gab Teresa rasch zurück.

„Tatsächlich. Dann wäre es allerdings besser gewesen, ihn nicht wie einen Bettler hier in der Dunkelheit herumschleichen zu lassen, sondern ihn ins Haus zu bitten.“

Die Verachtung in seiner Stimme war nicht zu überhören, und Teresa errötete vor Zorn.

„Das ist es auch, was ich gerade tun wollte. Komm, Vicente.“

Aber der Stierkämpfer hatte nicht die Absicht, Glanz und Gloriole in dieser vornehmen Gesellschaft aufs Spiel zu setzen. Damit würde er unweigerlich viel von seiner Anziehungskraft auf Teresa einbüßen, und auch den Reiz ihrer heimlichen Zusammenkünfte, die das junge Mädchen so sehr entzückten, würde verblassen.

„Es ist besser, wenn ich nicht mitkomme, Teresa", sagte er daher. „Ich werde jetzt gehen."

„Haben Sie Angst, daß Sie — bei Licht besehen — nicht mehr so viel Eindruck auf sie machen könnten?" fragte Lorenzo. „Es gefällt mir natürlich nicht besonders, daß Sie meine Schwester, ganz allein und noch dazu um Mitternacht, zu einem Stelldichein veranlassen. Sie finden ja wohl selbst den Weg durch den Garten, oder soll ich jemand von meinen Dienstboten bitten, Sie hinauszubegleiten?"

Vicente warf stolz den Kopf zurück. „Sie werden noch bereuen, was Sie da gesagt haben, Don Lorenzo", gab er in drohendem Ton zurück. „Eines Tages werden Sie vielleicht froh sein, mich in Ihr Castillo einladen zu dürfen." Er wandte sich an Teresa. *„Adios, cara mia."* Dann küßte er ihr die Hand und schritt munter den Weg hinab.

„Wie konntest du das nur tun, Lorenzo", fuhr Teresa wütend auf ihren Bruder los, „wie konntest du nur so gehässig sein?"

„Was soll ich getan haben? Er hat es so gewollt. Ich habe ihn doch sogar eingeladen, an unserem Fest teilzunehmen."

„Wobei du sehr wohl gewußt hast, daß er das ablehnen würde."

Seine Stimme wurde jetzt schärfer. „Wo hast du dich überall mit ihm getroffen, sag, Teresa? Was bedeutet dir dieser Mann?"

„Ich liebe ihn", schleuderte sie ihm entgegen. „Ich liebe ihn, daß du es nur weißt."

„So ein Unsinn. Wie kannst du nur einen solchen Menschen lieben?"

„Ich weiß genau, was du denkst. Du verachtest ihn, weil er ein Mann aus dem Volke ist, weil er sich aus ärmlichen Verhältnissen emporgearbeitet hat."

„Nein, nicht deshalb. Sondern weil er ein Aufschneider und Lügner ist, der dir nur nachläuft, weil du eine Merenda und meine Schwester bist. Weil er nur auf seinen Vorteil bedacht ist. Siehst du das denn nicht ein, du kleine Närrin?"

„Nein, das sehe ich absolut nicht ein. Er liebt mich, und ich liebe ihn. Weißt du überhaupt, was Liebe ist, Lorenzo? Eigentlich solltest du es wissen. Wie war denn das mit dir und Gabriella?"

„Sei still, Teresa", sagte er drohend.

„Ich will aber nicht still sein. Ich weiß, daß du mich haßt. Du willst nicht, daß ich glücklich bin, du verdirbst mir alles."

„Aber das ist doch nicht wahr. Hör mir zu, Teresa", sagte er sanfter. Er versuchte, ihre Hand zu ergreifen, aber sie riß sich heftig von ihm los.

„Ich will dir nicht länger zuhören. Ich weiß schon, wen ich deiner Meinung nach heiraten sollte, aber ich werde es nicht tun, ich werde es auf keinen Fall tun. Da würde ich mich lieber umbringen."

„Du gebärdest dich wie ein ungezogenes Kind", sagte er erbittert. Aber Teresa redete unbeirrt drauf los.

„Du glaubst wohl, daß du etwas Besseres bist als Roberto und ich, und doch hast du deine — deine Hure heute abend in unser Haus gebracht. Du hast sogar mit ihr vor aller Augen getanzt . . ."

In blindem Zorn versetzte er ihr plötzlich einen Schlag ins Gesicht, und sie stand, eine Hand an die Wange gepreßt, mit blitzenden Augen völlig entgeistert da.

„Das werde ich dir nie vergessen, nie, nie, nie!" und sie rannte davon, lief den Gartenweg hinunter, strauchelte in ihrer Hast und verschwand dann wie ein weißer Schmetterling im Dunkel der Bäume. Beschämt über das, was er getan hatte, stand ihr Bruder da und starrte ihr nach.

Charlotte wünschte sehnlichst, nicht Zeugin dieser Szene gewesen zu sein. Sie hätte sich gern unbemerkt davongestohlen, aber es gab nur einen Fluchtweg, und der führte an Lorenzo vorbei.

Nach einer Weile löste sich seine Erstarrung, und er wandte sich Charlotte zu. „Ich muß mich für meine Schwester und auch für mich entschuldigen. Unser Benehmen vor den Augen eines Gastes war unverzeihlich."

„Teresa ist ja völlig außer sich. Sollte ich ihr nicht nachlaufen?"

„Nein, lassen Sie sie lieber. Sie wird sicher bald wieder zur Vernunft kommen. Wir alle müssen das zuweilen. Kommen Sie! Ich glaube, es ist Zeit, ins Haus zurückzukehren."

Es war seltsam, nach solch einem heftigen Ausbruch leidenschaftlicher Gefühle in den Ballsaal zurückzukehren, wo das Orchester spielte, als ob nichts geschehen wäre, und die Tänzer immer noch fröhlich herumwirbelten.

Lucy saß bei Doña Gracia. Sie schaute auf, als sich Charlotte wieder zu ihnen gesellte.

„Wir haben uns schon den Kopf zerbrochen, was dir zugestoßen sein könnte. Du bist plötzlich verschwunden, nachdem Gabriella getanzt hat."

„Es ist mir hier drinnen zu heiß geworden. So habe ich einen kleinen Spaziergang gemacht und dabei den Nonnengarten entdeckt. Das ist wirklich ein wunderschönes Plätzchen."

„Roberto hat mir diesen Ort gleich bei unserem ersten Besuch im Castillo gezeigt. Es ist dort so wunderschön, daß ich mir wünschte, für immer dort leben zu können", sagte Lucy schwärmerisch.

„Das würde Ihnen aber bald langweilig werden, mein Kind. Und so mag es auch dem armen Mädchen ergangen sein, das dort einst seine zerstörte Schönheit vor der Welt verbergen mußte. Übrigens", fuhr Doña Gracia fort, „wo hat sich denn unsere Teresa versteckt? Einige unserer Gäste sind schon im Begriff aufzubrechen. Sie sollte eigentlich hier sein, um sich zu verabschieden und sich für die Geschenke zu bedanken."

„Ich glaube, ich habe sie vorhin ins Haus gehen sehen", sagte Charlotte vorsichtig.

„Da ist sie wahrscheinlich in ihr Zimmer hinaufgegangen. Ich werde sie durch einen Diener holen lassen."

Aber Teresa erschien nicht. Dafür kam Lorenzo und ließ sich neben seiner Großmutter nieder.

„Was hat denn unseren Korsaren so in Aufregung versetzt?" flüsterte Lucy voll Übermut. „Er macht ja ein Gesicht wie hundert Tage Regenwetter."

„Ich habe keine Ahnung."

„Aber Charlotte, tu doch nicht so, als ob du es nicht wüßtest. Ich hab dich doch mit ihm hereinkommen sehen. Ist es wieder wegen Teresa?"

„Ich sage dir doch, daß ich es nicht weiß. Ich bin nur ein paar Minuten mit ihm zusammengewesen."

Sie hatte nicht den Wunsch, über das, was vorgefallen war, zu sprechen. Es hatte sie zu sehr aus der Fassung gebracht. Nun waren jene kurzen zauberhaften Augenblicke im Nonnengarten durch Teresas Enthüllungen verdorben. Vielleicht hatte das Mädchen das alles nur so im Zorn gesagt, aber ein Körnchen Wahrheit mußte wohl in ihren Worten enthalten sein. Aber im Grunde betrafen sie doch Lorenzos Liebesaffairen keineswegs, sagte sie sich, und stellte doch zu ihrer Bestürzung fest, daß sie — sehr betroffen war.

Lucy redete immer noch.

„Die Marquésa hofft, sie bald mit einem jungen Mann, der sehr in sie verliebt ist, verheiraten zu können. Sein Name ist Enrique de Tajo — hast du ihn nicht gesehen? Er hat mit ihr getanzt."

Dies also hatte heute abend bei Teresas Widerspenstigkeit ihrem Bruder gegenüber eine Rolle gespielt. „Ich fürchte, dieses junge Mädchen verfolgt ihren eigenen Willen. Wenn man sie zu zwingen versucht, wird sie möglicherweise eine Dummheit machen."

„Ich glaube nicht, daß die Marquésa sie zwingen würde", sagte Lucy zweifelnd.

„Nein, aber Lorenzo könnte es tun und es dann sein Leben lang bereuen", murmelte Charlotte.

Es war vier Uhr morgens, als die Starrs in die Casa de Fuente zurückkehrten, und sie waren alle drei froh, endlich ins Bett sinken zu können. Nur Charlotte lag noch lange schlaflos da, und die Ereignisse der Nacht gingen ihr im Kopf herum. Immer noch glaubte sie, Lorenzos Küsse zu spüren. Er hatte Gefühle in ihr erweckt, wie sie sie noch nie empfunden hatte, nicht einmal in jener fernen Zeit, als sie noch glaubte, in Clive verliebt zu sein. Diese Empfindungen waren etwas ganz Neues; sie waren so zwingend, daß sie beinahe von Angst erfaßt wurde, nicht ahnend, daß zutiefst in ihr eine von ihrem Vater ererbte tiefe Leidenschaftlichkeit schlummerte, die auch ihn einst mit verzehrendem Verlangen und qualvollem Leid erfüllt hatte.

Schließlich schlief sie ein und erwachte, als jemand aufgeregt an ihre Tür pochte. Sie vernahm Juanitas Stimme und bemühte sich, die Benommenheit des Schlafes abzuschütteln. Schließlich richtete sie sich im Bett auf.

„Was ist los?" rief sie. „Was ist denn geschehen?"

„Es ist Don Roberto, Señorita. Er möchte Sie sprechen."

Juanita hatte die Tür geöffnet und stand nun im Raum, unverhohlene Neugier in den schwarzen Augen.

„Wie spät ist es denn?" fragte Charlotte und gähnte.

„Elf Uhr vorbei."

„Ist Señor Starr schon wach?"

„Er und die Señora schlafen noch. Señor Roberto hat ausdrücklich nach Ihnen verlangt."

„Gut. Sag ihm, daß ich gleich komme."

Juanita eilte geschäftig davon, und Charlotte, immer noch gähnend und ihre Glieder streckend, fand nur mühsam in ihren Morgenrock, benetzte das Gesicht mit Wasser, fuhr mit dem Kamm durchs Haar, schlüpfte mit nackten Füßen in ihre Hausschuhe und lief die Stiege hinab.

Roberto wandte sich um, als sie ins Wohnzimmer kam. Er trug eine Kniehose und Stiefel, und sein schweißnasses Gesicht ließ darauf schließen, daß er sehr rasch geritten war. „Entschuldigen Sie, daß ich Sie störe, aber ich mußte kommen. Teresa ist nicht zufällig bei Ihnen, oder doch?" fragte er voll Ungeduld.

„Nein. Warum sollte sie denn hier sein?"

„Es war nur eine Hoffnung." Er schwieg und rieb sich nervös das Gesicht. Dann fuhr er fort: „Sie ist nämlich verschwunden."

„Verschwunden? Wie meinen Sie das?"

„Teresa war heute früh nicht in ihrem Zimmer, und ihr Bett war unberührt; aber das haben wir erst nach zehn Uhr erfahren. Das Hausmädchen dachte, sie schliefe noch, weil sie nicht nach ihr geläutet hatte. Eines der Pferde fehlt aus dem Stall, und wir nehmen an, daß sie einen Koffer gepackt und mitgenommen hat. Anscheinend haben sie und Lorenzo in der vergangenen Nacht Streit miteinander gehabt. Er nimmt an, daß sie Hals über Kopf zu Freunden geritten sein könnte. Das würde ihr nämlich ähnlich sehen. Er hat überall herumfragen lassen und ist sogar selbst auf die Suche nach ihr gegangen. Ich dachte, sie könnte zu Ihnen geflüchtet sein oder Ihnen zumindest erzählt haben, was sie zu tun gedenke. Ich weiß, wie sehr sie Sie bewundert."

„Wann hat sie das Haus verlassen, Roberto?" fragte sie.

„Wir wissen es nicht genau. Lorenzo war ärgerlich, weil sie nicht erschien, als sich die Gäste verabschiedeten. Später ging er dann zu ihrem Zimmer hinauf, aber sie ließ ihn nicht ein und sprach nur durch die geschlossene Tür mit ihm. Das ist alles, was wir wissen. Die Burschen und Männer in den Stallungen schliefen heute etwas länger und hörten nicht, wie Teresa die Stute herausgeführt und gesattelt hat."

„Sie hat mir nichts von ihrem Vorhaben erzählt, Roberto. Aber ich weiß, daß es bei dem Streit mit Lorenzo gestern nacht im Garten um eine heimliche Zusammenkunft mit Don Vicente ging."

„*Madre de Dios*", sagte Roberto erregt. „Wenn Lorenzo auf den Gedanken kommt, daß sie zu Vicente gegangen ist, wird er sie beide töten."

„Da übertreiben Sie sicher."

„Sie kennen ihn nicht, Charlotte. Die Familienehre geht ihm über alles. Ich muß jetzt gehen. Ich muß sie unbedingt vor ihm finden. Es gibt ein paar Leute hier in Sevilla, bei denen ich nachfragen kann, zum Beispiel ist da ein Mädchen, mit dem sie in der Klosterschule befreundet war. Wenn Sie etwas von ihr hören sollten, was immer es sei, benachrichtigen Sie uns bitte."

„Ja, natürlich. Ich wollte, ich könnte mehr für Sie tun."

Er ging rasch davon, und einen Augenblick später kam Juanita mit einem Tablett herein. Sie hatte gelernt, Tee auf englische Art zuzubereiten, und war stolz auf ihr Können.

„Sie werden das brauchen, Señorita." Sie stellte das Tablett auf dem Tisch ab. „Diese Doña Teresa ist eine ganz wilde Person, da können Sie sich drauf verlassen. Der Marqués sollte sie übers Knie legen. Das hätte mein Vater mit mir gemacht."

„Das kann schon sein, aber Don Lorenzo ist nicht ihr Vater, sondern ihr Bruder", sagte Charlotte trocken. „Aber reden Sie bitte nicht auf dem Markt über diese Sache, Juanita. Es handelt sich sicher nur um einen dummen, kindischen Streich."

„Aber Señorita! So was mache ich doch nicht. Nicht ein Wort werde ich verraten. Ich weiß schon, wann ich den Mund zu halten habe."

Charlotte hätte gern daran geglaubt, hatte aber doch ihre Zweifel, da sie wußte, wie gern Juanita dem Tratsch frönte. Sie nahm das Tablett und trug es in ihr Zimmer hinauf, wo sie sich hastig ankleidete und nebenbei ihren Tee trank.

Lucy und Clive nahmen die Sache auf die leichte Schulter, als Charlotte ihnen erzählte, was vorgefallen war.

„Das ist natürlich ein dummer Streich, aber die Kleine möchte wahrscheinlich ihrem neunmalklugen Bruderherz einen heilsamen Schrecken einjagen", sagte Clive. „Sie wird wahrscheinlich im richtigen Moment wieder zu Hause aufkreuzen, und alle werden ihr um den Hals fallen und dankbar dafür sein, daß ihr nichts weiter passiert ist."

Charlotte wünschte, ihm Glauben schenken zu können, aber ihr Cousin hatte nicht jene bitteren Worte gehört oder den verzweiflungsvollen Ausdruck in Teresas Gesicht gesehen. Mit achtzehn kann man sich einbilden, leidenschaftlich verliebt zu sein, und alles, was sich dieser Liebe entgegenstellt, wird als grausam empfunden und wird zum weltbewegenden Problem. Falls sie wirklich zu Vicente gelaufen sein sollte, was würde dieser tun? Die Familie unter Druck setzen, damit der gute Ruf des Mädchens gewahrt bleibe? Sie glaubte nicht, daß Lorenzo irgendeiner Drohung nachgeben werde.

Der Tag floß träge dahin, ohne daß die Starrs irgendeine Nachricht über Teresa erhalten hätten. Es war sehr warm geworden, und Lucy, die nach der langen Ballnacht müde war, hielt in einem abgedunkelten Raum ihr Nachmittagsschläfchen. Charlotte war zu unruhig, um ihrem Beispiel zu folgen. Sie nahm ein Buch zur Hand, aber schon nach kurzer Zeit legte sie es wieder weg. Von Unruhe getrieben, holte sie ihren Sonnenhut und trat auf die Straße hinaus. Vollkommene Stille herrschte in Sevilla. Sogar die Händler auf dem Markt waren an ihren Verkaufsständen neben ihren Blumen und Früchten eingenickt. Am darauffolgenden Tag sollte eine *Corrida,* die letzte in dieser Saison, stattfinden. Überall, wo Charlotte hinsah, leuchteten ihr riesige grelle Plakate mit den groben Umrissen von Vicentes hübschem Gesicht entgegen. Sie ging zum Fluß hinab und setzte sich auf eine Bank im Schatten eines Baumes, wo sie über Teresa und über ihre eigenen zwiespältigen Gefühle Lorenzo gegenüber nachsann, bis sie schließlich von Hitze und Schläfrigkeit übermannt wurde. Sie schreckte aus ihrem kurzen Dahindösen auf, als sie von einem Sonnenschirm sanft in die Rippen gestoßen wurde. Sie blickte rasch auf und sah Sybilla an der Seite von Don Vicente.

„Sie haben so hold gelächelt. Sicher haben Sie etwas Schönes geträumt", sagte das Mädchen heiter.

„Eigentlich nichts Besonderes!"

Charlotte rappelte sich auf. Die Begegnung berührte sie peinlich, und doch fühlte sie sich irgendwie erleichtert. Wenn Vicente und Sybilla zusammen herumzogen, konnte Teresa nicht bei ihm sein. Aber der durchdringende Blick, mit dem Vicente sie ansah, war doch eigenartig.

„Verzeihen Sie, meine Damen, wenn ich Sie verlasse", sagte er schroff, ganz im Gegensatz zu seiner sonstigen liebenswürdigen Art. „Wie Sie wissen, muß ich morgen kämpfen, und da sind noch einige Vorbereitungen zu treffen."

Er verbeugte sich vor Charlotte und Sybilla und eilte fort, als sei er froh, entkommen zu können.

Sybilla hakte sich bei Charlotte ein, und sie gingen zusammen den Weg entlang. „Es kursiert ein Gerücht, daß die kleine Merenda sich Vicente an den Hals geworfen hat. Der Arme ist mit seiner Weisheit am Ende und weiß nicht, was er tun soll", sagte das Mädchen.

„Wie bei den meisten Gerüchten, wird auch bei diesem sicher nicht viel Wahres daran sein", gab sie kühl zurück. Sie wollte Sybilla nicht die Genugtuung geben, zu hören, daß Teresa davongelaufen war. „Ich kann mir nicht vorstellen, daß eine Tochter aus dem Castillo de Palomas es notwendig hat, sich irgend jemandem an den Hals zu werfen. Es wird wahrscheinlich eher umgekehrt sein. Wo haben Sie denn das gehört?"

Sybilla zuckte die Achseln. „Da und dort. Vicente hat es übrigens selbst gesagt."

„Wirklich? Spricht denn ein Gentleman über solche Dinge?"

„Aber Charlotte, ist das nicht ein bißchen altmodisch?"

„Zufällig denke ich nicht so." Sie blickte Sybilla, die errötet war, voll ins Gesicht. „Finden Sie Vicente attraktiv?" fragte sie geradeheraus.

„Mein Gott, was für eine Frage!" Sybilla wirbelte ihren Sonnenschirm verspielt herum. „Ich glaube schon — in gewisser Weise. Ich mag Männer mit einem Anflug von Grausamkeit."

„Und Sie glauben, daß Vicente so ist?"

„Oh ja, gewiß. Haben Sie das nicht selbst festgestellt, als Sie ihn beim Stierkampf beobachten konnten?"

„Leider habe ich dazu viel zu oft weggeschaut."

Sybilla blickte sie neugierig an. „Ich verstehe Sie nicht, Charlotte. Sie sehen so unabhängig aus. Haben Sie nicht auch manchmal den Wunsch, daß irgend etwas passieren möge?"

„Was zum Beispiel?"

„Ach, ich weiß nicht. Etwas Aufregendes und Gefährliches, in dem Sie eine bestimmte Rolle spielen. Es müßte sein, als ob man ein Feuer anzündete und zusähe, wie es brennt, ohne sich darum zu kümmern, was es zerstören könnte."

„Das hört sich aber ziemlich verantwortungslos an."

„Ja, ich glaube, das bin ich manchmal. Jedenfalls behauptet das mein Papa."

Die beiden hatten mittlerweile die Casa de Fuente erreicht, und Charlotte sagte: „Wollen Sie nicht mit hineinkommen und mit uns eine Tasse Tee trinken?" Im stillen hoffte sie aber, daß Sybilla ablehnen möge.

„Vielen Dank, aber das geht leider nicht. Wir haben heute abend Gäste, und Mutter möchte, daß ich dabei bin. Es wird ohnedies eine langweilige Angelegenheit werden."

Charlotte sah ihr nach, wie sie wegging, schlank, anmutig und so selbstsicher, daß sie sie beinahe beneidet hätte. Wenn Sybilla so eine Meinung von den Männern hatte, war es verwunderlich, daß sie sich so sehr um Clive bemüht hatte, es sei denn, daß dessen ausgesuchte Eleganz einen reizvollen Kontrast zu Vicentes augenfälligen Vorzügen für sie bildete. Vielleicht liebte Sybilla das Beste aus diesen beiden verschiedenen Welten, aber Charlotte war der Meinung, daß das Mädchen ein sehr gefährliches Spiel trieb. Sie seufzte und trat ins Haus, wo sie Lucy vorfand. Clive war ausgegangen, und von Teresa gab es leider noch immer keine Nachricht.

„Er ist zu einer Kartenrunde eingeladen worden", sagte Lucy. „Er wird die halbe Nacht spielen, nehme ich an. Ich glaube, ich werde früh zu Bett gehen. Ich bin noch von gestern müde."

War es wirklich die Kartenrunde bei Mr. Robinson oder war es etwas Ernsteres, vielleicht eine jener politischen Zusammenkünfte, von denen Lorenzo gesprochen hatte? Charlotte hätte gern die Wahrheit gewußt.

Schließlich zogen sich die beiden jungen Frauen kurz nach zehn Uhr zurück, aber Charlotte schlief nicht gleich ein. Sie saß im Bett und las, und es mochte bereits Mitternacht vorbei sein, als sie ein seltsames Geräusch hörte. Es war, als weinte jemand, hörte sich an wie die schluchzenden Atemzüge eines Kindes, das bis zur völligen Erschöpfung geweint hatte. Einen Herzschlag lang dachte sie erschrocken, es könne Lucy sein. Doch dann bemerkte sie, daß das Geräusch von draußen zu ihr hereindrang. Sie stieg aus dem Bett, machte die Fensterflügel weit auf und blickte hinaus. Unter ihr reichte die Hausmauer direkt zum Eingangstor hinab, und sie glaubte, eine Gestalt erkennen zu können, die gegen das Tor gelehnt stand. Wieder vernahm sie jenes tiefe Aufschluchzen und beugte sich weiter hinaus.

„Wer ist da?" rief sie leise. „Was wünschen Sie denn?"

Der helle Schimmer eines Gesichtes wurde sichtbar.

„Charlotte", flüsterte eine Stimme. „Sind Sie es, Charlotte?"

„Teresa! Warten Sie", flüsterte sie zurück. „Warten Sie einen Augenblick. Ich komme gleich hinunter."

Sie nahm einen Schal um und eilte die Stufen hinab. Die Riegel waren schwer, aber es gelang ihr, sie geräuschlos zurückzuschieben und das Tor zu öffnen. Teresa stand draußen. Im schwachen Mondlicht konnte Charlotte erkennen, daß ihr das Haar offen über die Schultern hing und daß ihr Reitkleid durchnäßt und verschmutzt war.

„Um Gottes willen, Mädchen, was haben Sie denn angestellt?"

„Darf ich hereinkommen?" fragte Teresa kläglich und taumelte einen Schritt vorwärts. Sie war dem Zusammenbruch nahe, und Charlotte legte einen Arm um sie und stützte sie.

„Kommen Sie hier entlang. Was haben Sie denn mit Ihrem Pferd gemacht?"

„Ich habe es in Ihren Hof zu den Ställen geführt. Dort habe ich Licht gesehen."

„Kommen Sie herein." Charlotte zog Teresa in den Flur, schloß das Tor und führte das Mädchen in das Wohnzimmer.

„Warten Sie einen Augenblick. Ich werde ein Licht holen."

Im Kerzenlicht sah sie, daß Teresas Reitkleid fast bis zur Taille von Wasser durchtränkt und über und über mit Schmutz und grünem Schlamm bedeckt war.

„Was, um Himmels willen, ist Ihnen denn zugestoßen?"

„Ich wollte mich ertränken", flüsterte Teresa mit rauher Stimme. „Ich ging in den Fluß hinein, aber im letzten Moment war ich zu feig. Ich konnte es nicht tun. Es war so dunkel und roch so entsetzlich." Es schauderte sie, und es schien, als wollte sie sich in sich selbst verkriechen. „Außerdem konnte ich doch nicht auch Bianca ertränken, nicht wahr? Das wäre nicht fair gewesen. Das Tier hatte doch keine Schuld."

„Oh Teresa!" Charlotte war entsetzt bei dem Gedanken an das, was das Mädchen zu einer so verzweifelten Handlung getrieben haben mußte. „Kommen Sie mit mir hinauf", sagte sie aufmunternd. „Sie müssen vor allem einmal diese nassen Kleider ausziehen."

„Sie sind mir doch nicht böse, weil ich gekommen bin? Ich wußte nicht, wohin ich gehen sollte!"

„Natürlich bin ich nicht böse. Zuerst einmal das Wichtigste! Nachher können Sie mir erzählen, was geschehen ist."

Sie nahm Teresa mit in ihr Schlafzimmer, half ihr beim Auskleiden und steckte sie in eines ihrer eigenen Nachthemden. Dann sah sie, daß Teresa trotz der warmen Nacht von einem Schüttelfrost erfaßt wurde.

„Nun aber ins Bett", sagte sie. „Haben Sie etwas gegessen?"

„Nein, ich glaube nicht. Jedenfalls nicht, seitdem ich vom Castillo weggeritten bin."

„Ich werde Ihnen etwas Heißes zu trinken bringen."

Sie ging leise in die Küche hinunter, fand noch einen Rest der Schokolade, die sie und Lucy am Abend getrunken hatten, wärmte sie über dem noch glosenden Feuer auf und brachte das Getränk mit ein paar Keksen zu Teresa hinauf.

„So, da, trinken Sie."

„Ich möchte aber überhaupt nichts trinken."

„So seien Sie doch vernünftig! Sie haben beschlossen, sich nicht zu ertränken; also gibt es keinen Grund, jetzt zu verhungern."

Teresa brachte ein mattes Lächeln zustande. „Nein, eigentlich nicht."

Charlotte sah zu ihrer Freude, daß das Mädchen nach dem ersten Schluck schließlich die Tasse leertrank und an einem der Kekse zu knabbern begann.

„So ist es schon besser. Möchten Sie mir jetzt etwas über die Sache erzählen, oder möchten Sie lieber bis zum Morgen damit warten? Ich muß Tomás, sobald es hell wird, zum Castillo schikken."

„Nein!" Teresa ließ den Keks fallen und umklammerte Charlottes Arm. „Nein! Ich gehe nicht zurück. Lorenzo wird mich umbringen."

„Unsinn. Er wird nichts dergleichen tun."

„Er wird es tun, wenn er erfährt, was ich Schreckliches angestellt habe!"

„Das werden wir noch sehen. Aber da ist ja noch Ihre Großmutter. Wir müssen auch an sie denken. Sie wird vor Angst außer sich sein."

„Ja, ich weiß", murmelte Teresa unglücklich.

Charlotte ergriff die Hand des Mädchens. „Erzählen Sie doch", sagte sie sanft; „was haben Sie denn so Entsetzliches getan?"

Teresa schwieg eine Weile und zerrte nervös am Leintuch. „Ich bin zu Vicente gegangen. Wissen Sie, ich habe geglaubt, daß er mich so liebt wie ich ihn. Ich dachte, es würde wunderbar sein — wir würden es gemeinsam durchstehen — Lorenzo und der ganzen Welt zum Trotz."

„Und weiter", drängte Charlotte. „Was geschah dann?"

„Sie wissen doch, wo er wohnt. Er hat eine Wohnung in Triana, nicht weit vom Café Diablo entfernt. Es war ungefähr sieben Uhr früh, als ich dort ankam — es war sicher verrückt von mir, aber ich hatte nicht die Geduld zu warten. Hätte ich es getan, hätte ich vielleicht später nicht mehr den Mut dazu gefunden, mit Vicente zu sprechen. Er war noch im Bett. Ich ließ ihn durch seinen Diener benachrichtigen, und er kam zu mir heraus." Sie starrte mit trübem Blick vor sich hin. „Er hat sich gar nicht gefreut, Charlotte! Er war ärgerlich, weil ich gekommen war. Er sagte, ich solle wieder gehen. Er würde seine ganze Kraft für die *Corrida* brauchen und — und ich sei nur eine Last für ihn." Sie schluchzte auf. „Aber das war nicht das Schlimmste. Jemand rief plötzlich von drinnen nach ihm — es war die Stimme einer Frau —, und da wußte ich, warum er mich los sein wollte. Sie mußte schon am Abend zuvor bei ihm gewesen sein — wahrscheinlich war er in der vergangenen Nacht direkt von mir zu ihr gegangen. Lorenzo hat recht gehabt. Vicente hat mich überhaupt nicht geliebt — er hat es mir nur vorgespielt . . ." Sie wandte sich ab, vergrub ihren Kopf in den Kissen und wurde von heftigem Schluchzen geschüttelt.

Charlotte sagte nichts und wartete, bis die Erschütterung nachgelassen hatte. Erst nach einer Weile, als sich Teresa wieder etwas gefaßt hatte, sagte sie ruhig: „Wer war denn jene Frau? Haben Sie sie erkannt?"

„Nein, aber es war keine Spanierin."

Charlotte fragte sich, ob es vielleicht Sybilla gewesen sein konnte. Wenn es so war, dann konnte Clive ihr leid tun. Aber jetzt war keine Zeit, daran zu denken.

„Hat Sie jemand dort gesehen? Sind Sie erkannt worden?"

„Das weiß ich nicht. Es standen einige Männer dort herum — Anhänger von Vicente. Einer von ihnen hat gelacht, als ich herauskam. Ich fühlte mich so erniedrigt, daß ich am liebsten gestorben wäre."

„Warum sind Sie nicht zum Castillo zurückgeritten?"

„Das konnte ich nicht", sagte Teresa heftig. „Ich hätte es nicht ertragen, Lorenzo sagen zu hören: ‚Ich hab es ja gleich gewußt!' Es war so entsetzlich. So bin ich auf Bianca in die Berge geritten. Ich erinnere mich nicht, wo ich war oder was ich tat. Ich weiß nur, daß ich schließlich an den Fluß gelangte. Niemand würde sich darum gekümmert haben, wenn ich mir das Leben genommen hätte. Aber dann hatte ich doch nicht den Mut dazu." Sie verschränkte nervös ihre Finger ineinander. „Was soll ich jetzt tun, Charlotte, was soll ich nur tun?"

„Jetzt ruhen Sie sich erst einmal aus", sagte Charlotte beruhigend. „Wir werden morgen früh darüber nachdenken. Versuchen Sie zu schlafen."

„Aber Sie gehen nicht weg? Bitte lassen Sie mich nicht allein."

„Nein, nein, ich gehe nicht fort."

Charlotte zögerte, dann blies sie die Kerze aus und schlüpfte gleichfalls ins Bett. Sie spürte, wie der verkrampfte Körper des Mädchens an ihrer Seite zitterte, so daß sie nach einer Weile den Arm um Teresas Schultern legte und sie an sich zog, als beruhige sie ein Kind. Nach längerer Zeit gewann die Erschöpfung die Oberhand, und Teresa schlief ein, während Charlotte immer noch wach dalag und darüber nachdachte, wie sie Lorenzos Zorn begegnen und ihn mit den eigenwilligen Torheiten seiner Schwester aussöhnen konnte.

Sie blieb nicht lange im Zweifel darüber. Sie stand früh auf und ließ Teresa noch schlafen, sandte Tomás mit einer Nachricht ins Castillo und erzählte Lucy und Clive beim Frühstück von dem ungebetenen Gast, der sich oben im Zimmer befand.

„Du lieber Himmel!" rief Clive aus. „Was für eine Närrin muß dieses Mädchen sein, sich einem Kerl wie Vicente anzuvertrauen!"

„Wenn man so alt ist wie Teresa und sich verliebt, denkt man nicht immer vernünftig", sagte Lucy. „Man glaubt, daß der Mann, den man liebt, ein Ausbund an Tugend sei. Und es ist dann eine grausame Entdeckung, wenn man plötzlich feststellt, daß er mit Elefantenbeinen herumtrampelt."

Clive sah einen Augenblick sehr betroffen drein und zuckte dann die Achseln.

„Lorenzo wird wütend sein, das ist sicher", sagte er. „Aber ich werde mich da heraushalten. Ich werde es euch zwei Mädchen überlassen, mit ihm fertigzuwerden. Gottlob ist *er* für seine Schwester verantwortlich und nicht wir."

„Du weißt, daß er vollkommen recht hat", sagte Lucy, als Clive das Haus verlassen hatte. „Teresa muß das selbst mit ihrem Bruder abmachen."

„Ja, ich weiß schon", gab Charlotte zurück. Trotzdem hatte sie ihre Zweifel und konnte sich auch eines Gefühls der Sympathie für Teresa nicht erwehren. Juanita hatte inzwischen das schmutzige Reitkleid gereinigt und getrocknet, und Charlotte trug es zu Teresa hinauf und brachte ihr auch auf einem Tablett Kaffee, einige frische Semmeln und Früchte.

Jene stand im Nachthemd am Fenster und sah blaß, aber immer noch trotzig aus.

„Ist Lorenzo schon hier?"

„Nein."

„Sie wissen, was er tun wird, falls sich nur die leiseste Andeutung eines Skandals abzeichnet. Er wird mich ins Kloster zurückschicken und mich dort für den Rest meines Lebens einsperren lassen. Eines der Mädchen in der Schule war mit einem Mann durchgebrannt, und ihre Familie hatte sie dann gezwungen, Nonne zu werden. Aber ich werde nicht ins Kloster gehen, das können Sie mir glauben. Ich werde dort nicht hingehen, was immer er auch mit mir tut."

„Lorenzo würde niemals so grausam sein. Warum fürchten Sie sich so vor Ihrem Bruder, Teresa?"

„Er haßt mich doch, er hat mich immer schon gehaßt. Er wird froh sein, jetzt einen Grund zu haben, mich los zu werden."

„Das kann ich nicht glauben. Warum sollte er Sie so sehr hassen?"

„Ich weiß es nicht", sagte Teresa düster. „Er ist schon immer so gewesen. Ich glaube, es hängt mit etwas zusammen, was sich vor meiner Geburt zugetragen hat."

„Jetzt trinken Sie erst einmal Ihren Kaffee und essen Sie etwas. Wenn er kommt, werde ich zuerst mit ihm reden."

Teresa warf ihr einen raschen Blick zu. „Das ist lieb von Ihnen, aber es wird nichts ändern."

Trotz all ihrer tapferen Worte fühlte Charlotte, wie ihr die Knie zu zittern begonnen, als sie hörte, wie ein Reiter die enge Straße heruntersprengte. Sie sah, wie Jaime die ihm zugeworfenen Zügel auffing, und nahm alle Kraft zusammen, um Lorenzo, der ins Wohnzimmer gestürmt kam, entgegentreten zu können.

„Wo ist sie?" fragte er heftig. „Wo ist Teresa?"

Charlotte zwang sich, ruhig zu sprechen. „Sie ist oben."

„Holen Sie sie bitte herunter."

Sein herrischer Ton ließ alle ihre Kräfte wach werden. „Einen Augenblick noch. Ich würde noch gern vorher mit Ihnen sprechen."

„Zweifellos meinen Sie es gut, aber die Sache hat nichts mit Ihnen zu tun, sondern betrifft nur meine Schwester und mich", sagte er unnachgiebig.

„Vielleicht sieht ein Außenstehender die Dinge etwas klarer", sagte Charlotte beharrlich. „Teresa hat große Angst vor Ihnen. Sie glaubt, daß Sie sie hassen."

„Das ist doch vollkommener Unsinn. Warum sollte ich sie hassen? Aber wenn sie von daheim wegläuft und sich in die Arme eines Mannes wie Vicente wirft, was kann sie dann von mir erwarten? Doña Gracia ist krank vor Angst, das ganze Haus spricht davon — *meine* Schwester läuft einem Stierkämpfer nach! Das ist der größte Skandal seit Jahren", fuhr er wütend fort.

„Vielleicht ist die Angelegenheit nicht ganz so schlimm, wie Sie denken."

Er wandte sich ihr ärgerlich zu. „Was meinen Sie damit? Wollen Sie mir einreden, daß sie nicht bei Vicente war?"

„Nein, das nicht. Aber sie hat jedenfalls nicht in seinen Armen gelegen. Ich glaube kaum, daß sie länger als eine halbe Stunde bei ihm war."

„Das hat sie Ihnen erzählt, nehme ich an, und Sie haben es ihr geglaubt", sagte er verächtlich.

„Ich hatte keinen Grund, daran zu zweifeln. Es war Mitternacht, als sie zu mir kam, völlig erschöpft, bis zur Verzweiflung unglücklich und durch und durch naß, weil sie versucht hatte, sich zu ertränken."

Er erschrak. „War er ihrer so schnell überdrüssig? Hat es nur einen Tag gebraucht, sie zu nehmen und wieder zu verstoßen?"

„Sie hat den Tag nicht bei ihm zugebracht."

„Nun, und warum ist sie nicht ins Castillo zurückgekommen?"

„Hauptsächlich Ihretwegen."

„Meinetwegen? Was, zum Teufel, meinen Sie damit?"

Sie holte tief Atem. „Wenn Sie nur ein paar Minuten ruhig sein könnten und mich erzählen ließen, was wirklich geschah, vielleicht würden Sie dann alles besser verstehen."

Er starrte sie einen Augenblick lang an und sagte dann unvermittelt: „Also gut. Fahren Sie fort. Ich höre."

Er trat ans Fenster und stand mit dem Rücken zu ihr da. Ein wenig zögernd erzählte sie ihm die kurze, traurige Geschichte von Enttäuschung und Hoffnungslosigkeit, die ihr Teresa erzählt hatte.

„Und Sie sind sicher, daß es tatsächlich so war?" fragte er nachdenklich, als sie geendet hatte.

„Ja, ich bin ganz sicher. Teresa war zu verzweifelt, als daß sie lügen konnte. Außerdem hatte ich selbst Vicente am Nachmittag in anderer Gesellschaft gesehen."

Er sah sie neugierig an. „Warum bringen Sie meiner verrückten kleinen Schwester so viel Sympathie entgegen?"

„Tue ich das? Ich habe geglaubt, daß ich nur das nötige Verständnis für den Vorfall aufgebracht hätte."

„Oh nein, es ist mehr als das. Ist es deshalb, weil auch Sie ähnlichen Kummer erfahren haben?"

„Wie kommen Sie darauf?"

Er ging auf sie zu, streckte die Hand nach ihr aus und drehte ihr Gesicht zu sich.

„War es Ihr Cousin, der Ihre Liebe besaß?"

„Sie haben kein Recht, mich so etwas zu fragen!"

„Nein, vielleicht nicht. Aber das hindert mich nicht, ihn für einen großen Dummkopf zu halten, der eine so kostbare Perle verschmäht hat."

Sie starrte ihn an, während ihr die Röte ins Gesicht schoß und sie völlig unfähig war, eine passende Antwort zu finden.

Einen Moment lang blickte er ihr fest in die Augen, dann sagte er schroff: „Würden Sie jetzt Teresa bitten, zu mir herunterzukommen? Sie hat Ihre Gastfreundschaft lange genug in Anspruch genommen."

„Werden Sie nicht . . ."

„Bei Gott, bin ich denn ein Unmensch?" sagte er ungeduldig. „Ich werde sie weder schlagen noch bei Wasser und Brot einsperren noch sie ins Kloster zurückschicken, was sie so sehr befürchtet. Ich werde sie nicht einmal zwingen, Enrique de Tajo zu heiraten — ich habe viel zu viel Achtung vor ihm! Ihre Großmutter und ich werden uns etwas anderes einfallen lassen."

Sie war nicht ganz sicher, aber sie hatte das Gefühl, die Schlacht gewonnen zu haben. Der Ärger war aus seinen Augen verschwunden, und das finstere Gesicht drückte die Andeutung eines Lächelns aus. Sie ging hinaus und eilte die Treppe hinauf, wo ihr Teresa auf halbem Weg entgegenkam.

„Ich hatte ein schlechtes Gewissen", flüsterte das Mädchen, „weil ich Sie mit ihm allein gelassen habe. Ich kann mich ja nicht für ewig versteckt halten."

„Er wartet auf Sie, Teresa."

Sie kamen gemeinsam die Treppe herab, und sie sah, wie das Mädchen in der Türöffnung zögerte. Da streckte ihr Lorenzo die Hand entgegen.

„Was hab ich da alles über dich hören müssen, Kleines", sagte er, aber sein Ton war sanft.

„Lorenzo", preßte sie hervor, lief dann durch das Zimmer und warf sich in seine Arme.

Erleichtert schloß Charlotte die Tür und zog sich in den Garten zurück. Jetzt, als alles vorbei war, fühlte sie sich ziemlich mitgenommen.

„Was war los?" fragte Lucy. „Hat er sie verschlungen?"

„Nicht ganz", lachte Charlotte. „Ich glaube, es wird wieder alles gut."

Ein paar Minuten später kamen die beiden, um sich zu verabschieden. Teresa war verweint, aber Lorenzo hatte den Arm um sie gelegt. Jaime brachte die Pferde, und Charlotte sah ihnen nach, wie sie zusammen davonritten.

„So, das wäre durchgestanden", sagte Lucy erleichtert.

Aber es war noch nicht ganz durchgestanden, obwohl Charlotte erst später davon erfuhr. Lorenzo brachte seine Schwester ins Castillo zurück, ließ sie in Doña Gracias Obhut und ritt sofort nach Sevilla zurück. Es war noch verhältnismäßig früh, und Vicente, der an diesem Nachmittag zum Stierkampf antreten mußte, war noch nicht zur Arena gegangen.

Lorenzo begab sich zu Vicentes Wohnung in Triana. Er warf die Zügel seines Pferdes einem der Bengel zu, die auf der Straße herumlungerten. Dann bahnte er sich — die Reitpeitsche in der Hand — seinen Weg durch die Leute, die vor dem Haus standen, indem er sie rücksichtslos zur Seite drängte. Er riß die Tür zu jenem Raum auf, in dem Vicente sich gerade ankleidete, und zog sie hinter sich wieder zu.

Was dort geschah oder was er sagte, wußte niemand genau. Er kam kurz darauf wieder heraus, nahm sein Pferd, warf dem Gassenbuben ein paar Münzen hin und ritt davon. Vicente führte an jenem Nachmittag wie gewöhnlich die Einzugsprozession in der Arena an. Aber zum ersten Mal in seiner Karriere geschah es, daß es ihm mißlang, den Stier mit einem einzigen Stich zu töten. Die Menge, die ebenso rasch verdammt, wie sie Beifall spendet, pfiff ihn unbarmherzig aus, selbst dann noch, als ihn der Stier zu Boden geworfen hatte und ihn beinahe aufspießte.

Ein mörderischer Zorn wütete in dem Stierkämpfer. Sein Stolz, sein Selbstvertrauen waren zutiefst verletzt worden, und als er an diesem Abend im Café saß und in düsterer Stimmung ein Glas nach dem anderen trank und über die Demütigung nachsann, die ihm zuteil geworden war, kam ein Mann heimlich zur Tür herein, ging auf ihn zu und setzte sich unauffällig auf den Platz neben ihm.

José Roméro war ein überzeugender Redner, und Vicente hörte verdrossen zu. Er interessierte sich im Grunde weder für Don Carlos noch für dessen Sache, ja nicht einmal für die Zukunft seines Landes, soferne sie nicht seine Angelegenheiten betraf. Aber er wartete sehnlichst auf eine Gelegenheit, sich an dem überheblichen und allmächtigen Marqués de Merenda zu rächen, der seine ehrgeizigen Pläne erfolgreich durchkreuzt hatte. Und jetzt war diese Gelegenheit gekommen. Die beiden Männer verließen Arm in Arm das Café.

## 8

Der Juni war mit goldenem Sonnenschein und glühender Hitze ins Land gezogen, aber Charlotte liebte diese Zeit. Sie hatte sich niemals so wohl und so quicklebendig gefühlt wie jetzt. Die Sonne hatte ihrer sonst eher bleichen Haut einen blühenden Teint verliehen und dem Haar einen tiefen rotgoldenen Schimmer. Eines Morgens saß sie im Patio und genoß das herbe Aroma des Zitronenbaumes und das Plätschern des kühlen Wassers, dessen Strahl in dem kleinen Springbrunnen aufstieg und sich in das Bekken ergoß. Sie nähte an einem neuen Kleid aus dünnem, weißen Baumwollmaterial, das ein grünes Blattmuster zeigte. Sie hielt die Näharbeit gerade kritisch in die Höhe, um den Fall der Volants zu begutachten, als Lucy aus dem Haus trat.

„Wie hübsch ist dieser Stoff und wie frisch im Farbton", bemerkte sie. „Es wird dir gut stehen, Charlie."

„Glaubst du wirklich? Ich habe schon gefürchtet, daß es zu jungmädchenhaft für mich ist."

„Was für ein Unsinn! Schließlich bist du ja keine alte Ehefrau wie ich", und Lucy sank tief aufseufzend in einen der Stühle.

Charlotte sah sie besorgt an. Die spanische Sonne, die sie selbst so angenehm empfand, tat Lucy nicht gut. Sie schien unter ihr dahinzuwelken. Ihre Haut war fahl. Dunkle Schatten lagen unter ihren Augen, und sie hatte kürzlich einige heftige und quälende Hustenanfälle gehabt.

„Fühlst du dich heute besser?"

„Ganz gut", sagte Lucy trübe. „Die nächsten paar Monate werde ich wahrscheinlich das Beste aus der Situation machen müssen."

„Du meinst doch nicht . . .?"

„Doch. Es ist zwei Monate über die Zeit. Ob ich will oder nicht, ich bekomme ein Baby."

„Oh Herzchen, deswegen brauchst du doch nicht so unglücklich dreinzuschauen. Es wird wunderbar sein."

„Glaubst du? Ich hätte lieber damit zugewartet, bis wir wieder in England sind!"

„Aber Lucy, warum denn? Schließlich haßt du die Feuchtigkeit und die Kälte in London so sehr. Hier wirst du nicht darunter zu leiden haben. Der Winter wird mild und warm sein, und das Baby wird gerade vor dem Frühling zur Welt kommen. Hast du es Clive schon gesagt?"

„Nein, und ich habe auch nicht die Absicht, es zu tun — jedenfalls jetzt noch nicht. Er will übrigens an einem Ausflug teilnehmen. Hat er es dir schon erzählt?"

„Einen Ausflug? Wohin?"

„Hinauf in die Berge. Mit einer ganzen Partie, sechs oder sieben Leute, glaube ich. Sie nehmen die Gewehre mit, wollen ein bißchen schießen, verschiedene Örtlichkeiten aufsuchen. Er sagt, er hoffe, auch ein paar Zeichnungen machen zu können."

Charlotte runzelte die Stirn. „Aber das ist doch nicht vernünftig! Es hat viele Unruhen in der Sierra gegeben. Erinnerst du dich nicht? Mr. Robinson hat uns von dem Überfall auf die Postkutsche erzählt; die Banditen haben alle Briefe verbrannt, und eine der Wachen wurde getötet."

„Clive ist der Meinung, vollkommen sicher zu sein. Er besitzt einen Paß, der von einem Mann namens José Roméro unterzeichnet ist."

„Aber er soll ein Bandit und Carlist sein, das sagt jeder."

„Clive ist nicht beunruhigt, und auch die anderen sind es, glaube ich, nicht." Lucy lehnte ihren Kopf müde zurück. „Anscheinend soll auch Sybilla mit von der Partie sein.

Das also war es, was Lucy quälte. „Du solltest ihm von dem Baby erzählen."

„Nein, er soll nur gehen", sagte Lucy in zorniger Aufwallung. „Ich werde ihn nicht anflehen zu bleiben, nur weil ich unglückseligerweise ein Kind von ihm bekomme."

Es bedrückte Charlotte, sie so bitter reden zu hören, und sie war versucht, selbst mit Clive zu sprechen. Aber sie wollte es nicht gegen Lucys Willen tun, und außerdem glaubte sie nicht, daß er sich veranlaßt fühlen würde, seine Pläne zu ändern. Er benahm sich in der letzten Zeit sehr seltsam, war meistens außer Haus, und als sie einmal ganz zufällig in sein Atelier kam, sah sie, wie er Geld in einen Lederbeutel hineinzählte.

„Ist das nicht eine zu große Summe, um sie zu Hause aufzubewahren?" fragte sie ihn. „Das ist ja weit mehr, als wir brauchen."

Sie hatte den Eindruck, daß er bestürzt dreinsah; aber er fuhr ruhig fort, seine Peseten einzusacken. „Wir werden sicher ein paar Wochen unterwegs sein. Und wir werden eine Menge Bargeld als Reisespesen brauchen", gab er schnell zur Antwort. Aber Charlotte fand, daß die Summe weit größer war, als man für ein solches Unternehmen brauchen konnte.

Dann sah er sie an. „Warum schaust du denn so?" fragte er gereizt.

„Aus keinem besonderen Grund."

„Wahrscheinlich findest du, dies sei Lucys Geld, und ich sollte sie zuerst um ihre Zustimmung bitten. Nicht wahr?"

„Warum sollte ich so etwas denken?"

„Ach Gott, ich weiß nicht. Aber du siehst mich manchmal so mißbilligend an, Charlie."

„Ich hätte nicht angenommen, daß es dir sehr viel ausmacht, ob ich etwas billige oder nicht."

„Die Sache ist die —" Er schien im Begriff zu sein, sich ihr anzuvertrauen; dann änderte er aber plötzlich seine Meinung, zog den Lederbeutel zu, öffnete eine Schublade und legte das Geld hinein.

„Clive", sagte Charlotte zögernd, „Lucy hat mir etwas davon erzählt, daß José Roméro dir einen Paß ausgestellt hat. Was hat das zu bedeuten?"

„Ach, das. Das war doch nur ein Scherz, den ich gemacht habe, als wir uns eines Abends unterhielten. Du weißt, was die Spanier von ihren Banditen halten — sie sind für sie alle so eine Art Robin Hood, soweit ich das beurteilen kann. Jemand sagte, daß alles, was wir brauchten, ein Paß von Roméro sei. Lucy muß geglaubt haben, daß das ernst gemeint war."

„Ist das alles?" Sie war nicht sicher, ob sie ihm glauben konnte.

„Natürlich ist das alles."

Er gab keinen weiteren Kommentar ab und nahm auch Gerüchte über das Vorwärtsschreiten des Bürgerkrieges auf die leichte Schulter. Eine Gruppe von Carlisten hatte in den Straßen von Madrid gewütet und war nach einem blutigen Kampf verjagt worden. Die königliche Familie hatte sich vorsorglich auf eine ihrer Sommerresidenzen zurückgezogen und ihren genauen Aufenthaltsort geheimgehalten. In den Bergen unternahmen plündernde Banditen, die sich Soldaten nannten, gelegentlich Überfälle auf Reisende. Nur Andalusiens Bewohner schienen noch in einem sonnigen Garten Eden zu leben.

Wie es sich auch verhielt; Charlotte war weit mehr um Lucy als um sich selbst besorgt, und eines Nachmittags, ungefähr eine Woche, ehe Clive aufbrechen sollte, ritt sie zum Taubenschloß hinauf. Sie nahm zum Vorwand, sich nach Teresa erkundigen zu wollen, hatte aber vor allem auch die Absicht, einen Rat von Lorenzo einzuholen. Oder suchte sie einfach nach einer Gelegenheit, ihn wiederzusehen? Darüber machte sie sich lieber nicht allzu viele Gedanken.

Die Luft wurde frischer, sobald sie die brütende Hitze der Ebene hinter sich gelassen hatte, und der Garten des Castillos erschien ihr angenehm kühl, als sie unter den Kastanienbäumen dahinritt. Doña Gracia empfing sie freundlich. Man brachte ihr ein Glas Limonade aus frisch gepreßten Zitronen, das sie dankbar leerte. Dann fragte sie nach Teresa.

„Sie verbringt ein paar Wochen bei Verwandten, die in Toledo wohnen. Lorenzo hielt es für das Beste, sie eine Zeitlang von hier wegzubringen." Die Marquésa beugte sich vor und legte ihre schmale Hand auf Charlottes Arm. „Meine Liebe, wir sind Ihnen zutiefst dankbar für alles, was Sie für dieses törichte Kind getan haben. Ich zittere bei dem Gedanken, was ihr zustoßen hätte können, wenn Sie ihr nicht Unterschlupf gewährt hätten."

„Ich war froh, ihr helfen zu können. Ich hoffe, daß sie nicht allzu unglücklich ist."

„Sie wird darüber hinwegkommen und daraus lernen, hoffe ich. Teresa ist immer schon recht eigenwillig gewesen, aber im Grunde ihres Herzens ist sie ein gutes Mädchen."

Nun kam Roberto herein. Er sah braungebrannt und fröhlich aus und entschuldigte sich bei seiner Großmutter, daß er direkt von den Stallungen in ihren Salon eingedrungen war.

„Marco hat mir erzählt, daß Sie hier sind", sagte er lächelnd zu Charlotte.

„Lorenzo ist heute unterwegs; Sie müssen daher leider mit mir vorlieb nehmen."

„Führe unseren Gast in den Garten, Roberto, dort ist es jetzt kühler. Ich werde inzwischen in der Küche etwas Tee machen lassen. Das wird Señorita Carlotta vor ihrem Heimritt erfrischen."

Als Charlotte mit Roberto in der köstlichen Ruhe des Nonnengartens umherschlenderte, fragte sie ihn geradeheraus, wie sehr die Gegend in den kommenden Monaten vom Krieg bedroht sei und ob Clive nicht davon Abstand nehmen sollte, bei diesem Jagdausflug mitzumachen.

„Ich weiß eigentlich auch nicht mehr als Sie", gab er zu und zog sie neben sich auf die steinerne Sitzbank unter den Arkaden der Terrasse, „ich weiß nur eines sicher — Lorenzo wird nicht am Krieg teilnehmen."

„Gibt es irgendeinen Grund, warum er das müßte?"

„Möglicherweise ja", sagte Roberto, während er vornübergebeugt auf seine gefalteten Hände niederstarrte. „Wir stammen aus einer alten und ehrenwerten Familie. Man könnte von Lorenzo erwarten, daß er seinen Einfluß geltend macht, ja sogar, daß er nötigenfalls für den *Cortés* und für die kleine Königin Isobel zu den Waffen greift."

„Und Sie halten es für falsch, wenn er das nicht tut?"

„Oh, ich kann ihn verstehen", sagte Roberto ernst. „Sie müssen in Betracht ziehen, daß Lorenzo im Krieg aufgewachsen ist. Als Napoleon endlich besiegt worden war, war Lorenzo erst fünfzehn; aber er sah all das Elend und die Zerstörungen, die der Krieg verursacht hatte. Er mußte hart arbeiten, um die Besitzungen der Familie wieder instandzusetzen, und das waren damals verzweifelt bittere Jahre, Charlotte. Ich war noch ein Kind, aber ich erinnere mich daran, daß es viele Tote gegeben hat und daß der Kampf unerbittlich weitertobte. Es gab viele Leute, die es nicht gerne sahen, daß Ferdinand auf den Thron zurückgekehrt war, und es gab viele, die ihm sein strenges Regiment übelnahmen und deshalb ins Exil geschickt wurden, wodurch sie in Armut gerieten, weil ihr Besitz eingezogen worden war. Und dann war da die Sache mit Manuela."

Charlotte blickte auf, als sie diesen Namen hörte. „Wer war Manuela?"

„Es ist jetzt fünf Jahre her. Sie und Lorenzo waren verlobt."

„Hat er sie sehr geliebt?" Die Frage war ihr gegen ihren Willen entschlüpft.

Roberto lächelte. „Das weiß ich nicht. Lorenzo trägt sein Herz nicht auf der Zunge. Er hatte sie natürlich sehr gern, wir alle mochten sie; sie war so lieblich und schön. Es war auch eine passende Verbindung — Sie wissen, was ich meine — in unseren Kreisen wird eine Heirat oft auf diese Art arrangiert."

„Was geschah denn dann?"

„Manuelas Vater, der Conde de Tajo, war mit der liberalen Partei des Landes verknüpft. Ferdinand führte sich gelegentlich wie ein Tyrann auf. Ich weiß nicht genau, was der Conde sich zuschulden kommen ließ, aber ich weiß, daß es etwas mit den Engländern zu tun hatte, die hier gelandet waren und den verrückten Versuch unternommen hatten, die Regierung zu stürzen. Soldaten wurden ausgesandt, um sie gefangenzunehmen, und sie wurden alle hingerichtet. Die Dienstboten des Conde versuchten, die Soldaten am Eindringen in sein Haus zu hindern, um ihm Zeit zur Flucht zu verschaffen. Es gab ein Handgemenge, in welchem der Conde angegriffen wurde, und Manuela, die ihren Vater vergötterte, warf sich dazwischen. Ein vorschneller Gardist schoß sie nieder."

„Das ist ja schrecklich!"

„Die Sache wurde dann natürlich vertuscht und als Unfall bezeichnet. Dem Conde wurde gestattet, das Land unbehelligt zu verlassen, aber Lorenzo war zutiefst getroffen. Er war gerade unterwegs, um die Tajos zu besuchen. Wäre er ein paar Stunden früher gekommen, hätte er die Tragödie verhindern können. Er hat sich das nie verziehen. Er hat damals geschworen, sich nie mehr um Politik zu kümmern. Man bot ihm sogar eine Stellung bei Hofe an, aber er schlug sie aus. Was das Land brauche und was er brauche, meinte er, sei, daß seine Generation in Frieden leben könne. So bleibe Zeit, den Boden neu zu bestellen, sich um die Familie zu kümmern und den Grundstein für ein besseres Dasein zu legen. — Vielleicht hat er recht", fügte er noch hinzu.

„So stimmen Sie also nicht ganz mit ihm überein, Roberto?"

„Ich bin mir nicht sicher. Was ihn selbst betrifft, mag er recht haben." Er machte eine wegwerfende Handbewegung. „Aber das muß er verantworten und nicht ich. Es wird jetzt dringend nach Freiwilligen gesucht. Enrique de Tajo — er ist Manuelas Bruder — hat sich schon gemeldet."

„Ist das der junge Mann, der Teresa heiraten will?"

„Ja, und er ist sehr enttäuscht, daß sie ihm einen Korb gegeben hat. Ich würde ihm gern nach Madrid folgen und mit den Cristinos kämpfen."

„Kann Lorenzo Sie daran hindern zu gehen?"

„Nein, nicht direkt, obwohl er bis zu meinem fünfundzwanzigsten Lebensjahr mein Vormund ist, und das ist noch bis zum kommenden Winter. Aber ich weiß, daß er sehr dagegen wäre, und obwohl wir beide oft wie Hund und Katze aufeinander losgehen, ich hab ihn gern, Charlotte."

„Ich bin der Meinung, daß er vollkommen recht hat", sagte Charlotte bedächtig. „Ich glaube, daß ein Bürgerkrieg das schlimmste ist, was in einem Land passieren kann."

„Mag sein", sagte er kläglich, „aber manchmal fühle ich mich hier so nutzlos."

Sie glaubte zu verstehen, was er meinte. Lorenzo war eine beherrschende Persönlichkeit, so daß sein Bruder das Gefühl haben mußte, in seinem Schatten zu stehen und daher seinen eigenen Weg gehen wollte. Aber sicher sollte das nicht gerade durch einen Krieg geschehen. Sie erinnerte sich lebhaft an ihren Vater, der oft kränkelte und dessen Gesundheit durch das Kriegsleben zerstört worden war. Er hatte sich seines Daseins nicht mehr in vollem Maße erfreuen können. Sie mochte Roberto kein solches Schicksal wünschen.

„Wir sind sehr weit von der Frage abgekommen, die Sie mir gestellt haben", sagte er jetzt heiter, wobei er ihren Arm nahm und ihr beim Aufstehen behilflich war. „Lassen Sie uns jetzt ins Haus zurückgehen und mit Großmutter Tee trinken. Ich glaube nicht, daß Ihr Cousin tatsächlich Schwierigkeiten haben wird oder etwas zu befürchten hat, vorausgesetzt, daß er mit mehreren gut bewaffneten Leuten reist und sein Geld sorgsam versteckt hält. Die meisten dieser Kerle sind ausgesprochene Feiglinge."

Charlotte ritt langsam nach Sevilla zurück. Das Gespräch mit Roberto hatte ihr zu denken gegeben. Sie hatte begonnen, Lorenzo besser zu verstehen, hatte erkannt, daß die Strenge, die Autorität, die er im Castillo walten ließ, den schwierigen Umständen seines Lebens entsprungen war und vielleicht auch als Schutzschild gegen die Probleme diente, denen er sich gegenüber gesehen hatte. Sie erinnerte sich an das liebliche Antlitz in dem Medaillon, das sie in seiner Kabine auf der „Iberia" gesehen hatte, und nahm an, daß es das Porträt von Manuela gewesen war. Trauerte er noch um sie? Die Zeilen, die er angemerkt und die sie mit Mühe übersetzt hatte, waren ihr im Gedächtnis geblieben —

„Ich irre einsam, ohne Sinn,
ein stetig Sterbender, dahin,
obgleich ich doch am Leben bin."

Und dann war da Gabriella — was bedeutete sie ihm? Hatte sie ihn getröstet? Charlotte versuchte, diese schmerzlichen Überlegungen aus ihren Gedanken zu verbannen, sie kehrten jedoch immer wieder zurück. Aber schließlich hatte sie genug eigene Probleme, wie zum Beispiel Lucy und das unterwegs befindliche Kind, und dann Clive, den sie im Verdacht hatte, in irgendeine geheime Verschwörung verwickelt zu sein, was ihm inzwischen vielleicht schon wieder leid tat.

Einige Tage später verabschiedeten Charlotte und Lucy die Jagdgesellschaft. Außer Clive waren da noch drei andere junge Männer, die sie öfters bei Kartenrunden und Abendgesellschaften getroffen hatten. Sybilla, die in einem neuen Reitkleid auffallend hübsch aussah, hatte eine gewisse Mrs. James als Anstandsdame bei sich. Diese war die flotte Witwe eines Armeeoffiziers und war erst vor kurzem aus Gibraltar gekommen, von wo sie einen gewissen Kasernenton mitgebracht hatte, der Lucy schockierte. Charlotte hingegen, die diese Art von Sprache in der Kompanie ihres Vaters oft gehört hatte, amüsierte sich darüber.

Als sie mitsammen ins Haus zurückgingen, sagte Lucy ein wenig zögernd: „Ich habe eine Zeitlang angenommen, daß Clive dich bitten würde mitzukommen.“

„Du lieber Himmel, warum denn das?“

„Du reitest so gut, und er hat dich deswegen immer schon bewundert. Tut es dir leid, daß du hier bei mir bleiben mußt?“

„Ich gebe zu, daß ich gerne durch die Berge streifen würde“, antwortete Charlotte ehrlich, „und ich hoffe, daß das eines Tages möglich sein wird. Aber gerade diesmal lege ich keinen besonderen Wert darauf.“

„Der Weg wird sicher sehr beschwerlich sein, nehme ich an“, bemerkte Lucy zweifelnd.

„Das ist nicht der Grund. Das würde mir überhaupt nichts ausmachen. Aber allein die Vorstellung, jede Nacht mit Sybilla und dieser Mrs. James zusammen in einem Zimmer schlafen und diese verrückten Geschichten über ihre Eroberungen anhören zu müssen!“

Lucy kicherte über Charlottes Worte, und diese zog die Freundin an sich. „Es wird zu zweit sicher sehr vergnüglich sein. Wir können tun und lassen, was wir wollen, und hingehen, wo es uns beliebt.“

Und in gewisser Weise war es auch so. Mit Clive waren auch das Gefühl der Spannung und die gelegentlichen verletzenden Bemerkungen in den Gesprächen verschwunden, und sie hatten es sehr gemütlich miteinander, bis plötzlich etwas geschah, was alles übrige unwichtig erscheinen ließ.

Charlotte hatte sich angewöhnt, sehr zeitig aufzustehen. Der Morgen war die kühlste Zeit des Tages, in der sie eine Menge Arbeit erledigen konnte, wodurch sie dann viele freie Stunden gewann, um im Garten zu faulenzen, zu reiten oder mit Lucy Ausfahrten zu unternehmen, soferne diese sich gerade wohl fühlte. Es war eine Woche, nachdem Clive zu seinem Jagdausflug aufgebrochen war, und Charlotte kam eben aus ihrem Zimmer herab. Da sah sie Juanita mit Rosa, Tomás und Jaime vor dem Haus auf dem Gehsteig stehen. Die drei sprachen sichtlich aufgeregt mit einigen Marktleuten. Als sie Charlotte bemerkten, wandten sie sich ihr zu und redeten alle auf einmal auf sie ein, so daß es mehrere Minuten dauerte, bis sie begriff, wovon eigentlich die Rede war. Die Neuigkeiten hatten die Bauern verbreitet, die mit ihren Eseln aus dem Bergland heruntergekommen waren.

„Es waren die Carlisten", sagte Juanita dramatisch, und ihre schwarzen Augen sprühten vor rechtschaffener Entrüstung. „Wissen Sie, was die angerichtet haben, Señorita? Sie haben die Merenda-Weingärten niedergebrannt, alles zerstört . . ."

„Don Evaristo ist halbtot, und auch seine Frau und das Kind", fuhr Rosa fort, um Juanita noch zu übertreffen, und sie rang dabei ihre Hände vor Entsetzen. „Möge Gott ihnen verzeihen, was sie verbrochen haben!"

Die Geschichte war so verwirrend und enthielt so schreckliche Einzelheiten, daß Charlotte kaum wußte, was sie davon halten sollte.

Obwohl sie ohnehin bereits recht durcheinander war, mußte sie sich weiterhin die nicht endenwollenden lauten Klagen von Juanita und Rosa anhören, während sie Tee bereitete und diesen dann zu Lucy hinauftrug, die unter ihrer morgendlichen Übelkeit litt. Sie stellte das Tablett auf den Tisch und nahm am Bettrand Platz, um Lucy die Neuigkeiten zu berichten.

„Was für eine schreckliche Nachricht", sagte diese. „Armer Mr. Macalister — er war so stolz auf seine Arbeit, die er in den Weinbergen geleistet hatte."

„Und armer Don Lorenzo", fügte Charlotte hinzu, indem sie sich jenes glücklichen Tages entsann, den sie im Weingarten verbracht hatte. Sie dachte daran, wie sie gemeinsam den Sherry gekostet und über jenen besonderen Wein gesprochen hatten, den man in diesem Herbst zu produzieren hoffte.

Sie stand auf und trat ans Fenster. Ein Entschluß reifte in ihr. Plötzlich wandte sie sich Lucy zu.

„Hast du etwas dagegen, wenn ich hinreite, um festzustellen, was eigentlich passiert ist?"

„Willst du das wirklich tun?“ fragte Lucy und runzelte besorgt die Stirn. „Ist das nicht zu gefährlich?“

„Nein, ich glaube nicht. Ich könnte ja auch Tomás mitnehmen. Ich werde den Gedanken an Doña Catalina und das kleine Mädchen nicht los. Sie müssen schrecklich verstört sein.“

„Sei vorsichtig“, mahnte Lucy, immer noch voller Zweifel. „Begib dich in keine Gefahr. Diese elenden Kerle könnten noch dort sein.“

„Der Bauer, von dem die Nachricht stammt, sagte, daß die Männer durch die Weingärten geritten seien und alles Erreichbare in Brand gesteckt hätten. Dann seien sie in die Berge geflüchtet, bevor sie jemand aufhalten konnte. Aber ich werde sehr vorsichtig sein, das verspreche ich dir. Also mach dir keine Sorgen und paß auf dich auf, während ich weg bin.“

Sie küßte Lucy und eilte in ihr Zimmer, wo sie in ihr Reitkleid schlüpfte. Sie ging zu den Stallungen hinüber und sattelte Zelda eigenhändig. Ohne Lucy etwas davon zu sagen, ließ sie Tomás im Haus zurück. Ohne ihn würde sie viel schneller vorankommen.

Sie gelangte rascher ans Ziel, als sie gedacht hatte, und roch den Rauch, lange bevor sie den Weinberg erreicht hatte. Er trieb dicht und schwarz durch die heiße, schwere Luft. Dann, als sie näher kam, sah sie, daß ein Teil der Bodega noch brannte und daß eine Gruppe von Männern in hektischer Eile versuchten, das glosende Feuer zu löschen. Was war wohl mit jenen Hunderten von Fässern geschehen, mit der „Hochschule für den Wein“, auf die Lorenzo und Guy so stolz gewesen waren, wo war die kleine Mäusefamilie, für die Don Evaristo gesorgt hatte, geblieben?

Das weiße Haus schien unversehrt zu sein, aber der Garten war an jenen Stellen zertreten und verheert, wo die Banditen rücksichtslos hindurchgeritten waren und auf ihrem Weg alles zertrampelt und zerstört hatten. Jeder war zu sehr beschäftigt, um von ihr Notiz zu nehmen. So stieg sie ab, pflockte Zelda im Schatten einiger Bäume an und ging auf die Bodega zu. Don Evaristo, der um zwanzig Jahre gealtert schien, gab den Männern gerade Anweisungen; sein Hemd hing ihm am Rücken in Fetzen zerrissen herab, und sein Arm lag in einer behelfsmäßig angefertigten Schlinge. Dann kam Guy auf sie zugeeilt, das Gesicht rauchgeschwärzt, die wahllos angelegten Kleider verschmutzt.

„Charlotte“, rief er aus, „was machen Sie denn hier?“

„Ich habe von Marktleuten von dem Überfall gehört. Ich mußte einfach kommen. Wie schlimm ist es denn?"

„Schlimm genug", sagte er grimmig. „Die eine Hälfte des Weinbergs ist völlig zerstört. Was mit dem Rest ist — das weiß Gott. Vielleicht können wir etwas retten. Ich bin noch nicht sicher."

„Ist jemand verletzt?"

„Don Evaristo hat sich den Arm gebrochen, ein Mann ist tot, und ein paar andere Männer sind übel zugerichtet worden."

„Ist Don Lorenzo da?"

„Ich hatte ihn benachrichtigt. Er und Roberto kamen sofort. Er ist das Kind suchen gegangen."

„Das Kind suchen? Was meinen Sie damit?"

„Das ist das Schlimmste, was geschehen ist. Diese Kerle haben Paquita mitgenommen."

„Aber warum denn, um Gottes willen?"

„Sie ist eine wertvolle Geisel, und es handelt sich auch um das Lösegeld. Solche Leute sind auf Geld aus, und sie wissen recht gut, daß Lorenzo es niemals zulassen würde, daß diesem Kind ein Leid zugefügt wird." Er legte seine rußgeschwärzte Hand auf Charlottes Ärmel. „Könnten Sie für kurze Zeit hierbleiben? Eigentlich dürfte ich Sie nicht darum bitten, aber ich wäre Ihnen auf alle Fälle sehr dankbar dafür. Mit der Dienerschaft ist zur Zeit nichts anzufangen, und ich sorge mich sehr um Doña Catalina."

„Was ist denn noch geschehen?" Sie begann, langsam die schrecklichen Ereignisse dieser Nacht in vollem Umfang zu begreifen.

„Es war Mitternacht vorbei, als die Meute kam. Wir waren nicht gewarnt und daher völlig unvorbereitet. Es ließ sich in der Dunkelheit schlecht erkennen, aber es müssen mehr als dreißig von diesen Burschen gewesen sein. Unsere Männer scharten sich zusammen und taten ihr Möglichstes, aber es war sinnlos. Diese verdammten Räuber ritten hier mit ihren brennenden Fackeln wie die Verrückten mitten durch unsere Kulturen. Infolge der langen Hitzeperiode war alles trocken wie Zunder, und sie hatten leichtes Spiel. In der Dunkelheit und all dem Durcheinander dachte niemand an das Kind. Die Kleine mußte aufgewacht und vor Angst aus dem Haus gelaufen sein. Einer der Männer ergriff sie. Doña Catalina versuchte, ihn daran zu hindern, und er schlug sie nieder

— vermutlich mit dem Gewehrkolben. Sie ist immer noch bewußtlos. Wir haben schon nach dem Doktor geschickt. Er müßte bald kommen, aber die Dienstboten sind in vollkommener Panik . . ." Er sah sie hilflos an.

„Ich werde nach ihr sehen. Ich weiß zwar nicht, was ich für sie tun kann, aber es wird sich schon etwas finden."

„Ich bin überzeugt, daß Evaristo Ihnen ewig dankbar wäre, wenn Sie das tun. Er ist sehr besorgt um seine Frau."

„Was für Leute waren denn das, Guy? Wissen Sie es? Waren es Carlisten? Ist dies vielleicht schon der Krieg? Ist er bereits bis zu uns vorgedrungen?"

„Diese Kerle haben wild durcheinander geschrien; soweit wir es erkennen konnten, waren es keine Soldaten. Es war Gesindel, es waren Diebe und Mörder", sagte er voll Verachtung. „Sie hatten nichts mit irgendeiner politischen Partei zu tun. Es war ein organisierter Anschlag, um eine private Fehde mit Don Lorenzo auszutragen. Das ist meine Meinung, und dabei bleibe ich. Ich würde einen heiligen Eid darauf schwören, daß dieser Schurke José Roméro dabei seine Hand im Spiel hat."

Guy veranlaßte einen der Burschen, Zelda in den Stall zu bringen, während Charlotte ins Haus trat und in das geräumige Schlafzimmer hinaufging, wo sich ein großes Bett aus dunklem Eichenholz befand. Darüber hing ein Kruzifix, und ein Betstuhl stand vor der Statue der Mutter Gottes von Elcho. Catalina lag — von Kissen gestützt — reglos da und schien irgendwie kleiner geworden, zusammengeschrumpft zu sein. Ihre schweren Verletzungen an Stirn und Wange waren blau verfärbt. Eine ältliche Frau mit ergrautem Haar saß am Bett, tauchte hin und wieder ein Handtuch in kaltes Wasser, wrang das Tuch aus und legte es ihrer Herrin auf die Stirn. Mit Tränen in den Augen teilte sie Charlotte mit, daß der Arzt noch immer nicht gekommen sei. Obwohl sie ein strenges Regiment zu führen pflegte, war Doña Catalina offenbar bei ihren Dienstboten recht beliebt. Charlotte streichelte die große Hand, der man ansah, daß sie ans Zupacken gewöhnt war, und die nun leblos auf der von Doña Catalina eigenhändig und mit Liebe in leuchtenden Farben bestickten Bettdecke lag. Aber die bewußtlose Frau rührte sich nicht. Nie hatte sich Charlotte so hilflos gefühlt wie jetzt. Es konnte nichts getan werden, bevor der Arzt gekommen war. Nach eine Weile fuhr es ihr durch den Sinn, daß Don Evaristo und Guy sowie die anderen Arbeiter etwas zu essen brauchen würden. Warum also sollte sie nicht die Pflichten des Haushaltes übernehmen?Sie teilte der neben dem Bett sitzenden Frau mit, was sie vorhatte, und ging dann in die Küche hinunter.

Es war naheliegend, daß der Schrecken der vergangenen Nacht den üblichen Tagesablauf durcheinander gebracht hatte. Die Dienstboten steckten die Köpfe zusammen und tuschelten immer wieder über die entsetzlichen Ereignisse. Die Kochtöpfe aber waren leer, und die Zutaten für das Essen lagen unbeachtet auf dem Tisch herum. Es bedurfte Charlottes ganzer Überredungskunst, die Leute aufzumuntern, die die fremde Ausländerin zuerst unwillig anstarrten, schließlich aber doch deren mit Nachdruck erteilte Anweisungen befolgten. Sie begannen, eifrig zu arbeiten, und bald darauf konnte Charlotte Guy mitteilen, daß das Essen fertig sei und im Schatten der Bäume eingenommen werden könne. Die Männer waren nur allzu froh über die Ruhepause und streckten sich ins Gras. Don Evaristo ging ins Haus, um nach seiner Frau zu sehen. Er sah so müde und besorgt aus, daß es Charlotte ins Herz schnitt, aber leider konnte sie ihm nichts Tröstliches sagen.

Schließlich kam Guy, um ihr für ihre Hilfe zu danken. „Wir bekommen das Feuer allmählich in den Griff", sagte er. „Aber es ist noch nicht möglich abzuschätzen, wie groß der Schaden wirklich ist, besonders auf den Feldern. Diese Bande ist mitten durch die jungen Pflanzungen geritten und hat links und rechts alles zerstört." Er strich sich das strohblonde, schweißnasse Haar zurück. „Wenn Sie nichts dagegen haben, werde ich hier draußen bleiben und mit den Leuten essen. Es wird sie ein wenig aufmuntern, bis Lorenzo zurückkommt."

„Darf ich bei Ihnen bleiben?"

„Natürlich, wenn Sie wollen. Aber ich fürchte, wir sind keine sehr unterhaltsame Gesellschaft", sagte er mit Bedauern.

„Das macht mir nichts aus."

Guys Nachricht hatte das Castillo bald nach Morgenanbruch erreicht, und Lorenzo war sofort mit Roberto aufgebrochen und hatte die Bodega in Flammen vorgefunden. Catalina war erbarmungslos niedergeschlagen worden, und das kleine Mädchen, das seinem Herzen näher stand, als er zuzugeben bereit war, hatten die Eindringlinge entführt. Ein hübsches elfjähriges Mädchen in den Händen von Männern, die keinerlei Skrupel kannten, Männer, die dem Kind vielleicht, ohne zu zögern, Gewalt antun würden — es war unerträglich, daran zu denken.

Lorenzo dankte Gott, daß es Guy gab, der die Nerven bewahrt hatte und dem man unbesorgt die Aufsicht über die Bodega überlassen konnte. Er selbst ritt hinter den Banditen her. Er hatte geglaubt, die meisten von Roméros Schlupfwinkeln zu kennen, aber es war Mittag geworden, ehe er und Roberto die Spur zum Versteck der Bande in den Bergen fanden.

Sie näherten sich vorsichtig dem Lagerplatz. Aber aus der Art, wie die Wachen sich stillschweigend zurückzogen, um die beiden Männer durchzulassen, erkannten sie, daß sie erwartet wurden. Lorenzo blickte in einen Kreis dunkler Gesichter; blitzende Augen starrten ihn an, und schußbereite Gewehre richteten sich auf ihn, und in ohnmächtigem Zorn mußte er erkennen, daß er ihnen hilflos ausgeliefert war.

Roméro sah ihn unverschämt an und sagte: „Welchem Umstand verdanken wir das Vergnügen Ihrer Gesellschaft, Don Lorenzo?"

„Ihr kennt den Grund", gab Lorenzo kurz zur Antwort. „Gebt mir das Kind zurück und nennt euren Preis."

„Der ist hoch. Sie werden zahlen und wieder zahlen, und Ihr Bruder wird als Unterpfand für Ihre Redlichkeit bei uns zurückbleiben müssen."

„Genügt Ihnen nicht mein Wort?"

Roméro zuckte die Achseln. „Ich habe gelernt, niemandem zu trauen."

„Tu, was er verlangt", flüsterte Roberto. „Ich werde eben bleiben."

Der Gedanke, diesen Banditen seinen Bruder auf Gedeih und Verderb ausliefern zu müssen, war für Lorenzo schrecklich, denn er wußte, daß es nicht leicht sein würde, das Lösegeld so rasch aufzutreiben. Sein Reichtum war in Grundbesitz und anderen Immobilien angelegt. Er würde ein Darlehen aufnehmen und es dann wieder zurückzahlen müssen, und das alles für ein Kind, von dem er nicht einmal mit Sicherheit behaupten konnte, daß es das seine war. Er hätte Roméro gern die Stirn geboten, aber der Anblick des kleinen Mädchens, das einer der Kerle brutal festhielt, machte ihn wehrlos. Das Kind stand zitternd in seinem Baumwollnachthemdchen da, über das jemand eine schmutzige Decke geworfen hatte. Lorenzo streckte die Hand nach Paquita aus, und sie stießen die Kleine zu ihm hin. Auf dem steinigen Weg wäre sie beinahe hingefallen, er fing sie jedoch gerade noch in seinen Armen auf.

„Verdammt sollst du sein, Roméro, aber du wirst deinen Preis bekommen", preßte er zwischen den Zähnen hervor. „Komm, mein Schatz", und er drängte sich durch die Banditen hindurch bis zu jener Stelle, wo er sein Pferd angepflockt hatte.

Es war am späten Nachmittag, als Lorenzo in den Weinberg zurückkehrte. Charlotte war gerade in Doña Catalinas Zimmer hinaufgegangen und hatte deren Zustand nach wie vor besorgniserregend gefunden. Die Kranke atmete schwer, und ihr Gesicht war leichenblaß, so daß Charlotte erschrak. Sie lief hinunter, um Guy zu bitten, noch einmal dringlich nach dem Arzt zu rufen.

Charlotte und Guy trafen mit Lorenzo zusammen, als dieser müde in den Hof geritten kam, Paquita vor sich im Sattel. Er hatte ihr seine schwarze Lammfelljacke über das Nachthemd gezogen, aber das Kind zitterte noch immer, obgleich der Tag warm war. Guy hob zuerst die Kleine vom Pferd, dann stieg Lorenzo ab und warf die Zügel einem der Männer zu. Sofort riß sich Paquita von Guy los, lief zu Lorenzo zurück und barg ihr Gesicht an seiner Brust. Er streichelte ihr das Haar, als sei sie ein krankes Hündchen.

„Sie steht noch immer unter Schock. Sie glaubt, daß Catalina getötet wurde. Es muß entsetzlich für sie gewesen sein."

Guy runzelte die Stirn. „Man hat ihr doch hoffentlich nichts angetan?"

„Nein. Dazu ist Roméro zu gescheit. Er wußte, daß ich nichts unternehmen konnte, solange er das Kind in seiner Gewalt hatte. Es ist Geld, was er haben will. Sie behalten Roberto als Geisel, bis ich die verlangte Summe ausbezahlt habe."

„Wie hoch?"

„Hoch genug."

„Was für ein abscheuliches Verbrechen", entfuhr es Guy. „Wie kann er dies wagen, nach allem, was er dir bereits angetan hat?"

Lorenzo zuckte die Achseln. „Das stimmt. Aber was kann ich anderes tun? Würdest du es fertigbringen, ein Kind in den Händen von Männern wie diesen zu lassen?"

„Nein, bei Gott nicht. Aber es muß doch einen Ausweg geben."

„Es hat keinen Ausweg gegeben", sagte Lorenzo müde. „Aber ich schwöre, daß er und Vicente eines Tages dafür büßen werden."

„Vicente war bei Roméro?" rief Guy aus.

„Zwei Schurken, die unter einer Decke stecken! Er hat es nicht gewagt, mir gegenüberzutreten. Aber ich sah ihn, wie er sich hinter den anderen verkroch."

„Es ist wegen Teresa. Er kann Ihnen das nicht verzeihen", sagte Charlotte und bereute diesen Einwand sofort.

Lorenzo schien sie in seinem erregten Zustand erst jetzt wahrzunehmen und runzelte die Stirn. „Entschuldigen Sie, aber darf ich fragen, was Sie hier machen?"

„Charlotte kam, um uns ihre Hilfe anzubieten", sagte Guy herzlich. „Und wir sind ihr sehr dankbar für alles, was sie getan hat."

Lorenzos Augen wanderten von Guy zu Charlotte. „Wenn es so ist, dann möchte auch ich Ihnen danken. Wie geht es übrigens Catalina?"

„Sie ist noch immer bewußtlos. Ich bin sehr in Sorge um sie. Könnte man nicht nochmals nach dem Doktor schicken?"

„Zum Teufel, ist er noch immer nicht da? Kümmere dich bitte darum, Guy. Ich muß jetzt zu Evaristo und den anderen."

„Möchten Sie nicht zuerst etwas essen? Es ist etwas vorbereitet, und Sie sehen aus, als ob Sie eine Stärkung brauchen könnten", sagte Charlotte.

„Später." Er blickte zu jener Stelle hinüber, wo die Dienstboten die Reste der Mahlzeit fortzuräumen begannen. „Haben Sie sich um das Essen gekümmert?"

„Ich habe getan, was ich konnte. Es hat nicht viel Mühe bereitet. Es mußte nur jemand die Aufsicht übernehmen."

Auf Lorenzos Gesicht erschien ein müdes Lächeln. „Das tatkräftige englische Fräulein! Da Sie nun einmal da sind, könnten Sie noch etwas für mich tun? Würden Sie sich ein bißchen um Paquita kümmern? Ich werde sie dann ins Castillo mitnehmen, wenn ich heimreite."

„Aber natürlich."

Sie streckte die Hand nach dem Kind aus, aber Paquita klammerte sich nur noch fester an Lorenzo.

Er beugte sich nieder und sprach leise auf das Mädchen ein. „Hör mir zu, mein Schatz", sagte er. „Du kannst nicht im Nachthemd mit mir kommen, das würde sich doch nicht schicken, nicht wahr? Also geh mit Señorita Carlotta, ich komme bald wieder."

„Versprichst du mir das?"

„Ich verspreche es. Aber geh jetzt."

Zögernd überließ die Kleine Charlotte ihre Hand und betrat mit ihr das Haus. Im Vorraum blieb sie stehen und blickte flehentlich zu Charlotte auf. In ihren dunkelblauen Augen spiegelte sich noch die Erinnerung an das schreckliche Erlebnis.

„Tía Catalina — ist sie tot?" fragte sie ängstlich.

Charlotte begriff in diesem Augenblick, daß das Kind viele Stunden lähmender Angst durchlebt haben mußte, nachdem es Zeugin gewesen war, wie man jene Frau, die ihm näher stand als seine Mutter, brutal niedergeschlagen hatte, und es befürchten mußte, daß das gleiche auch ihm selbst zustoßen könnte.

„Nein", sagte Charlotte ruhig, „sie ist nicht tot, aber sehr krank. Sollen wir jetzt in dein Zimmer gehen? Wenn du gewaschen und angezogen bist, kannst du sie für einen Augenblick sehen."

In dem kleinen Zimmer befand sich ein weißes Himmelbett, und vor einer von einem blauen Lämpchen beleuchteten Statue des Jesukindes war eine Vase voll frischer Blumen aufgestellt. Hier beruhigte sich das Kind, während ihm Charlotte beim Auskleiden und Waschen half, ihm ein sauberes Baumwollkleidchen überzog und ihm das wirre schwarze Haar mit einem Kamm glättete. Dann führte sie die Kleine in das Zimmer der kranken Frau.

Der Dienerin entschlüpfte ein Ausruf der Überraschung, als sie des Kindes ansichtig wurde. Doch Paquita legte einen Finger an die Lippen und bedeutete ihr zu schweigen.

„Bitte nicht, Amalia", sagte sie, „sie könnte erschrecken."

Paquita wollte im Zimmer bleiben, aber Charlotte erlaubte es nicht. Sie sagte mit Entschiedenheit: „Du mußt jetzt kommen und etwas essen, sonst wirst du auch noch krank, und dann wird Don Lorenzo auf mich böse sein."

Seltsamerweise war es der Hund, durch den das Kind wieder ins normale Leben zurückfand, stellte Charlotte später fest. Als sie die Stufen herunter kamen, flog die Küchentür auf, das Tier sprang aus der Küche heraus und begann wie verrückt zu bellen. Es sprang an Paquita hoch und fuhr ihr — außer sich vor Freude — mit der Zunge übers Gesicht. Sie zog den Hund zärtlich an sich und legte ihre Wange an seinen rauhen, zottigen Kopf. Nun eilten auch die Dienstboten herbei. Sie riefen aufgeregt durcheinander, umarmten das Kind, stellten ihm Fragen, ohne es zu Wort kommen zu lassen, und zogen es schließlich in die Küche. Dort wurde es gehätschelt, liebevoll ermahnt, abgeküßt, und das alles geschah in einem Atemzug. Charlotte überließ Paquita zu guter Letzt der Obhut dieser Leute, weil sie den Eindruck hatte, daß sich die Kleine bei ihnen glücklicher fühlen würde als in der angespannten Atmosphäre des Hauses.

Charlotte befand sich nun in dem großen, schönen Raum, dessen Türe in den Garten hinausführte und dachte daran, daß es wohl Zeit für sie sei zu gehen. Sie war aus einem übermächtigen Wunsch, zu helfen und zu trösten, gekommen. Aber sie hatte den Eindruck gewonnen, daß Lorenzo in seiner stolzen und unabhängigen Art keine Hilfe annehmen wollte. Er würde wahrscheinlich seinen Kummer in sich verschließen und jedem, der ihm Mitleid oder Anteilnahme entgegenbrachte, ein starres, unbewegtes Gesicht zeigen. Ein trostloses Gefühl der Einsamkeit, das Gefühl, von niemandem gebraucht zu werden, überkam Charlotte, als sie auf die verwüsteten Blumenbeete, die umgestürzten Tontöpfe und die von Pferdehufen zerschmetterten Orangenbäume und zerstampften Rosen hinausblickte. Dann aber schüttelte sie entschlossen diese Empfindungen ab. Sie hatte sich nie dem Selbstmitleid hingegeben. Sie würde jetzt hinaufgehen und noch einmal nach Doña Catalina sehen, dann Zelda holen und zu Lucy heimreiten, die sicher schon krank vor Sorge wegen ihres langen Ausbleibens war.

Als sie sich gerade vom Fenster zurückzog, kam jemand durch den Torweg geritten. Es war eine Frau, deren langes Haar wie eine Fahne vom Haupt flatterte. Sie sprengte in wildem Galopp den Weg herauf, und als sie sich aus dem Sattel schwang, erkannte Charlotte zu ihrer Überraschung, daß es Gabriella war. Sie trug ein enganliegendes Reitkleid, das ihre schlanke Figur wunderbar modellierte, und ihre schwarzen Augen blitzten, während ihre Hand nervös mit der Reitpeitsche spielte.

Ein verschreckter Bursche eilte herbei, dem sie gebieterisch zurief: „Ist Don Lorenzo hier?"

*„Si, Señorita"*, stammelte er.

„Dann hole ihn, und zwar sofort."

Er beeilte sich, aus der Reichweite ihres Zornes zu kommen, und sie schritt wartend auf und ab, immer wieder ungeduldig mit der Peitsche gegen ihre Stiefel schlagend, während ihre Blicke über den verwüsteten Garten und die noch glosende Bodega wanderten.

Charlotte trat ein wenig zur Seite, um nicht entdeckt zu werden. Sie wußte, daß es besser gewesen wäre, die Begegnung zwischen Gabriella und Lorenzo nicht zu verfolgen, und doch brachte sie es nicht zuwege, sich zu entfernen, als sie nach einer Weile Lorenzo den Weg so gemächlich heraufkommen sah, daß Gabriella darüber anscheinend in Zorn geriet.

Die Tänzerin fiel über ihn her, noch ehe er sie erreicht hatte: „Wo ist Paquita?"

„Sie ist hier", gab er ruhig zurück. „Wo sollte sie sonst sein?"

„Mir ist aber etwas anderes zugetragen worden. Ich habe dir mein Kind anvertraut, und das kommt nun dabei heraus. Du läßt die Kleine hier bei diesem alten Dummkopf Evaristo, der es zuläßt, daß sie von Schurken entführt wird, die sie zweifellos zu ihrem Vergnügen mißbraucht haben. Es ist abscheulich! Wo ist sie?" Ihre Stimme war schrill und schneidend geworden.

Er sagte kühl: „Nun rege dich nicht auf, Gabriella. Dem Kind ist nichts passiert. Romero hat mir Paquita zurückgegeben — allerdings gegen Lösegeld."

„Lüg mich nicht an."

„Habe ich jemals gelogen?" gab er mit zunehmendem Zorn zurück. „Und ich glaube mich zu erinnern, daß du damals, als du mich vor fünf Jahren gebeten hast, dir das Kind abzunehmen, nicht so besorgt um seine Zukunft warst."

„Wie kannst du es wagen, mir das zu sagen? Wie kannst du es wagen, mir einen Vorwurf zu machen? Gerade du!" Und sie erhob die Reitpeitsche und schlug nach ihm, wobei sie leicht seine Wange streifte. Er aber ergriff ihr Handgelenk und hielt es eisern umspannt.

„Mach das ja nie wieder, Gabriella. Einmal habe ich es mir gefallen lassen, aber gewiß kein zweites Mal. Paquita ist in Sicherheit. Eigentlich müßtest du mich besser kennen. Kannst du dir vorstellen, daß ich ein Kind — wem immer es gehört — in den Händen von solchen Leuten lassen würde?"

Einen Augenblick lang starrte sie ihn schweigend an; dann lokkerte Lorenzo seinen Griff, und sie ließ die Hand herabsinken.

„Es tut mir leid, Lorenzo, ich hätte das nicht sagen sollen. Aber als mich die Nachricht von Paquitas Entführung erreichte, vermochte ich an nichts anderes mehr zu denken als daran, herzukommen und mir sofort Gewißheit zu verschaffen. Du glaubst, daß ich mich nicht um sie sorgen würde. Aber das ist nicht der Fall. Schließlich ist sie ja meine Tochter."

„Und sie ist auch meine Tochter. Jedenfalls hast du mir das oft genug gesagt", gab er trocken zurück.

„Zweifelst du denn daran?"

„Lassen wir das", sagte er ungeduldig. „Aber wenn du schon da bist, kannst du ja gleich selbst nach ihr sehen. Ich werde sie dir holen lassen."

„Einen Augenblick noch." Sie legte ihm die Hand auf den Arm und senkte ein wenig die Stimme. „Du weißt, wer hinter allem steckt, nicht wahr?"

„Ich glaube, daß ich es allmählich zu verstehen beginne."

„Zum Teil ist es natürlich Vicente mit seiner Bande. Und da bist du selbst schuld daran. Du hast seine Pläne mit deiner närrischen kleinen Schwester vereitelt. Das wird er dir nie verzeihen." Sie begann plötzlich unvermutet zu lachen. „Was hast du denn an jenem Tag mit ihm gemacht? Nein, du brauchst es mir nicht zu sagen, ich kann es mir vorstellen. Du hast ihn wahrscheinlich so gedemütigt, daß er die Nerven verlor. Jedenfalls erntete er Pfiffe aus dem Publikum anstatt des gewohnten Beifalls. Für einen Mann wie ihn ist das schlimmer, als vom Stier getötet zu werden." Sie machte eine verächtliche Handbewegung. „Aber Vicente ist nicht so wichtig. Es ist Roméro, vor dem du dich in acht nehmen solltest."

„Was kann Roméro mir antun?"

„Er kann dich zwingen, in diesem Krieg Partei zu ergreifen. Dieser Überfall ist nur der Anfang. Es wird schon noch etwas nachkommen, Lorenzo, und du solltest nicht die Augen davor verschließen. Roméro ist ehrgeizig. Er sieht sich schon als gemachter Mann, sobald Don Carlos die kleine Königin gestürzt haben wird. Und weißt du, wer ihn in seinen Plänen unterstützt? Der *Inglés,* mit dem du dich abgibst, der Mann, den du mit seiner hübschen, aber dummen Frau in dein Haus einlädst, zusammen mit seiner Cousine, die zwar nicht so hübsch, aber um etliches gescheiter ist, als man ihr ansieht."

Charlotte blieb wie erstarrt an ihrem Platz am Fenster stehen. Es war Clive, von dem sie gesprochen hatte, aber warum, warum nur sollte sich dieser auf etwas so Verrücktes eingelassen haben?

Lorenzo sagte gelassen: „Bist du dessen gewiß, Gabriella?"

„Ja, ich bin ganz sicher. Ich habe schon immer genau gewußt, was vorgeht. Ich höre doch die Leute reden. Ich halte den Engländer für einen großen Dummkopf, für einen von denen, die gern vor ihren Freunden großtun und sich wichtig machen wollen. Roméro schmeichelt ihm und zieht ihm dabei das Geld aus der Tasche. Sei vorsichtig, Lorenzo; es könnte sonst gefährlich für dich werden. Die Regentin kann ziemlich nachtragend sein, und du hast sie sehr verletzt, als du das Angebot, das sie dir machte, ausgeschlagen hast. Du wirst dich wohl entscheiden müssen."

„Da ist nichts zu entscheiden. Sollen sie einander zerfleischen, wenn es ihnen Spaß macht. Ich werde weder auf der einen noch auf der anderen Seite dabeisein."

„Lieber Lorenzo! Immer noch so überheblich, immer noch so selbstsicher?" sagte sie und legte ihm einen Arm um den Nacken, wobei sie ihm etwas zuflüsterte, was Charlotte nicht hören konnte. Er lächelte nachsichtig.

„Nein, Gabriella, nein, das ist doch lang vorbei. Jetzt bin ich nicht mehr dein Spielzeug."

„Leider bist du das nie gewesen — jedenfalls nie zur Gänze", sagte sie voll Bedauern. „Aber ich warne dich — verliebe dich nicht in die Cousine dieses Engländers."

„Wie kommst du darauf?"

„Nun, die Leute reden darüber. Du hast nie irgendeine besondere Vorliebe für die Engländer gezeigt, bevor sie gekommen ist. Jetzt stellst du ihr dein schönstes Pferd zur Verfügung, und sogar die Marquésa macht im Castillo viel Wesens um sie. Mein Lieber, du solltest wirklich vorsichtiger sein."

Sie tätschelte zärtlich seine Wange. In der Art, wie sie sich bei ihm einhakte, lag eine Vertrautheit, die Charlotte schmerzlich berührte. Sie zog sich vom Fenster zurück, als die beiden auf das

Haus zukamen. Dann gab es plötzlich einen Zwischenfall. Amalia eilte die Treppe herab und redete aufgeregt auf den gerade eintretenden Lorenzo ein.

„Was ist los?" fragte er.

„Doña Catalina, Señor", stieß die Frau atemlos hervor. „Sie hat die Augen aufgeschlagen, sie hat mich erkannt, sie hat gesprochen."

„Gott sei Dank! Ich komme sofort. Jemand soll schnell Evaristo holen."

Er eilte die Stufen hinauf. Charlotte trat aus dem Wohnzimmer und begegnete Gabriellas kaltem Blick, ehe sie sich aufmachte, um selbst nach Evaristo zu suchen.

Sie kam mit ihm zurück und folgte ihm die Treppe hinauf in das Schlafzimmer. Catalina war noch immer leichenblaß, aber ihre Augen waren geöffnet, und sie brachte sogar ein schwaches Lächeln zuwege, als ihr Gatte in der Türöffnung erschien. Er stolperte durchs Zimmer und sank neben dem Bett in die Knie, wo die Kranke ihm ihre kraftlose Hand entgegenstreckte und seine Wange streichelte.

Charlotte sah noch, wie Lorenzo — von Mitgefühl übermannt — einen Augenblick lang den Arm um die Schultern des älteren Mannes legte, dann ging sie rasch hinaus und eilte die Treppe hinab. Sie hatte das Gefühl, daß unter diesen so eng miteinander verbundenen Menschen kein Platz für sie war. Als sie in den Vorraum trat, kam einer der Stallburschen über den Hof, und sie rief ihm zu, er möge ihr das Pferd bringen. Er nickte, und sie zog sich in den Salon zurück, um zu warten, als Gabriella und Lorenzo vom Obergeschoß herabkamen. Gleichzeitig wurde auch die Küchentür aufgerissen und Paquita, den Hund dicht hinter sich, kam wie ein Wirbelwind herausgeschossen. Lorenzo fing sie auf, als sie mit ihm zusammenprallte. „Hoppla! Du wirst dir noch wehtun", rief er aus.

„Amalia sagt, daß sie nicht sterben wird", keuchte das Kind atemlos. „Ist das wahr? Geht es Tía Catalina wirklich besser?"

„Ja, es ist wahr."

„Ich bin so froh, so froh, so froh!" und sie wirbelte wie ein Kreisel herum und hielt dann inne, um den großen Hund zu umarmen. „Und auch Tonio freut sich, nicht?" und sie küßte den zottigen Kopf.

„Paquita“, sagte Lorenzo tadelnd, „siehst du nicht, wer da ist? Es ist deine Mama. Sie hat sich deinetwegen Sorgen gemacht. Komm und begrüße sie.“

Die ausgelassene Fröhlichkeit des Kindes verschwand sofort. Es tat einen Schritt vor und machte einen Knicks. „Guten Abend, Mama“, sagte sie mit steifer Höflichkeit, „ich hoffe, es geht dir gut.“

„*Madre de Dios,*“ rief Gabriella aus, „was für eine kleine aufgeputzte Puppe habt ihr aus meinem Kind gemacht!“ Leidenschaftlich streckte sie die Hand aus. „Möchtest du nicht mit mir kommen, Paquita? Für immer mitkommen und bei deiner Mama wohnen? Du bist ja jetzt ein großes Mädchen. Ich werde dich tanzen lehren. Wir werden auch schöne Städte miteinander besuchen.“

„Ist das vernünftig, Gabriella?“ fragte Lorenzo ruhig.

„Vernünftig oder nicht“, entgegnete sie heftig. „Vielleicht ist für Paquita die Zeit gekommen, selbst zu wählen. Sie ist elf Jahre alt. In ihrem Alter wußte ich genau, was ich wollte.“

Er zuckte die Achseln und stand, an den Pfosten des Treppengeländers gelehnt, reglos da, während sich Gabriella neuerlich an das kleine Mädchen wandte und es mit verführerischer Stimme fragte: „Nun, Paquita, was sagst du dazu? Willst du mit mir kommen?“

Das Kind starrte zuerst sie und dann Lorenzo an. Dieser rührte sich nicht. Das Kind hielt das Halsband des Hundes fest umkrampft. „Könnte ich Tonio mitnehmen?“

Gabriella nickte ungeduldig. „Wenn du unbedingt willst, aber es wird ihm sicher nicht gefallen. Das ist kein Leben für einen Hund.“

Paquita zögerte noch. Es schien, als lockte der Zauber der Mutter, die sie so selten sah, sie von dem einzigen wahren Zuhause, das sie je gekannt hatte, gewaltsam fort. Aber dann zerriß das unsichtbare Band. Das Kind wandte sich um und lief auf Lorenzo zu. Dessen Arm umschlang sie sofort und hielt sie fest.

„Verdammt!“ rief Gabriella aus. „Du hast gewonnen!“ Und sie eilte durch die Tür, rief nach ihrem Pferd, und bevor Lorenzo ein Wort zu sagen vermochte, war sie aufgestiegen und so ungestüm, wie sie gekommen war, durch den Torweg davongeritten.

Paquita sah zu Lorenzo auf. „Hätte ich mit ihr gehen sollen? Bist du jetzt böse auf mich?“

„Nein, mein Schatz, ganz gewiß nicht. Und jetzt geh und such Amalia. Es ist Zeit zum Abendessen." Er ließ seine Finger durch ihr schwarzes Haar gleiten und entließ sie dann mit einem Klaps auf ihr kleines Hinterteil.

Erst jetzt gewahrte er Charlotte, wie sie aus der Dämmerung hervortrat und auf die Tür zuging.

„*Dios!* Sie habe ich ja ganz vergessen", sagte er. „Entschuldigen Sie bitte, falls ich Sie vernachlässigt habe. Aber es hat ein derartiges Durcheinander gegeben."

„Machen Sie sich meinetwegen keine Sorgen. Ich bin so froh, daß es Doña Catalina anscheinend besser geht."

„Das werden wir erst sehen, sobald der Doktor gekommen ist, sofern dieser verdammte Kerl heute überhaupt noch erscheint", sagte er. „Jedenfalls möchte ich es so einrichten, daß ich Paquita ins Castillo mitnehmen kann. Hier ist im Augenblick nicht der geeignete Ort für ein Kind."

„Es wundert mich überhaupt, daß Sie das nicht schon früher getan haben. Schließlich ist sie doch Ihre Tochter."

Sie bedauerte ihre Worte sofort, nachdem sie ihr entschlüpft waren. Würde er daraus entnehmen, daß sie die Szene zwischen ihm und Gabriella beobachtet hatte?

Er hob die Brauen. „Ist das Ihr Eindruck?"

„Es ist ganz offensichtlich", beeilte sie sich zu sagen. „Sie hat Ihre Augen, Ihr Aussehen, sogar Ihre Art, sich zu bewegen."

„Tatsächlich? Sie sind eine gute Beobachterin." Er schwieg einen Augenblick. „Und Sie sind wohl darüber schockiert?"

„Don Lorenzo", antwortete sie, ein wenig durch seinen Ton gereizt. „Ich bin kein unwissendes Kind. Ich bin in einer Garnison aufgewachsen, und ich weiß so manches über die Leute, und auch über die Männer."

„Tatsächlich? Ich stecke den Tadel ein."

Ein leicht spöttisches Lächeln umspielte seine Lippen, und nach allem, was Charlotte an diesem Tag gehört und gesehen hatte, war das zuviel für sie.

Heftig sagte sie: „Machen Sie sich nicht lustig über mich. Ich meine es vollkommen ernst."

„Glauben Sie mir, ich bin weit davon entfernt, über Sie zu lachen. Ganz im Gegenteil." Und ehe sie weiterzusprechen vermochte, war er schon auf sie zugekommen und hatte sie bei beiden Händen genommen. „Ich habe Ihnen noch gar nicht richtig dafür gedankt, daß Sie heute zu uns gekommen sind. Das war wirklich großartig von Ihnen. Ich bin sicher, daß auch Guy es sehr zu schätzen weiß."

Die Wärme in seiner Stimme, die Berührung seiner Hände, als er sie näher zu sich hinzog, drohte sie zu überwältigen. Sie wäre fast in Tränen ausgebrochen oder in seine Arme gesunken. Aber die Vorstellung, daß er sich über Clives Verrat und die Rolle, die sie selbst darin spielen mochte, Gedanken machen mußte, hielten sie davon zurück. So entzog sie sich ihm.

„Ich muß jetzt gehen. Lucy wird sich schon Sorgen machen."

Sie eilte die Stufen hinab, und er kam ihr nach. „Sie können doch nicht allein zurückreiten. Ich werde Ihnen einen der Männer zur Begleitung mitgeben."

„Vielen Dank, aber ich brauche niemanden. Ich reite lieber allein."

Sie sah, daß der Bursche gerade Zelda aus dem Stall führte, und winkte ihn zu sich. Er kam sofort, und ehe Lorenzo einen Begleiter für sie herbeirufen konnte, war sie davongeritten. Er blieb stehen und sah ihr nach, als Guy den Weg heraufkam und sich zu ihm gesellte.

„So ein Mädchen findet man nur einmal unter Tausenden", sagte Guy voll Wärme. „Der Mann, der sie einmal bekommt, ist zu beneiden."

„Wenn ein andauerndes Unabhängigkeitsbedürfnis, eine unverblümte Redeweise und ein eiserner Dickschädel jene Eigenschaften sind, die dir an einer Frau gefallen", ätzte Lorenzo, „dann frisch voran, mein Freund, der Weg ist frei." Dann ging er auf das Haus zu, blieb unterwegs noch einmal stehen und rief über die Schulter zurück: „Es würde nicht schaden, ihr jemanden von unseren Leuten nachzuschicken, damit ihr nichts passiert."

Dieses verflixte junge Mädchen! Sie hat eine höchst unangenehme Art, ihm unter die Haut zu gehen. Er hatte gehofft, vernünftig auf sie einwirken zu können, statt dessen hatte ihn das unvernünftige Verlangen ergriffen, sich diesen widerspenstigen Mund durch einen Kuß gefügig zu machen. Es war einfach lächerlich! Er dachte darüber nach, was wohl an den Andeutungen, die Gabriella gemacht hatte, wahr sein mochte. Clive hatte er ja von Anfang an verachtet — er gehörte zur denkbar schlimmsten Sorte von Engländern, war rechthaberisch, eingebildet, hielt sich wohl für den Herrn der Schöpfung, tat mit seinem Geld groß —, aber bei Charlotte lagen die Dinge ganz anders. Wußte sie, in welche Sache ihr Cousin verwickelt war, spielte sie vielleicht sogar eine Rolle darin? Er wollte es eigentlich nicht glauben, im Augenblick war er aber zu müde und zu hungrig, um ernsthaft darüber nachzugrübeln.

Gabriellas Verhalten hatte ihn überrascht. Sie hatte nie zuvor den Versuch unternommen, das Kind von ihm zurückzuverlangen. War sie eifersüchtig wegen der Zuneigung, die zwischen Paquita und ihm entstanden war? Während er darauf wartete, daß das Essen aufgetragen wurde, stand er am Fenster und trommelte mit den Fingern an das Glas. Gegen seinen Willen dachte er an jene kurze und leidenschaftliche Affäre mit Gabriella. Gabriella war die Tochter eines der Hirten auf seines Vaters Besitz. Dieser Hirte hatte in seiner Unvernunft eine Zigeunerin geheiratet, und die Frau hatte ihn ein Jahr nach der Geburt eines Kindes verlassen. Lorenzo war mit der kleinen Gabriella hier in Andalusien auf den Gütern seines Vaters aufgewachsen, war als Knabe mit ihr in den Bergen herumgestreift, bis sie im Alter von zwölf Jahren wie ihre Mutter, die Zigeunerin, plötzlich verschwunden war. Es tobte gerade der Krieg mit Napoleon, und sie tauchte in den Wirrnissen dieser Tage unter. „Mit den Soldaten fortgelaufen", sagte jedermann mißbilligend, und ihr Vater und ihr Großvater verfluchten die Stunde, in der sie zur Welt gekommen war und Schande über die Familie gebracht hatte.

Es sollte sieben Jahre dauern, ehe er sie wiedersah. Es waren jene bitteren Jahre nach seines Vaters Tod, in denen er sich als fünfzehnjähriger Knabe auf einmal schier unüberwindlichen Problemen gegenübersah. Die Ländereien der Merenda waren verwüstet worden, und Lorenzo mußte — nur mit Hilfe und Unterstützung seiner Großmutter — für den jüngeren Bruder und die Schwester, die noch ein Säugling war, sorgen.

Er war zweiundzwanzig, als er sie wieder traf, und sie tanzte gerade in einem Madrider Café bei einer Zigeunerkapelle und war der Liebling des Publikums. Ihr Genius war bereits spürbar. Sie war wie eine lebende Flamme, fand er, und er war ihr vom ersten Augenblick an verfallen. Sie kam an seinen Tisch und erkannte in dem hübschen jungen Mann den ehemaligen Spielgefährten wieder, und die Leidenschaft, die zwischen ihnen aufglomm, hatte sie beide in gleichem Maße erfaßt und überwältigt.

Er dachte an das erste Mal, als sie sich in dem winzigen Zimmer, das Gabriella oberhalb des Cafés gemietet hatte, liebten. Ihr makelloser Körper war von der Farbe hellen Honigs, als sie ihr Kleid abstreifte; ihr Verlangen war heftig und glühend und sprang auf ihn wie eine Flamme über. Ihre Liebe war zu leidenschaftlich, um von Dauer zu sein. In jenen ersten Wochen war er verrückt genug gewesen, ihr die Heirat anzubieten, aber sie hatte ihn ausgelacht. Sechs Monate lang brannte die Sehnsucht mit einer Heftigkeit in ihm, die ihn zu verzehren drohte, und dann war Gabriella eines Tages verschwunden. Wie üblich war er zu ihrer Dachkammer hinaufgestiegen, aber sie war nicht mehr da, hatte all ihre Habseligkeiten mitgenommen und war, ohne eine Nachricht zu hinterlassen, verschwunden. Ihre Kollegen, die *Gitanos,* hüllten sich in Schweigen, wie nur Zigeuner es imstande sind. Monatelang hatte er ergebnislos nach ihr gesucht. Dann wurde ihm fünf Jahre später zufällig auf dem Markt von Sevilla eine Nachricht zugespielt. Er ging zur angegebenen Adresse, einem elenden Loch im Triana-Viertel. Dort fand er Gabriella sterbenskrank vor, und neben ihr hockte ein Kind, ein seltsames kleines Wesen, das ihn mit dem wachsamen Blick eines halbwilden Kätzchens anstarrte.

Gabriella wollte weder Hilfe noch Geld von ihm annehmen. Sie bat ihn nur, das Kind in seine Obhut zu nehmen.

„Es ist auch dein Kind“, sagte sie. „Ich möchte nicht zusehen müssen, wie es vor Hunger zugrunde geht.“

„Warum hast du es mir nicht gesagt?“ fragte er sie.

Und sie hatte mit fieberglänzenden Augen in dem schmalen, immer noch lieblichen Gesicht zu ihm aufgeblickt. „Ich habe meinen Stolz. Ich wollte die Marquésa de Merenda nicht anbetteln, aber jetzt ist das anders. Wer wird sich um das Kind kümmern, wenn ich sterbe?“

„Komm mit mir heim ins Castillo“, hatte er ohne zu zögern gesagt.

Sie aber lächelte. „Niemals. Ich müßte dort ersticken. Es war wunderschön, als wir einander liebten, aber nun ist diese Liebe tot.“

Sie hatte natürlich recht. Die Flamme zwischen ihnen war

längst erloschen. In einer Woche würden sie sich wie Hund und Katze zanken. Ihr wildes Naturell hätte niemals in die Ruhe und Ordnung seines Hauses gepaßt.

So ließ er Geld für sie zurück und nahm das Kind mit sich. Aber Gabriella starb nicht. Ihr Ruhm wuchs weiter an, und sie führte ihr eigenes einsames und rätselhaftes Leben, und einige Monate später willigte er ein, Manuela de Tajo zu heiraten, wozu ihn Doña Gracia gedrängt hatte.

Aber die Vorsehung, das Schicksal — man nenne es, wie man wolle — war noch nicht fertig mit ihm. Manuela war ihm entrissen worden, und nun gab es anscheinend auch ein Hindernis zwischen ihm und dem einzigen weiblichen Wesen, für das er seit Manuelas Tod einen Funken Interesse aufzubringen vermochte.

Er seufzte und trat in den Raum zurück, in dem bereits die Lampen angezündet wurden und wo die Dienstboten den Tisch zu decken begannen. Seine Zweifel über Charlotte und ihren Cousin versuchte er vorerst aus seinem Bewußtsein zu verdrängen. Er hatte nicht die Absicht, eine Anzeige zu erstatten. Wenn sich dieser Narr die Finger verbrennen wollte, so war das seine Sache. — Dann kamen Evaristo und Guy zusammen herein und berichteten, daß der Arzt schließlich doch noch erschienen war und vorsichtig angedeutet hatte, daß Catalina wahrscheinlich wieder genesen werde.

Es war an der Zeit, es wieder mit den Schwierigkeiten aufzunehmen. Es gab eine Menge darüber zu besprechen, wie die Weingärten wieder instandgesetzt werden konnten, und außerdem mußte auch noch das Geld für Paquitas Freilassung aufgetrieben werden. Persönlicher Kummer hatte in den Hintergrund zu treten.

## 9

Der Überfall auf die Merenda-Weingärten wurde zum viel diskutierten Tagesgespräch in den Salons und auf dem Marktplatz von Sevilla. Die Polizeibehörde unternahm einen vagen Versuch, die Bande auszuheben; die Nachforschungen blieben jedoch absolut erfolglos. Männer und Frauen wurden befragt, hatten aber so große Angst vor José Roméros gezielten Vergeltungsmaßnahmen, daß sie es nicht wagten, allzu viel auszusagen. Wie leicht es für die Banditen war, in den Höhlen und Klüften der Sierra so spurlos unterzutauchen, daß keiner sie jemals zu finden vermochte, wußte niemand besser als Lorenzo. Er war sich auch dessen bewußt, daß man seinen Bruder erbarmungslos ermorden würde, falls nur der leiseste Hinweis über den Aufenthalt der Entführer durchsickerte. So wurde denn das Lösegeld ordnungsgemäß übergeben, Roberto durfte ins Castillo zurückkehren, und José Roméro verschwand vorübergehend von der Bildfläche, bis die Unruhen im Lande ihm vielleicht neuerlich Gelegenheit geben würden, seine ehrgeizigen Pläne weiterzuverfolgen. Auf dem Merenda-Weinberg begann man, die Bodega wieder aufzubauen und den Wein neu zu kultivieren. Das Leben in Sevilla ging weiter — sonnig wie eh und je —, Charlotte aber mußte allmählich erkennen, daß sogar inmitten dieses goldenen Paradieses die Schlange der Zwietracht hauste.

Als sie nach jenem ereignisreichen Tag erschöpft in die Casa de Fuente zurückgekehrt war, in Kleidern und Haaren noch den beißenden Geruch nach Rauch, sagte sie zu Lucy kein Wort über die Rolle, die Clive bei diesem Überfall gespielt haben könnte. Es beunruhigte sie, daß sie nicht wußte, inwieweit Gabriellas Verdächtigungen richtig waren und ob Lorenzo daran geglaubt hatte, und es gab niemanden, mit dem sie darüber zu reden gewagt hätte, außer Clive selbst.

Guy kam vorbei und berichtete, daß der Schaden im Weingarten wohl beträchtlich sei, Lorenzo sich jedoch nicht geschlagen geben wollte. Sie könnten nun die Gelegenheit nützen, im Zuge der Instandsetzungsarbeiten und neuen Pflanzungen gleichzeitig auch die langgeplanten Verbesserungen in die Tat umzusetzen.

„Wie geht es Doña Catalina?“ fragte Charlotte.

„Es geht wieder aufwärts, aber die Genesung schreitet nur sehr langsam voran. Sie hat einen Schock erlitten und eine Gehirnerschütterung davongetragen, sagt der Arzt. Lorenzo ist mit Paquita zusammen ins Castillo zurückgekehrt und hat Amalia als Kinderfrau mitgenommen. Er beabsichtigt, eine Gouvernante für die Kleine aufzunehmen, die sie so lange betreuen wird, bis sie in die Klosterschule kommt.“

Er blieb zum Abendessen bei ihnen und fragte, ob er wiederkommen dürfe.

Nachdem er gegangen war, sagte Lucy: „Guy ist verliebt in dich, Charlie."

„Aber nein. Ich glaube, er ist nur einsam. Deshalb kommt er so gern zu uns."

„Du würdest es nicht schlecht mit ihm treffen", überlegte Lucy. „Er ist vielleicht nicht besonders hübsch, aber er hat viele Tugenden."

„Lucy, bitte! Seit wann bist du unter die Kupplerinnen gegangen? Du redest ja, als handelte es sich bereits um eine ausgemachte Sache."

„Nun, es wäre jedenfalls möglich", beharrte Lucy hartnäckig auf ihrer Meinung. „Sei also darauf gefaßt."

„Das ist ja wirklich dummes Zeug", wehrte Charlotte ab. „Und überhaupt, was ist mit dir und Roberto?"

„Was soll mit ihm sein? Er kommt nur vorbei, um die Körbe voll Obst und Blumen bei uns abzuliefern, die uns die Marquésa freundlicherweise spendiert."

„Du glaubst doch nicht wirklich, daß es nur die Orangen und Pfirsiche sind, die ihn zweimal wöchentlich hierher führen", neckte Charlotte sie. „Er könnte doch Jacopo damit herschicken."

„Jetzt bist aber du es, die dummes Zeug redet", gab Lucy errötend zurück. Die Aufmerksamkeiten des jungen Mannes hatten ihr geholfen, Clives rücksichtsloses Verhalten leichter zu ertragen. Einmal hatte er ihr sogar ein weißes Kätzchen gebracht, dessen Augen so blau wie die ihren waren, und das Tierchen lag immer auf ihrem Schoß, wenn sie und Roberto bisweilen im Patio zusammensaßen, manchmal in ein Gespräch vertieft, manchmal auch schweigend, aber glücklich, die Gegenwart des anderen zu spüren.

Einen Monat nach seinem Aufbruch kehrte Clive zurück, und schon in den ersten Minuten seiner Anwesenheit konnte man erkennen, daß der Ausflug nicht so vergnüglich wie erwartet gewesen war. Zwei der jungen Männer hatten die Tour zu beschwerlich gefunden und waren auf halbem Weg umgekehrt.

Mrs. James, die lustige Witwe, blickte entschieden mißvergnügt drein, und Sybilla, die sich einen unangenehmen Hitzeausschlag zugezogen hatte, war kaum ansprechbar. Die beiden murrten über alles. Das Essen war miserabel gewesen, die Posadas, wo sie geschlafen hatten, schmutzig und von Ungeziefer verseucht;

sie hatten in der Mittagshitze geschmachtet und in den eisigen Stürmen, die auch im Sommer über das große kahle Zentralplateau der Sierra fegten, mit den Zähnen geklappert.

Charlotte fragte sich ein wenig schadenfroh, ob Clive von idyllischen Flitterwochen unter der goldenen Sonne Spaniens geträumt hatte und schließlich feststellen mußte, daß es offenbar nicht so leicht war, müde und vom Sattel wundgerieben, den beschwingten Kavalier zu spielen und Sybilla stürmisch in die Arme zu nehmen. Vielleicht würde er jetzt, sobald Lucy ihm von dem Baby erzählt hatte, seine Frau und die Ergebenheit, die sie ihm einst nur allzu bereitwillig entgegengebracht hatte, schätzen lernen.

Clive war erst einige Tage von seinem Ausflug zurück, als Charlotte sich entschloß, sich mit jenem Thema an ihn zu wenden, das sie so sehr beschäftigte. Unterwegs hatte er eine Reihe von Skizzen angefertigt und war gerade dabei, diese zu maßstabgerechten Gemälden auszuarbeiten.

Charlotte brachte ein Servierbrett mit Schokolade in sein Atelier und blieb stehen, um ihm bei der Arbeit zuzusehen.

„Habt ihr zufällig etwas von Don Vicente gehört, während ihr weg wart?“ fragte sie beiläufig.

„Meinst du den Stierkämpfer? Hast du einen besonderen Grund, das zu fragen?“

„Ich dachte nur. Er scheint ja ein spezieller Freund von Sybilla zu sein.“

Er wählte sorgfältig einen anderen Pinsel aus, bevor er sagte: „Er hat sich uns für ein paar Tage angeschlossen. Du magst Sybilla nicht, oder?“

„Nein, nicht besonders.“ Sie trat näher heran und blickte ihm über die Schulter. „Wo hast du denn dieses Motiv her?“

„Ein Sonnenuntergang hinter einer von Don Quichottes Windmühlen.“

„Das ist wirklich wunderschön. Ich wollte, ich hätte es sehen können.“

„Das wirst du sicher eines Tages. Ich wette, daß Guy oder sogar Don Lorenzo nur allzu gern diesen Ausflug mit dir machen würden.“

Sie überhörte seinen Hohn und ließ sich auf einem Sessel nieder. „Clive, was weißt du über José Roméro?“

„Was, um Himmels willen, meinst du denn damit? Warum sollte ich irgend etwas wissen? Was hat Roméro mit mir zu tun?"

„Du weißt sicher, daß er für den gemeinen Überfall auf die Merenda-Weingärten verantwortlich ist."

„Ja, ich habe davon gehört." Er sah sie nicht an, sondern fuhr mit seiner Arbeit fort.

„Hast du vor deinem Ausflug davon gewußt?"

Der Pinsel glitt ihm aus der Hnd. „Verdammt! Jetzt schau, was mir deinetwegen passiert ist!" Er nahm einen Mallappen und trat näher an die Leinwand heran. „Was, zum Teufel, willst du eigentlich mit all deinen Fragen, Charlotte?"

„Ich habe dich einmal in dem römischen Amphitheater mit ihm gesehen. Arbeitest du mit ihm für Don Carlos, Clive? Das Geld, das ich bei dir sah, bevor du weggingst, — war es für ihn bestimmt?"

Er legte den Lappen gemächlich zur Seite, ehe er ihr das Gesicht zuwandte. Es lag ein seltsam gequälter Zug um seinen Mund, und er vermied es, ihrem Blick zu begegnen.

„Ich habe nie in meinem Leben ein solches Sammelsurium von Blödsinn gehört. Willst du mir einreden, daß ich so eine Art Spion bin — ein Geheimagent? Du mußt verrückt sein, oder du hast ganz einfach zu viel von Lucys Schundromanen gelesen."

„Ich wollte, daß es so einfach wäre", sagte sie beharrlich. „Es gibt eine Menge Leute, die glauben, daß du die Carlisten unterstützt."

„Wer, um Gottes willen? Dein Freund Don Lorenzo, nehme ich an. Ich hätte es wissen sollen. Wenn ein Überfall auf seinen Besitz stattgefunden hat, so hat er das seiner eigenen Arroganz zu verdanken. Man kann die Leute nicht einfach dauernd vor den Kopf stoßen. Und das kannst du ihm mit schönen Grüßen von mir bestellen!"

Er brauste auf, weil er etwas zu verbergen hatte. Hatte er vielleicht Angst? Mit abgewandtem Gesicht fuhr er fort: „Du solltest mehr gesunden Menschenverstand entwickeln, Charlie."

„Ja, vielleicht sollte ich das wirklich. Vielleicht hätte ich früher erraten müssen, wie die Dinge liegen", sagte sie ruhig. „Sei bitte vorsichtig, Clive. Das hier ist nicht unser Land, und du mußt auch an Lucy und das Baby denken."

„Es wird mir nichts anderes übrig bleiben, als daran zu denken, oder nicht?" gab er zurück. Aber sie sah, daß seine Hand zitterte, als er den Pinsel aufnahm. Dann sagte er etwas Seltsames. „Du wirst sicher nicht weggehen und Lucy verlassen, nicht wahr, Charlotte, was immer auch geschieht?"

„Warum sollte ich sie verlassen?"

„Ich meine nur." Er lachte, aber es klang nicht ganz echt. „Es ist nur deshalb, weil ich höre, daß dieser Bursche, Guy Macalister, begonnen hat, sich an dich heranzumachen."

„Oh Clive, jetzt hör aber auf! Er hat uns zweimal besucht. Guy ist ein Freund, das ist alles." Sie ging zur Tür hin. „Trink lieber deine Schokolade, bevor sie kalt wird."

Einige Wochen lang ging alles seinen gewohnten Gang, und Charlotte nahm allmählich an, daß sie sich geirrt haben müsse. Clives einzige Schuld konnte wohl nur darin bestehen, daß er in Angelegenheiten, von denen er wenig verstand, den Mund zu voll genommen hatte. Sie litten jetzt alle sehr unter dem plötzlichen Ausbruch einer sommerlichen Hitzewelle. Während der Mittagsstunden wurden die Straßen von der glühenden Sonne versengt, und man mußte die Fensterläden bis zum Abend geschlossen halten. Quer über den Patio war eine Marquise gespannt worden, die willkommenen Schatten spendete, und Tomás schien den größten Teil seiner Zeit damit zuzubringen, eimerweise Wasser auf Topfpflanzen und Blumenbeete zu gießen, so daß der Garten eine grüne Oase bildete. Lucy wirkte sichtlich erschöpft und fand es beinahe unmöglich, irgend etwas zu essen, und Clive begann davon zu reden, daß es besser wäre, ins Bergland zu übersiedeln und erst im Herbst in die Casa de Fuente zurückzukehren. Und dann, ganz plötzlich, ohne jede Warnung, schlug das Schicksal zu.

Charlotte war an diesem Tag sehr früh zum Markt gegangen und hatte Juanita mitgenommen. Um diese Stunde war es noch angenehm, zwischen den Verkaufsständen herumzuwandern und in Ruhe Obst und Gemüse auszuwählen. Juanita rümpfte ihr keckes Näschen über alles, was in ihren Augen nicht von tadelloser Qualität war. Es gab nichts, was sie lieber tat, als sich mit einem der Verkäufer in eine erhitzte Debatte einzulassen, und gerade dann, wenn die Verhandlungen beinahe zu einem Handgemenge auszuarten drohten, löste sich alles in Wohlgefallen auf und Juanita triumphierte.

Gerade kehrten sie mit ihren vollbeladenen Körben nach Hause zurück, als Juanita einen spitzen Schrei ausstieß und sich theatralisch ans Herz griff.

„Barmherziger Gott, die *Alguaciles!*" rief sie aus. „Können Sie sie erkennen, Doña Carlotta? Sie stehen vor unserem Haus — vielleicht brennt es bei uns, oder es ist eingebrochen worden?"

Aber es war etwas ganz anderes. Als sie näher kamen, öffnete sich das Tor, und zwei weitere Polizisten traten heraus. In ihrer Mitte befand sich Clive, der bleich, aber trotzig aussah. Die beiden anderen Polizisten, die vor dem Haus gewartet hatten, schlossen sich ihren Kollegen an, und der kleine Trupp marschierte die Straße hinab.

Juanitas Augen waren so groß wie Untertassen geworden, während sie die Vorgänge beobachtete. Inzwischen waren auch einige der Nachbarn sensationslüstern an Fenstern und Türen erschienen.

„Was ist denn los? Ist etwas passiert?" rief einer von ihnen aufgeregt.

„Nichts, was euch etwas angeht", rief ihm Juanita schnippisch zu.

Charlotte, von Furcht ergriffen, drängte sie ins Haus und übergab ihr den Einkaufskorb.

„Bring ihn in die Küche und sei still. Sprich vor allem mit niemanden aus der Nachbarschaft", sagte sie und eilte ins Wohnzimmer.

Lucy, die noch im Schlafrock war, lief ihr schon entgegen.

„Oh Charlotte, dem Himmel sei Dank, daß du zurück bist. Man hat Clive verhaftet. Die Polizei hat ihn mitgenommen. Was werden wir jetzt tun? Oh Gott, was *sollen* wir tun?"

Charlotte legte den Arm um sie. „Komm, beruhige dich. Du machst dich nur krank damit. Es ist wahrscheinlich nur ein Mißverständnis. Setz dich nieder, Liebes, und versuche, mir genau zu erzählen, was passiert ist. Was haben die Polizisten eigentlich gesagt, als sie gekommen sind?"

„Ich weiß es nicht. Sie haben spanisch gesprochen. Ich konnte sie nicht verstehen", stieß Lucy heftig hervor. „Einer von ihnen hatte ein Dokument in der Hand und las etwas daraus vor. Einige

Worte konnte ich mir merken — zum Beispiel *‚Pérfido'*. Das hat er immer wieder gesagt. Was bedeutet denn das?"

„Verräter", gab Charlotte zögernd zurück.

„Aber Clive ist doch kein Verräter. Wie könnte er das sein? Es ist gemein, so etwas von ihm zu behaupten. Er hat doch nichts getan."

„Nein, natürlich hat er das nicht", sagte Charlotte beruhigend, während ihre Gedanken damit beschäftigt waren herauszufinden, was hinter dieser Verhaftung stecken könnte. War er verraten worden, hatte jemand in einem strengen Verhör gestanden, daß er jener Engländer war, der für das Vorgefallene Mitverantwortung trug? Konnte man ihm etwas nachweisen? Sicherlich nicht.

„Hör zu, Lucy", sagte sie. „Ich werde zu Mr. Robinson gehen. Er müßte über die Sache Bescheid wissen, und er wird mir sagen können, was wir tun sollen. Ich werde der Dienerschaft nahelegen, im Haus zu bleiben und mit niemandem zu sprechen. Und jetzt geh und zieh dich an und versuche, dich zu beruhigen. Falls noch jemand kommen sollte, während ich weg bin, achte darauf, was du sagst. Ich bin sicher, daß alles wieder in Ordnung kommt. Aber wir sind in einem fremden Land, und ich muß daher erst herausfinden, wie man die Sache am besten regelt."

„Aber diese Leute werden doch Clive nichts antun, oder doch?" fragte Lucy ängstlich.

„Nein, das werden sie sicher nicht."

Sie eilte die Treppe hinauf in ihr Zimmer, wusch sich das Gesicht, zog ein passenderes Kleid an und machte sich auf den Weg zu Mr. Robinson.

Er war zu Hause und empfing sie sogleich. Sie erkannte schon zu Beginn ihres Gesprächs, daß er über Clives Verhaftung bereits Bescheid wußte, und sie mußte eine gewisse Reserviertheit und Vorsicht in seinen Antworten feststellen.

„Es wird das beste sein, wenn wir zum *Corregidor* gehen. Das ist jene Behörde, vor welcher Clive angeklagt werden wird."

„Aber er hat doch nichts verbrochen, Mr. Robinson."

„Meine liebe junge Dame, ich kann nur hoffen, daß Sie recht haben. Wir leben in schwierigen Zeiten, und der *Cortés* ist empfindlich gegenüber jedem Angriff, der auf ihn unternommen wird. Wenn diese Leute nur einen Augenblick lang glauben, daß England in irgendeiner Weise Don Carlos unterstützt, kann das ihrem Cousin eine Menge Schwierigkeiten einbringen. Im übrigen auch uns allen, ganz zu schweigen von der Haltung des Außenministeriums in London. Ich werde tun, was ich kann, aber ich muß Sie darauf aufmerksam machen, daß man hier sehr langsam reagiert. Clive wird sich auf einige Wochen Gefängnisaufenthalt gefaßt machen müssen, bevor man irgend etwas beschließen oder ihn vor Gericht stellen wird."

„Aber es wird doch sicher nicht dazu kommen", sagte sie entsetzt.

„Es könnte sein", antwortete Mr. Robinson ernst, „und falls man ihm etwas nachweisen kann, wird das wahrscheinlich sehr unangenehme Folgen für ihn haben."

Sie dachten beiden an jenen hilflosen kleinen Trupp von Rebellen, die samt und sonders hingerichtet worden waren, ehe auch nur ein Finger gerührt werden konnte, um sie zu retten.

„Werden wir ihn im Gefängnis besuchen dürfen?" fragte Charlotte.

„Oh ja, ich glaube, daß ich das einrichten kann; ebenso, daß er in einem anständigen Raum untergebracht wird und ein paar Vergünstigungen erhält, vorausgesetzt, daß dafür bezahlt wird. Wie hier allgemein üblich, könnten vernünftig eingesetzte Bestechungsgelder Wunder wirken."

„Wieviel es auch sein mag — wir werden mit Freuden zahlen, was erforderlich ist", sagte Charlotte ernst.

„Dann ist es gut. Ich werde Sie es sofort wissen lassen, sobald ich etwas mehr über die Lage herausgefunden habe; und reden Sie seiner kleinen Frau gut zu, damit sie sich nicht allzu große Sorgen macht."

Er drückte ihr die Hand, und sie entfernte sich, überzeugt davon, daß er mehr wußte, als er zugegeben hatte; aber es gab im Augenblick nichts, was sie hätten tun können. Sie kehrte zu Lucy zurück und versuchte, so zuversichtlich wie möglich zu erscheinen, während sie den langen Tag mit angstvollem Warten zubrachten.

Mr. Robinson kam am Abend vorbei, und ein einziger Blick in sein Gesicht sagte Charlotte, daß er keine guten Nachrichten brachte. Lucy, die sich einzureden versucht hatte, daß er vielleicht Wunder gewirkt haben könnte und Clive zurückbringen würde, saß mit vergrämtem Gesicht da.

Mr. Robinson blickte von ihr zu Charlotte, ehe er mit ernster Miene sagte: „Ich bedaure, daß ich Ihnen das Allerschlimmste mitteilen muß: Clive hat sich eines schweren Vertrauensbruches schuldig gemacht."

„Was meinen Sie damit? Was kann er denn getan haben? Es ist einfach lächerlich."

„Ich wünschte, daß es so wäre, meine liebe Mrs. Starr. Es hat sich herausgestellt, daß es einen Zeugen gibt, der bereit ist zu beschwören, daß Ihr Gatte anwesend war, als der heimtückische Überfall auf Don Lorenzos Eigentum geplant wurde, und nicht nur das. Es gibt auch einen Brief, den er angeblich an José Roméro geschrieben hat und in welchem den Carlisten rückhaltlose Unterstützung sowie Geld für den Ankauf von Waffen für ihre künftigen Unternehmungen zugesichert wird."

Wie konnte Clive so rücksichtslos gehandelt haben? Es war kaum zu fassen. „Haben Sie diesen Brief tatsächlich gesehen?" fragte Charlotte.

„Nein. Man hat sich geweigert, ihn mir zu zeigen, und er könnte natürlich auch gefälscht sein. Es wäre möglich, daß jemand bewußt versucht hat, ihn zu belasten, aber ich fürchte, daß es im Moment keine Möglichkeit gibt, ihm zu helfen. Ich habe jedoch wenigstens erreicht, daß er es nicht zu unbequem hat, und ich konnte es auch möglich machen, daß Sie ihn übermorgen besuchen dürfen."

„Vielen Dank", sagte Lucy. Sie war sehr blaß, aber recht gefaßt, und zeigte eine unerwartete Kraft, die Charlotte überraschte. „Wir sind Ihnen sehr verbunden."

„Ich verspreche Ihnen, daß ich tun werde, was in meiner Macht liegt, um ihn freizubekommen. Aber ich muß Sie darauf aufmerksam machen, daß das sehr schwierig sein könnte." Er ging zur Tür, hielt inne, drehte sich um und wandte sich direkt an Charlotte: „Ich habe gehört, daß Sie gute Beziehungen zu Don Lorenzo haben. Der Marqués genießt den Ruf, loyal und integer zu sein. Wollen Sie ihn nicht bitten, sich für Ihren Cousin zu verwenden?"

Die Vorstellung allein erschien Charlotte so ungeheuerlich, daß es ihr den Atem verschlug. Mr. Robinson hatte sich bereits vor ihr und Lucy verbeugt, und Juanita war schon zur Stelle, um ihn hinauszugeleiten, sie aber hatte noch immer keine Antwort gefunden.

Als die Tür ins Schloß gefallen war, wandte sich Lucy an sie. „Wäre das möglich, Charlotte? Könntest du zu Don Lorenzo gehen?"

„Nein", sagte sie, „nein, das ist ganz unmöglich. Du mußt das verstehen, Lucy. Wie könnte ich ihn um Hilfe für jenen Mann bitten, der zum Teil schuld an der Zerstörung der Merenda-Weingärten ist und an allem anderen, was in jener schrecklichen Nacht passiert ist? Das steht völlig außer Frage."

„Aber Clive ist doch nicht schuld. Er hätte nie in so etwas eingewilligt. Ich glaube es einfach nicht. Es ist eine gemeine Lüge."

„Vielleicht." Aber Charlotte erinnerte sich nur allzu gut an Clives Ausflüchte, als sie dieses Thema angeschnitten hatte. Zögernd sagte sie: „Wir müssen warten, bis wir mit ihm gesprochen haben. Wir haben seine Version der Angelegenheit noch nicht gehört." Sie nahm neben Lucy Platz und ergriff deren Hand. Du bist so tapfer gewesen, Liebes. Verliere doch jetzt nicht den Mut."

Clives Verhaftung war nicht geheim geblieben. Charlotte merkte es, wenn sie über den Markt ging und sah, wie die Leute im Gespräch innehielten, wenn sie vorbeikam, oder sie verstohlen und voll Mitleid ansahen.

Es war Juanita, die ihr erzählte, was die Leute klatschten. „Sie sagen, daß es Don Vicente sei, der über ihn ausgesagt habe. Man soll ihn tatsächlich Tag und Nacht verhört haben."

„Woher wissen Sie denn das, Juanita?"

„Esteban, der Fischverkäufer, hat es von einem der Polizisten gehört. Er ist betrunken gewesen und hat den Mund zu weit aufgemacht." Juanita, wie die meisten Spanier, brachte allem, was mit der Behörde zusammenhing, eine tiefe Verachtung entgegen.

Also war es Vicente gewesen, der, um seine eigene Haut zu retten, Clive in Schwierigkeiten gebracht hatte. Aber er war Spanier, und noch dazu ein bekannter Star der Arena. So war er ungestraft davongekommen, während der Engländer den Prügelknaben abgeben mußte.

Sybilla ging den Bewohnern der Casa de Fuenta geflissentlich aus dem Weg, und eines Morgens sah Charlotte vor Mr. Robinsons Haustür einen Wagen stehen, in den gerade Gepäck verladen wurde. Der Vice-Konsul hatte sich offensichtlich beeilt, seine Tochter aus dem Umkreis einer so gefährlichen Verbindung, wie sie der Umgang mit Clives Angehörigen im Augenblick war, zu entfernen. Es hatte den Anschein, daß die Starrs sowohl von ihren englischen Freunden als auch von einigen ihrer spanischen Bekannten gemieden wurden.

Der Raum, in dem Clive eingesperrt war, war zwar kahl und ungemütlich, aber keineswegs so schrecklich, wie Charlotte und Lucy es sich in ihrer allzu lebhaften Phantasie vorgestellt hatten. Es gab darin ein Bett, einen Tisch und einen Stuhl. Clive konnte sich besorgen lassen, was immer er zu essen wünschte. Aber angesichts der Sommerhitze war es in der Zelle zum Ersticken, und für einen Mann, der an frische Luft und Bewegung gewöhnt war, der immer genau das getan hatte, was ihm Spaß machte, wurde die Haft bald unerträglich. Clive fehlte die innere Kraft, die Geduld, die ihm hätte helfen können, die Situation mit einem Achselzukken hinzunehmen. Er war niedergeschlagen, von bitterem Groll erfüllt, und er weigerte sich zuzugeben, daß seine eigene Dummheit ihn dorthin gebracht hatte, wo er sich jetzt befand. Und er ließ seine schlechte Laune an seiner Frau und an seiner Cousine aus, wenn sie ihn besuchten.

Er verhielt sich Lucys Tränen gegenüber schroff, und auf Charlottes Fragen gab er ausweichende Antworten. Aber nach und nach begannen sich doch die Zusammenhänge abzuzeichnen. Ihm, dem Schwächling, dem jüngeren Sohn, der immer das Gefühl gehabt hatte, das Leben habe ihm etwas vorenthalten, hatte es geschmeichelt, als jene im Exil lebenden spanischen Anhänger von Don Carlos ihn ins Vertrauen gezogen hatten. In London hatte alles so einfach ausgesehen: Er hatte das prickelnde Gefühl gehabt, an einem großen Geschehen beteiligt zu sein. Die Männer erzählten ihm wortreich von der haarsträubenden Ungerechtigkeit, die dem Bruder des Königs dadurch widerfahren war, daß er von der kleinen Tochter aus Ferdinands vierter Ehe vom Thron verdrängt wurde, obwohl das von den Bourbonen vor hundert Jahren geschaffene Gesetz vorsah, daß der spanische Thron niemals mehr an eine Frau übergehen sollte. Sie hatten geredet und geredet, und er hatte geschmeichelt zugehört.

In Spanien war dann alles ganz anders gewesen. Die widerlichen Einzelheiten stießen ihn ab. Es war ein weltweiter Unterschied zwischen den Salons von Mayfair und dem Schmutz und Gestank eines anrüchigen Cafés in Triana. Bald war er von seinen Machenschaften mit José Roméro nicht mehr begeistert. Der Spanier redete ihm zwar nach dem Mund, machte aber kein Hehl daraus, daß er den Fremden im Grunde seines Herzens verachtete. Clive begann sich allmählich aus dem Bündnis mit einer Gruppe gewalttätiger Banditen und Söldner, wie sie Roméros verwilderte Armee darstellte, zu lösen. Aber dann kam Sybilla ins Spiel, Sybilla, die die Gefahr liebte, die ihn mit ihrer Schönheit und ihrem herausfordernden Benehmen reizte, die ihn lockte und wieder zurückstieß, die heute ganz Sanftmut und Ergebenheit sein konnte, aber morgen bereits in aller Öffentlichkeit mit Vicente paradierte, den er verachtete. Er mußte demnach etwas Besonderes tun, mußte beweisen, daß er besser war als die anderen. So hatte er den kühnen Revolutionär gespielt, den Geheimagenten, den dunkle Geschäfte mit den Drahtziehern großer Ereignisse verbanden. Und nun war er in seinem eigenen Netz von Halbwahrheiten gefangen, und es gab keinen Ausweg. Und, was am schlimmsten war, Sybilla war für ihn verloren, war im Grunde niemals sein gewesen. Nun sah er plötzlich klar, und das Gefühl, versagt zu haben, nagte an ihm.

All dies mußte Charlotte erraten, indem sie allmählich Detail an Detail reihte.

„Hast du wirklich mitgeholfen, den Überfall auf Don Lorenzo vorzubereiten?“ fragte sie ihn eines Tages, als Lucy sich nicht wohl fühlte und sie allein zum Gefängnis gegangen war, um ihm Obst und besondere Leckerbissen, die Rosa zubereitet hatte, mitbrachte.

„Bei Gott, nein! Was denkst du denn von mir?“ Er wandte sich verlegen ab und vermied ihren Blick. „Es war Vicente, der mir davon erzählt hat. Er war wütend auf Lorenzo. Das Ganze sollte ja eigentlich nur ein Schreckschuß sein, nicht vergleichbar mit dem, was dann tatsächlich geschah. Roméro aber hat die Gelegenheit ergriffen und voll genützt.“

Sie glaubte ihm nicht. Sie war der Meinung, daß er sich beeilt hatte, Sevilla zu verlassen, aus Furcht vor den Ereignissen, die er selbst in Gang gesetzt hatte.

„Oh Clive, hast du nicht gewußt, mit welchen Leuten du dich da eingelassen hast? Wie konntest du nur so leichtgläubig sein?“

„Was verstehst du schon davon, Charlotte? Sybilla hat mich verrückt gemacht.“

Und er wollte den starken Mann spielen, dachte Charlotte. Wie mußte Romero über ihn gelacht haben. Sie konnte nur Mitleid gepaart mit Verachtung für ihn empfinden.

„Was wird man mit mir machen, Charlotte?" Er wanderte in der schmalen Zelle auf und ab. „Hier eingeschlossen, erfahre ich überhaupt nichts. Ich bin Brite. Man kann mich hier nicht unbegrenzt festhalten. Was zum Teufel macht Robinson? Ist es nicht seine Pflicht, sich um die englischen Einwohner zu kümmern?"

„Er tut, was er kann, aber die Behörden hier haben Angst davor, etwas in Eigenverantwortung zu unternehmen. Sie warten auf einen Beschluß aus Madrid."

„Soll das also meine Bestimmung sein?" sagte er bitter. „An eine dreckige Wand gestellt und wie ein Hund niedergeschossen zu werden?" Er starrte durch das schmutzige Fenster, schlug sinnlos gegen die Gitterstäbe. Draußen lag die Straße menschenleer in der Mittagshitze. Nur eine Katze schlief im kargen Schatten einer Steinmauer. Bei all seiner Selbstsucht schien sich nun doch sein Gewissen zu regen, und er seufzte auf: „Arme Lucy, sie hat es nicht verdient. Auch das Kind nicht. Ich hätte sie nie hierher bringen sollen."

Es war August, ein brennend heißer August, in dem Tag für Tag die Stadt in stickiger Hitze erglühte, als schließlich der Erlaß eintraf. Clive sollte unter Polizeibewachung nach Madrid gebracht und des Verrats gegen den Staat angeklagt werden. Der *Cortés* hatte in die Sache eingegriffen und sich rundweg geweigert, irgendeine Intervention gelten zu lassen. Wenn sich ein Ausländer in die Angelegenheiten Spaniens mischte, dann mußte er eben darauf gefaßt sein, die Konsequenzen dafür zu tragen.

Lucy war wie betäubt. „Was geschieht ihm, falls er für schuldig befunden wird?"

„Das wird er nicht."

„Aber wenn doch, dann wird er hingerichtet." Clives Fehler, seine Pflichtvergessenheit, seine Unfreundlichkeiten, alles war verziehen. Zitternd, mit vor Schrecken geweiteten Augen, preßte sie die Hände gegen ihre blassen Wangen. „Ach, warum sind wir jemals in dieses verhaßte Land gekommen?"

Erst jetzt, als letzten verzweifelten Schritt, beschloß Charlotte, zu Don Lorenzo zu gehen. Anfangs war ihr der bloße Gedanke daran unmöglich erschienen, aber jetzt war das anders. Sie sah Lucys verzweifeltes Gesicht und erkannte an Mr. Robinsons ernstem Gehaben, daß die Regierung eines in zerstörerischem Bürgerkrieg befangenen Landes sehr wahrscheinlich die Gelegenheit nützen würde, aus Clive einen Sündenbock zu machen.

Sie sagte Lucy kein Wort und ritt eines frühen Morgens auf Zelda den Bergpfad hinauf, durch Felder, die braun und golden der glühenden Sonne ausgesetzt waren, durch Wiesen, aus denen bereits jede Blumenpracht verschwunden war.

Als sie im Taubenschloß ankam, erschien ihr dieses wie ein Hafen des Friedens und der Kühle. Eine Brise,die aus den Bergen wehte, milderte die Hitze. Die Gärten waren gut mit Wasser versorgt, die Rasenflächen schimmerten wie grüner Samt, und die Blumen standen in ihren riesigen Tontöpfen immer noch in Blüte. Charlotte fragte formell nach dem Marqués de Merenda und wurde gebeten, in der mit Fliesen belegten Halle zu warten. Im Haus war es sehr still. Einmal war ihr, als höre sie ein Kind lachen, und sie fragte sich, ob es Paquita sei. Der Tag, an dem sie am Weinberg gewesen war, schien lange zurückzuliegen, obwohl es nicht viel mehr als ein Monat war. Dann kam der Majordomus zurück und führte sie in einen Raum, den sie nie zuvor betreten hatte und der zum Teil als Arbeitszimmer, zum Teil als Bibliothek diente. Feine, goldverzierte Tapisserien schmückten die Wände, und Bücherschränke reichten vom Fußboden bis zur Decke.

Lorenzo kam hinter einem mächtigen Schreibtisch hervor, um sie zu begrüßen. Er fragte sie, ob sie nach ihrem Ritt im Staub der Straße eine Erfrischung wünsche. Sie schüttelte den Kopf, und mit einer Handbewegung entließ er den Majordomus.

Als sich die Tür geschlossen hatte, betrachtete er sie einen Augenblick; dann lächelte er. „Wir sind heute sehr förmlich, Doña Carlotta. Möchten Sie sich nicht setzen und mir sagen, was ich für Sie tun kann?"

Einen Moment lang ließ sie den Blick verzehrend auf ihm ruhen. Trotz ihrer Ängste um Clive hatte sie in diesen letzten Wochen so oft an ihn gedacht, daß es fast zuviel für sie war, ihn hier vor sich zu sehen. Er hatte wegen der Hitze das Jackett abgelegt, stand nun in weißem Hemd und Kniehose vor ihr, das Haar verwirrt, als ob er während der Arbeit die Hände darin vergraben hätte. Aber sie wollte keine persönlichen Gefühle aufkommen lassen.

So sagte sie geradewegs: „Ich bin gekommen, weil ich Ihre Hilfe benötige."

„In welcher Weise? Gerne, soweit es in meiner Macht steht." Er war höflich, aber zurückhaltend. „Was kann ich für Sie tun, Charlotte?"

„Sie haben von meinem Cousin gehört?"

„Ich weiß, daß er verhaftet wurde."

„Wissen Sie, daß man ihn nach Madrid bringen will, um ihm dort den Prozeß zu machen?"

„Ja. Ich wurde informiert. Ich fürchte nur, daß ich dagegen nichts tun kann."

Sie zögerte, da sie plötzlich das Ungeheuerliche dessen erkannte, was sie von ihm forderte. Aber sie mußte es tun, wenn schon nicht für Clive, dann Lucys wegen.

„Sie sind hier in Madrid gut bekannt, sind eine einflußreiche Persönlichkeit. Ihre Loyalität zur Krone steht außer Zweifel. Könnten Sie nicht irgendwie für ihn sprechen? Wir kennen niemanden, der solchen Einfluß hätte wie Sie, niemanden, der so etwas auf sich nehmen könnte. Auf Sie würde man hören."

Er stand auf und schlenderte weg von ihr, ehe er sie über den Schreibtisch hinweg wieder anblickte.

„Ich fürchte, daß Sie meine Macht weit überschätzen", sagte er ruhig. „Auf jeden Fall aber fühle ich mich nicht allzu sehr veranlaßt, mich für einen Mann einzusetzen, der — abgesehen davon, daß er meine Landsleute hintergangen hat — auch für einen Überfall auf meine Angehörigen und auf mein Eigentum verantwortlich ist. Menschen, die mir anvertraut sind, haben durch ihn Glück und Lebensfreude eingebüßt."

„Aber er ist nicht schuld daran, da irren Sie sich", sagte sie ernst. „Clive hat so etwas nie beabsichtigt. Er wurde gleichfalls von Roméro getäuscht. Es war nicht vorsätzliche Bosheit, sondern nur Dummheit, die er jetzt bitter bereut. Würden Sie einen Mann wegen einer Dummheit zum Tod verurteilen und seine Frau zur Witwe, sein Kind zur Waise machen?"

„Sie setzen sich sehr leidenschaftlich für ihn ein", sagte er kalt. „Ist er vielleicht Ihr Liebhaber?"

„Nein, und nochmals nein! Wie können Sie nur so etwas sagen?" Sie starrte in das dunkle, unerbittliche Gesicht. „Jetzt weiß ich, daß ich nicht hätte kommen sollen. Es war verrückt von mir.

Ich hätte es mir ersparen sollen, Sie um Hilfe zu bitten." Sie wandte sich ab und wankte zur Tür.

„Halt!" rief er gebieterisch, und sie blieb verwirrt stehen. Etwas ruhiger fuhr er fort. „Entschuldigen Sie. Ich hätte so etwas nicht sagen dürfen."

„Es spielt keine Rolle", sagte sie mit zitternder Stimme.

„Oh doch. Es war unverzeihlich. Kommen Sie zurück . . . bitte, Charlotte. Ich habe noch nicht gesagt, daß ich Ihnen nicht helfen werde, soweit es mir möglich ist."

„Es war töricht von mir, so etwas von Ihnen zu erhoffen. Ich sehe das jetzt ein."

„Nein, Sie sind nicht töricht, aber ich glaube, manchmal geben Sie Ihrem Herzen Vorrang vor Ihrem Verstand. Ich habe nicht gewußt, daß Doña Lucia ein Kind erwartet. Diese Tatsache muß viel zu ihrem Kummer beitragen." Er schob ihr einen Stuhl hin. „Und nun kommen Sie, nehmen Sie Platz, und erzählen Sie mir alles, was geschehen ist. Ich bin ein paar Tage weggewesen. Ich kenne nicht alle Einzelheiten."

Sie kam langsam, fast zögernd, herbei, und während sie ihm alles berichtete und dabei versuchte, Clive in bestmöglichem Licht erscheinen zu lassen, betrachtete er sie und wunderte sich, wie sehr sie sich um diesen nichtswürdigen Cousin sorgte. Frauen waren so sonderbar, wenn es um die Wahl der Männer ging, die sie liebten. Er wußte das nur zu gut. Die Sonne verfing sich in ihrem Haar und ließ es in einem brennenden Rotgold aufleuchten. Feucht von der schwülen Hitze kräuselte es sich auf der Stirn, und in den großen grünen Augen glitzerten Tränen. Er mußte der Versuchung widerstehen, sie in die Arme zu nehmen und ihr alle Hilfe, die er nur gewähren konnte, zu versprechen. Aber er wußte, daß das eine Torheit gewesen wäre, die er später bedauern würde.

Er stand vom Schreibtisch auf und ging zu dem hohen Fenster hin, das auf den Patio hinausführte. Ein Taubenschwarm flatterte hernieder und schwang sich wieder empor. Vogel des Friedens, dachte er. Mochte er doch seinem zersplitterten Land endlich den Frieden bringen! Sein Leben lang hatte er sich Problemen gegenüber gesehen, die es zu lösen galt. Er war sich nur allzu sehr bewußt, daß alles, was er für Clive tun konnte, ihn selbst — sobald es bekannt wurde — zum Carlisten stempeln würde, aber trotz seiner Entschlossenheit, sich aus diesem Konflikt beider Parteien fernzuhalten, gehörte seine Treue unumstößlich jenem unglücklichen Kind, das Spaniens Königin war. Und doch . . . Er wandte sich an Charlotte. Sie saß jetzt ganz ruhig da, die Augen gesenkt und von langen, dunklen Wimpern überschattet, die Wangen blaß vor Erschöpfung und Hitze. Jäh faßte er seinen Entschluß. Er hatte einen Plan, der gelingen, aber auch fehlschlagen konnte. Es war ein Wagnis. Aber wann war er je einem Wagnis ausgewichen?

„Wissen Sie, wann man Ihren Cousin nach Madrid bringen wird?" fragte er.

Sie sah auf. „Mr. Robinson sagte, in zwei oder drei Tagen."

„Das läßt uns nicht viel Zeit übrig." Er näherte sich ihr. „Ich kann nichts Bestimmtes versprechen, aber es gibt vielleicht etwas, was ich tun könnte. Aber es ist besser, wenn Sie nichts davon wissen, und vor allem, sagen Sie kein Wort zu Ihrem Cousin. Das ist wichtig. Wenn es gelingt, werden Sie alles erfahren. Das verspreche ich Ihnen."

Mit einem Blick, in dem sich Hoffnung und Freude spiegelten, sah sie zu ihm auf. „Ich bin Ihnen so dankbar, unendlich dankbar."

„Danken Sie mir noch nicht. Warten Sie damit, bis wir ein Resultat sehen", sagte er trocken. „Machen Sie Doña Lucia nicht zu große Hoffnungen. Ich fürchte, daß ich nicht allmächtig bin."

Er begleitete sie durch die Halle zur Tür. Draußen stand schon der Bursche bereit und hielt Zelda am Zaum. Charlotte wußte nicht, was Don Lorenzo im Schilde führte, aber sie hatte ein wenig Hoffnung geschöpft. Sie gab ihm die Hand, die er einen Augenblick festhielt; dann beugte er sich vor und küßte das Mädchen auf die Wange.

„Ich schulde Ihnen noch etwas dafür, was Sie für Teresa getan haben", sagte er. *„Vaya usted con Dios."*

## 10

Clive sollte gegen Ende der Woche nach Madrid verbracht werden. Während der nächsten Tage kam keinerlei Nachricht von Lorenzo, und Charlotte ließ nichts von seinem Versprechen verlauten, ja nicht einmal drüber, daß sie ihn um Hilfe gebeten hatte. Sie fürchtete, daß Lucy eine Andeutung machen könnte, wenn sie zu ihrem Gatten zu Besuch kam, was sich auf alle Fälle nachteilig auf einen wie immer gearteten Plan hätte auswirken können.

Am Tag vor seinem Abtransport durften sie ihn besuchen. Charlotte ging mit Lucy ins Gefängnis, ließ sie mit ihm allein und wanderte draußen auf der Straße auf und ab. Es schien immer noch unfaßbar, daß ihr charmanter und eleganter Cousin sich in eine so verzweifelte Lage gebracht haben sollte. Er hatte versucht, sie beide zu überreden, nach England zurückzukehren, aber sie hatten sich hartnäckig geweigert, Spanien zu verlassen. Ohne zu wissen, was mit ihm geschehen würde, wäre das unerträglich gewesen. Als Charlotte zum Gefängnis zurückging, stand Lucy schon beim Tor.

„Er möchte dich sehen", sagte sie mit erstickter Stimme. Sie hatte sich während ihres Abschiedes unerschütterlich tapfer gehalten, aber nun begann sie der Mut zu verlassen. Charlotte drückte ihr die Hand und betrat das Gebäude.

Man hatte den Frauen erlaubt, einen Koffer mit den notwendigsten Dingen für Clive zu packen und ihm frische Kleidung zu bringen. Zum ersten Mal seit Tagen wieder rasiert und in sauberer Wäsche, war er jenem Clive wieder ähnlich, den sie seit jeher gekannt hatte. Aug in Aug mit dem Unvermeidlichen, hatte er seinen Mut wiedergefunden. Als sie jetzt in seine Zelle kam, wandte er sich ihr mit jenem Lächeln zu, das ihr einst so viel bedeutet hatte.

„Ja, Charlie, so ist das eben", sagte er mit einem Anflug seiner alten munteren Art. „Eine traurige Situation, nicht wahr? Ich hätte nicht gedacht, daß ich in so einer Zwickmühle landen würde, als ich dich überredete, uns nach Spanien zu begleiten."

„Es wird noch alles gut werden", sagte sie aufmunternd, indem sie versuchte, in seinen fröhlichen Ton einzustimmen. „In ein paar Wochen wirst du frei sein, und wir werden über die Sache lachen. Es wird eine interessante Eintragung in unserem Reisetagebuch abgeben, weiter nichts."

„Vielleicht — vielleicht auch nicht. Ich habe mir immer gewünscht, Madrid zu sehen, allerdings auf andere Art. Ich befinde mich jedoch in guter Gesellschaft. Hat nicht dein geliebter Cervantes seinen Don Quichotte im Gefängnis geschrieben? Vielleicht werde ich dort mein Meisterwerk malen." Er entfernte sich von ihr und trat ans Fenster; mit gedämpfter Stimme fügte er noch hinzu: „Es ist Lucy, deretwegen ich mich schuldig fühle. Ich habe dich das zwar schon so oft gefragt, Charlotte: Du wirst doch bei ihr bleiben?"

„Oh Clive, mußt du das wirklich noch fragen?"

„Nein, ich glaube nicht. Du bist ein gutes Mädchen, Charlotte. Ich nehme an, daß du mich jetzt verachtest", sagte er gequält.

„Warum sollte ich das? Wir alle machen uns bisweilen zum Narren. Schwelge nicht in Selbstmitleid, Clive."

„Ich würde deine Verachtung verdienen."

Er sah so elend aus, daß sie es nicht länger ertragen konnte. „Ich muß jetzt gehen. Lucy wird warten. Auf Wiedersehen, Clive."

Sie reckte sich empor, um ihm die Wange zu küssen, und er umschlang sie, hielt sie fest, preßte den Mund auf ihr Haar. „Hasse mich bitte nicht deswegen, Charlie", flüsterte er.

„Oh Clive, du Narr! Wie könnte ich dich jemals hassen?" Sie löste sich von ihm und ging rasch aus dem Raum, damit er nicht die Tränen sah, die ihr plötzlich in die Augen getreten waren.

Am nächsten Tag brach der kleine Trupp, der Clive nach Madrid geleiten sollte, in der Morgendämmerung auf. Seine Eskorte bestand aus sechs gut bewaffneten Männern, die Gewehre um die Schultern trugen und in deren Gürteln Messer blitzten. Sie hatten Clive in die Mitte genommen und Saumzügel an seinem Pferd befestigt. Es war ein langer Ritt über die Berge, und eine Flucht war kaum zu befürchten. Wohin sollte er auch fliehen, falls er etwas so Unüberlegtes wirklich versuchen würde? So mancher leichtsinnige Fremde hatte in diesen felsigen Höhenzügen hilflos den Tod gefunden. Sie erwarteten auch keinen Befreiungsversuch seitens Roméro und seiner Bande. Der *Alcalde* und der Polizeichef, beide treue Anhänger der Monarchie, waren der Meinung, daß der Bandenchef mit dem Engländer nichts mehr zu tun haben wollte. Dieser hatte seinen Zweck erfüllt und sollte nun die Suppe auslöffeln.

Selbst bei raschem Tempo hätte die Reise mehr als eine Woche gedauert, aber es ergab sich, daß man überhaupt nur dreißig Meilen weit kam. Bereits am ersten Tag, als die Männer bei Einbruch der Dämmerung erhitzt und durstig zur Rast rüsteten, um ein wenig zu essen und zu trinken, ereilte sie das Mißgeschick. Die Angreifer kamen völlig unerwartet einen von ihnen nicht beachteten steilen Weg aus der Sierra herab, und die Polizisten saßen in einem felsigen Hohlweg in der Falle. Was die Zahl jener Männer betraf, gingen die Meinungen später auseinander. Einige sprachen von einem Dutzend, andere behaupteten, es seien mehr gewesen. Tatsächlich waren es aber nur sechs; sie waren jedoch sehr beherzt und ihres Erfolges sicher. Das Erstaunliche an der Sache war, daß kein Tropfen Blut vergossen wurde. Sie kamen wie der Blitz vom Himmel, und ehe die überraschten Wachen ihre Gewehre in Anschlag bringen konnten, waren sie schon mitten durch sie hindurchgesprengt, wobei zwei der Soldaten vom Pferd geworfen worden waren. Und in dem folgenden Durcheinander von fallenden Pferden und kämpfenden Männern durchschnitt einer der Befreier die Riemen, die Clives Pferd festhielten, und mit dem Gefangenen in ihrer Mitte entkamen sie in einer Staubwolke. Sie wählten einen Weg durch die felsige Gegend, der nur ihnen allein bekannt war, und verschwanden „wie die Höllenhunde", wie ein verstörter Wachtposten später murmelte.

Man machte einen Versuch, sie zu verfolgen; es wurden Schüsse abgefeuert, die aber ihr Ziel verfehlten. Ehe die Soldaten sich wieder in den Sattel schwingen konnten, waren ihre Gegner verschwunden. Müde und entmutigt mußte die Eskorte nach Sevilla zurückkehren und ihre Niederlage eingestehen, sehr zum Mißvergnügen der Polizei, die wußte, daß sie sich in den Augen der hochnäsigen Behörden in Madrid lächerlich gemacht hatte.

In der Zwischenzeit waren Clives Befreier, nachdem sie sich vergewissert hatten, daß sie ihre Verfolger los waren, vom Pferd gestiegen. Sie nahmen keinerlei Notiz von Clive, sondern schienen zu beratschlagen, wobei sie sich der spanischen Umgangssprache bedienten und sehr rasch sprachen. In der Abenddämmerung betrachtet, erweckten sie den Anschein eines total verwilderten Haufens, und Clive hatte keine Ahnung, ob sie zu Roméros Gefolge oder zu irgendeiner anderen Gruppe von Banditen gehörten, die sich seiner auf eigene Faust aus einem unerfindlichen Grund bemächtigt hatten. Er war so verblüfft über dieses blitzschnelle Unternehmen, daß er nicht wußte, ob er ärgerlich oder dankbar sein sollte. Dann kam der Anführer auf ihn zu und ergriff mit fester Hand die Zügel seines Pferdes.

„Sie mit mir kommen, Señor", sagte er in gebrochenem Englisch.

„Wer sind Sie?" fragte Clive. *„Quien esta usted?"*

„*Mi — amico*", antwortete der Mann und deutete auf sich. Dann zeigte er auf die anderen. „*Todos — amigos.* Kommen."

Clive hatte keine andere Wahl. Er sah, wie der Rest der Gruppe im Dunkel verschwand und ritt dann neben seinem Retter durch die sich herabsenkende Nacht. Er hatte keine Ahnung, wo er sich befand. Nach dem langen Ritt in der Hitze war er müde bis auf die Knochen und folgte, ohne zu zögern und ohne weitere Fragen zu stellen, dem Manne, der mit nachtwandlerischer Sicherheit den Weg bestimmte. Sie schienen eine ziemlich lange Zeit geritten zu sein, als der Mond aufging. Clive blickte um sich. Sie befanden sich im Unterholz zwischen Büschen und zerklüfteten Felsbrocken, und er konnte erkennen, daß sie auf geheimnisvollen Wegen das römische Amphitheater von Italika erreicht hatten, wo er einst — es mußte wohl in einem anderen Leben gewesen sein — eine scheinbar so bedeutsame Unterredung mit José Roméro gehabt hatte.

Sein Gefährte hielt an, spähte vorsichtig um sich und bedeutete ihm dann abzusteigen. Er schnallte eine Decke und eine große Ledertasche vom Sattel los, pflockte die beiden Pferde an und nahm dann Clive beim Arm. Er führte ihn die Steinstufen hinab bis zu den Höhlen, die sich hinter dem Zentrum der Arena befanden. Dort legte er die Decke, eine Lederflasche mit Wein und die Satteltasche auf den Boden.

„Sie — warten", sagte er.

„Warum?" fragte Clive, über alle Maßen erbittert, weil er sich der Situation hilflos ausgeliefert sah. „Warten worauf?"

„*El Señor* — er kommen — *mañana.*"

„Morgen?" sagte Clive bestürzt. „*Quando?*"

Sein Retter zuckte die Achseln. „*Mañana,*" wiederholte er. „*Buenos noches, Señor*", und der Mann, der wie ein Straßenräuber aussah, aber wahrscheinlich nichts dergleichen war, grinste plötzlich breit, klopfte Clive auf die Schulter und kletterte die Stufen wieder hinauf zu den Pferden, die er beide mit sich nahm. Clive blieb mit dem sonderbaren Gefühl zurück, daß er aus einem Gefängnis gerettet worden war, um in einem anderen zu landen.

Nun, es war wenigstens kein stickiger, stinkender Raum, sagte er sich philosophisch. Die Luft war frisch und duftete nach Thymian, was eine enorme Erleichterung nach den vergangenen Wochen in der Zelle bedeutete. Er breitete die Decke aus und öffnete die Satteltasche, in der er Brot, Käse, Oliven und ein dickes Stück schmackhafter Wurst vorfand. Er versuchte ziemlich ungeschickt, die Lederflasche hochzukippen und den Wein in den Mund rinnen zu lassen, wie er es oftmals bei den Bauern in den *Posadas* gesehen hatte. Ein Großteil floß ihm den Hals entlang hinunter, aber das machte ihm nichts aus. Mit seinem blonden Haar, der englischen Kleidung, ohne Geld und mit nur ein paar Brocken Spanisch konnte er nicht hoffen, zu Fuß durch die Sierra entkommen zu können. So lehnte er sich an den Felsen, hüllte sich in die Decke ein und begann zu warten. Es gab ja nicht viel mehr, was er hätte tun können.

Am folgenden Tag, zeitig in der Früh, wurde Charlotte auf dem Markt von einem schlanken Knaben mit wirrem schwarzem Haar angesprochen, der ein Bündel toter Kaninchen, die auf einem Stock aufgehängt waren, vor ihrem Gesicht herumbaumeln ließ. Sie schüttelte heftig den Kopf und während er mit durchdringender Stimme die Ware als billig, frisch und köstlich anpries, steckte er ihr ein Stück Papier in die Hand. Dann verschwand er, um seine Kaninchen anderen Käufern mit unverschämter Aufdringlichkeit unter die Nase zu halten. Verstohlen entfaltete sie den Zettel. Da stand nur das Wort „Italica“ und der Anfangsbuchstabe „C“ zu lesen. Sie starrte ungläubig darauf. Was mochte das bedeuten? Die Nachricht von Clives Flucht war von der Polizei noch nicht bekanntgegeben worden. War es möglich, daß er seiner Eskorte entkommen war, sich irgendwo versteckt hielt und Hilfe brauchte — vielleicht Nahrung oder Kleider? Sie mußte zu ihm. Während sie eilig den Heimweg antrat und unterwegs noch ein paar notwendige Einkäufe erledigte, fiel ihr ein, daß — falls es sich so verhielt, wie sie annahm — die Polizei die Casa de Fuente überwachen könnte, und sie daher so heimlich wie möglich aufbrechen mußte und niemandem — nicht einmal Lucy — erzählen durfte, wohin sie ritt.

Sie erfand die Geschichte, daß Zelda neu beschlagen werden mußte, wählte einen umständlichen Weg durch die Stadt und überquerte schließlich den Fluß, wobei sie in raschem Tempo durch Triana ritt und dann den gewundenen Pfad in die Berge bis zum Amphitheater hinauf erklomm.

Das erste, was sie sah, als sie näher kam, war ein Pferd. Sie zog sich ein wenig zurück, um Ausschau zu halten, und erkannte dann mit Erleichterung, daß der Mann, der direkt im Schatten der Bäume stand, Lorenzo war. Sie pflockte Zelda an und ging auf ihn zu.

Er runzelte die Stirn, als er sie sah. „Was machen denn Sie hier?" rief er aus.

„So waren es also Sie", sagte sie erfreut. „Ich hätte es wissen müssen. Sie haben das getan."

„Was getan?"

„Clive ist hier, nicht wahr?"

„Wieso wissen Sie das?"

„Ich erhielt heute früh eine Mitteilung. Ein Zigeunerjunge steckte sie mir zu."

„Heilige Muttergottes", rief er aus. „Er hat wohl den Verstand verloren, Ihr Herr Cousin? In ganz Sevilla pfeifen es bereits die Spatzen vom Dach, daß er entkommen ist, und er sendet einen Zigeuner mit einer Nachricht! Der Bursche hätte den Zettel der Polizei verkaufen können."

„Aber er hat es nicht getan, nicht wahr?"

„Hoffentlich haben Sie recht."

„Was ist geschehen?" Ihre Augen strahlten. „Sagen Sie es mir — bitte."

Er sah sie voll Erbitterung an. Er riskierte eine Menge für sie, und wenn man sie ansah, hatte man den Eindruck, daß es sich nicht um viel mehr als um ein Abenteuer in irgendeinem Schundroman handelte. Erkannte sie nicht den Ernst der Lage?

„Einige meiner Männer haben die Eskorte aus dem Hinterhalt überfallen und ihn entführt. Es gibt nichts, was den spanischen Bauern mehr Vergnügen bereitet, als der Behörde ein Schnippchen zu schlagen", sagte er trocken.

„War es nicht gefährlich?"

„Es hätte gefährlich werden können, aber die *Guardia Civil* ist nicht besonders darauf aus, für welche Sache auch immer ihr Leben zu riskieren, und meine Hirten kennen jeden Zentimeter der Sierra."

„Ich hätte mir nie im Traum einfallen lassen, daß Sie eine Flucht ermöglichen könnten", sagte sie bewundernd.

„Ich habe das auch anfangs nicht beabsichtigt. In Wahrheit habe ich mich zuerst etwas umgehört. Es schien mir ziemlich sicher zu sein, daß das Kommando nach Madrid eine Farce war.

Im schlimmsten Fall hätte die Sache mit einem Exekutionsurteil enden können, bestenfalls aber mit einer langjährigen Gefängnisstrafe. Das ist ein Fall, in dem sich der *Cortés* nicht leisten kann, nachsichtig zu sein, wenn er seine ohnehin schon schwankende Autorität aufrecht erhalten will."

„Ich verstehe. Was können wir also jetzt tun?"

„Ich habe gewisse Freunde, die zwischen der Küste und Tanger segeln. Gegen Bezahlung werden Sie ihn sicher mitnehmen. Von Tanger aus wird es ein leichtes sein, ein Schiff nach England zu bekommen."

„Soll das heißen, daß es Schmuggler sind?"

„Sie nennen sich jedenfalls Fischer."

„Der Marqués de Merenda Hand in Hand mit *Contrabandistas*", neckte sie ihn.

„Zuweilen. Es kann von Nutzen sein", antwortete er kurz. „Kommen Sie, wir dürfen keine Zeit verlieren. Wir sollten lieber Ihren Cousin suchen."

Sie folgte ihm die zerklüfteten Steinstufen hinab. In der Höhle wartete Clive. Wie schutzsuchend saß er an die Wand gelehnt und hatte keine Ahnung, wer da zu ihm eindrang, denn die beiden Besucher hoben sich gegen die blendende Sonnenhelle, die von draußen hereinströmte, nur als dunkle Schatten ab. Erst als sie in den Eingang der Höhle getreten waren, erkannte er Lorenzo.

„Sie?" rief er aus. „So waren es also Ihre Männer." Dann erblickte er Charlotte. „Wie ich sehe, hat dich der Zigeunerbursche tatsächlich gefunden."

„Sie mit Ihren dummen Einfällen", sagte Lorenzo. „War Ihnen denn nicht klar, daß Sie sich und Charlotte in größte Gefahr hätten bringen können?"

„Wie hätte ich das alles wissen sollen? Ich hätte ja auch vom Regen in die Traufe kommen können. Ihre Leute haben mir überhaupt nichts gesagt. Sollte ich an diesem verdammten Ort hocken und darauf warten, wieder geschnappt zu werden?" sagte er verdrossen. „Charlotte ist da, oder nicht? Und es ist ihr nichts geschehen."

„Was allerdings nicht Ihnen zu verdanken ist", sagte Lorenzo kurz. „Nun hören Sie mir einmal gut zu. Für Madrid sehe ich keine Möglichkeit, Ihnen zu helfen. Aber ich kenne Leute, die zwischen der spanischen Küste und Nordafrika segeln. Sie werden Sie auf mein Geheiß und gegen Bezahlung an Bord nehmen."

„Sie sind der Meinung, daß ich mich wie ein gejagter Verbrecher aus dem Land stehlen muß, ohne eine Chance zu haben, mich zu verteidigen? Und was geschieht mit Charlotte und meiner Frau?"

„Die beiden werden nicht schlechter dran sein, als wenn Sie erschossen oder einige Jahre eingekerkert würden", sagte Lorenzo trocken. „Das ist das Äußerste, was ich für Sie tun kann. Machen Sie mit, oder lassen Sie es sein."

Clive zögerte. Sein Stolz lehnte sich gegen Lorenzos kurz angebundene Art auf, und es paßte ihm nicht, einem Mann verpflichtet zu sein, den er nicht mochte.

„Warum machen Sie das?" fragte er schließlich. „Ist das vielleicht eine Falle? Wie kann ich wissen, daß Ihre sogenannten Freunde mich nicht an die hiesige Polizei ausliefern werden?"

„Das können Sie natürlich nicht wissen", sagte Lorenzo ruhig. „Sie werden mir und meinen Freunden eben vertrauen müssen. Wenn Sie es aber vorziehen, Ihrer Wege zu gehen, werde ich Ihnen mit Vergnügen eine Eskorte verschaffen, die Sie nach Madrid bringt."

„Ich nehme an, daß Sie das im Grunde gerne täten."

Lorenzo zuckte die Achseln. „Warum sollte ich? Die Sache ist mir völlig gleichgültig."

„Clive, wie kannst du so etwas sagen, nachdem Don Lorenzo so viel für dich getan hat?" sagte Charlotte ärgerlich. „Du mußt gehen. Wenn du erst einmal in England bist, kann alles erklärt werden. Es ist das beste für Lucy, das beste für uns alle. Verstehst du das nicht?"

„Ich weiß nicht . . ." Er blickte von ihr zu Lorenzo, der an der Wand lehnte und dessen dunkles Gesicht nichts von seinen Gedanken preisgab. „Ich nehme an, das ist dein Werk, Charlie", fuhr Clive verlegen fort. „Nun gut, ich werde wohl gehen müssen. Was habe ich also zu tun?"

Lorenzo begann rasch, seinen Plan zu umreißen. Die Schmuggler liefen von Palos aus, einem kleinen Hafen nördlich von Cadiz. Er selbst wollte Clive auf einer gewundenen Bergstraße dorthin bringen, und sie sollten am nächsten Tag in der Morgendämmerung aufbrechen. Kritisch musterte er Clives blondes Haar, den eleganten Mantel und die gut geschnittene Kniehose.

„Sie müssen sich verkleiden, denn wir könnten auf Suchtrupps stoßen, die man sicher nach Ihnen aussenden wird. Ich werde Ihnen Bauernkleider bringen. Wir müssen Ihr Haar und Ihr Gesicht dunkel färben, und Sie müssen in der Rolle eines stummen Bediensteten auftreten. Es wird zwar wahrscheinlich keine Schwierigkeiten geben, aber wir können dessen nicht völlig sicher sein, und es wäre dumm, sich für eine solche Situation nicht vorzubereiten."

„Ich werde mitkommen", sagte Charlotte plötzlich.

Beide Männer wandten sich um und sahen sie an.

„Nein", sagte Lorenzo, „daran ist nicht zu denken."

„Nein, wirklich nicht? Wenn der Marqués de Merenda mit zwei seiner Dienstboten und einem bepackten Maultier unterwegs ist, was sollte daran verdächtig sein?"

„Und wie kommen Sie auf die Idee, daß Sie wie die Frau eines meiner Hirten aussehen?" fragte Lorenzo sarkastisch.

„Jetzt natürlich nicht, aber ich werde so aussehen. Ich werde mir Rosas Kleider ausborgen. Ich weiß, wie die Leute aus dem Bergland gekleidet sind. Ich sehe sie ja jeden Tag auf dem Markt. Wenn es notwendig sein sollte, könnte ich auch anstelle meines armen stummen Mannes reden. Sie riskieren eine Menge für uns, und ich möchte auch mein Teil dazu beitragen."

„Indem Sie den ganzen Plan ins Wanken bringen, nehme ich an", sagte Lorenzo zynisch. „Das ist kein Drama auf der Bühne. Sie benehmen sich wie ein Kind, aber ich werde es nicht zulassen."

„Wenn sich Charlotte etwas in den Kopf gesetzt hat", sagte Clive mit einem schwachen Grinsen, „können keine zehn Pferde sie davon abhalten. Ich weiß das noch von früher."

„Tatsächlich. Es ist jedenfalls ein langer und anstrengender Ritt, keineswegs für eine junge Dame geeignet", sagte Lorenzo kalt.

„Ich bin darauf vorbereitet. Ich bin übrigens um vieles zäher, als Sie glauben, und ich habe mir schon lange gewünscht, einem Schmuggler von Angesicht zu Angesicht zu begegnen."

„Du lieber Himmel!" rief er aus. „Sind alle Engländer so verrückt wie ihr beiden?"

Aber sie hatte den Eindruck, daß sie das Spiel gewonnen hatte. Die drei setzten sich in der Dunkelheit der Höhle zusammen und begannen, die Einzelheiten zu planen.

„Ich werde Geld brauchen", sagte Clive an einer Stelle des Gesprächs, „und zwar sehr viel Geld, da Ihre Schmuggler ja offenbar käuflich sind. Lucy muß Geld von unserem Konto abheben, und Charlotte kann es mir mitbringen."

„Nein", sagte Lorenzo entschieden. „Es könnte auffallen, wenn Sie plötzlich einen größeren Geldbetrag benötigen. Ich werde die Zahlungsangelegenheit regeln. Doña Lucia kann mir ja das Geld später zurückgeben."

„Das ist sehr großzügig von Ihnen", sagte Clive etwas widerstrebend.

„Das gebietet der gesunde Menschenverstand. So, das wäre erledigt." Lorenzo erhob sich. „Ich werde im Morgengrauen mit geeigneten Kleidern hier sein. In der Zwischenzeit werden Sie leider weitgehend in Ihrem Versteck bleiben müssen. Es kommt zwar kaum jemand nach Italica, denn hier sollen nämlich die Opfer der römischen Arena noch immer spuken. Aber darauf kann man sich nicht verlassen, und Sie sind allzu leicht zu erkennen."

Charlotte war ruhig dagesessen, aber nun hob sie den Kopf. „Ich habe es mir überlegt", sagte sie nachdenklich. „Wenn ich mit euch komme, werde ich mich überhaupt nicht verkleiden. Sie haben ganz recht. Ich würde es nicht fertigbringen, wie eine Einheimische auszusehen."

„Sie werden überhaupt nicht mit uns kommen", sagte Lorenzo entschieden. „Ich glaube, daß ich das bereits klar ausgesprochen habe."

Ihre Augen blitzten bei seinem herrischen Ton auf. „Oh doch, das werde ich. Aber ich werde mit Ihnen kommen, wie ich bin. Jedem, der uns fragt, werde ich sagen, daß ich Sie um Hilfe bei der Suche nach meinem Cousin gebeten habe, weil ich erkennen mußte, daß es weit besser wäre, wenn er sich der spanischen Justiz auslieferte. Wem würde in so einem Fall die Identität des stummen Bedienten, der neben Jacopo reitet, verdächtig vorkommen?"

„Und wer, glauben Sie, wird so einen romantischen Unsinn glauben?" sagte er, ihren Überschwang dämpfend. „Die Idee ist ziemlich lächerlich."

„Sie glauben, daß ich es nicht schaffen werde, aber ich versichere Ihnen, daß ich es sehr wohl kann. Und Sie können mich nicht daran hindern mitzukommen; da müßten Sie mich schon einsperren."

„Allmählich glaube ich auch, daß das das beste wäre", sagte er drohend.

Clive lachte plötzlich laut auf. „Was habe ich Ihnen gesagt? Mein lieber Herr, Sie kennen Charlie nicht so, wie ich sie kenne. Sie hat schon immer einen Hang zum Abenteuerlichen gehabt. Ich erinnere mich, daß Onkel Harry mir einmal erzählt hat, daß sie eigentlich ein Bub hätte werden sollen."

„So ist das also", sagte Lorenzo trocken und seufzte. „Der Gedanke, Sie da hineinzuziehen, ist mir nicht sympathisch, aber ich muß zugeben, daß es gelingen könnte."

„Ich habe gewußt, daß Sie die Sache mit meinen Augen sehen werden, wenn Sie darüber nachdenken", sagte Charlotte. „Dann ist es also beschlossen. Ich treffe euch morgen früh an dieser Stelle. Und jetzt muß ich zurück zu Lucy."

„Sag ihr alles Liebe von mir", sagte Clive mit belegter Stimme. „Sag ihr, daß ich euch beide nachkommen lasse, sobald ich in England bin."

„Ich werde es ihr sagen."

Sie küßte Clive auf die Wange und ging rasch davon, als hätte sie Angst, daß — falls sie zögerte — Lorenzo weitere und stärkere Argumente finden könnte, um sie daran zu hindern mitzukommen.

Als sie die Casa de Fuente erreichte, war es Mittag, und Lucy hatte vor Angst fast den Verstand verloren.

„Wo, um Himmels willen, bist du gewesen?" brach es aus ihr hervor, kaum daß Charlotte den Raum betreten hatte. „Mr. Robinson ist hier gewesen. Er sagte, daß Clive geflüchtet sei. Die Polizei ist wütend, weil man sie überlistet hat. Suchkommandos durchkämmen die Gegend, und sie haben eine Belohnung für denjenigen ausgesetzt, der Hinweise geben kann. Die Leute hier sind so schrecklich arm, daß sie erpicht darauf sein werden, ihn zu verraten."

Charlotte schloß sorgsam die Tür und lehnte sich dagegen. „Vergiß das im Augenblick. Was hat er noch gesagt?"

„Nicht sehr viel, außer daß er der Meinung ist, daß wir etwas über die Sache wissen", fuhr sie atemlos fort. „Und er hat mich gewarnt, daß es uns schlecht ergehen könnte, falls wir etwas verheimlichen."

Plötzlich schien ein Verdacht in ihr aufzukeimen, und sie

wandte sich Charlotte zu. „Wußtest du davon, Charlotte? Sag es mir! Verbirgst du etwas vor mir? Hängt dein Ausritt heute morgen damit zusammen? Hast du ihn gesehen?"

Die Fragen kamen Schlag auf Schlag, bis Charlotte die Hand hob. „Pst! Sprich leiser. Die Dienstboten brauchen es nicht zu hören. Ich habe dir nichts davon gesagt, weil ich noch nicht genau wußte, wie die Sache ausgehen würde. Aber ich bin vor ein paar Tagen bei Lorenzo gewesen."

„So hast du ihn also tatsächlich um Hilfe gebeten?"

„Ja, das habe ich getan, und er hat zugesagt. Es waren seine Männer, die Clive gerettet haben, und er befindet sich in einem völlig sicheren Versteck. Ich komme gerade von ihm."

„Oh mein Gott, ich kann es nicht glauben", rief Lucy aus. „Wie sieht er aus? Ist er verletzt? Was wird er tun?"

„Morgen wird er zur Küste gebracht und auf ein Schiff, das nach Nordafrika segelt, verfrachtet werden. Von dort aus kann er nach England weiterfahren."

Lucy starrte sie an. „Aber wie kann er denn das, ohne Papiere, ohne Paß?"

„Das wird er alles nicht brauchen. Lorenzo hat Freunde unter den Schmugglern, und diese werden Clive auf ihrem Schiff nach Tanger mitnehmen."

„Schmuggler! Aber wird das nicht schrecklich gefährlich sein? Falls ihn die Polizei erwischt, werden sie ihn erschießen."

„Man wird ihn nicht finden. Dafür wird Lorenzo sorgen."

„Können wir ihm vertrauen? Warum tut er das?" fragte Lucy bedächtig. „Er hat Clive nie leiden können."

„Das hat nichts damit zu tun. Er ist um dich besorgt, und er glaubt, daß er uns etwas dafür schuldet, was wir für Teresa getan haben."

„Was *du* für sie getan hast", sagte Lucy. „Er tut das — für dich, nicht wahr?"

„Du lieber Himmel, was spielt das schon für eine Rolle, warum er es tut?" sagte sie ein wenig ungehalten. „Was wichtig ist, ist Clive. Wenn er erst mit Sicherheit aus Spanien entkommen ist, können wir aufatmen."

Der Tag wurde in aller Ruhe damit zugebracht, ein paar notwendige Vorbereitungen zu treffen. Lucy war entsetzt bei dem Gedanken, daß Charlotte mit den Männern mitreisen würde.

Charlotte aber sagte, sie könne nicht zulassen, daß Lorenzo die alleinige Verantwortung übernahm. Sie hatte ihn in eine Sache hineingezogen, von der er, wie sie wußte, nicht völlig überzeugt war, und so mußte sie gleichfalls eine Rolle darin übernehmen. Aber da war noch etwas, das immer schon in ihrem Wesen verborgen gewesen war — eine Sehnsucht, aus der langweiligen Monotonie des Alltags zu entfliehen, sich von den anderen jungen Frauen zu unterscheiden, die so leicht den täglichen Trott hinnahmen. Dieses Verlangen war seit ihrer Kindheit in ihr gelegen und hatte sich aufs neue geregt, als sie nach Spanien gekommen war. Die lockende Gefahr übte einen zusätzlichen Reiz auf sie aus. An Lorenzo selbst wollte sie nicht allzuviel denken. Aber er würde da sein, sie würden gemeinsam ein Ziel verfolgen, und dieser Gedanke ließ ihr Herz höher schlagen.

Es schien seltsam, daß — nachdem sie all diese Pläne gemacht und alle Eventualitäten einkalkuliert hatten — die Reise fast ereignislos verlief. Das schlimmste Problem bereitete die holprige und steile Route, die in der brennenden Mittagssonne durch felsige Pässe führte, denn Lorenzo wählte einsame Wege und machte keine Konzessionen im Hinblick auf Hunger oder Durst. Sie trafen nur sehr wenige Leute, und zwar meist Bauern, die ihre vollbepackten Esel am Zaum führten und den Reisenden im Vorbeigehen einen fröhlichen Gruß zuriefen und Charlotte neugierig anstarrten. Einmal wurden sie von einer Herde von Hunderten Schafen, die ihren Weg kreuzten, aufgehalten, und sie mußten geduldig warten, bis sie endlich weiterreiten konnten.

Nur ein einziges Mal gab es eine aufregende Begegnung. Eine kleine Gruppe von Soldaten versperrte ihnen den Weg und umkreiste sie, als sie sich nur mehr einige Meilen von ihrem Ziel entfernt befanden.

Der Kommandant, ein junger Leutnant in staubbedeckter Uniform, musterte sie von oben bis unten und fragte sie geradewegs, ob sie irgend etwas von dem verdammten *Inglés* gehört oder gesehen hätten, der so viele Ungelegenheiten machte und der sich inzwischen mit größter Wahrscheinlichkeit unterwegs zur Küste befand.

„Falls nicht bereits die Wölfe mit ihm kurzen Prozeß gemacht haben“, scherzte Lorenzo. „Ich fürchte, wir können Ihnen nicht helfen.“

„Darf ich fragen, Señor, wohin Sie reiten?" fragte der junge Mann.

„Gewiß. Wir besuchen das Kloster von La Rábida. Ich bin der Marqués de Merenda und habe dort zu tun."

„Ich verstehe. Und die Señorita?"

„Ich pflege meine Privatangelegenheiten nicht mit Fremden zu besprechen", sagte Lorenzo steif. „Sie reitet mit mir zum Kloster. Das sollte genügen."

Einer der Soldaten murmelte etwas halblaut vor sich hin, worauf die anderen in ein derbes Gelächter ausbrachen. Da versetzte er Zelda plötzlich einen Schlag aufs Gesäß, und die Stute schnellte vorwärts, wobei sie beinahe Charlotte abwarf. Das Mädchen fand aber rasch ihr Gleichgewicht wieder. Lorenzos Zähne gruben sich in seine Unterlippe; er sagte aber nichts.

Die obszöne Anspielung war nicht zu übersehen, und Clive reagierte wütend darauf. Er erhob die Peitsche, die er in der Hand hielt. Beinahe schlug er jenen unverschämten Soldaten ins Gesicht, aber Jacopo riß schnell wie der Blitz den Arm mit einem heftigen Schlag herunter.

*„Perdone, amigo,* der Mann ist ein Idiot", brummte er entschuldigend.

Einen Augenblick lang schien die Gefahr wie ein Damoklesschwert über ihnen zu schweben, und Charlotte hielt den Atem an. Da zuckte der Leutnant die Achseln und befahl seinen Männern, zur Seite zu treten.

*„Adios, Señor, Señorita* — gute Reise."

Clive rieb sich den schmerzenden Arm, als sie weiterritten.

„Es tut mir leid", sagte Lorenzo ruhig, „aber ein einziges englisches Wort und Sie wären geliefert gewesen."

„Meine Cousine ist nicht Ihr Liebchen", entgegnete Clive wütend. „Ich hätte diesem Abschaum das schmutzige Maul stopfen mögen."

„Und sich selbst um Kopf und Kragen bringen", entgegnete Lorenzo. „Ich glaube, daß Charlotte die Beleidigung leichter ertragen konnte, als sehen zu müssen, wie man Sie festnimmt und wieder ins Gefängnis befördert. Der Leutnant war ja kein Dummkopf, und ich glaube, er hat so halb und halb erraten, wer sie ist. Je früher wir daher Palos erreichen, desto besser. Es kann sein, daß er nachzudenken beginnt."

Sie ritten einige Minuten schweigend weiter, bis Charlotte zu sprechen begann: „Gibt es einen besonderen Grund, warum wir das Kloster von La Rábida besuchen sollten?"

„Es war das erste, was mir eingefallen ist, um ihn abzulenken. La Rábida steht in engem Zusammenhang mit Christoph Columbus. Dort war es, wo er als unbedeutender, halb verhungerter Fremder ankam, und dort war es auch, wo die Reise, die letztlich nach Amerika führte, geplant wurde. Viele Besucher kommen in dieses Kloster, um die Statue der Heiligen Jungfrau zu sehen, vor der er einst betete, bevor er in See stach. So war es nicht weiter auffallend, daß wir zusammen diesen Ausflug dorthin machen wollten."

Lorenzo hatte versucht, sie zu schützen, aber sie wußte recht gut, daß kein spanisches Mädchen allein und ohne Anstandsdame mit einem Mann unterwegs sein würde, der weder ihr Vater noch ihr Bruder war. Es bedrückte sie ein wenig. Dann schob sie diesen Gedanken beiseite. Das einzige, was zählte, was Clives Sicherheit.

Palos war einmal eine blühende Hafenstadt gewesen und war jetzt nur mehr ein unbedeutender Ort. Aber am Kai lagen Fischkutter vor Anker, und Boote waren den Strand entlang angekettet. Als sich die vier Reiter durch das dichte Gras am Ufer näherten, erhob sich einer der dort befindlichen Männer und begrüßte Lorenzo überschwenglich.

*„Hola, Felipe"*, grüßte dieser zurück. *„Como esta usted?"*

*„Bueno, Señor, muy bueno."*

Der Schmuggler war klein und untersetzt und hatte einen imposanten schwarzen Schnurrbart. Er rief seinen Gefährten etwas zu, und ein paar andere Männer kamen über den Strand getrottet und schüttelten Lorenzo die Hand. Dieser — offenbar auf gutem Fuß mit ihnen — begrüßte sie heiter und erkundigte sich nach ihren Frauen und Kindern. Dann stiegen alle ab, die Pferde wurden weggeführt, und die ganze Gesellschaft drängte sich in das kleine Gasthaus. Mehr als ein halbes Dutzend Seeleute, kleine, dunkelhäutige Männer, begrüßten Lorenzo zwar freundschaftlich, aber trotz ihrer rauhen Art mit einem gewissen Respekt und warfen neugierige Blicke auf Charlotte. Er stellte sie als die Cousine des *Inglés* vor, und sie schlugen Clive wohlwollend auf die Schulter und erklärten Charlotte in einem Schwall von spanischen Ausdrücken, sie würden schon dafür sorgen, daß ihr Cousin sicher nach Tanger übersetzen könne.

Sie würden mit der Flut auslaufen, sagte Felipe, der ihr Anführer zu sein schien, aber zuerst müsse man etwas essen. Speisen wurden gebracht, selbstverständlich *Gazpacho,* und gebratenes Kitz, und eine Art dicke Suppe, die Stücke der verschiedensten Wildvögel enthielt. Die Weinschläuche wurden herumgereicht, wobei Clives ungeschickte Bemühungen, damit umzugehen, mit ausgelassenem Lachen begrüßt wurden. Der Jüngste der Anwesenden, ein Knabe mit dichtem schwarzem Haar, wurde auf einen Stuhl gehoben, wo er singen mußte. Charlotte konnte zwar den Dialekt nicht verstehen, entnahm jedoch dem schallenden Gelächter und den gelegentlich auf sie gerichteten verschämten Blikken, daß die Worte anzüglich sein mußten.

Lorenzo verhielt sich durchwegs schweigsam und versuchte, sich eine Meinung über diese sonderbare junge Frau zu bilden, die ihn in Spannung versetzte, gleichzeitig aber auch Gegenstand seines Ärgers war. Gabriella hätte in den zweideutigen Gesang eingestimmt, Manuela wäre still und zitternd dagesessen, wenn sie ihn überhaupt jemals bei solch einem Abenteuer begleitet hätte. Aber dieses Mädchen war in seiner Art ein Zwischending zwischen den beiden anderen. War es deshalb, weil sie eine Engländerin war? Einmal, vor langer Zeit, als er noch ein Knabe gewesen war, hatte er neben der Leiche seines Vaters gekniet und einen feierlichen Eid geschworen, daß die Engländer für das bezahlen sollten, was sie ihm angetan hatten. Die Jahre waren inzwischen vergangen — sein bitterer Vorsatz war geblieben, und doch . . . ach, zum Teufel. Er seufzte und versuchte, sich darauf zu konzentrieren, was Felipe ihm zuflüsterte.

„Es hat Schwierigkeiten gegeben — die Männer aus Gibraltar — Sie wissen, wen ich meine — sie sind neidisch auf unser Geschäft. Sie sagen, daß wir ihnen die Gewinne stehlen. Aber haben Sie keine Angst. Vertrauen Sie mir, Señor. Wir werden ihn ohne Schaden hinüberbringen." Er steckte den Lederbeutel mit Peseten ein, den Lorenzo ihm überreicht hatte.

Es war dämmerig geworden, als sie zum Strand gingen. Die Männer trugen Laternen, und Charlotte sah, wie ein Schiff auf dem ruhigen Wasser leicht hin und her schaukelte. Ein schwaches Licht glomm von der Mastspitze herab. Es war Zeit zum Abschiednehmen.

Clive ergriff Lorenzos Hand. „Ich schulde Ihnen Dank." Er zögerte, als wollte er noch etwas sagen, und Lorenzo beantwortete die unausgesprochene Frage.

„Haben Sie keine Angst. Ich werde dafür sorgen, daß Ihrer Frau und Ihrer Cousine nichts geschieht."

Er entfernte sich und ließ Clive und Charlotte allein.

„So, das wär's, Charlie", sagte Clive linkisch. „Wünsch mir Glück."

„Oh Clive, paß auf dich auf. Geh kein Risiko ein."

Sie schlang den Arm um seinen Nacken und umarmte ihn, und er küßte sie auf den Mund, so daß es für Sekunden schien, als wäre die Zeit stehengeblieben und sie wären noch immer das Mädchen und der junge Mann von einst.

Aus einer gewissen Entfernung blickte Lorenzo zu ihnen hin, sah, wie sie sich schließlich zögernd von einander lösten und Clive das Boot bestieg. Es wurde vorwärts gestoßen, und die Laterne tanzte über das dunkle Wasser. Charlotte stand mit gefalteten Händen da und starrte dem Boot nach. Als Lorenzo zu ihr trat, sah er, daß Tränen in ihren Augen glänzten.

Er nahm ihren Arm und führte sie über den Strand, und sie strauchelte im dichten Gras, das am Rand der Dünen wuchs.

„Sehen Sie diese Eisenringe?" Er blieb stehen und bog das Schilf auseinander. „Das sind jene Ringe, an welchen Columbus seine drei Schiffe vertäut hatte, und keines davon war viel größer als jenes Schiff da draußen. Er und seine Mannschaft hatten in der kleinen Kirche dort an der heiligen Messe teilgenommen, und dann waren sie losgesegelt, als die Flut kam. Das ganze Dorf war versammelt, um sie auslaufen zu sehen."

„Es ist, als würde man die Vergangenheit zum Leben erwekken", sagte Charlotte, dankbar dafür, daß er ihr über diesen Augenblick hinweggeholfen hatte. Obwohl sie erleichtert war, daß Clive nun in Sicherheit zu sein schien, empfand sie auch ein schmerzliches Gefühl des Verlustes. Sie fragte sich, ob sie ihren Cousin wohl jemals wiedersehen werde. Sie und Lucy waren nun allein in einem Land, das, so sehr sie es auch liebte — nicht ihre Heimat war. Sie fühlte sich einsam.

„Die Unterkunft ist nicht sehr bequem, aber sie müssen ein wenig schlafen, ehe wir zurückreiten", sagte Lorenzo.

Er hatte selbstverständlich recht. Es war mittlerweile dunkel geworden, und er geleitete sie bis zur Tür eines der Gästezimmer in der *Posada,* einem kleinen, weißgetünchten Raum, der nur ein schmales Bett und einen Stuhl enthielt, aber makellos sauber war.

„Versuchen Sie zu schlafen, und machen Sie sich nicht allzu viele Sorgen", sagte er. „Er ist jetzt in Sicherheit, dessen bin ich gewiß."

„Ich danke Ihnen", entgegnete sie, „Ich danke Ihnen tausendmal für alles, was Sie getan haben", und dann ging sie rasch in ihr Zimmer und schloß die Tür.

Die Nacht war sehr warm. Sie zog ihre Reitkleidung aus und legte sich ins Bett. Das grobe leinerne Bettzeug roch nach dem salzigen Seewind, der es getrocknet hatte.

Es schien ihr, als hätte sie kaum erst die Augen geschlossen, da wurde sie durch ein lautes Klopfen an der Tür aus dem Schlaf gerissen. Die Wirtin kam mit einer Tasse starkem schwarzem Kaffee herein, und Charlotte stellte fest, daß es bereits sechs Uhr früh war. Alle Knochen ihres Leibes schmerzten noch von den Anstrengungen des langen Rittes, den sie am vergangenen Tag zurückgelegt hatten. Aber sie wußte, wie wichtig es war, daß sie so rasch wie möglich zurückkehrten, für den Fall, daß Fragen gestellt wurden. Lorenzo erwartete sie unten im Gastzimmer mit einem Frühstück, das aus Eiern und Brot bestand.

„Essen Sie", befahl er, als sie den Kopf schüttelte. „Es wird ein schwerer Tag werden, und ich möchte nicht, daß Sie vor Hunger umkommen."

„Es wird mir nichts dergleichen geschehen", sagte sie unwirsch.

„Vielleicht doch, wenn Sie nicht frühstücken wollen. Da, greifen Sie zu", und er schob ihr den Teller hin. „Muß ich Sie füttern, wie ich es mit Paquita mache, wenn sie nicht gehorchen will?"

„Frühstückt sie mit Ihnen?" fragte Charlotte interessiert, als sie sich die häusliche Szene vor Augen führte. „Ich habe Sie mir nie in der Rolle des Vaters vorgestellt."

„Ich bin im Begriff, in die Rolle hineinzuwachsen", antwortete er kurz, „da die Kleine ja jetzt bei uns im Castillo lebt."

Um ihn zufriedenzustellen, zwang sie sich, ein wenig von dem Schinkenomelett und ein paar Bissen grobes dunkles Brot zu essen. Dann traten sie in die Kühle des frühen Morgens hinaus. Dichter Nebel war vom Meer aufgestiegen. Sie fühlte, wie die Feuchtigkeit ihre Glieder durchdrang, und spürte das Salz auf den Lippen, als sie sich im Sattel zurechtsetzte. Die Leute von der *Po-*

*sada* riefen ihnen ein fröhliches Lebewohl nach, als sie dem Meer den Rücken wandten und auf die Hügel der Sierra zuritten.

Sie sprachen nicht viel während des Weges. Charlotte war zu müde, und Lorenzo schien mit seinen Gedanken beschäftigt. Er drängte nicht so zur Eile wie am Tag zuvor und gewährte ihnen eine längere Rast in der Mittagshitze, so daß es Abend wurde, bis sie den rosafarbenen Turm der Giralda sich gegen die golden untergehende Sonne abheben sahen.

Die Pferde waren so müde wie sie selbst. Sie ritten langsam durch die engen, von Menschen überfüllten Straßen von Triana, als ihnen jemand etwas zurief. Sie blickten auf und gewahrten Gabriella, die aus einem Fenster oberhalb des Café Diablo schaute.

„So seid ihr also von La Râbida zurück“, sagte sie, und ihr Blick glitt über die müden Pferde und blieb schließlich auf Charlottes Gesicht hängen, das von Straßenstaub und Müdigkeit gezeichnet war. „Das war aber ein langer Ausflug für einen kurzen Besuch, nicht wahr?“

„Ich hatte dort zu tun, und Doña Carlotta hatte sich schon lange gewünscht, das Kloster zu sehen. Die Briten sind nun einmal auf historische Besichtigungen versessen“, sagte Lorenzo ruhig. „Aber das kannst du sicher nicht verstehen, Gabriella.“

„Oh, ich bin nicht so ungebildet“, sagte sie sarkastisch, „aber es scheint mir nur ein ungeeigneter Zeitpunkt dafür, gerade jetzt, wenn ihr Cousin abgängig ist und eine Mordanklage über ihm schwebt.“

Charlotte fuhr sich mit der Zunge über die trockenen Lippen. „Mordanklage? Ich verstehe nicht recht.“

„So, das wissen Sie nicht? Aber Sie können es auch nicht wissen, da Sie ja nicht in der Stadt gewesen sind. Einer seiner Bewacher wurde getötet. Wahrscheinlich ist er unter die Hufe des Pferdes geraten. Es hat viel Aufregung deswegen gegeben. Und es wäre nicht gerade günstig für den *Inglés,* wenn man ihn erwischte.“

Ihre Augen wanderten rasch zu Jacopo hin, der das überzählige Pferd führte. „Ihr wart ja zuerst vier. Habt ihr einen unterwegs verloren?“

„Zufällig haben wir ihn in La Râbida zurückgelassen“, sagte Lorenzo. „Der arme Kerl ist taubstumm, und die Mönche nehmen ihn als Laienbruder auf. Das ist auch der Grund, warum ich dorthin ritt." Er runzelte die Stirn. „Du scheinst ja ziemlich gut über uns Bescheid zu wissen, Gabriella."

„Leutnant Alváro war vergangene Nacht hier und war sehr verärgert, daß seine Mission fehlgeschlagen war. Er ist ein ehrgeiziger junger Mann, der mit offenen Augen durch die Welt geht. Er hat die Señorita Carlotta erwähnt. Er hält sie für deine *Novia*, Lorenzo. Kann man dir gratulieren?"

„Das war seine Auffassung, und ich bin einem jungen Offizier, der die Frechheit besitzt, mich auszufragen, keine Rechenschaft schuldig."

„Immer noch derselbe Stolz, Lorenzo", sagte Gabriella ein wenig spöttisch. „Ich konnte mir auch nicht vorstellen, daß es wahr sein sollte. Der Marqués de Merenda mit einer *Inglesa* verlobt! ‚Niemals', habe ich zu Alváro gesagt. ‚Schon der Gedanke allein ist lächerlich. Da müssen Sie sich irren.'"

„Ja, eben, nicht?" Lorenzo tat die Sache achtlos mit einem Achselzucken ab. „Verzeih uns, Gabriella, wenn wir weiterreiten. Es wird langsam spät, und wir haben einen langen Tag hinter uns."

„Paßt auf, welchen Weg ihr nehmt", rief sie ihnen nach. „Es hat Unruhen in der Stadt gegeben."

„Sie weiß es", flüsterte Charlotte atemlos, als er neben ihr ritt. „Sie weiß über Clive Bescheid. Der Leutnant hat mich nicht erkannt, aber sie hat ihn darauf gebracht."

„Es kann nichts bewiesen werden, und Clive ist bereits außerhalb von Spanien und in Sicherheit."

„Aber sie weiß, was Sie getan haben, um uns zu helfen. Sie könnte Ihnen schaden."

„Das würde Gabriella nicht tun."

Aber er war nicht so überzeugt, wie er sich gab. Gabriella war immer unberechenbar gewesen, und zum ersten Mal fragte er sich, ob sie wohl eifersüchtig war. Sie selbst wollte ihn nicht mehr haben, nahm es ihm aber übel, wenn er sich für eine andere Frau, besonders eine Ausländerin, interessierte.

Sobald sie Sevilla erreichten, merkten sie, daß etwas nicht in Ordnung war. Zu ihrer Überraschung waren wenige Leute auf der Straße, und jene, die zu sehen waren, standen in kleinen Gruppen beisammen und starrten sie an, als sie vorbeiritten. Üblicherweise war das die Stunde, da sich Männer und Frauen außerhalb ihrer Häuser zum Plaudern trafen und die Abendkühle nach der Hitze des Tages genossen. Aber jetzt waren die meisten Türen geschlossen, und eine sonderbare Stille lag in den Straßen. Sie kamen an der Kathedrale vorbei, und als sie die Casa de Fuente erreichten, sahen sie eine aufgeregte Menge von jungen Leuten, hauptsächlich halbwüchsige Knaben, die auf der Straße vor dem Haus beisammenstanden. Die Burschen stießen Beleidigungen hervor, stachelten einander mit lauten Schimpfworten auf, und als die drei Reiter näher kamen, sahen sie, daß der Anführer mit dem Arm ein Zeichen gab, worauf ein Hagel schwerer Steine gegen die geschlossenen Fensterläden prasselte.

„Oh nein!" rief Charlotte aus. „Oh nein, das ist doch nicht möglich!"

„Warten Sie!" Lorenzo trieb sein Pferd voran, und als die Burschen sahen, daß er auf sie zugeritten kam, hielten sie ein und liefen davon. Er stieg ab und pochte an das Tor. Atemlos glitt Charlotte aus dem Sattel und gesellte sich zu ihm, während Jacopo die Zügel der Pferde ergriff.

„Wer ist da?" stammelte drinnen jemand mit gedämpfter Stimme.

„Ich bin es, Doña Carlotta, und Don Lorenzo."

Man hörte, wie die Riegel zurückgeschoben wurden, dann öffnete jemand vorsichtig das Tor, und sie schlüpften hinein.

„Jemand muß sich um die Pferde kümmern, Jaime."

„Das wird Tomás besorgen", brummte Jaime und rief nach dem Burschen. Dieser kam völlig verschüchtert aus der Küche und schlich vorsichtig durch das Tor.

„Was, zum Teufel, ist denn da los?" fragte Lorenzo.

„Sie haben gut reden, Señor. Diese Kerle sind den ganzen Tag da gewesen", knurrte Jaime angewidert. „Verdammte Schurken! Was glauben sie denn, wer sie sind? Ehrliche Leute beleidigen und beschimpfen!"

„Wo ist Doña Lucia?" rief Charlotte, von plötzlicher Furcht erfaßt. „Ist sie verletzt?"

„Nein, Señorita. Aber Juanita ist verletzt. Haben sie grob behandelt, diese Burschen, als sie zum Markt gegangen ist. Wenn ich ein paar Jahre jünger wäre, hätte ich sie meinen Stock spüren lassen."

Charlotte drängte sich an dem alten Mann vorbei und ging ins Wohnzimmer.

Juanita lag auf dem Sofa, und Lucy kniete an ihrer Seite und wusch ihr das zerbeulte Gesicht und die blutende Platzwunde auf der Stirn. Lucy, das Halstuch noch in der Hand, blickte auf und rappelte sich hoch. Sie war sehr blaß.

„Gott sei Dank", atmete sie auf, „Gott sei Dank!" und sie klammerte sich an Charlotte, die auf sie zugelaufen war, um sie zu umarmen.

„Es ist alles in Ordnung, Liebes, es ist alles gut. Da sind wir wieder."

Es hatte bereits am Morgen begonnen, als sich die Nachricht vom Tod des Wachtposten rasch in der Stadt verbreitet hatte. Eine Welle der Feindseligkeit gegen die Fremden hatte die Leute wie ein Waldbrand erfaßt.

„Sie schienen zu glauben, daß sich Clive hier bei uns versteckt hält", sagte Lucy matt. „Den ganzen Tag lang haben sie vor dem Haus geschrien. Ich riet den Dienstboten, nicht aus dem Haus zu gehen, aber Juanita sagte, daß wir Lebensmittel brauchen würden. Einige von diesen Unmenschen sind auf sie losgegangen, als sie zurückkam. Matthew gelang es, Juanita ins Haus zu ziehen und das Tor vor ihnen zu verriegeln. Es war schrecklich. Ich glaubte jeden Moment, sie würden das Tor aufbrechen. Ein Fenster wurde eingeschlagen; wir haben deshalb auch die Fensterläden geschlossen." Sie zitterte, und Charlotte legte eine Hand auf die ihre.

„Armer Schatz. Ich hätte dich nicht allein lassen sollen."

„Du konntest es ja nicht wissen."

„Wo ist Matthew jetzt?"

„Er ist zu Mr. Robinson gegangen, um ihn zu fragen, ob es nicht ein Möglichkeit gäbe, uns zu schützen. Er ist noch nicht zurück." Sie blickte Charlotte flehentlich an. „Clive? Ist er . . .?"

„Ja, er ist in Sicherheit."

Lucy stieß einen langen Seufzer aus und lächelte Lorenzo schüchtern zu. „Ich bin Ihnen zutiefst verbunden."

Er ging darüber hinweg. „Aber das war doch gar nichts. Woran wir jetzt denken müssen, ist Ihre Sicherheit. Ich kann beim *Alcalde* und bei der Polizei vorsprechen, aber ich zweifle, daß man sich als sehr hilfreich erweisen wird."

Einen Augenblick stand er in Gedanken versunken da, dann sagte er: „Ich habe hier in der Stadt keinen sehr großen Einfluß, aber niemand wird es wagen, seine Hand gegen das Castillo zu erheben. Darf ich Ihnen vorschlagen, daß Sie bei uns Zuflucht nehmen, bis sich die Stürme wieder gelegt haben?"

„Aber das können wir doch nicht tun", sagte Charlotte rasch. „Das können wir Ihnen nicht zumuten. Es wäre nicht richtig, nach allem, was Sie schon für uns getan haben, und dann ist da ja auch die Marquésa — was würde sie dazu sagen, wenn sie ihr Heim mit Fremden teilen müßte?"

„Sie sind kaum mehr eine Fremde, und das Haus ist groß genug. Sie könnten einen Flügel ganz allein bewohnen, wenn Sie möchten. Doña Gracia würde mir gewiß darin beipflichten, daß ich Ihnen diesen einzig möglichen Schutz angedeihen lasse."

Lucy blickte zu ihm auf. „Wir wären Ihnen zutiefst dankbar, aber ich weiß nicht, ob wir das annehmen dürfen, ob Clive damit einverstanden wäre, Ihnen eine solche Last aufzubürden."

Die Stimme erstarb ihr, und er trat näher, um ihre Hand zu ergreifen. „Meine liebe Doña Lucia, das letzte, was ich zu Ihrem Gatten sagte, war, daß ich darauf achten würde, daß man Ihnen und Ihrer Cousine kein Leid zufügt. Ich löse daher mit meinem Angebot nur ein Versprechen ein."

„Wenn Sie wirklich glauben . . ."

„Ich bin ganz sicher." Er sah von ihr zu Charlotte. „So ist es also abgemacht. Am Morgen werde ich mit einer entsprechenden Eskorte erscheinen und Sie beide ins Castillo bringen. Und jeder, der es wagt, Fragen zu stellen, wird es mit mir zu tun bekommen. Nehmen Sie mit, was immer Sie brauchen, auch ihre Dienstboten, falls diese Sie zu begleiten wünschen. Es ist Platz für alle."

So fegte er jeden Einwand vom Tisch und ließ auch Charlotte keine Zeit zu protestieren. Matthew war inzwischen von Mr. Robinson zurückgekommen und hatte nur dessen vages Versprechen erhalten, daß er versuchen werde, ihnen zu helfen. Lorenzo, der diesen Diener als den verläßlichsten von allen Dienstboten einschätzte, wechselte draußen ein paar Worte mit ihm. Er wies ihn an, das Haus sorgfältig abzusperren und unter keinen Umständen jemanden einzulassen. Dann kam er zurück, um sich zu verabschieden. Er ging dabei sehr behutsam mit Lucy um, nahm sie bei beiden Händen und redete tröstlich und beruhigend auf sie ein.

Als er davongeritten war, lehnte sich Lucy mit einem langen Seufzer auf dem Sofa zurück. „Oh Liebes, es ist, als hätte man gegen einen Wirbelsturm anzukämpfen, gelt? Aber ich muß sagen, daß ich mich zum ersten Mal sicher fühle, seit Clive eingesperrt worden ist."

„Es ist sehr großzügig von Lorenzo, uns seinen Schutz anzubieten, aber ich bin immer noch der Meinung, daß wir nicht dorthin gehen sollten", sagte Charlotte zweifelnd. „Wir sollten ihn nicht in unsere Schwierigkeiten hineinziehen. Wie können wir wissen, was sich daraus für Konsequenzen ergeben?"

„Oh Charlie, du hast nicht erlebt, was heute hier los war. Ich könnte nicht in diesem Hause bleiben, ich könnte es nicht aushalten — ich hätte keine ruhige Minute mehr. Sobald wir etwas von Clive hören, können wir ja heimreisen. Ich wünsche mir das sehnlichst, aber bis dahin — bitte, bitte, mache keine Schwierigkeiten. Ich kann es wirklich nicht länger ertragen."

Die Anstrengungen des Tages begannen ihren Tribut zu fordern, und Lucy konnte sich ihrer Tränen nicht erwehren.

Wider bessere Vernunft konnte Charlotte den Bitten ihrer Freundin nichts mehr entgegensetzen. Die Last der Verantwortung war zu groß. „Weine nicht, Lucy. Wenn es sich so verhält, dann werden wir eben Lorenzos Angebot annehmen. Und jetzt sollten wir lieber damit beginnen, alles zusammenzupacken, was wir mitzunehmen gedenken. Und wir müssen auch noch die Dienstboten fragen, ob sie mit uns kommen möchten."

Lucy tat, was sie konnte, um behilflich zu sein, aber im großen und ganzen war sie nur im Weg. Nach einer Weile sagte Charlotte, sie möge doch lieber ausruhen und die Arbeit ihr und Juanita überlassen. Juanita hatte gebeten, mitkommen zu dürfen. Es war schon lange ihr sehnlichster Wunsch gewesen, das Innere eines Schlosses kennenzulernen. Außerdem empfand sie ehrliche Zuneigung zu Lucy und Bewunderung für Charlotte und wollte deshalb bei ihnen bleiben. Tomás stimmte der Gedanke, von Zelda Abschied nehmen zu müssen, so traurig, daß Charlotte Mitleid mit ihm hatte und mit Matthew beratschlagte, ob sie auch den Burschen ins Castillo mitnehmen könnte.

„Er hat zwar irgendwo eine Schraube locker", sagte Matthew grinsend, „aber er ist willig, Miss, und ein Zauberkünstler, was die Pferde anbelangt."

„Dann nehmen wir ihn eben mit. Ich glaube, Don Lorenzo wird nichts dagegen haben."

Jaime und Rosa beschlossen zu bleiben, um sich um das Haus zu kümmern, bis irgendwelche Entscheidungen für die Zukunft getroffen würden.

Bei so viel Arbeit wurde es sehr spät, ehe Charlotte, ganz benommen vor Müdigkeit, schließlich ihr Zimmer aufsuchen konnte. Sie betrachtete sich im Spiegel. Dunkle Schatten lagen unter ihren Augen, ihr Haar fühlte sich sandig an und sie sehnte sich nach einem Bad. Aber es war undenkbar, zu solch später Stunde und nach solch einem Tag auch noch heißes Wasser zu verlangen. So wusch sie sich, so gut sie konnte, und als sie im Nachthemd war, stand sie einen Augenblick am Fenster und sah hinaus. Draußen war die Straße still und menschenleer, aber wie lange würde das dauern? Sie erschauerte und zog vorsorglich die Fensterläden zu.

Es waren zwei verwirrende Tage gewesen. Die Ereignisse waren so auf sie eingestürmt, daß ihr keine Zeit geblieben war, sich darüber Gedanken zu machen. Am wichtigsten war gewesen, Clive in Sicherheit zu bringen. Ihre Befürchtungen in Hinblick darauf, was Gabriella Lorenzo anzutun vermochte, waren verdrängt worden durch den Belagerungszustand, in dem sie die Casa de Fuente vorgefunden hatte; und nun würden sie ins Castillo übersiedeln. Sie würde Lorenzo vielleicht täglich sehen. Der Gedanke war verlockend und zugleich auch zutiefst beunruhigend. Wie lange würde es dauern, bis sie von Clive eine Nachricht erhalten würden und sie mit Lucy nach England zurückreisen mußte? Sie fühlte zu ihrer größten Bestürzung, daß sie im Grunde von hier nicht fortzugehen wünschte. Sie wollte Spanien nicht verlassen und hatte keine Sehnsucht danach, mit ihrer Mutter und deren neuem Gatten zusammenzuleben. Alles in ihr sträubte sich dagegen; aber gab es eine andere Möglichkeit?

Spontan öffnete sie ihren Koffer und nahm das spanische Porträt heraus, das sie obenauf zu ihren Büchern gelegt hatte. Es waren viele Wochen vergangen, seit sie es betrachtet oder auch nur einen Gedanken daran verschwendet hatte. Sonderbarerweise war von Anfang an von diesem Bild etwas Zwingendes auf sie übergegangen. Wie stark war sein Einfluß gewesen? Welche Rolle hatte es bei ihrer Entscheidung gespielt, Clives Angebot anzunehmen? Und jetzt — was würde jetzt geschehen? Es war eine unbequeme Frage, und sie war sich dessen nicht sicher, ob sie die Antwort zu wissen wünschte. Sie seufzte auf, als sie das Bildnis sorgsam in den Koffer zurücklegte und den Deckel schloß.

ZWEITER TEIL

# Das Taubenschloß

# 11

An jenem Nachmittag war es sehr still im Nonnengarten. Die glühende Sommerhitze hatte nachgelassen, und eine goldene Oktobersonne brachte Charlottes Haar in einem satten Rot zum Leuchten, das an Herbstblätter erinnerte. Sie hatte sich auf einer der steinernen Bänke bequem zurückgelehnt und hielt die Augen geschlossen. Neben ihr saß Paquita, über ein großes Bilderbuch gebeugt. Ihre kleine Hand verfolgte umständlich die einzelnen Worte, während sie in gebrochenem Englisch buchstabierte. Tonio, den Kopf auf die Pfoten gelegt, döste verschlafen vor sich hin. Nur manchmal zuckte seine Schnauze ein wenig, wenn eine späte Biene um seine Nase summte; dann wartete er wieder geduldig darauf, in Ruhe gelassen zu werden.

Lorenzo, der langsam den Weg heraufkam, blieb überrascht stehen. Zum Teil von einem Steinbogen verdeckt, beobachtete er einen Augenblick lang das friedliche Bild, das sich ihm bot.

Paquita schloß das Buch und blickte auf. „Sie haben ja gar nicht zugehört", sagte sie vorwurfsvoll. „Ich habe zu Ende gelesen, und es war gut."

Charlotte öffnete die Augen und lächelte. „Aber ich habe ja zugehört, und es war wirklich gut — sehr gut sogar. Ich glaube jedoch, es ist genug für heute, meinst du nicht auch?"

„Kann ich jetzt gehen?"

Sie nickte, und das Kind legte das Buch nieder und war unverzüglich auf den Beinen — ein schlanker, braungebrannter Kobold in einem rosa Baumwollkleid, sehr energiegeladen. Tonio auf den Fersen, flitzte sie den Weg hinab und stieß mit voller Wucht mit Lorenzo zusammen.

„Nicht so wild", mahnte dieser, während er das Kind auffing.

Die Kleine kicherte, deutete einen pflichtgemäßen Knicks an und war auch schon auf und davon.

„War das vielleicht ein Englischstunde?" fragte Lorenzo, indem er auf Charlotte zutrat. „Ich habe gar nicht gewußt, daß Sie begonnen haben, Paquita zu unterrichten."

Ein wenig schuldbewußt richtete sie sich auf, „Macht es Ihnen etwas aus? Sie wollte so gern unsere Sprache lernen.«

„Aber nein, ich habe gar nichts dagegen. Warum auch? Es überrascht mich nur, daß es Ihnen gelingt, diesen Wildfang so lange zum Stillsitzen zu bewegen." Er nahm neben ihr auf der Bank Platz. „Im nächsten Jahr werde ich sie in die Klosterschule schicken."

„Glauben Sie, daß das gut für sie ist?"

„Ich denke schon. Das Kind hat lange genug seine Freiheit gehabt. Es ist ein ausgezeichnetes Institut, wo auch Teresa zur Schule gegangen ist."

„Und werden Sie sie dann als Ihre Tochter anerkennen?"

Sofort bemerkte sie, daß er förmlich wurde, und bedauerte ihre Frage. Würde sie niemals lernen, ihm mit Takt zu begegnen?

„Glauben Sie, daß es meine Gepflogenheit ist, mich meiner Pflichten zu entziehen?" sagte er kühl. „Sie wird selbstverständlich als Paquita de Merenda in die Klosterschule eintreten."

„Es tut mir leid. Ich hätte das nicht sagen sollen."

Ganz unerwartet begann er zu lächeln. „Vielleicht haben Sie recht, mir einen Vorwurf zu machen. Ich habe bisher nicht für das Kind getan, was ich hätte tun sollen."

„Aber sie ist Ihrer Liebe sicher — das ist das Wichtigste", sagte Charlotte ernst. „Das ist es, was ein Kind am meisten braucht."

„Man spürt, daß Sie aus tiefstem Herzen sprechen. Hat Ihr Vater Sie so sehr geliebt?"

„Er hat mir jedenfalls dieses Gefühl gegeben." Sie schwieg. Dann fuhr sie verwegen fort: „Weiß Paquita, wer ihr Vater ist?"

„Nein. Laut Gesetz ist sie mein Mündel und meiner Obhut anvertraut. Aber es ist ja noch Zeit genug. Ich muß vorsichtig vorgehen. Meine Großmutter ist nicht übermäßig entzückt, daß ich sie hierher gebracht habe."

„Weiß Doña Gracia?" Ein wenig verlegen zögerte sie.

„Daß Gabriella ihre Mutter ist? Oh ja, sie weiß es, aber sie würde nie darüber sprechen, nicht einmal mit mir. Ein Merenda kann Fehler begehen, aber er darf sie nicht publik machen." Er lehnte sich bequem auf seinem Platz zurück und sah sie ein wenig spöttisch an. „Sie setzen mich immer wieder in Erstaunen, Charlotte. Keine andere junge Frau würde es wagen, mir solche Dinge zu sagen wie Sie."

Charlotte errötete. „Sie finden mich wohl zu direkt?"

„Aber nein, es ist herzerfrischend. Viele spanische Mädchen werden ohnedies zu streng erzogen."

„Und doch sind Sie selbst immer sehr streng gegen Teresa gewesen."

„Das ist etwas anderes."

„Warum?"

„Es hat seine Gründe." Plötzlich saß er wieder steif da und wechselte unvermittelt das Thema. „Ich bin nicht gekommen, um über Teresa oder Paquita zu sprechen. Roberto und ich werden morgen zu den Weideplätzen in den Bergen reiten. Die Hirten sind im Begriff, die Schafe herunterzutreiben, und ich möchte dabei sein, wenn der Abtrieb beginnt. Sie haben oft gesagt, daß Sie gern das Hochland der Sierra sehen möchten. Wollen Sie uns begleiten?"

„Oh ja, sehr gern. Aber nur, wenn Sie sicher sind, daß ich keine Last für Sie bin."

„Überhaupt nicht. Wir werden allerdings zeitig aufbrechen müssen. Wir reiten um sechs Uhr los und sind erst gegen Abend zurück."

„Das macht mir nichts aus."

„In Ordnung. Ich werde Jacopo sagen, daß er Zelda für Sie satteln soll. Ziehen Sie sich warm an. Es kann um diese Jahreszeit sehr kalt in den Bergen sein. Wir werden auch etwas zu essen mitnehmen."

Er erhob sich und wollte gehen, aber sie legte ihm die Hand auf den Arm. „Lorenzo, gibt es immer noch keine Nachrichten von Clive? Wir sind nun fast sechs Wochen hier, und wir haben noch kein Wort von ihm gehört."

„Er kann für seine Reise nach England länger als erwartet gebraucht haben. Felipe hat versprochen, mich von seiner sicheren Ankunft in Tanger zu verständigen, aber ich habe bis jetzt nichts von ihm gehört. Das Leben eines Schmugglers ist sehr unsicher, wie Sie wissen; diese Leute können ohne weiteres für einen Monat oder auch länger ins Gefängnis wandern. Haben Sie denn von Ihrem Aufenthalt bei uns schon genug?"

„Aber nein, wirklich nicht. Aber Lucy beginnt sich allmählich Sorgen zu machen. Wir nehmen Ihre Gastfreundschaft durch unser langes Bleiben über Gebühr in Anspruch."

„Ich glaube, das Castillo kann es aushalten. Teresa kommt übrigens in ein paar Tagen heim. Sie würde es mir nie verzeihen, wenn ich Sie fortgehen ließe, bevor sie zurückkommt. Bitte empfehlen Sie mich Doña Lucia. Sie hat kürzlich den Abend nicht mit uns verbracht. Es geht ihr doch hoffentlich gut?"

„Oh ja, so halbwegs. Sie wird nur rasch müde, das ist alles."

„Also dann, bis morgen."

In gewisser Weise zählten diese Wochen im Castillo zu den glücklichsten, die sie je erlebt hatte, und durch die Tatsache, daß sie bald Abschied nehmen mußten, erschien ihr diese Zeit noch kostbarer. Sie und Lucy waren in Räumen untergebracht, von denen man in den Nonnengarten hinaussah und die zum Teil noch in dem erlesenen maurischen Stil ausgestattet waren, in dem sie König Pedro einst für seine Geliebte errichten ließ. Sie konnten mit ihren Dienstboten so ungebunden leben, wie es ihnen gefiel, konnten allein ihre Mahlzeiten einnehmen oder sich auch der Familie zum Lunch oder zum Abendessen anschließen. Gelegentlich nahmen sie mit der Marquésa in deren eigenem Wohnzimmer englischen Tee oder heiße Schokolade ein, und auch Roberto gesellte sich bisweilen zu ihnen. Er hatte es sich zur Gewohnheit gemacht, sich zu Lucy zu setzen, mit ihr Spaziergänge zu unternehmen oder sie auch zu einer Ausfahrt einzuladen. Charlotte beobachtete die beiden mit Besorgnis und fragte sich, ob aus der Freundschaft, die so harmlos angefangen hatte, sich nicht allmählich eine ernstere Bindung zu entwickeln begann.

Eine Wohltat war es auch, ab und zu mit Guy zusammenzusein. Er kam mindestens einmal in der Woche vom Weinberg ins Castillo herüber, streifte mit Charlotte durch den Garten und erzählte ihr von seinen Problemen, dankbar für ihr Interesse und ihre Zuneigung. Er war es, der ihr davon berichtete, daß die Leute über den Marqués de Merenda peinliche Fragen stellten, weil dieser mit der Gattin und der Cousine des englischen Spions befreundet war. Lorenzo ließ sich durch dieses Gerede jedoch nicht irritieren. Vom *Alcalden* und vom Polizeichef daraufhin angesprochen, hatte er eisig geantwortet: „Seit wann ist es eine spanische Sitte, an Unschuldigen Rache zu nehmen? Die Señora und ihre Cousine sind die Opfer der Torheit jenes Mannes, und ich wünsche nicht, daß sie ungerechterweise verfolgt werden."

Charlotte wußte nicht, daß Guy Lorenzo gegenüber bereits seine feste Absicht bekundet hatte, sie um ihre Hand zu bitten.

„Ich liebe sie, seit wir einander auf der Iberia getroffen haben, aber ich hätte mir nie träumen lassen, daß sie etwas an mir finden könnte", hatte er eines Morgens kleinlaut einbekannt, als er in der Bibliothek eine geschäftliche Besprechung mit Lorenzo hatte.

Dieser stand am Fenster und wandte ihm den Rücken zu. „Wenn das der Fall ist, dann frisch voran, mein Freund. Versuche dein Glück!"

„Du hättest nichts dagegen?"

„Warum sollte ich etwas dagegen haben? Ich bin nicht ihr Vormund. Ich halte Charlotte für ein sehr selbständiges Mädchen, das selbst am besten weiß, was es zu tun hat."

„Ich habe einmal geglaubt, daß . . . verzeih mir bitte, wenn ich das sage . . . aber ich habe den Eindruck gehabt, daß du sie anziehend findest."

„Ich? Da möge Gott vor sein. Warum sollte gerade ich eine Engländerin heiraten wollen, die nicht einmal katholisch ist? Doña Gracia würde das sicher nicht gefallen."

Guy war zwar der Meinung, daß Lorenzo tun würde, was ihm beliebte, ohne sich darum zu kümmern, was seine Familie davon hielt, aber er zog es vor zu schweigen.

„Ich hätte angenommen, daß dein größter Rivale dieser unausstehliche Cousin ist", fuhr Lorenzo fort. „Aber glücklicherweise ist er ja jetzt von der Bildfläche verschwunden."

Guy runzelte die Stirn. „Du willst doch nicht andeuten, daß . . .?"

„Daß sie ein Liebespaar gewesen sind? Es steht mir nicht zu, so etwas zu behaupten. Außerdem kann ich auch die englische Moral nicht beurteilen. Aber es bestand eine starke Zuneigung zwischen ihnen, daran ist nicht zu zweifeln."

Während jenes Tages in den Bergen gab es Augenblicke, die Charlotte unvergeßlich schienen. Der ganze Ausflug war vom Zeitpunkt des Aufbruches an, als sich der frühe Morgennebel in dem hellen, milchigen Licht über dem Tal aufzulösen begann, ein hinreißendes Erlebnis. Roberto befand sich in übermütiger Stimmung, ritt bisweilen voran, kehrte dann wieder um und trottete artig neben ihr und Lorenzo dahin. Es roch frisch und aromatisch. Kurz zuvor war ein leichter Regen gefallen, und der würzige Geruch der Pinien, vermischt mit dem Duft von Thymian, Lavendel und Rosmarin, durchsetzte die Luft. Als sie in höhere Regionen aufstiegen, überfiel sie der Wind mit einer Kühle, die Charlotte unwillkürlich erschauern ließ.

„Ich habe Sie gewarnt", sagte Lorenzo und lachte ihr zu. „Unsere Winde sind berüchtigt. Da gibt es den Levante, der aus dem Osten kommt, dann die Stürme aus dem Südwesten, vom Atlantik, und schließlich den Teufelswind, der aus dem Inneren der Mesita glühendheiß herüberweht und imstande ist, einen Menschen zu töten, obwohl er nicht einmal eine Kerze zum Verlöschen bringen könnte".

„Das klingt ja furchterregend."

„Es ist auch zum Fürchten. Aber machen Sie sich keine Sorgen; solchen Gefahren werden wir heute nicht ausgesetzt sein, obzwar wir wahrscheinlich auf Schnee stoßen dürften. Schneeschauer gibt es hier oft früh im Jahr, und es könnte etwas Schnee liegengeblieben sein."

Sie stießen auf eine Herde braun gesprenkelter Schweine, magere und halbwilde Tiere, die ein durchdringendes Gequieke anstimmten, als sie ihren Weg k euzten. Milane schwebten hoch über ihnen, und Lorenzo wies auf einen Adler hin, der einsam auf einer Felsspitze thronte, ehe er seine mächtigen Flügel ausbreitete und in das Tal hinabglitt und sich dort auf seine Beute stürzte. Auch eine große Eule sahen sie, die sich hoch oben auf dem Ast einer Schirmpinie niedergelassen hatte und sie aus runden, gelben Augen unverwandt anstarrte, und Lorenzo erzählte Charlotte die alte Legende von der Eule: Diese sei einst zu Golgatha auf dem Balken des Kreuzes gesessen, und seither riefen alle Eulen *„Cruz! Cruz!"*

„Lorenzo hat einmal damit begonnen, eine Sammlung spanischer Legenden, sowohl heidnische als auch christliche, zusammenzustellen", bemerkte Roberto mit einem verschmitzten Blick auf seinen Bruder. „Bitten Sie ihn doch, sie Ihnen zu zeigen."

„Vielleicht könnte ich diese Sachen für Sie abschreiben?" sagte Charlotte. „Ich habe solche Arbeiten oft für meinen Vater gemacht."

„Ich würde mir nicht im Traum einfallen lassen, Ihnen so viel

Umstände zu bereiten", sagte Lorenzo und warf seinem Bruder einen vernichtenden Blick zu.

Gegen Mittag hielten sie an, um etwas zu essen und den Pferden eine Rast zu gönnen. Die Aussicht war prachtvoll: Schneebedeckte Bergspitzen, dicht aneinander gereiht, glitzerten im strahlenden Licht. Zu dritt saßen sie auf einem sonnenbeschienenen Felsen und aßen Brot, Fleisch und riesige saftige Tomaten.

„So etwas bekommen wir in England nicht einmal zu sehen", mampfte Charlotte lachend, während der Saft ihr über das Kinn lief und sie nach einem Taschentuch suchte. Von irgendwoher, weit aus der Ferne, war ein lang anhaltendes, durchdringendes Heulen zu vernehmen, das zu einem unheimlichen Chor anschwoll, und sie sah erschrocken auf. „Sind das Wölfe?"

„Wahrscheinlich. Sie jagen in Rudeln und wagen sich kaum in die Nähe der Dörfer, sofern sie nicht ohnedies in den Wintermonaten zugrunde gehen. Es gibt hier auch Wildschweine. Wenn sie in die Enge getrieben werden, können auch sie gefährlich werden. Roberto kann Ihnen eine Narbe zeigen, die er einem wütenden Keiler verdankt. Sogar Bären gibt es in der Sierra, aber heutzutage halten sie sich nur mehr in den sehr abgelegenen Gebieten auf."

Die Schafe befanden sich auf einer grasbewachsenen Hochebene, die sich zwischen den Gipfeln ausdehnte, Hunderte an der Zahl, wie es schien, alles magere Tiere, die überhaupt keine Ähnlichkeit mit den wohlgenährten Herden hatten, die im Hügelland von Sussex und in den Grenzgebieten von Kent weideten. Die Hirten waren hier ebenso mager und braun wie ihre wilden, zottigen Hunde. Die Glöckchen, die an den Nacken der Leittiere baumelten, ließen ein helles, silbriges Geläute ertönen. Die Männer winkten und riefen den Ankömmlingen einen Gruß zu, und Lorenzo ritt zu ihnen hin, um mit ihnen zu sprechen, während Roberto bei Charlotte zurückblieb.

„Er müßte das eigentlich nicht tun, wissen Sie, aber er möchte das Gefühl haben, alle Leute, die für ihn arbeiten, persönlich zu kennen, wie gering sie auch sein mögen."

„Aber ist das nicht die einzig richtige Art, einen großen Besitz wie diesen zu leiten?"

„Viele unserer Freunde sind nicht dieser Ansicht. Sie bestellen einen Verwalter, der die Arbeit für sie macht, und werden selbstverständlich auch betrogen. Sie sind auch der Meinung, daß Lorenzo mehr Zeit dafür aufwenden sollte, die Entwicklungen bei Hofe zu verfolgen und sich bei der Regentin lieb Kind zu machen, aber das ist nie seine Art gewesen. Er meint, daß es schon immer der Fluch Spaniens gewesen sei, daß sich viele Grundbesitzer nicht persönlich um ihren Grund und Boden kümmern, und er ist überzeugt davon, daß das Land erst aufblühen könne, wenn dieser Umstand erkannt und ihm Rechnung getragen wird."

„Stimmen Sie darin mit ihm überein?"

„Manchmal schon, aber er hat nicht in allem recht."

„Womit, zum Beispiel?"

Aber Roberto zuckte nur die Achseln und lächelte. Dann kam Lorenzo zurück, die Stirn in bedenkliche Falten gelegt, so daß Charlotte fragte, ob irgend etwas nicht in Ordnung sei.

„Das übliche. Eine Anzahl heuriger Lämmer wird vermißt, das ist alles."

„Gestohlen?" fragte Roberto.

„Es sieht so aus." Lorenzo wandte sich an Charlotte. „Da wir nun schon einmal hier sind, möchte ich, daß Sie jemanden kennenlernen."

„Du wirst sie doch nicht zum alten Pepe schleppen, oder doch?" rief Roberto aus. „Wenn du das beabsichtigst, laufe ich auf und davon. Ich kenne alle seine Geschichten auswendig. Ich treffe euch dann später", und er trabte den Hügel hinauf.

Lorenzo lächelte. „Roberto hat manchmal gar keine Geduld mit mir. Pepe war der Jäger meines Vaters und stand ihm sehr nahe. Er lehrte mich alles, was ich über die Berge weiß. Mit ihm habe ich meinen ersten Wolf erledigt, als ich noch ein Knabe war, und er wäre gekränkt, wenn er hörte, daß ich hier war und es nicht der Mühe wert gefunden habe, ihn zu besuchen. Gott allein weiß, wie alt er ist — wahrscheinlich achtzig vorbei —, aber er ist zäh wie Leder, und er lebt ganz allein, seit seine Frau gestorben ist. Ich hätte es gerne, daß er in der Nähe des Castillos lebt, aber er will davon nichts wissen. Er verachtet alle, die ein sattes, bequemes Leben in den Tälern führen. Wenn Sie nicht wollen, brauchen Sie nicht mitzukommen; aber er würde sich gewiß sehr über Ihren Besuch freuen."

„Aber sicher komme ich mit, sogar sehr gern. Lassen wir die Pferde hier?"

„Ja."

Er hielt ihr die Zügel, als sie abstieg, und schlang die Riemen um einen der Pfosten. Sie gingen einen schmalen Pfad entlang und erreichten bald eine strohgedeckte Hütte, die mehr einem Heuschober als einem Haus glich, aber aus festen, grauen Steinmauern gebaut war. Ein alter Mann saß draußen auf einem Schemel und hatte das Gesicht der Sonne zugewendet. Er erhob sich, als die Gäste näherkamen. Er war sehr groß und hager, und sein weißer Haarschopf hob sich hell von seinem mahagonifarbenen Gesicht ab.

Pepe begrüßte Lorenzo auf gebührende Art, ehe er sich an Charlotte wandte und ihre Hand fest und warm mit der seinen umschloß. Dann lud er sie beide höflich ein, in seine Hütte zu kommen. Unter der niedrigen Türöffnung mußten die Männer die Köpfe neigen, und als sie dann zusammen plauderten, blickte Charlotte voll Interesse um sich. Die groben getünchten Wände waren vom offenen Feuer rauchgeschwärzt; die Gewehre und Jagdmesser des alten Mannes hingen auf der einen Seite der Kochstelle, während auf der anderen Seite Küchenutensilien aufgereiht waren. Die selbstgemachten Möbel wirkten äußerst stabil, und auf dem Strohsack in der Ecke, der als Bett diente, lagen leuchtendbunte handgewebte Decken, sorgsam gefaltet, aufgehäuft.

„Sie werden mit mir essen“, sagte der Alte, wobei er sich höflich an Charlotte wandte.

„Nur einen Löffel voll, denn wir haben bereits gegessen“, gab Lorenzo zurück und warf Charlotte einen beschwörenden Blick zu.

Sie wußte, daß es den Gastgeber zutiefst verletzt hätte, wenn sie sein freundliches Anerbieten ablehnte. So nickte sie, und Pepe nahm drei Schüsseln und füllte sie mit einem Gericht, das er aus dem eisernen Topf schöpfte, der am Feuer brodelte. Dann reichte er ihnen die Schüsseln zusammen mit Hornlöffeln und einem Stück grobem braunen Brot. Charlotte konnte nicht erkennen, welche Art von Fleisch das Gericht enthielt, aber sie fand die Speise zur Freude des alten Jägers köstlich.

„Der Krieg kommt immer näher auf uns zu“, sagte Pepe, indem er die leeren Schüsseln wegräumte und den Weinschlauch herbeibrachte.

„Wie kommst du darauf, Pepe?“

„Ich habe gesehen, daß die Soldaten bereits losgezogen sind, und bald werden sie hier bei uns sein, um nach Andalusien weiterzumarschieren. Was werden Sie dann machen, Señor?"

„Mein Haus gegen sie verteidigen, wie wir es seit Jahrhunderten tun", sagte Lorenzo.

„Verteidigen gegen wen?" fragte der alte Mann ernst.

„Ich habe geschworen, daß ich an diesem Bürgerkrieg nicht teilnehmen werde. Aber wenn ich meine Wahl treffen muß, dann bin ich ein Mann der Königin. Ich bete zu Gott, daß es nicht so weit kommen möge."

„Es geht hier um einen Konflikt, der uns ganz stark betrifft, und wir werden ihm früher ausgesetzt sein, als Sie glauben. Gaspard, der Hirt, hat mir erzählt, daß Roméros Leute schon mehr als ein Dutzend seiner jungen Lämmer beschlagnahmt haben. Soldaten haben ja fortwährend Hunger."

„Roméro", wiederholte Lorenzo nachdenklich. „Ist er hier in der Gegend?"

„Er bewegt sich auf den Süden zu, habe ich gehört, und trommelt unterwegs Leute zusammen. Seien Sie daher vorsichtig und schützen Sie Ihr Haus und Ihre Herden vor ihm." Der alte Mann seufzte. „Sie tragen Don Carlos' Banner, aber ich glaube, daß sie in erster Linie auf leichte Beute aus sind. Das ist nicht in Ordnung. Ich habe geglaubt, meine Tage in Frieden beenden zu können, nachdem die Franzosen aus unserem Land vertrieben wurden."

„Das ist etwas, was wir alle erhoffen, mein Alter, aber leider selten erreichen. — Wir müssen jetzt gehen; Roberto wird schon auf uns warten. Wir haben einen langen Weg vor uns und möchten bei Sonnenuntergang zu Hause sein."

„Es war schön, daß Sie sich an mich erinnert und auch die Señorita mitgebracht haben. Sie mag eine *Inglesa* sein, aber sie hat ein offenes, ehrliches Gesicht, und das ist es, was zählt", sagte Pepe ernst.

„Ich finde, daß er ein wunderbarer alter Mann ist, und offen und ehrlich genannt zu werden, ist wohl eines der schönsten Komplimente, die man bekommen kann", sagte Charlotte später.

Lorenzo lächelte. „Sie wissen gar nicht, welche Ehre Ihnen da zuteil wurde. Pepe hat im Krieg an der Seite meines Vaters gekämpft, und er war sehr voreingenommen gegen die Briten, obwohl sie unsere Verbündeten waren." Er blieb für einen Augenblick stehen und wandte sich ihr zu. „Ja, offen und ehrlich und — entzückend." Er streckte die Hand aus und hielt ihr Gesicht fest. „Danke, Charlotte, daß Sie so verständnisvoll sind", und er küßte sie zart auf die Lippen.

Es war absurd, in einer solch beiläufigen Sympathiebekundung etwas Besonderes zu erblicken. Es war einfach Lorenzos liebenswürdige Art zu danken gewesen, und doch war Charlotte ganz unsinnig glücklich, als sie an jenem Abend ins Castillo zurückkehrte. Lucy war es, die sie wieder auf den Boden der Tatsachen zurückbrachte.

„Du hast Mr. Robinson verpaßt", sagte sie. „Er kam heute zu Besuch. Er wollte wissen, ob wir etwas von Clive gehört hätten. Es scheint, daß die Polizei sich nicht schlüssig ist, ob er entkommen oder den Wölfen zum Opfer gefallen ist."

„Was hast du ihm gesagt?"

„Nun, selbstverständlich habe ich ihm nichts von den Schmugglern oder über Lorenzos Rolle bei Clives Flucht erzählt, aber es ist mir aufgefallen, daß er es sonderbar fand, daß wir hier so lange bleiben."

„Was geht das ihn an?" sagte Charlotte gereizt. „Er hat uns überhaupt nicht geholfen, als wir Hilfe am dringendsten nötig gehabt haben."

„Ich weiß es ja. Ich mag ihn auch nicht sehr, aber ich konnte ihm nicht die Tür vor der Nase zumachen, nicht wahr?" erklärte Lucy.

Sie stand am Fenster, und ihre Silhouette hob sich dunkel gegen das goldene Licht der Abendsonne ab. Charlotte fand, daß von ihrer Schwangerschaft kaum etwas zu bemerken war. Sie war nur etwas rundlicher geworden, das war alles. Sie hatte den Anschein äußerster Zerbrechlichkeit verloren, die zarten Knochen traten nicht mehr so stark hervor wie früher, und sie sah blühender aus als je zuvor. Sie war immer schon hübsch gewesen; jetzt aber war sie schön.

„Er hat mir gesagt, daß er seinen Posten aufgeben und nach England zurückkehren wird", fuhr sie fort. „Seine Frau beginnt wegen des Krieges nervös zu werden, und sie hat Angst davor, daß es auch hier herunten im Süden zu Kampfhandlungen kommen könnte. Robinson hat mich gefragt, ob wir uns ihnen anschließen möchten, wenn sie abreisen."

So schien also das Unvermeidliche einzutreten, das Charlotte seit langem befürchtet hatte; dennoch fiel es ihr nun schwer, den Tatsachen ins Auge zu sehen.

„Ich sehe nicht ein, warum wir irgend etwas tun sollten, was er vorschlägt“, wandte sie ein. „Warten wir nicht besser zu, bis wir etwas von Clive hören?“

„Werden wir überhaupt jemals etwas von ihm hören?“

Charlotte war betroffen. „Was meinst du damit? Natürlich wird das der Fall sein.“

„Ich weiß nicht recht. Manchmal erscheint mir alles wie ein unglaublicher Traum. Es wäre für uns das Beste, dieses Land zu verlassen, Charlie, wirklich. Wir passen nicht hierher. Oh, ich möchte damit nicht andeuten, daß man nicht freundlich zu uns gewesen sei — besonders die Marquésa —, aber manchmal habe ich das Gefühl, daß wir schon länger als erwünscht hier sind.“

„Lorenzo hat nichts dergleichen gesagt, und es ist sein Haus.“

Lucy warf ihr einen Blick zu. „Das mag schon sein, aber dann bist du es, die er gern hierhaben möchte.“

„Nicht mehr als jeden anderen Gast auch. Das ist so die spanische Art, höflich zu sein.“ Charlotte schwieg, fuhr aber kurz darauf fort. „Das ist sicher nicht der einzige Grund, warum du abreisen möchtest, nicht wahr, Lucy?“

„Doch, ganz bestimmt.“

„Nein. Wir wollen ehrlich sein. Es ist wegen Roberto, nicht wahr?“

Einen Augenblick lang zögerte Lucy mit der Antwort, dann machte sie eine hilflose Handbewegung. „Ich kann es ja eingestehen. Ich weiß, daß es verrückt ist, aber ich liebe ihn. Ich sage mir immer wieder, daß es unmöglich ist. Ich bin mit einem anderen Mann verheiratet und erwarte sein Kind, und all das bedeutet mir absolut nichts. Ich muß jetzt feststellen, daß ich Clive niemals wirklich geliebt habe, sondern nur die Vorstellung, die ich von ihm gehabt habe; und als dieses Bild zusammenbrach, als er selbst es so völlig zerstörte, hatte ich das Gefühl, ich müßte mich an den Schatten jenes Phantombildes klammern, und so fuhr ich fort, mich selbst zu belügen. Mit Roberto ist das jetzt ganz anders. Irgend etwas ist zwischen uns gleich zu Beginn vorgegangen, aber ich habe mich geweigert, das zur Kenntnis zu nehmen, und daher, verstehst du, Charlie, kann ich nicht, wage ich nicht zu bleiben. Ich darf nicht. Ich kann mir selbst nicht länger trauen."

„Was ist mit Roberto? Hat er dir je gesagt, wie er empfindet?"

„Nicht so sehr mit Worten, aber ihm geht es genauso. Ich weiß, daß es so ist. Ich fühle es im tiefsten Innern. Er nimmt meine Hand, und ich muß mich beherrschen, mich nicht in seine Arme zu werfen. Und wenn ich es täte, wären wir beide verloren. Aber das darf ich nicht zulassen, es wäre nicht fair ihm gegenüber. Oh Charlie, ich habe mich die ganze Zeit über so elend und gleichzeitig auch so unsagbar glücklich gefühlt — kannst du das verstehen?"

„Oh ja, ich verstehe dich schon." Tatsächlich verstand sie Lucy nur allzu gut. „Wann beabsichtigt Mr. Robinson, Spanien zu verlassen?"

„Schon bald. Vielleicht im kommenden Monat — spätestens jedoch vor Jahresende."

Einen Monat, zwei Monate noch — solch eine kurze Zeit: So empfindet wohl ein verzweifelter, zum Tod verurteilter Gefangener. Wie lächerlich das alles war! Welchen Zauber besaß das Castillo eigentlich, daß es so von ihnen Besitz ergriffen hatte? Beide waren sie hilflos in Liebe verstrickt, und die Situation schien aus ganz verschiedenen Gründen völlig aussichtslos. Charlotte hatte es ja von Anfang an gewußt. Aber hier in seinem Haus war ihr Lorenzos Charme zum Verhängnis geworden, und sie hatte sich nur allzu gern dem Glauben an eine Freundschaft hingegeben, die sich zu tiefer Liebe wandeln konnte. Sie hatte sich etwas vorgegaukelt, aber jetzt begann ihr Blick plötzlich klarer zu werden, und sie erkannte die erbarmungslose Wirklichkeit. Und dann war es Teresas Heimkehr am Ende der Woche, die in seltsamer Weise noch dazu beitrug, ihren Entschluß zu festigen.

Sie und Lucy sahen zu, wie der Wagen vorfuhr, der von Roberto und Enrique de Tajo eskortiert wurde. Enrique hatte einige Tage Urlaub vom Regiment erwirken können, und in seiner prachtvollen Uniform machte er eine ausgezeichnete Figur. Die beiden jungen Engländerinnen hielten es für angebracht, an diesem Abend nicht mit der Familie Merenda zu speisen, so daß sie erst am folgenden Morgen mit Teresa zusammentrafen, als diese zu ihnen kam, um sie zu begrüßen. In ihrem weiten Gewand aus dunkelgrüner Seide, das Haar modisch mit einem Kamm hochgesteckt, sah Lorenzos Schwester sehr vornehm und kultiviert aus; sie erinnerte kaum mehr an das junge Mädchen im weißen Musselinkleid, sondern war beinahe eine erwachsene junge Dame geworden.

„Das Kleid hat mir meine Tante in Madrid gekauft", sagte sie spontan, als Lucy sie zu ihrem Aussehen beglückwünschte. „Sie war der Meinung, daß ich allzu provinzlerisch wirke und daß dagegen etwas getan werden müsse. Und da bin ich jetzt mit einem Dutzend neuer Kleider." Und sie wirbelte herum, um stolz die reichen Volants vorzuführen, und machte so beinahe ihre neue elegante Erscheinung zunichte.

„Was für spannende Abenteuer ihr erlebt habt, während ich weg war", fuhr sie dann fort und machte es sich auf dem Sofa bequem. „Ich habe alles aus Roberto herausgeholt. Und ich habe das versäumen müssen!"

„Es war wahrlich kein reines Vergnügen", dämpfte Charlotte Teresas lebhafte Phantasie.

„Nein, ich kann mir schon denken, daß es kein Spaß war", sagte das Mädchen nun bereits ein wenig besonnener. „Wenn man mitansehen muß, wie jemand, den man liebt, ins Gefängnis geworfen wird, das muß ja entsetzlich sein. Aber daß Lorenzo den Helden gespielt hat — ich hätte nie gedacht, daß er dazu das Zeug hat, noch dazu, da er Ihren Cousin überhaupt nicht mochte." Da unterbrach sie sich plötzlich. „Oh Gott, das hätte ich nicht sagen sollen, nicht wahr? Verzeihen Sie mir, bitte."

„Machen Sie sich nichts daraus", sagte Lucy ruhig. „Wir wissen ohnehin recht gut, was Ihr Bruder denkt."

„Kürzlich haben wir auch ein Abenteuer erlebt, noch dazu ein höchst unerfreuliches", fuhr Teresa unbeirrt fort. „Die Carlisten haben einen Angriff auf Madrid unternommen, und das gerade an jenem Tag, an dem wir beim Schneider waren, wo wir dann auch durch die Tumulte festgehalten wurden. Meine Tante befand sich in furchtbarer Panik. Die Wachen trieben die Angreifer zurück, und unterhalb unserer Fenster war eine regelrechte Schlacht im Gange. Nachher konnte der Wagen nicht bis zu uns durchkommen. Tote lagen in den Straßen, und überall war Blut, und wir mußten uns mitten durch das Chaos einen Weg bahnen. Meine Tante war verärgert, aber gleichzeitig hatte sie schreckliche Angst. Schließlich hat uns Enrique aus der Stadt herausgebracht, indem er uns zwei von seinen Männern als Begleitung zur Verfügung stellte. Wir haben es nicht mehr gewagt, nochmals nach Madrid zu fahren, was eine furchtbare Enttäuschung für mich war."

Durch diese Erzählung schien der vorläufig noch ferne Krieg plötzlich in bedrohliche Nähe zu rücken, so daß Lucy erschauerte. „Haben Sie große Angst ausgestanden?"

„Ja, sicher habe ich mich sehr gefürchtet, aber es war auch sehr aufregend."

„Sind Sie vielleicht zufällig irgendwo auf Vicente gestoßen?" fragte Charlotte.

Teresa verstummte für einen Augenblick. „Haben Sie es nicht gehört? Er wurde bei der *Corida* in Toledo vom Stier gerammt. Nein, nicht getötet, aber schlimm genug zugerichtet, daß er eine Zeitlang von der Arena wird Abschied nehmen müssen. Ich habe es nicht selbst gesehen. Meine Tante hätte mir sicher nicht erlaubt, zum Stierkampf zu gehen, aber eigentlich wollte ich auch selbst gar nicht hin, besonders als ich hörte, was Vicente in Lorenzos Weinberg angezettelt hatte. — Ich habe mich damals seinetwegen wohl wie eine Närrin aufgeführt, nicht wahr? So etwas passiert mir nie wieder — das ist kein Mann wert."

„Nicht einmal Enrique?" versuchte sie Lucy zu necken.

„Enrique am allerwenigsten", sagte Teresa geringschätzig. „Ich kenne ihn, seit ich sechs Jahre alt war. Zugegeben, er ist sehr tapfer, aber etwas wirklich Sensationelles würde er nie vollbringen."

Charlotte lächelte. Offenbar hielt sich hinter der neuen Fassade von Weltgewandtheit immer noch die alte Heldenverehrerin Teresa verborgen. Man konnte nur hoffen, daß diese Vorliebe für das Dramatische sie nicht wieder zu Torheiten verleiten würde.

Ein paar Tage später lud die Marquésa anläßlich Teresas Heimkehr einige Freunde ein. Sie fuhren in ihrem eleganten Wagen vor: gutgekleidete Männer mit ihren Ehefrauen und Töchtern. Kostbare Ringe glänzten an den Fingern der Damen, und in ihren seidigen schwarzen Haaren funkelten Juwelen. Sie bewegten sich mit träger Anmut und — halbverborgen durch vergoldete Spitzenfächer — lachten Lorenzo kokett zu. Während Charlotte sie beobachtete, erkannte sie, daß sie in einer Traumwelt gelebt hatte. Welchen Stellenwert konnte sie selbst wohl unter diesen reichen Aristokraten, die ein müßiges und luxuriöses Leben gewohnt waren, letzten Endes einnehmen? Oh, sie waren sehr höflich zu ihr. Sie machten ihr Komplimente wegen ihrer guten Spanischkenntnisse, so daß sie sich schließlich wie eine Hauslehrerin oder eine arme Verwandte fühlte, die sich zufällig in den Ballsaal verirrt hatte. Einige von ihnen schienen sie neugierig zu mustern und sich dabei die Frage zu stellen, was in aller Welt Lorenzo nur eingefallen sein konnte, sich mit derart fragwürdigen Leuten, wie es diese Engländerinnen waren, abzugeben. Möglicherweise bildete sie sich das alles auch nur ein, aber es war trotzdem schmerzlich für sie.

Teresa, die fast die ganze Zeit über getanzt hatte, warf sich zu später Stunde erschöpft, aber glücklich neben Charlotte in einen Stuhl.

„Sind Sie froh, wieder zu Hause zu sein?" fragte Charlotte.

„Oh ja, sehr! Wissen Sie, es ist komisch. Ich hatte mir eingebildet, es hier nicht aushalten zu können. Aber dann, als ich fort war, wünschte ich mir nichts so sehr, als wieder heimzukommen." Sie richtete sich auf. „Ich kann Ihnen sagen, Lorenzo ist jetzt viel, viel netter, als er früher war. Was haben Sie nur mit ihm angestellt?"

„Ich? Gar nichts. Ich bin überzeugt, daß sich Ihr Bruder von mir in keiner Weise beeinflussen lassen würde."

„Aber es muß doch irgendeinen Grund geben", sagte Teresa nachdenklich. „Er ist so herzlich zu mir. Glauben Sie, daß er vielleicht verliebt ist?" Ihre Blicke glitten durch den Raum. „Ich glaube nicht, daß jemand von den Anwesenden in Frage kommt. Es wird doch nicht wieder Gabriella sein? Nein, das ist unmöglich. Nicht einmal Lorenzo würde es wagen, Großmutter so etwas anzutun. Das würde sie ihm nie verzeihen. Aber schließlich hat er doch Paquita hierhergebracht. Selbstverständlich haben Roberto und ich schon seit langem alles über das Kind gewußt, aber keiner von uns hätte je ein Wort davon erwähnt. Jetzt gehört sie praktisch zur Familie, und das ist eigentlich viel gescheiter. Aber ich hätte dennoch nicht angenommen, daß Lorenzo das wagen würde."

„Sind Sie nicht schockiert darüber?"

„Keineswegs", sagte Teresa ein wenig spöttisch. „Oh, ich weiß ja. Von uns Mädchen wird immer erwartet, daß wir ganz unwissend sind und nichts von dem erfahren, was wirklich wichtig ist. Aber sogar in der Klosterschule erzählt man sich manchmal haarsträubende Geschichten." Sie kicherte. „Aber erwähnen Sie um

Gottes willen meiner Großmutter gegenüber nichts von dem, was ich Ihnen gesagt habe."

In dieser Nacht, als Charlotte mit Lucy vor dem Zubettgehen noch eine Tasse heiße Schokolade trank, sagte sie zu ihr: „Bleiben wir noch einen Monat hier. Danach können wir immer noch Mr. Robinsons Angebot annehmen und mit ihm nach England zurückkehren."

Lucy warf ihr einen raschen Blick zu. „Wie du meinst. Es wird im übrigen ohnedies mindestens so lang dauern, um die nötigen Reisevorbereitungen zu treffen."

Und dabei beließen sie es vorderhand. Am Nachmittag des darauffolgenden Tages begab sich Charlotte in die Bibliothek, um nach einem Buch zu suchen. Lorenzo hatte ihr gestattet, jedes gewünschte Buch aus den Stellagen zu entnehmen, und sie stieß, während sie da und dort herumkramte, auf einen Umschlag, der mit einem Band zusammengehalten wurde. Das war vielleicht die Sammlung von Lorenzos Geschichten, die Roberto erwähnt hatte. Sehr verwegen begann sie, die Schnur zu lösen, und Aufzeichnungen in Lorenzos vertrauter Schrift fielen ihr in die Hände. Und sie begann zu lesen.

Es mochte ungefähr eine Stunde später sein, als Lorenzo die Bibliothek betrat, wobei sein Blick sofort auf Charlotte fiel. Etwas rührend Kindliches lag in der Art, wie sie da auf dem Sofa zusammengekauert saß, eifrig in ihre Lektüre vertieft, das Kinn in die Hand gestützt, während Strähnen ihres hellen Haares, die sich aus der Umklammerung der Haarnadeln gelöst hatten, auf ihren schlanken Nacken fielen. Einen Moment lang durchzuckte ihn der Gedanke, was sie wohl sagen würde, wenn er sie küßte, doch dann widerstand er diesem törichten Impuls.

So fragte er nur: „Was haben Sie denn da Spannendes aufgestöbert?"

Schuldbewußt blickte sie auf. „Ich hoffe, Sie haben nichts dagegen. Es sind Ihre Geschichten, und ich finde sie ganz bezaubernd. Ich würde gern einige davon für Sie abschreiben. Darf ich das tun?"

„Machen Sie damit, was Sie wollen, aber bitte nicht gerade jetzt." Er schloß die Mappe und nahm sie an sich. „Charlotte, ich habe nach Ihnen gesucht. Ich habe Nachrichten für Sie. Felipe ist dagewesen."

„Nachrichten von Clive? Meinen Sie das?“ Sie richtete sich interessiert auf. „Dann ist also alles in Ordnung? Ist er endlich zu Hause angekommen?“

„Nein, leider ist nicht alles in Ordnung.“ Er hielt inne und überlegte, wie er den Schlag, den er ihr versetzen mußte, lindern könnte. Er sah, daß ihre Augen ihn angsterfüllt anblickten.

„Ist er krank oder verletzt?“

„Es ist leider schlimmer als das. Ich fürchte, daß er tot ist.“

Entsetzt starrte sie ihn an, unfähig zu begreifen. „Tot? Aber das kann doch nicht sein. Wie? Wann? Warum haben wir nicht früher etwas davon gehört?“

Er nahm an ihrer Seite Platz. „Das Schiff wurde angegriffen, als sie bereits in der Nähe von Tanger waren. Es gibt auf diesen Meeresstraßen rivalisierende Banden. Felipe sagt, es sei eigentlich gar nicht so schlimm gewesen. Die Händel, die sie hatten, waren bereits beigelegt, und sie waren auf eventuelle weitere Angriffe gut vorbereitet, aber Clive — vielleicht aus Angst vor einer neuerlichen Gefangennahme — sprang über Bord in der Absicht, zur Küste zu schwimmen.“

„Er war immer schon ein guter Schwimmer“, sagte Charlotte zögernd.

„Das mag schon sein, aber die Strömungen dort können recht gefährlich sein. Er hat niemals das Festland erreicht.“

„Aber hätten ihn die anderen nicht retten können, wenn er in Not war?“

„Anscheinend haben sie das versucht, aber ehe sie sich darüber klarwerden konnten, was geschehen sollte, war es schon zu spät. Seine Leiche wurde nicht gefunden.“

„Aber diese Ereignisse liegen ja Wochen zurück. Warum haben wir davon nicht früher etwas gehört?“

„Offenbar hat es Schwierigkeiten mit den Zollbeamten gegeben. Felipe selbst hat einen Monat im Gefängnis gesessen. Als sie ihn laufenließen, hat er sich umgehört, aber er konnte nichts über Clive erfahren. Er ist gerade erst nach Spanien zurückgekommen und hat mich sofort aufgesucht.“

Clive ist tot, dachte Charlotte — es war kaum zu fassen — und alles nur ihretwegen. Sie hatte ihn zu dieser Art von Flucht bewogen, und es hatte ihm nicht die Freiheit, sondern den Tod gebracht.

„Oh, mein Gott", sagte sie, „wäre er nach Madrid gegangen, wäre er vielleicht noch am Leben."

„So dürfen Sie nicht denken. Wir haben unser Bestes versucht. Sie brauchen sich keine Schuld geben."

„Ich kann mir nicht helfen, ich kann den Gedanken daran nicht ertragen. Wie soll ich es nur Lucy beibringen?"

„Möchten Sie, daß ich es ihr sage?"

„Nein, nein, es ist schon besser, wenn ich es tue."

Er berührte sie sanft, aber sie schob ihn von sich. In diesem schrecklichen Augenblick schien es, als hätten sie und Lorenzo gemeinsam Clive umgebracht. „Ich kann mir nicht verzeihen, daß ich das getan habe."

„Charlotte", sagte Lorenzo mit einem Anflug von Härte, „Sie sprechen sehr unbeherrscht. Was geschehen ist, tut mir leid, sehr leid sogar, aber damals schien es die beste Lösung für sein Problem. Wir konnten nicht voraussehen, was geschehen würde, und wenn er nicht so unbesonnen gehandelt hätte, wenn er noch zugewartet hätte, wenn er Felipe vertraut hätte, wäre er nicht ertrunken."

„Wie können Sie so etwas sagen? Wie können Sie nur so gefühllos sein?" sagte sie heftig. „Sie haben ihn ja nie leiden können, und jetzt ist es Ihnen egal, daß er tot ist. Wenn Sie gewußt haben, daß so etwas passieren konnte, warum haben Sie uns nicht darauf aufmerksam gemacht, wie gefährlich das ganze Unternehmen war? Er muß ja geglaubt haben, daß er betrogen wurde. Wir beide haben ihn in einen schrecklichen, in einen qualvollen Tod geschickt."

„Wessen klagen Sie mich denn da an? Vielleicht des Mordes? Ich habe nicht geahnt, daß so etwas geschehen konnte. Felipe hat Hunderte solcher Überfahrten gemacht, die alle gut verlaufen sind."

„Es tut mir leid", sagte sie mit erstickter Stimme, „es tut mir leid." Und plötzlich konnte sie es keine Minute länger ertragen. Sie lief davon, aus der Bibliothek hinaus, stürzte aus dem Haus, rannte durch den Garten, lief wie von Sinnen umher, bis sie sich endlich so weit gefaßt hatte, daß sie mit Lucy sprechen konnte.

Lorenzo sah, wie die Tür hinter ihr ins Schloß fiel. Die Welle von Ärger, die bei ihrer ungerechten Anklage in ihm hochgestiegen war, verebbte ebenso rasch, wie sie gekommen war. Er hatte damals keine Sekunde daran gezweifelt, daß der Fluchtplan gelingen könnte. Er hatte versucht zu helfen, aber offenbar kam ihm dieser verdammte Engländer mit seiner Arroganz und seiner Dummheit immer wieder in die Quere. Warum war er auch so töricht gewesen, sich von Charlotte in diese Sache hineinziehen zu lassen? Er ging in der Bibliothek auf und ab und war ärgerlich über sich selbst. Er hatte, weiß Gott, genug auf sich, auch ohne daß er sich mit den Problemen einer jungen Frau herumschlug, die einem Mann nachtrauerte, der ihrer niemals würdig gewesen war und der auch jenes hübsche Mädchen nicht verdiente, das er geheiratet hatte. War es nicht schon schlimm genug, daß Roberto begann, Lucys wegen den Kopf zu verlieren, einer Frau wegen, die das Kind eines anderen Mannes trug, so daß er tagtäglich drohte, sich aufzumachen und in diesen verdammten Krieg einzutreten. Und da war auch noch Teresa, die es noch immer rundweg ablehnte, Enrique zu heiraten. Der Weingarten war zerstört worden, und es würde Jahre dauern, ihn wieder instandzusetzen; längst fällige Rechnungen mußten beglichen, ein Dutzend neuer Aufträge erteilt werden. Er hatte zwar einen Verwalter bestellt, der sich um die geschäftlichen Angelegenheiten kümmerte. Aber starrköpfig wie Lorenzo nun einmal war, wollte er alle Fäden selbst in der Hand halten.

Also setzte er sich entschlossen an den Schreibtisch, und sein Blick fiel auf jene Mappe, in der Charlotte vor kurzem noch gelesen hatte. Er schob die Hülle beiseite. Aber es wollte ihm nicht gelingen, den Eindruck, den das Mädchen auf ihn gemacht hatte, die zärtlichen Gefühle, die es in ihm wachgerufen hatte, zu verdrängen. Zu seiner unangenehmen Überraschung wurde er gewahr, daß ein Großteil seiner augenblicklichen Verärgerung auf Eifersucht zurückzuführen war. Er, Lorenzo de Merenda, war eifersüchtig auf diesen Grünschnabel von Engländer, der anscheinend die Liebe dieses Mädchens zuerst an sich gerissen und dann achtlos weggeworfen hatte. Eigentlich sollte das Ganze ja lachhaft sein. Aber, verdammt noch einmal, es war ihm überhaupt nicht zum Lachen zumute.

Er versuchte, sich in das Studium von Guys sehr genau aufgezeichnetem Bericht zu vertiefen. Paquita, die schüchtern ihren Kopf zur Tür hereinsteckte, wurde von ihm mit ungewohnter Strenge angewiesen, sich davonzumachen und nicht wiederzukommen. Später, während des Abendessens, fiel Doña Gracia seine Schweigsamkeit und die bedrückende Wirkung auf, die die Laune ihres ältesten Enkels auf Roberto und Teresa ausübte, und sie fand, daß es hoch an der Zeit für das Taubenschloß wäre, nicht mehr länger dem störenden Einfluß dieser beiden Engländerinnen ausgesetzt zu sein.

## 12

Lucy nahm die Nachricht von Clives Tod wie in einer Art Betäubung auf. Charlotte hatte lautes Klagen, heftiges Schluchzen, einen Tränenstrom erwartet, jedenfalls eine Äußerung des Schmerzes, die es ihr ermöglicht hätte, Trost zu spenden. So aber sah sie sich hilflos einer unnatürlichen Ruhe, einem gequälten Blick aus den blauen, wie abwesend vor sich hinstarrenden Augen gegenüber. Es hatte den Anschein, als würde sich Lucy den aussichtslosen Kampf vergegenwärtigen, den ihr Gatte gegen die grausamen Wogen geführt haben mochte, die ihn schließlich unter sich begraben hatten. Charlotte war erschüttert.

„Lucy, verstehst du mich? Es war niemandes Schuld. Es war nur ein tragischer Unglücksfall."

„Ja, ich verstehe." Die junge Frau stand immer noch regungslos da, aber aus ihrem Gesicht schien alles Blut gewichen. „Das Entsetzliche an der Sache ist, daß es in diesen letzten Wochen Zeiten gegeben hat, in denen ich gehofft, ja sogar gewünscht habe, daß es so kommen möge. Und nun ist es tatsächlich eingetroffen", flüsterte sie. „Lieber Gott, was für ein Ungeheuer ist aus mir geworden!"

Plötzlich preßte sie die Hand gegen den Mund und lief aus dem Raum. Charlotte folgte ihr, aber Lucy hatte sich in ihr Schlafzimmer geflüchtet und die Tür versperrt.

„Laß mich allein", hörte Charlotte sie mit erstickter Stimme sagen, als sie an die Tür klopfte. „Laß mich bitte allein."

Erst viel später kam Lucy ins Wohnzimmer herunter, sehr blaß, aber doch einigermaßen ruhig und gefaßt.

„Ich werde sofort an Mr. Robinson schreiben und ihn an sein Angebot erinnern", sagte sie mit fester Stimme. „Es ist das Beste, wenn wir heimfahren — das Beste für uns beide, glaubst du nicht auch, Charlotte?"

„Ich bin nicht so sicher", gab diese zögernd zurück.

„Wenn du dabei an Roberto denkst", sagte Lucy rasch, „so muß ich dich fragen, ob du dir nur einen Augenblick lang vorstellen kannst, daß ich ihn mit Clives Kind belasten möchte? Das wäre sicher keine gute Lösung, und es wäre auch nicht fair ihm gegenüber."

„Aber wenn er dich bitten würde zu bleiben?"

„Nein, nein, das kommt nicht in Frage!" rief sie entschieden. „Ich kann mir sehr gut vorstellen, was er sagen würde. Aber ich möchte keinen Gebrauch davon machen. Und nichts in der Welt kann mich dazu bewegen, es zu tun."

Es war erstaunlich, wie sie über sich selbst hinauszuwachsen begann, wie sie in einer einzigen Nacht an Reife gewonnen hatte, und sie hielt auch unerschütterlich an ihrem Entschluß fest. Als Roberto kam, um ihnen sein Mitgefühl auszudrücken, schützte Lucy eine plötzliche Erkrankung vor.

„Ich kann ihn nicht sehen", sagte sie zu Charlotte. „Ich darf es nicht, und — ich wage es auch nicht. Sonst würde ich vielleicht doch noch nachgeben. Wenn erst alles geregelt ist, liegen die Dinge anders. Dann werde ich tapfer sein."

So wandte er sich denn an Charlotte. „Warum will sie mich nicht sehen?" fragte er. „Sie wissen doch, wie ich für Lucy empfinde — Sie müssen es bemerkt haben. Ich habe mich bereits vom ersten Tag an, als ich mit Ihnen in die Casa de Fuente kam, in sie verliebt."

„Sie war verheiratet, Roberto."

„Was spielt das für eine Rolle?" sagte er ungeduldig. „Ich weiß, daß sie sich jetzt elend fühlt, aber das wird vorübergehen. Ich möchte Lucy heiraten, Charlotte. Ich weiß, daß wir damit warten müssen, aber ich möchte für sie sorgen, sie glücklich machen. Ich habe die ganze Zeit gewußt, wie unglücklich sie mit Clive gewesen ist."

„Roberto, es ist viel zu früh, über diese Dinge zu sprechen. Wir haben nicht einmal noch Gewißheit über Clives Tod, und außerdem bin ich überzeugt, daß Lorenzo nie seine Einwilligung zu einer Heirat geben würde."

„Zum Teufel mit Lorenzo! Es ist mein Leben, nicht das seine, und ich werde tun, was ich für richtig halte."

„Aber Lucy hat einmal ihren Entschluß gefaßt, und ich kann sie nicht zwingen, davon abzugehen. Sobald wir etwas von Mr. Robinson hören, werden wir unsere Vorbereitungen zur Heimreise treffen."

„Dann werde ich eben mitkommen. Ich schwöre, daß ich ein Nein als Antwort keinesfalls gelten lassen werde."

Doña Gracia kam gleichfalls, um ihnen ihre Anteilnahme auszusprechen. Sie nickte verständnisvoll, als sie ihre bevorstehende Abreise erwähnten, und Charlotte hatte den Eindruck, daß die alte Dame erleichtert war.

Mr. Robinson kam bei ihnen vorbei, und sie besprachen alle Vorkehrungen, die für die Rückkehr nach England zu treffen waren. Eine ziemlich große Anzahl von Ausländern schickte sich jetzt an, Spanien zu verlassen, und sie würden daher eine Zeitlang zuwarten müssen, ehe sie eine Schiffspassage buchen konnten.

„Ich werde Erkundigungen einholen und Ihnen dann Nachricht geben", sagte Robinson. „Es gibt alarmierende Berichte darüber, daß die Carlisten im Norden an Boden gewonnen haben und sich auf den Süden zubewegen. Gott möge verhüten, daß sie Sevilla besetzen. Aber es ist schließlich alles möglich, und dann könnten wir vielleicht monatelang in der Stadt eingeschlossen sein. Es wäre auch wichtig, daß wir bereits außer Lande sind, bevor die Regenperiode einsetzt."

„Regen?" fragte Charlotte überrascht. „Aber das könnte doch unsere Abreise nicht verzögern."

„Allerdings. Sie haben die Winterstürme hier noch nicht erlebt. Heuer sind sie bis jetzt noch ausgeblieben, aber üblicherweise setzen sie spätestens Ende Oktober ein. Sie kommen nicht immer mit der gleichen Heftigkeit, aber man kann durch sie völlig abgeschnitten werden. Ich kenne das aus Erfahrung: eingestürzte Brücken, überschwemmte Flüsse, völlig unpassierbare Straßen. Sie können eine Woche oder sogar länger anhalten, ehe sie abflauen, und falls wir mit der Heimreise zu lange zuwarten, könnte es Monate dauern, bis wieder daran zu denken ist."

Mr. Robinson strotzte immer von düsteren Voraussagen dieser oder jener Art, so daß Charlotte seinen Warnungen wenig Beachtung schenkte.

Die beiden jungen Frauen hatten es in den letzten Tagen vorgezogen, in ihren eigenen Räumlichkeiten zu bleiben und sich selbst zu den Mahlzeiten nicht der Familie Merenda anzuschließen, so daß Charlotte wenig von Lorenzo zu sehen bekam. Sie wußte, daß sie ungerecht gegen ihn gewesen war, als er ihr von Clives unglücklichem Ende erzählt hatte. Aber sie brachte es nicht fertig, darüber zu sprechen.

Dann kam eines Nachmittags Guy eilig daher und wartete nicht einmal, daß ihn Juanita anmeldete, sondern stürmte ins Wohnzimmer, wo Charlotte gerade Paquita eine ihrer letzten Englischstunden erteilt hatte.

„Ich bin eben mit Geoffrey Robinson zusammengetroffen", sagte er, „und er erzählte mir, daß Sie in Kürze Spanien verlassen würden."

„Ja, das stimmt." Charlotte küßte das kleine Mädchen. „Lauf jetzt, Paquita. Ich sehe dich morgen wieder."

Das Kind verzog das Gesicht. „Mama ist da. Ich werde vielleicht nicht kommen können."

„Nun, wir werden ja sehen, nicht wahr? Und jetzt fort mit dir!"

Als Paquita gegangen war, wie üblich dicht von Tonio gefolgt, warf Guy ungeduldig Hut und Handschuhe hin, kam auf Charlotte zu und ergriff ihre beiden Hände.

„Ich darf Sie nicht fortgehen lassen, ohne mit Ihnen gesprochen zu haben, Charlotte. Ich wäre schon früher gekommen, aber Lorenzo hat mir von Ihrem Cousin erzählt, und ich hatte das Gefühl, noch ein wenig zuwarten zu müssen. Ich trage diese Sache schon eine geraume Zeit mit mir herum, nur mußte ich mich erst recht vergewissern, wie gesichert meine Stellung hier ist. Aber jetzt, da Lorenzo mir seinen Segen gegeben hat, wäre alles geregelt. Allerdings müßten wir noch eine Weile zuwarten, um ein Haus einzurichten, das Ihrer würdig ist."

„Guy, um Himmels willen, was reden Sie denn da, und was hat Lorenzo damit zu tun?"

„Verzeihen Sie, Sie müssen ja glauben, ich hätte vollkommen den Verstand verloren. Aber ich hätte nie gedacht, daß Sie so bald abreisen würden", fuhr er fort, um dann innezuhalten und tief Atem zu holen. „Charlotte, würden Sie mir die Ehre erweisen, meine Frau zu werden?"

Sie war so überrascht, daß sie ihn nur anstarren konnte. „Oh Guy, ich habe nicht gewußt — ich hätte nicht gedacht —"

„Aber Sie müssen es doch gespürt haben. Wir haben so viel miteinander gesprochen, wir sind immer so gut miteinander ausgekommen. Ich habe in den letzten paar Monaten kaum an etwas anderes denken können. Ich glaube — ich weiß — wir könnten sehr glücklich miteinander sein. Liebe Charlotte, wollen Sie mich heiraten?"

„Ich — ich weiß nicht, was ich sagen soll, und vor allem wie ich es sagen soll", gab sie zögernd zur Antwort. „Ich mag Sie sehr gern, aber heiraten — das ist etwas ganz anderes — daran habe ich nie gedacht."

„Heißt das — Sie mögen mich nicht?"

„So würde ich es nicht ausdrücken. Es tut mir so leid —"

„Ist es wegen der Ereignisse hier in Spanien . . .?"

„Nein, damit hat es nichts zu tun. Wenn ich jemanden liebe, macht mir das alles nichts aus."

„Und Sie lieben mich nicht — das ist es also?"

Sie sah die bittere Enttäuschung auf seinem Gesicht und fuhr rasch fort zu sprechen: „Oh, ich wünschte, daß dieses Gespräch nie stattgefunden hätte. Ich wollte Sie nie verletzen, und jetzt habe ich es doch getan. Ich habe Ihre Freundschaft so sehr geschätzt."

„Und ich hoffe, daß Sie das auch weiterhin tun werden", sagte er tapfer. „Aber ich werde die Hoffnung nicht ganz aufgeben. Ich werde Sie wieder fragen."

„Oh nein, tun Sie das bitte nicht."

Sie war so unglücklich seinetwegen, daß sie ihn bis vor das Castillo begleitete, wo noch der Bursche stand und Macalisters Pferd am Zaum hielt.

„Es ist noch kein Abschied, heute noch nicht. Ich sehe Sie noch einmal, bevor Sie abreisen", sagte Guy und nahm ihre Hände in die seinen.

„Lieber Guy, ich bin Ihnen so dankbar dafür, daß Sie mich heiraten wollen, und es tut mir so unendlich leid, daß ich Ihr Angebot nicht annehmen kann."

Spontan neigte sie sich vor und küßte ihn auf die Wange. Er zog sie in seine Arme und hielt sie einen Augenblick lang fest.

„Ich muß jetzt gehen", sagte er mit belegter Stimme, „aber ich komme wieder."

Sie winkte ihm zu, als er die Auffahrt hinunterritt; dann wandte sie sich um und ging langsam in den Garten zurück.

Lorenzo hatte die beiden vom Fenster aus beobachtet. So hat

Guy sie also doch gefragt, dachte er, und anscheinend hat sie seinen Antrag angenommen. Nun, wahrscheinlich hatte das alles seine Richtigkeit! Dann fiel es ihm plötzlich ein, daß Charlotte Spanien nun gar nicht verlassen würde. Sie würde nur einige Meilen von ihm entfernt wohnen, als Frau eines Mannes, mit dem er selbst eng verbunden war und den er — wollte er nicht unanständig erscheinen — nicht einfach entlassen konnte. Es war dies ein so bestürzender Gedanke, daß er sich sofort Klarheit verschaffen mußte. Er konnte die Ungewißheit nicht länger ertragen.

Er wandte sich an Gabriella, die gerade bei ihm im Zimmer war. „Entschuldige bitte, aber ich habe etwas zu erledigen. Ich bin gleich wieder zurück."

Gabriella sah ihm nach, wie er eilends den Weg zum Garten hinabschritt, den auch Charlotte eingeschlagen hatte. Lorenzo, der nach außen hin so beherrscht erschien, konnte gelegentlich immer noch so unbesonnen handeln wie früher, als er noch ein Knabe war. War er im Begriff, sich wegen dieser *Inglesa* zum Narren zu machen? Einst hatte er sie, Gabriella, gebeten, seine Frau zu werden, und sie hatte ihn ausgelacht. Aber das war lange her. Trotzdem empfand sie ein bitteres Gefühl der Eifersucht, weil ihr plötzlich klar wurde, daß sie Lorenzo nun endgültig verloren hatte. Sogar ihr Kind blickte ihr jetzt mit so fremden Augen entgegen, daß es sie schmerzte.

Sie war hierher gekommen, um Lorenzo zu warnen. Sie, die von Stadt zu Stadt reiste und überall ihre Informanten besaß, kam viel früher an kursierende Gerüchte heran als er. Die beiden feindlichen Parteien in diesem Bürgerkrieg, die Cristinos und die Carlisten, würden bald um den Besitz von Andalusien kämpfen, und das Taubenschloß lag direkt auf ihrem Weg.

Charlotte hatte gerade das Tor zum Nonnengarten erreicht, als Lorenzo sie einholte. Außer Atem sagte er: „Kann ich Sie einen Augenblick sprechen?"

Sie wandte sich um und sah ihn an: „Gewiß. Weswegen denn?"

Plötzlich fiel es ihm schwer, die richtigen Worte zu finden. „Ich habe Sie gerade mit Guy zusammen gesehen", sagte er stockend.

„Ja. Er war hier und ist soeben wieder gegangen. Wollten Sie ihn sprechen?"

Kühn versuchte er, alles auf eine Karte zu setzen. „Hat er — hat er Ihnen einen Heiratsantrag gemacht?"

Sie runzelte die Stirn. „Es ist mir nicht bewußt, daß Sie irgendein Recht besitzen, mich das zu fragen. Aber er hat mir tatsächlich einen Antrag gemacht, und sogar mit Ihrer Zustimmung, wie mir scheint!“ sagte sie voll Sarkasmus.

„Es war keine Frage der Zustimmung; er hat mich lediglich um meine Meinung gebeten.“

„Und der Marqués de Merenda hat gnädig seine Genehmigung erteilt.“

„So ist es sicher nicht gewesen.“

„Ah, tatsächlich nicht?“

„Er arbeitet schließlich für mich,“ fuhr Lorenzo ziemlich ungeschickt fort und machte damit alles nur noch schlimmer.

„Ach so, und deshalb ist er wohl mit Leib und Seele Ihr Besitz, nicht wahr? Nun, mich besitzen Sie jedenfalls nicht.“

Sie wandte sich zum Gehen, er aber legte eine Hand auf ihren Arm.

„Seien Sie mir bitte nicht böse. Ich wollte doch nur wissen —“

„Ob ich seinen Antrag angenommen habe“, vollendete sie seinen Satz in eisigem Ton. „Was wir beschlossen haben, betrifft nur uns beide und geht weder Sie noch sonst jemanden etwas an. Ich habe von Paquita gehört, daß ihre Mutter hier ist. Ich bin sicher, daß Sie eine Menge mit Gabriella zu besprechen haben werden. Bitte entschuldigen Sie mich jetzt. Lucy und ich haben jetzt sehr viel zu tun.“

Sie ging rasch davon und ließ Lorenzo stehen, der ärgerlich auf Charlotte, auf sich selbst und auf die ganze verdammte Welt war. Dann wandte auch er sich um und ging ins Haus zurück.

Es gab vielerlei Gründe dafür, warum Charlotte am nächsten Tag Zelda satteln ließ und in die Sierra hinaufritt. Es hatte mit einem dummen Streit mit Lucy begonnen, als sie gemeinsam ihren Frühstückstee tranken. Obwohl Charlotte ihr nichts davon erzählt hatte, konnte ihre Freundin den Grund für Guys Besuch unschwer erraten.

„Du hättest seinen Antrag annehmen sollen“, sagte sie, indem sie sich in die Kissen zurücklehnte und ihren Tee schlürfte. „Dann müßtest du dich nicht länger mit dem Problem herumschlagen, mit deiner Mama und diesem schrecklichen Colonel Armstrong, den du doch so sehr verabscheust, zusammenzuleben.“

„Ich konnte es nicht tun. Ich liebe ihn doch gar nicht", sagte Charlotte kurz.

„Aber du hast ihn sehr gern, und das ist viel besser und viel angenehmer, als verliebt zu sein", wandte Lucy ein und gab sich dabei ein Flair von Reife und Erfahrenheit, was Charlotte ärgerte. „Er ist vielleicht ein bißchen schwerfällig, aber du wärst bei ihm sicher gut aufgehoben."

„Wer möchte denn gut aufgehoben sein?"

„Ich, zum Beispiel", seufzte Lucy. „Nun schön, wenn du nicht willst, dann willst du eben nicht. Du und ich werden also nach England heimreisen, zusammenleben und auf die Männer, insbesondere auf Ehemänner, pfeifen. Würdest du gerne zu mir ziehen?" fuhr sie nachdenklich fort.

„Ich will deine Mildtätigkeit nicht in Anspruch nehmen", sagte Charlotte eigensinnig. „Ich werde mir meinen Lebensunterhalt selbst verdienen."

„Du bist wirklich komisch, Charlie. Oh Gott, was für ein Gespann von Dummköpfen wir beide doch sind, findest du nicht auch? Ich sehne mich nach Roberto und zeige ihm die kalte Schulter, und du schmachtest hoffnungslos nach Lorenzo."

„Aber das ist doch überhaupt nicht wahr", fuhr Charlotte auf sie los. Dann nahm sie das Tablett mit dem Frühstücksgeschirr auf. „Es wird langsam spät. Es wäre an der Zeit, daß du dich anziehst."

„Verstell dich doch nicht, Charlie. Gib es doch endlich zu. Es ist Lorenzo, den du haben willst, und der army Guy ist neben dem Marqués de Merenda im besten Falle Zweiter."

„Da irrst du dich aber gewaltig. Lorenzo soll — meinetwegen soll er sich zur Hölle scheren!" rief Charlotte heftig und stürzte aus dem Zimmer.

Es ärgerte sie, daß Lucy recht hatte und sich alles zusammenreimen konnte, obwohl sie selbst ihr kein Wort von ihren Gefühlen erzählt hatte. Sie lieferte das Tablett bei Juanita in der Küche ab und ging in den Garten hinaus. Es war für spanische Verhältnisse kühl, und der Himmel war mit dichten Wolken bedeckt, aber Charlotte nahm es kaum wahr. Sie war in keiner guten Verfassung, war reizbar und nervös. Ihre Mutter hatte ihr geschrieben, daß sie und der Colonel im kommenden Jahr in New York heiraten und sich nach der Hochzeitsreise in London niederlassen würden. Charlotte überlegte, ob sie vielleicht in der Londoner City irgendeine Stellung finden und so der Notwendigkeit entgehen könnte, bei den beiden leben zu müssen. Es waren jedenfalls düstere Aussichten.

Einer Eingebung folgend, ging sie durch den Nonnengarten bis zur Schloßkapelle, wo sie gelegentlich ein paar Minuten zubrachte. Das kleine Gebäude wirkte schlicht, fast nüchtern, mit seinen weißgetünchten Wänden, nur mit einem über dem Altar angebrachten Kruzifix und einer Madonnenstatue ausgestattet. Es unterschied sich völlig von den überladen dekorierten Kirchen, die sie in Sevilla und Granada gesehen hatte, in denen das Auge von den kostbaren Meßgewändern geblendet wurde, die von Gold und Juwelen funkelten. Charlotte war in keiner Weise religiös, und ihre Kirchenbesuche in England waren eher der Konvention als einem echten inneren Bedürfnis entsprungen. Doch obgleich sie wenig über den Katholizismus wußte, empfand sie die Kapelle als einen geweihten Ort, in welchem eine aufgewühlte Seele Frieden zu finden vermochte.

Ein oder zweimal hatte sie hier Doña Gracia in ihrer schwarzen Spitzenmantilla vorgefunden, oder sie hatte gesehen, wie Teresa für einen Augenblick hereinkam, um eine Kerze zu entzünden und ein rasches Gebet zu sprechen. An Sonntagen war es Brauch, daß alle Hausbewohner der Messe beiwohnten, die ein Priester zelebrierte, der eigens von der Kathedrale in Sevilla zu ihnen heraufkam.

Charlotte war immer noch empört über Lorenzos anmaßendes Gehaben. Glaubte er wirklich, jedermanns Leben nach seinem Gutdünken formen zu können, sogar das ihre? Manchmal gelang es ihm, sie zu täuschen: Wie liebenswürdig vermochte er sich bisweilen zu geben; er schien ihr so nahe zu sein, um sich jedoch im nächsten Augenblick wieder kühl und abweisend zurückzuziehen. Sie stieß die Tür zur Kapelle auf und trat leise ein. Das Tageslicht fiel durch die bunten Mosaikfenster ein, und ein unsichtbarer Lufthauch ließ die Kerzen unruhig flackern. Zu ihrer Überraschung gewahrte sie Gabriella, die am Altar kniete und die Perlen ihres Rosenkranzes durch die Finger gleiten ließ. Das Profil ihres Gesichtes drückte eine strenge Schönheit aus, und Charlotte, die — zum Teil von dem schmiedeeisernen Kerzenständer verdeckt — dastand und sie betrachtete, sah plötzlich, wie die Tür geöffnet wurde und Lorenzo hereinkam. Er bekreuzigte sich flüchtig und trat zu Gabriella hin. Zu ihr niedergebeugt, flüsterte er ihr einige Worte zu, worauf sie sich sofort erhob und mit ihm die Kapelle verließ.

Dies mochte wahrscheinlich nichts Besonderes bedeuten, genügte jedoch, um Charlottes Verzagtheit, ihren Kummer noch zu vertiefen. Rasch eilte sie ins Haus zurück, legte ihr Reitkleid an und ging quer durch den Garten zu den Stallungen hinüber. Tomás, der Zelda für sie satteln mußte, sah sie besorgt an. Er wies auf den bewölkten Himmel und versuchte, sie zur Vorsicht zu mahnen, aber Charlotte nahm keine Notiz von ihm. Sie verspürte nur den Wunsch, das Castillo so weit wie möglich hinter sich zu lassen. Erst dann, so glaubte sie, würde sie wieder freier atmen können, ihr seelisches Gleichgewicht wiederfinden, während sie hier anscheinend keinen Ausweg aus ihrer Verzweiflung fand.

So ritt sie nun die ihr bereits vertraute Straße entlang. Einer der Gärtnerburschen rief ihr einen freundlichen Gruß zu, worauf sie ihm zuwinkte und dann jenen Bergpfad erklomm, den sie auch an jenem Nachmittag eingeschlagen hatte, als sie und Teresa sich verwegen der Pferde bemächtigt hatten. Sie kam jetzt an den Stierweiden vorbei, wo Torbellino friedlich graste. Erinnerungen tauchten in Charlotte auf: Sie dachte an den Tag, an dem die Stierkämpfe der *Rejoneadores* stattgefunden hatten und an den Schmerz auf Lorenzos Gesicht, als er sein Pferd hatte erschießen müssen. Hatte sie sich damals in ihn verliebt? Die *Fiesta de Toros* hätte doch in Madrid stattfinden sollen, aber dazu war es niemals mehr gekommen. Statt gegen den Stier kämpften die jungen Männer nun gegen ihre eigenen Landsleute. Und dann Sybilla — sie war aufgetaucht und mit ihr das Unheil, das über sie alle gekommen war. Wäre dieses Mädchen nicht gewesen, hätte sich Clive nie zu solchen Torheiten hinreißen lassen und könnte wohl heute noch leben. Oh, welche Pein sie doch empfand, wenn sie daran dachte, daß sie, Charlotte, mitschuldig an jener unglückseligen Flucht war, die letzten Endes zu seinem Tod geführt hatte.

Als sie die höher gelegenen Regionen erreicht hatte, wehte der Wind ziemlich kalt, aber Charlotte war dankbar für diese Kühle. Viel zu lange schon schien sie unter der Hitze gelitten zu haben. Nach einer Weile hielt sie an, um Zelda eine kurze Rast zu gönnen und sich ein wenig in der Gegend umzusehen. Braun und kahl reihte sich Berg an Berg und führte immer höher hinauf zu den Gipfeln, die jetzt in dichten Nebel gehüllt waren. Dazwischen aber gab es tiefe Schluchten, in denen Charlotte grüne Baumkronen und Streifen bebauten Landes ausnehmen konnte. Weit unten war auch die *Noria* zu erkennen, das geduldige Maultier, das mit Scheuklappen im Kreis dahintrotten mußte und damit ein Rad in Bewegung hielt, wodurch braunes Wasser emporsprudelte und die trockenen Furchen berieselte. Die einsame Reiterin holte tief Atem und sog die vom Duft der Pinien durchsetzte Luft ein. Etwas in ihr fühlte sich von dieser Weltabgeschiedenheit magisch angezogen. Ihr tiefstes Inneres schien hier heimisch zu sein, und unsägliche Traurigkeit überkam sie bei dem Gedanken, daß sie diese herrliche Natur heute wohl zum letzten Mal sehen sollte.

Sie hatte ein wenig Proviant mitgenommen, etwas Brot, Wurst und Früchte, und sie stieg am Ufer eines kleinen Bergbaches vom Pferd, um zu essen. Eine Eidechse huschte davon, als sie die gewölbten Hände ins eiskalte Wasser tauchte, um zu trinken. Der Wind setzte jetzt heftiger ein, als sie erwartet hatte, und sie begann, zum Aufbruch zu rüsten, als ein Mann, einen Esel an seiner Seite, aus der Wildnis auftauchte. Er schien sehr verwundert, eine gutgekleidete junge Dame allein in dieser Bergeinsamkeit anzutreffen.

*„Hombres, Señorita,“* sagte er und deutete hinter sich. *„Soldados.“*

Sie faßte seine Worte als Warnung auf und fühlte sich zum ersten Mal ernstlich beunruhigt. Es würde nicht angenehm sein, mitten in eine Kompanie Soldaten zu geraten, wer immer sie auch sein mochten. Als Engländerin empfand sie nicht eigentlich Furcht, aber Männer waren Männer, und sie war schließlich allein. Vor allem wollte sie vermeiden, in Lorenzos kritischen Augen als unbesonnen zu erscheinen. So beendete sie ihren Imbiß, fütterte Zelda mit einem Apfel und ließ sie aus dem Bach trinken. Dann schwang sie sich wieder in den Sattel und schlug den Rückweg ein.

Bestürzt sah sie, wie ein Blitz über den Himmel zuckte. Zelda scheute nervös und warf sie beinahe ab, und schon hallte auch das Grollen des Donners dumpf von den umliegenden Hügeln wider.

Nun wurde ihr bewußt, daß der mit Wolken überzogene Himmel ihr eine Warnung hätte sein müssen, sich nicht so weit vom

Castillo zu entfernen. Aber noch fiel kein Regen, und sie sorgte sich daher nicht ernstlich. Erst als sie einige Windungen des Serpentinenpfades zurückgelegt hatte, sah sie sich um und erblickte jene Soldaten, von denen der Mann mit dem Esel gesprochen hatte. Gleichzeitig wurde ihr auch bewußt, daß diese Soldaten — falls sie ihre Richtung beibehielten — dieselbe Straße herabkommen würden wie sie selbst.

So trieb sie Zelda zur Eile an, und nach einer Weile erweckte ein gut erkennbarer, nach links abzweigender Weg ihre Aufmerksamkeit. Wenn sie hier abbog, vermochte sie ein Zusammentreffen mit den Soldaten zu vermeiden; und waren jene erst vorbeigezogen, konnte sie wieder umkehren.

Hastig lenkte sie Zelda in den schmalen Pfad ein und trabte nun zwischen Felsblöcken und Geröll bergab. Sie hatte jedoch nicht mit dem Sturm gerechnet, der jetzt ständig an Heftigkeit zunahm. Niemals zuvor war sie einem Unwetter in den Bergen ausgesetzt gewesen, und es war in der Tat ein beängstigendes Erlebnis für sie. Der Himmel schien sich aufzutun, wenn er seine riesigen Blitze grell abfeuerte, und beim Krachen des Donners zuckten Pferd und Reiterin furchtsam zusammen. Charlotte bemühte sich, wenigstens das verschreckte Tier zu beruhigen; doch nun wurde es auch noch zusehends dunkler, obwohl es erst Nachmittag war, so daß sie bald in einem ungewissen Zwielicht dahintappten. Erst nach geraumer Zeit, als sich der Himmel etwas aufhellte, blickte Charlotte um sich und mußte feststellen, daß sie sich hoffnungslos verirrt hatte.

Die nächsten zwei Stunden waren wie ein Alptraum. Nie zuvor hatte sie erlebt, wie klein und unbedeutend der Mensch letztlich war, wenn er den Elementen hilflos ausgeliefert war. Sie empfand, daß es gewaltige Mächte waren, gegen die es anzukämpfen galt; heftige Windböen stemmten sich ihr entgegen, aber hartnäckig ritt sie weiter, obwohl die unbarmherzige Bergwelt ringsum keinen Schutz gewährte und keinen Weg wies.

Schon fielen die ersten Regentropfen herab. Plötzlich strauchelte Zelda und stürzte beinahe; da erkannte Charlotte, daß sie sich auf einer Anhöhe befand, vor der lange Reihen von zerklüfteten und mit dichtem Buschwerk überwucherte Steinstufen abwärts führten. Mit einem Seufzer der Erleichterung stellte das Mädchen fest, daß ihm diese Gegend bekannt war. Irgendwie, ohne daß es ihr bewußt gewesen wäre, hatte sie die Ruinen des römischen Theaters von Italica erreicht. Und gerade in jenem Augenblick, als ihr diese Erkenntnis kam, setzte bereits ein heftiger Regenschauer ein. Nun, hier würde sie wenigstens einen Unterschlupf finden! Sie stieg vom Pferd und führte Zelda vorsichtig den felsigen Hang hinab, bis sie schließlich zu einer der höhlenähnlichen Öffnungen gelangte, die sich am unteren Rand der Arena befanden. Da strömte auch schon der Regen wie ein alles verhüllender Vorhang hernieder und schnitt sie wie eine transparente Wand von der Außenwelt ab.

Unheimlich raschelte es zu ihren Füßen, und Zelda wieherte erschreckt. Eine Schlange war vorübergehuscht und irgendwo in der Dunkelheit verschwunden. Eine Zeitlang stand Charlotte da, zitternd vor Kälte und Furcht, bis sie endlich ihre Fassung wiedergewonnen hatte. Vorsichtig tappte sie weiter und sah, daß sie sich am Eingang zu einem langen Gang befand, der auf die andere Seite des Theaters führte. Es fiel ihr ein, daß dies der Platz war, wo auch Clive Zuflucht gefunden hatte. Der Boden war hier mit einer dicken Staubschicht bedeckt, und hier und dort wiesen Reisighaufen darauf hin, daß Landstreicher einige Zeit hier gehaust hatten. Die Luft roch abgestanden, aber es war wenigstens trocken. Was Charlotte am meisten zu schaffen machte, war die Dunkelheit, die in ihrem unfreiwilligen Obdach herrschte. Aber sie konnte nicht daran denken, durch den wolkenbruchartigen Regen, der draußen niederging, nach Hause zu reiten. Und obgleich sie ja den Weg von Italica nach Sevilla kannte, hatte sie doch nicht die geringste Ahnung, wie sie von hier zum Taubenschloß gelangen sollte. Also führte sie Zelda tiefer in die Höhle hinein und versuchte, die zitternde Stute zu beruhigen, indem sie sie streichelte und ihr letztes Brot mit dem Tier teilte. Dann häufte sie das herumliegende Reisig auf und ließ sich darauf nieder, während sie sich tapfer zuredete, daß der Regen schließlich nicht ewig dauern konnte.

Diese Stunden des Wartens erschienen Charlotte als die schlimmsten ihres Lebens. Jede Minute schien eine Ewigkeit zu dauern, und sie saß da, frierend und erschöpft, schrak zusammen, wenn die Fledermäuse von der Decke herabsegelten, befürchtete bei jedem geringsten Geräusch, es könnte eine Schlange sein. Vor langer Zeit hatte Clive, damals ein unausstehlicher Lausejunge von zwölf Jahren, ihr eine Ringelnatter ins Bett gelegt, und der bloße Gedanke an jenen langen Tierleib, der sich krümmte und wand, erfüllte sie mit fast krankhaftem Entsetzen.

Später, als es längst Nacht geworden war, fand Lorenzo sie dort, lange nachdem er bereits die Hoffnung aufgegeben, nachdem er jeden Pfad abgesucht hatte, bei jeder Wegbiegung bangend, Zelda mit leerem Sattel frei herumstreunen zu sehen, während Charlottes lebloser Körper irgendwo auf dem Boden hingestreckt lag, das bleiche Antlitz regennaß und das helle Haar verschmutzt.

Erst nach dem Mittagessen, als der erste Blitz über den Himmel zuckte, war Lucy aufgeregt zu Lorenzo gekommen, weil Charlotte nirgends zu finden war. Tomás, den man eingehend ins Gebet nahm, stammelte hervor, daß er wohl Zelda gesattelt, die Señorita jedoch gewarnt habe, sich nicht zu weit zu entfernen.

„Wie konnte sie nur so unüberlegt handeln?" rief Lorenzo aus. „Hat sie überhaupt keine Vernunft?"

Er ließ Roberto in einer bestimmten Richtung suchen, während er selbst, von Angst gepeinigt, jenen Weg einschlug, den Charlotte mit größter Wahrscheinlichkeit gewählt hatte. Was wußte dieses Mädchen schon von den Stürmen, die um diese Jahreszeit so rasch und verheerend zu kommen pflegten, Bäche in reißende Ströme verwandelten und Geröllawinen im Gebirge auslösten?

Stundenlang hatte er ohne Hoffnung gesucht, und es war wirklich nur reiner Zufall gewesen, daß er mit jenem Bauern zusammentraf, der, bis auf die Haut durchnäßt, neben seinem Esel dahintrottete und glaubte, gesehen zu haben, wie die Señorita nach links abgebogen war. Er habe ihr noch eine Warnung nachgerufen, wie er sagte, sie aber habe sich nicht darum gekümmert.

„*Gracias*", sagte Lorenzo und warf ihm eine Handvoll Silbermünzen zu, ehe er selbst eilends den Weg hinunterritt, den Charlotte vor ihm genommen haben mußte. Das Herz schlug ihm bis zum Hals, während er den Pfad zu beiden Seiten absuchte.

Es war daher kaum zu verwundern, daß sich seine grenzenlose Erleichterung in maßlosen Zorn verwandelte, als sie ihm aus der Dunkelheit der Höhle, wo er sie schließlich aufspürte, unter Lachen und Weinen entgegentaumelte.

Sie war gerade bei Zelda gestanden und hatte sich wie trostsuchend an den warmen Leib der Stute geschmiegt, die sich gleichfalls an ihre Besitzerin drängte, als habe auch das Tier Bedürfnis nach Gesellschaft. Da erschien plötzlich eine dunkle Gestalt im Eingang der Höhle, geisterhaft von einem Blitzstrahl beleuchtet. Der weite Umhang, in den Lorenzo gehüllt war, verlieh ihm eine riesenhafte Erscheinung, und Charlotte schrie angsterfüllt auf, bis sie ihn endlich ihren Namen rufen hörte und in seine Arme flog.

„Vorsicht! Ich bin völlig durchweicht", sagte er, drängte sie sanft beiseite und zog den voluminösen Poncho aus dichtgewebter Wolle, der ihn fast zur Gänze einhüllte, über den Kopf und legte ihn beiseite.

„Oh, ich bin ja so glücklich, Sie zu sehen", stammelte sie, „so unendlich froh."

„Das können Sie auch sein. Was, zum Teufel, haben Sie sich eigentlich dabei gedacht, an einem Tag wie diesem in die Sierra hinaufzureiten?"

„Ich habe nicht gewußt — ich hätte nicht gedacht —"

„Hat man Sie nicht gewarnt?" herrschte er sie an. „Sind Sie nicht auf die Idee gekommen, einzuhalten und nachzudenken, was Ihnen alles zustoßen könnte? Diese Wege vermögen sich in ein paar Stunden in tosende Sturzbäche zu verwandeln. Und bevor Ihnen jemand von uns zu Hilfe hätte kommen können, wären Sie längst fortgeschwemmt worden und hilflos ertrunken."

„Es tut mir leid," murmelte sie kleinlaut. „Es tut mir ja so leid — ich habe das nicht gewußt —"

Unversehens ließ sein Zorn nach, als er bemerkte, wie blaß sie aussah und wie sehr sie zitterte. „Nein, Sie konnten es wirklich nicht wissen", fuhr er etwas sanfter fort und nahm sie bei den Händen. „Fassen Sie sich jetzt. Gott sei Dank haben Sie hierher gefunden. Hier war es wenigstens trocken, und Sie waren jedenfalls in Sicherheit."

„Ihr Pferd —", sie sah sich suchend um, „wo haben Sie es gelassen?"

„In der Höhle nebenan. Es ist dort ganz gut aufgehoben. Aber jetzt wollen wir sehen, ob wir es uns hier nicht etwas gemütlicher machen können. Wir werden vielleicht eine Zeitlang von der Außenwelt abgeschnitten sein."

„Aber wird denn der Regen nicht bald aufhören?"

„Er ist dafür berüchtigt, daß er bis zu einer Woche anhält", sagte Lorenzo heiter. „Und wenn das der Fall ist, könnte sogar unser Quartier überschwemmt werden."

„Um Himmels willen, nein!"

„Machen Sie sich keine Sorgen. Es ist nicht sehr wahrscheinlich. Aber ich fürchte, wir können es keinesfalls riskieren, jetzt, bei diesem Wetter, heimzureiten. Es ist stockdunkel draußen, und Gott allein weiß, ob diese Wege nicht überschwemmt sind. Es lauern viel zu viele Gefahren auf uns. Wir sind nun einmal hier und müssen zumindest so lange blieben, bis es hell wird. Sind Sie hungrig?"

„Wie ein Wolf", sagte sie kläglich. „Aber ich habe alles Genießbare, was ich bei mir hatte, aufgegessen. Das läßt sich leider nicht ändern."

„Sie werden überrascht sein. Wir Spanier sind an Gewitter in den Bergen gewöhnt, und wenn wir schon gezwungen sind, uns einem solchen Unwetter auszusetzen, tun wir es niemals, ohne entsprechend vorgesorgt zu haben. Warten Sie nur, Sie werden gleich sehen."

Er warf sich den schweren Umhang um die Schultern und eilte durch den Regen in die nächste Höhle hinüber, von wo er nach ein paar Minuten mit einer Pferdedecke und der Satteltasche zurückkam. „Jetzt mache ich uns ein Feuer", sagte er sachlich. „Helfen Sie mir, etwas von dem Reisig zusammenzusuchen."

Er hantierte rasch und umsichtig, und es dauerte nicht lange, da brannte auch schon ein lustiges Feuerchen, das alsbald Kälte und Dunkelheit vertrieben hatte. Dann breitete Lorenzo die Dekke aus, öffnete die Satteltasche und holte Brot, eine Handvoll Oliven, Käse und ein großes Stück Fleischpastete hervor.

„Es war das Beste, was in dieser kurzen Zeit in der Küche aufzutreiben war. Ich kann Ihnen leider weder Kaffee noch heiße Schokolade anbieten, aber mein Brandy wird Sie sicher ein wenig aufwärmen."

Er holte eine Feldflasche hervor und schenkte etwas von dem Getränk in die silbrige Verschlußkappe. Angeekelt rümpfte Charlotte die Nase.

„Trinken Sie," befahl Lorenzo. „Es hilft gegen das Frösteln."

Schließlich trank sie den kleinen Becher in einem Zug leer und mußte prompt husten. Wie Feuer war es ihre Kehle hinuntergeflossen, gleichzeitig aber fühlte sie auch, wie sich die Wärme angenehm in ihrem Magen ausbreitete.

„So ist es gut“, sagte er. „Allmählich werden Sie wieder Sie selbst. Und jetzt wollen wir etwas essen.“

Er zog ein Taschenmesser heraus und begann die Pastete zu zerteilen. Dann reichte er ihr eine Hälfte der Speise.

„Das ist ja viel zu viel“, protestierte sie zuerst, verschlang dann aber trotzdem das Dargebotene bis zum letzten Bissen.

Als sie schließlich noch Brot und Käse geteilt und auch dem Pferd etwas davon abgegeben hatten, lehnte sich Charlotte zurück, und wie im Traum betrachtete sie Lorenzos Gesicht, das vom rötlichen Widerschein des Feuers erhellt wurde. In der Wärme war sein Haar getrocknet und fiel ihm, zu kleinen Locken gekräuselt, in die Stirn. Er sah entspannt aus, fast wie ein Knabe, und Charlotte fand es nach jenem Zornesausbruch seltsam, daß er nun so freundschaftlich in dieser Höhle mit ihr zusammensaß, als ob das die natürlichste Sache der Welt wäre.

Aber plötzlich tauchte da etwas Seltsames zwischen ihnen auf, ausgelöst durch eine Kleinigkeit, die jedoch genügte, um ihrer beider Unbefangenheit unversehens zunichte zu machen.

Lorenzo hatte eine dünne schwarze Zigarre aus der Tasche geholt und Charlotte fragend angesehen: „Gestatten Sie?“

„Ja, selbstverständlich.“

Er beugte sich vor, ergriff einen kleinen Zweig und entzündete ihn am Feuer. „Sie wissen ja, daß wir hier die Nacht mitsammen verbringen müssen“, sagte er mit einem Anflug von Humor. „Wir werden eine gute Erklärung brauchen, wenn Guy davon erfährt.“

„Warum sollte Guy irgendeine Erklärung verlangen?“

„Als Ihr künftiger Gatte ist er dazu wohl berechtigt.“

Sie schwieg einen Augenblick und sagte dann rundweg: „Ich denke nicht daran, Guy zu heiraten.“

„Aber Sie haben doch gesagt —“

„Ich habe überhaupt nichts gesagt. Sie haben angenommen, daß es so wäre.“

„Aha — ich verstehe.“ Nachdenklich klopfte er die Asche von der Zigarre. „Armer Guy, er hatte sich schon ganz darauf eingestellt.“

Charlotte saß aufrecht da, die Arme um die Knie geschlungen, und starrte ins Feuer. „Da kann ich ihm leider nicht helfen. Ich mag ihn wohl sehr gern, aber das ist nicht genug.“

„Sie lieben ihn also nicht so sehr, wie Sie Ihren Cousin Clive geliebt haben, nicht wahr?"

Sie sah ihm trotzig ins Gesicht. „Wenn Sie mich schon so direkt fragen — ja, das stimmt. Aber das ist lange, lange her." Und dann, aus dem Gefühl heraus, ihm in dieser eigenartigen Nacht alles sagen zu dürfen, ganz offen sein zu können, fügte sie hinzu: „Lieben Sie eigentlich Gabriella noch?"

Er schwieg eine Weile und entgegnete dann mit ihren eigenen Worten: „Das ist lange, lange her."

Und plötzlich war die Spannung zwischen ihnen so stark, so zwingend spürbar, daß Charlotte das beunruhigende Gefühl hatte, sie brauche nur die Hand auszustrecken und ihn zu berühren, und Funken würden sprühen und Blitze aufzucken wie draußen, von wo noch bisweilen ein greller Lichtschein durch den Eingang der Höhle drang. Sie mußte versuchen, diese bedrohliche Situation in irgendeiner Weise zu entschärfen.

Sie warf einen Ast ins Feuer und fragte beiläufig: „Sind Ihnen unterwegs Soldaten begegnet?"

„Soldaten?" Sofort war er hellwach. „Was für Soldaten?"

„Ich habe sie gesehen. Anscheinend waren sie auf dem Weg vom Norden herab. Das war auch der Grund, weshalb ich von der Straße abgezweigt bin und mich verirrt habe."

„So hat Gabriella also doch recht gehabt. Sie hat mich vor den näherrückenden Truppen gewarnt. Dieser verdammte Krieg kommt unaufhaltsam auf uns zu, Charlotte."

„Werden die Soldaten bis zum Castillo vordringen?"

„Das könnte ohne weiteres der Fall sein, und dann würde ich — ob ich nun wollte oder nicht — mitten in der Sache darinstekken." Unvermutet sprang er auf. „Aber darüber können wir uns auch morgen noch den Kopf zerbrechen. Jetzt werde ich noch das Feuer versorgen, und dann müssen Sie versuchen, ein bißchen zu schlafen." Er ging ein Stück in den dunklen Gang der Höhle hinein, um Zeldas Sattel zu holen. „Leider kann ich nicht viel für die Pferde tun, aber diese armen Kreaturen werden es schon überstehen." Er häufte um den Sattel herum noch etwas trockenes Reisig auf, bis eine Art Nest entstand, über das er schließlich die Decke breitete. „Nicht gerade ein Ruhebett für eine Prinzessin, aber das beste, was sich im Augenblick machen läßt."

„Aber was ist mit Ihnen?"

„Oh, ich werde ein wenig dahindösen und dabei mit einem Auge auf das Feuer achtgeben. Roberto und ich haben das mehr als einmal so gemacht, wenn wir auf der Jagd von der Dunkelheit oder von einem Unwetter überrascht wurden." Halb im Spaß verneigte er sich tief vor ihr. *„Buenos noches, Señorita."*

„Ich habe Ihnen noch gar nicht richtig gedankt", sagte Charlotte und bemühte sich, so unbefangen wie möglich zu reden. „Ich weiß nicht, was ich gemacht hätte, wenn Sie nicht gekommen wären — wahrscheinlich wäre ich verrückt geworden."

„Aber nein. Das kann ich nicht glauben — nicht von meiner unerschrockenen Miss Charlotte", gab er zurück, indem er auf ihren leichten Ton einging. Mit einem Finger strich er ihr sanft über die Wange und spürte, wie sie erbebte. „Schlafen Sie gut. Ich werde noch hinausgehen und nachsehen, ob draußen alles in Ordnung ist. Aber ich komme gleich zurück, haben Sie keine Angst."

Einen Augenblick lang blieb er am Eingang der Höhle stehen und fühlte beinahe dankbar, wie ihm der Regen ins Gesicht peitschte. Es hatte ihn all seine Kraft gekostet, der heftigen Versuchung zu widerstehen, sie in die Arme zu reißen und sie hier auf dem schmutzigen Boden dieses widerwärtigen Ortes, ohne zu zögern, leidenschaftlich in Besitz zu nehmen. Und was würde sie wohl getan haben, wenn er sich dazu hätte hinreißen lassen? Was mochte sie wohl für ihn empfinden? Er war sich darüber nicht sicher. Er war sich nie über Charlottes Gefühl im klaren gewesen, nicht einmal über seine eigenen Gefühle. Als er sich über die Stirn fuhr, spürte er, daß ihm der Schweiß ausgebrochen war. So pflegte wohl die Torheit der Liebe zu beginnen, jene süße Torheit, wie er sie erst einmal, bei Gabriella, kennengelernt hatte, und damals war er fast noch ein Knabe gewesen. Jetzt war das anders.

Nach einer Weile holte er tief Atem und lief durch Dunkelheit und Regen in die andere Höhle hinüber. Er bemühte sich, seinem Pferd die Lage so erträglich wie möglich zu machen, indem er das Tier eine Zeitlang mit alten Säcken, die Arbeiter hier vergessen haben mochten, abrieb. Er weilte so lange, bis sich der Sturm in seinem Blut ein wenig gelegt hatte und er wieder Herr über sich selbst war.

Inzwischen hatte Charlotte ihre Jacke abgelegt und sich — die Decke halb übergezogen — auf das rauhe Lager gebettet, das Lorenzo für sie vorbereitet hatte. Die Augen waren geschlossen, und eine Hand hatte sie unter die Wange gelegt. Auf das gelöste Haar fiel hin und wieder der rote Abglanz des flackernden Feuers.

Lorenzo blickte einen Augenblick auf sie nieder, ehe er auf die andere Seite der Höhle ging. Draußen zuckten noch die Blitze über den Himmel, und der Donner grollte. Das Gewitter hatte sich zwar schon ein wenig verzogen, Lorenzo aber wußte sehr wohl, daß es — von den Hügeln zurückgeworfen — noch einmal zurückkommen könnte, und er hoffte, daß Charlotte dadurch nicht zu sehr im Schlaf gestört würde.

Nun bereitete er für sich selbst eine Art Lagerplatz und lehnte sich gegen die rauhe Wand zurück. Dann schloß er die Augen und versuchte, die quälenden Bilder loszuwerden, die er während des Tages zu verscheuchen vermocht hatte, die aber mit den Schatten der Nacht zurückzukehren pflegten. Nach einiger Zeit jedoch überwältigte auch ihn die Müdigkeit, und er dämmerte unruhig dahin.

Plötzlich schreckte ein gewaltiger Donnerschlag Charlotte auf. Sie öffnete die Augen und war einen Moment lang unfähig zu erkennen, wo sie sich befand. Das Feuer war zu matter roter Glut erloschen, und die Dunkelheit schien sich noch näher herangedrängt zu haben. Das Mädchen bewegte sich ein wenig, und ihre tastenden Hände spürten etwas Glattes, Rundes, das sich mit geschmeidigen Bewegungen krümmte und wand. Und dann sah sie es auch! Angelockt von der Wärme des Feuers, war eine große Schlange aus dem Inneren der Höhle herbeigekrochen und hatte sich auf Charlottes Brust zusammengerollt, den Kopf nur ein paar Zentimeter vom Gesicht des Mädchens entfernt. Eine Minute lang war Charlotte wie gelähmt und vor Angst außerstande, sich zu bewegen oder einen Laut von sich zu geben. Dann aber, von wilder Panik ergriffen, schrie sie ihr Entsetzen wieder und wieder laut hinaus. In Sekundenschnelle war Lorenzo bei ihr, hatte das Reptil mit beiden Händen ergriffen und es in hohem Bogen aus der Höhle geworfen.

Als Charlotte nun laut und hysterisch aufschluchzte, kam er zu ihr zurück, um sie in die Arme zu nehmen und sie, eng an sich gepreßt, zu streicheln und zu wiegen, als wäre sie Paquita, die aus einem bösen Traum aufgeschreckt war.

„Sei ruhig, *Querida,* sei ruhig, es ist ja alles vorbei. Alles ist wieder gut, es geschieht dir nichts."

Sie klammerte sich an ihn, als wollte sie aus seiner Stärke Kraft beziehen. „Es tut mir leid", keuchte sie, „entschuldigen Sie — wie konnte ich nur so närrisch sein — aber es war so entsetzlich, so ekelhaft."

„Pst, jetzt ist es ja vorbei. Ich bin ja bei dir."

Immer noch hielt er sie eng an sich gepreßt. Die Lippen in ihrem Haar, murmelte er Worte des Trostes, bis das Beben Ihres Körpers allmählich verebbte. Dann faßte er sie am Kinn und hob ihr tränenverschmiertes Gesicht empor. „Geht's besser?"

„Ja", flüsterte sie und kuschelte sich wieder eng an ihn, als könnte sie es nicht ertragen, ihm fern zu sein. „Lassen Sie mich bitte nicht allein. Bitte, gehen Sie nicht weg."

„Nein, gewiß nicht. Hab keine Angst."

Und plötzlich beugte er sich herab und küßte sie. Es war, als würde man ein Feuer entfachen. Er versuchte, die Kontrolle über sich nicht zu verlieren, war aber dazu nicht imstande. Wieder küßte er sie und fühlte, wie sie zitterte. Ihre Lippen waren warm und öffneten sich leicht unter dem Druck der seinen, und er wußte, daß er im Begriff war, die Schlacht gegen sich selbst zu verlieren.

Zwei leidenschaftlich Liebende hatten einander allzu lange entsagt. In dieser stürmischen Nacht, in der draußen das Unwetter tobte, wurden sie von den heftigen Gefühlen überwältigt, die so lange in ihnen geschlummert hatten. Charlotte hatte nicht die Kraft — und auch nicht den Wunsch, ihm Widerstand zu leisten. Die Zeit schien stillzustehen — sie befanden sich in einer anderen Welt. Gefühle, die sie beide in solcher Tiefe niemals erfahren hatten — Entsetzen, Liebe, Verlangen —, hatten sich zu einer einzigen Empfindung vereint, die alles bisherige fortzuschwemmen drohte. Seine Hand glitt in den Ausschnitt ihrer Bluse und berührte ihre Brust. Sie sank auf das Lager zurück, und sein Mund verwühlte sich in den ihren, so daß sie erbebte. Alle Hemmungen, all die Zwänge, die er selbst sich auferlegt hatte, seine Vorurteile, die Eifersucht auf Clive und auf Guy, dem sie so ungezwungen zugelächelt hatte, all dies wurde von der Flut seiner überwältigenden Leidenschaft hinweggespült. Zu ihren Häuptern wurden Rauchwölkchen vom Luftzug herumgewirbelt. Zelda wieherte und stampfte mit den Hufen, während draußen Regen und Wind unvermindert weitertobten, aber das bekümmerte die beiden Liebenden nicht, die ausweglos im Labyrinth ihrer Gefühle verstrickt waren.

Lange danach lag Charlotte zutiefst aufgewühlt, aber unsagbar glücklich in Lorenzos Armen, und er strich ihr sanft über die Wangen.

„*Mi amor*", flüsterte er, „Geliebte, sag mir, warum du weinst!"

„Weine ich wirklich? Ich hab es gar nicht bemerkt."

So wie es Tränen des Leides gibt, gibt es auch Tränen des Glücks. Alles, was geschehen war, war so unfaßbar schön, daß Charlotte jeden Augenblick auskosten wollte, ehe er für immer dahin war.

Lorenzo hatte sich auf seinen Ellbogen gestützt und blickte auf sie nieder. „Hoffentlich haßt du mich jetzt nicht — du bedauerst es doch nicht, Charlotte — ich habe ja nicht gewußt —"

„Du hast wohl angenommen, daß Clive und ich einst ein Liebespaar waren?"

„Früher hab ich das geglaubt — jetzt weiß ich, daß es nicht so war."

Zärtlichkeit für sie und ein tiefes Glücksgefühl durchströmten ihn. Kein anderer Mann vor ihm hatte sie besessen!

Sie sagte verklärt: „Ich hätte mir nicht träumen lassen, daß es so wunderbar ist, geliebt zu werden. Ob es wohl immer so bleibt?"

„Ich werde mein weiteres Leben dafür aufwenden, dir das zu beweisen."

Er zog sie an sich und küßte sie sanft. „Schlaf jetzt, Liebes. Morgen werden wir über alles reden."

„Ja, gewiß."

Charlotte fühlte sich unendlich müde, aber ihr Herz war von tiefem Frieden erfüllt. Selbst wenn sie beide nicht zusammenbleiben sollten, wenn ihre Träume sich wegen Lorenzos Herkunft vielleicht nicht erfüllen mochten, das Glück dieser Stunde war unverlierbar. Sie hatte es erlebt, ihn sagen zu hören: ‚*Te quiero* — ich liebe dich', und in jenem Augenblick schien dies genug der Seligkeit. Als sie in den Schlummer hinüberglitt, umschlungen von seinem Arm, ihre Brüste in seiner Hand geborgen, dachte sie nicht im mindesten an das bewußte Porträt, das immer noch vergessen irgendwo in ihrem Koffer ruhte.

## 13

Schräg fiel das Tageslicht auf den glatt gestampften Erdboden ein, als Charlotte erwachte. Das Feuer war zu grauer Asche erloschen; sie fror und fühlte sich wie zerschlagen. Lorenzo lag nicht mehr an ihrer Seite, und einen Moment lang war sie von Panik ergriffen. Dann aber sah sie, wie sich ein Schatten bewegte und das einfallende Licht unterbrach, und erleichtert atmete sie auf, als sie Lorenzo im Höhleneingang erblickte.

„Hat es zu regnen aufgehört?" fragte sie und richtete sich auf ihrem Lager auf.

Er streckte ihr die Hände entgegen. „Komm und überzeuge dich selbst."

Mit steifen Beinen kämpfte sie sich hoch. Jeder einzelne Knochen ihres Körpers schmerzte, aber als Lorenzo an ihre Seite trat und den Arm um ihre Schultern legte, um sie sanft nach draußen zu ziehen, war der Schmerz wie verflogen.

Wasser, wohin man sah! Es tropfte von Bäumen und Büschen, floß in kleinen Bächen die Steinstufen der Arena herab, aber die Welt war wie neu, glänzte vor Sauberkeit, und es roch frisch und angenehm. Charlotte holte tief Atem. Nach dem Modergeruch, der in der Höhle herrschte, genoß sie nun dankbar die würzige Luft.

„Wie spät ist es?"

„Beinahe sieben Uhr."

„Hat sich der Sturm gelegt?"

„Noch nicht ganz. Ich glaube nicht, daß diese Ruhe lange anhalten wird. Da kommt sicher noch ein Rest des Unwetters nach. Wir müssen dazusehen, daß wir so rasch wie möglich ins Castillo zurückkommen."

„Ja, gewiß."

„Ich glaube, wir sollten uns jetzt bereit machen."

Sie wandte sich um in der Absicht, in die Höhle zurückzugehen, aber Lorenzo legte ihr die Hände auf die Schultern und zog sie zu sich hin.

„Es gibt etwas, was ich dir unbedingt sagen muß, mein Schatz. Hast du mir verziehen?"

„Du entschuldigst dich bei mir? Du, der du immer so selbstsicher bist . . ."

„Im Augenblick bin ich das ganz und gar nicht. Scherze jetzt nicht, Charlotte! Was ich dir zu sagen habe, ist von großer Wichtigkeit. Hast du nicht bemerkt, was ich dir mitteilen will — begreifst du nicht, daß ich dich frage . . ., ob du meine Frau werden willst?"

Sie war unfähig zu glauben, zu erfassen, was er sagte. Von plötzlichen Zweifeln erfüllt, hob sie den Blick zu ihm empor und fragte: „Sagst du das nicht nur deshalb, weil du glaubst, es mir schuldig zu sein?"

„Aber, um Himmels willen, nein! Für was für eine Art Mensch hältst du mich denn?"

„Für jemanden, der Gabriella geliebt und ein Kind mit ihr hat."

„Willst du mir das vorwerfen? Was hat denn sie damit zu tun? Ich habe lange genug dazu gebraucht herauszufinden, was ich wirklich will, jetzt aber weiß ich es ganz sicher."

Aber seltsamerweise war es jetzt Charlotte, die zu überlegen begann. All die Argumente, die sie so oft im Zwiegespräch mit sich selbst gegen eine solche Heirat vorgebracht hatte, standen ihr plötzlich vor Augen und erfüllten sie mit Furcht.

„Ich weiß nicht, ob es gut gehen würde. Es spricht so viel gegen uns. Doña Gracia wird gewiß nicht zustimmen. Ich bin Engländerin, habe ein anderes Glaubensbekenntnis als ihr . . ."

Seine Finger krallten sich nun noch fester in ihre Schultern. „Das alles bedeutet nichts. Ich bitte dich nur um deine Liebe, deine Kameradschaft, deine Freundschaft."

„Aber das alles besitzt du bereits. Es gehört seit langem dir."

Für einen Augenblick schwieg er, nur seine Augen blickten forschend in ihr Gesicht.

„Ist das auch wirklich wahr?"

„Hast du es denn nicht gespürt?"

„Nein. Ich war so sicher, daß dein Cousin Clive deine Liebe besaß."

„Was ich für ihn einstmals empfand, ist mit meinem Gefühl für dich überhaupt nicht vergleichbar."

„Mein Gott, ich Narr! Wieviel Zeit ich vergeudet habe!" Er zog sie an sich, küßte sie sanft, aber feierlich. „Das ist ein Versprechen. Es ist dein und mein Verlöbnis." Dann begann er plötzlich zu lachen, heiter, wie ein Knabe. „Wenn es nach mir ginge, würde ich Pater Bernardo keine Ruhe lassen. Er müßte uns bereits morgen in unserer Kapelle trauen. Aber ich fürchte, das wird nicht möglich sein. Doña Gracia würde mir das nie verzeihen. Die Leute erwarten, daß der Marqués de Merenda mit großem Pomp in Sevilla in der Kathedrale heiratet, und das braucht seine Zeit. Siehst du das ein, mein Liebling?"

„Ich glaube, mir würde eine solche Hochzeit sogar sehr gefallen. Ich werde eine sehr stolze Braut sein."

Wieder küßte er sie und fühlte, daß die Art, wie sie seinen Kuß erwiderte, ein scheuer Versuch war, den Augenblick des Abschieds von diesem Ort noch ein wenig hinauszuzögern. Er aber wußte, daß sie jetzt unbedingt aufbrechen mußten.

Zärtlich nahm er ihr Gesicht in beide Hände. „Ich hätte nie gedacht, daß dieser Ort hier eines Tages unser Paradies sein wird. Aber dennoch müssen wir es nun verlassen. Siehst du diese schwarzen Wolken, die vom Norden her näherkommen? Wir haben keine Zeit zu verlieren, wenn wir sie hinter uns lassen und nicht im Hochwasser umkommen wollen."

Sie brauchten für den Heimritt viel länger, als sie erwartet hatten. An vielen Stellen war die Straße durch vom Sturm entwurzelte Bäume blockiert oder von Geröll verschüttet, das der Regen vom Berg herabgeschwemmt hatte. Sie mußten durch Bäche waten, die zu reißenden Flüssen angeschwollen waren, und sich vorsichtig jeden Schritt erkämpfen, wo der Regen den Weg fortgespült hatte.

Als endlich die Stierweiden in Sicht kamen, war es später Nachmittag geworden. Es hatte inzwischen erneut zu regnen begonnen, und sie waren bis zu den Hüften mit Schlamm bedeckt. Da stießen sie schließlich auf Roberto.

„Dem Himmel sei Dank, daß ihr beide gerettet seid", rief er zutiefst erleichtert aus. „Ich wollte noch einen Suchtrupp nach euch ausschicken. Lucy ist vor Angst außer sich."

„Charlotte hatte sich in das Amphitheater von Italica geflüchtet, und dort habe ich sie entdeckt", sagte Lorenzo gelassen. „Wir konnten es nicht wagen, während der Nacht zurückzureiten; es war zu gefährlich. Wie schaut es hier bei uns aus?"

„Schlecht", gab Roberto zur Antwort. „Im Tal hat es arge Überschwemmungen gegeben. Die Leute strömen vom Dorf zu uns herauf, diese armen Teufel. Wir tun unser Möglichstes für sie.

Ich habe die Scheunen öffnen und Essen an sie verteilen lassen." Er schwieg und warf seinem Bruder einen raschen Blick zu.

„Sprich weiter", sagte Lorenzo, „was gibt es sonst noch?"

„Es gehen Gerüchte um, daß Roméros Leute sich durch das Unwetter hindurchgekämpft haben und nun irgendwo in der Umgebung von Triana lagern. Du weißt, was das bedeuten kann."

„Wir müssen also darauf gefaßt sein, uns zu verteidigen."

„Ich habe bereits eine Nachricht in den Weinberg zu Guy gesandt, ebenso sind die abgelegenen Bauernhöfe verständigt worden. Einige der Männer haben sich schon bei uns eingefunden."

„Sehr gut. Das war ein ausgezeichneter Einfall."

„Heißt das, daß man uns angreifen wird?" fragte Charlotte.

„Nicht unbedingt, aber es schadet nicht, darauf gefaßt zu sein."

Als sie den Garten erreichten, bedeutete Lorenzo seinem Bruder, daß er vorausgehen möge, und stieg dann ab. Er hob Charlotte vom Pferd und ergriff ihre Hand.

„Ich muß jetzt gehen. Verstehst du mich? Es gibt so viel zu tun, und ich kann Roberto nicht zumuten, allein damit fertigzuwerden. Ich habe eigentlich erwartet, daß so etwas auf uns zukommen würde. Aber ich hoffte, es würde nicht so rasch der Fall sein." Er zog sie näher an sich. „Du mußt mir bald sagen, an wen ich schreiben muß, wenn ich um deine Hand anhalten will."

„Da sind ja nur meine Mutter und mein Onkel Nicholas — sie werden sich meinetwegen nicht allzu große Gedanken machen."

„Was ich sehr töricht von ihnen finde. Aber sag, ist es nicht ein grausamer Zufall, daß wir unsere Liebe gerade jetzt, in diesem höchst ungeeigneten Augenblick, entdecken? Paß auf dich auf, *Querida.*" Er streifte ihr den Handschuh ab, küßte die Innenfläche ihrer Hand und schloß ihre Finger zu einer hohlen Faust. „Es soll unser Geheimnis bleiben, bis die Zeit reif ist."

Dann schwang er sich wieder in den Sattel, führte Zelda am Zaum mit sich und trabte dahin, um Roberto einzuholen.

Lucy, in ihrer großen Erleichterung, Charlotte gesund und wohlauf wiederzusehen, verlor plötzlich die Beherrschung und fiel mit Vorwürfen über sie her, genauso, wie es auch Lorenzo getan hatte.

„Hast du denn gar nicht an mich gedacht, als du dich ohne ein Wort davongemacht hast? Was sollte ich denn davon halten? Lorenzo hat sich auch geärgert. Ich weiß, daß er dich für verrückt gehalten hat, weil du eine solche Aufregung verursacht hast. Ich konnte weder essen noch schlafen, so sehr war ich in Sorge um dich. Und da kommst du nun zurück und stehst da und lachst, als wäre nichts geschehen", und so ging es weiter, bis es Charlotte schließlich zu viel wurde.

„Es tut mir leid, Lucy, aber glaube mir, es geschah nicht mit Absicht, und es war auch keineswegs eine Vergnügungstour. Es war kalt und scheußlich in dieser Höhle. Es gab dort Schlangen und Fledermäuse, und ich war halb wahnsinnig vor Angst. Und jetzt bin ich müde, ausgehungert und brauche dringend ein Bad."

„Ja, das hast du wirklich nötig." Lucy bereute ihre Worte sofort. „Oh, Charlotte, vergib mir! Was bin ich doch für ein Unmensch, daß ich hier herumstehe und dich nach einem so schrecklichen Erlebnis noch ausschelte. Sag, war es sehr arg? Ich wäre gestorben, wenn ich eine Schlange gesehen hätte. Aber es war doch wie ein Wunder, daß Lorenzo dich schließlich gefunden hast. Du hättest dort umkommen können." Sie schauderte. „Es ist nicht auszudenken. Sobald du dich erholt hast, mußt du mir alles haarklein erzählen."

„Aber gewiß werde ich das", sagte Charlotte. Nur würde sie etwas bei ihrer Geschichte unterschlagen.

Eigentlich hätte sie Scham empfinden, Schuldgefühle oder Gewissensbisse haben müssen — schließlich hatte sie doch jene schlimmste aller Sünden begangen, von der man jedem jungen Mädchen einhämmerte, daß sie ein Verhängnis und ärger als der Tod sei. Und doch, reuelos wie sie war, fühlte sie nichts dergleichen. Im Gegenteil: Eine stolze Glückseligkeit überkam sie, wenn sie des Mannes gedachte, den sie liebte. War sie nun völlig verworfen, war ein lockeres Geschöpf aus ihr geworden? Und wenn es so war — es kümmerte sie nicht. Sie streifte ihre verschmutzten Reitkleider ab, während Juanita damit beschäftigt war, ein Bad für sie vorzubereiten und Kannen mit heißem Wasser herbeizuschleppen. Dabei erzählte sie Gruselgeschichten von unvorsichtigen Reisenden, die in den vergangenen Jahren von Unwettern überrascht worden waren und deren grauenhaft zerschmetterte Körper man später am Fuße der Felsen oder an irgendeinem abgelegenen Flußufer gefunden hatte.

„Soll ich bleiben und Ihnen helfen, Señorita?“ fragte sie und breitete große vorgewärmte Badetücher über den Sessel.

„Vielen Dank, Juanita. Aber ich komme schon zurecht“, sagte Charlotte und entließ das Mädchen.

Was für ein Genuß es doch war, in das heiße Wasser zu steigen, das die Schmerzen in ihren Knochen sogleich linderte! Es duftete köstlich nach den Kräutern, die Juanita hineingeschüttet hatte. Charlotte betrachtete ihren nackten Körper und dachte, sie würde nun vielleicht anders aussehen als zuvor. Aber sie sah nur dieselben schlanken Beine und sanft gerundeten Hüften. Sie legte die Hände um ihrer Brüste und erbebte in der Erinnerung an Lorenzos Küsse. Sie hatten Begierden in ihr wachgerufen, von denen sie bisher keine Ahnung gehabt hatte. Nun war sie kaum eine Stunde von ihrem Liebsten getrennt, und schon sehnte sie sich danach, ihn wiederzusehen, ihn zu berühren, sich zu überzeugen, daß das, was sich zwischen ihnen zugetragen hatte, Wirklichkeit und kein Traum war.

Als sie sich wieder angekleidet hatte, ging sie die Treppe hinunter, um mit Lucy zu Abend zu essen und ihr von ihren Erlebnissen — allerdings mit gewissen Einschränkungen — zu berichten.

„Du kommst mir irgendwie verändert vor“, sagte Lucy mit nachdenklichem Stirnrunzeln, als die Mahlzeit vorüber war und sie sich an ein lustig prasselndes Feuer aus duftenden Holzscheiten zurückgezogen hatten.

„Wie meinst du das — verändert?“ Charlotte hatte gerade begonnen, den Tee einzugießen, den Juanita hereingebracht und an einem kleinen Tisch abgestellt hatte.

„Ich kann es nicht beschreiben. Ich fühle es nur. Hast du wirklich Angst gehabt?“

„In dieser Höhle schon — bevor Lorenzo gekommen ist. Eine Zeitlang war ich vollkommen verzweifelt.“

„Das wird es wohl sein. Du hast dem Tod ins Angesicht geschaut — und bist dann doch mit dem Leben davongekommen.“

„Vielleicht.“ Charlotte lächelte. „Tod — und Leben. Ach, was wir da für einen Unsinn reden. Wir machen viel zu viel Getue wegen dieser Dummheit, die ich da begangen habe. Und daß ich hier mit dir Tee trinke, quicklebendig und unversehrt, ist der Beweis dafür.“

Während der nächsten Tage mußte sich Charlotte sehr beherrschen. Es war manchmal schwer, Lucys Geplauder anzuhören über die Verzögerung ihrer Abreise, die durch das Unwetter verursacht worden war, wie sehr Mr. Robinson mit seinen Prophezeihungen doch recht behalten hatte und wie sie beide sich ihr Leben einrichten würden, wenn sie erst wieder in England angekommen waren. Während sie Lucy zustimmte, kam sie sich gleichzeitig falsch und hinterlistig vor.

Der Regen kam mit zunehmender Heftigkeit wieder. Es war, als setzte das Gewitter, nachdem es eine Art Atempause eingeschoben hatte, nun alles daran, eine Kraft zu entfalten, wie dies seit Jahren nicht der Fall gewesen war. Obdachsuchenden, die durch die Überschwemmungen aus ihren Heimstätten vertrieben worden waren, mußte vorübergehend Unterkunft gewährt werden. Die Mittel, die dem Castillo dafür zur Verfügung standen, wurden über Gebühr in Anspruch genommen. Aber Doña Gracia, die aus früheren Notzeiten Erfahrung besaß, verstand es, mit Hilfe der Dienstboten immer wieder Nahrung, Decken und Medikamente für die Kranken und Verwundeten herbeizuschaffen. Charlotte gelang es im Verein mit Teresa, ein wenig Ordnung in das allgemeine Chaos zu bringen, und sogar Lucy trug ihren Teil zu den Hilfsmaßnahmen bei, indem sie ein besonderes Geschick entfaltete, die vielen Kinder der Flüchtlinge zu unterhalten und verzagte Mütter und ihre schreienden Säuglinge zu beruhigen.

Von Lorenzo sah Charlotte wenig. Tag für Tag war er mit Roberto und Jacopo unterwegs, um halbertrunkene Tiere zu bergen und sein Leben für die Rettung alter Leute einzusetzen, die durch das steigende Hochwasser von der Umwelt abgeschnitten worden waren.

Ein- oder zweimal traf sie mit ihm zusammen, als sie zwischen Haus und Scheune dahinhetzte, und es tat ihr gut, ihn lächeln zu sehen, den Druck seiner Hand oder einen raschen Kuß auf der regennassen Wange zu spüren.

„Ist das jedes Jahr so?“ fragte sie ihn.

„Selten so schlimm wie heuer, und ich fürchte sogar, daß es noch schlimmer kommen könnte, wenn der Regen erst aufgehört hat.“

„Was meinst du damit?“

„Roméro ist bei diesem Wetter ebenso außer Gefecht gesetzt wie wir. Aber wenn es aufklart . . .“

„Dann wird er uns angreifen. Das meinst du doch?"

„Damit müssen wir rechnen."

Sie blickte rasch um sich und reckte sich dann empor, um ihn zu küssen. „Ich liebe dich."

Er umschlang sie, und einen Moment lang verloren sie sich aneinander. Doch dann löste er sich unversehens von ihr.

„Was, um Himmels willen, macht denn dieses Kind?"

Die ganze Woche hindurch — die Englischstunden waren bereits in Vergessenheit geraten — hatte sich Paquita bei den Flüchtlingen herumgetrieben, den großen Hund und die arme dicke Amalia auf den Fersen, die schnaufte und nach Atem rang, um mit ihr Schritt halten zu können.

Lucy hatte einige der Kinder um sich versammelt. Sie schienen sich gerne bei ihr aufzuhalten, obwohl sie nur ein paar Brocken Spanisch beherrschte. Einer der Hirtenbuben hatte gerade eine Flöte hervorgezogen und pfiff darauf eine kleine fröhliche Weise, und Paquita tanzte dazu, wiegte und drehte sich in ihrem rosa Rüschenkleid anmutig im Takt.

Der Knabe ließ seine Flöte fallen, als er sah, wie Lorenzo die Stirn runzelte.

„Wo hast du das gelernt, Paquita?" fragte er streng.

Das Kind sah erschrocken drein. „Mama hat es mir beigebracht."

Da hetzte auch schon Amalia scheltend herbei und schleppte schließlich das widerstrebende Kind mit sich ins Haus.

Lorenzo winkte dem Knaben aufmunternd zu: „Mach nur weiter! Spiel ihnen eine andere Melodie vor." Dann wandte er sich zum Gehen, worauf der Knabe zögernd weiterspielte.

„Amalia sollte das Kind nicht aus dem Haus lassen", sagte Lorenzo gereizt, als Charlotte ihn eingeholt hatte.

„Aber Lorenzo, warum denn? Es ist ganz gut für sie, unter die Leute zu kommen. Sie soll auch eine kleine Rolle bei der Betreuung dieser Menschen spielen."

„Ein Kind der Merenda hat nicht in der Öffentlichkeit zu tanzen", beharrte Lorenzo.

„Das kann man wohl kaum die ‚Öffentlichkeit' nennen. Und außerdem darfst du sie nicht unterdrücken. Paquita hat Musik und Rhythmus im Blut. Was ist denn da so schlimm daran?"

„Es stört mich. Ich befürchte, daß sich das Zigeunerblut eines Tages in ihr bemerkbar machen wird."

„Es wird an uns liegen, ihr Temperament zu zügeln."

„Wirklich?" Er wandte sich um und sah sie an. „Das wird deine Aufgabe sein."

„Ich werde mein Möglichstes tun."

Er fuhr ihr mit dem Zeigefinger über die Wange. „Manchmal frage ich mich, wie ich alle diese Jahre ohne dich leben konnte."

„Recht gut, wie ich annehme", sagte sie und lächelte ihm zu, ehe sie sich beide wieder ihren verschiedenen Aufgaben zuwandten.

Es war sehr spät geworden, als sich Lorenzo an diesem Abend endlich zu einer raschen Mahlzeit setzen konnte, die man ihm auf einem Tablett in der Bibliothek serviert hatte. Er aß hastig und war beinahe fertig, als an die Tür geklopft wurde und Doña Gracia eintrat.

„Großmutter!" rief er überrascht aus und erhob sich halb von seinem Sitz. „Was machst du denn noch so spät hier?"

„Bleib sitzen, Lorenzo, du siehst übermüdet aus. Iß erst einmal fertig."

„Ich habe schon genug." Er schob das Tablett zur Seite und goß sich noch ein Glas Wein ein. Er blickte zu ihr hinüber. „Willst du einen Schlummertrunk mit mir einnehmen?"

Sie schüttelte den Kopf. „Nein, vielen Dank. Es ist kalt hier drinnen. Du hättest anordnen sollen, daß Feuer gemacht wird." Sie zog einen weißen Spitzenschal um die Schultern und nahm Platz.

„Ich hatte viel zu viel zu tun, um daran zu denken. Aber wäre es nicht an der Zeit für dich, zu Bett zu gehen?" fuhr er in herzlichem Ton fort. „Du hast ja wahre Wunder vollbracht. Aber du solltest dich nicht überanstrengen."

„Bei all der Unruhe im Haus kann man nicht so leicht einschlafen, und außerdem wollte ich auch mit dir reden. Sag, was kommt denn da alles auf uns zu, Lorenzo?"

„Ich weiß es selbst noch nicht", sagte er ernst. „Es hat zwar schon Plünderungen und sogar Tote gegeben, aber ich glaube, Roméros Ziele liegen höher als das Castillo de Palomas. Wenn er Sevilla erobern könnte, das wäre ein Triumph für ihn, der seinen Ehrgeiz befriedigen würde. Sobald sich das Wetter bessert, wird er sich wahrscheinlich in Marsch setzen."

„Wird er Erfolg haben?"

„Falls von seiten der *Cortez* keine Verstärkung kommt, dann höchstwahrscheinlich schon. Die Stadt wird nur sehr schwach verteidigt, und ich selbst könnte nicht mehr als hundert Leute mustern. Und wenn meine Leute auch mit einem Gewehr umgehen können, sind sie doch keine ausgebildeten Soldaten. Wir können das Castillo vielleicht gegen einen Haufen Pöbel verteidigen, aber wir können keine Schlacht gewinnen."

„Wie wirst du selbst dich verhalten, Lorenzo?"

„Du weißt das so gut wie ich. Ich wünsche mir eine mächtige Regierung, die unserem Land den Frieden sichert. Aber ich kann mir nicht vorstellen, daß das unter Carlos und seinen Banditen möglich wäre. Wenn ich dazu getrieben werde, mein Gewehr in die Hand zu nehmen und selbst zu kämpfen, so werde ich auf der Seite der Regierung stehen. Aber ich bete zu Gott, daß es mir gelingen möge, mich und die meinen aus der Sache herauszuhalten."

Sie seufzte. „Das ist eine schwere Entscheidung, und sie wird wohl auch dir nicht leicht fallen. Aber eigentlich wollte ich gar nicht darüber mit dir sprechen." Sie schwieg für einen Augenblick und fuhr dann ruhig fort. „Du weißt, ich habe es nie gebilligt, daß du das Kind, Paquita, hierher gebracht hast. Aber da du beabsichtigst, sie als deine Tochter anzuerkennen, muß ich mich wohl damit abfinden. Keinesfalls aber sollte man sie so frei unter dem Bauernvolk herumlaufen lassen, wie sie es jetzt tut."

„Du übertreibst", sagte er gelassen. „Wir befinden uns doch in einem Ausnahmezustand, und da sie eine Merenda ist, muß sie lernen, sich in diese Situation zu finden, genauso wie Teresa und wir alle. Ich möchte sie nicht einsperren und über die Vorgänge im unklaren lassen."

„Ich nehme an, daß sich der Einfluß von Señorita Carlotta bemerkbar macht. Ich habe gesehen, wie Paquita immer wieder zu ihr läuft."

„Was ist denn Unrechtes daran? Charlotte unterrichtet sie in Englisch."

„Ist das denn notwendig? Lorenzo, ich war wirklich froh, daß es dir gelungen ist, diese Engländerin aus der Gefahr zu retten, in die sie sich durch ihre eigene Dummheit gebracht hat. Aber was sollen wir mit ihr und der Frau ihres Cousins künftig anfangen?"

„Soviel ich weiß, beabsichtigt Lucy, nach England zurückzukehren, sobald der Augenblick dafür günstig ist", sagte Lorenzo bedächtigt. Er trank sein Glas leer und stellte es dann sorgsam nieder, ehe er weitersprach. „Mit Charlotte ist das anders. Du kannst es ebensogut jetzt schon erfahren — ich werde sie heiraten."

Sie starrte ihn verblüfft an. „Das kann doch nicht dein Ernst sein."

„Es ist mir vollkommen ernst."

„Ist es wegen jener Nacht, in der du sie gerettet hast?" fragte sie ungläubig. „Aus irgendeinem falschen Ehrbegriff heraus, weil du glaubst, sie in gewisser Weise kompromittiert zu haben?"

„Du lieber Gott, nein." Er erhob sich, entfernte sich vom Tisch und stand dann einen Augenblick mit dem Rücken zu ihr da. „Wir waren in einer der schlimmsten Nächte, die ich je in den Bergen erlebt habe, von der Umwelt abgeschnitten — jeder Versuch, den Heimweg anzutreten, wäre Selbstmord gewesen. Wir waren gezwungen, einige Stunden mitsammen in einer kalten, feuchten Höhle zu verbringen — kann ihr das ein vernünftiger Mensch zum Vorwurf machen?"

Heftig drehte er sich um und sah seiner Großmutter geradewegs ins Gesicht. „Ich werde sie heiraten, weil ich sie liebe."

„Du hast auch Gabriella geliebt, wie du es nennst, aber du hast sie nicht geheiratet."

„Das heißt nicht, daß ich sie nicht darum gebeten hätte. Du hast das damals alles nicht so genau erfahren. Sie hat mir einen Korb gegeben. Ich bin nur schwer damit fertig geworden, aber später war ich dem Schicksal dankbar dafür. Wenn es das Geschick gewollt hätte, wäre Manuela meine Frau geworden, und ich wäre ihr ein treuer Gatte gewesen. Aber bei Charlotte ist alles ganz anders."

„Oh, sie kann sehr zufrieden mit sich sein. Ich weiß, daß sie den Antrag von Guy Macalister abgelehnt hat. Ohne Zweifel weiß sie, daß der Marqués de Merenda eine bessere Partie ist."

„Es ist gemein, so etwas zu behaupten, und es stimmt nicht im geringsten." Seine Stimme war plötzlich schneidend geworden. „Ich bin in dieser Sache so fest entschlossen, Großmutter, daß niemand, weder du noch sonst jemand, mich davon abbringen wird."

Sie wußte, daß es nutzlos war, mit ihm zu diskutieren, wenn er so sprach wie jetzt. Sie stand auf und legte die Hand auf seinen

Arm. „Ich glaube, du weißt, daß ich nichts in der Welt so sehr wünsche, als daß du glücklich wirst, aber ich möchte dich doch daran erinnern, daß sie eine Ausländerin ist, daß sie nichts von uns und unserer Lebensart weiß, daß sie nicht katholisch ist —"

„Charlotte hat bereits dieselben Argumente vorgebracht", sagte er nachdenklich. „Ich hoffe, ich konnte sie davon überzeugen, daß ihre Bedenken bedeutungslos sind."

„Aber da ist noch eine Sache. Hast du vergessen, daß es ein Engländer war, der deinen Vater ermordet hat?"

„Soll ich sie dafür verantwortlich machen? Du hast mir oft genug gesagt, es wäre an der Zeit, daß ich die Vergangenheit begrabe. Willst du mir jetzt zum Vorwurf machen, daß ich es endlich getan habe?" Er nahm die zarte alte Hand in die seine. „Ich habe lang genug gebraucht, um herauszufinden, was ich eigentlich will. Bitte, verdirb mir mein Glück nicht, nachdem ich es endlich gefunden habe."

„Oh, Lorenzo", sie hob — halb lächelnd, halb verzagt — die Hand, um seine Wange zu streicheln. „Du verstehst es immer, mich zu überzeugen. Ich bete nur zu Gott, daß du nicht vor lauter Verliebtheit jegliche Vernunft außer acht läßt."

Er gab ihr einen zärtlichen Kuß, ehe er sagte: „Ich habe außer zu dir noch zu niemandem anderen darüber gesprochen. Ich wäre dir daher dankbar, wenn du gegenüber Teresa oder Roberto nichts davon erwähnen würdest. Wenn diese verdammte Sache hier erledigt ist, wird immer noch Zeit genug dazu sein."

„Wird auch sie darüber schweigen?"

„Charlotte ist einer Meinung mit mir."

„Nun gut. Ich wünschte, ich könnte mich über diese Geschichte freuen."

„Du kannst es, glaube mir. Trotz der Belastung durch diesen schrecklichen Krieg fühle ich große Ruhe in mir. Und das war schon lange Zeit nicht mehr der Fall. Du kannst zu Bett gehen und unbesorgt schlafen."

„Ich werde es jedenfalls versuchen. Gute Nacht, Lorenzo."

„Gute Nacht."

# 14

Nach all den Tagen endlosen Regens war es wie ein Wunder, den blauen Himmel wiederzusehen, und dankbar reckte Charlotte das Gesicht den ersten blassen Sonnenstrahlen entgegen, als sie — ungeachtet des lebhaften Windes — im nassen Garten herumwanderte. Dort waren bereits einige Männer damit beschäftigt, den vom Sturm angehäuften Schutt wegzuräumen, Wege zu säubern und geknickte Pflanzen und Sträucher hochzubinden. Und in den Scheunen hatten einige der Flüchtlinge bereits damit begonnen, ihre Habseligkeiten zusammenzupacken und auf die Esel zu laden.

Lorenzo empfahl ihnen zwar, im Hinblick auf Roméros in bedrohlicher Nähe befindliche Armee noch im Castillo zu bleiben, wo man sie wenigstens beschützen und mit Nahrung und Unterkunft versorgen konnte. Aber den Bauern waren die vier Steinmauern, die ihr Heim ausmachten, ihr Vieh, ihr Fleckchen Erde so unendlich kostbar, daß sie endlich Gewißheit über den entstandenen Schaden haben wollten und darauf brannten, mit den Instandsetzungsarbeiten zu beginnen.

Einlangenden Berichten zufolge mußten sich auch Roméros Leute erst von der Notlage erholen, in die sie durch das Unwetter geraten waren; sie verfügten aber angeblich über genügend Nahrung und Munition. Eine dringende Nachricht war an die Regierungsstreitmächte unter General Ramirez abgesandt worden, doch dieser war mit seinen Leuten jenseits der Sierra im Morast steckengeblieben, so daß einige Tage lang eine Art unfreiwillige Waffenruhe herrschte, und jedermann im Castillo atmete erleichtert auf. Das Küchenpersonal nahm seine gewohnte Tätigkeit wieder auf, die Mahlzeiten wurden wieder in der üblichen Form eingenommen, und eines Abends speisten auch Lucy und Charlotte wieder im Kreise der Familie Merenda.

Doña Gracia führte mit gewohnter Würde den Vorsitz, aber Lorenzo war tief in Gedanken versunken, und Charlotte spürte eine Spannung unter den Anwesenden, die sie früher nie wahrgenommen hatte. Sie fragte sich, ob Teresa — spitzfindig wie sie war — bereits herausgefunden hatte, was zwischen ihr und Lorenzo vorging. Da begann Lucy über die Heimreise nach England zu reden.

„Da nun endlich die Wege wieder passierbar sind, würde ich gerne Matthew mit einer Nachricht zu Mr. Robinson schicken. Dürften wir zu diesem Zweck eines Ihrer Pferde ausborgen?" fragte sie Lorenzo.

„Aber gewiß. Wann immer Sie wollen." Er tauschte einen Blick mit Charlotte. „Geben Sie mir Bescheid, wenn ich Ihnen in irgendeiner Weise behilflich sein kann."

„Müssen Sie denn wirklich schon abreisen?" fragte Roberto. „Es wäre jetzt sicher ratsamer, bis zum Frühjahr damit zuzuwarten."

„Mein lieber Sohn, du scheinst eines zu vergessen", warf seine Großmutter mit leichtem Tadel ein. „Doña Lucia wird sicher bei ihrer Mutter sein wollen, wenn ihr Kind zur Welt kommt. Nicht wahr, meine Liebe?"

„Ja", hauchte Lucy, „das stimmt."

Charlotte wußte, wie viele Stunden Lucy heimlich mit Roberto verbrachte und wie unglücklich die junge Frau war. Einmal hatte sie versucht, ihr Vorhaltungen zu machen.

„Wäre es nicht für euch beide besser, wenn ihr einander seltener sehen würdet?"

Da war Lucy heftig aufgebraust. „Wenn ich von hier weggehe, werde ich ihn nie mehr wiedersehen. Genügt das nicht? Jedesmal, wenn du Lorenzo ansiehst, ist es, als würdest du dich ihm hingeben. Und ich bin nicht die einzige, die das bemerkt. Also laß bitte mich in Frieden."

Und das war leider die Wahrheit. So schwieg Charlotte, aber beunruhigt war sie nichtsdestotrotz.

Eines Morgens gegen Ende der Woche wurde der augenblicklich herrschende Friede gestört. Charlotte war gerade einer der Frauen behilflich, die sich mit einem Baby, zwei kleinen Kindern und einem Berg Hausrat abmühte, als Paquita — offenbar Amalias Obhut entwischt — in die Scheune gehüpft kam. An dem hübschen Silberhalsband, das ihr Lorenzo für ihren großen Hund geschenkt hatte, hielt sie Tonio fest.

Charlotte, die das Kind kurz betrachtete, fand, daß Paquita — wie so viele der spanischen Mädchen — früh erwachsen wurde. Kaum zwölf Jahre alt, ging sie schon mit einer unbewußten, aber herausfordenden Anmut, das Näschen hoch erhoben, einher. Und solcherart stolzierte sie auch jetzt an einer kleinen Gruppe Bauernbuben vorbei, die am Eingang der Scheune herumlungerten. Diese Knaben, die üblicherweise vom Morgengrauen bis zum Abenddämmern arbeiteten, schien der ungewohnte Müßigang bereits zu langweilen, so daß sie zu jedem Unfug bereit waren. Einer von ihnen grinste, hob einen Stein auf und warf damit nach Tonio. Unglücklicherweise traf er den Hund direkt an der Schnauze, was sofort ein schmerzliches Aufjaulen des Tieres zur Folge hatte.

Paquita maß den Übeltäter mit blitzenden Augen, während sie ihm mit schriller Stimme gebieterisch zurief: „Wage es ja nicht, meinen Hund noch einmal anzurühren, sonst wird dich Don Lorenzo auspeitschen lassen!"

Ihr anmaßendes Benehmen, jenes bewußte Hervorkehren von Überlegenheit, ärgerte die Knaben. Gewisse Klatschereien waren auch ihnen nicht verborgen geblieben. Wer war denn schon dieses Mädchen, daß es wagte, sich so aufzuspielen — ein Bastard, ein Kind der freien Liebe, nicht besser als sie selbst, trotz all ihres eingebildeten Getues. Ein Steinhagel, begleitet von wüsten Schimpfworten, war daher die Antwort.

Der Rädelsführer der Knaben war völlig unvorbereitet auf den plötzlichen Angriff der kleinen Wildkatze, die sich blitzschnell mit funkelnden Augen auf ihn stürzte, auf ihn einschlug, ihn biß und nach ihm trat.

Entsetzt eilte Charlotte herbei, um die beiden zu trennen. „Paquita, aufhören! So helft mir doch!"

Es bedurfte der gemeinsamen Bemühungen Charlottes und eines der Gärtnerburschen, der zufällig vorbeikam, die Kinder auseinanderzureißen, und es ergab sich, daß das Gesicht des Buben arg zerkratzt war und seine Nase blutete, während Paquitas Haar wild zerzaust auf ihr zerrissenes Kleid herabhing.

„Laßt mich los!" schrie sie. „Ich bringe ihn um!"

„Sich wie ein Raufbold aufzuführen!" rief Charlotte und hielt sie mühsam fest. „Du solltest dich schämen."

„Haben Sie gehört, was er zu mir gesagt hat?" Das Kind zitterte vor Wut, und alles Blut war aus seinem Gesicht gewichen. „Er hat mich ‚Bastard' genannt. Und meine Mutter nannte er eine Hure und meinen Vater einen Feigling . . ."

„Du solltest solche Worte überhaupt nicht verstehen."

„Und es ist eine Lüge, eine verdammte Lüge. Mein Vater war Soldat. Das hat mir meine Mutter erzählt. Er war ein tapferer Mann und er ist tot . . ."

„Komm sofort herein und zieh ein anderes Kleid an. Es ist eine Schande, wie du aussiehst. Was würde nur Doña Gracia zu so einem entsetzlichen Benehmen sagen!"

Sie brachte die Kleine in den Schlafraum, und als das Kind wieder ein sauberes Kleid anhatte, sein Gesicht gewaschen und sein Haar gekämmt war, zog sie es an ihrer Seite auf das Bett.

„Hör mir zu, Paquita. Hast du dich nie gefragt, warum Don Lorenzo dich hierher gebracht hat?"

„Mama hat mir einmal erzählt, daß sie sehr arm gewesen ist und mich deshalb nicht bei sich behalten konnte", sagte die Kleine. „Und Don Lorenzo ist ein Freund meines Vaters gewesen . . ."

„Ja, das ist zum Teil richtig, aber angenommen, ich würde dir sagen, daß dein Papa nicht tot ist?"

„Wo ist er denn dann?" flüsterte sie. „Kenne ich ihn?"

„Oh ja, du kennst ihn sehr gut."

Paquita starrte sie an. „Wollen Sie sagen, daß es Don Lorenzo ist?" hauchte sie, als wäre das Ganze zu unglaublich, um laut ausgesprochen zu werden.

„Ja."

„Ist das wirklich wahr?"

„Es ist wahr."

Paquita runzelte die Stirn. „Nun — aber was ist dann mit Mama?"

Wie sollte man einem Kind eine Leidenschaft verständlich machen, die — einst vorhanden — längst tot und begraben war?

Charlotte sagte sachte: „Sie ist Tänzerin. Sie hat ihre Karriere, ihr eigenes Leben. Wenn du älter bist, wirst du es begreifen. Aber Don Lorenzo liebt dich. Du weißt das doch, nicht wahr? Und du bist glücklich hier."

„Manchmal." Paquita blickte auf ihre Füße nieder. Dann sah sie plötzlich auf. „Kann ich jetzt gehen?"

„Ja, wenn du mir versprichst, dich ordentlich zu benehmen."

Ein oder zwei Tage später, als Charlotte unerwartet mit Lorenzo zusammentraf, fragte dieser: „Was, zum Teufel, ist denn mit Paquita los? Weißt du es? Sie läuft vor mir davon, als ob ich der Leibhaftige selber wäre."

Sie erzählte ihm kurz, was geschehen war, und er runzelte die Stirn.

„Der Teufel soll diese Lausbuben holen. Jemand sollte ihnen

die Ohren lang ziehen. Aber du hast das Richtige getan, wie immer. Ich hätte es ihr schon lange sagen müssen. Jetzt liegt es wohl an mir. Irgendwie muß ich ihr meine Handlungsweise verständlich machen."

Was er dem Kind schließlich sagte, erfuhr Charlotte nicht, aber es hatte unerwartete Auswirkungen an jenem Tag, an dem Gabriella ins Castillo geritten kam, um Lorenzo eine dringende Warnung zukommen zu lassen. Durch die Kaffeehausbesucher in Triana war die Nachricht zu ihr durchgesickert, daß ein Teil von Roméros Armee heimlich aufgebrochen war und sich durch das Tal hindurch auf das Castillo zubewegte.

Gabriella blieb nur eine knappe Stunde bei Lorenzo und war gerade im Begriff, sich auf den Heimweg zu machen, als sie Charlotte über den Hof kommen sah und ihr entgegentrat.

„Meine Tochter hat mir Vorwürfe gemacht, und anscheinend sind Sie es, bei der ich mich dafür zu bedanken habe", sagte sie.

„Wenn das wahr ist, dann hat sie Ihnen zweifellos auch erzählt, wie es dazu gekommen ist. Paquita mußte schließlich eines Tages erfahren, wer ihr Vater ist."

„Aber sicher hätte man das mir oder Don Lorenzo überlassen können. Sie nehmen sich etwas zuviel heraus, Señorita Carlotta." Sie übernahm die Zügel ihres Pferdes von dem wartenden Stallburschen und wandte sich dann noch einmal zu Charlotte um, ein geringschätziges Lächeln um den schönen Mund. „Sind Sie vielleicht in ihn verliebt?"

„Das ist eine Frage, auf die ich keine Antwort gebe."

Gabriella lachte unangenehm. „Also habe ich recht. Wie dumm von Ihnen, *Inglesa*. Es hat da schon mehr als eine vor Ihnen gegeben. Sie halten sich für so klug, aber ich möchte Sie daran erinnern, daß Lorenzo den Briten nie verziehen hat, daß sie seinen Vater umgebracht haben. Glauben Sie mir, diese Sache ist ihm unter die Haut gegangen, und ein Spanier kann nicht so leicht verzeihen."

„Das brauchen Sie mir nicht zu erzählen", sagte Charlotte ruhig. „Ich weiß es bereits."

„Dann lassen Sie es sich als Warnung dienen."

Behend schwang sich Gabriella in den Sattel, und Charlotte sah ihr beunruhigt nach, wie sie davonritt. Wieder in ihrem Zimmer, nahm sie — von plötzlicher Furcht erfaßt — das Porträt zur Hand, das sie nicht mehr betrachtet hatte, seit sie ins Castillo gekommen war. Welche Auswirkungen könnte es wohl auf ihre Beziehung zu Lorenzo haben? Es war gänzlich absurd zu glauben, daß es irgendeine Bedeutung haben mochte, und doch, als Charlotte nun dastand und das Bild in der Hand hielt, empfand sie eine Kälte, als wehte ein eisiger Wind aus ihres Vaters Grab herauf und strich über sie hinweg. Sie hatte das Bedürfnis, noch in dieser Minute zu Lorenzo zu laufen, der sie sicher auslachen würde, der ihr sagen würde, wie bedeutungslos ihre Besorgnis war und daß sie ihre Ängste für immer vergessen konnte. Aber der Augenblick war dafür nicht günstig. Lorenzo würde sicher angesichts der von Gabriella vorgebrachten Neuigkeiten eine Menge zu tun haben. Und wenn dies alles erst vorüber war, würde sich gewiß noch genügend Zeit finden, über die Angelegenheit zu sprechen.

Der Überfall, den sie alle erwartet hatten, erfolgte einige Tage später, kurz vor Tagesanbruch. Die Angreifer kamen nicht die Straße vom Dorf herauf, wie man angenommen hatte, sondern näherten sich auf versteckten Pfaden vom Berg herunter, wobei sie offenbar von jemandem angeführt wurden, dem die Wege vertraut waren. Es war eine kleinere Gruppe von Leuten, die mit brennenden Fackeln lautlos aus der Dunkelheit auftauchten und deren Ziel es war, Zerstörungen anzurichten.

Charlotte, die sich schlaflos in ihrem Bett wälzte, vernahm aus der Ferne Gewehrfeuer, hörte Männer schreien und Pferde angstvoll wiehern. In Sekundenschnelle war sie aus dem Bett. Durch das Fenster konnte sie einen grellen Schein wahrnehmen, der den nächtlichen Himmel gespenstisch erhellte und von den Stallungen zu kommen schien. Sie war gerade dabei, in ihre Kleider zu schlüpfen, als Juanita in heller Angst in den Raum stürzte.

„Sie sind gekommen“, schrie sie mit schriller Stimme. „Diese Mörderbrut! Sie sind da! Schnell, Señorita, schnell, oder wir werden alle in unseren Betten verbrennen!“

„Sei ruhig, Juanita, sei doch nicht so töricht. Ich bin sicher, daß wir nicht ernstlich in Gefahr sind. Ich werde versuchen herauszufinden, was los ist.“

„Ich komme mit Ihnen.“

„Nein. Sie müssen bei Doña Lucia bleiben.“

Aber es war schon zu spät. Lucy trat bereits vollkommen angekleidet, einen dicken Schal um die Schultern gezogen, aus ihrem Schlafzimmer.

„Wir gehen mitsammen, Charlie. Ich möchte nicht hier allein zurückbleiben."

„Lucy, das ist doch unvernünftig. Du bist ja nicht allein im Haus. Die Dienstboten sind doch alle da, und außerdem werden wir gut bewacht", sagte Charlotte ungeduldig. „Ich bin völlig sicher, daß im Augenblick keine Gefahr für uns besteht."

„Wie kannst du da so sicher sein? Und außerdem werden auch alle Dienstboten draußen sein."

Lucy beharrte so fest auf ihrem Entschluß, daß Charlotte schließlich nachgab und sich damit begnügte, Juanita einzuschärfen, nicht von der Seite ihrer Herrin zu weichen und sie um nichts in der Welt allein zu lassen.

„Sie müssen auf sie achtgeben. Lassen Sie sie nicht zu weit heran, wenn es gefährlich werden sollte."

„*Si, Senorita, si, si.* Ich verstehe schon. Es ist nicht gut für sie", und Juanita verdrehte die Augen beziehungsvoll, während sie auf ihren eigenen Bauch deutete.

Dann lief Charlotte voran und eilte den Pfad hinauf, der zu den Stallungen führte. Als sie näher kam, sah sie, wie die Flammen zum dunklen Himmel emporstiegen, aber es war schwer, in den dichten Rauchschwaden irgend etwas deutlich wahrzunehmen. Nur die schemenhaften Umrisse kämpfender Männer und wild stampfender Pferde waren zu erkennen.

Charlotte blieb stehen und lehnte sich — atemlos vom Laufen — an einen Baum, als plötzlich der Rauch für kurze Zeit vom Wind weggetrieben wurde und sie die Vorgänge klarer erkennen konnte. Es sah aus, als wären die Angreifer bereits zurückgeschlagen worden, obwohl noch einige Männer kämpften, während andere tot oder verwundet auf dem Boden lagen. Unter den Leuten, die die Pferde aus den brennenden Ställen in Sicherheit brachten, glaubte sie, Lorenzo zu erblicken. Andere Männer hatten sich zu einer Kette aufgestellt, die vom Brunnen her Eimer mit Wasser weiterreichten, um so das Feuer in den Stallungen zu löschen. Und aus all dem Chaos tauchte Teresa mit rauchgeschwärztem Gesicht auf und führte Zelda am Zaum. Charlotte trat ihr entgegen.

„Was ist geschehen?"

„Ich weiß es nicht genau. Roberto hat mich plötzlich wachgerüttelt und mir zugerufen, daß einige von Roméros Leuten sich heimlich während der Nacht herangepirscht hätten. Er sagte mir, ich solle das Haus nicht verlassen, aber ich konnte es drinnen nicht aushalten. Die Stallburschen hatten zwar Wache gehalten, doch die Angreifer waren in der Überzahl und hatten Fackeln und Bündel aus brennendem Stroh bei sich."

„Konnten alle Pferde gerettet werden?"

„Ich hoffe es jedenfalls. Sicher weiß ich es nicht. Aber ich werde zurückgehen und nachsehen." Während die Mädchen miteinander sprachen, tätschelten sie Zelda, um sie zu beruhigen; dann pflockten sie das Pferd an einen Zaunpfosten an. „Das bringen nur Rohlinge fertig, Pferde den Flammen auszusetzen", fuhr Teresa zornerfüllt fort.

Mittlerweile waren auch Lucy und Juanita zu ihnen getreten. Die dichten Wolken beißenden Rauches reizten sie alle zum Husten, aber gemeinsam gingen sie jetzt näher an die Brandstelle heran.

Sie hörten, wie Don Lorenzo fragte, ob alle Pferde aus den Ställen geholt worden seien.

„Alle, außer einem, Señor", antwortete Jacopo. „Der Hengst ist nicht da."

„Du lieber Himmel, das hab ich vergessen. Er ist vor kurzem in den abgelegenen Stall gebracht worden", rief Roberto aus. „Ich werde ihn holen."

„Nein, komm zurück, Roberto. Er ist wild. Du wirst nicht fertig mit ihm. Überlaß ihn mir."

Lorenzo begann zu laufen, aber Roberto war schneller. Die vier Frauen standen dicht zusammengedrängt da und sahen entsetzt, wie die Flammen den Dachfirst entlangzüngelten. Dann krachte plötzlich ein Dachsparren in einem Funkenregen zusammen. In einem Schleier von Rauch war Roberto zu erkennen, der den mächtigen Hengst am Zaum fortzerrte. Das erschreckte Pferd bäumte sich auf und wieherte angsterfüllt, als der brennende Balken neben ihm niederstürzte, und eines seiner ausschlagenden Hufe traf Roberto am Kopf und schleuderte ihn zu Boden.

Lucy schrie auf, und ehe jemand sie zurückhalten konnte, war sie bereits über den Hof gelaufen, wo Roberto zusammengebrochen war. Lorenzo riß sie in die Arme, um sie vor den stampfenden Hufen des Hengstes, der sich erneut aufbäumte, in Sicherheit zu bringen. Dann ergriffen zwei Männer die Zügel und zogen das Tier fort. Der Saum von Lucys Rock hatte Feuer gefangen, und Lorenzo dämpfte gerade die Flammen mit bloßen Händen, als Charlotte und Teresa herbeigeeilt kamen.

„Heilige Muttergottes, was macht ihr denn hier?" rief Lorenzo aus. „Da, nehmt sie und gebt auf sie acht."

Er schob Lucy in Charlottes Arme und kniete neben seinem Bruder nieder.

„Laßt mich zu ihm, laßt mich zu Roberto!" Lucy versuchte, sich loszureißen. „Was ist mit ihm? Ist er verletzt? Ist er — ist er tot?"

„Er ist nicht tot, nur bewußtlos", sagte Lorenzo. „Wir werden uns um ihn kümmern. Teresa, um Himmels willen, bring sie von hier weg und geh dann zu Großmutter. Sag ihr, sie soll sich nicht allzu große Sorgen machen. Wir haben alles unter Kontrolle."

Er rief einige der Männer herbei, und sie hoben Roberto auf, um ihn wegzutragen, während Charlotte den Arm um Lucy legte und sie sanft fortdrängte.

Lucy weinte jetzt. Ihr würgendes Schluchzen wurde von Hustenanfällen unterbrochen, weil der beißende Rauch ihre Kehle reizte. Zu dritt stolperten sie nun den Pfad zum Haus zurück, wobei Lucy von Charlotte und Teresa zum Teil gezogen werden mußte.

Als sie sich dem Hause näherten, blickte Teresa besorgt auf die Weinende.

„Wird sie sich beruhigen? Ich muß jetzt zu Großmutter."

„Machen Sie sich keine Sorgen. Ich passe schon auf sie auf."

Im Wohnzimmer lag Lucy dann blaß und erschöpft auf dem Sofa, während Juanita Tee zubereitete.

„Komm, trink!" sagte Charlotte, als das Mädchen das Tablett hereinbrachte. „Es wird dir guttun. Und dann solltest du zu Bett gehen, glaub ich."

„Ich werde nichts dergleichen tun, ehe ich nicht weiß, was mit Roberto los ist", keuchte Lucy. „Würdest du bitte gehen und feststellen, wie es ihm geht, Charlie, bitte?"

Sie war so durcheinander und rang mühevoll nach Atem, daß Charlotte von Mitleid erfaßt wurde.

„Ich gehe gleich, sobald wir den Tee getrunken haben", versicherte sie, „obwohl ich bezweifle, daß man jetzt schon etwas Genaueres wird sagen können."

Sie brachte Lucy dazu, den heißen, belebenden Tee zu trinken. Dann breitete sie eine Decke über sie und ließ Juanita an ihrer Seite zurück. Sie ging die verzweigten Gänge des riesigen Hauses entlang und traf mit Doña Gracia zusammen, die gerade die Treppe herabkam, als Charlotte die große Halle durchquerte.

„Ich komme, um zu fragen, wie es Roberto geht. Ich hoffe, es ist nichts Ernstes."

„Wir wissen es noch nicht. Er hat ein paar Fleischwunden abbekommen, und Lorenzo befürchtet eine Gehirnerschütterung. Wir haben bereits nach dem Arzt geschickt, aber es wird einige Zeit dauern, bis er kommt. Wir können nur zuwarten."

„Es tut mir so leid. Kann ich irgend etwas für Sie tun?"

„Nichts, vielen Dank. Ich habe von Teresa gehört, daß Sie und Doña Lucia den Unfall mitangesehen haben, und wäre Lorenzo nicht gewesen, wäre möglicherweise auch Doña Lucia in Gefahr geraten. War das vernünftig in ihrem Zustand?"

„Es ist nicht leicht, vernünftig zu sein, wenn jemand, den man liebt, zu Boden geschlagen wird."

„Liebe?" wiederholte Doña Gracia. „Ich weiß natürlich, daß Roberto der Frau Ihres Cousins eine absurde Ergebenheit entgegenbringt, aber ich war der Meinung, daß sie klug genug ist, ihn zu entmutigen."

„Das mag wohl stimmen. Aber wenn man sich auch vornimmt, vernünftig zu sein, kann einem das Herz einen Strich durch die Rechnung machen."

„Ich verstehe. Aber ich hätte gehofft, daß zumindest Sie diese unsinnige Affäre nicht unterstützen würden."

„Ist sie wirklich so unsinnig?" Charlotte war über Doña Gracias geringschätzigen Ton aufgebracht.

„Ich hätte angenommen, Ihr gesunder Menschenverstand würde Ihnen das sagen. Roberto ist jung und heißblütig. Jemand muß für ihn denken. Und nun müssen Sie mich bitte entschuldigen. Es gibt eine Menge zu tun. Roberto ist nicht der einzige Verwundete."

Sie weiß alles, dachte Charlotte und blickte ihr nach, ehe sie selbst zu ihren eigenen Räumen zurückkehrte. Sie weiß alles über Lorenzo und mich, und auf diesem Weg läßt sie mich wissen, wie sehr ihr das mißfällt.

Sie tröstete Lucy so gut sie konnte und — zu unruhig, um dazusitzen und nichts zu tun — warf sie sich einen Schal um und ging dann zu den Stallungen hinauf. Der Morgen war wunderschön, der Himmel klar und die Luft frisch und angenehm. Dadurch trat die völlige Zerstörung dessen, was einst ein gutgebautes, ordentliches Stallgehege gewesen war, um so schmerzlicher in Erscheinung. Der Geruch von Rauch war beißend und bitter. Einige der Gebäude glosten noch; wohin man sah, erblickte man Wasser und Zerstörung.

Schon waren zwar die Leute an der Arbeit, um einigermaßen Ordnung zu schaffen. Aber der Schaden war zu groß. Lorenzo befand sich unter ihnen, und er erzählte ihr, daß alle Pferde außer einem gerettet worden waren. Jenes war von den herabstürzenden Trümmern so schwer verbrannt worden, daß man es erschießen mußte.

Lorenzos Gesicht war von Zorn verdunkelt. „Ich nehme an, wir sollten dankbar sein, daß wir so gut davongekommen sind. Gebäude kann man wieder aufbauen, aber Menschenleben sind unersetzbar. Dank Gabriellas Warnung waren wir zumindest teilweise vorbereitet." Er sah an ihr vorbei, hinüber zu den Wegen, die in die Sierra hinaufführten. „Nur etwas ist mir ein Rätsel. Dieser Angriff war eigentlich eine sinnlose Vergeudung von Zeit und Kraft. Wäre das Roméros Werk, hätte er versucht, die Pferde zu stehlen statt zu töten."

„Du glaubst, daß der Anschlag gegen dich persönlich gerichtet war?"

„Vielleicht. Entweder ist es das, oder es sollte eine Warnung sein: ‚Wenn du dich mir entgegenstellst, wird es beim nächsten Mal schlimmer werden!'"

Müde strich er sich über das Gesicht, und Charlotte sah, daß er ein Taschentuch um die Hand gewickelt hatte.

„Bist du verletzt?"

„Es ist nichts Besonderes."

„Laß mich sehen!"

Sie entfernte das Tuch und schrie auf, als sie die Brandblasen auf den Fingern sah. „Das muß geschehen sein, als Lucys Rock Feuer gefangen hat."

„Wahrscheinlich."

„Das sollte man doch behandeln."

„Später. Es ist ohne Belang. Ist Lucy verletzt?"

„Nein, aber sie ist Robertos wegen sehr beunruhigt."

„Das sind wir alle."

„Wenn ich dir nur helfen könnte!"

„Gott sei Dank ist niemand getötet worden, aber es gibt zahlreiche leichtere Verletzungen. Ich glaube, Amalia und Teresa tun alles, was möglich ist, bis der Doktor kommt."

„Ich werde zu ihnen gehen. Sie werden sicher Arbeit für mich haben. Und du mußt kommen und mich deine Hand verbinden lassen."

„Ja, gleich." Er streichelte ihr zärtlich die Wange. „Was für ein miserabler Anfang für unser gemeinsames Leben. Möchtest du nicht dein Jawort zurücknehmen?"

„Niemals! Heißt es nicht: ‚Im Guten wie im Bösen'?" flüsterte sie.

Sie fand Teresa zusammen mit Amalia in der Scheune, wo man die Pferde vorübergehend untergebracht hatte. Amalia, eine stämmige Person mittleren Alters, überraschte durch gesunden Menschenverstand, Gelassenheit und praktische Erfahrung im Behandeln der Wunden und der Verbrennungen, die sich die Männer während des Gefechtes zugezogen hatten. Viele der Pferde hatten einen argen Schock erlitten und waren von brennenden Trümmern versengt worden. Teresa bewegte sich völlig furchtlos zwischen ihnen, um den Männern zu helfen, die die Tiere behandelten. Charlotte erkannte, wie falsch ihre Vorstellung von den Bewohnern des Castillos gewesen war. Sie waren weit von jenen vergnügungssüchtigen Aristokraten entfernt, für die Charlotte sie einst gehalten hatte, und wenn sie auch nicht immer mit Lorenzo einer Meinung waren, so befolgten sie doch seine Anordnungen.

Sie schickte sich an, Amalia zu helfen, indem sie weichen, weißen Baumwollstoff zu Bandagen zerschnitt und ihr bei den Töpfen mit Salbe und Gänsefett Beistand leistete. Hier fand sie schließlich Juanita am späteren Nachmittag.

„Señorita, bitte kommen Sie", keuchte das Mädchen atemlos. „Ich glaube — ich bin sicher, das Baby kommt."

„Aber nein, das ist doch nicht möglich. Es ist noch zu früh. Sie müssen sich irren."

Aber Juanita, die dabeigewesen war, als ihre beiden Brüder und ihre drei Schwestern zur Welt gekommen waren, schüttelte den Kopf.

„Die Señora ist sehr ängstlich. Sie verlangt nach Ihnen."

„Ich glaube, das ist nur blinder Alarm. Lucy ist eben sehr nervös", sagte Charlotte entschuldigend. „Aber ich sollte doch zu ihr gehen."

„Wir sind ja hier beinahe fertig. Nehmen Sie auf alle Fälle Amalia mit", empfahl Teresa. „Sie hat schon vielen Babys geholfen, ans Licht der Welt zu kommen. Nicht wahr?"

„Ja, das stimmt", sagte Amalia schüchtern. „Wenn Sie es wünschen, Señorita, komme ich gerne mit."

Der Rest des Tages und die folgende Nacht waren wie ein Alptraum für Charlotte, die gegen ihre Hilflosigkeit anzukämpfen versuchte. Eine Geburt war ein Ereignis, das sie noch nie erlebt hatte, und sie war entsetzt, als sie den Schweiß von Lucys Gesicht wischte und zusehen mußte, wie deren zarter Leib sich vor Schmerzen krümmte. Sie saß am Bettrand und hielt die Hand der Gebärenden, wobei sie sich einzureden versuchte, daß alles in Ordnung sei. Nur Amalia mit ihrem gesunden Menschenverstand war imstande, sie ein wenig zu beruhigen.

„Sie hat nur Angst, die Kleine", murmelte Amalia tröstend. „Das ist oft so bei Erstgeburten. Bleiben Sie bei ihr, Señorita, sprechen Sie mit ihr. Das Baby wird nicht so schnell kommen."

Sehr spät am Abend sandte dann Doña Gracia den Arzt, den man zu Roberto gerufen hatte. Charlotte empfand sofort Abneigung gegen ihn. Er war klein und dunkel und trug eine blasierte Überlegenheit zur Schau. Und für Charlottes Ansprüche sah er auch nicht gerade reinlich aus. Auf seinem schwarzen Gehrock waren Spuren des Schnupftabaks zu sehen, von dem er eine Prise nach der anderen nahm, und über die Herkunft aller anderen Flecken wollte sie erst gar nicht nachdenken. Lucy zuckte vor ihm zurück, als er sich über ihr Bett beugte, und während er sich zu einer Besprechung mit Amalia an das andere Ende des Raumes zurückzog, klammerte sie sich an Charlotte.

„Schick ihn weg, Charlotte! Ich will ihn nicht hier haben. Ich habe Angst vor ihm."

Der Arzt zuckte schließlich die Achseln, sagte, daß es noch viele Stunden dauern könne, ehe man ihn hier benötigen werde, und auf Lucys aufgeregte Frage nach Roberto gab es zur Antwort, daß dieser dank eines vorgenommenen Aderlasses das Bewußtsein wiedererlangt habe.

„Er ist jung — er wird davonkommen — ein paar Tage arge Kopfschmerzen, aber dann", er schnalzte mit den Fingern, „wieder munter wie ein Fisch im Wasser."

Zum ersten Mal, seit sie nach Spanien gekommen waren, empfand Charlotte Sehnsucht nach England und nach der tröstenden Anwesenheit des alten Hausarztes, Dr. Thomas, der sich all ihrer kindlichen Wehwehchen angenommen hatte.

Sie hatte den Eindruck, daß sich das Zimmer in diesen letzten paar Stunden bis zum Einbruch der Dämmerung in ein Schlachtfeld verwandelt hatte, und sogar Amalias Gesicht, das im allgemeinen eine unerschütterliche Ruhe auszustrahlen pflegte, zeigte Anzeichen von Überanstrengung, während Lucys schmaler Körper sich vor Schmerzen krümmte und wand.

Die Morgendämmerung brach bereits an, als das Baby endlich zur Welt gekommen war und Lucy blaß und erschöpft in ihren Kissen lehnte. Amalia, die wegen der Schwäche ihrer Patientin ernstlich in Sorge war, überließ das Kind vorerst Juanita, um die junge Mutter entsprechend zu versorgen, wobei ihr Charlotte, die gleichfalls äußerst beunruhigt war, so gut sie es vermochte, zur Seite stand. Erst danach wandten sie sich an Juanita.

Wegen der kalten Nacht hatte man ein Feuer angemacht, und das Mädchen, das weiße Bündel im Arm, saß dicht am Kamin, und die Tränen liefen ihr über die Wangen.

Erschrocken kniete Charlotte neben ihr nieder. „Was ist denn los?"

„Es hat nur kurz geatmet", flüsterte Juanita, „und dann war es vorbei. Ich habe seine Stirn mit Wasser benetzt und das Kreuzzeichen gemacht, damit es als Gotteskind direkt in den Himmel kommt."

Charlotte spürte, wie sich ihr Herz schmerzlich zusammenzog. Sie blickte auf das Baby herab. Es war winzig klein, aber sein Körper war vollkommen ausgebildet, und sie hatte das Gefühl, seinen Tod nicht ertragen zu können.

„Es kann nicht wahr sein, so etwas darf doch nicht geschehen. Amalia, sind Sie ganz sicher? Können wir gar nichts mehr tun?"

„Nichts, Señorita. Ich habe schon ähnliche Fälle erlebt. Das Kleine ist zu früh in eine Welt gekommen, für die es nicht bestimmt war."

Wie sollten sie es nur Lucy beibringen? Von Mitleid erfüllt, sahen sie einander an, aber Lucy hatte auf seltsame Weise bereits wahrgenommen, was geschehen war.

Als Charlotte an ihre Seite trat, flüsterte sie: „Das Baby ist tot, nicht wahr? Und es ist meine Schuld. Ich habe es getötet."

„Lucy, das kannst du doch nicht sagen."

„Aber es ist wahr. Als ich glaubte, daß Roberto tot sei, hatte ich nur den einen Wunsch, mit ihm zu sterben. Und das hier ist jetzt die Strafe für meine Schlechtigkeit."

„Du weißt ja nicht, was du sagst. Es ist unendlich traurig, aber es passiert eben manchmal, wenn ein Baby zu früh zur Welt kommt. Es ist nicht deine Schuld."

„Du verstehst das nicht", sagte Lucy müde und wandte sich ab.

Sie weinte nicht. Es wäre vermutlich besser gewesen, wenn sie es getan hätte. So aber lag sie völlig ermattet da, und es schien ihr gleichgültig zu sein, ob sie am Leben bleiben oder sterben würde. An diesem und am darauffolgenden Tag hatte es den Anschein, als würde man gegen Lucys Willen um ihr Leben kämpfen, als müsse man sie dazu zwingen, wieder gesund werden zu wollen. Und in diesen schweren Stunden entfaltete seltsamerweise Doña Gracia echte Herzensgüte und tiefes Mitgefühl.

In dieser Zeit der Unsicherheit war es unmöglich, das Baby, das nur wenige Minuten gelebt hatte, zum englischen Friedhof nach Malaga zu bringen. Doña Gracia schlug daher vor, den kleinen Leichnam auf dem familieneigenen Friedhof beizusetzen.

Sie kam und setzte sich an Lucys Bett, wobei sie sanft deren Hände ergriff. „In einer Zeit wie dieser ist das Glaubensbekenntnis ohne Belang. Wir müssen an die kleine Seele denken, die zu ihrem Schöpfer zurückgekehrt ist."

Wie es ihr gelungen war, Pater Bernardo zu überreden, wußte Charlotte nicht, aber jedenfalls wurde ein einfacher Gottesdienst in der Kapelle abgehalten. Und als sie dastand und versuchte, die Tränen zurückzudrängen, kam plötzlich Lorenzo und stellte sich an ihre Seite. Sie spürte, wie er ihre Hand nahm und sie innig drückte, und diese Geste verlieh ihr ein wenig Trost.

Lucy hörte schweigend zu, als Charlotte ihr über die Zeremonie berichtete und die wunderschönen Blumen beschrieb, die man aus den Treibhäusern geholt und auf den weißen Sarg gelegt hatte.

„Ich hätte nicht gedacht, daß sie alle so freundlich sein würden", murmelte sie. Einen Augenblick lag sie ganz still, dann raffte sie sich mit Mühe auf. „Charlotte, da ist etwas, was ich dir wohl erzählen muß. Es hat sich an jenem Tag zugetragen, bevor dieses schreckliche Feuer gelegt worden war, und danach ist so viel passiert, daß ich nicht darüber sprechen konnte. Aber jetzt mußt du es wissen."

„Was muß ich wissen, Liebes?"

„Clive ist nicht ertrunken."

„Was sagst du da?" Einen Augenblick lang dachte sie, Lucy müsse träumen oder an einer durch die Schwäche verursachten Wahnvorstellung leiden. „Ich kann es nicht glauben. Wieso weißt du es? Was hast du erfahren?"

„Wenn du mein Schreibpult öffnest, wirst du den Brief finden."

Das bewußte Schreiben, an einigen Stellen mit Flecken bedeckt, war in fehlerhaftem Englisch abgefaßt, als wäre es diktiert worden, aber die Nachricht, die es enthielt, war klar und deutlich.

Clive war von der Strömung die Küste von Tanger hinuntergetragen und an einem einsamen Strand angeschwemmt worden, arg zugerichtet von den Wogen, aber wunderbarerweise noch am Leben.

Dort fand ihn ein Fischer und brachte ihn in das Haus eines reichen Kaufmannes, der halb Araber, halb Franzose war. Es gab keine Identifikationsmerkmale an seinem Körper, nichts, was darauf hingewiesen hätte, wer er war oder woher er kam, außer daß er im Hinblick auf sein blondes Haar und seinen Gesichtsschnitt ein Fremder, ein Europäer sein mußte. Viele Wochen krank an Geist und Körper, war er nicht in der Lage gewesen, eine Nachricht abzusenden, und erst jetzt, unter der sorgsamen Pflege seines freundlichen Retters, hatte er sich seines Namens erinnert und seinen Gastgeber gebeten, an seine Frau zu schreiben. Der Brief war schon vor vielen Wochen abgesandt worden und war durch viele Hände gewandert, ehe er schließlich Mr. Robinson in Sevilla erreicht hatte, der ihn ins Castillo sandte.

„Inzwischen ist Clive sicher bereits nach England zurückgekehrt", sagte Lucy teilnahmslos.

„Das ist ja außergewöhnlich, es ist fast nicht zu glauben. Kann dieser Brief wirklich echt sein?"

„Ich denke schon. Anfangs schien mir alles unmöglich, und

doch, irgendwo in meinem Herzen habe ich gespürt, daß es wahr ist, und daß ich mich eigentlich erleichtert und glücklich fühlen müßte, daß Clive vor einem so schrecklichen Tod bewahrt wurde. Aber statt dessen konnte ich nur daran denken, daß ich jetzt niemals frei sein würde. Ich wußte, daß das unrecht war. Den ganzen Tag lang habe ich damals mit mir gerungen, und dann, in jener Nacht, als das Feuer ausbrach, als ich sah, wie Roberto unter dem Hufschlag des Pferdes zusammenbrach und ich ihn für tot hielt, da hatte ich nur den einen Wunsch, bei ihm zu sein. Wie schön wäre es gewesen, wenn alles zu Ende gewesen wäre! Ich sehnte mich danach, daß mich das Pferd niederschlagen möge, aber leider hat Lorenzo eingegriffen. Und nun ist das Baby gestorben, und ich habe meine Strafe dafür, daß ich so gehandelt habe."

„Das darfst du nicht glauben."

„Was kann ich denn tun? Jeden Tag kann jetzt ein Brief aus England kommen, und ich muß zurückfahren."

„Aber du warst doch entschlossen, auf jeden Fall heimzureisen", sagte Charlotte sanft.

„Ja, ich weiß, aber wenn dieser Brief nicht gekommen wäre, so wäre ich doch frei gewesen."

„Und du hast geglaubt, daß Roberto dir nachkommen würde?"

„Es war zwar töricht, aber zumindest hatte ich die Hoffnung. Und nun ist alles zu Ende. Ich bin Clives Frau, alles, was ich besitze, gehört auch ihm, wohin könnte ich gehen, was könnte ich anfangen, wenn ich ihn verlassen würde? Ich bin nicht wie du, Charlotte. Du bist so tapfer und stark. Ich habe nie zuvor empfunden, wie schrecklich es ist, eine Frau zu sein. Es ist so ungerecht! Clive kann machen, was er will, kann mit einer anderen Frau ins Bett gehen, das Geld ausgeben, das ich ihm gegeben habe, mich wie eine Leibeigene behandeln, für die er weder Liebe noch Respekt empfindet, und falls ich mich dagegen auflehne, bin ich ein schlechtes Weib und werde von der Gesellschaft verachtet." In wilder Verzweiflung schlug sie mit ihren kleinen Fäusten auf die Bettdecke.

„Beruhige dich, Liebes. Wenn du damit fortfährst, machst du dich krank", sagte Charlotte. „Du hast Clive doch einmal geliebt. Diese schreckliche Erfahrung könnte ihn vielleicht verändert haben."

„Ich wünschte, ich könnte es glauben. Aber ich kann es nicht. Die Menschen ändern sich nicht."

Charlotte sah gedankenvoll auf den Brief herab. „Wir können versuchen, an diese Adresse zu schreiben, aber es wird viele Wochen dauern, ehe wir eine Antwort erhalten werden. Es wäre besser zuzuwarten. Wir werden sicher bald von Clive hören. Lorenzo wird sich freuen, wenn er das erfährt."

„Sag ihm nichts, Charlie, noch nicht. Laß mich zuerst mit Roberto sprechen."

„Aber es betrifft Lorenzo ebenso wie uns."

„Nein, das stimmt nicht, es betrifft ihn nicht direkt, und wir wissen ja auch noch nichts Bestimmtes. Könnten wir nicht noch kurze Zeit zuwarten, ehe wir es ihm sagen?"

Sie war so aufgeregt, daß Charlotte wider bessere Einsicht zustimmte. Sie fand es schwer, sich vorzustellen, daß Clive noch am Leben war. Nach so viel Leid war es jedoch eine Erleichterung zu hören, daß sie ihn nicht in den Tod gesandt hatte. Die alte Zuneigung zu ihrem unberechenbaren Cousin, die nie ganz erloschen gewesen war, begann wieder aufzuleben, und mit ihr ein tiefes Mitleid mit Lucy, die ihre große Liebe gefunden und sie gleich wieder verloren hatte. Sie konnten nichts tun als abwarten, und — so bitter es auch war — vielleicht würde der Krieg sie beide auf andere Gedanken bringen.

Während Charlotte ins Krankenzimmer verbannt war und sich so sehr um Lucy bemühte, daß sie an nichts anderes zu denken vermochte, war die Zeit um sie herum nicht stillgestanden. Es war Teresa, die ihr eines Morgens die ernste Nachricht überbrachte.

Das Mädchen hielt einen handgearbeiteten Spitzenschal, zart und fein wie ein Spinnennetz, in der Hand.

„Großmutter hatte ihn eigentlich für das Baby bestimmt, als Taufkleid vielleicht, aber jetzt . . . Lucy könnte ihn als Mantilla oder sogar als Abendschal tragen", und sie legte sich den Schal um die Schultern, damit Charlotte ihn sehen konnte.

„Das ist sehr lieb von Doña Gracia. Lucy wird sich sehr freuen."

„Wie geht es ihr?"

„Mit jedem Tag besser. Sie wird bald das Bett verlassen können."

„Roberto fragt ständig nach ihr. Er ist jetzt wieder wohlauf."

„Ich weiß. Lucy will ihn noch nicht sehen. Aber vielleicht bald."

Teresa faltete sorgsam den Schal zusammen und sah Charlotte an. „Ich weiß nicht, wieviel Ihnen Lorenzo erzählt hat."

„Ich habe ihn in diesen letzten zwei Wochen kaum gesehen. Was meinen Sie, Teresa? Was hat er mir verschwiegen?"

„Er hat gesagt, ich möge Sie nicht beunruhigen, da es doch Lucy so schlecht gehe und das Baby tot sei. Aber nun, glaube ich, sollten Sie es wissen, weil es uns alle betrifft. Roméros Armee steht direkt vor den Toren von Sevilla. Wenn die Regierungstruppen nicht bald kommen, wird er die Stadt einnehmen, und die Carlisten könnten ganz Andalusien besetzen."

„Was bedeutet das?"

„Ich weiß nicht", sagte Teresa unglücklich. „Keiner von uns weiß es genau, nicht einmal Lorenzo. Wir werden alle mit hineingezogen werden, ob wir nun wollen oder nicht, und nicht nur wir hier im Castillo. Lorenzo ist sehr besorgt um die Landbevölkerung und vor allem um die Bergbauern. Furchtbare Geschichten über Greueltaten treffen jeden Tag bei uns ein, und die Flüchtlinge . . . sie sind so sehr zu bedauern, Charlotte, weit mehr als nach der Überschwemmung. Oh, wenn nur Enrique mit seinen Leuten kommen würde. Er würde dem ganzen Einhalt gebieten!"

Charlotte mußte lächeln, wurde aber sogleich wieder ernst. „Kann ich in irgendeiner Weise behilflich sein?"

„Lorenzo meint, es sei nicht Ihr Land und nicht Ihr Krieg, und Sie sollten herausgehalten werden."

„Aber ich will mich nicht heraushalten. Ich lebe in eurem Haus. Ich will meine Schuld, so gut es mir möglich ist, abstatten."

Teresa warf ihr einen raschen Blick zu, ehe sie ruhig sagte: „Sie lieben Lorenzo, nicht wahr?"

„Ja", gab Charlotte einfach zur Antwort. Es war sinnlos, es jetzt abzuleugnen.

„Und er liebt Sie?"

„Ich glaube es jedenfalls."

„Ich hab es ja gewußt", sagte Teresa triumphierend, „und ich bin froh darüber. Ich habe einmal geglaubt, ihn zu hassen, und nun ist es plötzlich ganz anders. Ist das nicht seltsam?"

„Nein, Sie sind erwachsen geworden, das ist alles."

„Das hat nur zum Teil damit zu tun", sagte Teresa nachdenklich. „Ich glaube, es liegt an Ihnen. Er hat sich so verändert, seit

Sie gekommen sind, er scheint viel glücklicher zu sein, trotz der schrecklichen Dinge, die geschehen sind."

„Glauben Sie das wirklich, Teresa?"

„Ja, wirklich, und auch Großmuter weiß es, obwohl sie eher sterben als es zugeben würde." Sie kicherte plötzlich und sprang auf. „Aber ich kann nicht länger bleiben und herumschwätzen. All das ist eine große Last für unsere arme liebe Großmutter, und ich will versuchen, ihr etwas davon abzunehmen."

„Darf ich Ihnen dabei helfen?"

„Warum nicht?" Sie sah Charlotte an und zeigte ihr bekanntes, ein wenig spöttisches Grinsen. „Schließlich dürften wir ja sehr bald verwandt sein."

## 15

Ungeachtet dessen, was sie von Teresa erfahren hatte, begann Charlotte erst gegen Ende jener Woche den ganzen Schrecken dieses Bürgerkrieges zu erfassen, seine Brutalität, die rücksichtslosen Plünderungen, bei denen man den Bauern Schafe, Ziegen und Esel wegschleppte und somit oft in einer einzigen Nacht ihre Existenz zunichte machte. Da wankten Männer herbei, aus vielen Wunden blutend, die sich in einem aussichtslosen Kampf zur Wehr gesetzt hatten; Frauen kamen, deren zerfetzte Kleider und zerkratzte Gesichter davon zeugten, wie sie sich dagegen aufgelehnt hatten, ihre Kinder dem Hungertod preiszugeben. Und da waren Unzählige, die überhaupt nicht mehr kommen konnten. Grausam ermordet lagen sie in ihren zerstörten Hütten und niedergebrannten Häusern.

Charlotte und Teresa taten, was sie konnten, und Lorenzo gab ihnen, wenn er sich im Castillo aufhielt, Anweisungen. Auch Gabriella war wieder gekommen, und gegen ihren Willen mußte Charlotte zugeben, daß ihr wilder Mut etwas Mitreißendes an sich hatte, das wie eine Flamme selbst auf die Verzagtesten übersprang und ihnen neue Zuversicht verlieh.

Eines Tages, als Charlotte gerade half, Schüsseln mit guter, nahrhafter Suppe, die in der Küche des Castillos zubereitet worden war, an die Schützlinge zu verteilen, sah sie eine junge Frau, eigentlich eher ein schmächtiges Mädchen, das an der Stirn verwundet war und dessen zerfetzte Röcke mit Blut bedeckt waren. Diese Frau entfernte sich von den Wartenden und ging auf das Tor der Scheune zu. Etwas in ihrem wilden, verzweifelten Blick beunruhigte Charlotte. Sie drückte Teresa den Schöpflöffel in die Hand und ging der Davoneilenden nach.

Draußen wankte die Frau zur Straße hin, die durch die Gärten zu den zerstörten Dörfern führte. Charlotte holte sie ein und versuchte, sie zur Rückkehr zu bewegen, doch sie sträubte sich hartnäckig.

„Mein Baby", wiederholte sie immer wieder, „mein Baby ist noch dort."

Es dauerte geraume Zeit und bedurfte großer Geduld, um die Geschichte, die sie hervorstammelte, zu entwirren. Die junge Frau hatte sich mit ihrem kleinen Sohn im oberen Geschoß ihres Hauses befunden, als plötzlich Soldaten anrückten, brutal die Holzhütte niederrissen, die an das kleine, aus Steinen gebaute Haus angrenzte, die Hühner heraustrieben, die bereits auf ihren Stangen saßen, und Säcke mit Mehl und Getreide fortzuschleppen begannen, jene Vorräte, von denen die Familie samt den wenigen Haustieren während des Winters leben sollte. Der Gatte der Frau befand sich gerade auf den Feldern. So stürzte sie die Treppe herab, schrie und schlug sinnlos mit bloßen Fäusten nach den Plünderern, worauf einer von ihnen sie so brutal wegstieß, daß sie ohnmächtig zu Boden sank. Als sie das Bewußtsein wiedererlangt hatte, befand sie sich zusammen mit anderen Flüchtlingen auf einem Karren, der sie alle in Sicherheit, ins Castillo, bringen sollte. Sie versuchte umzukehren, aber die anderen hielten sie zurück. Voll Mitleid dachten sie, daß die wirren Reden über ihr Kind lediglich die Folgen des Schlages waren, den sie auf den Kopf bekommen hatte. Endlich konnte Charlotte sie dazu bringen, wieder in die Scheune zurückzukehren, wo Teresa und Gabriella sogleich herbeieilten und das Mädchen neuerlich seine Geschichte vorbrachte.

„Besteht die Möglichkeit, daß das Kind noch lebt?" fragte Charlotte.

„Was sollte ein Soldat wohl mit so einem Schreihals anfangen?" sagte Gabriella.

„Vielleicht sollten wir gehen und nach dem Baby suchen?" schlug Teresa ungestüm vor.

„Aber es könnte gefährlich sein —"

„Nicht, wenn sie bereits abgezogen sind —"

„Sie sind tatsächlich weg, diese dreckigen, blutrünstigen Diebe!" brummte einer der Männer, der während der Nacht herangehumpelt war, ein verkrüppeltes Bein hinter sich herziehend. „Diese verfluchten Soldaten haben uns nichts als leere Spreu zurückgelassen."

Charlotte mußte an Lucys totes Baby denken und empfand es plötzlich als ungemein wichtig, dieses Kind hier zu retten. Die drei jungen Frauen sahen einander an und betrauten schließlich Gabriella mit der Führung dieses Unternehmens.

„Wenn wir das tun, wird es auch diesen Leuten hier neue Zuversicht geben", sagte die Tänzerin nachdenklich. „Sie werden erkennen, daß wir, die Cristinos, uns sogar um ein verlorengegangenes Kind kümmern."

„Sollen wir es Lorenzo sagen?"

„Der hat an andere Dinge zu denken."

So ließen sie die Pferde satteln und ritten dicht hintereinander aus dem Castillo hinaus und die Bergstraße hinab zu dem kleinen Dorf, das versteckt im Tal lag.

Charlotte war der Meinung gewesen, bereits das Schlimmste gesehen zu haben, was der Krieg anzurichten vermochte. Aber es war nichts im Vergleich dazu gewesen, was sich ihr hier darbot. Was noch vor kurzem eine kleine friedliche Gemeinde gewesen war, durch die so oft ihr Weg geführt hatte, in der die Frauen einander am Brunnen trafen oder an ihren Herden tratschten, indes die Kinder in der Sonne spielten, das sah nun aus, als wäre ein Orkan darüber hinweggetobt, ein Orkan, der Tod und Verderben gebracht hatte. Es erinnerte an die Verwüstungen im Stallgelände des Castillos, sah aber noch weitaus schlimmer aus. Schon von weitem spürten sie den Gestank; es war der beißende Geruch nach Rauch, der säuerlich-süße Geruch des Todes. Einige der Häuser waren zu Asche niedergebrannt, andere waren zerstört worden; Türen hingen lose in den Angeln, klägliche Überreste zerschlagenen Hausrats lagen zertreten im Morast.

Die Frauen stiegen ab und bahnten sich einen Weg durch das Trümmerfeld. Charlotte strauchelte über einen Leib und erkannte zu ihrer Erleichterung, daß es sich nur um einen Hund handelte. Einen Augenblick später erblickte sie jedoch mit Entsetzen den

Körper einer alten Frau, die mit ausgebreiteten Armen auf dem Rücken lag, die Röcke bis über die Taille hinaufgezogen. Charlotte mußte eine aufsteigende Übelkeit hinunterwürgen und zog dann rasch den zerfetzten Unterrock der Toten zurecht, um deren nackte Beine zu bedecken.

„Wie ist es möglich, daß Menschen solche Bestien sind?" flüsterte Teresa an ihrer Seite.

„Pst!" Charlotte hielt an. „Was war das?"

Sie standen still, um zu horchen; da vernahmen sie in der unheimlichen Stille plötzlich das schwache Weinen eines hungrigen Kindes.

„Es kommt von dort drüben."

Charlotte lief über die Straße, erreichte das Haus und stieß vorsichtig die Tür auf. Wie durch ein Wunder war die wackelige Leiter noch intakt, die zu dem aus einem einzigen Raum bestehenden oberen Geschoß führte, das zum unteren Teil des Hauses hin offenstand. Behutsam kletterte Charlotte hinauf und fand in einer hölzernen Wiege ein kräftiges, ungefähr neun Monate altes Kind vor, das kläglich wimmerte und mit den Ärmchen gegen das Holz der Wiege schlug. Sie beugte sich nieder, um das Kind aufzunehmen; dann wickelte sie die feuchte, säuerlich riechende Decke um das Kleine und kletterte die gebrechliche Leiter wieder herab. Unten nahm Teresa das Baby entgegen.

„Hoffentlich ist es das richtige Kind", flüsterte sie.

„Der Kleine lebt jedenfalls. Wo ist Gabriella?"

„Sie wartet bei den Pferden."

„Dann wollen wir gehen."

Sie liefen den Weg zurück. Teresa hatte sich bereits in den Sattel geschwungen, und Charlotte reichte ihr das Kind hinauf, als sie plötzlich ein langgezogenes Heulen, gefolgt von wütendem Gebell, vernahmen.

„Kommt! Es ist nur ein Hund", sagte Gabriella ungeduldig.

„Er muß irgendwo eingesperrt sein."

„So laßt ihn doch."

„Aber das arme Tier muß ja verhungern. Ich will ihn freilassen und dann nachkommen."

„Nicht, Charlotte!"

Aber sie war schon zu den Häusern zurückgeeilt. Sie ging dem Geräusch nach, bis sie zu einer Art Baracke kam, die ihrem Besitzer anscheinend als Stall für die Esel gedient hatte. Die Tür mußte sich verklemmt haben, so daß der Hund gefangen saß und sich in dem verzweifelten Versuch zu entkommen immer wieder gegen die Bretter warf.

Unter größter Anstrengung versuchte Charlotte, die Tür zu öffnen. Diese widerstand anfänglich allen ihren Bemühungen, gab aber schließlich berstend und krachend nach, worauf ein großer Hund voll Freude über die wiedergewonnene Freiheit aus der Hütte drängte und Charlotte rücklings zu Boden warf. Sie rappelte sich auf und schickte sich an, dem Tier zu folgen, stand jedoch plötzlich einigen Soldaten gegenüber, die unerwartet hinter dem Stall hervorgetreten waren.

Unsanft ergriffen sie Charlotte an den Armen. Es waren Leute der Nachhut, die zurückgekommen waren, um sicherzustellen, daß nichts, was einer hungrigen Armee als Nahrung dienen konnte, vergessen worden war, und dies hier schien nun tatsächlich ein Haupttreffer zu sein. Kein gewöhnlicher Bauer, nein, eine gutgekleidete junge Frau, die man als Geisel verwenden konnte, die vielleicht Lösegeld einbrachte oder sogar ein wenig Vergnügen verhieß, falls der Captain die Einwilligung dazu geben würde.

Inzwischen hatte Teresa aus der Entfernung entsetzt beobachtet, wie die Männer Charlotte überwältigten, und sie schickte sich bereits an, ihr zu Hilfe zu eilen, als sie von Gabriella zurückgehalten wurde.

„Bleib doch. Du kannst ohnehin nichts für sie tun."

„Aber wir können sie doch nicht im Stich lassen!"

„Sie ist Britin. Es wird ihr nichts geschehen. Bei uns wäre das etwas anderes. Roméro würde es nur allzu gut in den Kram passen, eine von uns in seine Gewalt zu bekommen."

Gabriella versetzte Teresas Pferd einen Tritt gegen den Leib, so daß es davonschnellte, dann ergriff sie Zeldas Zügel. Die Stute hinter sich herziehend, galoppierte auch sie dahin.

Mit äußerster Gewalt war es Charlotte inzwischen gelungen, sich loszureißen. Während sie versuchte, ihre beiden Gefährtinnen zu erreichen, erkannte sie, daß ihre Hoffnung auf Flucht vergeblich war. Gabriella hatte ihr Pferd mitgenommen. Sie erschrak darüber derart, daß sie strauchelte und niederfiel. Und im nächsten Augenblick hatten die Soldaten sie auch schon erreicht und unsanft emporgerissen.

Nach dem ersten fruchtlosen Widerstand versuchte Charlotte, ruhig zu überlegen. Sie würde erklären, wer sie war und daß sie an diesem Konflikt keinen Anteil hatte; man würde sie daraufhin sicher wieder freilassen. Sie mußten es ja letzten Endes tun. Nicht einmal Roméro würde sich Ärger mit den Engländern einhandeln wollen.

Etwas abseits von den übrigen Gebäuden stand ein Haus, das etwas größer und besser als die anderen Häuser gebaut war und einst dem Bürgermeister des Dorfes gehört hatte. Er war während des ersten rücksichtslosen Angriffs getötet worden, und seine Frau war mit den Kindern geflüchtet. Nun diente das Haus als Kommandantur für den diensthabenden Leutnant dieses Suchtrupps.

Charlottes Bewacher salutierte. „Eine Gefangene, *Teniente.* Wir haben sie im Dorf gefunden. Sie sagt, daß sie ein verlorengegangenes Kind gesucht hat. Aber das ist eine unwahrscheinliche Geschichte. Sie könnte eine Spionin vom Castillo sein."

„Vom Castillo?"

Der Mann am Tisch hob den Kopf, und zu ihrem Schrecken erkannte Charlotte, daß es Vicente war, Vicente, der Stierkämpfer, der in einer Art Uniform steckte und — einen derben Zug im hübschen Gesicht, die Mundwinkel mürrisch herabgezogen — den rauhen Kriegsmann mimte. Teresas einst so betörender Held hatte abgewirtschaftet. Lange starrte er sie an, ehe er sprach.

„Das hast du gut gemacht, Pedro. Ich kenne diese Dame. Laß sie hier und mach mit deiner Arbeit weiter."

*„Bueno, Señor."* Der Soldat blickte von Charlotte zu Vicente, dann ging er hinaus und schloß die Tür hinter sich.

Charlotte sagte nervös: „Es ist nicht wahr, was er sagt. Ich habe nicht spioniert. Wie wäre das auch möglich? Ich bin nur gekommen, weil sich unter den Flüchtlingen eine Frau befindet, die über den Verlust ihres Kindes ganz verzweifelt ist."

Aber Vicente hörte ihr gar nicht zu. Er saß in seinen Stuhl zurückgelehnt, während seine schwarzen Augen sie von Kopf bis Fuß maßen.

„So, so . . . die Señorita Carlotta lebt also im Castillo unter der Schutzherrschaft des Marqués de Merenda." Er beugte sich über den Tisch nach vorn. „Ist er Ihr Liebhaber?"

„Nein!" schrie sie, fühlte aber bestürzt, daß ihr eine verräterische Röte in die Wangen schoß.

„Nein?" wiederholte er höhnisch. „Ein großer Mann wie Don Lorenzo nimmt doch nicht die Cousine eines englischen Spions in seine Obhut, ohne seine besonderen Gründe dafür zu haben." Seine Hand am Tisch ballte sich plötzlich. Heftig sagte er: „Hätte ich das Kommando über diesen Angriff gehabt, wäre das Castillo de Palomas mit seinen Bewohnern vernichtet worden. Ich hätte es bis auf die Grundmauern niederbrennen lassen und hätte noch auf die Asche gespuckt!"

Die Gehässigkeit in seiner Stimme flößte Charlotte solche Furcht ein, daß sie vor ihm zurückwich. So war er es also gewesen, der den Überfall auf das Stallgelände geplant hatte, eine Gewalttat, die noch viel schlimmer hätte enden können, wäre Lorenzo weniger wachsam gewesen.

„Aber Roméro hat sich ja geweigert", brütete er mit wachsender Wut. „Er hatte Angst. ‚Wenn Carlos jemals König wird, dann wird er Männer wie Don Lorenzo an seiner Seite brauchen', hat er zu mir gesagt. ‚Triff ihn an einer verwundbaren Stelle, brenn das Dorf nieder, töte seine Leute, aber rühre ihn nicht an!"

„Warum nur?" flüsterte Charlotte entsetzt. „Warum solch ein schreckliches Gemetzel? Diese armen Leute hier — sie haben doch nichts getan."

Aber unbeirrt fuhr Vicente fort: „Ich hätte ihn vernichtet, wie er mich vernichtet hat", murmelte er. „Mein Stern war gerade im Aufgehen. Ich hätte den Gipfel des Ruhms erreichen können. Hätte ich seine Schwester geheiratet, wäre mir der Weg in die Gesellschaft offengestanden; überall hätte man mich gefeiert. Aber er hat mir alles zerstört. Gedemütigt hat er mich, hat mich an mir selber zweifeln lassen."

Während er sprach, erkannte Charlotte, daß er ein Mensch war, der an einer Zwangsvorstellung litt, der jemand anderen für sein eigenes nervliches Versagen verantwortlich machen mußte, der sich selbst nicht so akzeptieren konnte, wie er wirklich war. Und sie erbebte. Das machte ihn in beängstigender Weise unberechenbar.

Es gab nur ein winziges Fenster im Raum, und es war hier drinnen bereits dunkel geworden, obwohl draußen noch heller Tag war. Vicente trat zur Tür und rief etwas hinaus. Sofort kam einer der Soldaten mit ein paar Kerzen herein, die er anzündete und mit etwas flüssigem Wachs auf der Tischplatte befestigte.

„Sind die Leute mit der Arbeit fertig?"

*„Si, Señor."*

„Wir ziehen in einer Stunde weiter."

Der Mann deutete auf Charlotte. „Kommt sie mit uns?"

„Sobald ich mit ihr fertig bin."

Der Soldat grinste unangenehm und ließ Charlotte mit Vicente allein.

Charlotte stand noch immer eng an die Wand gedrückt und wußte nicht, wie sie sich angesichts Vicentes sonderbarer Verfassung verhalten sollte. Eine hübsch mit Silber verzierte Pistole lag auf dem Tisch. Harry Starr hatte einmal zwei solcher Pistolen besessen, ein Geschenk seines Vaters anläßlich seiner Großjährigkeit. Er hatte Charlotte gelehrt, damit zu schießen, und hatte mit Entzücken ihre ruhige Hand und ihre Treffsicherheit gelobt.

Vicente setzte sich wieder an den Tisch. Seine dunklen Augen glitzerten im Kerzenlicht. Ruhig, beinahe im Konversationston, sagte er: „Ziehen Sie Ihre Jacke aus!"

„Was?" Sie konnte nicht fassen, was sie gehört hatte.

„Ziehen Sie die Jacke aus und auch die Bluse! Ich möchte mir auch einmal die Reize ansehen, die Don Lorenzo so unwiderstehlich findet."

„Sie sind ja verrückt."

„Ausziehen!" Er lehnte sich vor, nahm die Pistole auf und zielte wie im Spiel nach ihr, aber seine Stimme klang gefährlich: „Jetzt, Doña Carlotta, *sofort!*

Ganz langsam zog sie die Jacke aus und begann, mit zittrigen Fingern den hohen Kragen ihrer Bluse aufzuknöpfen.

„Muß ich kommen und nachhelfen?"

Sie biß sich auf die Lippen und schickte sich an, die Bluse zu öffnen. Immer noch die Pistole in der Hand, kam Vicente ungeduldig auf sie zu. Sie wich in die Ecke des Raumes zurück, er jedoch folgte ihr. Mit einer Hand ergriff er ihre dünne Bluse und riß sie zusammen mit den Spitzen und Bändern ihres Unterkleides herab. Wie eine Schändung empfand sie seine Hand auf ihrer Brust. Sie zitterte und hatte so entsetzliche Angst vor dem, was er als nächstes tun mochte, daß sie die Rufe draußen, den Klang von Männerstimmen, überhaupt nicht wahrnahm. Vicente jedoch erstarrte. Dann wandte er sich heftig um und blickte zur Tür, durch die Lorenzo eben hereintrat.

„Stehenbleiben! Keine Bewegung!" Für einen Augenblick war Vicente Herr der Lage und genoß seine Überlegenheit. „Der Marqués de Merenda höchstpersönlich, ganz wie ich erwartet habe. Sie sollten lieber das Gewehr fallen lassen. Die geringste Bewegung, und ich bringe die Señorita um."

Zögernd ließ Lorenzo das Gewehr zu Boden gleiten. Seine Augen wanderten von Vicente zu Charlotte, und er begann, seine Lammfelljacke auszuziehen.

„Lassen Sie das!" rief Vicente, aber Lorenzo kümmerte sich nicht darum. Er streifte die Jacke ab und warf sie Charlotte zu.

„Zieh dich an", sagte er kurz.

Dankbar fing sie das Kleidungsstück auf und schlüpfte hinein. Es fühlte sich warm an und vermittelte Geborgenheit.

Vicente bewegte sich nicht. Wie zwei gefährliche Tiere standen die beiden Männer einander nun gegenüber, und jeder starrte den anderen haßerfüllt an; aber noch war der Stierkämpfer im Vorteil.

„Auf diesen Moment habe ich lange gewartet", sagte er. „Sie zusammen mit Ihrer englischen Hure in meinen Händen!"

„Was ist nur los mit Ihnen, Vicente?" Lorenzos Stimme klang unbekümmert, beinahe amüsiert, und es lag ein spöttischer Unterton darin. „Wo ist denn nur Ihr gutes Aussehen geblieben? Wahrscheinlich vermissen Sie die Arena und all die kräftigen Stiere, mit denen Sie nicht fertigwerden konnten, die Schmähungen des Publikums, das Sie einen Narren und Feigling genannt hat?"

Er forderte ihn mit Absicht heraus. Charlotte sah, wie Vicentes Mund schmal wurde und wie seine Hand den Knauf der Pistole fester umspannte. Da warf sich Lorenzo plötzlich auf ihn, einem Tiger gleich, der sich auf seine Beute stürzt, griff ihn so unerwartet an, daß Vicente zurückwich. Die Pistole war ihm aus der Hand geglitten und zu Charlottes Füßen niedergefallen. Sie hob die Waffe auf und spürte, wie sie schwer und ungewohnt in ihrer Hand lag.

Die Männer kämpften mit einer wilden Besessenheit, die Charlotte erschreckte. Anfangs war Lorenzo, größer und in besserer physischer Verfassung, im Vorteil. Sie wälzten sich durch den Raum, während Charlotte dastand und vor Angst bebte. Eine der Kerzen fiel zu Boden und erlosch. Lorenzo hatte Vicente rücklings über den Tisch geworfen und die Hände um seinen Hals gespannt, und mit Entsetzen sah Charlotte den tödlichen Haß in seinem Blick. Da gelang es Vicente, sich freizumachen und seitlich auszuweichen; Lorenzo stürzte ihm nach, strauchelte über den Stuhl und prallte gegen die Wand, worauf er einen Augenblick lang wie betäubt war. Vicente rang mühsam nach Luft; aus einer Verletzung an seiner Lippe floß Blut. Plötzlich sah Charlotte, wie er ein langes, schmales Messer aus seinem Gürtel zog. Fast ohne daß sie sich dessen bewußt wurde, spannte sich ihre Hand fester um den Pistolenknauf; sie zielte und drückte ab.

Der Knall des Schusses dröhnte beängstigend durch den engen Raum; durch den Rückstoß verlor Charlotte beinahe das Gleichgewicht. Sie sah, wie Lorenzo sich aufrichtete, während Vicente langsam vorwärtstaumelte und schließlich mit dem Gesicht nach unten auf den schmutzigen Boden sank. Ein Zwist, der vor Monaten im Café Diablo begonnen hatte, war endlich ausgetragen.

Ich habe ihn getötet, dachte sie entsetzt, empfand aber gleichzeitig auch Erleichterung. Oh mein Gott, ich habe ihn getötet!

Da war auch schon Lorenzo an ihre Seite geeilt und hatte die Pistole ihren schlaffen Fingern entwunden.

„Ist er tot?“ flüsterte sie. Sie war außerstande, des Zitterns ihres Körpers Herr zu werden.

„Ob tot oder nicht, wir müssen von hier fort. Komm!“

„Aber seine Leute sind doch draußen.“

„Wir haben sie überwältigt.“

Er legte den Arm um sie, warf die Pistole auf den Tisch, nahm sein eigenes Gewehr und zog sie eilig davon. Draußen in der Dämmerung sah sie die Leute, die er mitgebracht hatte, und die Soldaten, die gefangengenommen worden waren. Lorenzo gab ein paar kurze Anweisungen und wandte sich dann ihr zu.

„Kannst du reiten?“

Sie hatte das Gefühl, als würden ihr die Knie weich, aber sie nahm sich zusammen.

„Ja, es wird schon gehen.“

Lorenzo hob sie in den Sattel. Dann trabten sie eilig durch die kalte, sternklare Nacht davon und ließen Schrecken und Tod hinter sich.

„Wie hast du es erfahren?“ flüsterte Charlotte, als sie dahinritten.

„Teresa ist zu mir gekommen.“

„Es war nicht ihre Schuld. Ich selber bin schuld, nur ich allein. Ich bin wegen des Hundes zurückgelaufen."

„Genauso habe ich es mir vorgestellt. Wann wirst du endlich lernen, mein Schatz, daß man denken muß, ehe man handelt. Ich hätte ja auch zu spät kommen können."

Sie schwankte im Sattel, und er ritt näher an sie heran und legte seine Hand auf die ihre.

„Nur Mut. Jetzt ist es ja vorbei."

Geheimer Zorn nagte in seinem Inneren. Wäre Teresa nicht gewesen, hätte man sie vielleicht gefoltert, vergewaltigt, ja sogar ermordet, und es war Gabriella gewesen, die allein dafür verantwortlich war, die das Pferd mit sich genommen und Charlotte mitleidlos ihrem Schicksal überlassen hatte. Ein kalter Schauer lief ihm über den Rücken, wenn er daran dachte, wie leicht dies alles hätte geschehen können. Aber Gabriella hatte das überhaupt nichts ausgemacht. Herausfordernd war sie vor ihn hingetreten.

„Hättest du lieber deine Schwester in ihren Händen gesehen? Teresa wäre wahrlich ein guter Fang für sie gewesen. Der *Inglesa* wird letzten Endes nicht viel passieren, außer daß sie vielleicht ein paar ungemütliche Stunden verbringen muß."

„Du hast es mit Absicht getan", war er auf sie losgefahren. „Warum? Warum nur, Gabriella? Bist du eifersüchtig?"

„Ich? Eifersüchtig?" schleuderte sie ihm ins Gesicht. „Warum sollte es mich bekümmern, mit wem du ins Bett gehst?"

Da hatte er so heftig zugeschlagen, daß sie zurückgetaumelt war, etwas, was er niemals zuvor bei einer Frau getan hatte. Er sah noch, wie ihr Gesicht dunkel vor Zorn wurde, dann rief er seine Leute zusammen und ritt mit ihnen wie ein Besessener zum Dorf hinunter.

Die Dunkelheit war bereits hereingebrochen, als er jetzt mit Charlotte das Castillo erreichte und an den Nebengebäuden vorbeiritt, wo die Flüchtlinge untergebracht waren. Alle kamen sie in den Hof herausgeströmt. Der Vorfall hatte sich wie ein Lauffeuer unter ihnen verbreitet, denn das Mädchen, dessen Baby wie durch ein Wunder gerettet worden war, hatte ihre Freude nicht bei sich behalten können. Sie war nun gleichfalls zur Stelle und griff nach Charlottes Hand, während diese zusammen mit Lorenzo vorübertrabte.

„Möge Sie die Gottesmutter segnen, Señorita", flüsterte die junge Mutter unter Tränen.

Eine Menge Dienstboten standen mit besorgten Mienen in der Halle herum, als sie ins Haus traten, und Teresa kam herbeigeeilt, als hätte sie bereits auf ihre Heimkehr gewartet. Ihre Worte überschlugen sich fast.

„Gott sei gedankt, daß Lorenzo noch zurecht gekommen ist."

Sie schickte sich an, Charlotte zu umarmen, aber ihr Bruder gab ihr einen Wink.

„Laß sie jetzt in Ruhe; sie ist ja völlig erschöpft. Sag bitte Großmutter Bescheid."

„Ja", sagte Teresa und preßte noch rasch Charlottes Hand. „Wir haben jedenfalls das Baby gerettet, und auch den Hund", raunte sie ihr mit verschmitzter Miene zu.

„Teresa, wirst du wohl tun, was ich dir gesagt habe?"

„In Ordnung, Bruderherz, ich geh ja schon." Sie grinste und lief dann die Treppe hinauf.

„Ich muß zu Lucy", murmelte Charlotte.

„Einen Augenblick noch."

Lorenzo zog sie mit sich in die Bibliothek, wo eine Lampe brannte und das Feuer im Kamin einen warmen roten Schein verbreitete. Dann schloß er die Tür und lehnte sich mit dem Rücken dagegen.

„Ein Baby und ein Hund — *Madre de Dios* — was soll ich nur mit dir tun, Charlotte?" sagte er gequält.

Aber da lag sie auch schon in seinen Armen, und er hielt sie fest umschlungen, während er ihr die Lippen auf das Haar preßte. „Ich habe schon geglaubt, ich hätte dich verloren", murmelte er und fügte nach einer Weile hinzu: „Wer hat dich übrigens so gut schießen gelehrt, mein Liebling?"

„Mein Vater. Ich war doch für ihn der Sohn, den er nie bekommen hat."

Lorenzo schob sie ein wenig von sich, faßte sie dann unterm Kinn und hob ihr Gesicht zu sich empor. „Immer dein Vater. Was hat er dir sonst noch alles beigebracht?"

„Eine ganze Menge. Du würdest staunen, wenn du es wüßtest. Und sei froh, daß er es getan hat."

„Ja, das muß ich wohl. Sonst würde vielleicht ich jetzt anstelle von Vicente in dem bewußten Haus dort auf dem Boden liegen."

Es schauderte sie bei der Erinnerung an jenen furchtbaren Augenblick, und Lorenzo legte seinen Arm fester um sie.

„Komm zum Feuer. Du zitterst ja."

„Ich sollte nicht bleiben —", aber sie ließ sich dennoch von ihm in die Nähe der wohltuenden Wärme ziehen.

„Da ist etwas, was ich dir geben möchte."

Er trat an seinen Schreibtisch und öffnete eine Schublade. Dann kam er mit einem kleinen Kästchen zurück und klappte den Decke auf. Drinnen lag ein goldener Ring, den eine dunkelrote Gemme schmückte.

„Er hat einst meinem Vater gehört und ist nach seinem Tod in meinen Besitz übergegangen. Er ist jedoch zu klein für meine Hand. Ich hatte die Absicht, ihn für dich ändern zu lassen. Aber er wird einstweilen seinen Zweck erfüllen, bis ich dir einen besser passenden kaufen kann." Er nahm ihre linke Hand und steckte das Kleinod an ihren Mittelfinger. „Mit diesem Ring vermähle ich mich dir, mit meinem Leib will ich dich verehren . . .", sprach er feierlich die alte Formel.

Dann zog er sie an sich, und sie schloß die Augen und überließ sich seinen Küssen. Sie waren beide noch sehr aufgewühlt von der Gefahr, die sie zu bestehen hatten. Die blinde Wut, die ihn erfaßt hatte, als er ihr zerrissenes Kleid sah, der Wunsch, jenen Mann zu töten, der ihr das angetan hatte, die Nähe des Todes hatten ihre Spuren hinterlassen. Er fühlte, wie sie, die er schon einmal besessen hatte, in seinen Armen erbebte. Es wäre ein Leichtes für ihn gewesen, sie auch jetzt zu nehmen; sie würde wohl keinen Widerstand leisten. Wildes Verlangen nach ihr brannte in seinem Blut. Aber er bezwang sich. Nicht hier, nicht in diesem Haus, nicht bevor sie seine Frau auch in den Augen der Welt war!

Atemlos hauchte sie: „Lorenzo, ich muß jetzt gehen."

„Ja, natürlich." Er gab sie frei, hielt sie jedoch noch kurze Zeit an der Hand fest und küßte ihr den Finger, an den er den Ring gesteckt hatte.

Sie eilte aus der Bibliothek und durch die Gänge des stillen Hauses. Lucy saß in ihrem Zimmer und wartete auf sie. Sie sah auf und runzelte die Stirn, als Charlotte eintrat.

„Da bist du ja endlich. Juanita hat mir gesagt, daß dich Lorenzo zurückgebracht hat. Sag, was hast du dir eigentlich dabei gedacht, in einer so gefährlichen Zeit so etwas zu unternehmen?"

Charlotte schwelgte noch in der seligen Erinnerung an Lorenzos Küsse, hörte ihn noch zärtlich sagen: „Mit diesem Ring vermähle ich mich dir", und bemerkte daher die Schärfe nicht, die in Lucys Stimme lag.

„Ich weiß, es war leichtsinnig von mir", sagte sie verträumt. „Aber es galt doch, ein Kind zu retten, und wir haben es ja zu guter Letzt seiner Mutter wiedergebracht."

„Um welchen Preis: Schau dich doch einmal an! Was werden sie alle denken? Und was wird vor allem Doña Gracia von uns halten?"

Lucys ätzender Ton drang jetzt durch Charlottes Glückseligkeit. Sie zog Lorenzos Mantel enger um ihre zerfetzte Bluse und streifte das wirre Haar zurück.

„Was spielt es für eine Rolle, was sie sagt oder was irgend jemand denkt? Was ist los mit dir, Lucy? Warum bist du so verärgert?" Aufgewühlt, wie sie war, ging sie durch das Zimmer und kniete neben Lucy nieder. „Ich hätte es dir schon lange erzählen wollen, aber Lorenzo wünschte, daß es noch ein Geheimnis zwischen ihm und mir bleiben sollte. Jetzt ist das anders." Sie hockte sich auf ihre Fersen; die Freude leuchtete aus ihren Augen — alle Müdigkeit war vergessen. „Er hat mich gebeten, ihn zu heiraten."

„Ihn zu heiraten?"

„Ja. Es kommt mir vor, als wäre es eine Ewigkeit her, weil inzwischen so viel geschehen ist."

„Ist es — in jener Nacht gewesen, in der das Unwetter war?"

„Ja."

„Ich habe gespürt, daß da etwas war, als du zurückgekommen bist. Ich habe dich damals danach gefragt, aber du hast mir nichts sagen wollen." Sie wandte sich von Charlotte ab. „Hast du dich ihm hingegeben?"

„Ja. Oh, ich weiß, es hätte nicht geschehen dürfen — aber es ist eben trotzdem passiert — in einer kalten, feuchten Höhle war es, auf einem Bett aus Farnen und auf einer Decke, die nach Pferden roch." Sie lachte ein wenig. „Aber es war dennoch sehr schön."

Lucy erhob sich plötzlich, stieß Charlotte zur Seite und entfernte sich von ihr. „Charlotte, wie konntest du nur so töricht sein?"

Charlotte schreckte wie aus einem Traum auf und sah sie verständnislos an. „Was meinst du damit, Lucy?"

„Das muß dir doch einleuchten. Der stolze Marqués de Merenda würde doch niemals eine Frau heiraten, die bereits seine Geliebte war. Das ist doch lächerlich."

„Aber so war es doch überhaupt nicht." Voll Entrüstung war Charlotte aufgesprungen.

„So war es nicht? Ich habe aber doch das Gefühl, daß es so war. Ausgerechnet du, Charlie, läßt dich herumkriegen und sagst kein Wort davon, verbirgst dein Geheimnis vor jedem, als schämtest du dich. Natürlich wollte er nicht, daß jemand davon erfährt. Es ist ja auch nicht sehr ehrenvoll, nicht wahr, einen Gast in seinem Haus zu verführen? Es widert mich an. Und dann noch das, was heute passiert ist! Was haben die Soldaten mit dir getan? Haben sie dir die Kleider vom Leib gerissen, dich vergewaltigt? Wie kann er etwas anderes für dich empfinden als Verachtung, nach all dem, was geschehen ist?"

„Du bist im Unrecht", sagte Charlotte zornig, „vollkommen im Unrecht, und das ist der Beweis." Sie streckte ihre Hand aus. „Diesen Ring hat er mir vor einer halben Stunde an den Finger gesteckt; es ist der Ring seines Vaters, den er mir als Unterpfand unserer Liebe geschenkt hat. Schau her!"

Lucy warf einen Blick auf Charlottes Hand und verdrehte dann die Augen. „Jeder kann einen alten Ring wie diesen zusammen mit leeren Phrasen verschenken."

„Was du da sagst, ist grausam, und außerdem stimmt es nicht. Bist du vielleicht neidisch, weil Roberto nicht dein Liebhaber ist?"

„Wie kannst du es wagen, mir so etwas zu sagen? Wie kannst du nur?" rief Lucy aus, während ihr eine heiße Röte in die Wangen schoß. „Jedenfalls weiß ich, wie ich mich zu benehmen habe."

Einen Moment lang funkelten sie einander an, empfanden aber gleichzeitig voll Entsetzen, daß sie im Begriff waren, ihre Freundschaft zu zerstören, und es war Lucy, die zuerst einhielt.

In einem plötzlichen Stimmungsschwank sank sie auf das Sofa und bedeckte das Gesicht mit den Händen.

„Oh Gott, Charlotte, es tut mir so leid. Ich wollte nicht so gemein sein. Seit das mit dem Baby passiert ist, kann ich die Dinge nicht mehr sehen, wie sie sind." Sie hob den Kopf und starrte trübsinnig vor sich hin. „In gewisser Weise hast du ja recht. Ich bin wirklich ein wenig neidisch. Roberto war am Nachmittag bei mir."

„Hast du ihm von Clive erzählt?"

„Ja."

„Und was hat er gesagt?"

„Er möchte, daß ich meinen Mann verlasse und hier in Spanien bleibe."

„Aber Lucy. Er ist katholisch. Er wird dich niemals heiraten können."

„Wer redet denn von Heirat? Wenn du dir einen Liebhaber nehmen kannst, kann ich es auch."

„Oh Lucy, liebe Lucy, verzeih." Von Reue erfüllt, weil sie in ihrer Freude das Elend der Freundin vergessen hatte, ging sie auf diese zu und ließ sich an ihrer Seite nieder.

Aber Lucy stieß sie zurück. „Nein, rühr mich nicht an. Ich weiß, daß es zwecklos ist. Ich weiß selbst, was ich zu tun habe." Müde erhob sie sich und ging zur Tür. „Du solltest die Zeit nützen, die dir mit Lorenzo verbleibt. Die Cristinos marschieren auf den Süden zu. Der General wird wahrscheinlich das Castillo zu seinem Hauptquartier machen."

„Wer hat dir das gesagt?"

„Roberto. Er brennt darauf, sich ihnen anzuschließen."

„Lorenzo wird nicht kämpfen", sagte Charlotte zuversichtlich. „Er glaubt, daß es wichtiger ist, seine Leute und sein Land zu beschützen. Was nützt schon ein Sieg, meint er, wenn er nur Hunger und Not zur Folge hat?"

„Aber er wird sich dennoch entscheiden müssen."

Lucy ging hinaus und schloß die Tür hinter sich, und Charlotte stand einen Augenblick unbeweglich da. Das Glücksgefühl, das sie zuvor durchströmt hatte, war nun endgültig dahin. Sie blickte auf den Ring an ihrer Hand nieder und trat dann ans Licht, um ihn näher zu betrachten. In den roten Stein war eine Taube im Flug eingraviert, dasselbe Wappen wie auf dem blutbefleckten Taschentuch oben in ihrem Koffer. Unwillkürlich erbebte sie, aber sie wehrte sich dagegen, die dunklen Gedanken aufkommen zu lassen. Morgen oder übermorgen würde sie mit dem Porträt zu Lorenzo gehen und das Gespenst der Vergangenheit ein für allemal vertreiben.

# 16

General Benito de Ramirez kam am nächsten Morgen an der Spitze seiner Männer angeritten, und mit ihm einige seiner Gefolgsleute, darunter Enrique de Tajo und Diego Alváro, den Charlotte auf der Straße nach Palos getroffen hatte und der inzwischen zum Captain ernannt worden war. Lorenzo war zusammen mit Doña Gracia erschienen, um den berühmten Mann zu begrüßen.

„Er ist ein alter Freund der Familie", hatte Teresa Charlotte anvertraut. „Als ich klein war, habe ich ihn Onkel Benito genannt. Damals war er auch noch nicht so berühmt. Übrigens, sieht Enrique nicht einfach umwerfend aus?" Sie atmete erleichtert auf. „Jetzt, mit dieser Verstärkung wird sicher alles wieder gut."

Charlotte, die sich daran erinnerte, was ihr Vater über die Arroganz, Empfindlichkeit und Uneinigkeit der spanischen Truppen erzählt hatte, war sich dessen nicht so sicher.

Am Vormittag kam auch Guy, und die Männer steckten den größten Teil des Tages beisammen. Aber am frühen Abend versammelten sich alle im Salon, um gemeinsam zu speisen. Lorenzo hatte die beiden englischen Damen gebeten, am Dinner teilzunehmen, und Charlotte zog ihr schönes grüngoldenes Kleid an, bürstete das Haar, bis es den rötlichen Glanz im Licht der Kerzen voll entfaltete, und war unverständlicherweise sehr nervös. Ihre Hände zitterten, als sie den Ring berührte, den Lorenzo ihr an den Finger gesteckt hatte. Was in der vergangenen Nacht geschehen war, erschien ihr jetzt beinahe wie ein Traum.

Sie trat hinter Lucy in den großen Raum, wo Lorenzo sofort auf sie beide zukam.

„Darf ich Ihnen unsere englischen Gäste vorstellen, General? Die Señora Lucia Starr und die Cousine ihres Mannes, Señorita Carlotta."

Der General mochte in den hohen Fünfzigern sein, war aber mit seinem schöngeschwungenen Schnurrbart und dem dicht gekräuselten Grauhaar immer noch eine blendende Erscheinung.

„Entzückt", sagte er mit steifer Höflichkeit, indem er sich herabbeugte und die Fingerspitzen der beiden Damen mit den Lippen berührte. Der durchdringende Blick seiner schwarzen Augen unter den buschigen Brauen blieben einen Moment lang auf Charlotte haften.

„Starr“, wiederholte er nachdenklich. „Der Name ist mir von irgendwoher bekannt — es dürfte allerdings ziemlich lange zurückliegen.“

Stolz reckte Charlotte den Kopf empor. „Mein Vater, Captain Harry Starr, hat in Spanien an der Seite des Duke of Wellington gekämpft, General.“

Der General schnalzte mit den Fingern. „Ah, das wird es sein. Ich erinnere mich jetzt. Es war in Madrid — vor fast zwanzig Jahren — es war, als . . .“. Er unterbrach sich und lächelte, dann zuckte er die Achseln. „Nun ja, wir waren damals alle um etliche Jahre jünger. Wir glaubten, wir hätten unserem Land den ewigen Frieden erkämpft und erkannten erst später, wie sehr wir uns geirrt hatten.“

Lorenzo nahm Charlottes Hand und zog das Mädchen zu sich. „Es ist zwar noch nicht offiziell, General, aber Sie sind ein so alter Freund — ich bin glücklich, Ihnen mitteilen zu dürfen, daß Señorita Carlotta eingewilligt hat, meine Frau zu werden.“

Einen Augenblick lang herrschte überraschtes Schweigen, und in dieser kurzen Zeit hörte Charlotte, wie Lucy seufzte; sie sah Doña Gracia die Stirn runzeln und bemerkte mit Bedauern den gequälten Ausdruck auf Guys Gesicht.

„Ihre Frau?“ Wenn der General befremdet war, so gewann er jedenfalls rasch seine Fassung wieder. „Meine herzlichsten Glückwünsche, Señorita, und auch dir, alter Knabe! Ich freue mich sehr. Es ist ohnedies höchste Zeit, daß du unter den Pantoffel kommst. Wir leben jetzt weiß Gott in einer schweren Zeit, aber das Leben geht schließlich weiter, nicht wahr?“ Und er wandte sich Doña Gracia zu. „Ich bin sicher, daß auch Sie mir beipflichten werden, Marquésa.“

Die Stirn der Marquésa glättete sich, und sie setzte ein huldvolles Lächeln auf. „Alles, was Lorenzo glücklich macht, muß auch meinen Beifall finden, Benito.“

Dann schienen sie plötzlich alle gleichzeitig zu sprechen. Teresa kam gelaufen, um Charlotte zu küssen und ihren Bruder zu umarmen.

„Lorenzo, du alter Heimlichtuer! Unglaublich, so etwas vor uns zu verbergen!“

Roberto grinste und winkte den Majordomus herbei. „Das verlangt nach einem Toast. Marco, bringen Sie einige Flaschen von dem französischen Champagner herein."

Und während die Dienstboten die Gläser füllten, kam Enrique, um Charlotte die Hand zu drücken.

„Ich wollte, Sie könnten Teresa dazu bringen, mich zu erhören", murmelte er etwas wehmütig. „Dann könnten wir eine Doppelhochzeit feiern."

Captain Alváro schenkte ihr ein dünnes Lächeln. „Haben wir einander nicht schon einmal getroffen, Señorita, als Sie auf dem Weg nach La Rábida waren? Ich hoffe, Sie konnten jenen taubstummen Bedienten sicher in die Obhut der Mönche geleiten."

„So hast du ihn also doch bekommen. Was für ein Zaubermittel hast du nur angewendet?" flüsterte Lucy Charlotte zu.

Der einzige, der sich abseits hielt, war Guy, und Charlotte tat es leid, daß er von ihrer Verlobung auf diese Weise hatte erfahren müssen. Doch da hoben bereits alle die Gläser. Lorenzo zog sie an seine Seite, und es war unmöglich, etwas anderes zu empfinden als Stolz und eine warme Flut der Glückseligkeit, Gefühle, die so lange anhielten, bis man sich zu Tisch begab.

Bisher hatten sie und Lucy zusammen mit der Familie in dem kleinen Eßzimmer gespeist. Aber an diesem Abend, an dem eine große Gesellschaft gegeben wurde, ließen die Gastgeber das Dinner zu Ehren der vornehmen Gäste in dem großen Repräsentationsraum servieren, der nur zu besonderen Anlässen benützt wurde und den weder Charlotte noch Lucy je zuvor betreten hatten.

Es war ein düsterer Raum, selbst dann noch, als das Licht unzähliger Kerzen an Wandleuchtern und silbernen Kandelabern entlang der Tafel aufflammte. Dunkle Familienporträts schmückten die Wände. Besonders eines davon, am unteren Ende des Raumes über einem kunstvoll geschnitzten Stuhl, versetzte Charlotte in sprachloses Erstaunen. Es stellte zweifellos dasselbe Gesicht dar wie jenes auf dem Bild, das so lange in ihres Vaters Schreibtischlade gelegen hatte. Ein eisiger Schauer überlief sie. Lorenzo fühlte, wie ihre Hand sich fester in seinen Arm grub, und lächelnd blickte er auf sie herab.

„Was ist mit dir?"

„Dieses Bild — wer ist das?"

„Das ist mein Vater, Don Luis. Es wurde einige Jahre vor seinem Tod gemalt. Hast du es noch nie zuvor gesehen?"

„Nein. Ich bin nie hier in diesem Zimmer gewesen."

„Man sagt, ich sehe ihm ähnlich. Ich selbst kann das nicht beurteilen."

„Oh doch — manchmal", sagte sie, indem sie mühsam ihrer Stimme einen festen Klang verlieh. „Aus diesem Grund ist es mir auch aufgefallen."

Während man sich rund um sie lebhaft unterhielt, wobei wenigstens in dieser kurzen Zeit jenes Thema nicht berührt wurde, das jedermann im Kopf herumging, dachte sie die ganze Mahlzeit hindurch, daß es nicht wahr sein konnte, daß es nicht ihr Vater gewesen war, der Don Luis de Merenda ermordet hatte — es war unmöglich, denn wenn er es getan hätte, dann hätte er gewiß nicht das Porträt und das blutbefleckte Taschentuch so sorgsam aufbewahrt.

Enrique, der neben Charlotte saß, erzählte ihr und Teresa in humorvoller Weise von den Schwierigkeiten, denen sich die Truppen auf ihrem Weg nach dem Süden durch Hagel und Ungewitter ausgesetzt sahen. Mechanisch antwortete sie auf Fragen, die man ihr stellte. Ab und zu, während die Dienstboten die Weingläser nachfüllten und die Teller für den nächsten Gang auflegten, bemerkte sie verwirrt, daß scharfe Blicke aus den schwarzen Augen des Generals sie teils neugierig, teils nachdenklich fixierten.

Lorenzo, von seinem berühmten Gast sehr in Anspruch genommen, wandte sich ihr mit besorgtem Stirnrunzeln zu. „Ich hätte dich mit der Bekanntgabe wohl nicht so überrumpeln sollen, aber ich habe mich vom Augenblick hinreißen lassen. Es war wohl etwas gedankenlos von mir. Du bist mir doch deshalb nicht böse, oder doch?" Seine Hand schloß sich einen Moment lang um die ihre, ehe er sich erneut dem General zuwandte, und sie war bemüht, aus seiner Berührung neue Zuversicht zu schöpfen.

Der eisgekühlte Pudding war bereits aufgetragen worden, und das Mahl ging seinem Ende zu. Auf ein Zeichen von Doña Gracia erhoben sich die Damen, zogen sich zurück und ließen die Männer zu einem Glas Wein und ernsten Gesprächen allein.

Eine Landkarte wurde auf dem Tisch ausgebreitet, und alle rückten ihre Stühle näher heran, als General Ramirez begann, seine Angriffstaktik zu umreißen. Ein Teil seiner Streitmacht würde die Stadt vom Süden her einkreisen und die schwache Verteidigung unterstützen, während der größere Teil der Armee dem Feind in den Rücken fallen sollte.

„Auf diese Weise", fuhr der General fort, „werden wir hoffentlich Roméro in die Zange nehmen und mit Gottes Hilfe mit diesem Haufen von Mördern und Banditen ein für alle Mal aufräumen können."

„Haben Sie verläßliche Informationen hinsichtlich ihres genauen Standortes?"

„Wir haben schon unsere Spione, die wir im übrigen zum Teil euch zu verdanken haben. Die Tänzerin Gabriella hat uns unschätzbare Dienste erwiesen. Sie tanzt wie ein Engel, versteht es jedoch noch besser, an Schlüssellöchern zu horchen." Er grinste und schlug mit der flachen Hand schallend auf die Tischplatte. „Sie ist mutig wie eine Tigerin und listig wie eine Schlange, was, Lorenzo? Du kennst sie ja, glaube ich."

„Seit meiner Kindheit", antwortete Lorenzo gelassen. „Ihr Großvater gehört ja zu meinen Männern und lebt heute noch droben in der Sierra."

„So, so . . . das liefert ihr also den geeigneten Vorwand, hier im Castillo ein und auszugehen."

Der General hatte zwar die Gerüchte von einer engeren Beziehung der Tänzerin zum Castillo gehört, erwähnte aber nichts davon. Das lag schließlich lange Zeit zurück. Junge Männer mußten sich eben die Hörner abstoßen, und Lorenzo gehörte nicht zu jenen, die vor ihrer Verantwortung davonliefen. Aber da war noch eine Sache, die General Ramirez am Herzen lag, eine eher heikle Angelegenheit, an die man nur behutsam herangehen durfte. Am liebsten hätte er überhaupt nichts davon gesagt, aber Lorenzo war der Sohn seines alten Freundes, und Ramirez hatte immer wie ein Vater für den Knaben gefühlt. So sprachen sie über dieses und jenes, indes die Weinkaraffe von einem der Männer zum anderen wanderte. Da leerte der General sein Glas, stellte es vorsichtig nieder und wandte sich dann an seinen Gastgeber.

„Wirst du mit uns reiten, Lorenzo?"

„Ich habe vor langer Zeit beschlossen, daß ich mich an keinem Krieg beteiligen werde, in dem Spanier gegen Spanier kämpfen. Oh, mißverstehen Sie mich bitte nicht. Ich bin auf seiten des Cortéz und der kleinen Königin. Mit Carlos an der Macht sehe ich keinerlei Chancen für die Zukunft. Er würde uns Tyrannei und Inquisition zurückbringen. Aber unser Land braucht Ruhe und Ordnung, sofern wir jemals einen Schritt weiterkommen wollen. Und wenn es mir gelingen sollte, diesem Teil von Andalusien hier den Frieden zu erhalten und den zu Unrecht Verfolgten eine Zuflucht zu bieten, so halte ich das für wertvoller, als dem Feind mit der Waffe in der Hand entgegenzutreten. Können Sie das verstehen?"

„Ja, sicher, ich verstehe dich sehr gut. Und außerdem, du hast dich gerade verlobt —"

Lorenzo errötete. „Halten Sie mich für einen Feigling?"

„Nun sei doch nicht gleich gekränkt. Ich kenne dich doch viel zu gut. Außerdem, wie ich gehört habe, bist du hier bereits beträchtlich in Mitleidenschaft gezogen worden und hast die Lage bestens gemeistert. In gewisser Weise", fuhr der General nachdenklich fort, „stimme ich ja sogar mit dir überein. Wir sind im Grunde ein hitzköpfiges Pack, viel zu leicht reizbar, allzu rasch bereit, einander unserer sogenannten Ehre wegen die Schädel einzuschlagen. Wir neigen dazu, das Leben gering zu achten und den Tod als notwendig hinzunehmen. Vielleicht bedarf es tatsächlich größerer Tapferkeit, gegen diese Einstellung anzukämpfen." Er erhob sich. „Jedenfalls bleibt uns für heute nichts mehr zu tun übrig." Er rollte die Landkarte ein und übergab sie Enrique. „In den nächsten Tagen wird jeder von uns seinen Mann stellen müssen. Wollen wir uns nicht jetzt noch für eine Stunde den Damen anschließen? Vielleicht werden sie uns den Gefallen tun und etwas Musik für uns machen."

Im allgemeinen Trubel des Aufbruchs wurde Guy an Lorenzos Seite gedrängt. Er sagte ein wenig unbeholfen: „Ich habe dir noch gar nicht zu deiner Verlobung gratuliert."

Lorenzo legte ihm freundschaftlich die Hand auf die Schulter. „Es tut mir leid. Ich weiß, daß du sie heiraten wolltest."

„Und sie hat meinen Antrag ausgeschlagen. Jetzt weiß ich ja, warum. Ich hätte es mir eigentlich schon früher denken können. Ich glaube, hier gilt das Wort, daß eben der bessere Mann gewinnt."

„Das ist nicht wahr, da sei Gott vor! Der Mann, der mehr Glück gehabt hat, so müßte es heißen. Ich hoffe, das soll nicht etwa bedeuten, daß du mich verlassen willst."

Guy lächelte gequält. „Das wäre wohl sehr kleinlich von mir. Ich muß eben lernen, damit zu leben."

„Du bist ein guter Kumpel, Guy."

Einen Augenblick lang trafen sich ihre Blicke, dann wandte sich Guy ab und ging hinaus. Lorenzo wollte ihm folgen, aber der General hielt ihn zurück.

„Ich hätte gern noch mit dir gesprochen", sagte er ruhig. „Um die Wahrheit zu sagen, mein lieber Junge, die Neuigkeit von eurer Verlobung war eine große Überraschung für mich. Ich hätte nie gedacht, daß du einmal eine Engländerin zur Frau nehmen würdest."

„Sie spielen dabei wohl auf das an, was mit meinem Vater geschehen ist. Früher habe ich auch so gedacht, General, aber das Herz zieht nicht immer den Verstand zu Rate. Ich bin sehr verliebt in Charlotte."

„Ich habe gehofft, daß eine bestimmte Angelegenheit dir bereits bekannt ist. Ich habe vergessen, wie jung du damals warst und wie wenige von uns die Wahrheit kennen." Der General holte tief Atem. „Die Sache ist nämlich die, daß Captain Harry Starr jener britische Offizier war, der deinen Vater getötet hat."

Lorenzo starrte ihn an. „Das glaube ich nicht", sagte er schließlich. „Das will ich einfach nicht glauben. Sie müssen sich irren."

„Ich fürchte, es besteht kein Zweifel darüber. Es war eine häßliche Geschichte, und sie wurde daher auch vertuscht. Zu dieser Zeit paßte es nicht in Wellingtons Pläne, sich seine spanischen Alliierten zum Feind zu machen oder irgendeinen Skandal heraufzubeschwören. Und wir für unseren Teil wünschten gleichfalls keinen Zwist, da nach Jahren des blutigen Kampfes der Sieg endlich in greifbare Nähe gerückt war. Hat sie nie mit dir darüber gesprochen?"

„Nein." Lorenzos Blicke waren zum Porträt seines Vaters gewandert, das jetzt, nachdem einige der Kerzen bereits verloschen waren, dunkel über dem Raum zu lasten schien. „Warum hätte sie darüber reden sollen?" fuhr er mühsam fort. „Wahrscheinlich weiß sie gar nichts davon."

„Ich bezweifle das. Ich bezweifle es sehr."

Lorenzo wandte sich ihm heftig zu. „Warum sagen Sie das? Sie ist offen und ehrlich. Sie würde sich niemals für einen Betrug hergeben."

„Vielleicht aus Angst davor, dich zu verlieren. Die meisten jungen Frauen würden eine Menge dafür tun, Marquésa de Merenda zu werden."

„Das ist abscheulich. Charlotte ist nicht wie andere junge Frauen."

„Ich möchte nicht wissen, wieviele verliebte junge Männer das schon behauptet haben, bevor sie eines Besseren belehrt wurden."

„Oh mein Gott, warum müssen Sie mir das ausgerechnet heute abend erzählen?"

„Ist es nicht besser so, als erst nachher die Wahrheit herauszufinden?"

„Ich weiß nicht. Heilige Mutter Gottes, ich weiß es wirklich nicht!"

Sie schwiegen für einen Augenblick, und da steckte Roberto seinen Kopf durch die Tür. „Kommt ihr? Alle warten auf Sie, General."

„Ja, wir kommen schon. Wir sind sofort bei euch."

Roberto verschwand, und Ramirez legte die Hand auf Lorenzos Schulter.

„Komm, mein Sohn, das bedeutet ja nicht gleich das Ende der Welt. Es gibt eine Menge anderer junger Mädchen auf Erden."

Lorenzo entzog sich ihm. „Aber keine wie sie."

Charlotte saß am Klavier, als Lorenzo mit dem General in den Salon trat. Er blickte nicht zu ihr hinüber, sondern ging sogleich auf jenen Teil des Raumes zu, wo Teresa neben Doña Gracia auf einer Fußbank saß. Wieder fühlte Charlotte die böse Vorahnung wie einen kalten Dolch im Herzen. Die Diener hatten inzwischen den Kaffee hereingebracht, und während er aufgetragen und herumgereicht wurde, trat Teresa zu ihr.

„Lorenzo sagt, der General möchte mich gerne singen hören. Ich kann mir nicht vorstellen, warum. Das letzte Mal, als er mich hörte, waren wir auf einer von Tante Martas Gesellschaften in Toledo, und er redete die ganze Zeit, während ich mein Prachtstück von einer Ballade zum besten gab."

„Ich war damals auch dabei, erinnerst du dich nicht?" sagte Enrique, der an Teresas Seite getreten war. „Und du hast gesungen wie eine Nachtigall."

„Einmal hast du zu mir gesagt, daß ich wie eine Krähe krächze", entgegnete sie.

Der junge Mann grinste. „Damals warst du ja erst zehn und ich vierzehn. Komm, Teresa. Es ist das Recht des Soldaten, am Vorabend der Schlacht von seiner Herzensdame unterhalten zu werden."

„Ach, rede doch keinen Unsinn." Teresa errötete und blätterte die Noten um.

„Ich bin bereit zu singen, wenn Charlotte mich begleitet."

Sie trugen ein frohes und beschwingtes Liebeslied vor, und man konnte sich kaum ein friedlicheres Bild vorstellen als dieses vom warmen Licht der Kerzen erhellte Zimmer, in dem die Damen — in verzücktes Lauschen versunken — mit ihrem mit funkelnden Diamanten geschmückten Fächer spielten und sich lächelnd den lässig zurückgelehnten Herren in den prachtvollen Uniformen zuwandten. Man konnte sich unmöglich vorstellen, daß vielleicht schon in wenigen Tagen so mancher der Anwesenden tot oder verwundet sein würde.

Charlotte sah einen Augenblick von ihrem Spiel auf und wurde gewahr, daß Lorenzo sie beobachtete. Sein Gesicht, das ihr in vielen Varianten der Gefühlsregung vertraut war, sah ernst und verschlossen aus. Irritiert verfehlte sie eine Taste, bemühte sich aber sofort, ihre Fassung wiederzugewinnen, als sie das Erstaunen auf Enriques Gesicht bemerkte.

Der Abend zog sich dahin. Nun wurden auch von anderen Lieder vorgetragen, und Captain Alváro überraschte durch seine bemerkenswert wohlklingende Tenorstimme. Roberto leierte ein munteres Liedchen herunter, was ihm ein mißbilligendes Stirnrunzeln seitens seiner Großmutter und ein zustimmendes Kopfnicken von General Ramirez einbrachte, der den Chor mit seinem vollen Baß anführte.

Während des Beifalls ergriff Lucy die Gelegenheit, ihren vorzeitigen Aufbruch mit Müdigkeit infolge ihres immer noch etwas angegriffenen Gesundheitszustandes zu motivieren, und Charlotte erhob sich sofort, um sich ihr anzuschließen.

Lorenzo öffnete die Tür für sie. „Kann ich dann später zu dir kommen!" raunte er ihr zu.

„Wenn du willst."

„Gute Nacht", sagte er, nun für jeden hörbar, und küßte ihr die Hand.

Im Zimmer der beiden hatte Juanita brennende Kerzen auf den

Tisch gestellt. Lucy ließ den Spitzenschal von den Schultern gleiten.

„Nun, Lorenzo hat ja wohl heute alle in Erstaunen versetzt. Hast du gewußt, daß er eure Verlobung bekanntgeben wird?"

„Nein, ich hatte keine Ahnung."

„Das muß dich doch sehr glücklich gemacht haben?"

„Ja, sicher."

„Und warum bist du dann so verstört?"

„Bin ich das?" sagte Charlotte. „Vielleicht deshalb, weil es so überraschend kam und ich das Gefühl hatte, daß Doña Gracia nicht sehr erfreut war. Es war sicher nicht die Art, in der sie solche Dinge erledigt sehen möchte."

„Aber schließlich ist es ja Lorenzo, der zählt, und nicht seine Großmutter", entgegnete Lucy. „Und du kannst dich doch auf ihn verlassen, nicht wahr? Du kannst dir immerhin etwas darauf zugute halten, den Marqués de Merenda erobert zu haben. Hast du gesehen, was für Gesichter die anderen Frauen gemacht haben? Das hättest du dir wohl nicht träumen lassen, als Clive dich bat, mit uns nach Spanien zu kommen! Was bist du doch für ein Glückspilz! Ich beneide dich." Da unterbrach sie sich plötzlich. „Oh Liebes, ich bin schon wieder unausstehlich, nicht? Es tut mir so leid, Charlie. Ich wollte das nicht. Aber ich hatte so sehr gehofft, daß wir mitsammen nach England zurückkehren würden. Und jetzt muß ich mich mit Clive allein auseinandersetzen, irgendwie unser gemeinsames Leben wieder aufnehmen, ohne Roberto jemals wiederzusehen . . . Ach, ich weiß nicht, wie ich das aushalten soll."

Die Stimme brach ihr und rasch wandte sie sich ab.

„Oh, mein Schatz . . ." Charlotte wollte sich ihr nähern, aber Lucy winkte ab.

„Nein, bitte bemitleide mich nicht allzu sehr. Ich bin schon wieder in Ordnung. Allmählich lerne ich zu begreifen, daß sich kein Problem aus der Welt schaffen läßt, indem man sich seiner Traurigkeit überläßt." Entschlossen drängte sie die Tränen zurück. „Und jetzt bin ich müde. Ich glaube, wir sollten zu Bett gehen. Kommst du auch schon?"

„Später. Ich bin viel zu aufgewühlt, um schlafen zu können. Geh einstweilen voraus."

„Gut. Also dann, gute Nacht." Herzlich küßte sie Charlotte auf die Wange. „Bleib nicht zu lange auf."

Allein geblieben, stand Charlotte einen Moment lang unsicher da und wußte nicht, was sie tun sollte. Sie nahm an, daß es nicht allzu lange dauern würde, bis Lorenzo kam. General Ramirez würde am folgenden Morgen zeitig abreisen, um sich mit dem Rest der Truppen zu vereinen. Er würde sich daher wahrscheinlich bald zurückziehen. Etwas im Benehmen des Generals, in der Art, wie er sie angesehen hatte, beunruhigte Charlotte. Was mochte er nur zu Lorenzo gesagt haben, daß dieser plötzlich so verändert war? Konnte er überhaupt etwas gesagt haben — hatte sie sich denn etwas zuschulden kommen lassen? Plötzlich faßte sie einen Entschluß. Sie würde ihm das Porträt und das Taschentuch zeigen, ihm erklären, wie sie es gefunden hatte, und ihm sagen, daß sie dem Fund keine besondere Bedeutung zugemessen hatte. Er würde alles verstehen, mußte verstehen. Was immer es auch war, was sich zwischen ihrem Vater und Don Luis zugetragen hatte, es hatte nichts mit ihnen beiden und ihrer Liebe zu tun. Das mußte ihm doch einleuchten.

Leise ging sie die Treppe hinauf, um Lucy nicht zu stören, und holte die beiden schicksalsträchtigen Erinnerungsstücke hervor, die sie in einen Seidenschal gewickelt hatte. Sie legte das Bündel auf den Tisch und entfaltete es. Das Kerzenlicht verlieh den Augen des Mannes auf dem Bild unerwartete Lebendigkeit. Warum nur hatte sie nicht früher mit Lorenzo über diese Angelegenheit gesprochen! Jetzt konnte sie nichts anderes mehr tun, als den Ereignissen ihren Lauf zu lassen.

Es dauerte nicht lange — höchstens eine Stunde —, aber es schien ihr eine Ewigkeit, bis sie das Klopfen an der Tür vernahm und er ins Zimmer trat. Die Reflexe des Lichtes ließen seine hohen Backenknochen und die kräftige Kinnpartie deutlich hervortreten und täuschten so eine Ähnlichkeit mit dem Porträt vor, die im Grunde gar nicht in diesem Maße vorhanden war. Charlotte preßte die Hände fest zusammen, um ihr Zittern zu verbergen und versuchte, einen unbeschwerten Ton anzuschlagen.

„Ich habe dich so schnell nicht erwartet. Ist der General schon zu Bett gegangen?"

„Ja. Bist du allein? Können wir hier ungestört reden?"

„Ja, gewiß. Lucy wird nicht herunterkommen."

Er schloß die Tür und trat näher. Sie sah zu ihm empor.

„Was ist los, Lorenzo? Was ist denn geschehen?"

„Mußt du mich das wirklich fragen?" Regungslos stand er da, den Blick auf das Bildnis geheftet, das vor ihm auf dem Tisch lag. „Woher hast du das?"

„Ich habe es zusammen mit dem Taschentuch im Schreibtisch meines Vaters gefunden, nachdem er gestorben war."

Er holte tief Atem. „So hast du es also alle die Monate gewußt."

„Was soll ich gewußt haben?"

„Spiel um Himmelswillen nicht länger die Unwissende. Der General hat es mir heute abend erzählt: die Tatsache, daß vor zwanzig Jahren Captain Harry Starr in Madrid meinen Vater umgebracht hat."

„Aber das hab ich doch nicht gewußt, Lorenzo, ich habe wirklich keine Ahnung gehabt. Mein Vater hat Spanien geliebt und lehrte auch mich, dieses Land zu lieben. Aber er hat mir nichts dergleichen erzählt, nicht ein einziges Wort. Diese Sachen hier habe ich nach seinem Tod in einem Geheimfach gefunden. Und wenn es tatsächlich wahr sein sollte", fuhr sie fort, erschreckt durch den versteinerten Ausdruck in seinem Gesicht, „wenn er deinen Vater wirklich getötet hat, warum hat er dann sein Porträt und das blutbefleckte Taschentuch aufbewahrt? Warum nur, sag mir, warum? Es ergibt keinen Sinn."

Lorenzo nahm das Porträt zur Hand, und als er nach den festgeklemmten Verschlüssen tastete, glitt plötzlich der hintere Teil des Bildes aus dem Rahmen. Er wendete das Porträt um und legte es vor Charlotte auf den Tisch. Auf der Rückseite des elfenbeinernen Ovals war das Bildnis einer Frau zu sehen; sie hatte dunkles Haar und feurige schwarze Augen — eine betörende Schönheit.

„Das ist der Grund dafür", sagte Lorenzo heftig. „Deshalb hat er es aufgehoben — zur Erinnerung an seine Eroberung. Es mußte ihn mit Genugtuung erfüllt haben, seiner Soldatenzeit zu gedenken, in der er die Ehre einer Frau — meiner Mutter — in den Schmutz gezerrt hatte."

„Deine Mutter?" wiederholte sie mit ersterbender Stimme.

„Meine Mutter — die Mätresse deines Vaters — während die britische Armee sich nach Madrid durchkämpfte. Und als sein Verbrechen entdeckt wurde, schlug er jenen Mann nieder, dessen ehrlichen Namen er für immer besudelt hatte. Und du, seine Tochter, versuchst mir einzureden, nichts davon gewußt zu haben."

„Nein." Sie war zutiefst betroffen von dieser schrecklichen Geschichte, war unfähig, sie zu glauben. Es mußte unbedingt eine andere Erklärung für diese Ereignisse geben. „Nein, er hat nie mit mir darüber gesprochen, niemals!"

„Dein Vater, der dich so sehr geliebt hat, der so viel mit dir gemeinsam unternommen hat?" Einen Augenblick lang starrte er sie an und wandte sich dann ab. „Ich kann dir einfach nicht glauben."

„Lorenzo, du mußt mir glauben, ich bitte dich." Sie war aufgesprungen und redete eindringlich auf ihn ein. „Es ist die Wahrheit."

Eine Weile schwieg er, dann sagte er: „Warum hast du diese Sachen hier mit nach Spanien gebracht?"

„Ich weiß es selbst nicht. Es ist mir nur so in den Sinn gekommen. Es steckt kein bestimmter Grund, keine Absicht dahinter. Als Clive mich bat, ihn und Lucy zu begleiten, hatte ich irgendwie das Gefühl, diese Reise sei vom Schicksal vorherbestimmt."

„Und du hast nie — nicht ein einziges Mal — daran gedacht, mir diese Dinge zu zeigen?"

„Ja, doch", räumte sie zögernd ein, „aber irgendwie schien der Zeitpunkt nie günstig dafür zu sein."

„Du wolltest wohl damit zuwarten, bis wir verheiratet sein würden, bis du mich fest an der Kandare hättest? Wahrscheinlich hast du deinen Ehrgeiz daran gesetzt, den Sohn zu erobern, nachdem dein Vater meine Mutter betört hatte?" sagte er voll Bitterkeit. „Hast du das nicht alles so geplant? Selbst in jener Nacht, die wir zusammen in der Höhle verbrachten, als du wußtest, daß du gewonnenes Spiel hattest — nicht einmal da hast du es der Mühe wert gefunden, mir alles zu erzählen."

„Lorenzo, so war es nicht, glaube mir bitte. Es ist nicht so gewesen. Ich hatte daran überhaupt nicht gedacht. Ich habe dich zu sehr geliebt, wie ich dich auch jetzt noch liebe."

„Hör auf mit deinen Lügen, sie widern mich an. Hast du mich nicht schon genug gedemütigt? Der General hat recht gehabt. Guy war dir wohl nicht gut genug, nicht wahr? Ich mußte es sein, und ich habe so sehr an dich geglaubt, dir unerschütterlich vertraut. Mein Gott, was bin ich doch für ein Narr gewesen, was für ein ahnungsloser, blinder Narr!"

„Wie kannst du nur so grausam sein", preßte sie mit erstickter

Stimme hervor. „Wenn du so über mich denkst, solltest du lieber das hier zurücknehmen", und sie nestelte an dem goldenen Ring an ihrem Finger, aber in ihrer Erregung gelang es ihr nicht, ihn abzustreifen.

„Nein", sagte er, „nein, behalte ihn. Ich habe nicht vergessen, daß ich dir mein Leben verdanke . . . und noch viel mehr . . ."

Er trat auf die Tür zu, aber sie ging ihm nach und, durch sein Verhalten beunruhigt, ergriff seinen Arm.

„Lorenzo, geh nicht so von mir, ich bitte dich. Was willst du tun?"

Abrupt wandte er sich ab. „Ich weiß es nicht — so wahr mir Gott helfe, ich weiß es nicht."

Er öffnete die Tür und ging hinaus. Sie aber stand da und blickte ihm nach, das Herz von tiefer Verzweiflung erfüllt.

Es bedurfte einiger Zeit, ehe sie sich so weit gefaßt hatte, daß sie das Porträt samt dem Taschentuch wieder in ihren Schal zu wickeln vermochte. Dann nahm sie eine der Kerzen, löschte die anderen aus und ging langsam die Treppe hinauf.

Als sie an Lucys halbgeöffneter Tür vorüberkam, rief diese mit schläfriger Stimme nach ihr.

„War das Lorenzo, den ich gehört habe?"

„Ja, er ist gekommen, um mir Gute Nacht zu sagen."

„Du Glückliche!"

Glücklich! Oh Gott, welche Ironie! Sie wußte nicht, ob sie lachen oder weinen sollte. Tränen wären vielleicht eine Erleichterung gewesen, aber es war ihr niemals leicht gefallen zu weinen, nicht einmal als Kind. Wild schossen ihr die Gedanken durch den Kopf, als sie sich langsam auskleidete, das Gesicht mit kaltem Wasser benetzte, das Nachthemd anzog und ins Bett stieg. Schlaflos wälzte sie sich Stunde um Stunde herum.

Konnte es tatsächlich ihr Vater, ihr liebevoller und gütiger Vater gewesen sein, der so niederträchtig gehandelt hatte? Sie konnte es nicht fassen, und doch waren die Fakten erdrückend. Eines wußte sie jedoch sicher. Es konnte nur Liebe und nicht Schuldbewußtsein gewesen sein, was ihn dazu bewogen hatte, das Bildnis so sorgsam aufzubewahren. Vielleicht war es auch diese schmerzliche Erinnerung gewesen, die letztlich die Schranken zwischen ihm und ihrer Mutter aufgerichtet hatte.

Was würde Lorenzo nun tun? Immer wieder war es ihr, als hörte sie Gabriellas höhnische Worte: „Er wird den Briten niemals verzeihen, daß sie seinen Vater ermordet haben . . . ein Spanier kann solche Dinge nicht so leicht vergessen."

War es wirklich so? Oder war die Liebe, die zwischen ihnen aufgeblüht war, stark genug, um jenes unerbittliche Vorurteil zu beseitigen, das sich seit seinen Knabenjahren in ihm festgesetzt hatte? Zum ersten Mal fühlte sie sich hilflos angesichts ihrer Verschiedenheit in Herkunft und Temperament. „Einem Spanier bedeutet seine Ehre alles", hatte er einmal gesagt, „für sie würde er alles hingeben, sogar sein Leben." Würde er auch auf die Frau, die er liebte, dafür verzichten?

Diese Frage, auf die sie keine Antwort fand, raubte ihr den Schlaf. Sie lag da, den Blick auf das Geviert des Fensters gerichtet, bis das bleiche Morgenlicht in ihr Zimmer fiel. Sie vernahm den ersten, noch schlaftrunkenen Gesang der Vögel im Nonnengarten und hatte das Gefühl, es nicht länger ertragen zu können. So stand sie auf, und während sie sich ankleidete, erinnerte Trompetengeschmetter sie daran, daß die Eskorte des Generals zum Aufbruch rüstete. Sie warf einen dicken Schal um die Schultern und lief die Treppe hinab. Lucy wartete bereits.

„Juanita hat um Erlaubnis gebeten, dabeisein zu dürfen, wenn die Soldaten abziehen, und so wollte ich auch herunterkommen", sagte sie kurz. „Gehst du mit mir?"

„Ja, ich komme mit", sagte sie.

Zusammen eilten sie durch die Gänge des großen Hauses und traten in den Hof hinaus. Die Truppe des Generals hatte sich bereits in Reih und Glied aufgestellt und wartete auf Roberto. Die Pferde waren auf Hochglanz gestriegelt, die Uniformen funkelten vor Sauberkeit. Roberto selbst stand noch auf der Treppe, um Doña Gracia Lebewohl zu sagen. Seine Leute saßen schon im Sattel, die übrigen Pferde wurden eben herbeigebracht. Teresa lief zu Enrique hin und reichte ihm die Hand hinauf. Roberto kam nun rasch auf die beiden Engländerinnen zu und zog Lucy beiseite. Charlotte sah, wie er sie in die Arme nahm, und wandte sich ab. Sie wollte die beiden ungestört Abschied nehmen lassen.

General Ramirez saß auch schon im Sattel, von Enrique und Captain Alváro flankiert, als Lorenzo aus dem Haus trat. Er umarmte seine Großmutter, wechselte ein paar Worte mit Guy, der ihm gefolgt war, übernahm dann von Jacopo die Zügel seines schwarzen Hengstes, saß auf und bezog neben dem General Aufstellung. Sein Blick glitt über den Platz hinweg.

„Roberto", rief er entschieden, „wir warten auf dich."

Nun löste sich der junge Mann von Lucy, übernahm sein Pferd von dem bereitstehenden Stallburschen und trabte den abziehenden Soldaten nach.

Lorenzo mußte Charlotte bemerkt haben, obwohl sie sich ein wenig abseits gehalten hatte. Aber er war ohne einen Blick, ohne ein Wort von ihr gegangen, und sie fühlte, wie sich ihr Herz schmerzlich zusammenkrampfte. Der Morgenwind wehte bitter kalt, aber sie stand da und schaute der Truppe nach, die die Zufahrt hinuntergaloppierte. Doña Gracia trat mit Teresa ins Haus zurück, und Guy kam auf sie zu.

„Das war ein imposanter Abgang, nicht wahr?" sagte er fröhlich. „Ich bin beinahe in Versuchung geraten, mit ihnen zu gehen. Hoffentlich kommen sie alle wieder heil nach Hause."

„Weshalb ist Lorenzo mit ihnen geritten? Ich weiß, daß er nie diese Absicht hatte, Guy. Er hat es mir gesagt."

„Er hat seine Meinung geändert."

„Wann denn?"

„In der vergangenen Nacht. Er ist in mein Zimmer gekommen und hat mir gesagt, daß er beschlossen habe, mit dem General loszureiten, da er sich in der Gegend so gut auskenne. Er hat mich gebeten, hierzubleiben und auf das Castillo achtzugeben, da die Weingärten bei Don Evaristo ohnedies in guten Händen seien."

So mußte sich Lorenzo nach der Unterredung mit ihr zu diesem Schritt entschlossen haben. Sie war es also, die ihn fortgetrieben hatte. Es wäre nicht unbedingt erforderlich gewesen, daß gerade er die Truppe nach Sevilla brachte, denn Enrique und Roberto waren mit dem Land ebenso vertraut wie er. Nur ihretwegen, weil er sie niemals wiedersehen wollte, war er mit ihnen gezogen. In dieser verzweifelten Stimmung war er zu jeder Torheit fähig.

Guy sagte: „Geht es Ihnen wirklich gut? Sie zittern ja."

„Es ist nur dieser kalte Wind."

„Sie sollten lieber ins Haus kommen. Sie werden sich erkälten."

Lucy hatte sich bereits zurückgezogen. Daher folgte sie ihm ins Haus. Dort fanden sie Amalia, die sich bemühte, eine völlig außer Rand und Band geratene Paquita zu beruhigen, die durch das Fenster den Abzug der Soldaten verfolgen durfte. Sie stürzte

Charlotte entgegen. „Haben Sie meinen Papa gesehen? Er ist mit dem General geritten. Ist das nicht herrlich? Oh, wie gern würde ich mit ihnen mitziehen."

„Sei nicht verrückt, Kind", rief Amalia, wild gestikulierend. „Kleine Mädchen, die in den Krieg ziehen! Wo hat man denn so etwas schon gehört! Geh sofort hinauf und mach dich für das Frühstück fertig."

Paquita schnitt ein Gesicht und warf ihr langes Haar mit einer trotzigen Kopfbewegung zurück. Dann stieg sie so gemächlich wie nur möglich die Treppe hinauf.

„Das ist mir eine!" seufzte Amalia. „Manchmal wird man nicht fertig mit ihr!" Sie wandte sich an Charlotte. „Die Marquésa hätte gerne mit Ihnen gesprochen, Señorita. Irgendwann am Vormittag, sobald Sie fertig sind."

„Vielen Dank, Amalia." Sie fühlte ihr Herz rascher schlagen. Hatte sich Lorenzo seiner Großmutter anvertraut, oder war es der General in seiner Eigenschaft als alter Freund der Familie gewesen, der mit ihr gesprochen hatte?

Guy hielt sie auf, als sie an ihm vorüberging. „Ich habe noch gar keine Gelegenheit gehabt, Ihnen zu Ihrer Verlobung Glück zu wünschen", sagte er verlegen. „Als ich damals zu Ihnen kam, hätte ich mir nicht träumen lassen . . . obwohl ich es mir eigentlich hätte denken können."

„Wie hätten Sie es denn wissen sollen? Ich selbst hatte damals noch keine Ahnung."

„Es war die ganze Zeit über Lorenzo, nicht wahr?"

„Ja", sagte sie leise. „Ja, so war es. Es tut mir so schrecklich leid, Guy."

„Ich möchte, daß Sie eines wissen. Falls irgendetwas passiert — was immer es auch sei — ich werde für Sie da sein; mein Gefühl für Sie ist unverändert."

Für ihre verzweifelte Stimmung war die Herzlichkeit in seiner Stimme fast zuviel.

„Lieber, guter Guy." Spontan beugte sie sich vor und küßte ihn auf die Wange. Dann eilte sie rasch davon, ehe sie in Versuchung geriet, ihr Leid vor ihm auszubreiten.

Zum Glück war Lucy zu sehr mit Roberto beschäftigt gewesen, als daß sie bemerkt hätte, daß etwas nicht in Ordnung war. Daher brauchte Charlotte keinerlei Erklärung abzugeben, und es war auch keine Erörterung darüber erforderlich, weshalb sie beide so gut wie gar nichts zum Frühstück aßen.

Am Vormittag mußte sie all ihre Kraft zusammennehmen, um zu Doña Gracia zu gehen. Im letzten Moment nahm sie den verhängnisvollen Seidenschal mit sich, der eine so folgenschwere Bedeutung erlangt hatte.

Sie klopfte und öffnete die Tür. Die Marquésa stand am Fenster und wandte sich bei Charlottes Eintreten um — eine bemerkenswerte Erscheinung in einem Kleid aus gerippter Seide, einen schwarzen Spitzenschleier über dem weißen Haar, das die ebenmäßigen, elfenbeinfarbenen Gesichtszüge umrahmte.

„Amalia hat mir gesagt, daß Sie mich zu sehen wünschen. Ist es Ihnen jetzt recht?"

„Gewiß. Nehmen Sie bitte Platz. Wenn es Ihnen nichts ausmacht, wollen wir spanisch sprechen, Carlotta. Ich bin im Englischen noch nicht so zu Hause, Sie jedoch sprechen unsere Sprache ausgezeichnet, wie ich weiß."

„Ganz wie Sie wünschen."

Charlotte spürte die Befangenheit, die zwischen der Marquésa und ihr bestand, und mit unbehaglichem Gefühl wartete sie, bis Doña Gracia sich in ihrem Lehnstuhl zurechtgesetzt hatte, ehe auch sie Platz nahm.

Einen Augenblick lang glitten die Blicke der Marquésa über das Mädchen hin, das ihr gegenüber saß. Sie betrachtete das glänzende rotgoldene Haar, das in weichen Flechten herabfiel, sah, wie die Augen der jungen Engländerin — statt bescheiden zu Boden zu blicken — furchtlos ihrem Blick begegneten, während die Hände fest ineinander verschränkt in ihrem Schoß lagen und eine erwartungsvolle Spannung ausdrückten. Freundin oder Feindin? Die Marquésa war eine stolze Frau, aber sie war auch gerecht. Und beinahe gegen ihren Willen empfand sie Sympathie für diese *Inglesa,* die zweifellos Mut besaß. Sie würde um ihre Liebe kämpfen — vielleicht war es gerade das, was Lorenzo brauchte.

„Mein Enkel hat mir vor einiger Zeit mitgeteilt, daß er die Absicht habe, Sie zu seiner Frau zu machen", begann sie. „Aber ich muß zugeben, daß ich letzte Nacht die Bekanntmachung seiner Verlobung ziemlich merkwürdig fand. Das war sicher nicht die Art, in der sich Leute unseres Standes benehmen." Sie ließ sich zu einem leichten Lächeln herab. „Ich muß allerdings einräumen, daß er sich bisweilen tatsächlich wie ein ungezogenes Kind aufführt."

„Heißt das, daß Sie seine Wahl mißbilligen?" tastete sich Charlotte vorsichtig vor.

„Nicht direkt. Ich gebe zu, daß ich nicht gerade erfreut war, als er mir zum ersten Mal von seinem Vorhaben erzählte. Nicht, daß ich etwas gegen Sie persönlich hätte, aber die Gründe müssen selbst Ihnen in die Augen springen."

„Lorenzo und ich lieben einander sehr", setzte sie zu einer Verteidigung an.

„Das hat auch er mir bestätigt, und ich habe zwangsläufig versucht, es zu akzeptieren und mich mit ihm zu freuen, bis . . ."

„Bis er heute morgen das getan hat, was er geschworen hatte, niemals zu tun, nicht wahr? Er ist fortgeritten, um mit der Armee zu kämpfen. Hat er Ihnen auch den Grund dafür genannt?"

„Lorenzo hat mir überhaupt nichts erzählt. Es war General Ramirez, der vergangenen Abend zu mir gekommen ist. Als alter Freund fühlte er sich verpflichtet, mir zu erzählen, daß Ihr Vater, Captain Harry Starr, unter besonders tragischen Umständen für den Tod meines Sohnes Luis, Lorenzos Vater, verantwortlich ist."

Tapfer fragte Charlotte weiter: „War es ein arger Schock für Sie?"

„Ja und nein." Sie rückte unruhig in ihrem Stuhl hin und her, ehe sie weitersprach. „Sie müssen wissen, daß meine Schwiegertochter mir vor ihrem Tod die ganze Geschichte gebeichtet hat. Das einzige, was sie mir verschwiegen hat, war der Name ihres Liebhabers. Und wie mir der General gesagt hat, war dieser Name aus politischen Gründen nur wenigen Leuten bekannt und wurde gerade vor uns, die wir am meisten betroffen waren, absichtlich geheimgehalten."

„Wenn sie Ihnen das erzählt hat, hat sie Ihnen vielleicht auch gesagt, wie es passiert ist, Doña Gracia? Lorenzo ist in der letzten Nacht zu mir gekommen. Er hat mir eine schreckliche Geschichte von Mord und Schändung erzählt, die ich weder glauben kann, noch glauben will." Sie faltete den Schal auseinander und legte das Porträt, so wie Lorenzo es geöffnet hatte, zusammen mit dem blutbefleckten Taschentuch in den Schoß der Marquésa. „Diese Dinge habe ich im Schreibtisch meines Vaters gefunden, in einem Geheimfach sorgfältig aufbewahrt wie geweihte Relikte. Er hat niemals darüber gesprochen, weder zu mir noch zu meiner Mutter. Ein brutaler Mörder, der sich seiner Eroberung rühmt, würde sich kaum so verhalten haben."

Doña Gracia nahm das Taschentuch zur Hand. „Ich kann mich noch daran erinnern, wie ich es vor vielen Jahren für ihn bestickt habe — und nun muß ich es hier vor mir sehen, mit Blut befleckt . . ." Ihre Stimme schwankte einen Augenblick lang, dann aber faßte sie sich wieder und legte das Tuch gemeinsam mit dem Porträt auf den kleinen Tisch neben sich. Ihr Entschluß war gefaßt. Sie hätte ihr Wissen auch für sich behalten können: warum jedoch noch mehr Leid verursachen? Es war in all den Jahren genug gelitten worden.

„Nein", sagte sie daher, „Sie haben recht. Es war wirklich nicht so."

„Wie war es dann? Bitte — bitte, sagen Sie es mir, wenn Sie es wissen."

„Es geschah, als sich dieser schreckliche Krieg mit Napoleon und den Franzosen endlich seinem Ende näherte. Der britische Befehlshaber, der Duke of Wellington, belagerte gerade Ciudad Rodrigo. Man sagt, daß es eine lange und mühselige Belagerung gewesen sei. Maria war einige Monate zuvor entgegen aller Ratschläge in die Stadt gegangen, wo Luis bei den Guerillatruppen kämpfte. Jahre hindurch hatten die beiden ohnedies kaum Zeit für einander gehabt, und nun bot sich die Gelegenheit für ein paar Tage des Zusammenseins. Lorenzo war knapp vierzehn und befand sich in Madrid in der Schule. Roberto, damals noch sehr klein, war hier bei mir. Maria wurde infolge der Besetzung durch die Franzosen in der Stadt festgehalten, ehe sie heimzukehren vermochte."

Die ruhige, leidenschaftslose Stimme fuhr fort, die Tatsachen zu berichten, aber Charlotte, die wie gebannt zuhörte, sah die Ereignisse in leuchtenden Farben vor sich, so wie ihr Vater ihr einst alles geschildert hatte. Sie sah die tapfere, heldenmütige Rifle Brigade ihre tolldreisten Handstreiche ausführen, sah sie auch in jenem schrecklichen Winter durch den Schnee stapfen, eisigen Schauern und strömendem Regen ausgesetzt. Durchfroren, hungernd, von Fieber und Ruhr geschüttelt, waren sie unaufhaltsam vorangezogen. Und dann kam jene Schreckensnacht, in der sie durch die feindlichen Verteidigungslinien brachen und gewaltsam die Stadt stürmten, die Gesichter von Pulver versengt und mit Blut verkrustet.

Und da geschah es, daß plötzlich die Disziplin zerbrach und Helden sich von einem Augenblick zum anderen in Dämonen und Wahnsinnige verwandelten. Sie hatten mitansehen müssen, wie ihre Kameraden vor ihren Augen in Stücke gerissen wurden, und rannten nun wie verrückt durch die brennenden Straßen jener fremden Stadt, mitleidlos jeden Feind niedermetzelnd, der sich ihnen entgegenstellte, brachen in Häuser und Läden ein, um nach Alkohol zu suchen. Captain Harry Starr, jung und verwegen, versuchte sein Möglichstes, um die Ordnung in seiner Truppe aufrecht zu erhalten, aber trunken von Wein und Siegestaumel wüteten sie weiter, gierig nach Besitz und Frauen. Vor ihrem geistigen Auge sah Charlotte ihren Vater die Treppe eines alten Hauses hinaufstürmen und die Männer zurückreißen, die gerade dabei waren, eine Tür einzutreten, sah ihn wie gebannt dastehen und auf eine wunderschöne Frau starren, die sich schutzsuchend an eine Wand gepreßt hatte und ihren Peinigern angsterfüllt, aber dennoch voll Stolz und Würde entgegenblickte.

„Er hat sie vor der Raserei seiner Männer beschützt", fuhr Doña Gracia fort. „Aber zu jener Zeit war es unmöglich, eine Eskorte zu finden, die sie hätte sicher aus der Stadt geleiten können. Wäre sie allein gegangen, wäre das einem Selbstmord gleichgekommen, und so tat er das einzig Mögliche: Er behielt sie bei sich, wie es viele andere Männer gleichfalls machten. Und wenn sie weiterzogen, nahm er sie mit. Die Rifle Brigade stürmte von Sieg zu Sieg, und in diesen rauhen Kriegstagen, in denen man gemeinsam hungerte, gemeinsam im Unterstand hauste, gemeinsam die Kameraden rund um sich sterben sah, da geschah das Unvermeidliche. Die beiden verliebten sich ineinander."

Charlotte, die Hände gegen die Wangen gepreßt, lauschte gebannt der Erzählung der Marquésa und durchlebte mit den beiden Liebenden jenen Augenblick schmerzlicher Verzückung, fast so, als wäre sie selbst dabeigewesen.

„Sie dürfen nicht schlecht von ihr denken", sagte Doña Gracia. „Sie war erst fünfzehn, als man sie mit Luis verheiratet hatte. Die beiden empfanden Freundschaft füreinander, und sie hatten schließlich ihre Kinder. Vielleicht zum ersten Mal in ihrem Leben erfuhr Maria nun, was Leidenschaft bedeutete, und sie war wohl unfähig, sich dagegen zu wehren. Später wollte sie kein abfälliges Wort über ihren Geliebten hören. ,Er war doch um so viel jünger als ich, war so ritterlich und so sehr verliebt', sagte sie weinend. ,Als wir Madrid erreicht hatten und wußten, daß nun alles zu Ende sein mußte, wollte ihm beinahe das Herz brechen.' Damals hatte sie ihm vermutlich das Porträt gegeben. Es war alles, was sie besaß."

„Ich kann verstehen, was sie gefühlt haben mag", flüsterte Charlotte.

„Luis, der noch bei den Guerillas war, hatte sich gleichfalls nach Madrid durchgeschlagen, und dort traf er mit Maria zusammen, die inzwischen auf dem Familienbesitz Zuflucht gefunden hatte. Sie erzählte ihm kein Wort von ihrem Erlebnis, und wie er dann schließlich die Wahrheit erfahren hat, kann ich nicht sagen. Aber die Leute reden ja oft sehr unbedacht, und das Ergebnis war leider tragisch. Luis war sehr jähzornig, und der Gedanke ließ ihn nicht los, jenen Mann finden und töten zu müssen, der seine Gattin entehrt hatte. Wie es sich wirklich zugetragen hat, weiß kein Mensch. Aber irgendwo in jener Stadt müssen sie einander begegnet sein, und Luis wurde — wahrscheinlich in Notwehr — getötet. Maria erfuhr erst davon, als man ihr und ihrem Sohn seinen leblosen Körper brachte."

„Und das war also das Ende", sagte Charlotte nachdenklich.

„Nicht ganz. Nicht lange danach entdeckte Maria, daß sie ein Kind erwartete, und ein paar Monate später wurde Teresa geboren."

„Sie meinen, daß Teresa — meines Vaters Kind sein könnte?"

„Es wäre immerhin möglich, ist jedoch keinesfalls gewiß. Selbst Maria war sich dessen nicht sicher, und das hat sie sehr unglücklich gemacht. Sie hat sich von den Anstrengungen der Geburt nie mehr erholt. Lorenzo hat dieses Erlebnis nicht verwinden können, und das ist auch der Grund, warum er sich Teresa gegenüber immer so schroff verhielt. Erst in diesem Jahr hat sich sein Verhalten ihr gegenüber geändert, und ich glaube, daß dieser Umstand Ihnen zu verdanken ist, Carlotta. Sie haben ihn wohl erkennen lassen, daß allzu große Strenge nur Widerstand hervorbringt."

„Glauben Sie persönlich, daß Teresa . . .?"

„Ihres Vaters Tochter ist? Nein, eigentlich nicht. Lorenzo hat sich das eingeredet, weil sie sich manchmal so närrisch aufgeführt hat. Aber die Merenda haben gleichfalls ein unbändiges Naturell, sie ist nicht die einzige Widerspenstige in der Familie. Immer wieder habe ich versucht, Lorenzo das vor Augen zu führen. Aber er ist nicht zu überzeugen." Doña Gracia lächelte trübe. „Teresa selbst weiß nichts von diesen Dingen, und ich möchte auch nicht, daß sie es je erfährt. Warum Zweifel erwecken, wo nichts bewiesen werden kann."

„Vielen Dank, daß Sie mir das alles erzählt haben. Ich kann meinen Vater nun viel besser verstehen. Ich glaube, er hatte dieses Erlebnis tief in seinem Herzen begraben, aber es verfolgte ihn wahrscheinlich sein ganzes Leben lang. Er war nie vollkommen glücklich."

Sie stand auf und trat auf das Fenster zu. Es war ein grauer Tag, und sie vermißte das goldene Sonnenlicht, das sie so sehr zu lieben begonnen hatte. Gequält sagte sie: „Das Schlimmste ist, daß Lorenzo glaubt, ich hätte ihn mit Absicht getäuscht. Er nimmt an, ich hätte alles gewußt und es ihm verschwiegen. Glauben Sie mir, das ist nicht wahr." Sie wandte sich um und blickte die Marquésa flehend an. „Sie haben so großes Verständnis gezeigt, und ich bin Ihnen zutiefst dankbar. Sie kennen Lorenzo weit besser als ich: Was, glauben Sie, wird er tun? Kennt er die ganze Geschichte in der Form, wie Sie sie mir erzählt haben?"

„Ja, er weiß es wohl. Aber Sie müssen bedenken, daß er das alles in einem Alter erlebt hat, in dem man sehr leicht zu beeindrucken ist. Ein Knabe hat hohe Ideale. Lorenzo liebte seine Mutter und bewunderte seines Vaters Tapferkeit. Er wurde mit Marias Untreue konfrontiert, als er gerade am empfindsamsten war. Und nun war es ein schwerer Schock für ihn zu erfahren, daß Sie, die er liebt, die Tochter jenes Mannes sind, der als eine Art Ungeheuer in seiner Erinnerung lebendig ist."

Charlotte kam zögernd näher. „Lucy wird in Kürze abreisen, sobald die Straßen wieder passierbar sind. Möchten Sie, daß ich mit ihr gehe?"

Einen Augenblick lang schwieg die Marquésa, dann sagte sie: „Früher einmal wäre ich froh gewesen, Sie fortgehen zu sehen. Aber Sie müssen natürlich so handeln, wie Sie es für richtig halten. Und ich glaube, Sie haben ein Recht darauf zu erfahren, was Lorenzo zu mir gesagt hat, als wir über seine Liebe zu Ihnen sprachen. ‚Ich habe lange Zeit darauf gewartet, das zu finden, was ich mir immer gewünscht habe. Und jetzt, da ich es gefunden habe, verdirb es mir bitte nicht.' Das wird Ihnen vielleicht Ihre Entscheidung erleichtern."

Heftig bewegt kniete Charlotte neben Doña Gracia nieder. „Das war sehr lieb von Ihnen. Ich weiß wohl, daß ich nicht die Frau bin, die Sie sich für Lorenzo vorgestellt haben, aber ich liebe ihn. Ich liebe ihn wirklich aufrichtig."

„Das werden Sie vielleicht noch zu beweisen haben, mein Kind." Die magere Hand der Marquésa berührte sanft ihre Wange. „Verzeihen Sie, wenn ich Sie frage, aber es wäre ja immerhin möglich. Erwarten Sie vielleicht ein Kind von ihm?"

Charlotte errötete. „Nein", preßte sie leise hervor. „Weshalb fragen Sie mich?"

„Es war die Art, in der er über jene Nacht gesprochen hat, die Sie gezwungenermaßen mit ihm zusammen in den Bergen verbracht haben. Ich kenne meinen Enkel recht gut. Er würde niemals vor einer Verantwortung zurückschrecken oder sich unehrenhaft benehmen."

„Er schuldet mir nichts. Ich würde nie versuchen, ihn durch irgendein Versprechen an mich zu binden", sagte Charlotte heftig. „Das einzige, was ich will, ist seine Liebe."

„Dann müssen Sie warten. In diesen Zeiten des Elends bleibt uns Frauen so wenig zu tun übrig. Nur warten können wir — und vielleicht beten."

## 17

Das Schlimmste war das Warten, fand Charlotte, und selbst Gebete, wie inbrünstig sie auch sein mochten, halfen nicht im geringsten. Doña Gracias Verhalten setzte sie im übrigen sehr in Erstaunen. Sie hatte den Zorn der Marquésa, ja sogar ihre offene Feindschaft erwartet, hatte sich darauf eingestellt, einer solchen Haltung zu begegnen; aber das Verständnis und die Toleranz der alten Dame entwaffneten sie. Auch Teresa sah sie nun plötzlich mit anderen Augen. War sie Harry Starrs Tochter, ihre Halbschwester? Vielleicht hatte sie deshalb gleich von Anbeginn an Zuneigung und Sympathie für dieses Mädchen verspürt? Aber es gab keine Antwort auf diese Fragen.

Die Tage zogen sich träge dahin, und nur unbestimmte und einander widersprechende Gerüchte drangen zum Castillo vor. General Ramirez war es nicht gelungen, in einem glanzvollen Siegeszug den Feind zu zermalmen, wie Teresa so zuversichtlich angenommen hatte. Im Gegenteil. Sie vernahmen zu ihrer Besorgnis, daß Roméro bereits einen Teil der Stadt eingenommen hatte und im Begriff war, sich so hartnäckig dort festzusetzen, daß — wenn es erst zum Kampf kam — es eine heiße Schlacht geben würde.

Einige der Bauern, die im Castillo Zuflucht gefunden hatten, waren bereits wieder aufgebrochen, um in ihre zerstörten Dörfer zurückzukehren, und sie legten dabei eine Zuversicht an den Tag, die Charlotte nur bewundern konnte. Guy ließ das Castillo ständig gut bewachen. Scharen von plündernden Carlisten streiften in den Bergen herum, und er warnte Charlotte davor, außerhalb des Parkbereiches zu spazieren oder auszureiten.

Sie versuchte, die vielen langen Stunden damit auszufüllen, daß sie Paquita wieder Englischstunden gab. Aber das Kind war von der allgemeinen spannungsgeladenen Atmosphäre angesteckt worden und konnte sich nur mit Mühe konzentrieren.

„Amalia sagt, daß Sie meinen Papa heiraten werden", sagte sie eines Morgens anklagend, indem sie von dem Buch aufsah, das sie gerade gemeinsam lasen. Charlotte war bestürzt. „Das hätte sie nicht sagen sollen. Es ist überhaupt noch nichts entschieden. Lies weiter, Paquita, du machst das recht gut."

Aber das Mädchen schob das Buch von sich. „Sie sagt, daß Sie mich in die Klosterschule schicken werden, wenn Sie einmal hier die Herrin sind."

„Wie kommt sie nur auf so einen Gedanken?"

„Nun, ich glaube, daß sich mein Papa wahrscheinlich nicht mehr um mich kümmern wird, wenn Sie erst eigene Babys haben werden."

Ein leichtes Zittern lag in der Stimme des Kindes, und die dunklen blauen Augen, die so sehr an Lorenzos Augen erinnerten, blickten ihr unverwandt ins Gesicht.

„Nein, Paquita. Das ist alles Unsinn. Wenn dein Vater zurückkommt, wird noch Zeit genug sein, über alles nachzudenken."

„Er kommt doch bestimmt zurück, nicht wahr?"

„Natürlich kommt er zurück." Für einen Augenblick fühlte sie einen feinen Stich im Herzen, aber sie versuchte, ihre Angst zu verdrängen. „Und jetzt wollen wir weiterlesen."

Eines Morgens, gegen Mitte der Woche, ließ Charlotte Zelda satteln und ritt einen schmalen Weg außerhalb der Mauern des Castillos entlang, wobei sie die Straße hinabblickte, die nach Sevilla führte. Kein Mensch war zu sehen, und es waren auch keine Wagen und Esel unterwegs zum Markt. Es herrschte eine eigenartige Stille; Charlotte verspürte große Lust, die Straße hinabzugaloppieren und herauszufinden, was dort in der Stadt vor sich ging. Sie wollte auch Lorenzo beschwören, vorsichtig zu sein und nicht sein Leben zu riskieren, das unendlich kostbar war, wenn auch vielleicht seine Liebe zu ihr in Haß übergegangen sein sollte. Aber es war lächerlich, an eine solche Torheit, sich Sevilla zu nähern, auch nur zu denken. Nach einer Weile wandte sie sich zögernd um und schlug einen anderen Weg ein, der sie nach Hause zurückführte.

Der Tag war kalt für spanische Verhältnisse, und ein schneidender Wind wehte, was nach Guys Meinung bedeuten konnte, daß es in den Bergen Schnee gab. Als Charlotte die Stechpalmenallee hinuntertrabte, durch die sie in den vergangenen Monaten so oft mit Teresa zusammen geritten war, sah sie einen Mann zu Pferd langsam den Bergpfad herabkommen. Sie hielt im Schatten der Bäume an, um ihn zu beobachten. In diesen Tagen war jeder Fremde verdächtig. Der Mann saß auf einem recht mittelmäßigen Gaul und war in einen langen, altmodisch geschnittenen Reitermantel gehüllt. Er hatte einen breitrandigen Hut auf und trug grüngetönte Brillen, als hätte er ein Augenleiden. Er war eine seltsame Erscheinung, kein Bettler, kein Soldat, kein Bauer — am ehesten noch ein Händler, aber er saß auf seinem schwerfälligen Gaul mit einer Leichtigkeit und Anmut, die auf eine in langen Jahren erworbene Reitkunst hindeuteten. Unsicher blickte er um sich, und Charlotte, einer plötzlichen Eingebung folgend, trieb Zelda voran und holte ihn ein.

„Kann ich Ihnen behilflich sein, Señor?" fragte sie auf spanisch. „Anscheinend haben Sie sich verirrt. Suchen Sie das Castillo de Palomas?"

Er zog die Zügel an und hielt einen Augenblick inne, dann wandte er sich ihr zu. „Erkennst du mich nicht, Charlie?"

Trotz der in Strähnen auf seine Schultern herabfallenden ungekämmten Haare, der fahlen, auf eine erst kurz zurückliegende Krankheit hindeutenden Gesichtsfarbe, die ihn um zehn Jahre älter machte, und der entstellenden Brillen hatte sie ihn in diesem Augenblick erkannt.

„Clive!“ rief sie aus. „Oh mein Gott, das kann doch nicht sein!“

„Ich fürchte, es ist so, altes Mädchen.“

„Oh Clive!“ Sie schwankte zwischen der Freude, ihn lebend und wohlauf zu sehen, und der Erbitterung über seinen Leichtsinn, der ihn gerade in solch einem Augenblick nach Spanien zurückbrachte. „Kannst du mir sagen, weshalb du hierher zurückkommst? Das ist ja verrückt. Wenn du erkannt wirst . . .“

„Das wird sicher nicht der Fall sein“, unterbrach er sie zuversichtlich. „Ich bin nicht mehr Clive Starr, der Engländer, sondern Mohammed Abib, ein französisch sprechender Reisender der Firma Raoul Ismanli, einem reichen Teppichhändler aus Tanger, ausgestattet mit einem eindrucksvoll signierten Paß und all den erforderlichen Dokumenten.“

„Das klingt ja völlig absurd“, sagte sie ungeduldig, „fast wie eine Geschichte aus Tausendundeiner Nacht. Wer, um Himmels willen, soll denn das alles glauben?“

„Bisher hat es fraglos noch jeder geglaubt. Sie sind alle viel zu sehr damit beschäftigt, auf Carlisten oder Cristinos Jagd zu machen, so daß sie sich kaum um einen armen Handlungsreisenden kümmern konnten, der versucht, seine Decken und Teppiche an den Mann zu bringen.“

„Wie hast du denn erfahren, daß wir hier sind?“

„Ich habe Geoffrey Robinson getroffen. Er stellt sich an wie ein aufgescheuchtes Kaninchen, das beim leisesten Geräusch in sein Loch zurückkriecht“, sagte er verächtlich. „Ihr habt doch den Brief bekommen, nicht wahr?“

„Ja, allerdings. Doch wir haben angenommen, du würdest ganz bestimmt nach England zurückkehren. Lucy hat darauf gewartet, eine weitere Nachricht von dir zu bekommen; erst dann wollte sie Spanien verlassen.“

„Das habe ich auch ursprünglich vorgehabt, sobald ich auf den Beinen stehen konnte. Dann aber habe ich meine Meinung geändert.“ Seine Stimme verlor den scherzhaften Ton und wurde hart. „Ich war gezwungen worden, mich aus Spanien davonzustehlen.

Aber ich möchte lieber verdammt sein, als länger den Feigling zu spielen. So beschloß ich, hierher zu kommen und Lucy persönlich abzuholen und außerdem mit Lorenzo abzurechnen."

„Was meinst du mit ‚abrechnen'?"

„Ich möchte vor allem geklärt sehen, inwieweit dieser Angriff auf Felipes Boot reiner Zufall beziehungsweise im voraus geplant war. Schließlich hat mich Lorenzo ja nie leiden können, nicht wahr?"

„Clive, wie kannst du nur so etwas behaupten?" entfuhr es ihr ärgerlich. „Lorenzo hat die besten Absichten gehabt und war mindestens ebenso bestürzt wie wir, als wir annehmen mußten, du seist ertrunken."

„Sehr großzügig von ihm."

„Du hast ja keine Ahnung, wie großzügig er ist. Du hättest nicht hierherkommen dürfen, Clive. Du weißt nicht, wie sehr man hier gegen jeden erbittert ist, der irgend etwas mit den Carlisten zu tun hat. Zur Zeit kämpfen Lorenzo und Roberto gemeinsam mit General Ramirez, aber wenn du erkannt wirst und man dich anklagt . . ."

„Dann könnte das auch für ihn schlimm ausgehen, und das ist es wohl, was du in erster Linie befürchtest?"

„Ja, sehr sogar. Es wäre ein schlechter Dank für alles, was er für uns getan hat."

„Du warst immer schon ein wenig vernarrt in ihn, nicht, Charlie? Nun, so beruhige dich. Keiner wird mich erkennen, jedenfalls nicht in diesem Aufzug", und er breitete die Arme aus und grinste sie an, als müßte er keinerlei Vorsicht walten lassen.

„Eine armselige Verkleidung, nicht wahr? Nicht gerade das Nonplusultra der Mode."

„Oh Clive, um Himmels willen, hör auf, den Narren zu spielen. Das hier ist bitterer Ernst."

„Aber ich bin doch ernst, Charlie, sehr ernst sogar. Ich möchte Lucy sehen. Ist das vielleicht unmöglich?"

„Ich glaube nicht", sagte sie nachdenklich, „aber wir werden sehr vorsichtig sein müssen, und es wird vor allem auch notwendig sein, Guy einzuweihen. Er beschützt das Castillo, während Lorenzo fort ist."

„Oh, Macalister ist schon in Ordnung. Er ist doch schließlich Engländer."

„Nur zum Teil; er steht treu zu Spanien. Wir werden auch irgendeine Geschichte für die Dienstboten erfinden müssen."

„Ein Bote von Doña Lucias lang verlorengeglaubtem Gemahl, der gekommen ist, sie nach Cadiz in dessen liebende Arme zu führen — wie wär's denn damit?"

„Einen solchen Menschen würden wir kaum in unseren Privaträumen empfangen", wandte sie ein.

„Da hast du natürlich recht. Und außerdem würde er sich auch in Doña Lucias Bett nicht besonders gut ausnehmen, was?" Er lachte. „Ich werde euch schon nicht in die Quere kommen, keine Angst. So mach doch kein solches Gesicht, Charlie, man könnte ja glauben, du freust dich nicht, mich zu sehen."

„In gewisser Weise freue ich mich schon, aber im Grunde wäre es mir lieber, wenn du nicht hierher gekommen wärst."

Sie stiegen ab, ehe sie den Hof vor dem Haus erreicht hatten, und Charlotte ergriff die Zügel der Pferde.

„Ich werde mich um die Tiere kümmern. Die Stallungen sind ja vor einiger Zeit niedergebrannt worden. Daher haben wir die Pferde vorübergehend in den Scheunen untergebracht. Warte hier auf mich."

Da Jacopo mit Lorenzo mitgezogen war, nahm ein anderer Bursche an seiner Statt die Pferde entgegen. Erstaunt starrte er Clives Mietgaul an.

„Er gehört einem Besucher, der bei uns übernachten wird", erklärte Charlotte kurz. „Sattle beide Pferde ab."

Der Bursche nickte und gab sich ohne weitere Fragen mit dieser Auskunft zufrieden. In den vergangenen Tagen waren so viele fremde Leute hier ein und ausgegangen.

Dann eilte Charlotte zu Clive zurück und führte ihn um das Haus herum. Durch den Nonnengarten gelangten sie schließlich in jenen Trakt des Hauses, den Charlotte gemeinsam mit Lucy bewohnte.

Lucy befand sich im Wohnzimmer und blickte auf, als Charlotte die Tür öffnete.

„Ich habe dir jemanden mitgebracht", begann Charlotte, um sie vorzubereiten. Aber ehe sie weiterzusprechen vermochte, hatte sich Clive an ihr vorbeigedrängt, hatte den Hut abgenommen, die Verkleidung abgestreift und die Arme theatralisch ausgebreitet.

„Hier bin ich", rief er aus. „Ich, dein liebender Gemahl, ganz in natura und in voller Lebensgröße."

Lucy war aufgesprungen, und die Stickarbeit, mit der sie sich gerade beschäftigt hatte, glitt — ein Häufchen glänzender Seide — zu Boden.

„Clive", preßte sie mit erstickter Stimme hervor. „Das kann doch nicht sein, oh nein, das ist nicht möglich."

„Bei mir ist alles möglich, wie du weißt. ‚Für den Galgen geschaffen, Master Clive', wie mir schon mein alter Hauslehrer freundlicherweise prophezeit hat, als ich damals vom Apfelbaum fiel und direkt auf den Schädel plumpste." Er bemühte sich krampfhaft, die Kluft, die zwischen ihm und seiner Frau spürbar war, durch gezwungene Fröhlichkeit zu überbrücken. „Komm, Lucy, altes Mädchen, freust du dich denn gar nicht, mich wiederzusehen?"

„Aber ja, doch — natürlich freue ich mich sehr. Es ist nur — ich bin so überrascht — wir haben geglaubt — warum bist du eigentlich hierher gekommen?"

„Du wirst es nicht glauben, aber ich bin gekommen, um dich wiederzusehen — ich konnte keine Minute mehr länger zuwarten. Aber aus dem Empfang, den ihr beide mir bereitet habt, muß ich leider entnehmen, daß ich mir die Mühe hätte sparen können. Zuerst dieses eingefrorene Lächeln von Charlie, und jetzt du . . ."

„Es tut mir leid", sagte Lucy, die sich von ihrem ersten Schock erholt hatte. „Es ist nur so unerwartet gekommen." Sie streckte ihm die Hand entgegen und Clive ergriff sie, zog seine Frau an sich und küßte sie stürmisch.

Charlotte ging zur Tür. „Ich werde euch allein lassen", sagte sie rasch. „Ich muß mich ohnedies umziehen."

„Geh nicht, Charlie." Lucy hatte sich wieder einigermaßen in der Gewalt. „Es gibt so viel zu besprechen, was dich ebenso sehr betrifft wie uns. Es ist inzwischen allerlei geschehen, Clive. Fangen wir gleich damit an: Charlie ist mit Lorenzo verlobt."

„So ist das also?" Clive hob die Augenbrauen. „Gute Arbeit, kleine Cousine".

„Lucy hätte nicht darüber sprechen sollen. Es ist ja überhaupt noch nichts beschlossen."

„Aber der große Herr hat immerhin einen Antrag gemacht, soviel ich verstanden habe. Schön für dich. Du hast dich vor ein paar

Minuten ohnedies so heftig für ihn engagiert. Und was ist eigentlich mit diesem flotten Don Roberto? Hat er der hübschen Witwe ausgiebig den Hof gemacht, während der Gatte so freundlich war, tot auf dem Meeresboden zu liegen?"

„Wie kannst du nur so etwas Abscheuliches sagen", brauste Lucy auf.

„Mein Gott, darf man nicht einmal einen Scherz machen?"

„Nun, und wenn es so wäre?" lehnte sich Lucy gegen seinen Zynismus auf. „Was wäre schon dabei?"

„Ah, daher weht also der Wind?" sagte Clive und trat auf das Fenster zu. „Anscheinend wäre es besser gewesen, wenn ich tatsächlich in diesem grauenhaften Ozean ertrunken wäre. Dann könnte jetzt jeder zufrieden sein."

„Also Clive, um Himmels willen! Das ist wahrlich nicht der Augenblick, um in Selbstmitleid zu zerfließen", sagte Charlotte ärgerlich. „Viel wichtiger wäre, daß wir uns einmal darüber klar werden, was mit dir geschehen soll, da du schon da bist."

„Wie ein unbestelltes Paket, nicht wahr? Hört doch endlich damit auf, euch über mich den Kopf zu zerbrechen. Ich kann sehr wohl selbst auf mich achtgeben."

„Genau das ist es, was du anscheinend nicht kannst", sagte Charlotte mit einem Anflug von Gereiztheit.

„Wartet doch einmal!" Clive trat in den Raum zurück. „Ich bin doch nicht verrückt, wie? Ich habe doch in den letzten Monaten nicht phantasiert. Als ich Spanien verlassen habe, war doch ein Baby unterwegs?" Er wandte sich an Lucy. „Gott weiß, was ich mir deswegen habe anhören müssen. Nun, so sagt schon, wo es ist und was es ist. Ist es ein Bub oder ein Mädchen?"

Plötzlich herrschte betretenes Schweigen. Lucy wandte sich ab und es war Charlotte, die ihm schließlich die Antwort gab.

„Das Baby ist zu früh gekommen, wie das manchmal vorkommt. Ich habe dir doch erzählt, daß vor einiger Zeit die Stallungen in Brand gesteckt wurden. Es war ein ganz gemeiner, niederträchtiger Überfall, bei dem viele Leute hier verwundet wurden. Roberto wäre dabei beinahe ums Leben gekommen. Es war eine große Aufregung für uns alle, und das Ergebnis war, daß das Baby unerwartet zur Welt kam. Wir haben getan, was wir konnten, aber dein Sohn hat nur ein paar Minuten lang gelebt."

„Oh Gott! Ich hatte ja keine Ahnung . . ." Einen Augenblick

lang zögerte er noch, dann aber eilte er auf das Sofa zu, setzte sich neben Lucy hin und ergriff ihre Hand.

„Es tut mir ja so unendlich leid, mein Schatz." Sie strebte von ihm weg, aber er zog sie sanft an sich. „Arme kleine Lucy! Du hast ja Schreckliches durchgemacht, und ich hatte keine Ahnung davon." Sie schluchzte auf, und er zog ein Taschentuch hervor. „Hier, nimm! Gleich fang ich selbst an zu heulen."

Charlotte sah noch, wie Lucy sich an ihn lehnte, dann verließ sie das Zimmer. Vielleicht würden die beiden in gemeinsamem Schmerz um ihr totes Kind imstande sein, einige ihrer Schwierigkeiten beizulegen.

Guys Reaktion war beinahe verletzend, als Charlotte ihm an diesem Abend von Clives Anwesenheit erzählte.

„Allmächtiger Gott, was zum Teufel glaubt er denn eigentlich? Das ist doch hier kein Kinderspiel!" rief er ärgerlich aus. „Entschuldigen Sie, Charlotte, aber ehrlich gesagt — hierher zu kommen in einer solchen Zeit — das grenzt ja beinahe an Wahnsinn."

„Ich weiß es", sagte sie bekümmert. „Aber Clive ist schon immer so gewesen. Er läßt sich auf alles mögliche ein, ohne vorher zu überlegen. So haben ja auch alle seine Schwierigkeiten begonnen."

„Haben Sie Lorenzo von diesem Brief erzählt, den Clive an seine Frau schreiben ließ?" fragte er.

„Nein. Lucy wollte es nicht. Es war alles so eigenartig, daß wir zuerst gar nicht recht daran glauben wollten. Und wir beschlossen zuzuwarten, bis Clive uns selbst schreiben würde."

„Und statt das zu tun, was ja auch das Vernünftigste gewesen wäre, taucht er einfach hier auf, wo er am allerwenigsten erwünscht ist. Gott weiß, was Lorenzo sagen wird."

„Clive hat allerdings sein Aussehen verändert, und er ist im Besitz von gefälschten Dokumenten", versuchte sie, ihn milder zu stimmen.

Aber Guy brummte nur: „Nicht alle Spanier sind so einfältig, wie die Briten gerne glauben wollen. Der springende Punkt ist jedoch, was für eine Entscheidung Lorenzo von mir erwarten würde." Er blickte Charlotte an und überlegte. „Es ist immerhin Ihr Cousin, daher würde er ihn wohl kaum an die Behörden ausliefern. Aber ich muß auch in Betracht ziehen, was das Beste für ihn ist." Einen Augenblick lang schwieg er, um sich alsbald zu einer

Entscheidung durchzuringen. „Sagen Sie ihm, er soll sich bis morgen verborgen halten, dann werde ich Vorkehrungen für seine Rückkehr nach Cadiz treffen. Dort kann er dann warten, bis seine Frau ihm nachkommt. Ich setze dabei voraus, daß Lucy mit ihm nach England gehen wird."

„Deshalb ist er ja hergekommen. Er meint es wirklich ehrlich, Guy, ganz sicher. Er wollte sie persönlich abholen. Es tut mir ja so leid, daß ich Sie mit all diesen unangenehmen Dingen belasten muß. Aber als ich ihn heute nachmittag sah, war das so ein Schock für mich, daß ich nicht imstande war zu überlegen, was wir tun sollten."

„Es geht im Grunde nicht so sehr um mich, als darum, wie Lorenzo darüber denken wird. Ich habe heute einige sehr beunruhigende Nachrichten erhalten. Roméro hat die Kapitulation der Stadt gefordert, und der *Alcalde,* von Ramirez unterstützt, hat dies glattweg abgelehnt. Es kann jetzt jeden Augenblick losgehen. Gott allein weiß, wie die Sache enden wird."

„Mein Gott, ich habe solche Angst . . ."

„Wohl um Lorenzo?"

„Ja, um ihn, aber auch um Roberto und Enrique — ich habe um alle Angst."

„Da sind Sie gewiß nicht die Einzige", sagte Guy gequält. „Aber einer muß ja schließlich den Kopf oben behalten, wenn wir überleben wollen. Sie werden dafür sorgen, daß sich Ihr Cousin außer Sichtweite hält, und ich werde sehen, was ich für ihn tun kann."

Aber es ergab sich, daß ihm keine Zeit mehr blieb, irgendwelche Vorkehrungen zu treffen, um Clive aus dem Castillo fortzuschaffen. Noch während er an jenem Abend mit Charlotte sprach, war es in der Stadt zu ersten Gefechten zwischen den feindlichen Parteien gekommen. Die Schlacht tobte mit zunehmender Heftigkeit während des folgenden Tages weiter. Obgleich der General zuversichtlich angenommen hatte, daß die aus Landvolk zusammengewürfelte Armee Roméros schon beim ersten Ansturm fronterfahrener Soldaten aufgeben werde, wichen die Carlisten nicht von der Stelle und kämpften verbissen. Die Zahl der Opfer wuchs an.

Die ersten Nachrichten, die das Castillo erreichten, waren so verwirrend, daß man sich dort überhaupt keinen Reim darauf machen konnte. Charlottes Ängste steigerten sich zu fieberhafter Unruhe, und sie konnte lediglich verhindern, daß Clive Hals über Kopf in die Stadt hinunterritt, um selbst herauszufinden, was dort eigentlich los war. Die Zeit der Haft hatte ihm sehr zugesetzt, und er war mit seiner Nervenkraft völlig am Ende. Zwischen ihm und Lucy kam es laufend zu kleinen Reibereien, die sie beide dann im nachhinein bedauerten. Charlotte mußte dabei den Prellbock abgeben.

„Weißt du, was sie mir vorgeschlagen hat?" sagte er beim Frühstück zu ihr, während Lucy das ihre von Juanita ans Bett serviert wurde. „Sie meint, wir sollten getrennt leben und nur nach außen hin verheiratet bleiben. Hat man schon jemals eine so lächerliche Situation gesehen?"

„Es könnte für einige Zeit eine ganz gute Lösung sein. Sie hat nicht vergessen, wie du sie behandelt hast, Clive, und auch ich erinnere mich noch sehr gut daran."

„Du lieber Gott, das ist doch alles längst vorbei und vergangen. Kann sie denn nicht endlich vergessen und vergeben?"

„Vergeben mag für eine Frau nicht allzu schwer sein. Vergessen ist jedoch eine andere Sache."

„Ich nehme an, sie ist diesem Burschen Roberto verfallen. Er hat ihr doch schon die ganze Zeit nachgestellt, verdammt noch einmal. Was hat er denn so Besonderes an sich, wodurch er mir überlegen ist?"

„Eine ganze Menge", sagte Charlotte ruhig. „Erstens liebt er sie, und zweitens ist er freundlich, großzügig, ritterlich, und er läßt sie spüren, wie wichtig sie ihm ist."

„Jetzt hör aber auf, altes Mädchen. Du machst ja die reinste Heiligenstatue aus ihm."

„Nun, ich würde sagen, er ist mehr als das. Wenn du Lucy als Frau zurückgewinnen willst, Clive, dann mußt du ihr das Gefühl geben, daß sie dir wert und teuer ist. Dann darfst du sie nicht behandeln, als wäre sie nichts weiter als die Frau, die dich zufällig mit Geld versorgt, damit du leben kannst, wie es dir gefällt."

„Das hab ich doch nie gemacht."

„Und ob du das gemacht hast. Und du hast es auch vor anderen mehr als einmal zum Ausdruck gebracht. Du hast sie sehr verletzt. Sie hat dich einmal geliebt, und du hast alles getan, um ihre Liebe zu zerstören. Nur du kannst herausfinden, ob es da noch einen Funken in der erkalteten Asche gibt."

Er starrte sie an, als sei sie nicht recht bei Verstand. Dann stürzte er verärgert aus dem Raum, so daß sie sich fragte, ob dieses offene Gespräch nicht mehr geschadet als genützt habe.

Es war drei Tage später, und sie kam gerade von einem Spaziergang mit Paquita zurück. Da sah sie einen Mann wie wild die Zufahrt heraufgaloppieren. Sie erkannte, daß es Captain Alváro war.

Er und sein Pferd waren über und über mit Schlamm bespritzt, und als er abstieg, sah sie, daß um seine linke Hand ein blutiger Verband gewickelt war.

„Ich nehme schon die Zügel", sagte sie und ging auf ihn zu. „Haben Sie Neuigkeiten für uns, Captain?"

„Wir haben ihnen Beine gemacht", antwortete er triumphierend, aber sein Gesicht war fahl vor Erschöpfung. „Sie ziehen sich in die Berge zurück, sind in alle Windrichtungen verstreut, aber wir kriegen sie schon noch zu fassen. Es wird eine Weile dauern, ehe Roméro sie wieder alle beisammen hat."

Paquita blickte voll Bewunderung zu ihm empor. „Kommt mein Papa bald?"

„Don Lorenzo befindet sich beim General."

„Er ist also nicht verwundet?" fragte Charlotte.

„Soweit ich informiert bin, nicht. Der General kommt ohnedies morgen hierher. Er hat mich vorausgeschickt, damit ich feststelle, ob wir die Verwundeten ins Castillo schaffen können. Die Krankenhäuser in der Stadt sind bereits zum Bersten voll. Einige der armen Teufel liegen sogar auf den Straßen, und es gibt nicht einmal genügend Decken für sie . . ." Plötzlich brach er ab, und Charlotte sah, wie sich sein Gesicht veränderte. Er runzelte die Stirn, seine Augen wurden schmal und blickten angestrengt in eine bestimmte Richtung.

Charlotte wandte sich rasch um, und ihr Herz drohte stillzustehen. Clive war um das Haus herumgekommen und blieb jetzt stehen, als er sie mit dem Captain erblickte. Mit Hemd und Kniehose, ohne den langen weiten Mantel und den breitrandigen Hut, konnte er den Engländer, der er war, kaum verleugnen; lediglich die dunklen Brillen und das gefärbte Haar stellten noch eine — wenn auch ungenügende — Verkleidung dar.

Mit einem Blick hatte er die Situation erfaßt und war sofort wieder verschwunden. Aber Alváro hatte ihn bereits wahrgenommen.

Bewußt beiläufig fragte er: „Wer ist jener Mann dort, Señorita?"

Sie zuckte die Achseln. „Nur einer von den Bauern, die hier aushelfen, seitdem die Stallungen niedergebrannt wurden."

Da kam Guy die Stufen herab, und Alváro wandte sich ihm zu. Aber Charlotte fühlte, daß er Verdacht geschöpft hatte, wenngleich er nicht sicher sein konnte.

Sie übergab das Pferd einem der Stallburschen, schickte Paquita zu Amalia und machte sich auf, Clive zu suchen. Sie fand ihn schließlich im Nonnengarten, wo er bereits auf sie wartete.

„War das nicht der Kerl, der uns auf dem Weg nach Palos aufgehalten hat?"

„Ja, er war es. Und ich fürchte, daß er dich erkannt hat."

„Unsinn, das ist doch nicht möglich. Ich sehe doch jetzt völlig anders aus."

„Du vergißt eines. Wir hatten auch damals dein Gesicht und dein Haar gefärbt, und er hat sich nachher sehr geärgert, daß er sich so leicht übertölpeln hat lassen. Clive, ich glaube, du solltest hier verschwinden."

„Ich werde nicht gehen, ehe ich nicht Lorenzo gesehen habe", sagte er eigensinnig. „Hat dieser Alváro irgendwelche Nachrichten gebracht?"

„Ja. Roméro befindet sich auf dem Rückzug, und man wird einige der Verwundeten hierher bringen. Lorenzo wird morgen mit dem General im Castillo ankommen."

„Dann ist ja alles in Ordnung."

Aber es war keineswegs alles in Ordnung, und seine leichtsinnige Art, jegliche Gefahr zu mißachten, erbitterte sie.

Sie sehnte sich nach Lorenzo, hatte aber gleichzeitig Angst vor seiner Rückkehr. Er war im Zorn von ihr gegangen, und Clives Erscheinen, gerade in einem solchen Augenblick, in dem er nicht nur sich selbst, sondern alle Bewohner des Hauses gefährdete, würde vielleicht alles nur noch schlimmer machen. Sie bereute es nun bitter, ihm nichts von jenem Brief erzählt zu haben, den Lucy von Raoul Ismanli erhalten hatte. Aber Lucy hatte sie gebeten zu schweigen, bis sie mit Roberto darüber gesprochen hatte. Und dann hatten sich die Ereignisse dermaßen überstürzt, daß sie keine Gelegenheit mehr zu einer Aussprache gefunden hatte.

Den Rest des Tages brachte sie damit zu, Doña Gracia und Teresa bei den Vorbereitungen für den Empfang der Verwundeten zu helfen. Streifen aus Leinen wurden zu Bandagen aufgerollt, Tücher und Decken mußten zusammengetragen werden, und die Dienerschaft wurde angewiesen, bei dem von den Flüchtlingen benützten Lager neues Stroh aufzuschütten.

In den frühen Morgenstunden des darauffolgenden Tages rumpelten die ersten Karren mit den Verwundeten den Hügel herauf.

„Die schwersten Fälle werden ohnedies in Sevilla behandelt", sagte der Stabsarzt, der mit dem ersten Wagen angekommen war. Er war ein hagerer Mann mittleren Alters, der vollkommen erschöpft aussah, sich aber als intelligent und tüchtig erwies. „Der General ist Ihnen sehr dankbar, daß er die Leichtverwundeten hier unterbringen kann", sagte er zu Guy und Doña Gracia.

Sie hatten alle nur möglichen Vorkehrungen getroffen, aber es war fast zu wenig. Entsetzt über den Anblick, der sich ihnen bot, über den Gestank, den Schmutz und das viele Blut, taten sie dennoch, was sie konnten, um dem Arzt und seinem Assistenten zur Seite zu stehen.

„Wenn das hier nur die Leichtverwundeten sind, dann möge Gott jenen in den Spitälern der Stadt beistehen", flüsterte Teresa Charlotte zu, während sie ihre Arbeit taten. „Wenn ich nur endlich etwas von Roberto und Enrique wüßte."

Es ergab sich, daß Enrique mit dem letzten Transport eintraf. Er hatte gewisse Schwierigkeiten, vom Karren zu klettern, da sein rechter Arm in einer behelfsmäßigen Schlinge steckte. Auf der Wange hatte er eine blutverkrustete Wunde.

Teresa, die gerade mit frischen Bandagen im Arm aus dem Haus trat, drückte Lucy das Verbandzeug in die Hand und lief auf ihn zu.

„Ich bin ja so glücklich, dich zu sehen. Ich habe schon das Schlimmste befürchtet."

„Wie du siehst, sind deine düsteren Vorahnungen völlig unbegründet", sagte er fröhlich. „Ich bin vollkommen in Ordnung." Und er schlang den gesunden Arm um ihre schlanke Taille.

„Dein armes Gesicht!" murmelte sie, indem sie ihm zärtlich die Wange strich.

„Das gibt eine ruhmreiche Narbe ab, die mich sogar noch verschönern wird.“ Er küßte sie leicht und versetzte ihr dann einen kleinen Stoß. „Und jetzt geh nur wieder an die Arbeit, Teresa! Da warten noch viele Kameraden, die weit ärger daran sind als ich.“

„Tyrannisiere mich ja nicht, du Ekel!“ funkelte sie ihn an.

Aber als sie wieder ihre Tätigkeit aufnahm, sah Charlotte, wie ihr Gesicht vor Glück strahlte, und sie beneidete sie.

Am späten Nachmittag erschien Doña Gracia persönlich, um sich um die Verwundeten zu kümmern und jeden von ihnen mit einem Lächeln und einem guten Wort zu bedenken. Die Männer sahen ihr bewundernd nach und waren gerührt darüber, daß eine so große Dame Anteil an ihrem Wohlbefinden nahm.

Dann unterhielt sie sich mit Dr. Fernandez und blickte dabei zu den drei Mädchen in ihren blutbefleckten Schürzen hinüber. Sie konnte sich nicht recht damit anfreunden, daß ihre Enkelin sich so frei unter all den Männern bewegte.

„Ich glaube, die jungen Damen haben für heute genug geleistet, Doktor. Ich werde sie Ihnen jetzt entführen. Sie brauchen dringend Ruhe und etwas zu essen.“

„Selbstverständlich“, nickte er zustimmend. „Wir sind Ihnen allen äußerst dankbar für den Empfang, den Sie uns bereitet haben.“

„So ein Getue!“ murmelte Teresa halblaut. „Sie behandelt mich ja, als wäre ich so alt wie Paquita. Ich wollte eigentlich bei Enrique bleiben und mich darum kümmern, daß sein Arm anständig versorgt wird. Er selbst gibt viel zu wenig auf sich acht.“

Aber ihre Großmutter winkte ihr gebieterisch zu, und mit einem resignierten Achselzucken folgte sie ihr. „Ihr beide solltet auch mitkommen“, flüsterte sie, und folgsam bildete Charlotte mit Lucy die Nachhut.

Keine von ihnen hatte Clive bemerkt. Die ganze Zeit über hatte er im Hintergrund zusammen mit Matthew gearbeitet und geholfen, Stroh auszubreiten und Matratzen herbeizuschaffen, wobei er die hinderlichen grünen Brillen abgelegt hatte. Nun folgte er ihnen in angemessenem Abstand.

Sie hatten sich bereits dem Haus genähert, als Charlotte sah, daß General Ramirez gerade angekommen war und zusammen mit Captain Alváro vom Pferd stieg. Zwei Männer trugen eine Bahre. Einen Moment lang wollte ihr der Atem stocken. Da setzten sie die Bahre ab, und einer der Träger richtete sich auf, so daß sie zu ihrer größten Erleichterung erkennen konnte, daß es Lorenzo war.

General Ramirez kam auf die Marquésa zu und ergriff ihre Hände.

„Meine liebe Gracia, es tut mir ja so unendlich leid . . ."

„Ist es Roberto?" flüsterte sie.

„Ja, leider."

„Tot?"

„Noch nicht, aber ich befürchte sehr . . ."

„Ihr habt ihn hergebracht?"

„Ja. Lorenzo hielt es für das beste. Das Krankenhaus in der Stadt . . .", er zuckte bedeutungsvoll die Achseln.

Lucy war wie vom Donner gerührt stehengeblieben. Dann schrie sie plötzlich laut auf, so daß die Umstehenden erschreckt zusammenzuckten.

„Nein, nein, nur nicht Roberto!"

Sie lief an ihnen vorbei, sank neben der Bahre in die Knie und schlug die Decke zurück, so daß sie sein Gesicht sehen konnte.

Clive war ihr gefolgt, und Charlotte hätte nicht zu sagen vermocht, ob es aus Mitleid oder aus Eifersucht geschah. Bevor er jedenfalls Lucy erreichen konnte, war ihm Captain Alváro in den Weg getreten. Einen Augenblick lang starrten sie einander an, bis Clive allmählich zu erfassen begann, wo er sich befand. Rasch wandte er sich um und ging davon, aber das Unglück war bereits geschehen.

Das hatte sich so rasch zugetragen, daß einige Sekunden lang alle regungslos dastanden. Dann aber beugte sich Doña Gracia herab und zog Lucy empor.

„Kommen Sie, meine Liebe", sagte sie sanft. „Lassen wir ihn erst einmal ins Haus bringen. Wir dürfen die Hoffnung nicht aufgeben."

Der General sprach einige Worte mit Lorenzo und folgte dann den Frauen.

Charlotte stand noch so sehr unter dem Eindruck dessen, was geschehen war, daß sie nicht wußte, was sie sagen oder tun sollte. Hatte Lorenzo Clive erkannt? Das war sicher der Fall. Sollte sie nun versuchen, ihm alles zu erklären, oder sollte sie lieber noch zuwarten? Sie sah, wie Teresa mit verzweifelter Miene zu ihrem älteren Bruder lief und wie dieser tröstend den Arm um sie legte. Marco war jetzt an der Tür erschienen, und Lorenzo gab ihm eine kurze Anweisung, worauf der Majordomus an seiner Stelle das eine Ende der Bahre ergriff und man diese vorsichtig die Treppe hinauftrug. Lorenzo wollte ihnen folgen, aber da vertrat ihm Alvaro den Weg.

„Kann ich Sie einen Augenblick sprechen, Señor?"

„Nicht gerade jetzt, wenn ich bitten darf."

„Aber es ist wichtig, glauben Sie mir, äußerst wichtig."

Lorenzo zögerte einen Moment, ehe er ruhig sagte: „Geh nur hinein, Teresa, und sag Großmutter, daß ich gleich bei ihr bin."

Dann wandte er sich um, blickte Alváro geradewegs ins Gesicht, und Charlotte hatte den Eindruck, daß er sehr wohl wußte, was jetzt kommen würde.

„Nun", sagte er mit gewisser Ungeduld. „Was ist es denn, das so unendlich wichtig ist?"

„Sind Sie sich darüber im klaren, Don Lorenzo, daß Sie einen Verräter hier in Ihrem Haus beherbergen?"

„Einen Verräter? Sie sind wohl von allen guten Geistern verlassen?"

„Es ist jener Mann, der gerade noch da war. Sie haben ihn ebenso deutlich gesehen wie ich. Es ist Clive Starr, der britische Spion, den Sie und Ihre sogenannte Verlobte aus Spanien hinausgeschmuggelt haben."

„Jetzt bin ich wirklich überzeugt, daß Sie verrückt sind", sagte Lorenzo. „Zufällig weiß ich mit Sicherheit, wie im übrigen auch die zuständigen Behörden, daß Clive Starr vor mehr als drei Monaten vor der nordafrikanischen Küste ertrunken ist."

„Oh nein. Es wurde allerdings ein solches Gerücht in Umlauf gesetzt. Aber es war eine Lüge, nicht wahr? Und der lebende Beweis dieser Lüge ist noch vor ein paar Minuten hier gestanden."

„Mein lieber Freund, Sie müssen sich wohl im Zwielicht getäuscht haben. Können Sie sich vorstellen, daß ich nicht wissen sollte, wer in meinem eigenen Haus beschäftigt ist? Francisco ist ein Bauer von der Sierra oben, der meinem Bruder sehr zugetan ist. Ich fürchte, daß ihn seine Zuneigung vergessen ließ, daß er im Kreis der Familie nichts zu suchen hat."

„Ein schönes Märchen haben Sie sich da ausgedacht. Und Sie

gestatten dem Burschen Ihres Bruders, mit Ihrer Braut in deren Privatgemächern Umgang zu haben?"

„Was sagen Sie da?" Ein gefährlicher Ton lag in Lorenzos Stimme, und er trat einen Schritt näher an Alváro heran.

„Sie schmutziger, gottverdammter Lügner!"

Durch die Heftigkeit des Schlages taumelte Alváro einen Augenblick lang zurück; dann warf er den Kopf in den Nacken. „Dafür werden Sie mir bezahlen", sagte er großspurig.

„Wann immer und wie immer Sie es wünschen."

Es hätte nur noch einer Sekunde bedurft, und Charlotte hätte sich zwischen die beiden Männer geworfen und hätte alle Schuld auf sich genommen. Aber sie wurde daran gehindert.

Der General war plötzlich auf der Treppe erschienen. „Was, um Himmels willen, geht denn hier vor?" rief er mit Donnerstimme. „Eine Rauferei in diesem Haus, das eigentlich ein Ort der Trauer sein sollte? Sie müßten sich beide schämen."

„Bitte lassen Sie sich das erklären, General. Es gibt da etwas, was Sie unbedingt wissen sollten." Mit diesen Worten war Alváro auf den General zugegangen.

„Bitte nicht jetzt. Haben Sie denn überhaupt kein Taktgefühl, Mann? Wenn Sie mir etwas zu sagen haben, dann wählen Sie gefälligst einen passenden Zeitpunkt. Aber vergessen Sie nicht, daß wir bereits in aller Frühe aufbrechen werden. Und nun sorgen Sie dafür, daß die Männer ein Lager bekommen und die Pferde ihr Futter und ihr Wasser erhalten. Und das bitte *sofort,* Alváro", fügte er hinzu, womit er den unausgesprochenen Protest des Captains im Keim erstickte. „Ich mag es nämlich nicht, wenn meine Orders nicht beachtet werden. Und du, Lorenzo, kommst mit mir."

Er wandte sich um und trat ins Haus zurück, während Alváro, bebend vor Wut, zornig um sich blickte und dann davoneilte. Charlotte näherte sich Lorenzo, doch der schüttelte den Kopf.

„Nicht jetzt. Später."

Er sah müde und abgespannt aus, und sie vermochte nicht, den Ausdruck seines Gesichtes zu deuten. Langsam folgte er dem General ins Haus.

Wegen des früh einfallenden Abendfrostes erschauerte Charlotte, aber sie blieb wie gebannt stehen, zu elend, als daß sie sich von der Stelle hätte bewegen können. Sie wußte nur zu gut, daß alles, was sie jetzt tun oder sagen mochte, die Situation nur noch verschlimmern würde. Doch dann faßte sie sich wieder und ging um das Haus herum in den Garten, von wo man in die Privaträume gelangte. Sie hatte jedoch kein Verlangen hineinzugehen, um sich von Lucy trösten zu lassen oder Clives läppische Ausreden für seine neuerliche Torheit anzuhören. So setzte sie sich also auf die steinerne Einfassung des Teiches und gedachte jenes Abends, an dem sie mit Lorenzo geplaudert und er sie geküßt hatte, während er ihr die alte Geschichte von Liebe und Leid erzählte. Wäre sie doch niemals seinem Zauber erlegen! Aber es war nun einmal geschehen und konnte nicht mehr rückgängig gemacht werden.

## 18

Mit einem besorgten Blick sah Dr. Fernandez auf seinen Patienten herab. Die Kugel war so tief eingedrungen, daß er sie nur unter beträchtlichen Schwierigkeiten hatte entfernen können. Er war ein geschickter und sorgfältiger Chirurg, der Hände und Instrumente mit peinlicher Genauigkeit wusch, ehe er zu operieren begann, und er war stolz auf die Tatsache, daß per Saldo ungefähr fünfzig Prozent seiner Patienten überlebten. Hier aber schüttelte er voller Zweifel den Kopf.

„Wie stehen seine Chancen, Doktor?" fragte Lorenzo.

„Ich fürchte, ziemlich schlecht, Señor. Der Schuß ist in bedrohlicher Nähe der Lunge eingedrungen, und Ihr Bruder hat außerdem einen großen Blutverlust mit der damit verbundenen allgemeinen Schwächung erlitten. Ich kann im Augenblick nichts für ihn tun, und es gibt ja auch noch die vielen anderen, die meiner Hilfe bedürfen. Aber rufen Sie mich sofort, sobald auch nur die geringste Veränderung seines Zustandes eintritt. Ich habe ihm ein Opiat verabreicht, das die Schmerzen für ein paar Stunden lindern wird, aber zwangsläufig wird hohes Fieber auftreten. Sie müssen das bitte beachten."

Feierlich verbeugte er sich vor Lorenzo und Doña Gracia, ehe er das Zimmer verließ. Roberto warf sich unruhig hin und her, und seine Großmutter beugte sich über ihn und wischte ihm den Schweiß vom Gesicht.

„Amalia und ich werden bei ihm bleiben, Lorenzo. Bitte kümmere du dich darum, daß der General alles hat, was er braucht." Sie schwieg und fuhr sodann tapfer fort: „Ich glaube, du solltest auf alle Fälle nach Pater Bernardo rufen lassen."

„Noch nicht. Er stirbt doch noch nicht", gab Lorenzo gereizt zurück.

„Ich bete darum, daß es nicht nötig sein wird, aber wir sollten jedenfalls darauf vorbereitet sein. Lorenzo, du darfst dir keinen Vorwurf machen. Ich weiß, daß du ihn die ganze Zeit über zurückhalten wolltest, an diesem Krieg teilzunehmen. Aber wenn du ihm diesmal verboten hättest, mit der Truppe mitzuziehen, hätte er dir das nie verziehen. Andalusien ist seine Heimat ebenso wie die deine, und er liebt sein Land sehr."

„Ich weiß, ich weiß. Ich werde dir jetzt Amalia schicken. Kann ich dir wirklich nicht noch irgendwie behilflich sein?"

Sie schüttelte den Kopf, und er verließ rasch den Raum. Draußen blieb er stehen und lehnte sich müde gegen die Tür. Trotz des Zuspruchs seiner Großmutter machte er sich heftige Vorwürfe, obwohl er andere Gründe dafür hatte, als sie vermutete. Hätte er sich doch nicht von seinem Zorn hinreißen lassen, von jenem schmerzlichen Gefühl der Demütigung über Charlottes offensichtliche Falschheit. Wäre er der Panik Herr geworden, die ihn erfaßt hatte, als er erfuhr, wer ihr Vater war, wäre dies alles nicht geschehen. Aber er hatte das Gefühl gehabt, nicht einen Augenblick länger mit ihr unter einem Dach bleiben zu können.

Seine Unbeherrschtheit hatte ihn direkt in die Schlacht getrieben und dazu gebracht, unnötige Risiken einzugehen. An der Spitze eines Trupps Freiwilliger war er so ungestüm in die Stadt eingebrochen, daß die Carlisten bald aufgegeben hatten und geflüchtet waren. Roberto hatte jenen Heckenschützen früher bemerkt als er. Er hatte ihm eine Warnung zugerufen, ihn zur Seite gerissen und mit seiner Brust den Schuß aufgefangen, während er, Lorenzo, unversehrt geblieben war — Roberto, sein kleiner Bruder, den zu beschützen er sein ganzes Leben lang bemüht gewesen war. Lorenzo fand es unendlich schwer, sich das zu verzeihen.

Nach einer Weile fuhr er sich mit der Hand über das Gesicht, um die schwarzen Gedanken zu verjagen. Das war nicht der Zeitpunkt, sich dem Selbstmitleid hinzugeben. Es gab viel zu viel zu tun. So raffte er sich auf und ging ins Speisezimmer hinunter. Dort trug man dem General gerade die Speisen auf, während am anderen Ende der langen Tafel Teresa ganz nahe bei Enrique saß und ihm das Fleisch zerteilte. Sie sah auf, als Lorenzo hereinkam.

„Wie geht es ihm?"

„Leider gar nicht gut."

„Sollte ich nicht zu Großmutter hinaufgehen?"

„Erst später." Er lächelte schwach. „Im Augenblick hat es den Anschein, als bräuchte Enrique dich dringender als Roberto."

Der junge Mann grinste. „Ich habe sie schließlich doch noch gezähmt, Lorenzo. Sie frißt mir aus der Hand."

„Du bist es, der mir aus der Hand frißt", parierte Teresa und versetzte ihm einen kleinen Stich mit der Gabel. „Ich warne dich. Ich verwandle mich in eine reißende Tigerin, wenn man mich reizt."

„Du machst mir ja direkt Angst."

„Ungeheuer, du!"

Der General bediente sich aus der silbernen Schüssel, die vor ihm stand. „Komm und iß ein wenig, Lorenzo. Du siehst aus, als hättest du es nötig."

„Ich habe keinen Hunger."

„So ein Unsinn! In solchen Zeiten ißt man, wenn man die Möglichkeit dazu hat."

Die Dienstboten trugen die Speisen auf, die man für Lorenzo warmgehalten hatte, und dieser nahm schließlich Platz.

„Zwei Turteltäubchen, was?" murmelte Ramirez halblaut und deutete auf die beiden jugen Leute.

„Da mußte erst ein Krieg kommen, damit Teresa ihr Herz für ihn entdeckt", sagte Lorenzo trocken.

„Ja, so ist das nun einmal. Man sieht plötzlich alles viel klarer. Und man weiß sein Glück meist erst dann richtig zu schätzen, wenn man in Gefahr ist, es zu verlieren."

Lorenzo schwieg. Er goß sich ein Glas Wein ein und leerte es in einem Zug, ehe er seinen Teller füllte.

Nachdem Teresa und Enrique sich entschuldigt und den Raum verlassen hatten, lehnte sich der General aufseufzend in seinem Stuhl zurück. Er wies den ihm vorgelegten Käse zurück, sprach jedoch dem Kognak zu, den Lorenzo ihm eingeschenkt hatte.

„Und jetzt erzähl einmal, was das für Dummheiten zwischen dir und Alváro waren? Hatte es etwas mit jenem Arbeiter zu tun, der sich so unverschämt vorgedrängt hatte?"

„Ja, allerdings." Lorenzo schob seinen Teller zurück und blickte dem General offen ins Gesicht. „Dieser Mann ist nicht bei mir beschäftigt. Er ist Engländer, und sein Name ist zufällig Clive Starr."

Ramirez runzelte die Stirn. „Jener Spion, der in Madrid abgeurteilt werden sollte und dem ein paar Dummköpfe aus Sevilla zur Flucht verholfen haben?"

„Ja, derselbe."

Der General warf ihm einen verständnisinnigen Blick zu. „War diese Flucht vielleicht dein Werk?"

„Ja, wenn Sie es unbedingt wissen möchten."

„Und darf ich fragen, warum du das getan hast?"

„Ich glaube, das liegt wohl auf der Hand. Er ist Señorita Carlottas Cousin."

Der General leerte sein Glas und stellte es vorsichtig hin. „Ich habe geglaubt, daß dieser verdammte Kerl auf seinem Weg nach Nordafrika ertrunken ist."

„Das habe ich auch angenommen."

„Du hast also nicht gewußt, daß er noch am Leben ist und wahrscheinlich hier aufkreuzen wird?"

„Nein, keineswegs. Es war für mich genauso ein Schock, ihn plötzlich zu sehen, wie es das anscheinend für Alváro war."

„Es will mir scheinen, daß deine sogenannte Braut dir mehr als eine Enttäuschung bereitet."

„Offensichtlich. Und nun bin ich in Ihrer Hand, General. Sie können selbstverständlich so über mich verfügen, wie Sie es für richtig halten." Lorenzos Stimme klang gelassen, aber seine Hand krampfte sich plötzlich so fest um sein Glas, das es brach und der Wein sich auf das weiße Tischtuch ergoß.

„Nun, ich bin der Ansicht, daß die Angelegenheit ein für allemal erledigt und kaum wichtig genug ist, sie nochmals aufzurühren. Ich habe wichtige Dinge für dich zu tun. Wenn ich dir einen guten Rat geben darf — und ich hoffe sehr, daß du ihn auch annimmst —, so würde ich dir empfehlen, diesen Burschen so rasch wie möglich fortzuschicken, ehe irgend jemand zwei und zwei zusammenzählt und mit der richtigen Lösung aufwartet."

„Und wenn ich das mache, was werden Sie dann tun?"

„Ich? Mein lieber Lorenzo, ich habe diesen Kerl in meinem ganzen Leben nicht gesehen und würde ihn auch nicht erkennen, wenn ich ihm von Angesicht zu Angesicht begegnen sollte. Wenn Alváro sich einbildet, im Zwielicht etwas Genaueres erkannt zu haben und sich mit seinem Verdacht lächerlich machen möchte, so ist das seine Sache. Ich werde ihm gewiß nicht den Rücken stärken. Ich habe bei Gott Wichtigeres zu tun. Ich habe mir nie viel aus diesem Captain gemacht", fuhr der General ein wenig verächtlich fort, „keiner von uns, im übrigen. Ein aufgeblasener junger Mann, der andauernd auf Beförderung aus ist." Er beugte sich vor und legte eine Hand auf Lorenzos Arm. „Aber schon aus diesem Grund solltest du dich nicht allzu sehr auf dein Glück verlassen, mein Junge. Sieh zu, daß du diesen *Inglés* los wirst, wer immer er auch sein mag, und das so rasch wie möglich. Wir werden uns dann später wieder treffen. Ich beabsichtige nämlich, dich mit gewissen Vollmachten hier im Süden zurückzulassen. Nein, diskutiere nicht mit mir darüber! Ich halte das für unendlich wichtiger, als daß du Gefahr läufst, sinnlos getötet zu werden. Wir haben jetzt zwar einen Sieg errungen, aber für wie lange? Carlos ist noch keineswegs geschlagen."

Er verließ das Zimmer, und kurz darauf stand auch Lorenzo auf. Ramirez hatte sich im Hinblick auf seine langjährige freundschaftliche Beziehung zur Familie erstaunlich tolerant erwiesen. Aber was er gesagt hatte, hatte Hand und Fuß. Clive mußte um jeden Preis verschwinden, und es lag nun an ihm, dafür zu sorgen.

In jenem Zimmer, dessen Fenster sich auf den Nonnengarten öffneten, saßen Charlotte, Lucy und Clive schweigend da und warteten. Der Streit, die Vorwürfe, die heftigen Beschuldigungen, das alles war nun vorüber.

Juanita brachte das Abendessen herein. Die drei waren gezwungen gewesen, das Mädchen einzuweihen und hatten sie einen heiligen Eid schwören lassen, daß sie nichts verraten werde. Sie hielt das ganze für äußerst romantisch und warf Clive verstohlene Blicke aus ihren schönen schwarzen Augen zu.

Das Essen wollte Charlotte im Halse steckenbleiben. Was immer nun auch geschehen mochte, zwischen ihr und Lorenzo war alles aus. Er würde ihr wohl nie vergeben, daß sie ihn, wie er annehmen mochte, zum zweiten Mal getäuscht hatte.

So gaben sie sich alle den Anschein zu essen und warteten anschließend schweigend weiter. Clive stand am Fenster und starrte in den Nonnengarten hinaus. Er trommelte nervös gegen die Scheiben. Charlotte hatte ein Buch zur Hand genommen und wandte die Seiten um, war aber nicht imstande, den Sinn der Worte zu erfassen. Lucy saß da und hielt krampfhaft ihre Stickerei, dann sprang sie plötzlich auf und warf die Handarbeit ärgerlich auf den Tisch.

„Was für einen Sinn soll denn das alles haben? Worauf warten wir eigentlich? Ich werde jetzt schlafen gehen."

Durch ein Klopfen an der Tür schreckten sie alle drei auf. Lucy setzte sich wieder und machte ein ängstliches Gesicht, Clive saß wie vom Donner gerührt da und blickte auf Charlotte. Dann ging die Tür auf und Lorenzo trat ein.

Er war noch in Reitkleidung, trug seine kurze Lammfelljacke, die schwarze Kniehose und die scharlachfarbene Schärpe, so daß er plötzlich wie ein vollkommen Fremder wirkte, ein Mensch aus einer anderen Welt. Charlotte fragte sich, ob sie denn verrückt gewesen war zu glauben, sie könne die Kluft, die zwischen ihnen bestand, ganz einfach überbrücken. Hatte es tatsächlich eine Zeit gegeben, in der sie einander so nahe waren, daß es unmöglich schien, irgend etwas könne sie trennen?

Lorenzos Blick wanderte von Charlotte zu Clive und dann wieder zu Charlotte zurück, ehe er zu sprechen begann.

„Wie lange hast du schon gewußt, daß dein Cousin noch am Leben ist?"

„Es war kurz vor jenem Überfall auf die Ställe. Wir hatten einen Brief von einem Kaufmann in Tanger erhalten, in dem zu lesen stand, daß Clive halbertrunken aufgefunden worden war, daß er sehr krank gewesen sei und daß es einige Wochen gedauert habe, ehe er imstande war, etwas über seine Person zu erzählen."

„Und warum wurde ich nicht davon informiert? Hättest du nicht Vertrauen zu mir haben können?"

„Das war meine Schuld", begann Lucy zögernd.

„Laß es nur gut sein", fuhr Charlotte fort. „Ich werde es schon erklären. Der Brief war so ungewöhnlich, so schlecht geschrieben, daß wir zuerst an seiner Echtheit zweifelten. Wir hielten es für besser zuzuwarten, bis wir von Clive selbst eine Nachricht erhielten."

„Und dann habt ihr beschlossen, ihn hier in mein Haus einzuladen, ohne auch nur die Güte zu besitzen, mich davon in Kenntnis zu setzen."

„Nein", sagte Charlotte, „das ist nicht wahr."

„Überlaßt das bitte mir", schaltete sich Clive ein, um sie zu unterstützen. „Das ist schließlich meine Angelegenheit. Die Mädchen haben überhaupt nichts damit zu tun. Ich bin aus eigenem Antrieb gekommen, übrigens ausreichend verkleidet, wie ich angenommen habe. Der Mann, der mich gerettet hat, ist reich und handelt mit Teppichen. Er hat mir einen Paß und Personalpapiere besorgt."

„Und in dieser — dieser Maskerade kreuzten Sie im Castillo de Palomas gerade zu einem Zeitpunkt auf, zu dem — wie Sie genau wissen mußten — jeder Verdacht im Hinblick auf Ihre Person nicht nur sich selbst, sondern auch Ihre Frau und Ihre Cousine gefährden mußte, von mir erst gar nicht zu reden. Aus welchem Grund, wenn ich fragen darf? War es einfach das billige Verlangen, Ihren Mut unter Beweis zu stellen?"

Clive war bei dieser verächtlichen Anrede errötet. „Vielleicht", erwiderte er. „Ich möchte darüber nicht streiten. Aber da war noch etwas, etwas, das zwischen Ihnen und mir nach einer Klärung verlangte. Dieser Angriff auf Felipes Schiff — war das ein Unfall oder war er eingefädelt, um mich aus dem Weg zu schaffen?"

„Hätte ich Sie loswerden wollen, hätte ich Sie doch nur in den Händen der Polizei belassen müssen", sagte Lorenzo gleichmütig. „Das Exekutionskommando in Madrid hätte mir die Arbeit abgenommen und mir die Kosten und die Mühe für Ihre Flucht erspart."

„Vielleicht wollten Sie einfach nur Charlotte imponieren? Den großen Helden spielen, oder nicht?"

Wenn er geglaubt hätte, Lorenzo damit provozieren zu können, hatte er sich geirrt.

„Das war ganz gewiß nicht der Grund", gab der Marqués kühl zur Antwort.

Für einen Augenblick herrschte betretenes Schweigen, bis Clive schließlich die Achseln zuckte. „Es bleibt mir wohl nichts anderes übrig, als Ihnen zu glauben."

Lorenzo winkte müde ab. „Es ist nicht meine Art zu lügen. Aber lassen wir doch diese kleinlichen Streitereien. Sie führen letzten Endes zu nichts. Im übrigen — und ohne ungastlich erscheinen zu wollen —", fuhr er ironisch fort, „möchte ich Sie jetzt bitten, uns zu verlassen, und zwar wenn möglich innerhalb der nächsten Stunde. So wie die Dinge liegen, weiß der General jetzt sehr wohl, wer Sie sind. Aber aus Gründen, die Sie sicher kaum begreifen würden, hat er beschlossen, sich blind zu stellen. Sie werden also wieder in jene Verkleidung schlüpfen, auf die Sie ohnedies so stolz sind, und einer meiner Männer wird Sie auf Ihrem Weg begleiten."

Clive biß sich auf die Lippe. Er wußte genau, daß er keine andere Wahl hatte, aber Lorenzos Befehlston war immer noch ein rotes Tuch für ihn. „Und was geschieht mit meiner Frau?"

„Soferne sie es wünscht, kann sie Ihnen jederzeit nachkommen. Ich würde vorschlagen, daß Sie in Cadiz auf sie warten. Es gibt dort eine Menge kleiner Posadas, in denen sich kein Mensch um den anderen kümmert. Von dort aus dürfte es Ihnen ein Leichtes sein, eine Überfahrt nach England zu buchen."

Nun versetzte Lucy alle in Erstaunen. Sie war plötzlich aufgesprungen, das Gesicht von Röte übergossen. „Ich würde es vorziehen, wenn ich jetzt gleich mit Clive gehen könnte", sagte sie entschlossen.

Clive versuchte einen Einwand. „Lucy, ich glaube nicht. . .", aber sie unterbrach ihn.

„Ich habe dich geheiratet, und du bist nun einmal mein Mann. Ich habe gar keine andere Wahl."

„Gestatten Sie mir, Sie auf Folgendes hinzuweisen. Wenn Sie Ihren Gatten begleiten, wird die Gefahr, daß er erkannt wird, nur noch größer", sagte Lorenzo warnend. „Ich würde Ihnen daher empfehlen zuzuwarten, bis die Lage sicher genug erscheint. Dann werde ich Ihnen gerne eine Eskorte zur Verfügung stellen, die Sie ohne Schaden nach Cadiz bringt."

„Du würdest im übrigen nicht alleine reisen", sagte Charlotte rasch. „Denn ich würde mit dir gehen."

„Nein — das halte ich für äußerst unklug", stieß Lorenzo so heftig hervor, daß sie ihn alle verblüfft anstarrten. Dann wandte er sich an Clive. „Ich werde jetzt gehen, um die nötigen Vorkehrungen zu treffen. Bitte halten Sie sich bereit. Sie werden in einer Stunde aufbrechen."

„Ich glaube, daß ich Ihnen danken sollte", begann Clive, doch Lorenzo unterbrach ihn rasch.

„Dazu gibt es keinen Grund. Und jetzt lasse ich Sie allein,

denn wir haben nicht mehr viel Zeit." Er nickte Charlotte und Lucy zu und verließ den Raum.

„Aufgeblasener Kerl!" preßte Clive zwischen den Zähnen hervor, als sich die Tür hinter dem Hausherrn geschlossen hatte.

„Was hast du eigentlich damit gemeint, als du sagtest, du würdest mit mir kommen?" fragte Lucy neugierig.

Aber Charlotte gab keine Antwort. Sie hatte das dringende Bedürfnis, mit Lorenzo zu reden; sie glaubte, es keine Minute länger aufschieben zu können. Sie lief daher rasch hinaus, wo sie den Gang allerdings leer fand. Unschlüssig blieb sie stehen, bis sie bemerkte, daß die Tür zum Garten nur angelehnt war. Also trat sie entschlossen hinaus. Lorenzo war inzwischen den Pfad hinuntergeeilt, und sie sah ihn nun am steinernen Becken stehen, wo sie selbst erst kurz zuvor an diesem Abend gesessen hatte. Es war eine schöne, aber kalte Nacht, und Charlotte schauerte. Als sie jetzt zu ihm hintrat, wandte sich Lorenzo um. Schemenhaft waren die Umrisse seines Gesichtes in dem schwachen Lichtschein, der durch das Fenster fiel, zu sehen.

„Ich muß dich unbedingt sprechen" begann sie rasch, dann aber — verunsichert durch seinen düsteren Blick — sagte sie nur, was ihr gerade in den Sinn kam: „Ich wollte mich für Clive entschuldigen."

Mit einer wegwerfenden Handbewegung tat er das Thema ab. „In gewisser Weise kann ich seine Gefühle sogar verstehen. Aber sag, hast du das ernst gemeint, als du erklärt hast, du würdest von hier weggehen?"

„Ja, sicher. Warum sollten wir uns noch länger etwas vormachen. Es ist ohnedies alles zu Ende zwischen uns, nicht wahr?"

„Nicht soweit es mich betrifft. Ich stehe zu meinem Wort."

Sie starrte ihm ins Gesicht. „Glaubst du wirklich, daß ich dich heiraten würde, nur weil wir uns einmal geliebt haben und du mir dein Wort gegeben hast? Du kannst ganz unbesorgt sein. Ich bin nicht schwanger. Es wird also kein weiteres uneheliches Kind geben." Sein Gesicht drückte verhaltenen Zorn und Verletztheit aus; sie jedoch fuhr unbarmherzig fort. „Du hast geglaubt, ich hätte dich belogen und betrogen, um dich in die Ehe zu locken, du hast angenommen, ich hätte dich absichtlich über Clive getäuscht. Aber das alles ist nicht wahr; ich werde es dir beweisen." Sie zog den Ring vom Finger, den er ihr gegeben hatte und hielt ihn ihm entgegen. „Da, nimm ihn zurück, den Ring deines Vaters. Es ist ein Wunder, daß mir nicht der Finger verdorrt ist, als du ihn mir angesteckt hast."

„Um Gottes willen, Charlotte, schweig!" rief er mit schmerzerfüllter Stimme und stieß ihre Hand zur Seite. „Welches Vergnügen es dir doch bereitet, mich zu demütigen."

„Ich sollte dich demütigen wollen?"

„Es ist doch kaum eine Woche her, daß man auf unsere Gesundheit angestoßen und uns Glück gewünscht hat. Kannst du dir das Gespött vorstellen, das es geben wird, wenn du mich jetzt verläßt? Möchtest du wirklich, daß sie über uns herziehen, nach Gründen suchen und solche nur allzu leicht finden werden? Glaubst du, ich möchte, daß man die alten Geschichten aufrührt? Könntest du nicht wenigstens noch für kurze Zeit den Schein wahren? Und wenn es nur meiner Großmutter oder Teresa zuliebe wäre? Haben sie sich das nicht um dich verdient?"

Sie wußte, daß er recht hatte. Sie hatte die beiden liebgewonnen, und überdies hatte Lorenzo sich so großmütig erwiesen und reichte ihnen — ungeachtet Clives Torheiten — immer noch seine helfende Hand. Konnte sie ihm diese Bitte abschlagen?

„Ist das der einzige Grund?" flüsterte sie.

„Nein, nicht der einzige."

Plötzlich streckte er die Hand aus und zog sie an sich. Sein Mund, rücksichtslos und fordernd, preßte sich hart auf den ihren. Dann aber ließ er sie unvermittelt los und eilte rasch durch den Garten davon. Charlotte war auf die steinerne Einfassung des Teiches hingesunken, ohne auf den Sprühnebel des Springbrunnens zu achten, der ihre Haut benetzte. Zutiefst aufgewühlt, war sie sich weder über ihre eigenen noch über Lorenzos Gefühle im klaren und mußte sich verzweifelt eingestehen, daß die leiseste Berührung seiner Hand immer noch imstande war, Gefühle in ihr wachzurufen, die sie für längst überwunden gehalten hatte. Nun wußte sie jedenfalls mit Bestimmtheit, daß sie tun würde, was er von ihr verlangt hatte.

Lorenzo war indessen ins Haus zurückgekehrt. Er war wütend auf sich selbst, weil er so sehr die Selbstbeherrschung verloren hatte. Einen verrückten Augenblick lang hatte er gewünscht, sich das Mädchen im Garten gefügig zu machen, dort, wo auch König Pedro seine Nonne geliebt hatte; so hatte er sie für all das bestrafen wollen, was sie ihm angetan hatte.

Dann widmete er sich den Vorbereitungen für Clives Abreise. Er wies den treuen Jacopo an, mit dem Engländer zu reiten und Nahrung, die besten Pferde und Geld für unvorhergesehene Ausgaben mitzunehmen. Die ganze Zeit über — auch dann noch, als er bei Ramirez saß und sich mit ihm besprach — war ein Teil seines Wesens mit Charlotte beschäftigt, kämpfte jene Stimme in ihm, die ihr vertrauen wollte, mit der unglückseligen Vorstellung, daß sie ihn zweimal enttäuscht habe und dies immer wieder tun werde, daß sie auch jetzt nur eine Komödie aufführen würde, um ihn wieder an sich zu binden. Stolz und Ehre — konnte er diese Tugenden einer Liebe wegen aufgeben, die im Grunde eine verlogene Liebe voll Enttäuschungen sein mochte? Es war ein harter Kampf, schwerer, als eine Attacke gegen Roméros Banditen zu reiten, dachte er müde, während er schwarzen Kaffee trank, um sich aufrecht zu halten, und mit Erleichterung von Dr. Fernandez hörte, daß Roberto zumindest die Nacht überlebt hatte.

Clive verließ sie noch in derselben Nacht. Charlotte fragte niemals danach, was er und Lucy mit einander gesprochen hatten, bevor er gegangen war. Aber sie dachte, daß Clive durch Lucys Bereitschaft, ihn zu begleiten und sein Schicksal, wie immer es auch sein mochte, mit ihm zu teilen, gerührt war. Sie nahm an, daß trotz seiner Eifersuchtsanfälle allein die Tatsache, daß Roberto seine Frau leidenschaftlich begehrt hatte, ihren Wert in seinen Augen erhöhte.

„Und daß du diesmal ja nichts Unüberlegtes tust", sagte sie zu ihm, als sie ihm einen Abschiedskuß gab. „Und nimm Rücksicht auf Lucy. Sie ist sehr unglücklich gewesen."

„Du hast eine ziemlich schlechte Meinung von mir, nicht wahr, Charlie?"

„Und wenn es so ist, wessen Schuld wäre es denn?" antwortete sie leichthin. „Aber immerhin hast du den Mut gehabt zurückzukommen."

„Um nur noch mehr Kummer zu verursachen", sagte er kläglich. „Wenn jetzt irgend etwas zwischen dir und Lorenzo danebengeht . . ."

„Warum sollte das der Fall sein?" wandte sie rasch ein.

„Ich weiß nicht, aber schließlich ist er trotz allem nicht einer von uns, nicht wahr?"

„Oh Clive, du redest ja von ihm, als wäre er ein Kaffer!"

„Nicht gerade das, aber du weißt, was ich meine. Ich möchte dir nur sagen, daß du immer bei Lucy und mir ein Heim finden wirst — falls du es möchtest."

„Sei nicht so vorschnell", sagte sie und versuchte zu lächeln. „Ich könnte dich beim Wort nehmen."

Sie und Lucy standen dicht beisammen und sahen ihm nach, wie er in die Dunkelheit hinausritt, Jacopo dicht hinter ihm. Ein paar Tage später kehrte dieser dann zurück und berichtete seinem Herrn, daß Clive in einer Posada außerhalb von Cadiz untergebracht sei, wo man ihn kaum nach dem Woher und Wohin fragen würde, sofern er sich ruhig verhielt und vernünftig aufführte.

## 19

Die Sierra wurde immer noch von Roméros Banden heimgesucht, die hungernd und zum Äußersten fähig im Bergland herumstreiften, und es dauerte noch vierzehn Tage, ehe Lorenzo die Straße für sicher genug befand, daß Lucy die Reise antreten konnte. Es war Charlotte schwergefallen, den Anschein einer frisch verlobten jungen Frau aufrechtzuerhalten, die strahlend einem Ereignis entgegensah, das Außenstehende als eine Märchenhochzeit bezeichnen mochten. Die Tatsache, daß sie Lorenzo kaum zu Gesicht bekam, erleichterte ihr die Lage. Der General hatte ihm die Aufgabe erteilt, die Verteidigung von Andalusien wieder sicherzustellen, und er war oft tagelang vom Castillo entfernt.

An jenem Morgen, an dem Lucy abreisen sollte, prallte Charlotte zufällig mit Lorenzo zusammen, als sie die Halle durchquerte. Er hielt sie auf.

„Ich möchte mit dir sprechen. Komm bitte mit."

Zögernd folgte sie ihm in die Bibliothek, einem Raum, den sie seit jenem Abend nicht mehr betreten hatte, an dem Lorenzo sie vor Vicente gerettet hatte. Das Zimmer war von Erinnerungen erfüllt, und sie zögerte an der Schwelle.

„Was willst du von mir?"

„Ich wollte dir nur noch eines sagen. Wenn wir diese Komödie glaubhaft machen wollen, mußt du meinen Verlobungsring tragen. Ich bin erst jetzt dazu gekommen, mich darum zu kümmern."

Sie sah auf den Ring in seiner Hand nieder, einen quadratisch geschnittenen Smaragd, der von Diamanten umgeben war, ein selten schönes Schmuckstück, das wahrscheinlich ein Vermögen gekostet hatte.

„Nein", sagte sie, indem sie sich abwandte. „Nein, es wäre mir nicht möglich, ihn zu tragen. Es würde nicht den Tatsachen entsprechen."

„Das finde ich aber töricht", fuhr er mit schroffer Stimme fort. „Es tut mir leid, wenn der Ring nicht deinen Beifall findet. Aber glaube mir, es ist wirklich notwendig, daß du ihn trägst. Was wird man sonst von mir denken? Doña Gracia, Teresa, unsere Freunde, die zu Besuch kommen, sogar die Dienstboten werden es erwarten. Komm, gib mir deine Hand."

Da sie immer noch abgewendet dastand, nahm er einfach die Hand, zog ihr den schlichten Goldring vom Finger und streifte ihr statt dessen das kostbare Juwel über.

„Da hätte ich noch lieber den anderen behalten", sagte sie mit erstickter Stimme.

„Der andere ist aber nicht sehr geeignet."

„Ist es deshalb, weil du mir nicht verzeihen kannst, was mein Vater dir angetan hat?"

„Das hat überhaupt nichts damit zu tun."

Sie sah auf ihre Hand herab und bemerkte daher nicht den Ausdruck seines Gesichtes, sah nicht, wie er sich halb zu ihr neigte und plötzlich wieder zurückwich. Er hatte das Gefühl, als hätte sich eine gläserne Wand zwischen ihnen aufgerichtet, die er nicht zu durchbrechen vermochte, ohne in sich selbst etwas zu zerstören.

„Ich glaube, ich bringe es nicht fertig, ihn zu tragen", flüsterte Charlotte.

„Ist es wirklich so schwer? Es wird gewiß nicht lange dauern, das verspreche ich dir."

„Nein, bitte — nicht lange."

Sie holte tief Atem und lief aus dem Raum, ehe sie etwas so Lächerliches tat, wie in Tränen auszubrechen oder ihm den Ring ins Gesicht zu schleudern.

Lucy hatte den letzten Nachmittag vor ihrer Abreise bei Roberto verbracht. Es war Doña Gracia in ihrem grenzenlosen Verständnis gewesen, die den Vorschlag dazu gemacht hatte. Sie hatte Amalia geschickt, um Lucy zu holen.

„Bleiben Sie nicht allzu lang“, sagte sie, als Lucy ins Zimmer trat. „Er ist noch sehr schwach, aber er hat nach Ihnen gefragt. Er möchte Ihnen auf Wiedersehen sagen“, und sie ging hinaus, um die beiden alleinzulassen.

Robertos Wiedergenesung machte nur langsame Fortschritte. Er hatte hohes Fieber gehabt und eine schwere Blutvergiftung überstanden. Immer noch hatte er große Schmerzen, und das Sprechen bereitete ihm Mühe. Die meiste Zeit saßen Lucy und er einfach Hand in Hand da.

Einmal sagte er: „Wann immer du mich brauchen solltest, werde ich kommen. Du weißt es doch, Lucy, nicht wahr? Mir ist es egal, was Lorenzo oder irgend jemand anderer hier sagt. Ich werde mich von keinem davon abbringen lassen.“

„Wie jener Ritter in der strahlenden Rüstung auf dem weißen Pferd, von dem ich immer geträumt habe, als ich noch ein Kind war“, sagte sie und lächelte, während ihr die Tränen in den Augen standen.

Er richtete sich im Bett auf. „Lach mich nicht aus. Ich meine es völlig ernst.“

„Aber das weiß ich ja.“

„Noch wäre es nicht zu spät. Bleib bei mir, Lucy! Geh nicht fort!“

„Ich kann nicht anders. Clive wartet auf mich, und er ist mein Mann.“ Sie fühlte, daß sie in diesen letzten Wochen um so viel älter und weiser als er geworden war. Sie durfte nicht sein Leben zerstören, und darauf würde es schließlich hinauslaufen, wenn sie blieb. „Lieber Roberto, es ist so wunderschön gewesen zwischen uns. Nie in meinem ganzen Leben bin ich so glücklich gewesen. Aber das Schicksal hat es nicht gewollt.“ Sie beugte sich zu ihm und küßte ihn auf den Mund. „Ich glaube, ich habe es immer gewußt, daß unser Glück nicht von Dauer sein kann.“

Als die beiden Frauen an diesem Abend gemeinsam aßen, bemerkte Lucy den Ring an Charlottes Finger.

„Hat ihn dir Lorenzo gegeben? Er ist zauberhaft. Du weißt, daß ich ein oder zweimal das Gefühl gehabt habe, es sei irgend etwas zwischen euch vorgefallen. Ich habe geglaubt, daß er Clives wegen verärgert sei. Aber nun sehe ich, daß ich mich geirrt haben muß, und der Ring hier ist der Beweis. Es ist so schön zu wissen, daß es noch glückliche Menschen gibt."

„Oh Lucy, wenn du wüßtest —"

„Wenn ich was wüßte?"

Das Bedürfnis, ihr die Wahrheit zu sagen, war beinahe überwältigend. Aber es handelte sich schließlich um eine Angelegenheit, die nicht sie, Charlotte, allein betraf, und außerdem wäre es auch nicht fair gewesen, Lucy, die genug eigene Probleme hatte, damit zu belasten.

„Ach, nichts Besonderes. Es ist nur — ich werde dich sehr vermissen, Lucy, und ich werde mir große Sorgen um dich und Clive machen."

„Komm doch mit uns", sagte Lucy eindringlich. „Warum sollte das nicht möglich sein? Im Grunde wäre es nur zu verständlich, daß du deine Mutter vor deiner Hochzeit sehen möchtest."

Einen Augenblick lang war der Gedanke verlockend. Sie wäre all diese unerträglichen Verwirrungen los, wäre frei, ein neues Leben anzufangen. Aber dann wußte sie, daß es unmöglich war. Sie war durch ein Versprechen an Lorenzo gebunden, gebunden auch durch diese tragische Geschichte aus der Vergangenheit, die immer noch unbewältigt zwischen ihnen stand.

„Nein, es geht wirklich nicht. Vielleicht komme ich später einmal."

„Vielleicht auf deiner Hochzeitsreise?"

„Wer weiß?"

Zwei von Lorenzos Leuten fuhren mit dem Wagen zum Fluß hinunter und brachten Lucy zum Schiff, das den Guadalquivir nach Cadiz hinabfuhr. Matthew, der mit seiner Herrin reiste, kümmerte sich um das Gepäck und sorgte dafür, daß sie gut untergebracht war, während Juanita, freudig erregt angesichts der Möglichkeit, England kennenzulernen, überglücklich war, die beiden begleiten zu dürfen. Charlotte ritt neben dem Wagen her und winkte Lucy so lange zu, als sie sie auf dem von Menschen erfüllten Deck erblicken konnte. Dann schlug sie die Richtung zum Castillo ein, und die beiden Männer fuhren mit dem Wagen dicht hinter ihr drein. So hatte es Lorenzo gewünscht, der keinerlei Risiko eingehen wollte. Sie selbst wäre lieber allein gewesen, und die

Anwesenheit der Männer störte sie. Aber sie wußte, daß sich die beiden nur lächelnd verbeugen würden, was immer sie auch sagen mochte. Sie nahmen ihre Orders einzig vom Marqués entgegen und von niemandem sonst.

Nun, da Lucy fort war, fühlte sich Charlotte unendlich verlassen. Das große Haus schien völlig leer, weil Lorenzo so oft abwesend war und Roberto noch immer in sein Zimmer verbannt blieb, wo Doña Gracia und Teresa einen großen Teil ihrer Zeit bei ihm verbrachten. Einige der Verwundeten befanden sich zwar noch im Castillo, aber die meisten von ihnen waren bereits wieder zu ihrem Regiment zurückgekehrt. Nie hätte sie gedacht, daß sie Juanitas lebhaftes Geplapper so sehr vermissen würde.

Sie vermochte sich zu keinerlei Unternehmung aufzuraffen. Doch eines Morgens faßte sie plötzlich den Entschluß, zu den Weingärten hinüberzureiten. Guy war schon vor einiger Zeit dorthin zurückgekehrt.

„Vergessen Sie uns nicht ganz, Charlotte", hatte er gesagt, als er sich von ihr verabschiedete, wobei er ihre Hand mit warmem Druck in der seinen hielt. „Doña Catalina wird sich jederzeit freuen, Sie begrüßen zu dürfen", und für einen Augenblick fragte sie sich, ob er wohl gespürt habe, daß zwischen Lorenzo und ihr etwas nicht in Ordnung war.

Während sie ihre Reitkleidung anlegte, dachte sie, daß es ihr guttun würde, den düsteren Gedanken für ein paar Stunden zu entfliehen. Sie ließ Zelda von Tomás satteln und trabte den Zufahrtsweg hinunter und durch die Parktore hindurch, als Lorenzo sie einholte.

„Wohin reitest du?" fragte er unvermittelt.

„Nur zum Weinberg hinüber."

„Es tut mir leid, aber das ist ganz ausgeschlossen."

„Du lieber Himmel, warum denn nur?"

„Du weißt so gut wie ich, daß es auf den Straßen noch immer gefährlich ist, und ich habe keine Leute zur Verfügung, die dich begleiten könnten."

„Ich habe ja auch nicht vor, in die Berge hinaufzureiten."

„Ich kann es trotzdem nicht zulassen. Jedenfalls würde es sich nicht für meine Verlobte schicken, ohne Begleitung einen anderen Mann zu besuchen."

„Ich habe nicht die Absicht, den Tag mit Guy zu verbringen, falls du das meinst. Da ist ja auch noch Doña Catalina."

„Das ändert auch nichts an der Sache", sagte er beharrlich.

„Das ändert sie aber sehr wohl." Sie war plötzlich wütend auf ihn. „Du kannst mich nicht daran hindern. Ich bin nicht deine Gefangene." Und bevor er imstande war, sie aufzuhalten, trieb sie Zelda voran und war in raschem Tempo die Straße hinuntergaloppiert.

Er kam ihr nach, und sie ritten eine Weile um die Wette, bis es Lorenzo endlich gelang, ihre Zügel zu fassen und allmählich beide Pferde zum Stillstand zu bringen.

„Heilige Mutter Gottes, bist du verrückt geworden?" schrie er außer Atem.

„Vielleicht." Sie starrte vor sich hin. „Du bist eifersüchtig auf Guy, nicht wahr?"

„Der Gedanke allein ist absurd."

„Tatsächlich?"

„Du weißt, daß es so ist." Er schwieg und fuhr dann in ruhigerem Ton fort: „Ist es so unmöglich für dich, mir dieses eine Mal zu vertrauen und das zu tun, worum ich dich bitte?"

Sie wandte sich ihm zu, bereit, ihm widerspenstig ihre Argumente entgegenzuschleudern, aber da bemerkte sie zum ersten Mal, wie mitgenommen und erschöpft er aussah. So sprach sie die bösen Worte nicht aus. „Also schön, wenn ich muß, dann muß ich eben", sagte sie. „Aber es geschieht nur unter Protest."

„Ich danke dir." Er wich zur Seite, damit sie vorbei konnte und blickte ihr nach, als sie langsam auf das Haus zutrabte.

Diese Komödie muß endlich ein Ende haben, sagte sie zornig zu sich selbst. Ich kann es nicht mehr länger aushalten, und ich werde es ihm auch sagen.

Aber die Tage gingen dahin, und es ergab sich keine Gelegenheit dazu. Sie vermochte die Belastung, der sie ausgesetzt war, kaum noch zu verbergen, und Paquita in ihrer Unschuld machte die Sache nur noch schlimmer.

Eines Morgens kam das Kind mit strahlendem Gesicht in Charlottes Zimmer gehüpft. „Amalia hat gesagt, daß Teresa, wenn sie Enrique heiratet, mich sicher bitten wird, ihre Brautjungfer zu sein. Und wenn Sie Papa heiraten, kann ich dann auch Ihre Brautjungfer sein?"

„Paquita, du sprudelst ja alles so schnell heraus, daß ich kaum verstehen kann, was du sagst. Wer behauptet denn, daß Teresa bald heiraten wird?"

„Alle Dienstboten reden davon. Der Koch sagt, daß sie sich in ihn verliebt hat, damals, als er aus der Schlacht zurückgekommen ist. Er war nämlich ein verwundeter Held, wissen Sie", fuhr sie eifrig fort, als würde das alles erklären.

„Du solltest lieber nicht so viel Zeit in der Küche zubringen", sagte Charlotte vorwurfsvoll. „Dein Papa sieht das sicher gar nicht gerne."

„Aber er weiß es ja gar nicht. Er ist ja jetzt so selten da." Sie warf einen raschen Blick auf Charlotte hinauf. „Sie werden es ihm doch nicht erzählen, nicht wahr?"

„Nein, das werde ich sicher nicht. Oh Paquita, du bist unmöglich."

Die Kleine kicherte. „Jetzt kommt bald Weihnachten, und Großmutter sagt —"

„Großmutter?"

„Doña Gracia hat mir erlaubt, Großmutter zu ihr zu sagen. Sie hat auch gesagt, daß ich jetzt, weil ich doch schon zwölf bin, mit der Familie zur Mitternachtsmette in die Kathedrale kommen darf, um mit ihr und Teresa und Papa zur heiligen Kommunion zu gehen."

Paquitas Augen strahlten vor Glück und Charlotte wurde sich plötzlich bewußt, daß sich das Kind, ungeachtet Lorenzos Güte und des schönen Lebens, daß sie im Castillo führte, immer als Außenseiter gefühlt hatte. Sie war doch weder Dienstbote noch Familienmitglied gewesen, und erst jetzt, als Doña Gracia sie als Enkelin anerkannt hatte, war sie eine wirkliche Merenda geworden.

Charlotte legte den Arm um die schmalen Schultern des Mädchens. „Und das macht dich wohl glücklich, Paquita, nicht wahr?"

„Oh ja, sehr glücklich sogar. Werden Sie auch da sein und neben Papa knien?"

„Vielleicht. Ich weiß es noch nicht genau."

Als sie dann Teresa bezüglich deren Hochzeit befragte, sagte diese leichthin: „Ach, ich bin mir da noch nicht so sicher. Vielleicht werde ich ihn heiraten, vielleicht auch nicht. General Ramirez hat ihm ein paar freie Tage in Aussicht gestellt, und Enrique meint, daß das eine wunderbare Zeit wäre, sich zu verloben."

„So ist er also gar nicht so sterbenslangweilig?" neckte sie Charlotte.

„Sicher ist er nicht so aufregend, wie Vicente es war, aber ich glaube, dessen Reiz bestand zu einem guten Teil im Verbotenen", gab sie nachdenklich zu. „Enrique und ich können über dieselben Dinge lachen, und wenn wir auch streiten, so wird nie eine große Staatsaffäre daraus, weil er mich einfach nicht ernst nimmt. Und wenn er mich küßt, erschauere ich nicht unbedingt vor Seligkeit, aber ich mag es gern. Vielleicht bin ich auch nicht geschaffen für *la grande passion* — Sie verstehen schon, was ich meine — für diese Art von Liebe, über die wir in der Klosterschule heimlich gelesen haben", fuhr sie ein wenig melancholisch fort. „Wie denken Sie denn darüber?"

„Ich glaube, daß Sie eine sehr gute Lösung gefunden haben", antwortete Charlotte.

Teresa warf ihr unter langen Wimpern einen schelmischen Blick zu. „Was empfinden denn Sie, wenn Lorenzo Sie küßt?"

„Also bitte, Teresa! Ich weigere mich, darauf zu antworten."

„Ich war immer schon der Meinung, daß er einen recht guten Liebhaber abgeben müßte, wenn er auch mein Bruder ist. Dunkel, schwermütig und tragisch — wie Lord Byrons Manfred."

„Oder sein Korsar."

„Haben Sie ihn denn so genannt?"

„Lucy hat das früher einmal behauptet." Dann aber empfand sie diese törichten Neckereien als allzu schmerzlich. „Nein, Teresa, wirklich — jetzt beginnen Sie lächerlich zu werden. Aber wenn Sie tatsächlich meine Ansicht hören wollen: Ich meine, daß Enrique ein wunderbarer Ehemann sein wird."

Es war ein paar Tage vor dem Weihnachtsfest, als der Bogen überspannt wurde. Enrique war früher als erwartet auf Urlaub im Castillo eingetroffen, und Doña Grazia meinte, nun seien sie alle lang genug traurig gewesen. Roberto war ja jetzt wieder einigermaßen auf den Beinen, wenn er auch noch wie sein eigener Schatten aussah, und so konnte man daran denken, ein paar Freunde einzuladen und sich einen festlichen Abend zu gönnen.

Für Charlotte bedeutete das eine fast unerträgliche Zerreißprobe. Sie war dazu verurteilt, sich an Lorenzos Seite zu zeigen, seine Freunde lächelnd willkommen zu heißen, eine neuerliche Flut von Glückwünschen entgegenzunehmen und ihren Verlobungsring unter den jungen Damen vorzuzeigen, die sie neiderfüllt musterten. Sie war gezwungen, mit ihm zu tanzen, sich wie eine verliebte Braut zu benehmen, während sie sich doch die ganze Zeit über der tiefen Kluft bewußt war, die zwischen ihnen lag.

Im Laufe des Abends nahm Doña Gracia auf einem Stuhl neben ihr Platz und legte eine Hand auf die ihre. „Ich habe noch nicht mit Lorenzo darüber gesprochen. Aber sagen Sie, mein Kind, ist alles in Ordnung zwischen euch?"

„Würden Sie sich denn freuen, wenn es so wäre?"

„Gewiß würde ich mich freuen, wenn Lorenzo dadurch seine innere Ruhe wiederfinden könnte. Aber ich mache mir Sorgen um ihn. Er mutet sich offenbar allzu viel zu."

Sie hatte das Bedürfnis, der Marquésa ins Gesicht zu schreien, daß das alles nur eine läppische Komödie sei und sie und Lorenzo einander fremder seien als je zuvor. Aber jemand war gekommen, um sie um den nächsten Tanz zu bitten, und so hatte sie die Möglichkeit zu entkommen, ohne etwas gesagt zu haben.

Mit leerer, bedeutungsloser Konversation flossen die Stunden dahin, und Charlotte sehnte sich danach, daß der Abend endlich zu Ende ginge. Als sich Lorenzo später zu ihr gesellte, wandte sie das Gesicht ab.

„Ich möchte nicht mehr tanzen."

„Nun gut. Kann ich dir vielleicht etwas bringen, ein Glas Champagner oder ein Eis?"

„Nein, nein, nein! Ich habe von allem genug."

„So mach doch bitte kein so böses Gesicht. Die Leute werden sich Gedanken machen."

„Als ob das noch eine Rolle spielen würde, wenn sie es tun!" Mit einem heftigen Ruck wandte sie sich ihm zu. „Lorenzo, wann geht diese Farce endlich zu Ende? Wann entläßt du mich endlich aus dieser unwürdigen Gefangenschaft?"

„So also denkst du darüber?"

„Was erwartest du denn, wie ich darüber denken sollte?"

„Ich möchte Teresa nicht die Freude verderben", sagte er zögernd. „Sie hat dich so gern, sie wäre sicher sehr bestürzt. Gott weiß, daß ich lang genug meine Sorgen mit ihr hatte. Ich möchte so gern daran glauben, daß sie mit Enrique glücklich wird."

„Soll das heißen, daß ich so lange warten muß, bis sie verheiratet ist?" fragte sie scharf.

„Nein, nein, nur noch ein paar Wochen — bis nach dem Neuen Jahr."

Einige der Gäste rüsteten bereits zum Aufbruch. Lorenzo entschuldigte sich und ließ sie allein, und unglücklich und verwirrt blickte sie ihm nach. Warum nur wollte er sie unbedingt hier festhalten? Was bezweckte er damit? Sie seufzte auf und kehrte zu ihren Pflichten im Ballsaal zurück.

Mittlerweile war es sehr spät geworden, und der letzte Wagen war bereits in die kalte Dezembernacht hinausgefahren, so daß sie endlich ihre Wohnräume aufsuchen konnte. Rastlos und verzagt, wie sie sich fühlte, ging sie nicht sofort zu Bett, sondern warf einen dicken Schal um die Schultern und trat in den Garten hinaus. Neben dem Springbrunnen hielt sie an und benetzte ihre heißen Wangen mit dem kühlen Sprühregen. Dann eilte sie fröstelnd durch die Arkaden und schließlich zum Tor hinaus, wo sie den Pfad entlang wanderte. Weiß und schön sah sie die langgestreckten Umrisse des Castillos im Mondlicht erglänzen. Im Ballsaal brannten noch die Lichter, und Charlotte beobachtete, wie eines nach dem anderen verlosch, während in den oberhalb gelegenen Fenstern neue Lichter wieder aufglommen. Gerade wollte sie den Rückweg antreten, da sah sie eine dunkle Gestalt über den Rasen huschen und erkannte, daß es Gabriella war. Sie war seit jenem Tag nicht mehr hiergewesen, an dem sie mit Teresa und Charlotte ins Dorf geritten und Lorenzo so zornig mit ihr gewesen war. Aber Charlotte wußte, daß sie die Truppen nach Sevilla begleitet hatte. Enrique hatte ihr erzählt, daß Gabriella am liebsten an der Seite der Soldaten gekämpft hätte; aber Ramirez hatte es nicht zugelassen.

„Roméro hat fünftausend Peseten für ihre Gefangennahme — ob tot oder lebendig — ausgesetzt", hatte Enrique berichtet, aber Gabriella sollte darüber nur verächtlich gelacht haben.

„Wer würde mich schon für so ein Lumpengeld verschachern" hatte sie gesagt. Aber sie mußte recht gut wissen, daß die betreffende Summe ein Vermögen für die armen, halb verhungerten Männer bedeutete, die sich zur Zeit überall in der Sierra herumtrieben.

Jetzt sah Charlotte, wie Gabriella vor dem Haus stehenblieb und dann durch die Tür in jenen Trakt des Hauses trat, in dem die Familie Merenda wohnte. Plötzlich fühlte Charlotte einen brennenden Stich im Herzen. Es war doch nicht möglich, daß Lorenzo Gabriella empfing, nach all dem, was zwischen den beiden vorgefallen war! Zorn und Abscheu erfüllten sie. Keinen Moment würde sie hier länger bleiben. Sie würde sofort alles zusammenpacken und bei Tagesanbruch das Haus verlassen. Nach Sevilla wollte sie reiten und Mr. Robinson suchen, und sollte dieser Spanien bereits verlassen haben, würde sie auch allein zurechtkommen. Sie war gottlob nicht hilflos! Immerhin besaß sie Geld und war der Landessprache mächtig.

Die letzten Stunden der Nacht verbrachte sie damit, ihre Sachen zusammenzupacken. Sie wollte nur das Allernotwendigste mitnehmen; der Rest konnte nachgeschickt werden. Dann legte sie sich für eine Stunde auf das Bett, konnte aber keinen Schlaf finden, und als es endlich sechs Uhr geworden war, war sie bereits fertig angezogen und zum Aufbruch bereit. Sie wollte eben das Zimmer verlassen, als aufgeregt an ihre Tür gepocht wurde und Amalia hereinstürzte, das dicke Gesicht von Tränen verschmiert.

„Paquita, Señorita — ist sie bei Ihnen?"

„Paquita? Nein — warum sollte sie bei mir sein?"

„Ihr Bett war leer, als ich in ihr Zimmer kam. Ich habe schon überall gesucht, im Haus, im Garten, aber ich kann sie nicht finden. Sie ist absolut nirgends."

„Aber sie kann doch nicht verschwunden sein. Das ist doch lächerlich. Sind Sie schon in den Stallungen gewesen?"

Paquita hatte die Erlaubnis erhalten, jeden Tag mit Tomás oder einem der anderen Burschen im Park zu reiten.

Amalia schüttelte den Kopf, während ein Funken Hoffnung in ihrem Herzen aufzudämmern schien. „Nein, dort habe ich noch nicht gesucht. Aber sie hatte tatsächlich ihre Reitkleidung an, und der Hund ist anscheinend auch bei ihr."

„Dann werden wir gehen und nachschauen. Weiß Don Lorenzo schon davon?"

„Nein, noch nicht. Heilige Jungfrau, der Marqués wird aber wütend sein!"

Im Stall mußten sie feststellen, daß das weiße Pony fehlte, und ein verschlafener Stallbursche erinnerte sich, etwas gehört zu haben, hatte sich aber weiter keine Gedanken darüber gemacht.

„Wir müssen sofort Don Lorenzo benachrichtigen", sagte Charlotte und nahm Amalia fest beim Arm. „Er wird sicher wissen, was wir tun sollen."

Als sie ins Haus zurückkehrten, war die Dienerschaft, von Amalias Aufregung alarmiert, bereits in der Halle versammelt. Aufgeregt redeten sie durcheinander und verstummten erst, als Lorenzo, bereits zum Ausreiten angezogen, die Treppe herunterkam. Er hatte einen anstrengenden Tag vor sich und vermochte kaum seine Ungeduld zu zügeln. Immerhin mußte er die Stadtbehörde, die eine Gefahr prinzipiell erst dann zu erkennen beliebte, wenn sie bereits dicht vor der Tür stand, von der Bedeutung einer wirksamen Verteidigungsmacht überzeugen. Nun blieb er am Ende der Treppe stehen und blickte in die Runde. Alle Gesichter waren auf ihn gerichtet.

„Nun, was ist los? Was ist denn passiert?" fragte er müde.

Da begannen sie alle auf einmal loszureden, bis er die Hand hob.

„Einer nach dem anderen, wenn ich bitten darf. Soviel ich bis jetzt entnehmen konnte, ist offenbar Paquita verschwunden. Haben Sie vielleicht etwas zu ihr gesagt, was sie aus der Fassung gebracht hat, Amalia?"

„Aber nein, Señor, nein. Warum hätte ich das tun sollen?" Amalias Tränen begannen neuerlich zu fließen. „Ich habe ihr nur über ihren Großvater erzählt, und da war sie etwas durcheinander."

„Großvater? Was bedeutet denn das?" fragte Charlotte.

„Es ist der alte Pepe. Erinnerst du dich nicht, daß wir ihn besucht haben, als wir zusammen oben in der Sierra waren? Eigentlich ist er ja Gabriellas Großvater. Aber warum, um Himmels willen, sollte Paquita dorthin gegangen sein?"

„Sie wollte ihn besuchen. Sie hat davon gesprochen, daß sie ihm etwas zu Weihnachten schenken möchte", fuhr Amalia unter Tränen fort. „Ich habe ihr gesagt, daß sie warten und Sie um Erlaubnis bitten müsse, Señor. Aber sie ist ja immer schon so eigensinnig gewesen. Trotzdem hätte ich mir nie im Traum einfallen lassen, daß sie so etwas tun würde."

„Das ist ein verteufelt gefährlicher Weg für ein Kind, das allein unterwegs ist", sagte Lorenzo mit besorgtem Gesicht.

Da kam Charlotte plötzlich ein Gedanke. Zögernd sagte sie: „Könnte sie nicht gemeinsam mit ihrer Mutter hinaufgeritten sein?"

„Mit Gabriella? Aber die ist doch gar nicht dagewesen."

Sein Erstaunen war so echt, daß der häßliche Verdacht, der in der vergangenen Nacht in Charlotte aufgekeimt war, augenblicklich in ein Nichts zusammenfiel. Ihre Freude darüber war so groß, daß sie nicht weiterzusprechen vermochte.

Er sah sie verblüfft an. „Wie kommst du denn darauf?"

„Nun, ich habe sie in der vergangenen Nacht, oder besser gesagt, heute früh gesehen. Sie ist über den Rasen gelaufen und dann durch die Seitentür ins Haus gegangen."

„Amalia, wissen Sie etwas davon?" fragte Lorenzo streng.

„Nein, Señor, nein, ich schwöre es. Ich habe Paquita ins Bett gebracht, nachdem sie noch zugesehen hatte, wie die Gäste eintrafen, und dann habe ich — beim Tanzen zugesehen."

„Sie haben nicht vielleicht noch einmal bei ihr nachgesehen, bevor sie selbst zu Bett gegangen sind?"

„Nein, nein", flüsterte sie. „Gott möge mir verzeihen, aber daran habe ich nicht gedacht."

Einen Augenblick schwieg er, dann reckte er den Kopf empor. „Es ist zwar ein langwieriges Unterfangen, aber wir müssen es trotzdem versuchen. Wir sollten am besten nach allen Richtungen ausschwärmen. Es gibt ja gottlob nicht allzu viele Straßen, die sie geritten sein könnten. Jacopo, Sie kommen mit mir. Lassen Sie die Pferde satteln und überprüfen Sie meine Pistolen." In diesen Tagen pflegte er nie unbewaffnet auszureiten.

Er verlor keine Zeit mit nutzlosen Vorwürfen, sondern eilte hinüber zu den Stallungen, wobei er noch im Gehen einige Anweisungen gab. Charlotte folgte ihm.

Bei den Ställen fand sie Tomás vor und befahl ihm mit fester Stimme: „Sattle Zelda für mich!"

„Aber Señorita, Sie dürfen nicht mit den Männern gehen. Es ist zu gefährlich."

„Widersprich mir nicht und tu, was ich dir sage!"

Der Weg war anstrengend, obwohl Zelda sich tapfer hielt. Lorenzo hatte ein rasches Tempo vorgelegt. Einmal blickte er über die Schulter zurück, als sie die Grenzen des Parks passierten, und winkte ihr zu, daß sie umkehren solle, aber hartnäckig ritt sie weiter. So trabten sie hinauf, an den Stierweiden vorbei, bis der Pfad immer steiler bergan führte.

Es war jetzt kälter geworden, und ein heftiger Wind hatte sich erhoben. Als sie an den Feldern vorüberkamen, wohin man die Schafe zum Überwintern gebracht hatte, rief Lorenzo einem der Hirten etwas zu, und der Mann kam ihm entgegengelaufen.

„Die kleine Señorita war nicht allein, Señor. La Gabriella war bei ihr."

„Wann war das?"

„Etwa vor zwei, drei Stunden." Er machte eine unbestimmte Handbewegung. Für diese Männer, die vom Morgengrauen bis zum Abenddämmern hier draußen auf den Weiden waren, hatte die Zeit nur wenig Bedeutung.

„*Gracias.*"

Lorenzo klopfte seinem Pferd leicht auf den Hals und ritt — dicht gefolgt von Jacopo — in wildem Galopp weiter, so daß Charlotte Mühe hatte, mit ihnen Schritt zu halten.

Einige Zeit später stießen sie auf den Hund. Lorenzo zog die Zügel an und sah grimmig auf den großen, zottigen Tonio herab, der schlaff und leblos, mit heraushängender Zunge dalag. Charlotte war sogleich aus dem Sattel geglitten und neben dem Tier niedergekniet. Man hatte ihm das silberne Halsband heruntergerissen, ihn offensichtlich grausam getreten und dann erschossen. Sein verfilztes Fell starrte vor Schmutz, und Charlotte erriet unschwer, daß er sich vor seinem Tod wacker für seine kleine Herrin geschlagen hatte.

Lorenzo sagte rauh: „Wenn sie so mit einem Hund verfahren sind, dann gnade uns Gott! Du hättest nicht mitkommen dürfen, Charlotte."

„Jetzt reite ich aber nicht mehr zurück. Schließlich habe auch ich Paquita lieb."

„Du hast ja gehört, was er gesagt hat. Gabriella ist bei ihr. Da könnte es Ärger geben."

„Ich möchte aber trotzdem mitkommen."

„Dann steh uns zumindest nicht im Weg. Halte dich lieber etwas im Hintergrund."

„Ich werde schon vorsichtig sein."

Er warf ihr einen langen Blick zu, dann riß er sein Pferd herum und ritt weiter.

Bis dahin hatte Charlotte in ihrem tiefsten Inneren immer noch gehofft, daß sie Paquita in Kürze einholen und fröhlich über ihre grundlose Besorgnis lachen würden. Nun aber fühlte sie, daß es nicht so sein würde. Es würde schlimm, sogar sehr schlimm werden. Schnee war gefallen und bedeckte stellenweise den Weg und die kahlen braunen Berghänge. Streckenweise war er hart gefroren, und einmal, als Zelda strauchelte, verlor Charlotte einen Steigbügel und konnte sich nur mit Mühe im Sattel halten. Aber unerschütterlich setzte sie ihren Weg fort.

Je höher sie emporklommen, desto dichter lag der Schnee. Er war trocken und pulverig, und der Wind stäubte ihn ihnen in die Gesichter, so daß es wie feine Nadelstiche auf ihrer Haut brannte. Charlotte blickte um sich und stellte fest, daß sie sich anscheinend jener Stelle näherten, an der sie an jenem glücklichen Tag, der jetzt unendlich weit zurückzuliegen schien, Rast gemacht und gegessen hatten.

Dann bemerkte sie unversehens ein weißes Pony zu ihrer Linken, dessen Zügel lose herabhingen. Es hatte sich an eine Gruppe Buschwerk herangedrängt, wo es sich friedlich an einem Fleckchen Gras gütlich tat, das vom Schnee verschont geblieben war. Das war sicher Paquitas Pony — es mußte es sein. Sofort lenkte Lorenzo sein Pferd in diese Richtung, und das Pony sah erschreckt auf, als er vorbeigaloppierte und der Schnee wie ein weißer Schleier unter den Hufen seines Hengstes aufstob. Ein Stück von dieser Stelle entfernt zog Lorenzo plötzlich ruckartig die Zügel an, und Charlotte sah, wie er abstieg und ein Stück zu Fuß lief, während Jacopo sein Pferd am Zaum festhielt.

Zögernd und von Angst vor dem Anblick erfüllt, der sie erwarten mochte, ritt auch Charlotte näher heran. Als sie aus dem Sattel glitt, sah sie an einer Stelle, wo der Schnee zu Schmutz und Matsch zertrampelt worden war, Gabriella mit weit ausgebreiteten Armen daliegen. Ihr Gesicht und die völlig zerwühlten Kleider waren mit Blut bedeckt, und nur allzu deutlich konnte man erkennen, was dieser Frau zugestoßen war. Charlotte schauderte vor Entsetzen. Es mußte einen verzweifelten Kampf gegeben haben, und jemand hatte wohl die Spuren ihrer Fingernägel im Gesicht davongetragen, ehe er sich an ihr für die in Sevilla erlittene Niederlage sein Mütchen gekühlt hatte. Charlotte wußte, daß hier jede Hilfe zu spät kam. Lorenzo war an Gabriellas Seite niedergekniet, und sein Gesicht zeigte einen Ausdruck, den Charlotte nie zuvor an ihm gesehen hatte. Seine Züge waren von einem schmerzlichen Mitleid erfüllt, das von einer heißen Welle brennenden Zornes abgelöst wurde. Seine Miene machte ihr Angst, und sie wußte nicht, wie sie ihm helfen oder ihn trösten sollte. So stand sie hilflos da, als plötzlich ihr Blick auf die dunklen Umrisse eines im Schnee dicht bei den Büschen liegenden Körpers fiel. Jegliche Vorsicht außer acht lassend, begann sie zu laufen, wobei sie über die vom Schnee bedeckten Grasbüschel stolperte. Paquita lag mit dem Gesicht nach unten da, als sei sie auf der Flucht vor dem Grauenhaften, das mit ihrer Mutter geschehen war, davongelaufen. Als Charlotte neben dem Mädchen in die Knie sank, sah sie, daß deren langes schwarzes Haar an einer Stelle, wo man dem Kind offenbar einen Schlag versetzt hatte, dick mit Blut verklebt war.

Ganz sanft drehte Charlotte den schmächtigen Körper um. Das kreidebleiche Gesicht fühlte sich gottlob warm an. Sie begann den hohen Kragen des Kleides zu lockern. Dann hörte sie plötzlich jemanden rufen und blickte auf. Ein Mann, bärtig und vor Schmutz starrend, kam mit drohender Gebärde auf sie zu. Entsetzt warf sie sich über das bewußtlose Kind, da hob er auch schon sein Gewehr hoch, und sie vernahm einen Schuß. Der Mann gab einen gurgelnden Laut von sich, faßte sich an die Brust, fiel vornüber und kollerte bergab, wobei er sich einige Male überschlug und sich mit den Händen auf dem steinigen Boden festzukrallen versuchte. Nun lief Lorenzo, die Pistole in der Hand, auf Charlotte zu. Diese bemerkte schreckerfüllt, daß ihr Angreifer nicht allein gewesen war. Ein anderer Mann, halb vom Buschwerk verdeckt, hatte sein Gewehr in Anschlag gebracht. Sie stieß einen Warnruf aus, worauf Lorenzo erneut zielte, abdrückte, aber sein Ziel verfehlte. Er bereitete sich auf einen Kampf vor, als er den Banditen vorwärtstaumeln sah. Dann aber wirbelte der Mann plötzlich in der Luft herum und sank gleich darauf wie ein Stein zu Boden. Jacopo, der das scharfe Auge eines geübten Jägers besaß, hatte den Banditen wie eine angreifende wilde Bestie zielsicher zu Boden gestreckt.

Charlotte, vor Entsetzen wie gelähmt, benötigte einige Zeit, um ihre Fassung wiederzugewinnen. Inzwischen war Lorenzo bei ihr angelangt.

„Bist du verletzt?"

Vor Angst bebend schüttelte sie den Kopf. „Nein." Dann blickte sie furchtsam um sich. „Sind noch welche von ihnen in der Nähe?"

„Ich glaube nicht. Ich nehme an, daß uns diese beiden gesehen haben, während sie auf die Gelegenheit lauerten, Gabriellas Leiche ins Lager zu schaffen und das von Roméro ausgesetzte Kopfgeld zu kassieren." Er schwieg einen Augenblick. Dann fuhr er fort: „Du hast gesehen, was man mit ihr gemacht hat?"

„Ja."

Charlotte war schlecht vor Entsetzen, aber sie würgte die Übelkeit hinunter. Mit einer Hand tastete sie unter Paquitas Mantel und glaubte, einen schwachen Herzschlag wahrzunehmen.

„Sie ist nicht tot", sagte sie eindringlich. „Wenn wir sie irgendwohin bringen könnten, wo es warm ist . . ."

„Pepes Hütte ist ganz in der Nähe. Ich könnte sie dorthin bringen. Jacopo wird sich inzwischen um die Pferde kümmern. Warte hier. Ich werde mit ihm sprechen."

Sie begann, Paquitas kalte Hände warmzureiben; dann hob sie vorsichtig den Kopf des Kindes auf und bettete ihn in ihren Schoß. Sie vernahm schwache Atemzüge und ein leichtes Stöhnen. Voll Dankbarkeit wurde ihr bewußt, daß Paquitas Kleider unversehrt waren. Demnach hatte man ihr nicht Gewalt angetan. Dieses Vergnügen hatte man sich vielleicht für einen späteren Zeitpunkt aufheben wollen.

Nun kehrte Lorenzo zurück. Mit unendlicher Sorgfalt nahm er Paquita auf und ging mit ihr zur Straße zurück. Charlotte folgte ihm und wendete das Gesicht ab, um die beiden Männer nicht ansehen zu müssen, deren Blut den Schnee rot gefärbt hatte.

„Es ist ungefähr ein halber Kilometer", sagte Lorenzo, als sie auf dem Weg angelangt waren. „Wirst du gehen können? Ich fürchte, daß sie zu schwer erschüttert wird, falls ich reite."

„Ich werde es schon zu Fuß schaffen."

Sie brauchten ziemlich lange, um den Berg hinaufzustapfen. In dieser Höhe war die Luft scharf und dünn, und sie rangen beide nach Atem, als sie endlich die kleine Ansiedlung erreicht hatten.

Pepe stand bereits an der Tür. Das Geräusch der Schüsse mußte in der dünnen Luft bis hierher gedrungen sein. Eilig kam er ihnen entgegen.

„Diese Mörderbrut!" rief er aus. „Sie machen die Berge unsicher, fallen wie hungrige Wölfe über alles her, was ihnen über den Weg läuft. Sie sind nicht der einzige Betroffene, Señor. Ist das Kind ernstlich verletzt?"

„Wir hoffen, daß es nicht so ist."

„Bringt sie herein."

Lorenzo trug Paquita durch die schmale Tür und bettete sie auf das Strohlager, während Pepe Decken herbeibrachte und sie rund um das Kind aufzustapeln begann. Dann goß er Öl ins Feuer, so daß die Flammen hoch auflоderten, nahm den eisernen Topf vom Herd und füllte eine Schüssel mit warmem Wasser. Schließlich fand sich auch ein Bündel sauberer Lappen.

Pepe war ein alter Soldat, der sich bei der Versorgung von Wunden auskannte. Und da sich in diese von der Stadt weit abgelegene Gegend kaum ein Arzt verirrte, hatten die Leute lernen müssen, ihre Krankheiten und Verletzungen, so gut es eben möglich war, selbst zu behandeln.

Charlotte war niedergekniet, um ihm zu helfen. Gemeinsam reinigten sie die Wunde von Schmutz und Blut. Dann sah der Alte auf.

„Es hätte schlimmer sein können. Sie hat einen argen Bluterguß, und an manchen Stellen ist auch die Haut verletzt, aber ich glaube nicht, daß es sehr gefährlich ist."

Mit Charlottes Hilfe brachte er einen leichten Bausch an der blutenden Stelle an und befestigte ihn, indem er eine Bandage um den Kopf des Kindes wickelte. Dann begann Charlotte, Paquitas schmutzbedecktes Gesicht mit einem Taschentuch zu säubern. Vorsichtig streifte Pepe dem Kind das lange Haar aus dem Gesicht.

„Irgendwie kommen mir die Züge bekannt vor", sagte er und blickte fragend zu Lorenzo auf.

„Sie ist deine Urenkelin, mein Alter."

Er nickte. „Ich habe da schon irgend etwas gehört. So ist sie also Gabriellas Tochter?"

„Ja." Lorenzo schwieg und setzte dann gelassen fort. „Und auch die meine."

Der alte Mann hatte sich erhoben. Voll Würde stand nun der einfache Bauer dem Aristokraten gegenüber und tauschte einen langen Blick mit ihm. Unausgesprochene Anerkennung und ge-

genseitige Hochachtung lag in beider Mienen. Lebhaft fuhr Lorenzo fort: „Sie lebt jetzt bei mir im Castillo. Es war Gabriellas Idee, sie hierher zu bringen. Sie wollte dich besuchen."

„Das war aber unklug."

„Sehr unklug sogar, wie sich leider herausgestellt hat."

„Ist sie tot?"

„Ja."

„Sicher dieselben Männer, die selbst davor nicht zurückgeschreckt wären, ein Kind zu töten."

„Das nehme ich auch an."

„Es gab eine Zeit, da sagte ich, daß ich sie lieber tot zu meinen Füßen sehen wollte, als mitanschauen zu müssen, welches Leben sie führt", sagte Pepe bedächtig. „Aber mit dem Alter kommen auch Toleranz und Verständnis." Er bekreuzigte sich. „Möge sie in Frieden ruhen. Ist sie hier?"

„Jacopo wird sie inzwischen gebracht haben. Ich werde hinausgehen und nachsehen."

Als Lorenzo die Hütte verlassen hatte, legte der alte Mann seine rauhe Hand auf Charlottes Arm.

„Ich kenne ihn recht gut", sagte er nur. „Er gibt sich in gewisser Weise selbst die Schuld. Gehen Sie zu ihm, Señorita. Lassen Sie die Kleine ruhig bei mir. Ich werde auf sie aufpassen und auch etwas zu essen herrichten. Bei dieser Kälte brauchen Sie unbedingt einen Imbiß, bevor Sie wieder aufbrechen."

Draußen blieb Charlotte stehen und atmete tief auf. Die eisige Luft reizte sie zum Husten. Sie hatte keine Ahnung, wie spät es war. Aber der Himmel schimmerte schwach rötlich, und schaurigschön säumten die schneegekrönten Gipfel den Horizont.

Jacopo hatte Gabriella in die nebenan gelegene Hütte gebracht; Lorenzo war jedoch nicht bei ihm. Er war ein Stück den Hügel hinabgewandert und stand nun an einen Felsblock gelehnt da, der so geformt war, als sei er vor langer Zeit von Riesenhand vom Berg gebrochen, achtlos hingeworfen und vergessen worden.

Charlotte war Lorenzo gefolgt.

„Ich glaube, Paquita wird wieder gesund werden", sagte sie.

„Wenn das der Fall ist, dann verdankt sie das allein dir." Er wandte sich ihr zu. „Warum nur hat Gabriella das getan? Warum hat sie das Kind hier heraufgebracht? Wollte sie mich damit bestrafen?"

„Ich glaube, sie muß es bereut haben, daß sie dir Paquita überlassen hat. Das Kind ist so glücklich und stolz gewesen, dich zum Vater zu haben. Vielleicht hat Gabriella geglaubt, daß sie auf diese Art einen Teil ihrer Tochter zurückgewinnen könnte."

Mit vor Schmerz verdunkelten Augen starrte er sie an. „Als sie das letzte Mal im Castillo war, bin ich so grob mit ihr verfahren, weil sie an dieser Sache schuld war, die dir zugestoßen ist. Aber ich habe nie die Absicht gehabt, ihr für immer die Tür zu weisen." Ihn schauderte. „Möge Gott mir verzeihen, es war wirklich eine schreckliche Art zu sterben."

„Ich weiß. Und es tut mir so leid", flüsterte Charlotte. Sie wußte nicht, was sie ihm Tröstliches sagen sollte. Jedes Wort erschien ihr unpassend und banal.

Nach einer Weile strich er sich mit der Hand über die Stirn, als wolle er versuchen, die Erinnerung zu verscheuchen. Charlotte wandte sich zum Gehen. Er aber hielt sie auf.

„Charlotte, bitte geh nicht. Ich möchte dich etwas fragen. Warum bist du mit uns geritten? Du hast doch gewußt, daß das, was mit Gabriella geschehen ist, auch dir hätte zustoßen können. Und dennoch bist du mitgekommen. Warum?"

Sie schwieg, war um eine ehrliche Antwort bemüht und wußte nicht recht, wie sie sich ausdrücken sollte.

„Ich glaube, ich habe dir einfach etwas beweisen wollen."

„Mir etwas beweisen? Aber was denn nur?"

„Nun, vielleicht daß ich nicht das bin, wofür du mich hältst. Und daß ich dich nicht mit Absicht getäuscht habe."

„Aber das weiß ich doch ohnedies schon lange."

„Du hast es aber nicht erkennen lassen."

Er wandte das Gesicht ab, und plötzlich wußte sie, daß der Augenblick gekommen war. Jetzt oder nie mußte sie ihm sagen, was sie die ganze Zeit über gedacht und gefühlt hatte, sogar auf die Gefahr hin, daß es sich als nutzlos erweisen und er sie deshalb sogar verachten würde.

„Ich weiß, was du von mir hältst und wie du darüber denkst, was mein Vater getan hat. Auch ich war anfangs entsetzt über das, was damals geschehen ist. Aber du mußt bedenken: Ich habe ihn gekannt, wie er wirklich war, und du nicht." Lorenzo machte eine Geste, als wollte er sie unterbrechen, aber unbeirrt fuhr sie fort. „Ich möchte nur ein einziges Mal über diese Sache sprechen und dann nie wieder. Als mir Doña Gracia erzählte, was in jenen verzweiflungsvollen Tagen wirklich vorgefallen war, konnte ich mir genau vorstellen, was deine Mutter gefühlt haben mußte. Ich vermochte alles nachzuempfinden, als hätte ich es selbst erlebt. Ich habe mit ihr geliebt und gelitten."

„Nein, du gewiß nicht", sagte er mit erstickter Stimme. „Du würdest es nicht fertigbringen, leichtfertig den Mann zu betrügen, den du geheiratet hast."

„Dazu wäre wahrscheinlich jede Frau imstande, wenn sie auch nachher Kummer und Reue darüber empfände. Lorenzo, ich möchte dich etwas fragen: Als wir damals in jener Höhle beisammen waren — hast du mich da für leichtfertig und schamlos gehalten?"

„Um Himmels willen, nein!"

„Siehst du: Zwischen meinem Vater und deiner Mutter muß es ähnlich gewesen sein, als es das erste Mal geschah. Etwas Unausweichliches, Unwiderstehliches muß sie zusammengeführt haben. Wenn wir damals in Italica eine Woche oder länger vom Unwetter festgehalten worden wären, glaubst du, ich hätte mich dir nicht immer wieder freiwillig hingegeben, wenn du es von mir verlangt hättest?"

„Hör auf damit, Charlotte. Ich will es nicht hören — ich begreife nicht . . ."

„Nein, du begreifst es nicht", fuhr sie ohne Schonung fort. „Weil du es nicht begreifen willst. Und deshalb bist du auch ungerecht gegen deine Mutter gewesen, gegen Teresa und schließlich auch . . ."

„Auch gegen Captain Harry Starr, das willst du doch sagen?"

„Ja, und ganz besonders gegen ihn. Wer weiß denn schon, was damals wirklich geschah, als er und dein Vater aufeinandergestoßen sind? Ich bin sicher, daß mein Vater jene unglückselige Tat sein Leben lang bereut hat. Ich habe dir das schon lange sagen wollen und nun habe ich es endlich getan. Und jetzt kannst du deinen Ring zurücknehmen und ihn einer Frau geben, die besser zu dir paßt, die sich besser auf spanische Ehrbegriffe und Vorurteile versteht und . . ."

„Charlotte, willst du nicht endlich schweigen?"

Mit ihren Worten hatte sie die gläserne Wand, die zwischen Ihnen entstanden war, zertrümmert, und nun stand ihr Lorenzo wehrlos und seltsam unsicher gegenüber.

Er starrte auf den Smaragdring, den sie vom Finger gezogen hatte und der nun auf ihrer ausgestreckten Hand lag.

„Soll das heißen, daß ich deine Liebe endgültig verloren habe?"

„Ich wollte, ich könnte diese Frage bejahen. Aber ich bringe es nicht zuwege." Und plötzlich hatte sie all ihre tapfere Zuversicht verloren und fühlte sich hilflos wie ein Kind.

„Oh, wie dumm ich doch war und immer noch bin. Je früher ich nach England zurückkehre, desto besser. Weißt du, was ich in der vergangenen Nacht gemacht habe? Als ich sah, wie Gabriella ins Castillo kam, bildete ich mir ein, daß sie zu dir gehen würde. Ich wurde so wütend, daß ich Hals über Kopf meine Koffer zu packen begann. Ich wollte heute früh abreisen, und ich wollte dich niemals wiedersehen. Und das kann ich immer noch tun. Eigentlich hätte ich schon viel früher von hier weggehen müssen."

Sie hatte sich zum Gehen gewandt, er aber ergriff ihren Arm und zog sie heftig zu sich zurück.

„Du wirst nirgends hingehen."

„Lorenzo, du bist nicht der liebe Gott. Du kannst doch nicht der ganzen Welt deinen Willen aufzwingen", sagte sie zwischen Lachen und Weinen und seufzte tief auf.

„Nicht der ganzen Welt, aber dir. Und jetzt wirst du mir einmal zuhören. Seit jener verdammten Nacht, in der Ramirez mir diese ganze Geschichte erzählt hat, war ich in zwei Wesen gespalten. Ich weiß, es klingt verrückt. Aber in mir hat sich tatsächlich ein Kampf abgespielt, der ärger war als jener gegen Roméros Banditen. Und deshalb war es mir auch unmöglich, dich fortgehen zu lassen. Ich habe nicht gewußt, ob es Liebe war oder Haß oder vielleicht nur Rachedurst, aber ich brachte es einfach nicht über mich, dich aufzugeben. Ich mußte dich bei mir behalten. Erst als ich heute sah, wie jener Unhold dich bedrohte, fiel es mir wie Schuppen von den Augen. Es wurde mir plötzlich klar, daß ich ohne dich nicht weiterleben konnte. Alles übrige war mit einem Schlag vollkommen unwichtig geworden."

„Ist das wirklich dein Ernst?"

„Muß ich es dir wieder und wieder sagen?"

„Ich weiß nicht recht . . ." Sie war immer noch nicht sicher, zweifelte an ihm, an sich selbst. Er aber fuhr eindringlich, mit leidenschaftlicher Stimme fort:

„Vor allem aber mußt du dir darüber im klaren sein, was es

heißt, meine Frau zu werden. Ich kann dir kein leichtes Leben bieten. Was in diesen vergangenen Wochen geschehen ist, kann sich jederzeit wiederholen. Ich weiß nicht, was die Zukunft für mich oder für mein Land bereithält. Du verstehst, was ich meine, nicht wahr?"

„Ja, das ist mir bewußt."

„Dann ist es gut — und nun will ich dir auch nicht länger befehlen. Nur bitten möchte ich dich, dich in aller Demut fragen, ob du bereit bist, dieses Leben mit mir zu teilen."

„Lorenzo", sagte sie zögernd, „ich spüre mit allen Fasern meines Herzens, daß ich bei dir sein will — alles andere kümmert mich nicht. Und ich glaube, daß es wohl einzig darauf ankommt."

„Heilige Mutter Gottes", atmete er erleichtert auf. „Jetzt hast du mich aber ganz schön auf die Folter gespannt."

Dann ergriff er ihre Hände, und sie hatten beide das Gefühl, einander neu entdeckt zu haben.

Aber da riß sie schon Pepes Stimme aus ihrer Versunkenheit.

„Das Kind hat die Augen aufgemacht. Es verlangt nach Ihnen."

„Wir kommen schon."

Sanft legte er den Arm um sie, und gemeinsam betraten sie die Hütte.